화계 박영만의

조선전래동화집

박영만 지음 · 권혁래 옮김

보고사

▲ 화계花溪 박영만朴英晩(1914~1981)

▲ 〈하늘에서 내려온 애기〉 – 『소년』 제4권 8호(조선일보출판사, 1940. 8), 13~19쪽에 수록된 작품이다. 그림과 함께 소개되었으며, 『조선전래동화집』에는 수록되어 있지 않은 미발굴 작품이다.

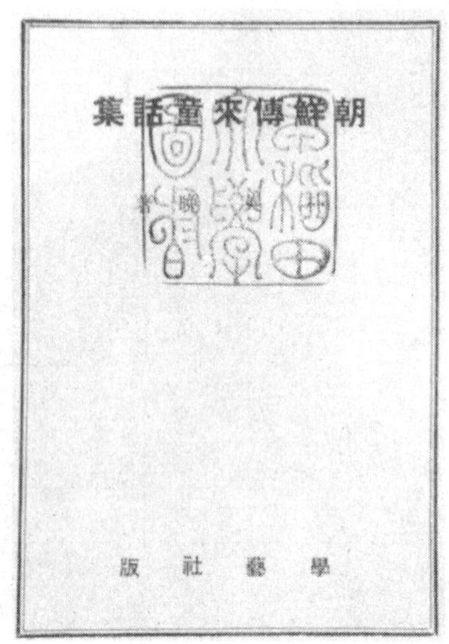

▲ 『조선전래동화집』(학예사, 1948), 안쪽 첫장 – 식민지 시기 3대 전래동화집의 마지막 작품으로 꼽히는 작품집으로, 총 75편의 작품이 수록되어 있다.

▲ 『주춧돌』(신태양사, 1963) 표지 – 일제 하 상해 임시정부의 대중국 외교활동의 중심인물이었던 남파 박찬익(1884~1949) 선생의 생애를 소설화한 작품. 1963년 출간되었다.

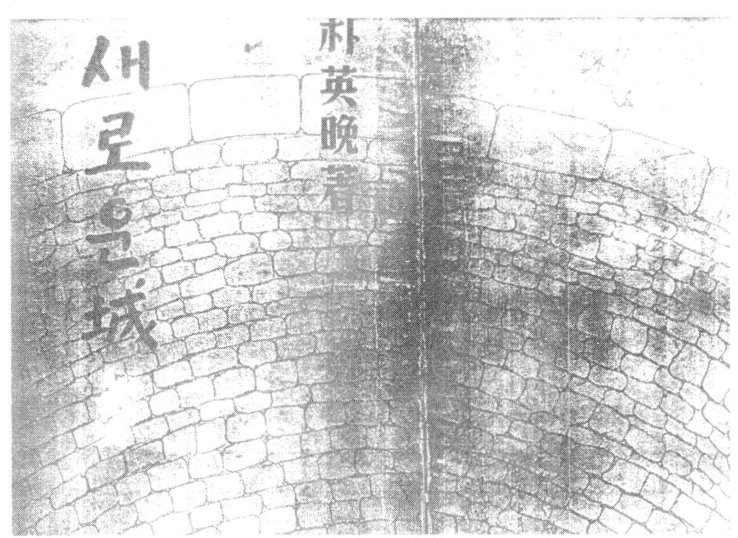

▲ 『새로운 성』(학예사, 1948) 표지 - 실제 인물을 주인공으로 하여 독립운동사를 소설로 형상화한 첫 작품. 상권은 1948년, 하권은 1949년 출간된 장편소설.

◀ 『광복군』(협동출판사, 1969), 표지 - 광복군사를 논픽션 형식으로 소설화한 연작소설로, "운명"편(1967), "여명"편(1969)으로 구성되어 있다.

▲ 남산공원 백범 김구 동상 앞에서 지인과 함께 찍은 사진. 왼쪽이 박영만이다.

▲ 1960년대 후반 즈음에, 철기 이범석 장군의 생일 자리에서 광복군 동지들과 함께 찍은 사진. 왼쪽에서 두 번째가 박영만, 그 옆이 이범석 장군이다.

【머리말】

박영만朴英晩이라는 열정적 작가와의 만남을 기뻐하며…

고전문학을 전공으로 하고 있는 필자가 우리 전래동화에 관심을 갖게 된 것은 2002년도 건국대학교 동화와 번역 연구소에서 근무하기 시작하면서부터이다. 또한 비슷한 시기에 세계전래동화연구회 세미나를 시작하게 되면서, 필자는 우리나라 및 서구 전래동화의 세계에 눈을 뜨게 되었다. 그러면서 깨달은 것이 있었다. 그것은 바로 전래동화란 민담 및 신화, 고소설을 바탕으로 하여 이루어진, 아동들을 대상으로 한 근대의 새로운 서사문학 장르라는 점이었다. 또 전래동화는 고전문학의 현대적 계승이 가장 성공적으로 이뤄지고 있는 장르 중의 하나인 것이다.

처음에는 전래동화 연구가 나와 무슨 관련이 있는지, 또 학문적으로 얼마나 긴요한 분야인지는 잘 알 수 없었지만, 함께 하시는 선생님들이 전래동화에 대해 보여주시는 열의와 진지함에 감심하면서 공부를 시작하게 되었다. 그러던 중 조선총독부가 발간한 우리나라 최초의 전래동화집인 『조선동화집』(1924년)의 존재를 알게 되었다. 국립도서관에서 자료를 복사하여 읽어 보았는데, 흥미 있는 내용이 적지 않았다. 작품들을 읽어가면서 우리나라 전래동화 형성의 중요한 단서들을 발견하게 되었고, 내친 김에 일본어로 된 원작을 번역하고, 연구 논문을 덧붙여 단행본으로 출판을 하게 되었다.

이렇게 전래동화 연구를 시작하여 그동안 전래동화 및 고전소설의 현재화에 관한 몇 편의 글을 발표하게 되었고, 그러던 중 박영만의 『조선전래동화집』(1940년)을 접하게 되었다. 사실 박영만의 『조선전래동화집』을 입수하게 된 것은 우연이고 행운이었다. 박영만의 『조선전래동화집』은 우리나라 식민지 시기 3대 전래동화집 중에서 마지막 권에 해당하는 매우 중요한 작품집이다. 그런데 이 책은 국내 대학이나 공공도서관 어디에도 소장되어 있지 않아 작품을 접할 수가 없었는데, 2004년도 초 일본 와세다 대학 도서관에 소장되어 있는 자료의 복사본을 구하게 되었다.

이 책에는 총 534쪽의 방대한 분량에 75편의 작품이 수록되어 있는데, 이제까지 잘 알려지지 않았던 독특한 작품들이 많다. 특히 창세신화적 성격이 강한 작품, 환타지성 모험담을 비롯하여 새롭고 흥미로운 작품들이 적지 않아 한국의 초기 전래동화를 연구하는 이들에게 큰 도움이 될 것으로 생각한다. 뿐만 아니라 이러한 작품들은 오늘날 전래동화 창작 및 미디어를 통해 변용 작업을 할 때 새로운 원천 콘텐츠로 활용할 수 있을 것이다.

우리 문학 연구에서 전래동화 연구는 아동문학이나 구비문학 분야에서 다뤄지고 있는데, 아직까지 본격적 연구가 활발하게 이뤄지지 못하고 있다. 또한 연구의 의의나 필요성에 대한 관심도 다른 분야에 비해 매우 약한 편이다. 전래동화에 대한 이해를 높이고 연구를 활성화하기 위해서는 구비문학이나 고전소설 연구자들이 이 분야의 창작·연구·출판 활동에 좀 더 적극적으로 동참할 필요가 있다. 또한 시기적으로는 해방 이전 전래동화의 형성과정에 대해 좀 더 진지하게 파악할 필요가 있다고 생각한다.

그런 점에서 우리는 이 동화집의 저자 박영만(朴英晩, 1914~1981)에 대해 주목할 필요가 있다. 박영만은 종래 일제 강점기 말기인 1940년대 임시정부 하에서 광복군 활동을 한 독립운동가로 알려져 있다. 그런데 이번에 『조선전래동화집』과 관련 그의 저작활동에 대해 조사하면서, 박영만이 1940년대부터 60년대 말에 이르기까지 어느 누구보다 열정적인 활동을 한 전래동화 작가요 소설가라는 사실을 새롭게 알게 되었다. 그는 20대를 전후하여, 1920년대부터 30년대에 이르기까지 10여 년간 이북 지역을 중심으로 산골 구석구석까지 다니면서 다양한 구연의 현장에서 귀중한 전래동화를 하나하나 성실하게 채록하였다. 그리고 원 이야기를 살리면서도 자신의 문장과 표현으로 잘 다듬어 그만의 작품으로 우리에게 남겨 주었다.

박영만의 전래동화 작품들은 전체적으로 이야기의 완성도 및 형상화의 수준이 높으며, 문장에서 구어체와 대화체가 자연스럽게 활용되고 있다. 전래동화에 대한 애정과 채록 및 재화 작업의 공을 생각할 때, 박영만은 프랑스의 샤를 페로, 독일의 그림 형제에 비견될 만한 인물이다. 우리는 이 동화집을 연구, 분석하면서 20세기 초의 걸출한 전래동화 작가 박영만의 작가적 개성, 동화 창작수법, 세계관 등을 조명할 수 있을 것이다.

이 책의 앞에는 『조선전래동화집』에 대한 해제, 원작의 현대어 윤문을 실었고, 뒤에는 원 책을 영인하여 붙였다. 이 작품집에 대해 관심이 있는 거의 대부분의 사람들이 이 책을 접하고 있지 못하는 현재, 이 책의 출판을 통하여 많은 사람들이 이 작품집을 감상하고, 또한 우리나라 전래동화 연구 및 창작에 작은 계기가 될 수 있다면 더 바랄 나위가 없다. 무엇보다 잊혀진 작가 박영만이 작품을 통해 오늘의 독자와 만날 수 있게 된다면 참 좋겠다.

이 책을 낼 수 있도록 귀한 자료를 접하게 해주신 인하대 염희경 선생님, 연세대 진영복 선생님께 이 자리를 빌어 감사의 마음을 전한다. 또한 전래동화에 눈을 뜨게 해주시고 함께 토론을 해주신 건국대 김정란, 박혜숙, 이우학, 김환희 교수님을 비롯한 세계동화연구회의 여러 선생님들께 감사의 마음을 전한다.

2013년 9월

권혁래

일러두기

1. 이 책은 1940년 학예사에서 출간된 『조선전래동화집』 초판본을 저본으로 삼았다.
2. 본문은 원문의 문장 및 표현을 가급적 그대로 살리고자 하였으나, 뜻이 잘 통하지 않는 이북 지방 사투리나 예스런 표현 등에 한정하여 원문의 뜻을 거스르지 않는 범위에서 현대 맞춤법에 맞게 바꾸었다. 이를 통하여 독자들이 쉽게 읽을 수 있으면서도 원작의 표현미를 느낄 수 있도록 하였다.
3. 본문의 이해를 돕기 위해 한자를 드러낼 필요가 있을 때는 ( ) 안에 한자를 표기하였다.

   〈예시〉 광복군사(光復軍史)

【차례】

【해제】

박영만朴英晩과 『조선전래동화집』에 대하여

1. 저자 박영만에 대하여

『조선전래동화집』의 저자 박영만(朴英晩)은 1914년 5월 19일 평안남도 안주(安州)에서 태어났다. 본은 밀양(密陽)이며, 호는 화계(花溪)이다. 박치옥(朴治玉)과 김진옥(金振玉)의 사이에서 5남1녀 중 셋째로 태어났던 그는 한의사이자 대지주였던 아버지 덕분에 유복하게 어린 시절을 보냈다고 한다. 그는 고향 안주에서 소학교를 졸업하고, 1927년 평안남도 진남포시(鎭南浦市)에 있는 실업계 중등학교인 진남포공립상공학교(鎭南浦公立商工學校)에 진학하여 공부하였다. 그러다가 1929년 4학년 재학 중 광주학생운동에 가담하였다가 퇴학당하였다. 그의 민족의식 및 정의감이 적극적 행동으로 나타난 것이다.

그 뒤에 그는 일본으로 유학을 떠나 와세다 대학[早稻田大學]에서 수학하였다[1]. 그가 언제 도일(渡日)을 하였으며, 언제 귀국하였는지에 대해서는 정확히 알려진 바가 없다. 박영만은 와세다 대학에서 영문학을 전공하였다. 그런데 그는 유학 시절 상해 임시정부와 주고받던 영

---

1) 박영만이 지은 『광복군』 운명 편(협동출판사, 1967년) 등의 저서 저자소개란에는 "著者는 日本 早大 出身으로……"와 같이 기록되어 있다.

문 편지가 일본 경찰에 의해 발각되면서, 졸업을 몇 개월 남기지 않은 4학년 때 학업을 중도포기하게 되었다.[2)]

와세다 대학은 일찍이 조선 유학생뿐만 아니라, 일본인들에게도 동화 연구 및 동화운동의 요람이 된 곳으로 유명하다. 소학교 시절부터 전래동화를 직접 채록하고 옮겼던 박영만이었기에, 그의 와세다 대학 시절은 전래동화집 출간에 직간접적으로 영향을 미쳤을 가능성이 크다.

박영만이 『조선전래동화집(朝鮮傳來童話集)』을 출판한 것은 1940년도의 일이다. 그는 소학교를 다니던 10대 때부터 전래동화에 대해 남다른 애정과 관심을 가졌으며, 고향을 중심으로 평안남북도, 함경남북도, 황해도 등을 다니면서 전래동화를 채집하고 정리하였다. 이러한 사실은 『조선전래동화집』 서문에 밝혀져 있다. 원래는 1937년 『조선전래동화집』을 저술하여 출판하고자 하였으나, 서문(序文)이 민족자주의식을 선양한다는 이유로 일본 경찰에 원고를 압수당하고 구금을 당하는 등 곤욕을 치렀다고 한다.[3)] 다행히도 이때 압수된 원고를 되찾아 3년 뒤인 1940년 6월, 학예사(學藝社)에서 『조선전래동화집』을 출판하게 된다. 이 동화집을 출판할 때 한글학자 한메 이윤재 선생이 교정을 봐 주었고, 민속학자 석남 송석하 선생이 서문을 써 주었는데, 서문 및 자서(自序)를 보면 박영만이 동화집의 출판을 앞두고 조선어학회 및 민속학계 인사들과 관계를 트기 시작한 듯하다.

1940년 이후 해방 전 그의 문필 활동은 주로 전래동화 집필에 집중되었던 듯하다. 현재 파악된 투고문의 목록을 적어보면 다음과 같다.

---

2) 박영만의 와세다 대학시절에 관한 일은 그의 미망인 김옥경 여사와의 인터뷰에서 알게 된 것이다.

3) 김승학, 『한국독립사』 하권, 독립문화사, 1970, 156・341쪽.

• 〈소 되엇던 사람 : 전래동화〉, 『소년』 제4권 제5호, 조선일보사 출판부, 1940년 5월, 17~21쪽.
• 〈하늘에서 나려온 애기 : 전래동화〉, 『소년』 제4권 제8호, 조선일보사 출판부, 1940년 8월, 13~19쪽.

또한 1940~1942년에는 친일 문인 이광수(李光洙) · 최재서(崔載瑞) 등을 공격하는 유인물을 문인들에게 배포하기도 하였다. 하지만 이것이 발각되어 일본 경찰에 쫓기면서, 그는 1942년 중국 산서성(山西省) 극난파(克難坡) 지역으로 망명한다. 그 곳에 있는 산서대학에 잠시 머물면서 그는 한글의 우수성을 설파하다가, 이에 감명 받은 문학부 계열의 중국인 학생들에게 2주일 간 한글 강습을 하기도 하였다[4].

이후로 박영만은 문필활동을 잠시 떠나, 이른바 광복군으로서의 활동을 시작한다.

1943년 2월에는 광복군 제2지대에 입대하여 광복군 군가인 〈압록강 행진곡〉을 작사하여 광복군의 사기를 고취하였다. 당시 이 노래는 광복군들 사이에서 널리 불리었다고 한다. 〈압록강 행진곡〉(박영만 작사, 한유한 작곡)의 가사를 살펴보면 다음과 같다.

우리는 한국 독립군 조국을 찾는 용사로다
나가 나가 압록강 건너 백두산 넘어가자
우리는 한국 광복군 악마의 원수 쳐물리자
나가 나가 압록강 건너 백두산 넘어가자
진주 우리나라 지옥이 되어
모두 도탄에서 헤매고 있다
동포는 기다린다 어서 가자 고향에

---

4) 「조선어학회 여러 동무님 앞! : 편지」, 『한글』 제11권 제3호, 조선어학회, 1946년 6 · 7월호, 65~66쪽 참조.

등잔 밑에 우는 형제가 있다
원수한테 밟힌 꽃포기 있다
동포는 기다린다 어서 가자 조국에
우리는 한국 광복군 조국을 찾는 용사로다
나가 나가 압록강 건너 백두산 넘어가자

이 노래가 2005년도 1학기부터 초등학교 4학년 음악 교과서에 실리게 되면서 작사자 박영만의 이름이 세상에 알려지게 되었다.

박영만은 또한 미군 전략정보처(OSS) 안에 한국인 공작반을 설치하도록 하는 데 큰 구실을 하기도 하였다. 1943년 11월에는 김구(金九)의 명령을 받고 중국 중경(重慶)에 도착하여 대한민국 임시정부 선전부(宣傳部) 선전위원으로 임명되었다. 이와 동시에, 미군전략정보처 안의 한국인 공작반에 특파되어 일본군 정세에 관한 정보를 수집하고 광복군의 존재가치를 선전하여 미군으로 하여금 광복군에 대한 인식을 새롭게 하고, 한미합작훈련문제를 실현시키는 데 기여하였다. 1944년 5월에는 광복군 총사령부 정훈처(政訓處) 선전과원(宣傳科員)으로 활약하였다. 그리고 같은 해 6월 지대장 이범석(李範奭)을 도와 한미연합군사훈련 실시를 성공시키는 한편, 광복군 총사령부 정훈처 선전과장[參領; 중령]에 임명되어 활약하다가 광복을 맞았다.[5)]

해방 후 그는 다시 문필활동을 시작한다. 언론 기사를 통해 확인할 수 있는 그의 저작 및 기사 목록은 다음과 같다.

- 「조선어학회 여러 동무님 앞! : 편지」, 『한글』 제11권 제3호, 조선어학회, 1946년 6·7월호, 65~66쪽.
- 『새로운 城』 상권, 學藝社, 1948년 11월.
- 『새로운 城』 하권, 金龍圖書, 1949년.

5) 국사편찬위원회, 『일제침략하 한국 36년사』 13권, 1978년, 855쪽.

- 「重慶에서의 감격 : 異域에서 맞은 8·15」, 『새한민보』 제3권 제17호, 새한민보사, 1949년 8월, 37쪽.

박영만은 8 · 15 해방을 중국 중경(重慶)에서 맞이한다. 중국에서 황해를 건너 조국으로 돌아온 그는 분단 조국의 향방 문제를 놓고 고민하고, 또한 일신상으로는 북쪽의 부모님과 만날 수 없고, 또 망명 전 써놓은 원고뭉치는 찾을 수 없는 현실에서 새로운 길을 모색한다. 그리고 3년 만에 장편소설 『새로운 성』을 발표한다. 『새로운 성』 상권(1948년)은 284쪽 분량이고, 『새로운 성』 하권(1949년)은 559쪽 분량이다. 본격적인 소설가로서의 시작을 보여주는 작품들이다. 당시 박영만은 『새로운 성』 발간의 감회를 다음과 같이 기술한다.

> 이 소설 『새로운 성』을 구상한 것은 벌써 오래여서 내가 중국 西安, 즉 진나라 옛터전인 長安 – 그 곳에 있을 때였다. 내 몸소 부닥치고 겪고 지내는 처지가 되어서 그랬던지 나는 그때 우리 겨레의 獨立運動史를 소설로 써보고야 말리라는 불타는 열망과 의무심에서 그때그때 구상의 메모를 게을리 하지 않았다. 이 소설이 그 당시의 메모로써 얽혀진 三部作의 그 첫 작품이다.
>
> 그리고 끝으로 독자들을 위해서 말해둘 필요를 느끼는 것이 있다. 그것은 이 소설에 나오는 주인공의 모델인데, 나는 이 주인공의 모델이 某將軍 그 분이라는 것을 솔직히 말한다.
>
> 이역에서 멀리 고국을 눈에 그리면서 그가 피눈물 섞인 그의 회고담을 들려주곤 한 것이 나로 하여금 이런 소설을 쓰게 한 동기가 되었던 것이다.(……) 단지 일개 작가로서의 내가 내 자신의 내적 충동으로 인해서 쓰지 않을 수가 없어서 쓴 내 자신의 작품인 것이다. 즉 獨立運動史의 小說化를 기획한 작품이다.[6]

---

6) 박영만, 『새로운 城』 상권, 학예사, 1948년, "自序" 中에서.

해방 뒤 박영만은 독립운동사를 소설로 형상화하는 소설가로 변신한다. 그리고 3부작을 구상하고 그 첫 편으로 『새로운 성』을 발표한 것이다.

나머지 두 편의 짧은 글은 조국에 돌아온 뒤의 소회와 감격을 고백한 짧은 수필이다.

한편 1948년 1월 15일자 『조선일보』를 보면, 박영만이 한미문화협회 총간사를 지낸 것으로 나온다. 박영만은 이 일을 하면서 한국의 학생 20여 명을 추천하여 미국으로 유학을 보내기도 하였다. 이때 한미문화협회는 미국에서 한국의 문화를 소개하는 홍보활동을 하는 기관인데, 명예회장은 김규식, 회장은 송석하였다고 한다. 이승만과 정치노선을 달리한 김규식이 관여하는 단체에 박영만이 속한 까닭인지 박영만은 이승만 정부와 일정한 갈등이 있었던 것 같다.

1948년 12월 7일에는 '민족정신앙양 전국문화인 총궐기대회'에 참가하였다고 한다.

6·25전쟁이 일어나고 1·4 후퇴 때 서울에 머물게 된 박영만은 옆집에 살던 김옥경과 결혼하게 된다. 1951년도의 일이다. 당시 박영만의 나이는 38세, 김옥경은 24세였다. 박영만은 그 뒤 김옥경과의 사이에서 4남1녀의 자녀를 얻는다.

박영만의 문필 활동 흔적이 다시 발견되는 것은 1950년대 후반 즈음부터이다. 이 당시 그가 발표한 저작물의 목록은 다음과 같다.

- 〈'舜臣孫' 先生〉, 『新太陽』 제6권 제7호, 신태양사, 1957년 7월, 242~248쪽.
- 〈嗚呼! 光復軍〉, 『三千里』 제2권 제8호, 삼천리사, 1957년 8월.
- 〈깨어진 玉부처 : 소설〉, 『交通界』 제1권 제1호, 교통계사, 1960년 4월, 172~181쪽.
- 『큰 놈이』, 제일출판문화사, 1961년.

- 『傳記小說 주춧돌 : 男坡 朴贊翊先生의 生涯』, 신태양사 출판국, 1963년.
- 『논픽션 소설 光復軍 : 運命篇』 상·하, 협동출판사, 1967년.
- 『實錄小說 光復軍 : 黎明篇』, 협동출판사, 1969년.

박영만은 1950년대 후반부터 1960년대에 걸쳐 수필, 라디오 드라마, 장편소설 작품 등을 두루 집필하였다.

『큰 놈이』(1961년)는 책 제목 뒤에 "방송인기작품집"이라는 부제가 붙어 있다. 그는 60년대 전반 즈음에 제일라디오 방송국에 라디오 드라마 집필을 맡게 되어, 〈일장춘몽〉(단편), 『성웅 이순신』(장편), 『봉선화 피고 질 때』(장편) 등의 작품을 쓰기도 하였다.[7)]

그리고 다시 장편소설을 쓰기 시작하여, 법무부 간행 잡지 『새길』에 〈한 줌의 흙을 지니고〉를 2년 동안 연재하였고, 『중앙일보』, 『한국일보』에는 장편소설 『폭풍의 노래』 등을 연재하였다. 『김구』(미출간), 『주춧돌』(1963년), 『광복군』 3부작 중 "운명 편"(1967년), "여명 편"(1969년)에 이르기까지 60년대 말까지 지어진 박영만의 작품들은 대부분 독립운동사 또는 애국지사의 삶을 소설화한 것인데, 저자 스스로 이 작품들을 전기소설(傳記小說), 논픽션 소설, 실록소설의 이름을 붙였다. 넓게 보아 역사소설의 범주에 속하는 작품들이다. 박영만의 『광복군』 집필 기획에 대한 소식은 1961년 6월 하순에 여러 신문 기사로 난 적도 있다. 그런데 실제로 이 연작소설은 '광복군사(光復軍史)'를 논픽션 형식의 소설로 형상화한 것이다. 박영만은 시중에 나도는 광복군에 관한 출판물이 대부분 광복군의 진실을 왜곡한 것에 분개하여 이 연작소설을 집필하게 되었다고 했다.[8)]

---

7) 이상 라디오 드라마 집필 활동은 부인 김옥경 여사와의 인터뷰를 통해 알게 된 사실이다.

8) 박영만, 『광복군』 운명 편 상권, 협동출판사, 1967년, "自序" 中에서.

박영만의 마지막 저작물은 『동방의 태양 한민족』(육지사, 1982.)이다. 이 책은 박영만이 중국과 일본의 고서적들을 객관적으로 읽어내며, 우리의 고대사를 연구하여 우리 민족의 우수성을 설파하고자 한, 484쪽 분량의 노작이다. 박영만은 이 책을 탈고하고 3교 교정까지 마친 뒤 출판을 앞두고, 갑자기 뇌졸중으로 쓰러져 병원에 입원하였다가, 1981년 11월 28일 병상에서 숨을 거두었다. 그의 나이 68세였다. 이 책은 그가 세상을 떠나고 1년 뒤 유작(遺作)으로 발간되었다. 그의 유해는 경기도 성남시 모란공원 묘지에 안장되었다가, 1994년 대전 국립묘지로 이장되었다.

이외에도 조사되지 않은 저작물들이 적지 않을 것으로 예상되며, 이것들에 대해서는 차후에라도 보완하고자 한다.

박영만은 1963년 8월 15일에 건국공로 대통령 표창을 수상하고, 1977년에는 건국포장을 수여하였다. 그가 세상을 떠난 뒤 정부에서는 고인의 공훈을 기리기 위하여 1990년에 건국훈장 애국장을 추서하였다.

박영만은 일제 강점기시기에 태어나 일찍이 민족의식에 눈을 떠 열정적인 생애를 산 인물이다. 우리 사회에 박영만을 기억하는 사람들은 그리 많지 않다. 다만 정부 포상과 관련하여서 주로 광복군이자 독립운동가로서 알려졌고, 최근엔 〈압록강 행진곡〉이 주목을 받으면서 그 노래의 작사가로 잠시 일반인들의 관심을 끌었다.

그런데 이번 『조선전래동화집』의 재출간을 계기로 그의 생애와 활동을 다시 조사해본 결과, 그는 지금까지 알려진 것보다 훨씬 왕성하고 열정적인 집필 활동을 해 왔음을 새롭게 알게 되었다.

1940년대 초에는 주목받는 전래동화 작가로서, 식민지 시기 우리나라 전래동화 수집 및 형성에 큰 공헌을 한 인물임을 새롭게 알 수 있었다. 1942년도부터 해방 직전까지는 중국으로 망명하여 임시정부 하에서 광복군 중령으로서 적지 않은 군공(軍功)을 세웠으며, 그리고 해방 후부터 1960년대 말까지는 드라마 작가 및 소설가로서의 전문 영역을 넓히었다. 그의 후반기 집필 활동의 중심은 역시 역사소설의 집필을 통하여 광복운동의 실상을 깊고 진실하게 조명하고, 또한 잊혀지기 쉬운 몇몇 애국지사들의 삶의 의미를 감동적으로 형상화한 것에 있지 않을까 생각한다.

이런 점에서 필자는 독립지사 박영만의 삶에서 새롭게 문학가 - 전래동화 및 역사소설 작가 - 로서의 면모를 파악하여, 그의 삶을 좀 더 폭넓고 종합적으로 조명해야 할 필요가 있음을 제기하는 바이다.

2. 저술동기 및 방법

박영만이 『조선전래동화집』을 출판한 시기는 1940년, 그의 나이 27세 되던 때이다. 박영만은 소학교를 다니던 때부터 전래동화를 수집하고 기록하기 시작하였고, 10여 년간의 수집과 정리 작업을 거쳐 탄생한 것이 『조선전래동화집』이다.

이 책의 저술 동기는 무엇보다 저자의 서문에 잘 나타나 있다.

> 口碑로써 전해 내려오는 所謂 傳來童話는 수 천백 년을 亘하여 우리의 할아버지 할머니들이 말씀하시고 들으시고 생각하시고 한 흙의 哲學이고, 흙의 詩고, 거룩한 꽃이다. 지금까지 이 아름다운 꽃에 대하여 진지한 고려가 없었음은 遺憾이 아닐 수 없다.
>
> 이런 구비는 이것을 적당한 때에 손을 써서 모집하여 두지 않으면 새로운 화장을 하고 찾아오는 이국의 딸들과 잡혼을 하여 따스한 온돌방으로부터 자취를 감추지 않으면 본래의 모습을 찾아볼 수 없게 混色物이 되고 만다. 이것은 슬픈 일이라고 나는 생각했다. 먼지 속에 파묻혀서 있는 우리 겨레 고유의 이 꽃들을 구해내는 것을 나는 나의 사명으로 알고 있다.

내가 이 전래동화를 모집하기 시작한 것은 소학교 시대부터이니 벌써 10여 년이 된다. 이 십여 년간 혹은 어머님 무릎에서 듣고, 혹은 각지로 다니면서 山村 市井의 樵夫, 村嫗, 田夫, 나그네들의 입을 빌어 모집한 것의 일부를 이제 學藝社를 거쳐 아름다운 이 땅 문화 동산에 바치게 되었다. 적으나마 정성에 찬 선물이다. 나는 여기에 당함에 엄정한 태도로써 내용과 형식에 있어서 原話에 극히 忠實하려고 하였다.

－'自序' 中에서－

박영만은 전래동화의 수집과 정리에 대해 매우 진지한 애정과 관심을 드러내고 있다. 192,30년대에 전래동화에 관하여 이 정도의 진지한 사고방식을 보여주는 글은 흔치 않을 것이다. 박영만이 생각하는 전래동화란, "수천 년에 걸쳐 조상들이 말하고 듣고 생각한 흙의 철학이고, 흙의 시고, 거룩한 꽃"이다. 흙의 철학, 흙의 시, 거룩한 꽃이라는 비유가 진지하고 새롭다. 전래동화는 공동체 및 민중들의 삶의 진실한 소산물이라는 뜻이다.

또 전래동화는 흙이요 꽃같이 순연(純然)한 것인데, 적당한 때를 놓치면 사라져 버리거나, 또는 외국의 문학 작품과 섞여버려서 그 순연함을 놓치게 된다고 하였다. 박영만은 수천 년간 간직해온 우리의 순연한 문화적 산물인 전래동화를 근대 문명, 서구 문명이 밀어 닥쳐오는 와중에서 구하고 원형 그대로 살려놓는 것의 필요성을 절감하게 되었고, 그리하여 이 일을 자기의 사명으로 여기게 되었다. 이것이 박영만이 일찍부터 전래동화 수집에 열심을 내었던 이유인 것이다.

저술 방법을 보면, 양질의 자료를 구하기 위하여 우선 현장답사와 채록 작업을 매우 열성으로 하였음을 알 수 있다. 이 점에 대해서는 서문을 쓴 서문을 쓴 민속학자 석남(石南) 송석하(宋錫夏, 1904~1948)의 발언이 좋은 논거가 된다. 그는 박영만이 동화를 수집하는 과정에 대해 다음과 같이 묘사하였다.

> 내가 君에 대하여 敬服한 것은 酷寒 零下 수십 도 되는 白頭山 下背梁山脈을 관북에서 관서로 넘어 丈雪을 꺼리지 않고 나도 曾往에 답사한 慈厚 兩地는 물론이요 그의 수십 배의 지역에서 어떤 때는 생나무 내에 숨이 막히는 窮村의 화전민 집에서, 어떤 때는 잘 곳 없는 荒野를 헤매면서, 혹은 野叟에서, 혹은 山嫗에서 하나씩 둘씩 자료를 모집하는 눈물겨운 성심에 대함이었다. –'序' 中에서 –

산촌궁곡을 다니면서 다양한 지역에서 전래동화 작품을 수집하려 한 박영만의 헌신적인 노력과 성실한 자세를 평가한 것이라 할 수 있다. 박영만이 주로 채록한 곳은 평안남북도를 비롯한 이북 지역이다. 이렇게 채록된 작품들이 이 책에 수록된 75편의 작품들이다. 책에는 각 작품마다 채록한 지역을 명기하였으며, 채록 시기나 구술자에 대해서는 기록하지 않았다.

또한 채록한 이야기를 기록하고 정리하면서, 가능하면 동화의 원 형태를 유지하려 하였음을 알 수 있다.

송석하 선생은 박영만에 대해 "학계에 샛별같이 나타난 篤學의 士"라고 하였다. 그리고 "그는 아무런 다른 야심보다 조선의 동화를 가장 광범위하게, 가장 정확히, 가장 보편적으로 모집"하였으며, "일방으로는 학구자료(學究資料)로, 일방으로는 아동의 노변총화(爐邊叢話)로 제공하려는 용의 이외의 야심밖에는 없다"는 것을 굳게 믿는다고 하였다.

이는 박영만이 전래동화 채록 방법에 대해서 특별히 교육받은 것이 없음에도 불구하고, 그의 동화자료 수집 태도가 굉장히 전문적이고 엄밀하였음을 평가한 것이다. 또한 그가 수집 정리한 작품이 훌륭한 학문적 연구자료가 될 뿐 아니라, 동시에 어린이들에게 구연할 때에도 아주 생생한 구연 자료로 쓰일 수 있다는 점을 평가한 것으로 보인다.

3. 『조선전래동화집』의 내용과 특색

『조선전래동화집』에는 모두 75편의 동화가 수록되어 있다. 각 편마다 간략히 내용을 소개하면 다음과 같다. 내용 소개 뒤에는 ( )를 하고 채록한 지역을 써 넣었다.

1) 각 편의 주요 내용과 채록 지역

① 열두 삼천

→ 녹족부인(鹿足夫人)과 열두 아들의 이야기. 중국으로 보내져 장수가 되어 조선을 쳐들어온 열두 장군이 어머니인 녹족부인을 만나고 군사를 물린 이야기. 열두 삼천이벌, 삼천포 등 지명 유래담 (평안남도)

② 이야기는 이야기할 것이지 넣어둘 것은 아니오

→ 이야기를 듣고 주머니에 모아두기를 좋아했던 청년을 한 머슴이 이야기 귀신들의 흉계로부터 구해내는 이야기 (경성)

③ 소 되었던 사람

→ 소가 되었던 머슴이 다시 사람이 되었다가 예쁜 처녀와 결혼하는 이야기 (함경남도)

④ 범과 효자

→ 아버지를 죽인 범을 찾아 원수 갚은 효자가, 다시 범의 도움으로 장군이 되는 이야기 (평안남도)

⑤ 봉익이 김선달

→ 김선달이 자기를 속여 똥을 먹인 중에게 복수하는 이야기 (평안남도)

⑥ 노인과 양자, 사슴이, 뱀

→ 홍수 때 소년, 사슴, 뱀을 구해주었던 노인이, 뒤에 양자가 된 배은망덕한 소년의 흉계를 사슴과 뱀의 도움을 받아 물리치는 이야기 (함경남도)

⑦ 계수나무 할아버지

→ 백두산 계수나무를 두고 달나라 사람들과 지구 사람들이 다툰 이야기, 계수나무의 정기를 받아 태어난 아기가 나중에 인류의 조상이 되었다는 이야기 (함경남도)

⑧ 금이 귀신 된 이야기

→ 투전꾼 부부가 흉가에 들었다가 금이 변신한 귀신을 잡고 잘 살게 되었다는 이야기 (평안남도)

⑨ 엿 잘 먹는 훈장

→ 훈장이 엿을 숨겨 놓고 먹는 것을 안 학동들이 엿을 몰래 먹고 꾀를 부린 이야기 (평안남도)

⑩ 잊기 잘하는 사람 이야기

→ 건망증이 심한 한 선비의 일화 (평안남도)

⑪ 박혁거세 임금님

→ 말이 낳은 알에서 아기가 태어나 신라의 왕이 되었다는 짧은 이야기 (나의 기억)

⑫ 목침 이야기

→ 이상한 목침을 얻은 한 선비가 목침의 신통력으로 정승의 사위가 되고, 변신한 여우를 쫓아내고 왕후를 구한 이야기 (평안남도)

⑬ 좁쌀 한 알로 정승의 사위 된 사람 이야기

→ 좁쌀 한 알을 맡긴 총각이 쥐, 고양이, 개, 말, 소를 대신 얻고, 마지막엔 정승의 딸을 얻는다는 이야기 (함경남도)

⑭ 독수리 된 왕

→ 도깨비에게서 날아다닐 수 있는 두루마기를 얻은 한 사람이 중국 왕에게 가서 그 옷을 입혀 그 왕이 독수리가 되었다는 이야기 (평안남도)

⑮ 까투리 이야기

→ 죽은 까투리를 삶아먹은 과부에게서 태어난 아이가 나중에 결혼을 해서 돌아올 때에 구렁이에게 잡아먹히게 되었을 때, 색시의 도움으로 목숨을 구한다는 이야기 (모집지 불명)

⑯ 맷돌, 조롱박, 장구

→ 아버지에게서 맷돌, 조롱박, 장구를 유산으로 물려받은 세 형제가 각기 그 물건들을 가지고 성공하여 만나는 이야기 (평안남도)

⑰ 불평가 이야기

→ 어느 불평 많은 청년이 떨어지는 도토리에 맞고 깨달아 불평을 멈추었다는 이야기 (황해도)

⑱ 혹 뗀 이야기

→ 혹 달린 노인이 노래를 잘 불렀는데, 도깨비들로부터 많은 금은을 받고 자신의 혹을 떼어주었다는 이야기 (나의 기억)

⑲ 청개구리 이야기

→ 어미 말을 안 듣던 청개구리가 어미의 묘를 바닷가에 묻고는 비만 오면 울게 되었다는 이야기 (평양)

⑳ 놀부와 흥부

→ 놀부와 흥부 이야기 (평안남도)

㉑ 선녀의 옷과 수탉

→ 나무꾼과 선녀 이야기. 결국 천상에서 살게된 나무꾼이 나중에 하늘로 올라가지 못하여 수탉이 되었다는 이야기 (함경남도)

㉒ 헌데장이, 코흘리개, 눈첩첩이

→ 세 사람이 자신의 추레한 행동을 잠시 멈추자고 했지만, 각기 꾀를 피워 긁고 닦고 파리를 쫓은 이야기 (평안남도)

㉓ 교만한 왕 이야기

→ 어느 교만한 왕이 목욕을 한 뒤 자기 옷을 잃고 거지옷을 입었다가 봉변을 당한 것을 통해 자신의 교만함을 깨닫는다는 이야기 (평안남도)

㉔ 밥 안 먹는 아내 구한 사람

→ 아내가 밥 먹는 것을 아까워해서 감시하다가 봉변을 당한 구두쇠 이야기 (평안남도)

㉕ 꾀 많은 김서방

→ 자기 아내와 정을 통한 이웃 남자를 몰래 죽인 사람이 꾀를 써서 아내도 혼내고 큰 돈을 번다는 이야기 (평안남도)

㉖ 점 잘 치는 훈장

→ 얼떨결에 점 잘 치는 것으로 소문난 훈장이 중국 황제에게 불려가 수수께끼를 풀고 오히려 황제를 혼내 준다는 이야기 (평안남도)

㉗ 구대 독자

→ 구대 독자가 서울로 과거보러 갔다가 처녀살인 사건을 풀어주고 장원급제한 이야기 (함경남도)

㉘ 요술장이의 아내

→ 아내의 정절을 시험하기 위해 거짓 죽은 체했던 요술장이와 아내의 사랑 이야기 (평안북도)

㉙ 삼백 냥 재판

→ 남의 돈 3백 냥을 떼어먹은 사람을 지혜롭게 재판한 원님 이야기 (평안북도)

㉚ 코 긴 공주

→ 신기한 보물을 물려받은 세 형제를 속여 보물을 빼앗으려다가 혼이 난 공주 이야기 (평안남도)

㉛ 황 정승의 아가씨
→ 천하의 미인 황 정승의 딸을 아내 삼기 위해 온갖 고난을 이겨낸 남자의 이야기 (평안남도)

㉜ 박두꺼비
→ 흉한 모습을 한 박두꺼비가 혼인잔치에 갔다가 여우가 변신한 신랑을 잡아 죽이고 그 집 사위가 된 이야기 (함경북도)

㉝ 효자 이야기
→ 효성스런 작은 아들이 못된 형의 박해를 이기고 불사약과 보물을 구해 병든 어머니를 치료한 이야기 (평안남도)

㉞ 소고기 재판
→ 소고기 냄새를 맡고 병인 나은 사람에게 돈을 내라는 사람의 소송을 지혜롭게 재판한 원님 이야기 (평안남도)

㉟ 장수 되는 물
→ 아내를 괴물에게 빼앗긴 남자가 어느 섬에서 장수되는 물을 마시고 괴물을 물리치는 이야기 (평안남도)

㊱ 호박에 돈을 꽂아 가지고 오던 소년
→ 주막집에서 돈을 가지고 온다는 말을 하였다가 죽을 뻔한 소년 이야기 (평안남도)

㊲ 학과 부기
→ 과거에 낙방해 죽으려 한 선비를 숙종대왕이 도와주었다는 이야기 (평안남도)

㊳ 삼년 석달 계속하는 긴 이야기
→ 이야기를 길게 늘이는 방법에 대한 이야기 (평안남도)

㊴ 갈대잎
→ 신혼 첫날밤 신부집 창문에 비친 갈대 그림자를 보고 도망간 신랑과 그것 때문에 원혼이 된 신부 이야기 (평안남도)

㊵ 배가 아프면 개를 그려 먹어라
→ 배가 아프다고 하니까 시작된 언어 유희 (평안북도)

㊶ 오형제
→ 의형제를 맺은 다섯 사람이 왕과 내기 게임을 해서 많은 금을 번 이야기 (평안북도)

㊷ 산과 바다가 된 이야기
→ 하느님의 부인이 이 세상을 가락지를 떨어뜨려 하늘 장수가 그것을 찾으며 지구의 땅을 손으로 주무르는 바람에 산과 바다가 생겼다는 이야기 (경상북도)

㊸ 코 길어진 욕심쟁이
→ 호두 깨무는 소리로 도깨비 방망이를 얻은 착한 소년과 그렇지 못하고 벌 받은 소년 이야기 (모집지 불명)

㊹ 곶감 이야기
→ 아기가 자신보다 곶감을 더 무서워한다고 생각하고 도망치다 죽은 호랑이 이야기

㊺ 북두칠성
→ 얼마 살지 못할 것 같은 소년을 북두칠성이 변신한 중이 살려주었다는 이야기 (함경남도)

㊻ 효자와 산삼
→ 늙은 어머니를 구하기 위해 효성을 다한 아들에게 늙은 중이 산삼을 주어 병을 고치게 했다는 이야기 (모집지 불명)

㊼ 쿨떡이 이야기
→ 바보 쿨떡이가 각종 사고를 치고, 욕심을 부리다가 죽었다는 이야기 (평안남도)

㊽ 지혜 다투기
→ 바보 떡보가 중국 사신과 지혜를 겨뤄서 이긴 이야기 (평안북도)

㊾ 장원 급제한 소년
→ 어린 시골 소년이 과거보러 갔다가 일어난 일화 (모집지 불명)

㊿ 장화홍련
→ 장화와 홍련이가 의붓엄마 때문에 억울하게 죽고, 신임 철산부사가 그들의 한을 풀어준다는 이야기. 고소설에 기반한 26쪽의 긴 동화 (나의 기억)

51 토끼와 사슴이와 두꺼비
→ 토끼와 사슴, 두꺼비의 나이 자랑 이야기 (서울)

52 난장이의 범 사냥
→ 아주 작은 난장이가 용감하게 범 사냥을 나서서 수천 마리 범을 잡은 이야기 (모집지 불명)

53 길고도 고소한 이야기
→ 긴 장대 위의 참깨 주머니 (평안남도)

54 개와 고양이
→ 용왕의 아들인 물고기를 구해준 노인이 용궁에서 진귀한 선물을 받게 되고, 나중에 그 선물을 잃자 개와 고양이가 찾아오다가 서로 싸우게 된 사연에 대한 이야기 (평안북도)

55 고생이란 것을 안 사람
→ 일부러 사서 고생을 하겠다고 나섰다가 시체와 범 사이에서 크게 혼난 청년 이야기 (함경남도)

56 도둑놈의 이름은 신재복
→ 도둑에게 아내를 빼앗긴 사내가 도둑이 낸 수수께끼를 풀고 아내를 찾으러가서 꾀를 발휘하여 도둑을 없애고 아내를 찾아오는 모험담 (평안남도)

57 요술 쓰는 색시
→ 못생겼지만 기이한 능력을 지닌 색시가 나중에 미인으로 변신하고

중국의 군사를 도술로 물리치는 이야기. 고소설 〈박씨부인전〉과 성격이 유사함 (평안남도)

(58) 중과 며느리

→ 한 중이 절에 공부하러 온 남자의 아내와 눈이 맞아 그 남자를 죽인다. 뒤에 그 남자의 혼이 활 잘 쏘는 사람에게 부탁하여 그 원수를 갚는 이야기. 성적(性的)인 성격이 강함 (평안남도)

(59) 용왕의 딸

→ 어떤 남자가 물고기를 살려준 덕분에 용왕의 딸을 아내로 얻게 되었는데, 왕이 그 아내를 탐내어 군대를 몰고 오지만 용왕의 딸이 도술로 물리친다는 이야기 (황해도)

(60) 노루 꽁지 없어진 이야기

→ 소금장수가 호랑이를 만나 꾀를 써서 물리치는데, 이를 비웃던 노루가, 놀라 다시 도망가는 호랑이 이빨에 꼬리를 잘렸다는 이야기 (평안북도)

(61) 거짓말해서 아내 얻은 사람

→ 거짓말 잘하는 사람을 사위로 삼으려고 한 시골 사람 이야기 (평안남도)

(62) 원앙새

→ 한 포수가 암수 사이가 좋은 원앙 수컷을 쏘아 죽인 후 가슴 아파한 이야기 (평안남도)

(63) 옴두꺼비가 장가든 이야기

→ 옴두꺼비가 사람에게 장가들고 사람이 되고, 부모 아내와 함께 하늘나라로 갔다는 이야기 (평안남도)

(64) 꾀 많은 부인 이야기

→ 한 중이 부인을 탐내자, 그 부인이 꾀를 내어 중을 물리치고 돈을 챙겨 달아난 이야기 (함경남도)

⑥⑤ 범이 개 된 이야기
→ 아비를 범에게 잃은 소년이 산속에서 범들을 잡고, 남은 범들은 개가 되어 사람의 집을 지키게 되었다는 이야기 (평안남도)

⑥⑥ 붙어라 떨어져라
→ 한 머슴이 죽은 사람에게서 무엇이든 붙이고 떨어지게 하는 도술을 배워, 그것으로 한바탕 소동을 일으킨 것을 그린 이야기 (모집지 불명)

⑥⑦ 십 년간 지팡이를 두른 사람
→ 산 속을 가던 사람이 쫓아오는 호랑이를 막으려다 십 년간 지팡이를 휘둘렀다는 이야기 (함경남도)

⑥⑧ 머리 셋 가진 중과 포수
→ 어떤 포수가 머리 셋 달린 괴물을 쫓아가 잡혀간 공주를 구하고, 또 물고기를 살려주고 용왕의 딸을 아내로 맞아 살게 되었다는 이야기 (평안남도)

⑥⑨ 예쁜이와 버들이
→ 의붓어머니에게 박대 받고 살던 예쁜이가, 신비한 동굴에 사는 버들이란 소년의 도움을 받고, 나중에 하늘나라로 올라간다는 이야기 (경기도)

⑦⓪ 자글대 이야기
→ 한 양반이 자기 머슴의 아내를 빼앗으려 하자, 머슴의 아들이 꾀를 내어 양반의 흉계를 막고, 나중엔 도리어 양반의 딸을 자기 아내로 삼는다는 이야기 (평안남도)

⑦① 회오리바람 재판
→ 회오리바람 때문에 손해 본 질그릇 장수에게 위로가 되는 재판을 해준 원님 이야기 (평안남도)

⑦② 연이와 칠성이

→ 두 남녀가 서로 사랑하지만 부모가 정해준 혼처 때문에 사랑을 이루지 못하고 죽는다. 하지만 다시 환생하여 끝내 사랑을 이룬다는 슬프고도 아름다운 이야기 (평안남도)

⑦③ 해와 달이 된 이야기

→ 널리 알려진 해와 달이 된 오누이 이야기. 범이 훨씬 얄밉게 그려졌음 (평안남도)

⑦④ 꿀 강아지

→ 한 가난한 남자가 솥뚜껑, 강아지, 칼 등을 가지고 부자를 속이고 큰 돈을 챙긴 이야기 (평안남도)

⑦⑤ 까치의 보은

→ 널리 알려진 까치와 나그네 이야기

이상에 기록된 채록 지역을 도표화하면 다음과 같다.

지역		숫자	소계
평안남도	안주	17	42
	평원	11	
	평양	3	
	진남포	3	
	한천	2	
	강서, 덕천, 숙천, 순안, 순천, 용강(각1)	6	
함경남도	함흥	5	10
	고원, 안변, 원산, 정평, 홍원(각1)	5	
평안북도	강계	3	6
	삭주, 정주, 자성(각1)	3	
황해도	안악, 사리원(각1)	2	2
경성		2	2

기타	함북 길주, 경북 대구, 경기도 김포(각1)	3	3
나의 기억		4	4
모집지 불명		6	6
합계		75	

위 표에서 알 수 있듯이 박영만은 자신의 고향 안주를 비롯하여 평안남북도와 함경남도에서 대다수의 작품을 채록하였다. 모집지를 알 수 없는 작품은 열 작품이다(불명6, 나의 기억4). 서울 이남 지역 네 곳을 제외하면 모두 이북 지역이며, 대도시보다는 시골 읍면동 지역이 훨씬 많다. 박영만이 자신의 고향을 중심으로 한강 이북의 지역을 구석구석 찾아다니며 설화를 채록하였음을 알 수 있다. 그런데 채록 지역만 있을 뿐, 채록 시기나 제보자의 정보를 알 수 없는 점이 아쉬움으로 남는다. 조사 열정은 손진태에도 뒤지지 않지만, 조사방법과 기록방식 면에선 엄밀함이 다소 떨어지는 부분이다.

2) 민담의 동화화 방식과 박영만 동화의 특징

박영만의 동화는 대부분 현지에서 채록한 것이고, 박영만 자신도 작품의 순수성을 거듭 강조하였지만, 그 문장은 매우 매끄럽고 세련되다. 자신이 채록한 민담을 구성 및 문장 면에서 잘 다듬어 동화화한 것이다. 이 점이 박영만 동화의 가장 두드러진 특징이다. 박영만 동화의 좀 더 구체적 특징과 동화화 방식을 살펴보면 다음과 같다.

첫째, 박영만의 동화는 유형 분류상, 신이담이 우세하다. 전체 75편 중 신이담이 41편으로 가장 많으며, 다음으로 소담 23편, 일반담 6편, 형식담 3편, 동물담 2편 순으로 분류된다. 신이담은 현실에서는 절대 일어날 수 없는 상상적인 초인들의 신비스런 이야기를 말하는 것으로서, 이러한 유형이 많다는 것은 사람들이 꿈꾸는 세계와 문제해결 방식에 민중적 상상력이 많이 개입되었다는 것을 의미한다. 신이담에서는 새로운 신화 및 초월적 세계가 발견된다. 〈산과 바다가 된 이야기〉, 〈해와 달 된 이야기〉, 〈계수나무 할아버지〉는 소박하지만 창세신화의 성격을 보여주는 작품들로서, 태초에 지구에 산과 바다가 만들어진 과정, 해와 달이 만들어진 과정, 인류가 탄생하는 과정을 보여준다. 이 중에서도 〈계수나무 할아버지〉는 달의 인류와 지구의 인류가 계수나무를 두고 다툼을 벌이다 조물주가 지구 인류의 편을 들어주었고, 홍수 신화를 통하여 지구에 새로운 인류의 시조가 탄생하는 과정을 서술하였다. 손진태가 채록한 〈대홍수와 인류〉(『조선민담집』)를 제외한다면, 일제 강점기의 설화·동화집에서는 이러한 내용과 규모의 창세신화는 찾아보기 힘들다.

이외에도 『조선전래동화집』에는 신들의 공간(용궁, 섬, 지하세계, 동굴, 산골), 여러 신격(용왕, 선녀, 북두칠성, 사슴 괴물, 산신령, 이야기 귀신, 금 귀신, 박쥐도둑, 머리 셋 달린 중 등), 초월적인 질서와 능력이 수없이 등장하여 이야기를 환상적으로 만든다.

둘째, 박영만 동화는 주제 면에서도 다양한 양상을 보인다. '부귀, 효, 지혜와 재치, 용기, 보은, 충직함, 선행, 웃음'이 빈도수가 높으며, '권선징악, 신의, 형제우애, 사랑, 부부애, 행운, 고생의 의미, 운명, 변신'과 같은 주제가 그 다음을 잇는다. 또 특별히 추상적 가치가 아니라, '해와 달의 유래, 수탉의 유래, 독수리의 유래, 왕의 탄생, 구렁이의 복수, 이야기 귀신의 복수' 등과 같이 유래나 사건 자체에 초점을 둔 주제도 적지 않다. 이외에 '교만, 불평, 간음, 욕심, 어리석음' 등 부정적 가치에 대한 경계가 지속적으로 나타난다. 『조선동화집』이나 『조선동화대집』에 대비하여 박영만 동화집은 매우 다양한 주제의식이 구현되며, 전체적으로 윤리적 측면이나 교훈성이 약하다는 점도 특징이다.

셋째, 인물의 성격 면에서는 기존 선인과 악인의 구도에 더하여, 트릭스터와 신격의 존재가 두드러진다. 기본적으로 주인공들은 가난하고 약한 사람들로서 모험과 도전을 통하여 부귀, 성공, 결혼의 가치를 추구하는데, 이에 더하여 일군의 트릭스터가 주인공으로 등장한다. 이 인물군은 『조선물어집』에 등장하는 '반쪽이', '무법자', 『조선동화집』의 '교활한 토끼' 등과도 성격이 유사하다. 트릭스터란 기존의 도덕과 관습을 무시하고 사회질서를 일시적으로 어지럽히는 인물 유형을 말한다. 뿐만 아니라 이들은 '탈사회적', 때로는 '반사회적' 행동을 서슴지 않아 기존의 질서를 전복시키고 자신의 이득을 챙기는 인물들이기도 하다. 대동강 물을 팔아먹고 중에게 똥세례를 퍼붓는 봉익이 김선달(〈봉익이 김선달〉), 엿을 먹겠다고 훈장을 놀려먹은 악동이 학동(〈엿 잘 먹는 훈장), 투전을 일삼다 우연히 금 귀신을 붙잡은 투전꾼 부부(〈금의 귀신 된 이야기〉), 매사에 불평 많은 청년(〈불평가 이야기〉), 각종 사고를 치고 욕심을 부리다가 죽는 쿨덕이(〈쿨덕이 이야기〉), 주인 가족을 해치고 오히려 양반의 딸을 아내로 삼은 머슴 자글대(〈자글대 이야기〉), 부자를 속여 큰 돈을 번 가난한 남자(꿀 강아지〉 등이 그러하다.

한 주인공들과 대립하는 인물들 중에서 신격(神格)의 존재에 대해서도 주목할 필요가 있다. 위에서도 말하였지만, 박영만 동화에는 적지 않은 신격이 등장하는데, 그들 중에 특히 주인공을 잡아먹으려 했던 사슴 괴물 부부, 포수의 아내를 납치해간 머리 셋 달린 중, 무엇이든 맘먹은 대로 할 수 있는 도깨비, 사람을 잡아먹으려 한 금(金) 귀신, 주인공의 아내를 훔쳐간 박쥐도둑 등은 두려워할 만한 능력을 지닌 존재들이다. 그런데 이들의 성격이 모두 악한으로 규정되는 것은 아니다. 때로 그들의 행위는 인간의 편에서 보기에 선할 수도 있고, 윤리성을 판단하기 힘든 경우도 있다. 또 인간이 어떻게 처신하느냐에 따라 사람에 대한 태도가 우호적이거나 적대적으로 바뀌기도 한다.[9]

넷째, 박영만은 문체 면에서 전래동화 특유의 구어체를 잘 활용하고,

의성어·의태어를 빼어나게 활용하여 생생한 현장감을 나타낸다. 본문에서 많은 예들을 찾을 수 있는데, 그 중 몇 가지만 보면 다음과 같다.

① 그러더니 툴렁툴렁 다리가 떨어지고, 팔이 떨어지고, 몸집 머리가 떨어지더니, 제각기 오독똑오독똑 뛰어가서 딱딱 제 자리에 붙어 시뻘건 벌거숭이 사내가 되었습니다. 이 벌거숭이 사내는 혀를 훌군훌군 하면서...... (〈금이 귀신 된 이야기〉, 『조선전래동화집』, 52쪽)

② 이렇게 잊어버린 사람이 뒤를 다 보고 일어나려고 하니까, 나뭇가지에 걸어 놓았던 갓이 "떼꾹!" 머리에 닿았습니다.(〈잊기 잘하는 사람 이야기〉, 59~60쪽)

③ 옛날도 옛날 아주 오랜 옛날, 고허촌이라는 동네 동장이 하루는 밭에서, "왜나 마라 도오치" 하면서 밭을 갈고 있었습니다.(〈박혁거세 임금님〉, 61쪽)

④ 새들은 기쁘게 노래를 부르면서 핑핑 날아다니면서 따라오고...... 사내아기가 방긋방긋 웃으면서 벌레벌레 기어 나왔습니다.(〈박혁거세 임금님〉, 62쪽)

⑤ 꺼불꺼불 상사말을 타고 장가를 갑니다(〈까투리 이야기〉, 79~80쪽)

⑥ 구렁이란 놈이 밉살스레 말을 하면서 설렁설렁 이쪽으로 옵니다〈까투리 이야기〉, 82쪽)

⑦ 무당범 한 마리가 막내 아우가 가는 길 앞에서 우쭐우쭐 춤을 추면서 껑충거립니다. 막내 아우는 무섭기도 무서웠으나, 그냥 자꾸 장구를 뚱땅 뚱땅 다당뚱땅 하고 때려대니까, 무당범은 점점 흥이 나서 자꾸 춤을 추면서(맷돌, 조롱박, 장구〉, 94쪽)

---

9) 예를 들어, 〈코 길어진 욕심쟁이〉에 등장하는 도깨비가 그러하고, 〈이야기는 이야기할 것이지 넣어둘 것은 아니오〉에 등장하는 이야기 귀신의 경우가 그러하다. 이야기 귀신은 주인공을 죽이고자 하지만, 그것은 주인공이 이야기 귀신을 억지로 주머니 속에 가두어 놓았기 때문이다. 그러므로 자유로이 인간세상에 흘러다녀야 하는 속성을 생각할 때, 그것을 방해한 주인공을 해치려고 한 행위는 자기 보호적인 행위로 인식된다.

위 인용문에서 “툴렁툴렁”, “오독똑오독똑”, “떼꾹”, “훌군훌군”, “핑핑”과 같은 의성어, “뚱땅 뚱땅 다당뚱땅”와 같은 장구 치는 소리, “왜나 마라 도오치”와 같은 소 모는 소리, “방긋방긋”, “벌레벌레”, “꺼불꺼불”, “설렁설렁”과 같은 의태어는 기존의 어떤 작품이나 사전에서도 보기 힘든 독특한 표현들이다. 이외에도 “눈을 꿈뻑굼벅”, “침이 꿀꺽꿀꺽 삼켜집니다” 등 작품집 전체에 걸쳐 수많은 의태어, 의성어가 소리와 동작, 형용을 생생하게 묘사하고 있다. 이 외에도 박영만은 대화체를 일상적으로 사용하고, 바로 앞에서 말하는 듯한 구어체의 문장 등 전래동화 구연의 현장감을 일깨우는 문장과 말투를 잘 활용하였다.

다섯째, 이야기 구조의 특징으로서, 박영만은 민담 특유의 단순성, 반복성의 원리를 잘 활용하여 동화를 구현하였다. 많은 작품에서 인물의 성격을 드러내거나 인물의 행동 및 사건의 전개를 서술할 때, 복잡한 심리 묘사나 설명, 복선 등이 없이 가능한 한 단순간명하게 처리된다. 그리고 이러한 단순 스토리가 반복·확대·결합되면서 이야기가 완결되거나 길어진다. 이를 ‘단순성의 원리’, ‘반복성의 원리’라고 개념지울 수 있다. 이러한 점은 전래동화 일반의 특징으로 설명할 수도 있으나, 75편의 동화 모두에서 일정한 패턴으로 나타난다는 점에서 박영만 동화의 현저한 특징으로 꼽을 만하다.

예컨대, 〈좁쌀 한 알로 정승의 딸을 얻은 사람 이야기〉의 이야기 구성 원리는 아주 단순하다. 어떤 총각이 맡긴 좁쌀을 밤 사이에 쥐가 먹어치우니까, 좁쌀 대신 쥐를 받고, 다시 맡긴 쥐를 고양이가 잡아먹자 쥐 대신 고양이를 받고, 이런 식으로 해서 총각은 개, 말, 소를 받고, 마지막에는 소를 사간 정승의 딸을 받는다는 내용이다. 이야기의 기본 형식이 반복되는 반복담의 성격을 보여주는 이야기이다.

사람의 이름을 부를 때에도 특징적인 점을 잡아 이를 호칭으로 반복하여 부름으로써 인물에 대한 성격을 두드러지게 하는 효과가 있다.

〈내 이름은 신재복〉에서 아내를 빼앗긴 사람의 작중 호칭은 그냥 "아내를 빼앗긴 사람"이다. 그 사람을 지칭하는데, "아내를 빼앗긴 사람은……"이라는 호칭을 수십 번이고 반복한다.

또한 "방긋방긋" "훌군훌군", "엉엉 엉엉"처럼 의성어나 의태어, 형용어를 쓸 때에도 기본적으로 한 표현을 두 번 이상 반복하여 쓰는 것이 거의 일반화되어 있다.

여섯째, 박영만은 의외의 복잡성을 보여주는 작품 및 장편 동화를 적지 않게 수록하였다.

〈까투리 이야기〉에서 갈등은 까투리를 잡아먹으려는 구렁이 때문에 일어난다. 하지만 지혜로운 까투리 색시가 구렁이를 죽여서 이야기는 행복하게 결말지어진다. 그런데 이것으로 끝나지 않고, 다시 독딸기 화소가 끼어들며 이야기가 반전된다. 이러한 방식을 통하여 끝까지 긴장을 놓을 수 없게 만든다. 이야기와 이야기를 결합시키면서 구조를 복잡화하는 방식이다.

〈황정승의 아가씨〉는 환타지의 성격이 짙은 장편 모험동화이다. 본문의 분량도 20쪽이나 되니, 전래동화로서는 매우 긴 편이다. 이 정도 분량을 과연 제보자가 구연할 수 있었을까 의심이 들 정도다. 게다가 이 이야기는 다른 이야기들에 비해 훨씬 구조가 복잡하다. 주인공인 이정승의 아들은 신비한 섬에 사는 황정승의 딸을 흠모하게 되어 섬에 어렵게 들어가 그녀를 몰래 훔쳐내지만, 알 수 없는 초자연적인 존재와 현상은 그들의 결합과 행복을 위협한다. 황정승의 딸은 눈물을 흘리면 안개가 끼고, 그녀 스스로는 갈매기로 변한다. 까마귀는 사람의 앞일을 예언하고, 이정승의 아랫사람은 까마귀 말을 알아듣고, 앞으로 일어날 재앙을 알고 대비한다. 황정승의 딸은 재앙을 당하여 돌멩이로 변하는데, 아들의 목을 베어 그 피를 돌멩이에 뿌려야 된다고 한다. 이렇듯 예측불허의 일들이 진행되면서 이 동화는 복잡한 구성, 기괴한

분위기에 박진감을 더한다.

〈머리 셋 가진 중과 포수〉는 지하대적퇴치담에 속하는 이야기다. 공주가 괴수에게 잡혀가 포수가 땅 속의 괴수를 죽이고 공주를 구하지만, 이야기는 여기서 끝나지 않는다. 공주는 구해냈지만, 포수는 지하동굴을 빠져나가지 못하고 남겨진다. 다시 포수가 용왕의 아들을 구하여 주면서 새로운 이야기가 시작된다. 지하대적 퇴치담과 변신담의 바탕 위에서 우렁색시담 등의 새로운 이야기들을 결합하면서 구조를 복잡화하는 방식이다.

〈장화 홍련〉은 26쪽의 분량으로 이 작품집에서 가장 긴 작품이다. 〈맷돌, 조롱박, 장구〉, 〈장수 되는 물〉, 〈자글대 이야기〉, 〈요술 쓰는 색시〉도 단순한 전래동화 형식이 아닌, 복잡한 플롯과 적지 않은 분량을 보여주는 작품들이다. 이 정도의 복잡한 플롯과 긴 분량을 가진 전래동화 작품은 흔치 않다.

일곱째, 박영만은 동화를 지을 때, 대체로 민담의 소박함과 낙천성의 정서를 잘 살려내었다. 이로 인하여 그의 작품집은 전체적으로 서정적이고 따뜻한 인상을 준다. 부모로부터 초라한 유물을 물려받고도 감사해하고 사이가 좋은 세 형제 이야기를 그린 〈맷돌, 조롱박, 장구〉는 삶의 희망, 낙천성이 소중하다는 것을 느끼게 해준다.

〈혹 뗀 이야기〉는 우리가 익히 아는 혹부리 영감 이야기인데, 여느 이야기와 좀 다른 것이 있다면 노인이 도깨비를 속이는 이야기가 없고, 도깨비들과 영감이 넉넉한 대화를 나누며, 또 욕심쟁이 혹부리 영감이 등장하지 않으므로 보복 당하는 이야기도 없다는 점이다. 또한 혹부리 영감은 노래 부르기를 즐겨하는데, 그의 "노래 소리가 고요한 산 속에 나무와 풀들을 기뻐서 떨게 하였습니다."(100쪽)라고 표현했듯이, 작품 속에는 인생의 아름다움과 여유를 느끼게 해주는 대목들이 있다.

〈난장이의 범 사냥〉은 호랑이를 잡겠다고 하는 아주 작은 난쟁이 이야기인데, 이야기니까 그렇다고 치더라도 이 난쟁이는 아주 왜소한 몸집을 지녔음에도 불구하고, 누구보다 용감하고 좌절하지 않으며, 긍정적인 세계관을 가지고 있는 인물이다. 그 뱃심 덕분에 호랑이 뱃속에 들어가서도 죽지 않고 오히려 수천 마리의 호랑이를 잡을 수 있었다.

〈불평가 이야기〉는 모든 일에 불평을 하는 주인공이 떨어지는 도토리 열매에 머리를 맞고 나서 도토리가 크지 않은 것이 얼마나 감사한 일인가를 깨닫는 이야기이다. 이러한 반전을 통해 인생에 대한 넉넉한 감사를 느끼게 해주는 작품이다.

물론 모든 이야기가 다 그런 것은 아니다. 한편으론 무척이나 슬프게 느껴지는 이야기도 있다. 〈해와 달 된 이야기〉는 가난의 단면과 어머니가 죽는 과정이 너무나 가슴 아프게 느껴진다. 가난하여 어린 것들을 홀로 두고 고개 너머 일하러 갈 수밖에 없는 어머니의 심정, 그리고 호랑이로부터 위협 당하면서도 자식을 사랑하여 차마 죽지 못하는 마음이 애달프다. 역으로 호랑이는 그만큼 더욱 얄밉고 못되게 느껴진다.

〈연이와 칠성이〉는 슬프고도 아름다운 사랑 이야기다. 둘은 사랑하는 사이이지만, 부모님을 사랑하기에 연이는 부모님이 정해준 혼처를 거역하지 못하고 끝내 둘의 사랑은 이루어지지 못한다. 결국 칠성이는 연이를 그리워하며 쓸쓸히 죽어가고, 연이는 시집가는 날 길가에 있는 칠성이의 무덤이 열리자 그곳으로 뛰어든다. 무덤을 파보니 둘은 합장되었고, 다시 나비가 되어 하늘나라로 올라간다. 너무나 슬픈 이야기가 아닌가! 하지만 마지막엔 옥황상제가 그들의 사랑을 어여삐 여겨 다시 인간세상으로 돌아가게 하고, 둘은 다시 살아나 부모님의 허락 아래 부부의 연을 맺는다. 죽어서도 살아나 해피엔딩으로 끝나는 사랑 이야기, 그만큼 감동적인 이야기다.

여덟째, 〈놀부와 흥부〉, 〈장화와 홍련〉, 〈요술 쓰는 새색시〉 같은 작품들에서 고전소설이 전래동화로 변화한 양상을 볼 수 있다. 〈놀부와 흥부〉는 판소리계 소설이 민담화된 것을 다시 전래동화로 재화한 흔치 않은 사례다. 〈장화 홍련〉은 26쪽의 분량으로 고소설을 축약한 작품인데, 전래동화로서는 흔치 않게 사건, 인물, 갈등의 복잡성이 나타난다. 〈요술 쓰는 새색시〉는 고소설 〈박씨부인전〉과 흡사한 이야기인데, 보기에 따라선 소설보다 더 흥미진진하게 볼 수도 있는 작품이다. 고전소설이 전래동화의 옷으로 갈아입고 등장할 때 어떠한 방식, 어떠한 내용을 보여주는지 살펴볼 수 있는 좋은 사례가 될 것이다.

아홉째, 일반적으로 전래동화의 범주에서 이해하기 곤란한 작품도 있는 것 같다. 특히 성적(性的) 소재를 다루거나, 복수나 살인, 자살을 다룬 작품은 어떻게 보아야 할지 논의가 필요할 것이다. 가장 노골적인 작품인 〈중과 며느리〉는 일반적 동화와는 거리가 있다. 이 작품에는 공부하러 절에 온 어린 남자를 죽이고 그 색시와 성 관계를 맺는 중, 또 그 아내의 욕망, 욕심에 의한 살인, 복수, 자살 등이 직접적으로 그려져 있다.

이외에도 〈꾀많은 김서방〉, 〈요술쟁이의 아내〉는 주인공들의 아내가 노골적으로 다른 남자와 관계를 맺는 것으로 설정되어 주인공들이 이를 복수하여 죽이는 장면까지 나온다. 〈노루 꽁지 없어진 이야기〉에서는 말의 성기를 직접적으로 지칭하는 단어가 나오기도 한다.

박영만이 성적 서사, 잔혹 서사를 과감하게 전래동화 속에 편입한 점은 매우 독특하다. 이러한 점들은 박영만이 현지에서 민담을 채록하였고, 특별히 교육성이나 동심주의(童心主義) 따위를 의식하지 않고 민담의 야성(野性)을 살렸기 때문에 가능한 것이었으리라. 여기에 박영만 전래동화의 개성이 있다.

4. 『조선전래동화집』의 문학사적 의의

해방 이전에 출간된 전래동화는 그동안 작품의 실상이 제대로 알려지지 않았으며, 작품 연구 또한 피상적으로 이루어진 경우가 많다. 박영만의 『조선전래동화집』은 조선총독부의 『조선동화집』(조선총독부, 1924), 심의린의 『조선동화대집』(한성도서출판, 1926)과 함께 일제 강점기 '3대 전래동화집'이라 불리며, 오늘날 간행되는 각종 전래동화집의 원전이라 여겨진다.[10)]

일제 강점기 3대 전래동화집 가운데 가장 먼저 나온 것은 『조선동화집』(1924년)이다. 이 전래동화집은 조선총독부가 편집하였고 일본어로 된 것인데, 필자가 번역하고 연구하여 출간하였다[11)]. 이를 통하여 우리나라 최초의 전래동화집의 형태와 성격을 소개하고, 본문을 직접 제시하였다. 두 번째로 나온 심의린(沈宜麟, 1894~1951)의 『조선동화대집』(1926년)은 전래동화사에서 굉장히 중요한 위치를 차지하는 작품집이다. 이 책은 최근에 책이 발굴되어 재간행되었고 연구논문도 발표되고 있다.[12)]

그리고 이 책 『조선전래동화집』이 바로 일제 강점기의 세 번째 전래동화집인데, 이 책 역시 원작을 접하기가 쉽지 않다. 국내 대학이나 공공도서관 어디에도 소장되어 있지 않아 작품을 접할 수가 없던 중, 일본의 대학 도서관에 소장된 자료의 복사본을 어렵게 구하였다. 총

---

10) 손동인, 「한국전래동화사연구」, 『한국아동문학연구』 창간호, 1990. 7, 26쪽.

11) 권혁래, 『조선동화집 - 우리나라 최초 전래동화집(1924년)의 번역 · 연구』, 집문당, 2003.

12) 김경희, 「『조선동화대집』의 성격과 의의」, 『겨레어문학』 41집, 겨레어문학회, 2008 ; 권혁래, 「1920년대 민담의 동화화와 심의린의 『조선동화대집』」, 『민족문학사연구』 39집, 민족문학사학회, 2009. 이를 이어 『조선동화대집』의 역해본이 출간되었으니 독자들은 이 책을 활용하면 될 것이다 ; 심의린 저, 최인학 번안, 『조선동화대집』, 민속원, 2009 ; 심의린 저, 신원기 역해, 『조선동화대집』, 보고사, 2009. 참고로 신원기 선생이 교토대학 도서관에서 구득한 책은 昭和12년(1937) 8월에 간행된 4판본이다.

534쪽의 방대한 분량에 75편의 작품을 수록하고 있는데, 이 작품집의 전문 소개를 통하여 우리나라 초기 전래동화를 연구하는 이들에게 큰 도움이 될 것으로 생각된다.

『조선전래동화집』의 문학사적 의의는 다음과 같은 점에서 찾을 수 있다.

첫째, 1930년대를 전후로 한 시기의 북한 지역의 민담의 원형 및 동화작가 박영만의 작가적 개성을 연구할 수 있다는 점이다.

『조선전래동화집』의 수록 작품들은 주로 1930년대를 전후로 한 시기에 이북 지역을 중심으로 채집한 민담을 바탕으로 재화(再話)한 전래동화이다. 원작인 민담과 재화한 전래동화는 각기 나름대로의 의미를 갖는다. 총 75편 가운데 모집지가 밝혀진 65편 중, 평안남도 42편, 평안북도 6편, 함경남북도 12편 등 이북 지역에서 채록한 것만 60여 편이다. 1930년대 이북 지역의 민담을 연구할 때 이 작품들은 2차 자료로서의 기능을 할 수 있을 것이다. 손진태의 『朝鮮民譚集』[13], 최상수의 『한국민간전설집』[14], 임석재의 『한국구전설화』[15]에 수록된 민담과 함께 1945년도 이전의 이북 지역 민담을 연구할 때 귀중한 자료가 될 것이다.

또한 위 수록 작품들은 단순히 민담을 옮겨쓴 것에 그치지 않는다. 작자가 많은 민담 가운데 전래동화로서 적절한 작품을 선집하였고, 또 그것을 어린이들에게 들려줄 아름답고 개성 있는 언어 및 형식으로 다듬고 재창작한 것이다. 현재 채록되어 있는 193~40년대 이북 지역의 전설 및 민담을 보면 대체로 분량이 아주 짧고, 문장 표현은 거칠고 정제되지 않은 느낌이 있다. 이에 비해 박영만의 전래동화 작품들은 전체적으로 잘 짜인 이야기로서, 미감과 감동을 주는 주제적 완성도를

13) 손진태, 『朝鮮民譚集』, 東京 : 鄕土硏究社, 1930.
14) 최상수, 『한국민간전설집』, 통문관, 1958.
15) 임석재, 『한국구전설화』 전집, 평민사, 1987~1993.

보여주며, 또한 분장 면에서 구어체, 대화체를 잘 활용하여 근대 한국 전래동화의 전범(典範)이 되었다고 할 수 있다.

프랑스의 작가 샤를 페로(Charles perrault)는 17세기 프랑스의 지방을 다니며 채록한 전설, 민담을 가공하여 〈신데렐라〉, 〈푸른 수염〉 등의 동화로 남겼다. 독일의 그림(Grimm) 형제는 19세기 초 전래동화를 모집·편찬하여 그 유명한 그림 동화를 남겼다. 박영만도 20세기 초엽 조선의 많은 지역에서 채록한 작품을 자신의 언어로 다듬어서 75편의 작품을 남겼다. 박영만은 독일의 그림 형제와 비견될 만한 동화 채록·재화 활동을 하였고, 우리는 이 동화집을 연구, 분석하면서 20세기 초의 걸출한 전래동화 작가 박영만의 작가적 개성, 동화 창작수법, 세계관 등을 조명할 수 있을 것이다.

둘째, 『조선전래동화집』에는 다른 곳에서는 찾아보기 힘든 독특한 작품이 적지 않게 수록되어 있다. 필자가 과문(寡聞)한 탓도 있겠지만, 〈계수나무 할아버지〉, 〈좁쌀 한 알로 정승의 사위 된 사람 이야기〉, 〈불평가 이야기〉, 〈칠성이와 연이〉, 〈독수리 된 왕〉, 〈난장이의 범 사냥〉, 〈코 긴 공주〉, 〈장수 되는 물〉, 〈도둑의 이름은 신재복〉, 〈머리 셋 가진 중과 포수〉 등은 다른 민담이나 전래동화집에서는 찾아보기 힘든 작품이다. 〈꿀강아지〉나 〈열두 삼천〉은 『평양전설』[16]에 비슷한 작품이 있긴 하지만, 그것에 있는 작품들은 훨씬 내용도 단조롭고 맥락이 다르기 때문에 같은 작품이라고 취급할 수는 없다.

위 작품들은 새로운 창세신화적 성격을 보여주는 이야기를 비롯하여, 넉넉하고 새로운 감동이 있는 휴먼 동화, 활달하고 특유의 스토리 구조와 색깔이 있는 모험담 등의 세계를 맛볼 수 있을 것이다. 이를 통하여 우리는 좀 더 풍부하고 개성 있는 전래동화의 세계를 확보할

16) 김정설, 『평양 전설』, 평양 : 사회과학출판사, 1990 ; 한국문화사 영인출판, 1996. 44~46쪽, 300~305쪽.

수 있으리라 생각한다.

셋째, 조선총독부에서 편찬한 『조선동화집』(1924년), 나카무라 료헤(中村亮平)의 『朝鮮童話集』(1926년) 등 1920~30년대에 일본어로 출판된 조선전래동화집과 비교하여 연구할 수 있다. 일본인 학자들이 선집하고 편집한 조선의 전래동화와 박영만이 전국에서 채집하여 재화한 전래동화들은 외견상으로나 작품의 미학적인 면에서나 적지 않은 차이가 보인다. 일본인 학자들의 작업이 일본의 제국주의적 세계관을 반영하여 조선의 동화를 대만, 오키나와, 아이누 민족 등의 동화와 함께 '일본동화'에 포괄하는 작업 속에 있었음[17]을 생각할 때, 우리에게는 그 속에서 조선다운 개성과 원형을 변별하여 살려내는 시각과 작업이 필요할 것이라고 생각한다. 1920년대 이래 해방 전까지 국문 및 일본어로 전래동화집이 적지 않게 출간되었는데, 박영만의 『조선전래동화집』은 이 시기를 대표할 만큼 질과 편수의 면에서 다른 작품집들을 능가하는 뛰어난 작품성을 보여준다.

넷째, 『조선전래동화집』은 현재 우리 사회에서 주목받고 있는 문화콘텐츠 산업에서 스토리텔링(story-telling)의 새로운 소재 및 원 쏘스 멀티 유즈(One Source Multi-Use) 전략의 소재로 활용할 수 있을 것이다. 영화, 애니메이션, 게임, 광고, 캐릭터 산업 등 창의문화산업계에서는 독창적 캐릭터와 스토리 컨셉이 부족하며, 또한 창의력과 상상력이 풍부한 작가가 부족하다며 문제시하고 있는데, 『조선전래동화집』은 여기에 매우 새로운 소스를 제공할 수 있다. 특히 〈황정승의 아가씨〉, 〈머리 셋 가진 중과 포수〉, 〈계수나무 할아버지〉 등 환타지 동화나 신화적 성격이 강한 개성있는 작품들은 애니메이션, 어린이책, 게임 등의 매체로 변환 활용할 수 있는 가능성이 매우 크다.

17) 오타케 기요미(大竹聖美), 「1920년대 일본의 아동총서와 『조선동화집』」, 『동화와 번역』 2집, 건국대 동화와 번역 연구소, 2001년, 28쪽.

【소개】

조선전래동화집
朝鮮傳來童話集

序 一

무릇 인류(人類)의 참답고 숨김없는 심적 표현(心的 表現)은 그들이 아주 먼 옛날에서부터 유구(悠久)한 미래(未來)에 전승(傳承)하여 가는 신화(神話)와 전설(傳說)과 동화(童話)일 것이다. 인류의 문화는 혹 전파(傳播)하여 그 조류(潮流)가 교차(交叉)되어 상호관련을 맺기도 하지만, 한편으로는 어떠한 특수한 지리적 환경이 굳세게 감화되어 한정된 그 지역의 인류만이 독특한 공명(共鳴)과 동경(憧憬)을 가지는 것은 전 세계를 통하여 많은 예를 발견할 수 있다. 그러므로 우리는 모든 문화과학의 기초적 학문으로 이것에 유의하여야 되는 것은 번연히 아는 바였음에도 불관하고, 즉 다시 말하면 그 연구부터 먼저 착수천명(着手闡明)하여야 될 것인데, 모름지기 그 호한(浩瀚)한 범위와 불소(不少)한 노력과 허다한 시일이 앞을 막아 모처럼 내던 용기도 좌절하여 온 것이다. 그러면서 우리는 매양 시대의 조수(潮水)는 능히 손바닥으로 막지 못할 만치 닥쳐와서 전승하여 오는 이들 신화·전설·동화가 날로 새 옷을 입고 자칫 잘못하면 그 참 형태를 잃게 됨을 몸소 경험하고 시방 어떻게 해야지 해야지만 하고 공연한 시일을 허송하여 왔다.

이러던 차에 학계에 샛별같이 날아난 독학(篤學)의 사(士)가 곧 저자 박영만 군으로 그는 아무런 다른 야심보다 조선의 동화를 가장 광범위하게 가장 정확히 가장 보편적으로 모집하여 세상에 보내어 일방으로는 학구자료(學究資料)에, 일방으로는 아동의 노변총화(爐邊叢話)로 제공하려는 용의(用意)의 야심밖에는 없다는 것이며, 내 또한 이것을 굳게 믿는 것이다.

내가 군을 비로소 처음 안 것은 우연한 군의 불타는 쾌심(快心)을 피력(披瀝)한 서한(書翰)에 인함이었으며, 군에 대하여 경복(敬服)한 것은 혹한(酷寒) 영하 수십 도 되는 백두산(白頭山) 하배량산맥(下背梁山脈)을 관북(關北)에서 관서(關西)로 넘어 장설(丈雪)을 꺼리지 않고 나도 예전에 답사한 자후(慈厚) 양지(兩地)는 물론이요, 그 수십 배의 지역에서 어떤 때는 생나무 내에 숨이 막히는 궁촌(窮村)의 화전민(火田民) 집에서, 어떤 때는 잘 곳 없는 황야(荒野)를 헤매면서, 혹은 야수(野叟)에서, 혹은 산구(山嫗)에서 하나씩 둘씩 자료를 모집하는 눈물겨운 성심에 대함이었다.

이와 같은 필지(筆紙)로서는 능히 기록치 못할 고초(苦楚)의 결정(結晶)이 주옥같은 이번의 노작(勞作)이다.

저자 박군은 본저(本著)에 채록치 아니한 전 조선의 지방을 지금도 편답(遍踏)하고 있으니, 그가 모조리 세상에 보고할 때에는 학계는 비상한 혜택을 받게 될 것이며, 박군 또한 그림 형제 이상의 문화적(文化的) 공적(功績)이 그의 머리에 찬연히 비칠 것이다.

昭和 庚辰(1940년) 夾鐘月

石南 宋錫夏

自序 -

구비(口碑)로써 전해 내려오는 소위 전래동화는 수천 백년에 걸쳐 우리의 할아버지 할머니들이 말씀하시고 들으시고 생각하시고 한 흙의 철학이고, 흙의 시(詩)고, 거룩한 꽃이다.

지금까지 이 아름다운 꽃에 대하여 진지한 고려가 없었음은 유감이 아닐 수 없다.

이런 구비는 이것을 적당한 때에 손을 써서 모집하여 두지 않으면 새로운 화장(化粧)을 하고 찾아오는 이국의 딸들과 잡혼을 하여 따스한 온돌방으로부터 자취를 감추지 않으면 본래의 모습을 찾아볼 수 없게 혼색물(混色物)이 되고 만다. 이것은 슬픈 일이라고 나는 생각했다.

먼지 속에 파묻혀서 있는 우리 겨레 고유의 이 꽃들을 구해내는 것을 나는 나의 사명으로 알고 있다.

내가 이 전래동화를 모집하기 시작한 것은 소학교 시대부터이니 벌써 십여 년이 된다. 이 십여 년간 혹은 어머님 무릎에서 듣고, 혹은 각지로 다니면서 산촌(山村) 시정(市井)의 초부(樵夫), 촌구(村嫗), 전부 나그네들의 입을 빌어 모집한 것의 일부를 이제 학예사(學藝社)를 거쳐 아름다운 이 땅 문화 동산에 바치게 되었다. 적으나마 정성에 찬 선물이다.

나는 여기에 당함에 엄정한 태도로써 내용과 형식에 있어서 원화(原話)에 극히 충실하려고 하였다.

나는 이 책이 가는 곳, 그곳마다 따스함을 깃들여 줄 것을 믿으며, 이 전래동화(傳來童話)들을 말하여 주신 제씨(諸氏)에게 감사를 마지 않는다. 또 이 책을 출판하여 주신 학예사에게 감사의 말씀을 드립니다. 그리고 비재천학(非才淺學)의 저를 끊임없이 지도 격려하여 주신 민속학(民俗學) 권위(權威) 송석하 선생님께 간사(懇謝)를 마지 않는 바이외다. 이런 책이 나오게 된 것도 송 스승님의 정성이 있었던 탓이올시다.

그리고 한글법을 돌보아주신 이윤재 선생과 교정을 도와주신 학예사의 한원래 형에게도 또한 감사의 말씀을 드리옵니다.

昭和15년(1940) 5월 27일
於 學藝社 著者 謹識

十有七年 동안 넉넉치 못한 가산으로
저를 공부식혀주신 아버지 어머님께
이 적은 책을 세 번 절하와 삼가 바치옵니다.

박영만의 조선전래동화집 역주

1. 열두삼천

옛날도 옛날 아주 오랜 옛날이었습니다. 안주(安州) 청천강 하류 연안에 넓고도 넓은 '열두삼천이벌'이라는 벌판이 있습니다.

이 벌판 한 군데, 어떤 마을에 한 부인이 살고 있었습니다. 그런데 이 부인에게 태기가 있어 열 달을 지나 아기를 낳는데, 놀랍게도 아들만 한 번에 열둘을 낳았습니다.

그리고 또 놀라운 것은 이것뿐입니까. 이 부인의 발은 보통 사람 발과는 달라서 두 쪽 진 사슴의 발이었기 때문에, 이 부인이 낳은 열두 아들도 모조리 사슴의 발이었답니다.

"사슴의 발을 가진 열두 형제가 났다더라."

하는 소문은 이 널따란 벌판에 쭉 퍼지고 또 퍼지고 퍼져서, 임금님 귀에까지 들어갔습니다.

열두 애를 한꺼번에 낳는다는 것도 지금까지 없던 기이한 일인데, 거기에다가 또 그 열두 애가 모두 사슴의 발을 가졌다고 하니, 이것은 예삿일은 아닙니다.

임금님은 대신들을 불러놓고 이 애들을 어떻게 하면 좋겠는가 토론을 하였습니다. 토론한 결과는,

"열두 애를 한꺼번에 낳는 것만 하여도 놀라운 일인데, 거기다 또 그 열두 애들이 모두 사슴의 발이란 것은 보통 일이 아니다. 반드시 무슨 흉한 일이 우리나라에 생길 전조다. 그러니까 그런 흉한 애들을 그냥 두어서는 우리나라가 좋지 못할 테니 없애 버릴 수밖에 없다."

고 하는 것이었습니다.

어머니는 나라에서 자기가 낳은 애들을 죽이러 온다는 말을 듣고, 슬프고 슬펐습니다. 어머니는 이 일을 어떻게 하면 좋을까 생각하고 생각한 끝에

'내 눈앞에서 죽는 걸 보느니 차라리 이 애들을 궤짝에 넣어서 바다에다 띄워버리자. 혹시 어느 바닷가에 닿아서 다행히도 인자하신 양반께 구해지면 죽지 않고 살지도 모르잖아.'

이렇게 생각하고 커다란 궤짝을 짜서 그 속에 사랑하는 열두 아들을 넣어서 황해 바다에다 둥둥 띄워 버렸습니다.

이렇게 띄워버리고 어머니는 눈물을 흘리면서 애달픈 낯으로 바라보고 서서 있노라니 궤짝은 물결에 밀려서 바다로 바다로 둥둥 떠나가서 점점 점점 궤짝이 작게 보이더니 나중에는 그만 보이지 않았습니다.

"하느님, 하느님, 하느님이시여! 아무쪼록 굽어 살펴보아 주시사 내 아들 열두 형제를 살려 주옵소서."

하고 어머니는 바닷가에 엎드러져서 이렇게 기도하였습니다.

열두 아들이 떠나간 바다 위에는 갈매기가 훨훨 날면서 꺼억꺼억 하고 슬피 울었습니다.

달이 가고 해가 바뀌어 어머니가 열두 아들을 궤짝에 넣어서 황해 바다에 띄운 지 이십 년 후의 일입니다.

중국의 열두 장군이 삼천씩의 군병을 거느리고 황해 바다를 건너서 우리나라를 치러 왔다는 소문이 천하를 흔들었습니다. 그런데 이 열두 장군이 군병을 거느리고 조선 땅에 상륙한 데가 바로 이십 년 전 열두 아들을 낳은 어머니가 그 애들을 궤짝에 넣어서 황해 바다에 띄워버린 그 바닷가입니다.

녹족부인(鹿足夫人) — 사슴의 발을 가졌다고 해서 이 부인을 이렇게 사람들이 불렀습니다 — 은 열두 아들을 바다에다 띄워버린 후부터는 매일 매일 자나깨나 열두 아들 생각을 그칠 때가 없었는데, 열두 장군이란 소리를 듣고,

'혹시?'

이렇게 마음 한 군데에 집히는 데가 있자, 녹족부인은 버선을 열두

켤레 기워 가지고 열두 장군을 찾아갔습니다.

녹족부인이 진영 앞에 가서 장군들을 뵈러 왔으니 좀 뵙게 해달라고 하였으나 파수병이 도무지 장군 있는 곳으로 들여 보내주지 않습니다. 아무리 간청을 하여도 파수병은 종시 말을 들어주기는커녕 나중엔 검으로 찌르려고 위협까지 합니다.

녹족부인은 할 수 없이 몇 걸음 물러 나와서 젖을 꾹 움켜 눌렀습니다. 그러니까 열두 개 젖 구멍에서 젖이 찌익 나와서 열두 장군 입마다 한 줄기씩 들어갔습니다.

열두 장군은 이상하게 생각하여서 부하를 불러 녹족부인을 모셔오라고 명령하였습니다. 녹족부인은 장군 있는 방에 들어가서 아무 말도 하지 않고, 다만 가슴속에서 버선을 열두 켤레 내어놓았습니다.

열두 장군은 수상하게 여기면서 제각기 한 켤레씩 신어보니까 이상한 일도 있습니다. 그 버선이 열두 장군의 발에 꼭꼭 들어맞지를 않습니까. 열두 장군은 놀랐습니다. 열두 장군은 모두 보통 사람 발과 달라서 사슴의 발이던 것입니다.

낯모를 조선 부인이 이 남과는 다른 사슴의 발에 맞는 버선을 기워 가지고 왔으니까 수상하게 생각할 게 아닙니까.

'아버님 말씀에 우리 형제들은 바다에서 둥둥 떠온 궤짝 속에서 나왔다고 하시더니 혹시 이 부인이 우리 열두 형제의 어머님이 아니신가.'

열두 장군은 서로 낯을 바라보고 있습니다.

이렇게 열두 장군이 눈이 뚱굴해서 어리둥절해 있을 즈음, 녹족부인은 신을 벗고 발을 내어 보였습니다. 열두 형제와 꼭 같은 사슴의 발입니다.

"오오, 어머님!"

비로소 열두 장군은 이 부인이 틀림없이 어머님인 줄을 알고 달려들어 어머님을 껴안고 눈물을 흘리면서 기뻐하였습니다.

어머니도 그립고 그립던 열두 아들이 죽지 않고 모두 훌륭한 사람들이 되어 있는 것을 보고 기뻤습니다. 열두 장군은

'어머님 계신 나라이니 어머님 나라와 싸움을 할 수 없다.'

이렇게 생각하고 싸움 싸우는 것을 그만두고 기뻐 돌아갔습니다.

이 일이 있은 후부터 이 넓은 벌판을 열두 형제 장군이 삼천씩의 군병을 거느리고 올라온 벌판이라 하여 '열두삼천이벌'이라고 하였습니다.

그리고 '삼천포(三千浦)'라는 곳이 있는데 이것은 열두 장군이 삼천 군병씩을 거느리고 상륙한 곳이라고 해서 '삼천포'라고 일컫게 되고 또 '열귀(悅歸)'라고 하는 동네는 열두 장군이 어머니를 보고 기뻐 돌아간 곳이라 하여 동네 이름을 이와 같이 지었더랍니다.

이 글을 쓴 사람의 고향 입석(立石)이라고 하는 동네가 바로 이 널따란 열두 삼천의 벌의 중왕지입니다.

[평안남도 안주 입석]

2. 이야기는 이야기 할 것이지 넣어둘 것은 아니오

이야기는 이야기할 것이지 넣어둘 것은 아니오.

옛날도 옛날, 이런 일이 있었더랍니다.

한 곳에 부자 아들이 있었습니다. 이 애가 제일 좋아하던 것은 이야기 듣기였습니다. 이야기를 듣고는 그 이야기를 하나도 이야기하지 않고 꽁무니에 찬 주머니 속에다 쓸어 넣곤 넣곤 하였습니다. 이렇게 자꾸자꾸 쓸어 넣었으니까, 아마 그 주머니에 이야기가 가득 차서 이야기들이 숨이 가빠서 야단법석을 하고 있던 모양이에요.

이 애가 열대여섯 살 되자, 말을 타고 장가를 가게 되었습니다.

헌 옷을 벗어놓고 새 옷을 갈아입을 때, 꽁무니에 찼던 이야기들을 쓸어 넣은 주머니를 걸어놓고 동무네 집에 갔습니다.

그런데 이 애가 어렸을 때부터 이 집에 하인으로 살던 머슴살이 청년이 부엌에서 불을 때고 있는데, 무엇인지 집안에서 웅성웅성 말소리가 들렸습니다.

'도련님은 밖에 나가셨는데 웬 말소리가 날까?'

이상히 생각하고 귀를 기울이고 가만히 들어보니까, 그건 이야기를 쓸어 넣은 주머니 속에서 나오는 말소리였습니다. 그런데 그 말소리가 아주 끔찍스러웠습니다.

"여보게들, 우린 이렇게 햇빛을 보지 못하고 이 주머니 속에서 썩게 되니 참 원통한 일이 아닌가. 우리를 이렇게 가두어둔 이 집 아들놈에게 원수를 갚아야겠네."

"그거 참 옳은 말이네. 나도 그렇게 생각하고 있었네. 나는 그래 오늘 주인 아들놈이 장가가는 길옆에 새빨간 딸기가 되어 있겠네. 이렇게 하고 있다가, 그놈이 나를 먹으면 뭐 두말 할 필요가 없지. 그 놈을 당장에 죽인단 말야."

"그럼 난 그 놈의 장가가는 길에 맑은 우물이 되어 있겠네. 이렇게 하면 그놈이 딸기를 먹지 않고 온다 해도 목이 마르니까, 물을 먹을 것이야. 그 놈이 물만 그저 먹어봐. 단번에 그 놈의 배를 뚝뚝 끊어놓을게."

"너희들이 실패하면, 그럼 나는 그 놈이 밟고 내릴 겨섬 속에 들어가서 시뻘겋게 달은 쇠가 되었다가, 그 놈의 발을 태워버리겠다."

이렇게들 끔찍한 말소리들입니다. 머슴살이 청년은 이마에서 흐르는 땀을 씻으면서, 그냥 귀를 기울이고 한 마디도 놓쳐버리지 않으려고 하였습니다. 그러니까 또 다른 놈이,

"참, 자네들 생각은 아주 훌륭한 생각일세. 그럼 나는 실뱀이 되어서 신방의 마루 아래 숨었다가, 그 놈이 색시하고 자려고 할 때 나와서 물어 죽이겠네."

하고 말했습니다. 머슴살이 청년은 이 말들을 듣고, 온 몸에 소름이 끼쳤습니다. 그리고

'무슨 일이 있든, 도련님 말고삐는 내가 잡고 가야겠다.'

이렇게 결심하였습니다.

아침을 먹자, 신랑이 탈 말 준비가 되었습니다.

머슴살이 청년은 뛰어나오면서 신랑이 탈 말의 고삐를 쥔 사람에게서 말고삐를 빼앗으면서,

"신랑님 말고삐는 내가 쥐고 가야 할 테니, 내게 주소."

하였습니다. 이것을 본 신랑의 아버지는,

"집안일도 볼 게 많은데, 그 말고삐는 다른 사람이 쥐라고 하고, 넌 집에 있거라."

하고 책망했습니다. 그러나 머슴살이 청년은 말을 듣지 않았습니다.

"오늘은 죽어도 제가 도련님 타신 말고삐를 쥐고 가야겠습니다."

하고 버티었습니다. 신랑의 아버지도 머슴살이 청년이 너무 자꾸 그러

니까, 할 수 없이 하겠다는 대로 내버려 두었습니다.

왈랑절랑 말을 몰아갑니다. 이렇게 얼마를 가서 산비탈 길까지 가니까, 길 옆에 아주 잘 익은 딸기가 시뻘겋게 탐스레 보였습니다. 신랑이 이것을 보고, 말고삐를 쥐고 가는 머슴살이 청년더러

"말을 좀 멈추어다오. 저 딸기를 좀 따서 먹게."

하고 침을 줄줄 흘렸습니다. 들러리 가던 소년의 아버지도 딸기가 먹고 싶었습니다. 그러나 머슴살이 청년은 말을 멈추려고는 하지 않고, "짝" 한번 힘껏 말에 채찍질을 하면서, 말을 달렸습니다.

"해가 벌써 낮때가 되지 않았습니까. 어서 빨리 가야겠습니다. 딸기는 이다음에 많이 따드리죠."

하였습니다. 신랑은 마음속으로 머슴살이 청년을 괘씸히 생각하였습니다. 왈랑절랑 또 얼마를 갔습니다. 그러니까 버드나무 아래에 있는 우물에 샛말간 물이 출렁출렁 괴고 꼭 바가지가 떠 있었습니다. 신랑은 하도 목이 마르던 차이라, 이 우물을 보고 기뻐하면서 머슴살이더러,

"야! 저기에 우물이 있구나! 목이 말라 마악 죽겠으니, 물을 좀 먹고 가자!"

하고 말을 하였습니다. 들러리 가던 신랑의 아버지도 목이 말랐습니다. 그러나 머슴살이 청년은 말을 멈추려고는 하지 않고, "짝" 한 대 채찍질을 하여 말을 도로 더 빨리 달렸습니다.

"네, 저기 보이는 저 느티나무 아래에 가서 쉽시다. 거기 더 좋은 우물이 있어요."

하고 말을 자꾸자꾸 빨리 달렸습니다. 신랑은 느티나무 있는 데까지 가면 물을 먹을 수 있겠거니 하고, 아무 말도 하지 않고 느티나무에까지 가니까, 우물은커녕 우물 같은 그림자의 가뭇도 없었습니다.

"넌 왜 이렇게 말도 듣지 않고, 거짓 소리만 하느냐? 집에 돌아가거든 널 그냥 두지 않을 것이니 그리 알거라."

하고 신랑은 머슴살이 청년더러 말했습니다. 그러니까 머슴살이 청년은,

"네, 도련님! 잘못했습니다. 그럼 여기서 신부님 댁까지 그리 멀지 않사오니, 빨리 가서 물을 잡수십니다."

하고 물러가라 첫가라 하면서, 말을 그냥껏 빨리 몰아댔습니다.

이렇게 빨리 말을 몰아대었기 때문에 낮이 좀 기울락할 때 신부네 집 마당엘 닿았습니다.

자, 또 변이 생길 텝니다. 머슴살이 청년은 그냥 말고삐를 잡고 서 있다가 신랑이 벼겨를 넣은 섬을 짚고 내리려고 할 때, 갑자기 달려가서 신랑의 허리를 잡고 쳐들어다 마당에 옮겨 놓으려다가, 그만 신랑을 안은 채로 머슴살이 청년은 꽝 넘어지고 말았습니다. 신랑은 여러 사람 옆에서 이와 같은 창피를 머슴살이가 당하게 한 것을 속으로 여간 분하게 생각하지 않았으나, 성나는 대로 머슴살이를 욕하지도 못하고, 그 자리에서는 그냥 참았습니다.

작은 상, 큰 소반 받아 기쁜 하루를 마치고 해가 저물었습니다. 머슴살이 청년은 마지막으로 닥쳐올 화난(禍難)을 생각하니까, 밥이 다 무업니까. 밥도 먹지 않고 어떻게 하면 이 무서운 화난을 면할 수가 있을까 하고, 궁리만 하였습니다.

밤이 이윽히 지나 신랑은 드디어 신방엘 들어갔습니다. 머슴살이 청년은 문 밖 마루 아래에 숨어 있다가 신방에 불이 확 꺼지자, 시퍼런 칼을 들고 문을 나꿔채고 신랑과 신부가 자려는 데로 들어갔습니다. 신부하고 신랑은 참 놀랐습니다. 그리고 사람 살리라고 고함쳤습니다.

그런데 머슴살이 청년은 굵은 기둥만한 구렁이를 그저 마악 미친 듯이 돌아가면서 칼로 찍어댔습니다.

집안사람들이 신방에서 사람 살리라는 소리를 듣고 불을 켜 가지고 달려가 보니까, 웬 놈이 시퍼런 칼을 가지고 방안을 미친 듯이 내두르며 돌아다니고 있질 않습니까.

자세히 보니까, 그 사람은 오늘 신랑을 모시고 온 하인이었습니다. 그래 더욱이 이상히 생각하면서 불을 크게 하여 보니까, 아 참 끔찍하게도 신방 안에는 실과 같이 가느다란 뱀들이 너부적하니 죽어 넘어져 있었습니다.

사람들은 참으로 놀랐습니다. 신랑도 뱀을 보고 놀랐습니다. 그리고 머슴살이가 무엇을 하고 있는가를 알고, 감사하게 생각하였습니다.

머슴살이는 한참 동안 칼을 내둘러, 그 기둥 만하게 뭉친 수천 마리 실뱀들을 다 죽여 버리고는, 신랑 앞에 꿇어 엎드려서 눈물을 흘리면서,

"도련님! 오늘 도련님을 모시고 오는 도중에 세 번이나 무례한 짓을 하고, 또 주무시는 데까지 이런 무례한 짓을 하여 죄송합니다."

하고 주머니 속에 갇혀 있던 이야기들이 한 말을 죄다 말하였습니다. 그러니까 신랑은 처음으로 머슴살이가 절 살리려고 그렇게 한 것을 알고, 눈물을 흘리면서 머슴살이 청년의 손을 잡고 치사하였습니다.

이 충직한 머슴살이는 젊은 주인의 신용을 얻어 주인 부부와 같이 길이길이 행복을 누렸다고 합니다.

참 이야기는 이야기할 것이지, 넣어둘 것은 아니에요.

[경성]

3. 소 되었던 사람

옛날 옛날 함경도 안변(安邊)이란 곳에 머슴살이를 하는 청년이 살았습니다. 이 사람은 어려서 아버님 어머님을 일찍 여의었기 때문에 이같이 불서러운 신세가 되었습니다. 그래서 청년은 늘 그의 아버지, 어머니를 그리워하며 언제나 이 신세를 면할까 생각하고 있었습니다.

그런데 하루는 너무도 마음이 클클하고 외로워서 점쟁이한테 가서 점을 쳐 달라 했습니다.

이상도 한 점이 다 있습니다.

“무 한 잎으로 소가 사람이 된다.”

이라는 점글을 써주는 것이었습니다.

머슴살이하는 사람은 이 점을 별로 마음에 두지 않고, 돌아와서 주인의 명령대로 산에 나무를 하러 지게를 지고 갔습니다. 추운 겨울이었습니다.

양지쪽에서 갈퀴로 나무를 버억버억 긁고 다니다가, 문득 저편을 바라보니까 물 내리는 바위 밑 얼음판에서 사슴이 한 놈이 발을 버뚱버뚱하고 애달파하는 것을 보았습니다. 그 얼음판을 건너다가 얼음에 미끄러져서 상처를 당했나 봅니다.

‘옳다. 저 놈의 사슴이를 잡아다 팔아야겠다.’

생각하고 나무하던 갈퀴를 던지고 도끼를 들고 달음박질쳐 갔습니다.

담박에 사슴의 골을 깨서 죽이려고 도끼를 얼메고 달려들다가 그만 얼음에 쭈욱 미끄러져서 꽝하고 자빠져서 정신을 잃고 말았습니다.

이 머슴살이 청년이 정신을 차렸을 때에는 인저 그 사슴에게 옷자락을 물리어 줄줄 끌려서 사슴의 굴 앞까지 벌써 와 있었습니다.

얼핏 달아나려고 정신을 버쩍 가다듬고 일어서려고 하니까, 사슴의 굴 속에서 눈썹까지 허옇게 센 노파가 나오더니만, 머슴살이 청년의 두 발을 꽉 쥐고 굴로 끌고 가는 판이므로, 청년은 할 수 없이 굴속까지 끌려 들어갔습니다. 이 사람을 물고 온 사슴도 뒤로 어처렁어처렁 굴 속으로 따라 들어옵니다. 그런데 참 이거 보셔요! 사슴이 굴속엘 들어오더니, 몸을 두어 번 뒤재주를 치니까, 늙은 영감이 되는구려!

머슴살이 청년이 눈이 둥그래져서 넋을 잃고 있는데, 노파하고 늙은 영감 내외는 이런 말을 하는 겁니다.

"배도 시장한데 저 놈을 잡아먹을까?"

"아니 아니, 잡아먹어 버리지 말고, 소를 만들어서 장에 갖다 팝시다 그려. 돈이 떨어졌는데!"

"응! 그것두 좋지!"

이렇게 말하더니만, 영감이 이름 모를 풀잎을 하나 가져오더니 머슴살이하는 청년의 코에 대고 비비니까, 이 청년은 갑자기 소가 되었습니다. 머슴살이하는 청년은 너무도 기가 막혀서 "아이고, 아이고" 하고 울었습니다.

그런데, 이거 봐요. 이 사람은 제가 "아이고, 아이고" 하고 우느라고 하는데, 제 입에서 나오는 소리는 그저 "매앵매앵" 하는 소 우는 소리가 아닙니까!

영감한테 끌려가는 도중, 사람을 만날 적마다,

"여보셔요. 사람 살려줘요! 이 영감은 사람이 아니고 사슴이구, 난 사람인데, 이 영감이 날 소로 만든 겝니다. 좀 살려줘요."

하고 말하였습니다. 그러나 제 귀에 들려오는 제 목소리는

"머엉 머엉 매앵 매앵 매앵"

할 따름, 완전히 소 소리입니다. 이렇게 매앵매앵 울면서, 장에까지 끌려갔습니다. 사람들은 머슴살이 청년의 등을 툭툭 치면서

"그 소 거 살졌군! 얼마 받겠소?"

"그 놈의 소 거 너무 매앵매앵 소리 질러서 흠이로군!"

"살은 꽤 졌는데 목이 좀 밭아서[18] 안됐군!"
하면서들 머리를 만져보고, 발을 만져보고, 배를 쿡쿡 찌르곤 하는 게 아주 말이 아닙니다.

나중에 백정이 와서 이 소를 사게 되었습니다. 다른 사람이 사려고 해도 매앵매앵 너무 소리를 질러 흠이라고 사지 않았는데, 백정은 그저 살진 것만 보고 이 소를 사게 된 것입니다.

이 소된 머슴살이 청년은 서글픈 목소리로,
"여보시오, 전 소가 아닙니다. 사람이에요! 이놈의 영감태기가 절 소로 만든 거랍니다. 이 영감은 사람이 아니고 사슴이에요! 제발 절 살려주세요!"
하고 외쳤습니다. 그러니까 백정은,
"이 놈의 소 새끼가 내가 누군질 아는가 봐! 왜 이리 매앵매앵 귀찮게 굴까."
하고 짝! 채찍으로 허리를 갈겨내는 것이었습니다.

머슴살이 청년은 백정에게 끌려갔습니다. 아무리 자기는 소가 아니고 사람인데 산에 나무를 하러 갔다가 사슴이한테 잡혀서 소가 된 것이라고, 백정에게도 말하고 길 가는 사람들한테도 말하면서, 구해달라고 아무리 애걸복걸하나 그 입으로 나오는 소리는 여전히 매앵매앵 소리였습니다.

백정의 집까지 끌고가서는 나무에 고삐를 비끌어 맸습니다.

백정은 이 소 된 머슴살이 청년을 잡아 죽이려고 숫돌에다 칼을 북북 갈고 있질 않습니까. 기가 막힌다는 말을 다해 무얼 합니까.

눈물에 젖은 눈을 껌뻑껌뻑하면서 백정이 칼을 가는 곳을 바라보려고 목을 돌리니까, 저 편에서 광주리에다 무를 많이 담아가지고 머리

18) 밭다 : 살이 좀 빠지고 여위어지다.

에 이고 오는 처녀가 보였습니다. 이것을 보고 소가 된 이 머슴살이 청년은 문득 제가 그 전에 점장이에게 가서 점을 쳐 달라 했던 일이 생각났습니다.

'청근일엽탈우신(靑根一葉脫牛身)! 오냐, 무 잎을 먹으면, 도로 사람이 된다는 게 이 때를 점해준가 보구나!'

생각하고 처녀가 제 옆으로 올 것을 속으로 빌었습니다. 다행히도 처녀가 제 옆으로 지나갑니다. 소 된 머슴살이 청년은 얼핏 광주리에서 무 잎을 덥석 한 입 물어 먹었습니다.

자 보셔요!

이때까지 소가 되었던 머슴살이 청년이 무 잎을 먹자마자 갑자기 그 전과 같은 사람이 되질 않았겠어요!

목에 매어 있던 고삐를 풀어 놓고, '귀 떨어지면 오는 장날 주워 가자!' 생각하고 달아났습니다.

뛰고 뛰고 뛰노라니까 어느덧 해가 져서 사방이 어둑어둑 어두워갔습니다.

수풀이 무성하여 캄캄한 산 속입니다.

두리번 두리번 사방을 살펴보니까 나무 사이로 불이 반짝 반짝 인가가 보였습니다. 그 집엘 찾아가서

"길을 가다 날이 저물고 어두워서 갈 바를 모르겠으니, 하루 저녁 머물고 가게 해주세요."

하고 주인을 청했습니다. 그러니까 처녀가 공손히 허리를 굽히며, 아버님, 어머님은 다른 동네 가시고 안 계시나, 어서 들어오셔서, 누추하지만 하룻밤 자고 가시라고 하면서, 머슴살이 청년을 집안으로 안내해 주었습니다.

그날 밤 눈이 많이 왔습니다. 집이 파묻히고 산이 파묻히도록 많은 눈이 왔습니다. 머슴살이 청년이 이튿날 이 집을 떠나려고 했으나 어

떻게 가겠습니까. 이튿날도 또 그 집에서 묵게 되었습니다. 그런데 그 집 처녀가 밥을 지으려고 하여도 집이니 허청이니 마당이니 모두 눈에 파묻혀버려서, 허청에 둔 나무를 어떻게 가져올 수가 없었습니다. 그래서 그것들을 머슴살이 청년이 나무 있는 허청을 알려달래서 눈 속에 구멍을 뚫고 나무를 가져왔습니다.

소 먹일 여물짚도 처녀가 못 가져오는 걸, 이 사람이 가져왔습니다.

이렇게 하기를 육칠 일이나 하니까, 눈이 다 녹아버렸습니다. 처녀의 아버지, 어머니는 옆마을에 갔다가 눈이 와서 집에 돌아오지도 못하고 하나밖에 없는 딸이 굶어 죽었을 게다, 소가 굶어 죽었을 게다 하고, 근심하면서 탄식하다가, 눈이 다 녹자 곧 돌아와 보니까, 웬 한 젊은 사람이 와 있었던 탓으로 딸도 그냥 죽지를 않고, 소도 죽지를 않고 모두 그냥 있는 것을 보고 대단히 기뻐하였습니다. 소 되었던 머슴살이 청년에게 백배사례를 하였습니다.

처녀의 아버지는 이렇게 말했습니다.

"자네가 없었던들 내 딸이 죽었을 게야! 내 딸이 살아있는 건 전부 자네 덕택이네. 그러니까 내 딸을 자네한테 줄게. 내 사위가 돼 주게!"

이렇게 하여 머슴살이 청년은 그 괴로운 신세를 벗고 예쁜 처녀를 아내로 맞아 이 집에서 잘 살았다고 합니다.

[함경남도 안변]

4. 범과 효자

옛날 옛적 어느 곳에 어머니하고 아들, 단 두 식구가 쓸쓸히 살고 있었습니다. 애는 서당에 다니는데 다른 애들이 자꾸 이 애더러

"아버지 없는 애야. 너 아버지 어떡했니. 얘 얘, 아버지 없는 애야!"

하고 놀려주고는 하였습니다. 그래서 이 애는 집에 돌아와서 어머니더러,

"아버지 어디 갔어?"

하고 물으면 어머니는 늘

"나들이 가셨는데, 이제 곧 오신다."

하곤 하였습니다. 그러나 애가 열다섯 살이나 되고 보니, 어머니 말을 곧이 듣지 않고 아버지가 어디 가 있는가 가리켜 달라고 울면서 애원하였습니다. 어머니도 할 수 없이 사실을 알려줄 수밖에는 없었습니다.

"아버지는 아주 이름 높은 포수였는데, 네가 세 살 되는 해다. 단검을 뽑아주시면서, '내가 사냥 간 후 이 단검에 녹이 슬면 내가 죽은 줄 알고, 만일 녹이 슬질 않고 그냥 있으면 죽지 않고 살아 있는 줄 알아라.' 하시고 범 사냥을 가셨는데, 이제는 그 단검이 빨갛게 녹슬었으니, 너의 아버지는 또 다시는 집에 돌아오시지 못할 것이다!"

이렇게 말하였습니다.

아들은 슬프기 한이 없었습니다. 서당에 가는 걸 그만두고 그 날부터 활쏘기 연습을 하였습니다. 아버지 원수를 갚으러 가려고 결심하였던 것입니다.

활쏘기 연습하기를 삼 년을 하였습니다. 아들은 어머니 앞에 무릎을 꿇고,

"이제는 활 쏘는 재주도 능란(能爛)해졌고, 아버지 원수를 갚으러 가겠으니, 절 허락하여 주세요."

하였습니다. 그러나 어머니는 쉽게 허락해 주시려고 하지 않았습니다.

"너는 아직 어린애다. 아버지와 같으신 천하 명포수도 죽었는데, 네가 간댔자 원수 갚을 힘이 없으니, 아예 그 같은 생각은 끊어 없애라!"
하시고 허락을 해주지 않았습니다.

그러나 아들은 아버지가 원한을 품고 돌아가시었을 것을 생각하면, 이냥 참고 있을 수는 없었습니다. 그래서 그냥 자꾸 어머니께 졸라댔습니다. 어머니도 나중에는 그냥은 막지 못할 것을 알고,

"그러면 승낙은 해주겠다. 그러나 너희 아버지는 내가 십리 밖에서 이고 오는 동이 꼭대기 위에 놓은 엽전을 쏘아 떨어뜨리고는 하셨는데, 네가 그렇게 한다면 허락해 주마!"
하시었습니다.

용하게도 아들은 엽전을 쏘아 떨어뜨리었습니다. 어머니는 또,

"너의 아버지는 내가 쥐고 있는 바늘귀를 쏘았는데, 네가 그렇게 하면 허락해 주마!"
하였습니다. 아들은 한참동안 잘 겨누어 가지고 쏘니까, 용하게도 바늘귀를 쏘아 부러뜨렸습니다.

어머니는 아버지가 중하게 여기는 활과 검을 내주었습니다. 아들은 이 검과 활을 받아서 활은 어깨에 매고, 검은 허리에 차고 산을 향하여 길을 떠났습니다.

얼마만큼을 갔을 때 이마에서는 땀이 흐르고 등어리가 추근추근한게 도무지 더워서 야단입니다. 그래 길 옆에 있는 늪에 들어가서 철버덕철버덕 헤엄을 치며 목욕을 하고 있었습니다.

이렇게 효자애가 얼마동안을 물에서 철버덕거리다가 이제 그만 나오려고 하니까 언제 어디서 왔는지 크고도 큰 호랑이 한 놈이 늪 언덕에 와서 물끄러미 이 애를 노리고 있지 않습니까!

효자애는 깜짝 놀라서 정신을 잃고 입을 멍하니 벌리고 범을 쳐다보고 있노라니까,

"애 애, 너 너의 아버지 원수 갚으러 왔지!"
하고 범이 말을 하였습니다.

"그렇다! 네가 어떻게 그걸 아니?"
하고 원수 갚으러 가던 효자애가 물었습니다.

"난 다 안다! 그런데 애 애, 너의 아버지 잡아먹은 범은 저어기 보이는 저 바위 아래 굴 속에 있다. 그 범은 내 원수도 된다! 그러니까 애 애, 내가 그 범과 싸울 때 네가 날 도와주면 나도 너의 아버지 원수 갚는 걸 도와주마!"

이렇게 범은 말하였습니다. 효자애는 기뻤습니다. 효자애는 범더러 도와주마 하고 범하고 굴 앞에까지 갔습니다. 효자애는 커다란 죽은 나무 위에 올라가서 총을 겨누고 있었습니다. 그러니까 범은 굴 앞에까지 가더니,

"백호야! 나오너라!"
하고 고래고래 소리 지르니까, 으앙 소리를 치면서 허리가 9척 가량이나 되는 대호(大虎)가 빨건 입을 벌리고 달려 나왔습니다. 두 범은 서로 쓰러안고 물고 뜯고 뒤넘이질을 치며, 먼지안개를 자욱하니 일으키면서 싸웁니다.

효자애는 그저 눈이 둥그래져서 넋을 잃고 바라볼 따름입니다. 활을 겨누어 쏘려고는 하였으나 어느 범이 동무 범인지를 구별할 수가 없어서 도무지 쏘질 못하였습니다.

두 범은 얼마 동안을 싸우더니, 서로 갈라져서 동무 범은 효자애가 있는 곳으로 원수 범은 굴속으로 서로 헤어졌습니다.

동무 범은 헐떡헐떡 숨을 가쁘게 내쉬면서 효자애한테 오더니,

"애 애, 어째 너 그놈의 원수 범을 쏘지 않았니?"
하고 물었습니다.

"어떤 게 그 놈인지 몰라서 못 쏘았다! 허투루 쏘다가 네가 맞으면

어떡하니?"

하고

"얘 얘, 범아! 이번엔 내 이거 줄게. 네 허리에 감아라. 넌 줄 알게!"

효자애가 제 허리에 띠었던 흰 무명 허리띠를 주었습니다.

"응! 이번에 꼭 그 놈을 쏴다구!"

이렇게 말하고 어머니가 손수 짜서 만들어주신 그 흰 무명 허리띠를 범이 허리에 감고 껑충껑충 뛰어가더니,

"백호야! 나오너라!"

하고 소리소리 지르니까 아까 그 범이 또 "으앙!" 소리를 치면서 달려 나왔습니다.

두 범이 서로 마주 쓰러잡고 아래 깔렸다 위에 올라왔다 벌컥 뒤집히면서 먼지안개를 자욱이 피우며 싸웁니다. 이번엔 동무 범을 잘 구분할 수 있었습니다. 흰 무명 허리띠를 허리에 두른 범이 동무 범입니다.

효자애는 나무 위에서 활을 잘 겨누었다가 쏘았습니다. 그러니까 삼단 같은 큰 백호가 나가 넘어 자빠졌습니다.

효자애도, 동무 범도 기쁘고 기뻤습니다. 동무 범하고 효자애는 서로 의형제를 맺었습니다.

효자애가 범을 따라 굴속에 들어가니까, 참 그 속에 자기 아버지의 시체가 있었습니다. 아버지의 이름을 새긴 활이 옆에 놓여 있는 것으로 보아 아버지가 틀림없습니다.

효자애는 이 아버지의 시체를 고이 모셔 가지고, 어머니 계신 집으로 돌아가서 산에다 잘 묻어 드렸습니다.

동무 범은 자기 굴 옆에다 집을 한 채 지었습니다. 효자애는 그 집에 어머니를 모셔다가 범하고 세 식구가 살게 되었습니다.

범이 하루는 효자더러,

"형님 형님! 형님도 이제는 색시를 맞아야 하잖습니까. 제가 아주머

니를 구해오리다."
하더니 어디론지 뛰어갔습니다. 얼마를 지나서 마당에 "쿵" 하는 소리가 들리기에 문을 열고 보니까, 범 아우가 곱게 차린 색시를 한 사람 등에 지고 오질 않았습니까.

효자애는 어머니하고 급히 마당에 나가서 더운 물 찬물로 손발을 씻어주고 머리를 씻어주니까, 기절하여 정신을 잃었던 색시가 눈을 뜨고 피어났습니다. 아주 예쁜 색시였습니다.

이 색시는 황 정승의 딸인데 오줌 누러 나왔던 것을 범 아우가 물어온 겝니다.

하루는 또 범 아우가 효자 형더러,

"형님! 전 이제 죽을 날이 멀지 않았으니, 형님은 어머님 아주머님하고 서울 가서 살으세요. 그런데 제가 죽을 바에는 형님을 좋게 해드리고 죽겠으니, 제가 하라는 대로 하세요. 며칠 후에 서울 장안에 범이 한 마리 나타나서 길 가는 사람들을 많이 해칠 것입니다. 임금님께서 그 범을 잡아오는 자에게는 많은 상을 주리라고 포고를 내리실 테니, 그 때 형님이 저한테 오셔서 절 쏘아주세요. 제가 바로 그 범입니다. 꼭 쏘아주세요!"
하고 범이 눈물을 흘리면서 애원하듯이 말했습니다.

과연 수일 후에 서울 장안에 큰 범이 한 마리 나타나서 길 가는 사람을 많이 물어서 상처를 내게 하였습니다. 임금님께서는 범을 잡아오는 자에게는 상금을 주리라는 포고를 내리시었습니다.

효자애가 범을 찾아갔습니다. 범이 자꾸 자꾸 쏘아달라고 애원하여서 효자애는 눈물을 머금고 범을 쏘았습니다. 그리고 그 범을 임금님께 갖다 바치고 많은 상을 받고, 또 그 위에 벼슬까지 얻어 효자애는 그 후 큰 장군이 되었다고 합니다.

[평안남도 안주군 입석]

5. 봉익이 김선달

여러분!

여러분은 평양 대동강을 팔아먹은 사람이 누군지 아십니까?

그 사람은 봉익이 김선달이란 사람입니다.

봉익이 김선달이 겨울 춥고 추운 어떤 날, 대동강엘 나가서 꽹꽹 얼어붙은 대동강 위에다 벼섬을 많이 펴놓아 얼음을 감춰 놓았습니다. 그리고 돈 있는 사람을 데리고 가서, 이게 내 논이다 값싸게 팔 테니, 사라구 해서 종시 대동강을 팔아먹었다고 합니다.

이 봉익이 김선달이 자주 가던 절이 있었다고 합니다. 그 절 중들 가운데 떡을 아주 잘 먹는 중이 한 사람 있었습니다. 그런데 비위 좋은 봉익이 김선달이 오면 두고 두었다가 먹으려던 떡을 먹어치우곤 하여서, 이 중은 봉익이 김선달을 괘씸히 여겼습니다. 그래 하루는 떡 속에다 똥을 가득가득 넣어서 놓아 두었습니다.

아닌 게 아니라, 봉익이 김선달이 오더니,

"여보게 대사! 그 사이 잘 있었나?"

하고는 그 떡을 덥석 주워다 입에 틀어막지를 않겠습니까. 중은 우스운 것을 참고 있는데, 봉익이 김선달은 제가 먹고 있는 떡이 전과 같지 않고 흐느적흐느적하고 입에선 똥 냄새가 코를 찔러서, 뱉어 보니까, 참 그것이 무엇입니까?

봉익이 김선달은 낯을 찌푸리면서, 모두 뱉어 버리고 집으로 돌아갔습니다.

봉익이 김선달은 그 중이 괘씸하기 이를 데 없었습니다. 기어코 복수를 하리라고 생각하고 아내더러 날콩죽을 쑤라고 하였습니다.

중을 보고 요새 홍문(紅門)에 종처가 생겨서 신고하는 중인데, 좀 보

아달라고 하니까, 본래가 마음 좋은 중은,

"거 참! 고생하시겠어요 그려!"

하면서 보아줄 테니 보이라고 합니다. 중이 고약을 떼려고 하니까, 화드득! 하고 똥이 중의 낯짝 머리할 것 없이 뭐 그저 온통 몸을 똥 투성이로 만들어 놓았습니다.

봉익이 김선달은 좋아라고 손뼉을 치면서 절을 내려왔습니다.

[평안남도 평양]

6. 노인과 양자, 사슴, 뱀

옛날 어떤 곳에 아주 마음이 인자하고 너그러운 한 영감이 살았습니다. 이 영감은 특별히 동물을 많이 사랑하였습니다.

이 영감이 하루는 강가에 나가니까, 그 강 상류에서 홍수가 생겼는지, 집이 떠내려오고, 나무가 떠내려오는데, 사슴 한 마리 발을 허우적거리면서 떠내려오는 것이 보였습니다. 인자한 영감은 얼른 머상이[19]를 저어가서 사슴을 건져가지고 나오는데, 뱀 한마리가 또 둥둥 떠내려오면서 꾸불퉁꾸불퉁 애를 쓰고 있는 것이 보였습니다. 인자한 영감은 이 뱀을 또 건져서 머상이에다 태우고 강언덕으로 왔습니다. 그런데 이번엔 어린 사내애가 하나 첨버덩거리면서 떠내려오는 것이 보였습니다. 인자하고 너그러운 마음을 가진 영감님은 또 이 애를 건져서 머상이에다 태우고, 강 언덕으로 올라왔습니다.

사슴하고 뱀은 고맙다는 듯이 사슴은 눈물을 뚝뚝 흘리면서 머리를 꾸뻑꾸뻑 절을 하고, 뱀은 영감의 발을 몸체로 도사려서 감았다 풀었다 하였습니다.

사슴하고 뱀은 저 갈 데로 가라고 그냥 내놓아주고 어린 사내애는 영감이 데려다가 양아들로 삼았습니다.

하루는 인자한 이 영감이 양아들을 데리고 마당에서 일을 하고 있는데, 강에서 건져준 사슴이 껑충껑충 뛰어오더니, 영감의 소매를 물고 자꾸 끌었습니다.

"무슨 일이 있나보다."

생각하고 영감이 사슴을 따라가니까, 사슴은 산 속 한 곳에 있는 바위를 가리키면서 앞발로 땅을 파는 시늉을 하였습니다. 이렇게 자꾸자

---

19) 머상이 : 마상이의 사투리. 마상(馬上)이란 '말의 등 위'라는 뜻으로, 노를 저어서 가게 만든 작은 통나무배를 말한다.

꾸 영감을 쳐다보고는 흙을 파내었습니다.

그래 영감이 수상히 생각하고, 그 바위를 들어 젖히니까 적지 않은 구멍이 나타나면서 항아리 둘이 들어 있었습니다.

영감이 이 항아리 뚜껑을 열어 보니까, 아, 이거 보십시오! 그 항아리 속에는 싯누런 금이 가득가득 차 있었습니다. 영감이 사슴을 돌아다보니까, 사슴은

"영감님께서 절 구하여 주신 은혜는 참으로 무엇으로 갚아 드려야 될지 모르겠습니다. 이것은 사소하오나, 은혜를 조금이라도 갚아 드리는 의미로 영감님께 드리오니, 가져다가 써 주세요."

하고 말했습니다. 영감은 그 금을 가져다가 남부끄럽지 않게 살아갔는데, 양아들은 점점 소행이 불량해져서 술을 먹고 돌아와서는 영감님을 막 욕도 하고 나중에는

"너 같은 영감태기하고는 살 수가 없으니, 세간을 나눠다오!"

하는 고로 영감은 할 수 없이 세간을 나누어 주었습니다.

양아들은 그 나누어준 돈을 가지고 나가서 불과 일 년이 못되어 죄다 탕진해버리고, 또 들어와서는, 또 세간을 달라고 야단을 하였습니다. 그래 영감이 노해서 책망하니까, 양아들은

"우리 아버지는 남의 집에서 돈을 많이 도둑질해 왔습니다."

하고 관가에 고발하였습니다. 영감님은 감방에 갇히어 매를 맞아서 아픈 몸을 어루만지면서, 자기 신세를 한탄하고 들어 누워 있었습니다.

그런데 그전에 강에서 구하여준 뱀이 어느 틈으로 들어왔는지 감방에 있는 영감한테 들어오더니, 이 영감의 팔을 선뜻 물고 나갑니다. 영감의 팔은 점점 부어오르고, 아프기 짝이 없었습니다. 영감님은

"저놈의 뱀이 은혜를 모르고 날 이렇게 물어서 죽이려고 하는구나!"

생각하면서, 눈물을 흘리며 울고 있었습니다. 그러니까 뱀이 또 복숭아 잎을 두세 잎 물고 슬레슬레 들어왔습니다. 그리고 물려서 상처 난

곳에 그 복숭아 잎을 가져다 슬슬 비벼주는 것이었습니다. 이렇게 하니까 그렇게 퉁퉁 부어오르고, 아프던 팔이 갑자기 아프던 게 나아버리고, 부었던 것도 나아버렸습니다.

뱀은 복숭아 잎 둘을 영감 앞에 놓고 슬레슬레 나가 버렸습니다.

뱀이 나가자 갑자기 감방 앞으로 지나다니는 사람이 많아지면서 뒤숭숭 소란해졌습니다. 영감님이 무슨 큰 일이 생겼나 보다 생각하고, 궁금해서 앞을 지나는 사람에게

"여보시오. 무슨 큰 일이 생겼기에 이렇게 소동을 하는 겝니까?"
하고 물어보니까,

"임금님의 어머님께서 뱀한테 물렸는데, 백약(百藥)이 무효(無效)하여 지금 생명이 위독하신데, 이 병을 낫게 하는 사람에게는 많은 상을 주고 높은 벼슬을 주겠다고 나라포고가 내려왔다."
하고 대답하였습니다. 그제야 영감님은 아까 뱀이 한 일을 알고, 제가 고쳐 드릴 테니, 절 서울까지 데려다 달라고 하였습니다.

"네가 고쳐 드릴 재간이 있다니, 그럼 올라가 보아라!"
하고 쾌히 허락하여 주었습니다.

마음이 인자하고 너그러운 이 영감님이 임금님의 어머님께서 뱀한테 물린 곳에 감방에 갇혀 있을 때 뱀이 놓고 간 복숭아 잎을 슬슬 비비니까, 그렇게 부어올랐던 것이 단번에 가라앉고 또 아프던 것도 단번에 나으시었습니다.

임금님은 기뻐하시어서, 이 마음보 인자하고 너그러운 영감에게 치하를 하면서, 어째 그렇게 관가에 잡혀서 고생하였는가 물으시는 고로, 자세한 사정을 죄다 아뢰었습니다. 그러니까 임금님은 곧 그 마음보 곱지 못하고 은혜 모르는 양 아들놈을 잡으라고 명령을 내리었습니다.

양아들은 되레 잡혀서 갇히게 되고, 영감님은 여생을 즐겁게 살았습니다.

[함경남도 함흥]

7. 계수나무 할아버지

옛날도 옛날 아주 오래고도 오랜 옛날, 백두산 꼭대기에 커다란 계수나무가 하나 우뚝 서 있었습니다. 이 계수나무가 자라고 자라서 달에까지 닿았습니다.

그런데 달나라 사람들이 이 계수나무가 부럽기도 하고, 또 이런 좋고도 큰 나무가 지구나라에 있는 게 시기도 나서 하루는 달나라 사람들이 모여서 회의를 하였습니다.

"자 여러분! 저렇게 좋은 계수나무가 사람도, 아무 것도 살지 않는 지구나라에 있는 것은 무의미할 뿐 아니라, 계수나무의 명예를 손상하니, 이것은 아무래도 우리들이 힘을 써서 이 계수나무를 우리 달나라에 옮겨다 심을 수밖에는 없습니다!"

달나라의 모든 사람들은 이 말에 찬성을 하고 지구나라로 내려가서 계수나무를 옮겨가게 되었습니다.

달나라 사람들은 절반은 달나라에서 밧줄을 잡고 있기로 하고, 또 절반은 기다란 막대기들을 하나씩 가지고 지구에 내려가서 계수나무를 떠 올리기로 하였습니다.

지구에 내려온 달나라 사람들은 금도끼 옥도끼로 계수나무 뿌리를 찍고 손질을 하니까, 달나라에 있는 사람들이 밧줄로 올려 당겼습니다. 그리고 지구에 내려온 사람들은 기다란 막대기로 떠 올리구요.

이렇게 삼년 석 달을 하여, 겨우 달나라에다 갖다 심게 되었습니다.

지금 백두산 꼭대기에 커다랗고, 깊고도 깊은 못이 있는 것은 계수나무가 박혔던 자리랍니다.

그런데 달나라 사람들은 그 계수나무를 떠 올려다 심어놓고는 기쁘고 기뻐서 삼년 석 달의 잔치를 하였더랍니다.

그런데 전능하신 하나님께서 이 지구나라를 만드실 적에 지구나라에도 사람을 만들 작정을 하시었는데, 달나라 사람들이 저희들 임의대로 지구나라에 있던 계수나무를 떠옮겨다 심었기 때문에 갑자기 달빛이 계수나무 잎에 가려 지구나라에 비추지 않았습니다.

밤이 되면 어둡고 어두워서 쓸쓸하기 짝이 없었습니다.

그래 하느님은 달나라 사람들더러

"본래 그 계수나무는 지구나라 백두산 위에 있던 것을 너희들이 임의대로 뽑아다 심은 것이니, 이제 곧 다시 그 계수나무를 백두산에 갖다 심어라!"

하고 명령하셨습니다. 그러나 달나라 사람들은 하나님의 말씀을 듣지 않았습니다. 그러자 하나님은 성이 나셔서 큰 폭풍이 일어나게 하시어서, 그 크고도 큰 계수나무를 쭉 잡아 빼다가 도로 지구나라 백두산 꼭대기에다 심었습니다.

이렇게 이때 달나라에 하나님이 큰 화란(禍亂)을 주셨기 때문에, 달나라 사람들은 하나도 남기지 않고 다 죽어버리고, 또 뿌리 빅았던 계수나무를 쭉 잡아 빼는 바람에 달나라는 흙이 뒤집혀지고 구멍이 숭숭하니 얼금뱅이가 되어버렸습니다.

하나님은 계수나무를 도로 지구나라 백두산 위에다 심어놓으시고는, 또 다시 달과 같이 뱃심 곱지 못한 별이 이 계수나무를 해치지나 않을까 염려하셔서 하늘나라 선녀를 한 사람 계수나무를 지키라고 백두산 위에다 내려 보냈습니다.

그런데 이 선녀는 계수나무의 혼으로 아기를 배게 되었습니다.

삼년 석 달 만에 아주아주 아름답고 귀한 사내아기를 낳았습니다.

이 아기가 아홉 살 때입니다. 하나님이 하루는 이 선녀더러,

"이제부터는 그 아기가 계수나무를 지키고 있을 테니, 넌 그만 하늘나라로 올라와 있거라!"

하시었습니다. 그래 선녀는 귀한 아들을 계수나무 아래에다 남겨두고

하늘나라로 훨훨 올라가 버렸습니다.

이 애는 매일 하늘을 쳐다보면서 어머니가 그리워서, 울음으로 날을 보내던 어떤 날 갑자기 바람이 모질게 불고 비가 내려부어서, 큰 홍수가 지구나라에 생겼습니다. 물은 점점 많아져서 백두산 허리까지 찰딱찰딱 올라오게 되었습니다. 그러니까 계수나무 아버지가 이 애더러,

"애야! 넌 내 아들이니까, 물이 아무리 자꾸 올라와도 조금도 무서워하지 말고, 날 꽉 붙잡고 있거라! 그리고 내가 만일 넘어져 버리게 되면 내 위에 올라타거라! 그렇게 하면 죽지 않을 테니!"

이렇게 말했습니다.

아닌 게 아니라, 물은 점점 올라와서, 백두산 꼭대기에까지 올라왔습니다. 계수나무는 뿌리채로 바람과 물 때문에 뽑혔습니다. 이렇게 얼마쯤 떠내려가는데, 수많은 개미가 둥둥 뭉쳐서 떠내려오다가 이 계수나무를 탄 애더러,

"여보십시오, 제발 좀 우릴 살려주세요. 살려주세요."

하고 애원하였습니다. 그래 마음 착한 이 애는 개미들을 불쌍히 생각하여

"아버지 아버지! 저 개미들을 살려줄까요?"

하고 계수나무 아버지더러 물어보니까,

"살려줘라!"

하고 대답하였습니다. 그래

"그럼, 여기 올라타라!"

이 애가 수많은 개미들 보고 말했습니다.

그러니까 개미들은 눈물을 흘리면서,

"이 은혜는 죽어도 잊지 못하겠습니다. 고맙습니다. 고맙습니다!"

하고 절을 하였습니다.

이 애하고 개미들이 이렇게 계수나무를 타고 며칠간을 바람 불고 물 결치는 대로 두둥 떠가는데, 수많은 모기떼가 또 물 위에 둥둥 떠내려

가는 게 보였습니다.

"여보세요, 여보세요. 제발 좀 우리들을 살려주세요. 살려주세요!"
하고 이 애더러 애원하였습니다. 마음씨 고운 이 애는 또 모기들이 불쌍했습니다. 그래 계수나무 아버지더러,

"아버지 아버지! 저 불쌍한 모기들을 살려줄까요?"
하고 물으니까,

"응, 어서 타라고 해라!"
하고 곧 승낙하였습니다. 그래 이 애가 모기떼를 향하여

"어서 여기 올라타거라."
하고 말하였습니다. 그러니까 모기떼들은 계수나무 위에 올라타고, 물에 젖은 날개를 놀려 물을 털면서,

"고맙습니다. 고맙습니다! 이 은혜는 죽어도 못 잊겠습니다."
하고 절을 자꾸자꾸 하였습니다. 이 애는 개미하고 모기하고 계수나무 위에 올라타고 몇 날 동안을 또 둥둥 물결치는 대로 바람 부는 대로 떠내려갔습니다.

하루는 나이 이 애만한 소년이 물에 둥둥 떠내려가는 게 보였습니다.

"여보세요. 여보세요. 제발 좀 절 살려주세요. 살려주세요!"
하면서 물을 꿀꺽꿀꺽 먹으면서 애원하였습니다. 마음씨 고운 이 애는 또 불쌍하게 생각하면서 계수나무 아버지더러

"아버지, 아버지! 저 애가 불쌍하니 올라타라고 할까요?"
하고 물어 보았습니다. 그러나 계수나무 아버지는 의외에도

"그냥 내버려두어라!"
하였습니다.

그래 이 애는 할 수 없이 그냥 개미떼 모기떼하고 둥둥 떠갔습니다. 그러니까 물에 빠진 애가 따라오면서,

"제발 어서 좀 살려주세요, 살려주세요."

하고 애원하였습니다. 마음씨 고운 이 애는 또 불쌍히 생각하면서, 계수나무 아버지더러,

"저 애가 불쌍하니 살려줍시다그려!"

하고 말하니까, 계수나무 아버지는 역시

"그냥 팽개쳐 두어라."

하였습니다.

이 애는 또 할 수 없어서 물에 빠진 애를 그냥 두어 두고, 개미떼와 모기떼들과 같이 계수나무를 타고 바람 부는 대로, 물결치는 대로 둥둥 떠갔습니다. 그런데 물에 빠진 애는 그냥 뒤를 따라 오면서,

"여보세요. 얼른 제발 좀 살려주셔요! 온 몸이 떨려서 헤엄도 못 치고 죽을 것 같습니다!"

하고 눈물을 흘리면서 애원하였습니다. 이 애는 이 물에 빠진 소년이 불쌍스럽기 짝이 없었습니다. 그래 계수나무 아버지더러,

"아버지 아버지! 저 애가 아버지는 불쌍하지 않아요? 개미도 구해주고, 모기도 구해주었는데, 저 애도 구해줍시다!"

하고 말했습니다. 그러니까 계수나무 아버지는

"그럼, 난 모르겠다. 너하고 싶은 대로 해라."

하고 대답하였습니다. 이 애는 기뻐서

"애야 애야, 얼른 여기 올라타거라!"

하고, 물에 빠진 소년을 구하여 주었습니다. 소년은 눈물을 흘리면서 고맙다고 절을 하였습니다.

두 소년하고 모기, 개미가 계수나무를 타고 며칠 동안을 또 바람 부는 대로, 물결치는 대로 둥둥 떠가다 보니, 물이 점점 줄고, 바람도 잦아져서 산들이 보였습니다.

이렇게 몇 날이 지나니까, 그렇게 많던 물이 죄다 빠지고 육지가 나타났습니다. 두 소년과 개미, 모기는 육지로 올라갔습니다.

개미와 모기는 눈물을 흘리면서 계수나무 아들을 보고 목숨을 살려 주어 고맙다고 백배 치사를 하고, 어디론지 저희들 갈 곳으로 가버렸습니다.

두 소년은 이리 저리 다니면서, 행여나 아직 죽지 않고 살아서 남아 있는 집이나 있지 않을까 생각하면서, 몇 날을 돌아다녔는데, 어떤 날 저녁, 높은 산꼭대기에 불이 희미하게 반짝반짝하는 게 보였습니다.

"옳다! 저게 사람 사는 집이 있구나! 어서 가보자 가보자!"

하고 두 소년이 가보니까, 과연 사람이었습니다. 늙은 할머니 한 분하고 젊은 처녀가 둘 있었습니다. 두 소년은 이 집에서 같이 살게 되었습니다.

그런데 하루는 노파가 두 소년더러 이렇게 말했습니다.

"이제 나도 나이 많아서 언제 어느 때 죽을지 모르겠구나. 그래서 미리 너희들과 우리 딸을 정혼해 두고 싶다. 그런데 예쁜 딸은 내가 낳은 딸이고, 좀 예쁘지 못한 딸은 양딸이다. 누가 재주가 많은가 보고, 재주 많은 애에게 내가 낳은 딸을 줄 테니 어디 있는 재주들을 한 번 부려봐라."

이 말을 듣고 마음보 곱지 못한 물에 빠졌던 소년은 계수나무 아들을 가리키면서

"이 애는 아주 신기한 앤데요. 좁쌀을 한 말 모래 바닥에다 헤뜨려 놓고는 삽시간에 좁쌀알만 골라내는 재주가 있답니다!"

하고 말했습니다. 그러나 사실은 계수나무 아들은 이런 재주는 없었습니다. 그것을 물에 빠졌던 애가 이렇게 말한 것은 노파가 못 한다고 계수나무 아들을 꾸짖게 되면, 자연 자기에게 노파가 친히 낳은 예쁜 딸을 주리라 생각하고 이렇게 거짓 소리를 한 것입니다.

노파는 계수나무 아들더러 자꾸 한 번 해보라고 하였습니다. 그러나 할 줄을 알아야 하지 않습니까. 할 줄 모른다고 거절을 하니까 노파는 노하면서

"사내가 그렇게 꼬여서야 뭘 하니! 할 줄 알면 한 번 해보지!"

이렇게 말하면서 좁쌀을 한 말 모래 바닥에다 쫘악 헤뜨려놓고는, 물에 빠졌던 애하고 집으로 들어가 버렸습니다.

계수나무 아들은 참 난처하기 짝이 없었습니다. 근심을 하면서 서 있으니까, 따끔하고 무엇인지 발가락을 쏘는 것이 있었습니다. 보니까 그것은 그전에 물에 빠진 걸 살려준 개미였습니다.

"여보십시오. 은혜 많으신 양반! 어째 그리 근심을 하시고 계십니까?" 하고 개미가 계수나무 아들더러 물었습니다. 계수나무 아들은 죄다 말해주었습니다.

그러니까 개미는,

"그렇습니까. 그럼 염려마십시오!"

말하고 어디로 가더니, 수천 마리 수만 마리의 개미를 데리고 오더니, 눈 깜짝할 사이에 그 좁쌀알을 한 알도 남기지 않고 주워 주었습니다.

노파는 끌끌 혀를 차면서 감탄하였습니다. 그리고 물에 빠졌던 마음보 곱지 못한 소년은 깜짝 놀랐습니다. 자기가 거짓 소리 하였던 걸 계수나무 아들은 이렇게 훌륭한 재주를 피워놓지 않았습니까. 물에 빠졌던 소년은 계수나무 아들이 무서웠습니다.

그런데 노파는

"애들아! 난 너희들이 똑 같이 귀하니, 내가 너희에게 내 딸을 정하여 주느니보다 내가 낳은 딸하고 양딸을 동쪽 방과 서쪽 방에다 너희들 모르게 데려다 둘 테니까, 어떻게든 너희 손으로 택해라."

하고 말했습니다.

두 소년은 문 밖에 나와 있었습니다.

그새 노파는 양딸은 서쪽 방에다 데려다두고, 예쁘고 아름다운 친딸은 동쪽 방에 데려다두었습니다.

그런데 계수나무 아들이 밖에 서 있으니까

"윙윙윙."
하고 모기가 한 놈 날아오더니, 계수나무 아들 귀에 와서,
"여보십시오. 은혜 많으신 양반! 친딸은 동쪽 방에 있으니, 동쪽 방으로 들어가십시오."
하고 알려 주었습니다.

과연 계수나무 아들이 동쪽 방엘 가니까, 아름답고 아름다운 노파의 친딸이 기뻐하면서 맞아주었습니다. 그리고 마음보 곱지 못한 소년은 양딸을 아내로 삼을 수밖에 없었습니다.

그런데 계수나무 아들 부부는 아들 딸을 자꾸자꾸 낳았으나 마음씨 곱지 못한 소년 부부는 종시 자식이라고는 하나도 낳지 못하고 세상을 떠났습니다. 그런 고로 계수나무 아들 부부가 우리 인류의 맨 처음의 조상이랍니다.

[함경남도 함흥]

8. 금이 귀신된 이야기

투전하는 것을 밥 먹기보다 더 좋아하는 투전꾼이 있었습니다.

투전을 하느라고 돈을 다 잃어버리고, 할 수 없게 되어 아내를 데리고 이 집 저 집, 이 동에 저 동네로 밥을 빌어먹으면서 돌아다녔습니다. 하루는 어떤 동네를 들어가니까, 크고도 큰 기와집이 있었습니다. 주인을 청하였으나, 도무지 대답이 없었습니다. 투전꾼은 이상히 생각하면서 대문을 열어제치고 집안엘 들어가 보니까, 사람은커녕 고양이 한 마리 야웅 하지 않는 텡텡 빈 집이었습니다. 앞집에 가서 주인 영감더러,

"뒷집이 빈 집인 것 같은데, 오늘 저녁 하룻밤 그 집에서 자고 가도 괜찮습니까?"

하고 물어보니까,

"아예 못 자네! 흉가야! 열두 가족이 다 죽었어! 귀신이 나와, 귀신이!"

하고 영감은 큰 일이나 났다는 듯이 손을 흔들면서 소리질렀습니다.

'흉가면 흉가! 귀신이 나오면 귀신이 나오래라! 제에길, 한 데서 자는 것보다는 낫지 않겠어.'

이렇게 생각하고, 투전 잘하는 사람은 아내를 데리고 그 집안으로 들어갔습니다.

부엌에 놓인 독에는 쌀이 가득 차 있고 살림살이 기구가 죄다 있었습니다. 그리고 또 선반에는 금전이 많이 있었습니다. 투전 잘하는 사람은 기뻐서, 그 금전을 가지고 투전을 하러 나가고, 아내는 혼자서 그 빈 집에서 자게 되었습니다.

밤이 이슥이 깊었을 때 천장에서

"쿵!"

하는 소리가 들립니다. 아내가

'에쿠, 이거 무슨 소릴까? 쥐가 뛰노는 소린가?'

생각하면서 천장을 쳐다보니까, 종이를 곱게 발라놓은 천장이 뚫어지면서 사람의 넓적다리가 하나 쑤욱 나왔습니다.

투전꾼의 아내는 그만 정신을 잃고 멍하니 바라보구 있으니까, 이번엔 다리 하나가 또 쑤욱 나옵니다. 그러더니 툴렁툴렁 다리가 떨어지고, 팔이 떨어지고, 몸집과 머리가 떨어지더니, 제각기 오독똑오독똑 뛰어가서 딱딱 제 자리에 붙어 시뻘건 벌거숭이 사내가 되었습니다.

이 벌거숭이 사내는 혀를 훌군훌군 하면서

"두 놈인 줄 알았더니, 한 놈밖엔 없구나. 내일 저녁에 두 놈을 다 잡아먹어야겠군."

하더니 깜빡 없어지고 말았습니다. 투전꾼의 아내는 이불 속에서 그저 부들부들 치를 떨면서 땀을 동이로 흘렸습니다.

이튿날 아침에야 투전 잘하는 남편이 돌아왔습니다. 투전꾼의 아내는 남편더러 어제 밤 생긴 일을 죄다 말해주었습니다. 그러니까 남편은

"흥, 그놈의 귀신을 오늘 저녁은 지켜보아야겠군!"

하고 그날 저녁은 투전하러 나가질 않고 지켜보게 되었습니다.

과연 어제 저녁과 꼭 같았습니다. 시뻘건 벌거숭이가 피가 뚝뚝 흐르는 혀를 훌군훌군 하면서

"오오냐. 오늘 저녁은 두 놈이로구나."

하면서 이불을 벗깁니다. 이때 투전 잘하는 사람은 불에 달궈 놓았던 시뻘건 인두로 그 놈의 벌거숭이 귀신의 엉덩짝을 쿡 찌르니까, 부지작하고 살이 탔습니다. 그러니까 벌거숭이 귀신은

"에쿠 에쿠, 큰일났다, 에쿠 에쿠!"

하면서 문을 차고 나갔습니다. 투전 잘하는 사람이 뒤를 따라가 보니까, 그 벌거숭이 귀신은 허청 안으로 뛰어들어갔습니다. 투전꾼이 허청까지 따라갔을 때는 벌써 귀신은 온데 간데도 없어지고, 큰 독에 누런 금이 가득 가득 들어 있었습니다. 투전꾼은

"오~옳지! 이 금이 귀신으로 변했구나!"
알고 그 금을 다시 불에 달궈 녹혔습니다. 이렇게 한 후로는 귀신은 두 번 다시 나오지 않고, 투전꾼은 이 집에서 오래오래 행복한 일생을 보냈답니다.

[평안남도 한천]

9. 엿 잘 먹는 훈장

옛날도 옛날 어떤 곳에 엿을 밥보다도 잘 먹는 훈장이 있었습니다. 엿을 사다가는 궤 속에 넣어 두고, 먹곤 먹곤 합니다. 서당 애들이

"선생님! 선생님, 잡수시는 것이 무엇인가요?"

하고 물으면

"이거 말이냐? 이건 탈난 데 먹는 약이다. 너희들이 먹으면 죽는 게다."

하고 훈장은 대답하곤 하였습니다. 하루는 훈장이 동네 잔치집에 불려 갔습니다. 그런데 접장(接長)이,

"선생님이 너희들이 먹으면 죽는 약이다 하시면서, 아주 맛나게 잡수시고는 하시니, 아마 맛있는 거니까 우리들이 먹지 못하게 하려고 그러는 것 같다. 어디 좀 먹어보자."

이렇게 생각하고 궤 문을 열고 엿을 한 가락 끄집어내어서 먹어 보았습니다.

참! 아주 별맛입니다. 접장은

"애들아 애들아, 이것 좀 먹어봐. 아주 맛나다!"

하고 애들 앞에서 쩔끔쩔끔 먹어 보였습니다.

이때까지 먹으면 죽는 것인 줄로만 알고 있던 것을 접장이 아주 맛나게 먹지를 않습니까! 애들은 와악 달려들어서 궤에 하나 가뜩 넣어 둔 엿을 한 가락도 없이 먹어 버렸습니다.

이렇게 다 먹고 보니, 선생님이 오시면 책망 듣고 매 맞을 일이 난처하기 짝이 없습니다. 여러 애들은 이 일을 어떻게 하면 좋을까 하고 한숨만 내어쉽니다. 접장이 꾀를 꾸몄습니다. 애들더러

"애들아! 다 드러누워 있거라! 그리고 배가 아픈 체, 아구 아구 소리를 질러라."

이렇게 말했습니다. 그리고 요강을 문턱에다 두서너 번 둘러메쳐서

조각조각 깨뜨려놓았습니다. 잔치 집에 다녀온 훈장은 깜짝 놀랐습니다. 엿 궤에는 엿이 하나도 없고, 손요강은 조각조각 깨뜨려져 있질 않습니까. 또 그뿐입니까, 도무지 어찌된 영문인지 애들이 모두 잔뜩들 드러누워서 아구 아구 신음 소리를 하지 않습니까.

"이놈들, 왜 이렇게 다 똑같이 드러누워 있느냐?"

하고 훈장 영감이 고래고래 소리질렀습니다. 그러니까 접장은 배를 움켜쥐고 벌떡 일어나면서,

"선생님! 선생님이 밖에 나가신 틈에 뛰어 다니면서 놀다가, 그만 선생님의 손요강을 깨뜨렸어요. 그래 너무도 죄송하고 무안해서 모두 죽으려고 선생님이 먹으면 죽는다고 하신 약을 먹고 배가 아파서들 이렇게 드러누워 있는 겁니다. 아구 아구 아구 배야!"

하고 아뢰었습니다. 이 말을 듣고 훈장은 그저 어안이 벙벙해서 암 말도 하지 못하고

"이 놈들아! 어서 일어나서 글이나 읽어라!"

하고 소리소리 질렀습니다.

[평안남도 평원군 당오리]

10. 잊기 잘하는 사람 이야기

옛날 어떤 곳에 아주 아주 잊기를 썩 잘하는 사람이 살았습니다. 하루는 이 사람이 망건을 두르고 갓을 쓴 다음 길을 떠났습니다.

길을 가다가 뒤가 보고 싶었습니다. 그런데

"갓과 망건을 벗어놓고, 뒤를 보다가는 필경 또 갓과 망건을 잊어버리고야 말지!"

이렇게 근심하고 어디 뒤보기 좋은 곳이 없나 하고 두리번두리번 살펴보니까 그리 멀지 않은 곳에 수양 버드나무가 있는 것이 보였습니다.

'옳다! 저 버드나무 가지에다가 갓과 망건을 걸어놓고 그 아래서 뒤를 보자. 그렇게 하면 뒤를 다보고 일어설 적에 디꾹 머리에 갓하고 망건이 닿아서 잊지 않고 쓰고 가질 않겠나.'

이렇게 생각을 하고, 그 버드나무 아래에 가서 갓과 망건을 벗어서 나뭇가지에 걸어 놓고 뒤를 보았습니다.

그런데 잊기 잘하는 사람은 뒤를 보고 있는 새에 그만 갓과 망건을 제 머리 위 나무 가지에 걸어 놓은 것을 깜빡 잊어버렸습니다.

이렇게 잊어버린 이 사람이 뒤를 다 보고 일어나려고 하니까, 나뭇가지에 걸어놓았던 갓이 떼꾹! 머리에 닿았습니다.

그러니까, 이 사람은

"어떤 녀석이 여기다 갓이니 망건을 걸어놓고 갔누? 미친 놈도 다 있다." 하고 갓과 망건을 피익 강 가운데다 팽개쳐 버렸습니다. 그리고 또 뒤를 돌아다보고,

"어떤 녀석이 여기다 똥을 싸 팽개치고 갔을까? 더러운 놈도 있다." 하고 퉤퉤 침을 뱉으면서 가 버렸습니다.

[평안남도 평원군 서해면]

11. 박혁거세朴赫居世 임금님

옛날도 아주 옛날 아주 오랜 옛날, 고허촌(高墟村)이라는 동네 동장이 하루는 밭에서

"왜나 마라 도오치!"

하면서 밭을 갈고 있었습니다. 그런데 양산 수풀 속에서

"히잉 히힝!"

하고 이상하게 우는 말 소리가 들렸습니다. 동장은 이때까지 이렇게 신기하게 우는 말 소리는 들어본 적이 없었습니다.

동장은 기이하게 여겨 밭 갈던 것을 그만두고, 말 우는 소리가 들려오는 양산 기슭으로 가보았습니다. 그러니까 양산 밑 우물가에서 크기도 하려니와 날개가 있는 백마 한마리가 무릎을 꿇고 하늘을 쳐다보면서

"히힝 히힝!"

하고 울고 있는 것이 보였습니다. 동장은 신기한 감에 몸소름을 쳤습니다. 동장이 우물가에까지 가니까 말은 한층 더 소리를 높여

"히힝 히힝!"하고 우렁찬 소리로 울더니 하늘로 훨훨 날아갔습니다. 그리고 말이 울고 섰던 우물가에는 박과 같은 커다란 알 한 개가 놓여 있었습니다. 동장은 그 신기한 박과 같은 알을 가슴에 안고 집으로 돌아오는데, 새들은 기쁘게 노래를 부르면서 핑핑 날아다니면서 따라오고, 산짐승들도 또 기쁘다는 듯이 춤을 추며 소리를 지르면서 따라왔습니다.

참 이상도 합니다!

동장이 집에 돌아와서 그 박과 같은 알을 고이고이 깨뜨려 보니까, 놀랍게도 박 속에서 아주 귀엽고 아름다운 사내아기가 방긋방긋 웃으면서 벌레벌레 기어 나왔습니다. 동장은 그저 기쁘고 기뻤습니다.

동장은 이 아기가 박과 같은 알에서 나왔다 하여 성을 박(朴)이라고

지었습니다. 그리고 이름을 혁거세라고 하였습니다.

동장은 이 아기를 아주 극진히 키웠습니다. 그러니까 아기는 점점 성장할수록 아주 명민하고 또 기운이 출중하며 공부도 잘하고 무술도 능하여 갔습니다. 무엇이나 다른 사람보다 뛰어난 재주를 가졌습니다. 이 아기는 이렇게 글과 무술을 아주 높이높이 닦아 훌륭한 사람이 되어 모든 사람들이 숭배하게 되어 드디어 임금으로 받들었습니다. 이 임금님이 신라 나라의 맨처음의 임금님 박혁거세 임금님이십니다.

[나의 기억]

12. 목침 이야기

옛날 어떤 선비가 과거를 보러 서울에 올라갔었습니다.

날이 저물어 해가 져서 길가 어떤 주막집에 들어가서 하루 저녁을 보내게 되었습니다. 때마침 주막집에서는 그날 밤 돌아가신 아버지의 제사가 있었습니다.

제사가 끝나는 것을 보고 선비는 잠이 들었습니다. 그런데 이 선비의 꿈에 머리털이 눈 같이 흰 영감이 한 분 나타나더니,

"나는 이 집 주인의 아버지인데, 오늘 제사하는 음식에 머리털이 있고 또 문걸쇠에는 가죽끈이 매어 있어서 무서워서 잘 못 먹고 가네!"
하고는 영감님의 자태가 없어졌습니다.

선비는 이 꿈을 이상히 생각하여서, 아침 주인보고 간밤에 본 꿈 이야기를 말해주었습니다. 주인은 그 말을 듣고,

"그러면 오늘 저녁 또 다시 제사를 지낼 테니, 하루만 더 유하고 가십시오."
하고 자꾸 만류하여서 하루를 더 묵게 되었습니다. 주인은 그날 저녁 제사를 특별히 주의하여 음식물에 머리털이 하나도 없게 하고, 또 문걸쇠에 매어놓았던 가죽끈도 풀어버렸습니다. 이렇게 하고 재차 제사를 지냈습니다.

그날 밤 제사를 끝마치는 걸 보고, 이 선비가 자는데 꿈에 그 백발노인이 또 나타났습니다.

"오늘밤은 참 잘 먹고 가네. 이게 다 임자의 덕택일세."
하더니,

"이 신세를 잊어서야 되겠나! 이 주막집에서 머지않은 곳에 큰 느티나무가 있는데, 이 느티나무 아래를 파면 금덩이가 큰 게 있을 걸세. 그 금덩이를 파다가, 우리 아들 주막집 주인에게 주고 임자는 문턱을

목침 될 만큼 베어 달래게."

이렇게 말하고는 없어졌습니다.

이튿날 선비가 어제 저녁밤의 꿈에 영감님이 말하는 대로 느티나무 아래를 파니까, 과연 큰 금덩이가 한 개 있었습니다. 선비는 영감 말대로 그 금덩어리를 주막 집 주인에게 주고는 문턱을 목침 크기만큼 베어 달랬습니다.

선비는 이 목침을 보자기에다가 싸서 어깨에 가로 메고 길을 떠났습니다. 훨훨 얼마큼 길을 갔을 때 어디서 누군지

"쉬었다 가자! 쉬었다 가자."

하는 사람 목소리가 들렸습니다. 선비가 뒤를 돌아다보고 옆을 돌아다보아도 아무도 사람은 없었습니다. 그러나 자꾸

"쉬었다 가자. 쉬었다 가자!"

하는 소리는 멎지 않고 그냥 들리질 않습니까!

'하, 이상도 하다!'

생각하면서 선비는 우두커니 서서 멀뚱멀뚱 정신을 차리지 못하고 있으니까, 그 목소리는 제 등에 메고 가는 보자기에서 나는 것이었습니다. 보자기 속에 넣은 목침이 말하는 수작입니다.

선비가 목침을 풀어놓으니까 목침이 이렇게 말했습니다.

"이제 서울에 들어가면 이 정승의 딸이 큰 병을 앓아 죽어가서, 정승댁은 위가 아래로 될 것처럼 야단법석을 하고 있다! 그런데 이 정승 딸의 병은 정승네 집 후원에 있는 못 가운데 천 년 묵은 메기가 있어서 생긴 병이니, 그 메기를 죽여 없애버리면 병이 나을 것이네!"

참 이상한 목침도 세상에 있습니다.

과연 이 선비가 이 정승댁 앞에까지 가니까, 정승댁은 집이 뒤집혀질 것처럼 야단법석을 하고 있었습니다. 이 선비는 아가씨의 맥을 봐주겠다고 하면서, 이 정승의 집안엘 들어갔습니다.

그러니까 정승은 기쁜 낯으로 어서 맥을 봐달라고 손수 안내하여 주는 것이었습니다.

선비는 맥을 보는 척하고 정승더러

"그다지 어려운 병은 아니오니 안심하십시오. 그런데 허풍선(풍구재)[20]하고 쇠를 많이 모아다 주십시오."

하고 말했습니다.

정승의 명령이라, 삽시간에 사방에서 허풍선하고 쇠가 많이 모여졌습니다.

선비는 사람들에게 쇠를 허풍선을 불어 달구라고 하였습니다. 이 선비는 시뻘겋게 단 쇠를 못에 가져다가 집어넣었습니다. 이렇게 하여 그 많은 쇠를 죄다 시뻘겋게 달구어서 집어넣으니까, 못의 물이 철철 끓어서 크고도 큰 메기 한 마리가 그만 죽어서 물 위에 둥둥 떴습니다.

이렇게 메기가 죽으니까, 이상하게도 그렇게 중해 보이던 정승 딸의 병은 깨끗하게 나아버렸습니다.

정승은 다 죽은 딸을 살려 주었다고 하면서 이 선비를 사위로 맞겠다고 하였습니다.

이 선비는 드디어 정승의 사위가 되었습니다. 그리고 과거에도 급제를 하고 벼슬을 얻어 점점 지위가 오르고 또 올라서, 재상의 지위에까지 오르게 되었습니다.

그런데 이 사람이 재상이 되기 전에는 이상하게도 재상되는 사람은 잘 죽곤 하였습니다. 그래서 이 사람도 마음에 거리끼기는 하였으나 임금님의 간곡한 부탁을 굳이 거역하지 못해서 재상의 직분을 맡은 것이었습니다. 그런데 하루는 왕궁으로 참례(參禮)하는 때였습니다.

"쉬었다 가자! 쉬었다 가자!"

---

20) 허풍선(虛風扇) : 숯불을 불어서 피우는 제구.

하는 소리가 들렸습니다. 목침이 말하는 소리입니다. 이 사람은 아마 목침을 늘 가지고 다니던 모양입니다. 목침을 꺼내놓으니까 목침이 이렇게 말하였습니다.

"재상이 정사를 보는 집은 본래 여우의 집이 있던 곳이어서 재상이 갈릴 때마다 여우가 사람으로 변하는 술법을 알게 되어 젊은 부부가 되어서는 밤중에 재상이 자는 방에 들어가서 집을 지어 달라고 해서 재상들이 혼비백산 놀라서 죽고는 하였소. 그러니까 당신은 놀라시질 마시고 '집을 너 주마.' 하시고 이튿날 장작에 석유를 부어 집터에다 불을 놓으면 여우의 젊은 내외가 사람으로 변하여 뛰어나올 테니 그놈들을 불문곡직하고 잡아 죽이십시오!"

과연 그날 밤 재상이 촛불을 방안에 수십 자루 켜놓고 글을 읽고 앉아 있으니까 바람이 솨르르 불더니 젊은 사람 내외가 재상의 방에 들어와서, 집을 지어달라고 말을 합니다.

"대감님! 대감님 댁 옆에다가 우리 부부의 집을 하나 지어주십시오!"
하고 그 여우 부부는 말을 하였습니다.

"너희들은 누구기로 이 아닌 밤중에 함부로 이렇게 여길 들어와서, 집은 무슨 집이기에 지어달라고 하는 게냐."
하고 재상이 책망하니까,

"네, 저희들은 지금은 죽어서 혼이 되어 딴 세상 사람으로 된 사람이온데, 본래 여기는 우리 선조 때부터 대대로 내려오는 집이 있던 것을 이 대감께서 장사 보시는 집을 지으시느라고, 우리 집을 허물어 팽개쳤습니다. 그래 우리 부부는 이렇게 원혼귀가 되어서 집을 지어 주십사고 청원하는 것이올시다!"
하고 여우의 한 쌍은 자기들이 사람이 아니고 여우인 것을 속여서 사람인 체하고, 이렇게 말했습니다.

"그럼 내일 집을 지어줄 테니, 근심 말고 너희 집으로 그만 돌아가거라!"

하고 재상은 이렇게 말했습니다.

이튿날 재상은 목침이 하라는 대로 하였습니다. 장작에 기름을 붓고 불을 질러 놓으니까, 젊은 새서방 새색시가 뛰어나오면서

"집은 못 지어줄지언정 불은 왜 놓습니까?"

하면서 수작하는 것을 장작으로 때리니까, 숫여우는 죽어서 나가 넘어지고, 암여우는 그만 놓쳐버리고 말았습니다.

그 후 몇 달 후의 일입니다. 왕후님께서 갑자기 병이 나셔서 돌아가셨습니다. 그래서 임금님은 천하에서 제일 가는 미인을 왕후로 맞으셨습니다. 그런데 이 새 왕후님도 또 아주 중한 병에 걸려서 백약이 무효입니다. 임금님께서는 근심하시고,

"무슨 약을 먹으면 병이 낫겠소?"

하고 왕후한테 너무도 안타까워서 이렇게 물으셨습니다. 왕후의 대답은 의외였습니다.

"재상의 간을 먹으면 낫겠습니다!"

하고 왕후가 대답하였습니다. 이상한 병도 있고, 이상한 말을 하는 왕후도 있습니다.

부디 재상의 간을 먹어야 병이 낫겠다니, 이상야릇도 합니다.

왕은 안타까운 끝에 재상에게 왕후가 한 말을 죄다 말하였습니다. 그러니까 재상은

"좌우간 제가 왕후님의 맥을 보고 뒷일을 처리하겠습니다."

하고 맥을 보러 왕궁으로 들어갑니다. 그런데 또,

"쉬었다 가자! 쉬었다 가자!"

하고 목침의 말소리가 나서 목침을 꺼내놓으니까,

"그저 들어가지 마시고, 죽어가는 매하고 고양이를 소매 속에 넣어 가지고 들어가시오."

하고 목침이 재상더러 이렇게 말했습니다. 그래 재상은 바른편 소매

속에는 매, 왼편 소매에는 고양이를 숨겨 넣어가지고 궁성으로 들어갔습니다.

왕후는 재상이 맥을 보러 들어왔다니까, 지랄을 부리면서 맥을 안 보이겠다고 앙탈을 하였습니다. 그러나 억지로 맥을 보이게 되었습니다.

재상이 왕후의 병실에 들어오자마자, 바른편 소매에 넣었던 매가 쏜살같이 날아나오더니, 왕후의 머리에 발톱을 박고 왕후의 두 눈을 뽑아 팽개치고, 또 왼편 소매에 넣었던 고양이는 뛰어나가서 왕후의 모가지를 물고 동동 매달렸습니다. 그러니까 이거 보셔요! 꼬리가 삼단 같은 여우란 놈이 죽어 넘어지질 않았습니까!

왕후란 것은 그전에 놓쳐버린 암여우가 사람으로 변하여 흉악하게도 왕후님을 죽이고 제가 이렇게 왕후가 되어서 나라를 망치려고 하였던 겁니다.

[평안남도 평원군 서해면]

13. 좁쌀 한 알로 정승의 딸을 얻은 사람 이야기

옛날도 옛날, 어떤 총각 한 사람이 서울에 과거를 보러 길을 가다가, 해가 저물어 주막집에서 자게 되었습니다.

총각은 주막집 주인에게 좁쌀 한 알을 홑주머니 속에서 꺼내 주면서

"이 좁쌀은 아주 귀한 좁쌀이니 잘 간직해 두었다가 주시오."

하고 그 좁쌀 한 알을 주인에게 맡겼습니다. 이튿날 아침

"좁쌀 알을 주소."

하니까, 주막집 주인은

"어제 저녁, 쥐란 놈이 먹어버렸습니다."

하고 대답했습니다.

"그럼, 그 쥐를 잡아다 주오."

총각이 주막집 주인더러 이렇게 말했습니다. 주막집 주인은 할 수 없이 쥐를 한 놈 잡아다 주었습니다.

총각은 그 쥐를 가지고 가다가, 또 다음 주막집 주인에게 맡기면서,

"이 쥐는 아주 귀한 쥐니, 잘 간직했다가 주시오."

하고 쥐를 주막집 주인에게 맡겼습니다. 이튿날 아침

"쥐를 주오."하니까, 주막집 주인은

"어제 저녁 그만 고양이란 놈이 그 쥐를 잡아먹었습니다!"

하고 대답하였습니다.

"그럼, 그 고양이를 잡아다 주오."

총각이 주막집 주인더러 이렇게 말했습니다. 주막집 주인은 할 수 없어서 고양이를 한 놈 잡아다 주었습니다.

총각은 그 고양이를 가지고 길을 훨훨 가다, 날이 저물어 주막집에 들게 되었습니다. 그리고 주막집 주인에게 고양이를 맡기면서

"이 고양이는 아주 귀한 고양이니 잘 두었다 주오."

하였습니다. 이튿날 아침 총각이 주막집 주인더러

"고양이를 주오."

하니까, 주막집 주인은

"어제 저녁 그만 개란 놈이 물어 죽였습니다."

하고 대답했습니다.

"그럼, 그 개를 잡아다 주오!"

하고 총각이 주막집 주인더러 말했습니다. 주막집 주인은 할 수 없어서 개를 한 마리 사다가 주었습니다.

총각은 그 개를 데리고 길을 훨훨 가다가 주막집엘 또 들게 되었습니다.

"이 개는 아주 귀한 개니, 잘 두었다 주오."

하고 그 개를 주막집 주인에게 맡겼습니다. 이튿날 아침 총각은

"개를 주오."

하고 주막집 주인에게 말하니까,

"어제 저녁 그만 말이 차서 죽였습니다."

하고 주막집 주인은 슬슬 양 손을 어루만지면서 황송스레 말했습니다.

"그럼, 개를 차서 죽인 말을 주오."

하고 총각이 주막집 주인더러 말했습니다. 주막집 주인은 할 수 없이 말을 한 놈 사다 주었습니다.

총각은 이 말을 끌고 서울까지 그리 머지 않은 곳 주막에서 자게 되었습니다.

"이 말은 아주 귀한 말이니 잘 매 두었다 주오."

하고 주막집 주인에게 말을 맡겼습니다. 이튿날 아침,

"말을 내 주오."

하고 총각이 주막집 주인더러 말하였습니다. 그러니까 주인은 손을 비벼대면서,

"참 황송하올시다. 어제 저녁 그만 소하고 싸움을 하다가 소한테 받히어 죽고 말았습니다. 네!"

하고 주막집 주인은 대답했습니다.

"그럼 여보시오! 말을 죽인 소라도 주시오!"

하고 총각은 주인더러 말했습니다. 주막집 주인은 제 불찰로 말을 죽게 하였으니까, 뭐 할 수 없었습니다. 소를 한 마리 사다가 주었습니다.

총각은 그 소를 끌고 서울엘 들어가서 어떤 주막집에 주인을 정하게 되었습니다. 주막집 주인에게 소를 맡기면서,

"이 소는 아주 귀한 소외다! 잘 매어 두었다가 주시오."

하고 말하였습니다. 이튿날 아침입니다.

"소를 내 주오."

하고 총각이 주막집 주인더러 말하니까,

"참 황송하올시다. 어제 저녁 우리 아들놈이 그만 손님의 소인 줄 모르고 팔아 버렸습니다!"

하고 주막집 주인이 말했습니다.

"그럼 여보시오 주인! 그 소를 사간 사람을 데려다 주오."

하고 총각은 눈을 한 번 희번덕거리었습니다.

"네네, 그런데 그 소를 사간 사람이 사간 사람이 바로 네네……"

주막집 주인은 서슴서슴거립니다.

"사람이고 막걸리고 뭐고 간에 소 사간 사람을 데려오라는 소리가 안 들리슈?"

하고 소리 소리쳤습니다.

"네! 그런데 그 사람이 바로 정승님이세요!"

주막집 주인은 겨우 이렇게 입을 떼었습니다.

"정승이구 뭐고 간에 어서 데려오너라."

총각은 고래고래 소리 질렀습니다. 주막집 주인은 할 수 없이 정승

한테 가서 부들부들 떨면서 전후 사정을 말하였습니다.

그러니까 노할 줄 알았던 정승은 빙긋 웃으면서

"허! 그 총각 거 재미있는 사람일세. 총각을 좀 이리로 데려다 주게나."
하고 정승이 말하였습니다. 총각은 정승 앞에 가서 다짜고짜로

"소를 내놓아라!"
하고 소리 질렀습니다. 그러니까,

"없다! 잡아먹었다!"
하고 정승은 대꾸를 하였습니다.

"뭐? 잡아먹었어? 그럼, 소고기 먹은 놈을 내놓아라!"
하고 총각은 눈을 무섭게 부릅뜨고 고함쳤습니다.

정승은 이 총각의 기풍에 감복했습니다. 정승은 자기 딸을 불러서 총각 앞 앉혀 놓고

"자, 이게 소고기 먹은 사람이다!"
하고 딸을 총각에게 주었습니다.

[함경남도 함흥]

14. 독수리가 된 왕

우리 조선이 세계에서 맨 먼저 공중으로 날아다니는 기계를 발명했습니다. 바로 이 비행기를 발명했을 때 중국의 임금이 조선나라에는 공중으로 날아다니는 사람이 있다는 소문을 듣고, 조선 왕한테

"날아다니는 사람을 보내야지. 만일 보내지 않으면 군병을 거느리고 가겠다."

고 하는 아주아주 뱃심 검고 심술궂은 편지를 보냈습니다.

날아다니는 사람이 어디 있겠습니까? 중국 왕이 군사를 거느리고 쳐 온다는 것은 그다지 무서운 일은 아니나, 그러나 전쟁이 생기면 공연한 손해를 보게 되기 때문에, 이것을 근심하시고, 나는 사람을 구한다는 포고를 내렸습니다.

그런데 어떤 사람이 길을 가다보니까, 길가에 사람들이 수둑하니 몰려 서 있어서, 이 사람이 물끄러미 들여다보니까, 도깨비가 요술을 부리고 있었습니다. 이 사람이 도깨비한테 날아다니는 재간을 좀 가르쳐 달라고 하니까, 도깨비가 단추 여섯 개 달린 두루마기를 주었습니다. 이 두루마기는 눈에 보이지 않는 두루마기입니다.

이 사람이 이 두루마기를 가지고 중국에 갔습니다.

중국 왕 앞에 가서 그 두루마기를 입고 단추를 채우니까, 공중으로 둥둥 떠올랐습니다. 중국 왕이 이것을 보고 잔뜩 호기심이 나서, 나도 날아보게 나는 방법을 가르쳐달라고 하였습니다.

그래 이 사람이 눈에 보이지 않는 그 두루마기를 입혀주고 단추를 채워주니까 중국의 임금님은 공중으로 둥둥 떠올라갔습니다. 그러나 이 사람은 이 심술궂은 중국 왕을 밉상스레 보고 단추를 떼면 도로 내려온다는 것을 가르쳐 주질 않았습니다. 그래서 이 심술궂은 임금은 그냥

둥둥 떠다니다가 그만 독수리가 되었답니다. 지금도 공중으로 "삐오 삐오" 하면서 독수리가 우는 것은 제 신세를 한탄하는 소리랍니다.

[평안남도 안주]

15. 까투리 이야기

옛날도 옛날 어떤 곳에 일찍 남편을 여의고 외롭게 살아가던 과부 한 사람이 있었습니다.

과부가 하루는 산에 나무를 하러 가서 마른 나뭇가지를 뚝뚝 꺾고, 나뭇잎을 버억버억 긁고 있는데, 까투리 죽은 것이 한 마리 보였습니다.

'까투리가 왜 죽었을까?'

이렇게 생각하면서 들어 보니까 아직 죽은 지가 그리 오래지 않아 보여 하나도 상한 데가 없습니다. 그래, 과부는 그 까투리를 집에 가지고 돌아와서, 털을 뜯어 팽개치고, 솥에 물을 펄펄 끓여서 까투리를 삶아 먹었습니다.

그런데 이상한 일이 다 있지 않습니까. 까투리를 삶아 먹은 이후부터는 배가 점점 불러집니다. 애를 가진 것입니다. 과부는 이상히 여기면서도 일편 기뻐하였습니다.

열 달이 되어 막달이 되자 사내애를 하나 낳았습니다. 아주 귀엽고 기운이 씩씩한 앱니다. 과부는 기쁘고 기뻤죠. 그리고 까투리를 먹고 밴 애라고 해서 이름을 '까투리'라고 지었답니다.

세월이란 참 여류(如流)하여, 까투리가 이럭저럭 열다섯이 되어 장가를 가게 되었습니다. 꺼불꺼불 상사말을 타고 장가를 갑니다. 그런데 그전에 까투리 어머니가 나무하러 갔다가 죽은 까투리를 얻어온 산 옆을 지나려니까,

"얘, 까툴아! 까툴아! 좀 거기 섰거라."

하고 까투리 이름을 부르는 목소리가 들렸습니다. 그래, 까투리가 말을 멈추고 서있으니까 이런 끔찍한 일이 어디 있습니까? 몸체가 기둥만하게 굵은 커다란 구렁이가 꿈틀꿈틀 이쪽으로 달려오질 않습니까.

까투리가 치를 부들부들 떨면서 말등에 앉아 있으니까, 구렁이란 놈이

"오늘 난 널 잡아먹어야겠다!"

까투리를 보고 이렇게 말하지 않습니까.

"너 왜 날 잡아먹으려고 하니?"

하고 까투리가 구렁이더러 물으니까,

"그 전에 내가 먹으려고 까투리를 한 놈 죽여 놓은 것을 네 어머니가 가져다가 삶아먹고 널 낳았으니까, 난 널 잡아먹어야겠다!"

이렇게 말합니다. 그리고 가증스레 눈을 흘겨대면서 커다란 입을 쩍 벌리고 달려옵니다. 참 막다른 골목입니다.

"얘 얘 구렁아! 사람이 제일 즐겁고 기쁜 날이 장가가는 날이다. 그러니까 내가 장가갔다가 다녀올 때는 너하고 싶은 대로 하고, 오늘만은 그냥 날 보내다오."

이렇게 까투리가 말하니까, 구렁이도 그렇겠다는 듯이 머리를 끄덕끄덕하더니

"그럼, 틀림없이 이 길로 또 올 거냐?"

하고 의심 많은 구렁이는 이렇게 다짐을 합니다.

"그렇구 말구. 이 길로 오잖구."

하고 까투리가 대답했습니다.

"그럼, 오늘은 그냥 둬 둘 테니까 다녀오너라."

이렇게 까투리는 겨우 장가를 갔습니다. 그러나 이제 돌아갈 길에 죽을 일이 난처합니다. 그래서 그날 밤 색시하고 한 이불에서 잠을 자면서도, 한숨만 푹푹 내어 쉬었습니다. 너무도 신랑이 자꾸자꾸 한숨만 쉬니까, 색시도 이상하게 생각했습니다.

"여보세요! 우리에겐 오늘처럼 기쁜 날이 없을 텐데, 당신은 왜 자꾸 그리 한숨만 쉽니까?"

이렇게 물었습니다.

"네, 오늘 같이 기쁜 날 미안합니다만, 사실은……"

이러이렇다고 장가오는 도중에 구렁이를 만났던 일을 숨김없이 죄다 말하여 주었습니다.

"그만 것이면 아무 염려 마셔요! 당신이 돌아가실 적에 저도 같이 따라가서 좋도록 해드릴 테니까요. 조금도 근심 마셔요!"

이렇게 위로하였습니다.

이레 만에 까투리는 처가를 떠나 집으로 돌아오게 되었습니다. 그런데 까투리의 색시하고 까투리는 서로 옷을 바꿔 입고, 까투리는 색시가 되고 까투리의 색시는 신랑이 되었습니다.

까투리는 뒤에 떨어져 오고, 까투리 색시는 퍽이나 앞서서 꺼불꺼불 말을 타고 구렁이 있다는 산을 지나는데

"얘 까투리 색시야! 넌 왜 누가 모를 줄 알고 까투리 옷을 입고 까투린 체하고 오네? 까투리는 왜 안 오니? 오늘은 꼭 까투리를 잡아먹어야겠는데."

이렇게 구렁이란 놈이 밉살스레 말을 하면서 설렁설렁 이쪽으로 옵니다.

"네가 우리 새서방을 잡아먹으면, 난 어떻게 살겠니?"
하고 까투리 색시가 말하니까,

"내가 네 일까지 어떻게 참견하니? 오늘 난 네 새서방을 잡아먹겠다고 언약했으니까, 아무렇든지 난 잡아먹어야겠다."

구렁이는 그냥 잡아먹겠다고 삐띵깁니다.

"얘 얘 구렁아! 너도 참 딱하구나! 내 일도 좀 생각해줘야 안되겠니? 그럼 너 정 우리 새서방을 잡아먹겠으면, 내가 혼자서 살아갈 수 있게 해다오."

색시가 이렇게 말하니까, 구렁이는 눈을 꿈뻑꿈뻑 한참 무엇을 생각하더니,

"그럼, 내 좋은 걸 갖다 줄게, 잠깐만 기다려라."

하고 도로 수풀 속으로 구불구불 들어가더니, 잠깐 있다가 무엇인지 번뜩번뜩 빛나는 것을 입에 물고 옵니다.

"자, 이걸 네게 주마."

하면서 주는 걸 보니까, 여덟 모가 진 연적(硯滴)입니다. 구렁이는 한 구멍 한 구멍 꾸부정하니 무섭게 생긴 발가락으로 가리키면서,

"이 구멍은 쌀 나오는 구멍, 이 구멍은 돈 나오라고 하면 돈 나오는 구멍…"

이렇게 한 구멍 한 구멍 말해주는데, 어쩐 일인지, 단 한 구멍만은 말해주질 않습니다.

"애, 구렁아! 이건 왜 안 대주니? 이 구멍은 뭘 나오는 구멍인가?"

하고 까투리 색시가 물으니까, 구렁이는 서슴거리면서 대어주질 않습니다.

"애, 구렁아! 이 구멍도 무슨 소용이 있을 테니 말해주어야 쓰지 않겠니?"

하고 자꾸 다잡으니까, 구렁이는 할 수 없이,

"그까짓 건 알아 뭘 하게? 그 구멍은 밉상스런 놈이 죽으라면 죽는 구멍이다."

낯을 찡그리고 이렇게 구렁이는 대어주었습니다.

"그럼, 구렁이 너 죽어라."

까투리 색시가 이렇게 말하니까, 밉상스런 구렁이는 담박에 죽어 넘어졌습니다.

색시도 기뻐하고, 까투리도 기뻐했습니다. 서로 손을 맞잡고 기쁜 눈물을 흘렸더랍니다.

두 사람은 집으로 돌아가, 재미나고 기쁘게 살아갑니다.

그런데 하루는 까투리가 산에 나무를 하러 가니까, 딸기가 아주 빨갛게 익은 것이 탐스러웠습니다. 침이 저절로 꿀꺽꿀꺽 삼켜집니다.

까투리는 너무 기뻐서

"야, 이거 봐라! 딸기 횡재를 했구나! 가지고 가서 우리 색시하고 나누어 먹어야겠다."

이렇게 혼자 좋아서 빙글빙글 웃으면서 홑주머니에 하나 가득 딸기를 따서 쓸어 넣어 가지고 집으로 돌아왔습니다.

"여보시오, 이거 봐요! 산에 가니까 커다란 딸기가 많이 있길래 혼자 먹긴 아까워서 따 가지고 왔소."

하면서 홑주머니에서 아내 양 손바닥에 옮겨주다가, 그만 한 개 땅에 떨어뜨렸습니다. 그것을 바로 아래 와서 부러워하며 바라다보고 있던 닭이란 놈이 떨어지자마자, 톡 쪼아먹지를 않았어요? 그런데 이거 봐요. 금방까지 아무렇지도 않던 닭이 그 딸기를 먹자마자 픽픽 픽 모가지를 꾸부러뜨리고 버둥거리더니, 그만 죽고 말지를 않습니까?

까투리 내외는 깜짝 놀라서 딸기를 죄다 팽개쳐 버렸습니다. 그 딸기는 구렁이가 죽으면서 독딸기로 변하여 까투리에게 복수를 하려던 것이었습니다.

16. 맷돌 조롱박 장구

옛날도 옛날, 세 형제가 늙은 아버지를 모시고 한 집에서 살았습니다. 아버지는 오래 전부터 병이 나셔서 자리에 누워 계셨기 때문에, 의 좋은 삼형제는 서로서로 맛있는 음식과 좋은 약을 구하여다가 아버지께 대접하곤 하였습니다. 그러나 이렇게 하는 아들들의 효성으로도 늙으신 아버지의 병은 어찌하지를 못하고, 아버지의 병은 점점 중하여 갈 뿐이었습니다.

하루는 아버지가 아들들을 머리맡에다 불러놓고, 눈물을 흘리면서 말씀했습니다.

“얘들아! 나도 이제 죽을 때가 왔나 보다. 오래 동안 너희들을 퍽 괴롭게 했다. 있던 재산을 다 없애 버리고 이렇게 가난뱅이가 되고 보니, 너희들한테 무엇 하나 변변한 것 남겨줄 것 없는 것이 원통하다.”

아버지는 기침을 쿨럭 한 번 하시고, 또

“지금 내가 가지고 있는 것이란 셋밖에 없다. 이것을 하나 하나 나눠 가지고 어디든지 가서 이것을 밑천 삼아 살아갈 방침을 세워라.”

이렇게 눈물 섞어 말씀을 하시고는, 그만 숨이 끊어졌습니다.

아버지가 남겨둔 세 가지 물건이란 맷돌, 조롱박, 장구의 세 가지였습니다.

의좋은 삼형제는 의좋게 맏형은 맷돌을 가지고, 그 다음 형은 조롱박을, 막내아우는 장구를 각각 나눠 가졌습니다.

삼형제는 이것들을 가지고, 동네를 떠나서 길을 가다가 세 갈래로 갈라진 길까지 왔습니다. 거기에서 세 형제는 각각 헤어지게 되었습니다. 서로서로 손을 잡고 눈물을 흘리면서,

“아무 때 아무 시, 또 우리 여기서 만나자. 부디 몸을 조심하고 만날 때는 기어코 성공들을 하여 가지고 만나자!”

이렇게 서로서로 말을 하고 맏형은 맷돌을 등에 지고 바른편 길로 가고, 그 다음 형은 가운데 길로 가고, 막내아우는 왼편 길로 제각기 다른 길을 걸어갔습니다.

그런데 맏형이 맷돌을 지고서 길을 가다가, 하루는 수풀을 지날 때, 수풀 중간쯤 가니까, 해가 벌써 지고, 사방이 어두컴컴해져서, 지척을 분간할 수 없게 되어 걷던 걸음을 멈추고,

"어디 인가나 없나?"

이렇게 생각하고 사방을 두리번두리번 살펴보았으나, 인가의 그림자는커녕 인가의 가뭇도 보이지를 않았습니다.

맏형은 숲 속에서 하룻밤을 자고 갈 수밖에 없었습니다.

나무 아래에서 자려 해도, 땅이 축축한 게 자고 싶은 생각이 없고, 바위틈에서 자려 하니 밤중에 짐승이 나오지나 않을까 무시무시한 게 자고 싶지 않아서, 나무 위에 올라가서 자게 되었습니다. 나무 위에 올라가서 나뭇가지를 꺾어서, 이리저리 걸쳐놓아 잘 자리를 만들고 그 위에 드러누웠습니다. 맷돌은 옆에다 내려놓고요.

맏형은 온종일 길을 걸어서 몸이 솜같이 피곤하였습니다. 그래서 세상을 모르고 곤하게 자다가, 한밤중에 무슨 소린지 웅성웅성하는 소리에 잠이 깨었습니다.

'이 밤중에 짐승의 소리도 아니고, 이게 무슨 소릴까? 이 수풀 속에.'

이렇게 생각하면서 귀를 기우뚱하고, 자세히 들어보니까, 그것은 뜻밖에도 제가 올라가자고 있는 나무 아래에서 사람들이 모여서 무슨 토론을 하고 있는 말소리였습니다.

"오늘은 참 횡재했는걸! 허허, 이건 금덩이네그려."

"무어? 그건 또 은덩어리야! 허허, 똑같이들 나눠 가지세!"

이렇게 쑥떡쑥떡하는 말소리가 들렸습니다. 도둑놈들이 도둑질을 해다가 서로 나눠 가지는 토론이었습니다.

'오! 산적이로구나! 이놈들 어디 혼들 좀 놔봐라!'

이렇게 맏형은 생각하고, 옆에 놓았던 맷돌로 두루룽 맷돌질을 했습니다. 그러다가는 맷돌질을 멈추고, 오줌을 산적들이 앉아 있는 나무 아래를 향해 줄줄 쌌습니다. 그러니까 산적들은

"우레 소리다! 비가 온다. 에쿠에쿠 큰일났다. 별들이 반짝이던 하늘이 갑자기 이럴 젠 이건 천벌이다! 뛰자, 뛰자!"

이렇게들 산적들은 덤벼대면서 도둑질해 온 금은보배는 그냥 다 팽개쳐 두고 어디론지 도망질들을 해버렸습니다.

맏형은 물론 이것들을 다 혼자서 차지하고 담박에 큰 부자가 되었죠!

그 다음은 가운데 형입니다.

가운데 형은 표주박을 가지고 가운데 길로 행복을 찾아서 길을 자꾸자꾸 가다가, 하루는 사람의 그림자도 보이지 않는 산을 지나게 되었습니다. 그런데 하루 종일 아무 것도 먹지도 못했기 때문에, 배는 고프고, 또 목이 말라서 목이 막 터질 것 같았습니다.

길 옆에 인가라도 있으면 밥이라도 얻어먹겠는데, 쓸쓸한 산이라 인가 하나 보이질 않았습니다.

팔다리가 도무지 풀어져서 더 걷지를 못하고 쉬어가려고 길 옆에 털석 엎질러지듯이 철석 앉았습니다.

거기는 둥굴둥굴 흙이 돋아오른 무덤이 많은 묘지였습니다.

가운데 형은 여기서 그만 잠이 들었습니다. 눈을 비비며 깨었을 때는 벌써 해가 져서 한 자 앞의 것을 분별하지 못할 만큼 어두워지고, 별들이 하늘에서 반짝반짝 반짝이고 있었습니다.

"에에라 자던 바에는 여기서 자고 가자구나."

이렇게 혼잣말을 하고는, 조끼를 벗어 얼굴을 가리고 그냥 드러누워서, 또 잠이 포근히 들었습니다. 그런데 밤중에 이슬을 맞아서 축축한 김에 조금 깨어서 있는데, 저편에서 웅성웅성하고 무슨 말소리가 들리

면서 발자국 소리가 들립니다.

가운데 형은 무엇인지 몰라 겁이 나서, 풀 속에 낯을 꾹 박고 있는데, 발자국 소리는 자기 옆에 와서 그치었습니다. 그러더니

“여보게, 여보게, 뼈대사람! 어서 일어나게. 마을에 가서 일을 좀 또 해보잖을 텐가? 오늘밤은 아랫마을에 가서 부잣집 처녀의 혼을 빼어 오세. 자자, 어서 일어나래두 그래. 날이 밝아지면 일을 못하지 않나?”

이런 소리가 가운데 형 귀에 들렸습니다. 이것은 아까 여기 오던 것들이 말하는 소리였습니다. 도깨비들인가 봅니다.

‘도깨비들이 처녀의 혼을 뽑아 오자고 하는 게구나! 하, 재밌는 일이로구나!’

이렇게 가운데 형이 생각하고, 호기심이 생겼습니다.

“왜, 왜 이리 야단을 하는 겐가? 남이 자는데. 자, 그럼 가려면 어서 가자.”

하고 무덤 속에 있던 죽은 사람인 체하고 이렇게 말했습니다. 그러니까 한 놈의 도깨비가

“너 정말 뼈대사람인가? 뼈대사람 목소린 아니다! 산 사람이로구나!”

합니다. 그래 가운데 형은 시치미를 뚝 떼고

“흥, 별소리를 다 듣겠네. 뼈대사람도 뼈대사람, 뼈대가 다 녹아서 흙이 되잖을까 염려하는 뼈댈세!”

이렇게 대답하니까, 도깨비란 놈이

“어디 그럼, 뼈대사람인가 아닌가 보게. 머리를 내밀어봐라!”

하고 머리를 내밀라고 하는 겝니다. 가운데 형은 허리 꽁무니에 찾던 조롱박을 풀어서 쑥 내밀었습니다.

도깨비가 그 조롱박을 만져보더니,

“야, 너 죽은 지 꽤 오래 됐구나! 머리에 털이라고는 거침도 없구나. 어디 또 팔을 내어 봐라.”

이렇게 도깨비가 말하니까, 가운데 형은 짚고 가던 지팡이를 내밀었습니다. 그러니까 이것을 만져본 도깨비는

"야, 이거 너 병을 앓다 죽었구나. 무던히도 파리했었다. 뼈대까지 파리해서 나뭇가지같이 가늘게 파리했구나. 너 참 뼈대사람이다. 그럼 어서 빨리 마을로 가자."

이렇게 말했습니다. 도깨비들은 가운데 형을 틀림없는 뼈대사람으로 압니다. 가운데 형은 도깨비들을 따라 꽤 먼 동네까지 갔습니다.

이 집은 이 동네에서 제일가는 부잣집입니다. 도깨비들은 이 집 앞에까지 와서 가운데 형더러

"얘 뼈대야! 너는 바깥에 서 있거라. 우리들이 들어가서 이 집 처녀의 혼을 빼어올 테니까."

이렇게 가운데 형만 바깥에 남겨두고 도깨비들은 집안으로 들어갔습니다. 한참 있더니 도깨비들이

"얘, 얘, 처녀의 혼을 빼어왔나! 빼어왔다! 어서 가자. 어서 가자."

하고 도깨비들이 서성거립니다. 가운데 형은

"얘, 얘, 내게 주머니가 하나 있다. 여기 처녀의 혼을 쓸어 넣자."

하고 말하니까, 도깨비들은 "됐다, 됐다." 하면서 처녀의 혼을 가운데 형의 주머니 속에 쓸어 넣었습니다. 그리고 무덤이 많은 산을 향하여 동네를 나오다가, 동네 끝까지 오니까

"꼬꼬."

하고 새벽닭이 울었습니다.

"에쿠, 벌써 날이 밝아오는구나."

도깨비들은 다들 놀라서 어디로인지 껑충껑충 도망질을 쳐버렸습니다. 날이 밝자, 가운데 형은 처녀의 혼을 쓸어 넣은 주머니를 가지고 동네로 내려갔습니다.

동네 복판에 있는 커다란 기와집 앞엘 가니까, 집안에서 "아이고,

아이고!" 사람들이 우는 소리가 들렸습니다.

'오 옳지! 어제 밤에 그럼 도깨비들이 처녀의 혼을 빼어왔다는 게 진짜였구나.'

이렇게 생각하고 꽁무니에 찬 주머니를 만지작거려보고 동네사람한테,

"여보시오, 이 집에서 누구 가족이라도 돌아가셨습니까?"

하고 물으니까,

"그럼요! 어제 낮에도 아무렇지도 않고 글도 읽으시던 아가씨가 어제 저녁 주무시다가 감쪽같이 돌아가셨소그려. 나이 아깝죠. 열아홉이 시랍니다!"

이렇게 그 동네 사람은 말했습니다.

"오, 그건 갑짝탈이라는 게군. 그런 병은 난 많이 봤소. 그다지 염려하실 것 없소. 진작 살아나게 할 수 있죠."

가운데 형은 시치미를 뚝 떼고 이렇게 말했습니다. 동네 사람은 이 말을 듣고, 기뻐하면서 집안에 들어가서 이 말을 부자 영감한테 말했습니다.

부자 영감도 이 말을 듣고 뛰어나와서 가운데 형더러

"객인 양반! 우리 딸을 좀 살려주시오. 무엇이든지 드릴 테니 우리 딸을 살려만 주오."

하면서 부자 영감은 가운데 형의 소매를 끌고 들어갑니다.

"그럼, 내 당신의 딸을 살려드릴 테니, 당신 딸이 죽은 방에 햇빛이 조금이라도 들어오지 않게 문마다 막아 놓으시오. 그러고 아무나 들어오면 안되니 사람이 하나 문 밖에서 망을 보시오."

하고 가운데 형은 처녀의 죽은 시체가 있는 방엘 들어갔습니다. 그리고 꽁무니에 찼던 주머니를 꺼내서 동여매 놓았던 주머니 입을 처녀의 콧구멍에다 대고 풀어놓았습니다. 그러니까, 금방까지 죽었던 처녀가 부슬부슬 몸부림을 하면서

"에구, 숫한 잠도 잤다."
하고 말을 하였습니다. 옆방에서 벽에 귀를 대고 있던 아버지 어머니는 이 딸의 음성을 듣고 미닫이를 열고 뛰어 들어오면서, 미칠 듯이 기뻐하였습니다.

죽었던 딸을 다시 살아나게 해주었다고 부잣집에서는 가운데 형에게 고마워서 어쩔 줄을 몰랐습니다. 딸도 또 이 말을 죄다 듣고, 역시 가슴 속에 감사하게 생각하는 마음이 가득 찼습니다.

드디어 가운데 형은 이 부잣집에 장가를 들게 되었습니다. 아주 성대한 잔치를 한 다음 재산도 부잣집의 절반을 얻어가지고 큰 부자가 되었습니다.

그런데 막내 아우는 아버지가 주신 장구를 어깨에다 메고, 맨 왼편 길로 행복을 찾아서 길을 훨훨 걸어갔습니다.

하루는 산을 지나가는데, 외롭기도 하고 형님들이 생각나서, 슬픈 마음으로 노래를 불렀습니다. 노래를 부르다 보니까, 그저 노래만 부르기도 외로워서, 어깨에 메고 가던 장구를 손바닥으로 뚱땅뚱땅 다다뚱땅 치면서 노래를 그냥 부르면서 갔습니다. 그런데 어디선지 난데없는 무당범 한 마리가 막내 아우가 가는 길 앞에서 우쭐우쭐 춤을 추면서 껑충거립니다. 막내 아우는 무섭기도 무서웠으나, 그냥 자꾸 장구를 뚱땅 뚱땅, 다당뚱땅 하고 때려대니까, 무당범은 점점 흥이 나서 자꾸 춤을 추면서 막내 아우를 따라 큰 장거리까지 왔습니다.

장에 왔던 사람들은
"춤추는 범이 왔다."
고들 하면서 큰 구경났다고 욱 모여 왔습니다. 그래 막내 아우는 여러 사람을 향하여

"구경하십시오. 구경하십시오!

춤추는 범을 봤소이까?

춤추는 범을 구경하소!"

이렇게 노래를 부르면서, 장구를 뚱당 뚱땅 다당뚱땅 울려댔습니다. 그러니까, 범도 빙글빙글 웃으며 빙글빙글 돌아다니면서 춤을 자꾸 추었습니다. 구경하던 사람들은 참으로 세상에 없는 좋은 구경을 하였다고 하면서 제각기 돈주머니를 풀어 돈을 많이씩 끄집어내서 막내 아우에게 주었습니다.

막내 아우가 이렇게 이장 저장 돌아다니면서 범을 춤추게 하니까, 돈이 많이 모여 큰 부자가 되었습니다.

이렇게 삼형제는 각각 성공을 하여 가지고, 다시 만나자던 날 삼형제가 그 세 가지로 갈라진 길에서 만났습니다.

세 형제는 모두 큰 부자가 되어 성공한 것을 보고 서로서로 손을 잡고 눈물을 흘리면서 기뻐하였습니다.

세 형제는 그 전에 살던 곳에 가서 아버지 어머님 무덤 앞에 돌에 글을 새겨 커다란 비석을 해 세우고, 또 같은 동네에 다음다음으로 기와집을 커다랗게 짓고, 세 형제는 아주 의좋고 행복스레 살았다고 합니다.

그런데 어제까지 살다가 어제 저녁 그만 세 형제가 같은 시간에 세상을 떠났다고 합니다. 아마 죽었다는 부고가 오늘쯤이야 오겠죠.

[평안남도 덕천]

17. 불평가 이야기

옛날 옛날 어떤 곳에 아주 자만심이 강한 청년 한 사람이 있었습니다. 이 청년은 무엇이나 보면 반드시 마음이 불평하게 되어 투덜투덜 성낸 말을 던지곤 하는 걸로 유명하였습니다.

산을 보면

"어째서 저렇게 산이라는 게 높을까? 올라가기 성가시게!"

또 흙을 보면

"참, 하느님도 허무맹랑하지. 어째 옷을 자꾸 망치라고 흙 같은 걸 만들었을까?"

이와 같이 만사 만물에 대하여 불평을 가졌습니다.

이 사람이 하루는 나들이를 가게 되었습니다. 길을 훨훨 가다가 지붕 위에 호박이 주렁주렁 열린 집 옆에 우뚝 서 있는 큰 도토리나무 아래에서 쉬게 되었습니다.

이 청년은 호박을 보고,

"참 저런 가늘고도 가느다란 덩굴에다 저렇게 둥글고 커다란 호박을 열리게 하다니. 참 하느님두!"

이렇게 불평질을 하고 도토리나무를 쳐다보면서,

"참 글쎄, 저렇게 큰 나무에다 고렇게 작고 작은 열매를 맺게 한다는 게 도시 모를 일이야! 하느님도 허무맹랑하기도 하지 원!"

이렇게 투덜투덜 혼자 중얼거릴 때 도토리 알이 한 개 "톡" 청년의 코 위에 떨어졌습니다. 코에서는 피가 조금 나왔습니다.

그러니까 청년은 손뼉을 철썩 치고는,

"참 하느님은 만능하시구나. 만일 도토리나무에 호박이 열렸으면 내가 담박에 머리가 터져 죽을 것을, 고렇게 조그만 걸 열리게 하였으니까 내 머리가 터지질 않았단 말야."

하며 기뻐하였습니다.

그 후부터는 이 불평가 청년은 불평할 줄을 모르는 아주 마음이 너그러운 사람이 되었다고 합니다.

[황해도 안악]

18. 혹 뗀 이야기

옛날도 옛날, 어떤 곳에 목에 길다란 혹이 달린 노인이 살았습니다.

하루는 깊고 깊은 산중으로 나무를 하러 갔습니다. 나무를 하고 있다 보니 어느덧 날이 저물었습니다. 사방은 점점 어두워지고, 산길은 아주 험하여 방향을 잡을 수가 없어서 공연히 이리저리 안타깝게 헤매었습니다.

이렇게 이리저리 돌아다니다 보니, 산중에 거의 다 허물어져 가는 빈집이 있는 것을 보았습니다.

혹 달린 노인은 대단히 기뻐하였습니다.

'아, 되었다! 오늘 하룻밤 여기에서 자고 가야겠다!'

이렇게 생각하고 집 안으로 들어갔습니다. 자세히 보니까, 창은 모두 미어지고 담벽은 떨어지고 해서, 아주 더러운 집이었습니다. 그러나

'한 데서 자기보다는 낫지!'

생각하였습니다. 피곤한 몸을 눕히었으나, 어째 그런지 잠을 이룰 수가 없었습니다. 어두운 데를 돌아다니느라고, 너무 피곤해서 그런가 봅니다.

하는 수 없이 목에 혹 달린 노인은 일어나 앉았습니다.

달은 밝고

별은 높고

바람 부는 소리는 소을소을 들렸습니다.

'심심한데 노래나 한 마디 불러볼까.'

이렇게 생각하고 기둥에 기대어서 노래를 부르기 시작하였습니다.

노래 소리가 고요한 산 속에 나무와 풀들을 기뻐서 떨게 하였습니다.

아주 아름다운 목소리였습니다. 이 영감이 한참 동안 노래를 부르다가, 노래하던 소리를 그치니까, 별안간 뚜벅뚜벅하고 발자국 소리가

들렸습니다. 혹 달린 영감은 이상히 생각하면서 있는데, 헤일 수 없을 만큼 많은 도깨비들이 와악 몰려왔습니다. 혹 달린 영감은 깜짝 놀라면서 달아나려고 하는데, 괴수 도깨비가 영감의 소매를 잡고 뛰질 못하게 합니다. 그리고

"영감님 놀라실 것 없습니다. 우리들은 영감님의 노래를 들으러 왔으니 한 마디만 더 노래를 불러주시구려."

하고 말했습니다. 이 말을 듣고, 목에 혹 달린 영감은 안심을 하고, 쉬이 숨을 길게 내쉬었습니다. 그리고 다시 기둥을 기대어 앉아 노래를 불렀습니다.

"태산이 높다 하되, 하늘 아래 메이로다. 오르고 또 오르면, 못 오를 리 없건마는, 사람이 제 아니 오르고 뫼만 높다 하더라."

이 노래를 듣던 도깨비들은 "좋다! 좋다!" 하면서 장단을 맞추어 손뼉을 치곤 했습니다.

그리고 도깨비들은

"영감님! 한 번만 더, 한 번만 더!"

하면서 자꾸 노래를 또 청했습니다.

"심심한데 그럼 또 한 마디 불러볼까."

영감이 이렇게 말하고,

"까마귀 싸우는 곳에
백로야 가지 마라.
성낸 까마귀 흰빛을 새오나니,
청강에 고이 씻은 몸 더럽힐까 하노라."

영감은 노래 불렀습니다. 그러니까, 도깨비들은 아주 흥이 나서 "좋다, 좋다!" 하면서 늠실늠실 뛰며 춤을 추었습니다.

노래가 끝나자, 괴수 도깨비가 노인 앞에 와서 앉으면서

"영감님! 참으로 재미가 있소. 대단히 고맙습니다. 그런데 대체 그런

아름다운 목소리가 어디서 나옵니까?"
하고 물었습니다. 노인은 빙그레 웃으면서,
"목에서 나오지, 어디서 나오겠나?"
하며 껄껄 웃었습니다. 그러니까 괴수 도깨비는
"영감, 영감. 거짓말씀 마시오. 영감의 그 아름다운 목소리는 꼭 영감의 그 큰 혹에서 나올 게요."
하였습니다. 그러니까 영감은 큰 혹을 쓸쓸 어루만지면서
"이 혹에서? 혹에서 나올까?"
하며 괴수 도깨비를 쳐다보았습니다. 그러니까, 괴수 도깨비는 고개를 끄떡하며
"아, 그렇고 말고요, 꼭 그럴 겝니다. 영감, 대단히 어렵습니다마는, 그 혹을 우리들에게 떼어주지 못하겠습니까. 그 대신 좋은 것을 소에 싣고 말에 싣도록 드릴 테니까요."
하고 졸랐습니다. 혹장이 영감은 눈을 둥그렇게 뜨며
"이 혹을?"
하고 부르짖었습니다. 그러니까 도깨비들은 우루루 노인 옆에 모여들어 혹을 만지면서,
"혹을 주세요. 혹을 주세요."
하고 떠들어댔습니다. 괴수 도깨비는 손을 들어 부하 도깨비들을 조용하게 하고
"네? 영감! 그 혹을 주시면 참으로 고맙겠소."
하고 절을 꾸뻑꾸뻑하였습니다. 그러니까, 노인은
"글쎄, 나도 늘 성가시고 귀찮은 것이니까, 주어도 괜찮지만, 아파서 어떻게 혹을 뗄꼬."
하였습니다. 그러니까, 괴수 도깨비는 기쁜 얼굴로 웃으면서
"아플 리 있나요? 아프지 않게 떼어 드리죠."

하더니, 괴수 도깨비는 감쪽같이 떼어 가지고 어디론지 가고 말았습니다.

노인은 허둥지둥한 낯으로 혹 붙었던 곳을 만지면서 사방을 돌아보니까, 도깨비들은 어디로 갔는지 간 곳 없이 한 놈도 없고 금은보배가 많이 놓여 있었습니다.

노인은 귀찮고 성가시던 혹을 떼어버린 것을 기쁘게 생각하면서, 춤을 덩실덩실 추며 노래를 불렀습니다.

이 영감은 그 많은 금은보배를 가지고 집으로 돌아가서, 아주아주 재미있게 살다가 바로 어제 죽었는데, 저도 가서 떡도 얻어먹고, 아주 맛있는 약과도 얻어먹었습니다. 당신의 집에도 오늘쯤 맛있는 걸 갖다 주겠죠.

[나의 기억]

19. 청개구리 이야기

청개구리가 왜 장마 때가 되면 그리 요란스레 우는지 아십니까?

그것은요.

옛날도 옛날, 어떤 곳에 청개구리 모자가 살고 있었답니다.

그런데 아들은 어머니의 말씀을 도무지 듣질 않았습니다. 밖에 나가서 놀라고 하면 문턱 위에 올라앉아서, 무릎에 턱을 괴고 말똥말똥 어머니를 쳐다보면서 성화를 먹이고, 밥 먹을 때 천천히 먹으라고 하면 부리나케 퍼먹고는 사래가 나서 퇴퇴 어머님 낯에다 밥알들을 내뿜어 주고……

그런고로 어머님은 너무도 안타까워서 그만 몸에 병이 생겼습니다. 어머니가 거의 거의 죽게 되었을 때, 아들을 머리맡에다 불러놓고

"야! 내가 죽거든 산에 묻지 말고 바닷가에다 붇어다오."

이렇게 한 마디 부탁하고는 그만 숨이 넘어갔습니다.

어머니는 사실은 산에 묻히고 싶었습니다. 그러나 산에 파묻어 달래면, 정녕 바닷가에다 묻어버릴 줄 알고 이렇게

'바닷가에 묻어 달래면, 엇먹기 잘하는 애는 산에 갖다 파묻으리라.' 생각했던 게였습니다.

그러나 아들 청개구리는 어머니가 정작 돌아가시고 보니까, 외롭기도 하고 슬픈 마음도 생기고, 또 어머님 생전에 어머님 말씀을 듣지 않고 성화만 먹힌 것이 대단히 뉘우쳐졌습니다. 그래

'어머님이 살아 계실 때는 무얼 하나 어머님 말씀에 순종하지 않았는데, 어머니가 죽으시기 직전에 하신 말씀이라도 이루어 드리겠다!'

이렇게 생각하고, 아들 청개구리는 어머니 청개구리의 시체를 고이 고이 모셔다가 바닷가에 모래를 파고 묻어 드렸습니다. 그런데 그때부

터 청개구리는 장마가 되어 물이 불어서 어머님 무덤 위에까지 물이 출렁출렁 올라오게 되면 어머니 묘가 떠내려갈까 두렵고 안타까워서 그렇게 요란스레 운다고 합니다.

[평양 한천]

20. 놀부와 흥부

옛날도 옛날, 놀부라는 형과 흥부라는 아우가 있었답니다. 그런데 놀부는 아주 욕심 많고 미욱하고 마음보 나쁘기로 동네에서도 이름이 났습니다. 그러나 아우 흥부는 마음이 아주 착하고 정직한 게 형과는 딴판이었습니다.

춥고 추운 겨울이 지나가고, 어느덧 봄이 왔습니다. 삼월 삼짇날입니다. 강남나라 갔던 제비가 돌아와서, 기쁘다는 듯이

"지죽지죽 지이죽 뿌우죽!"

하고 돌아왔다는 인사를 하는 겝니다.

흥부네 집 처마 끝에도 제비가 둥지를 틀었습니다. 그리고 알을 낳고, 새끼를 깠습니다. 그런데 하루는 흥부가 밭에 나갔다가 들어오니까, 제비 새끼 한 마리가 둥지에서 떨어져

"빼액 빼액"

울면서 바들바들 떨고 있었습니다. 아마 둥지에서 곤두박질을 해 떨어졌나 봅니다. 마음 착한 흥부는

"아뿔사, 새끼 제비가 떨어져 우는군. 가엾어라. 아프지?"

이렇게 말을 하면서 얼른 달려가서 조심성스레 새끼 제비를 손바닥 위에 집어 올려놓았습니다. 자세히 보니까, 다리 하나가 부러져서 피가 졸졸 나옵니다.

마음이 착한 흥부는 불쌍하고 애처롭게 생각하면서 헝겊으로 부러진 다리를 싸매고 그 위에다 실로 벗겨지지 않게 잘 동여매 주었습니다. 그러고 나서, 그 새끼 제비를 다시 둥지에 올려놓아 주었습니다. 이렇게 하니까, 어미 제비가 고맙다는 듯이 둥지에 앉았다가는, 흥부의 머리 위를 휘휘 날아다니면서,

"지죽 지죽 지이죽 뿌우죽!"

하고는 또 둥지에 올라가 앉고, 둥지에 올라가 앉았다가는 또 도로 내려와서 흥부의 머리 위를 휘휘 날개쳐 돌면서

"지죽 지죽 지이죽 뿌우죽"

합니다. 어미 제비는 그냥 기뻐서 어찌할 줄을 모르는 것 같습니다.

날이 가고 달이 바뀌어서 벌써 가을이 되었습니다. 구월 구일 제비가 강남나라로 돌아가는 날입니다.

흥부가 마당에서 일을 하고 있는데, 빨랫돌에 제비 한 마리가 앉아서 유별나게

"지죽 지죽 지이죽 뿌우죽."

"지죽 지죽 지이죽 뿌우죽!"

하고 웁니다. 슬픈 음성입니다.

흥부가 낯을 들어 보니까 발에 헝겊이 감긴 제비입니다. 다리 부러졌던 새끼 제비입니다.

"오, 네가 벌써 그렇게 컸구나! 오늘은 강남으로 가는 날이지? 내년도 내 집틀을 해줄게 우리 집에 와서 집을 지어라. 응?"

하고 또

"그럼, 잘 다녀오너라."

이렇게 흥부는 마치 자기 동생이나 애들한테 하듯이 말을 했습니다. 그러니까 제비는

"지죽 지죽 지이죽 뿌우죽!"

이렇게 한 마디를 또 부르짖고는, 흥부의 머리 위를 휘 돌더니 하늘에 높이 떠서 강남나라를 향하여 날아가 버렸습니다. 흥부는 서운하기 짝이 없었습니다. 그러나

'뭘, 머지않아 봄이 올 텐데, 봄이 오면 또 만나지 않니.'

이렇게 생각하면 좀 마음이 가라앉았습니다.

가을이 가고 겨울이 지나서, 봄이 또 찾아왔습니다. 하루는 흥부가

마당에서 밭갈 데 가려고 연장을 닦고 있는데, 제비 한 마리가 휙 눈 앞으로 지나가기에

"아, 제비로구나."

놀라면서 보니까, 제비 한 마리가 머리 위를 휘휘 두어서너 바퀴 돌더니 입에 물고 있던 까무스레한 조그만 것을 한 알 툴렁 떨어뜨립니다.

흥부가 가서 집어보니까, 그것은 박씨였습니다.

'이거 박씨로군. 웬 박씨를 물고 왔을까? 아무튼 심어줘야겠군.'

흥부는 이렇게 생각하고, 그 박씨를 굴뚝 모퉁이에다가 흙을 파고 심었습니다.

그랬더니 뾰죽하니 움이 나오고, 그 움이 자라서 덩굴이 지붕을 한불 덮어놓았습니다. 그리고 박도 열렸죠. 그런데 무슨 박이 이렇게 큽니까. 가을에 가니까, 박 한 개가 큰 반닫이(농)만 하질 않습니까.

이런 박이 주렁주렁 열려서 집이 무너지지나 않을까 염려까지 했답니다. 조 가을, 수수 가을을 다하고 나니까, 박이 싯누렇게 익을 대로 익었기에 박을 다 따내려 왔습니다.

"이 커다란 놈은 건넌 마을 형님네나 드리고, 쇳덩이처럼 잘 익은 요놈은 뒷마을 매부네나 주고. 요 적은 놈은 말박[21]이나 하고, 중 것은 아주 먼 데나 주고, 또 요건 누굴 줄꼬?"

이렇게 아내하고 말하면서 앞집 김 서방네 집에서 톱을 얻어다가, 아내는 박을 붙잡고 흥부가 톱질을 합니다.

"이 바가지 복바가지
제비 갖다 준 바가지
슬근 슬적 톱질하세!"

이렇게 노래를 부르면서 흥이 나서 톱질을 합니다. 톱질을 다 하고 쭉 갈라놓고, 흥부는 깜짝 놀랐습니다.

---

21) 말박 : 큰 바가지.

싯누런 금덩이가 하나 가득 차 있질 않습니까. 흥부는 얻어맞은 사람 모양으로 눈이 뚱굴해서 아내만 쳐다보고 말도 못하고 있습니다. 아내도 또 손을 부들부들 떨고만 있습니다.

또 하나 톱질을 하였습니다. 그러니까 이번엔 반짝반짝 빛나는 진주가 가득이 차 있었습니다. 그 다음 박에서는 돈, 또 그다음 박에서는 쌀이 나오고.

흥부는 담박에 큰 부자가 되었습니다.

커다란 기와집도 짓고 광에는 곡식을 가득가득 채웠습니다.

형 놀부는 이것을 보고 이상하기 짝이 없고, 또 욕심도 났습니다.

'피죽도 겨우 끓이던 자식이 웬 일일까. 저렇게 좋은 집을 짓고 돈도 갑자기 많아졌으니 도둑질이나 한 것 아닌가?'

이렇게 생각하고, 하루는 아우 흥부네 집을 찾아가서 어떻게 부자 되었는가 물었습니다.

마음 착한 흥부는 전후 이야기를 죄다 말해주었습니다.

'허, 거 어렵지 않구나. 나도 그럼 그렇게 해서 돈 좀 모아야겠다!'

놀부는 아우의 말을 듣고 이렇게 생각했습니다.

그 날부터 밭도 갈지 않고 아무 일도 할 생각을 하지 않고, 제비 새끼가 떨어질 것만 바라고 제비 둥지만 쳐다보고 있습니다. 그러나 하루가 지나고 이틀이 지나 사흘… 엿새가 지났어도 제비 새끼는 떨어지질 않습니다.

"요망스런 제비 새끼 같으니! 왜 떨어질 줄 몰라."

이렇게 놀부는 화를 벌컥 내었습니다.

놀부는 하루를 또 참아서 제비 새끼가 떨어질 것을 기다렸으나 떨어지질 않습니다. 그래 마음씨 곱지 못한 놀부는 제비둥지에 팔을 뻗쳐서 제비 새끼를 한 마리 내려다가 새끼 제비의 발을 하나 뚝 꺾어 놓았습니다.

어린 새끼 제비는 빼액빼액 아파서 샛노란 입을 벌리고 울었습니다.

이렇게 병신을 만들어주고는 놀부는 헝겊으로 되는 대로 휘휘 감고 실도 두어서너 번 감아서 둥지에 도로 올려놓았습니다.

어느덧 봄도 가고 여름도 지나서 가을이 또 왔습니다. 구월 구일날 제비들이 따스한 강남으로 날아가는 날입니다.

놀부가 마당을 버억버억 쓸고 있으니까, 제비 한 마리가 놀부 머리 위를 휘휘 돌고 있었습니다.

놀부가 낯을 쳐들어 올려다보니까, 다리에 헝겊을 감은 제비입니다.

"너 오늘 강남 가지? 내가 그렇게 헝겊을 다 처매 주었는데, 복바가지 씨를 물고 와야 된다."

이렇게 놀부는 제비더러 말했습니다.

제비는 남쪽으로 훨훨 날아갔습니다.

가을이 지나고 겨울도 지나 봄이 또 왔습니다. 삼월 삼짇날입니다.

놀부가 마당에서 연장을 닦고 있는데 제비 한 마리가 휙 놀부 눈앞을 지나갑니다.

"에쿠, 제비로군!"

이렇게 놀라면서 연장 닦던 손을 멈추고 사방을 두리번두리번 살펴보니까, 처마 끝에 제비가 앉아 있습니다. 그리고 까무스레한 것을 한 알 툭 떨어뜨립니다.

놀부가 얼른 집어보니까, 제가 기다리고 기다리던 박씨입니다.

"옳다, 됐구나! 나도 이젠 부자가 됐구나! 박씨로다 박씨로다!"

이렇게 좋아서 춤을 출 것 같이 기뻐했습니다.

놀부는 그 박씨를 굴뚝 옆에다 흙을 파고 심었습니다. 그러니까 역시 움이 뾰죽하니 나오더니, 그 움이 자라고 자라서, 덩굴이 지붕을 덮어놓았습니다. 그리고 박도 또 주렁주렁 열렸습니다.

"옳다. 이제 나도 부자가 됐구나! 저렇게 박이 주렁주렁 열리는데 부자 안 될래야 안 될 수가 없지 뭐, 흥!"

이렇게 놀부는 좋아서 벙글벙글 웃으면서 혼잣말을 하는 겝니다. 가을이 되니까 박이 익을 대로 다 익었습니다. 조 가을, 수수 가을 다 집어치우고 박 가을부터 하려는 겝니다.

"금이 나오고 은이 나올 텐데, 힘들게 조 가을, 수수 가을이 다 무에야."

이런 뱃심입니다.

옆집에서 톱을 빌려다가 톱질을 합니다.

"금덩어리 싯누런 것, 은덩어리 싸이한 것

자꾸 자꾸 나오너라!"

이렇게 노래를 부르면서 흥이 나서 톱질을 합니다.

'이건 금덩어린가? 은덩어린가?'

이렇게 생각하면서 마음을 조바조바 조바심을 내서 한 개를 다 베어 놓고 침을 꿀꺽꿀꺽 삼키면서 쭉 갈라놓았습니다. 그런데 이거 보세요! 이런 변이 어디 있습니까.

그것은 금도 아니고 은도 아니고, 끔찍한 왕지네가 가뜩 차 있질 않습니까. 금이나 은인 줄로만 알았던 놀부는 천만낙심을 했습니다. 그러나

'이번 거야 분명히 금덩이겠지?'

이렇게 생각하고 다음 것을 탔습니다. 웬 걸요. 이것도 또 금덩이가 아니고, 냄새가 아주 고약한 똥이 가득 차 있었습니다.

'그래도 다음 것이야!'

이렇게 생각하고 또 타니까, 이번에는 말벌이 가득 차 있다가, 놀부가 박을 갈라놓으니까 왱왱 날아 나와서 사정없이 마악 드립다 쏩니다.

놀부는 성이 잔뜩 났습니다. 아파서 눈물을 뚝뚝 흘리면서

'이 놈의 빌어먹을 바가지가 나오라는 건 나오지 않고 흉한 것만 들어찼네그려!'

이렇게 심술을 부리면서, 행여나 금덩이가 나올까 하고 돌멩이로 박 하나를 탁 때려 부셔서 쪼개놓았습니다. 그러니까, 이런 변이 또 있습니까. 끔찍스럽고 무섭고 무서운 독사뱀이 수백 마리 박통 속에 도사리고 있다가 혀를 날름날름하면서 구불구불 기어 나와서 놀부를 마구 물어댔습니다. 이 바람에 놀부는 꼼짝도 못하고 딩굴딩굴 구르면서 엉엉 앓고 있습니다.

그런데 똥 바가지에서 똥이 줄줄 자꾸 자꾸 흘러나와서 똥탕수가 생겨, 놀부의 집이 허물어지는 바람에 놀부는 그만 똥에 묻히어서 죽고 말았다고 합니다.

[평안남도 안주군 입석]

21. 선녀의 옷과 수탉

옛날도 옛날 아주 오랜 옛날, 어떤 곳에 한 총각이 살았습니다. 살림이 구차했기 때문에 총각은 매일 매일 산에 올라가서 나무를 해다가는, 그것을 장에 가지고가서 팔아다가는 그날 그날을 부지해 가는 것이었습니다.

어느 날, 전과 같이 지게를 지고 산에 올라가서, 나무를 한 짐해서 작대기를 버티어놓고 땀을 씻으면서 쉬고 있는데, 사슴 한 마리가 다리를 절룩거리면서 뛰어오더니

"여보시오, 여보시오! 이 뒤로 포수가 날 죽이려고 따라오니 황송하지만 날 좀 숨겨주세요."

하고 눈물을 흘리면서 애걸합니다. 마음씨 고운 총각은 사슴을 불쌍히 생각하여, 사슴을 얼핏 나뭇단 속에 숨겨주었습니다. 그리고는 아무 일도 없었다는 듯이 시치미를 떼고 담배를 퍼억퍼억 피우면서 태연히 앉아 있었습니다. 이렇게 한참 동안을 있는데, 아닌 게 아니라 어깨에 활을 메고 포수 한 사람이 달려오더니

"여보게 총각! 방금 이 앞으로 다리 저는 사슴이 지나가지 않든가?"

하고 묻습니다.

"네네, 다리 저는 사슴 말씀이죠. 방금 바로 다리를 절룩거리면서 이 앞을 지나갔습니다. 저어기 보이잖습니까. 저 고개치로 넘어갑니다!"

하고 총각은 말했습니다. 포수는 이 말을 듣고, 사슴이 넘어갔다는 고개를 향하여 뛰어갔습니다.

포수가 그 고개를 다 넘어가서 보이지 않을 때

"사슴아, 사슴아! 이제 염려 없으니 나오너라. 포수가 지나갔다."

하고 총각은 나뭇단 아래서 숨을 죽이고 있는 사슴더러 말했습니다.

사슴은 이 말을 듣고 나뭇단 아래에서 나왔습니다. 그리고 눈물을 흘리면서

"대단히 고맙습니다. 주인님의 덕택으로 이제 살아났습니다. 그런데 당신께서는 아직 장가를 들지 않았죠?"
하고 사슴이 총각에게 말했습니다.
"응, 난 아직 장가를 들지 않았어."
하고 총각은 대답했습니다. 그러니까 사슴은 앞발을 쳐들어 오색 무지개가 아담하게 낀 저편 산을 가리키면서
"네, 그러십니까. 참 다행입니다. 저어기 보이는 저 산을 넘어가시면, 여덟 개의 못이 있을 겁니다. 그 못에 여덟 선녀가 무지개를 타고 하늘에서 내려와서 목욕을 합니다. 그런데 당신이 몰래 숨어 가시어 제일 작은 선녀의 옷을 감추세요. 그러면 일곱 선녀들은 모두 하늘로 올라갈 것이오나, 옷을 잃은 선녀는 올라가지 못할 것입니다. 그리고 옷을 찾느라고 울면서 안타까워할 테니, 그 선녀를 데리고 집으로 돌아가셔서 같이 사세요. 그런데 이 선녀가 아이들 넷 낳은 다음에야 옷을 내어주지, 넷을 낳기 전에 내어주면 아이들을 데리고 하늘로 올라가 버립니다. 부디 조심하십시오."

이렇게 사슴이 말하고 깊은 수풀로 들어가 버렸습니다.

총각은 사슴의 말을 듣고, 곧 무지개가 보이는 산을 넘어가니까 과연 맑고 맑은 물이 출렁출렁 넘치는 여덟 못이 있었습니다. 총각이 나무 뒤에 몸을 감추고 보니까, 여덟 선녀가 무지개를 타고 그 못에 내려오더니, 춤을 한참 추고는 옷을 벗고 그 못에 들어가서 목욕을 하고 있습니다. 수정 같이 맑은 물에 선녀들이 목욕을 하고들 있는 모양이란 참 꿈같이 아름다웠습니다. 총각은 소나무 뒤로 몰래 숨어가서, 제일 작은 선녀의 옷을 감추었습니다. 그리고 숨어 있으니까, 목욕을 마친 선녀들이 못에서 나오더니, 옷을 입고 너울너울 기다란 소매를 바람에 날리면서 춤을 추는 것이었습니다.

그런데 제일 작은 선녀는 옷을 아무리 찾아보아도 좀처럼 보이지를

않았습니다.

오색 무지개는 점점 희미해져갑니다.

"얘야, 우리는 무지개다리가 사라지기 전에 올라가야 되겠다. 우리는 먼저 올라가니까, 너는 옷을 찾아 두었다가 내일 올라오려무나."

이렇게 일곱 선녀가 옷 잃은 선녀더러 말을 하고 일곱 선녀는 그만 무지개다리를 타고 하늘로 너울너우훌 춤을 추면서 날아올라갔습니다.

옷을 잃은 선녀의 아름다운 눈에는 구슬 같은 눈물이 자꾸자꾸 맺혔습니다. 총각은 소나무 뒤에서 나와서 하늘을 쳐다보면서 울고 섰는 선녀의 손을 잡고,

"아름다운 얼굴을 눈물로 적시지 마시고 저하고 같이 우리 집에 갑시다."

하고 선녀의 손목을 끌었습니다.

하늘로 올라가려고 해도 옷이 있어야겠는데, 옷이 어디 있습니까. 선녀는 머리를 숙이고 총각의 뒤를 따라 총각의 집으로 갔습니다.

날이 가고 달이 바뀌어 선녀는 아들을 하나 낳았습니다. 이렇게 아들까지 낳기는 하였으나 선녀는 하늘이 그립고 그리웠습니다. 그래 어떤 날 선녀는 남편더러

"이젠 저도 어린애까지 이렇게 낳았는데, 당신이 저더러 하늘로 올라가라고 하셔도 이 애를 팽개치고 어떻게 저 혼자 하늘로 올라가겠습니까. 그러니까 조금도 의심하지 마시고, 그 옷이 입고 싶으니 옷을 내어주세요."

하였습니다. 그러나 이 사람은 사슴의 말대로 내어주지 않았습니다.

선녀는 일 년 후에 아이를 또 하나 낳았습니다. 그러나 역시 선녀의 옷은 내어주질 않았습니다.

선녀가 아이를 셋 낳았을 때입니다. 역시 이 사람이 선녀의 옷을 내어주려는 빛이 없으니까, 하루는 선녀가 세 애를 데리고 남편 앞에 와서,

"이제 벌써 애도 셋이나 되었습니다. 당신이 저더러 하늘로 그만 올라

가라고 하셔도 이 애들을 그냥 두고 어떻게 올라가겠습니까. 저는 당신의 아내로서 남부럽지 않게 행복한 생활을 하고 있습니다. 저는 죽는 날까지 당신과 같이 이 세상 사람이 되겠습니다. 그러니까 잠깐만 옷을 내어주셔요. 그 옷을 입으면 얼마나 제가 아름다워 보이겠습니까?"
하고 말했습니다. 이 말을 들은 남편도

'애가 셋씩이나 되는데 설마 애들을 팽개치고까지 하늘로 올라가겠나.'

이렇게 생각하고 감추어두었던 옷을 그만 내어주었습니다.

선녀는 오래간 만에 보는 선녀의 옷을 입고 기뻐서 어쩔 줄을 모르고 춤을 추었습니다. 춤추는 모양은 세상에서는 보지 못할 아름다운 모양이었습니다. 아내의 이 아름다운 춤추는 자태에 넋을 잃고 바라보고 있는데, 춤을 추던 선녀는 갑자기 한 아이는 등에 업고, 두 아이를 양 팔 겨드랑 밑에다 끼고 하늘로 너울너울 날아 올라가 버렸습니다.

이 사람은 정신을 잃고 아내가 아이들을 데리고 하늘로 올라가는 양을 바라보다가, 사랑하던 아내와 아이들이 그만 높이 높이 뜬구름 속으로 들어가서 보이지 않게 되자, 슬피 슬피 울고 울고, 또 울었습니다. 하지만 아무리 슬퍼도 하늘엔 올라갈 수가 없었습니다.

답답하고 슬픈 가슴을 부둥켜안고 늙은 어머님을 모시고 외롭게 외롭게 살고 있었습니다. 그런데 하루는 너무도 마음이 답답하고 외로워서 그 전에 사슴을 만났던 산으로 나갔습니다. 이 사람은 옛날 생각을 하면서 담배를 빨고 있는데, 그 전에 자기가 살려준 사슴이 어청어청 수풀 속에서 나왔습니다.

"어찌하셔서 그렇게 슬픈 낯을 하고 계십니까? 무슨 불행한 일이 생겼습니까?"
하고 이 사람에게 물었습니다.

이 사람은 대단히 반가웠습니다. 그리고 사슴도 또 전에 저를 살려준 사람을 다시 만난 것을 기뻐하였습니다. 이 사람은 숨김없이 죄다

말해주었습니다. 그러니까 사슴은 이 사람을 위로하여 주면서,

"염려 마세요. 그때부터 선녀들은 못까지 내려와서 목욕을 하지 않고, 두레박으로 물을 길어 올려다가 하늘 위에서 목욕을 하곤 합니다. 이제 그 못에 가시면 두레박이 하늘에서 내려올 테이오니 물을 다 쏟아 버리시고 당신이 그 두레박 속에 올라타세요. 그렇게 하시면 당신이 그리워하시는 아내와 아기들을 만나볼 수가 있습니다!"

이렇게 말을 하였습니다.

이 사람은 사슴의 말을 듣고, 기뻐서 그 산을 넘어 못에 가보니까, 못 위에 안개가 자욱하게 끼더니, 과연 하늘에서 긴 줄을 맨 두레박이 내려왔습니다.

이 사람은 사슴이 말한 대로 두레박에 가득히 담긴 물을 쏟아버리고 그 속에 올라앉았습니다. 그러니까, 이 사람이 탄 그 두레박은 하늘로 하늘로 둥둥 올라갔습니다.

그런데 하늘에서 물을 올리느라고 아래를 내려다보던 이 사람의 아내 되었던 선녀와 아이들은 깜짝 놀랐습니다. 두레박에는 물이 담겨 있지 않고 뜻하지 않았던 남편, 아버지가 타고 하늘로 올라오질 않습니까. 애들은 아버지를 보고 기뻐서 손뼉을 치면서 좋아했습니다. 그리고 선녀도 또 그립던 남편을 보고 기뻐했습니다.

서로서로 손을 잡고 춤을 추었습니다. 어디선지 거룩한 음악 소리가 들려왔습니다. 이 사람은 오래 동안 그립고 그립던 아내와 아이들과 같이 하늘나라에서 살게 되었습니다. 매일 매일 맛있는 음식을 먹고, 좋은 옷을 입고 무엇 하나 근심할 것이 없이 행복한 나날을 보냈습니다.

그런데 단지 하나 마음에 거리끼는 것은, 늙으신 어머니를 외로이 집에 남겨두고 온 것이었습니다. 그래서 하루는,

"늙으신 어머님을 혼자 남겨두고 내가 이렇게 하늘에 올라와서 벌써 날이 퍽이나 지나서 어머님이 어떻게 살아가시는지 한 번 가서 보고

와야겠소."

하고 아내에게 말했습니다. 그러니까 아내는 굳이 말리면서,

"당신이 지상에 내려가시면 혹 두 번 다시는 이 하늘 저희들 있는 곳엘 올라오시지 못하게 될지도 모르겠습니다. 어머님은 무사히 사실 테니, 조금도 염려 마시고 여기 그냥 계세요."

하고 말리었습니다. 그러나 이 사람은,

"산에 나갔다가 아무 말씀도 드리지 않고 여기에 올라와서 어머님이 대단히 근심하고 계실 테니, 잘 있으니 마음 놓으시라고 안부 말씀을 여쭈고는 진작 올라올 테니, 염려 말고 갔다 오게 해주오."

하고 그냥 내려가겠다고 하였습니다. 그래서 아내 선녀도 할 수 없이,

"그럼, 당신이 정 내려가시겠다면 하늘의 용마를 드릴 테니 타고 가세요. 이 용마를 타시면 순식간에 지상에 가실 수 있습니다. 그런데 당신이 만일 한 발자국이라도 흙을 밟으시면 두 번 다시는 하늘에 올라오시지를 못하실 테니 부디부디 흙을 밟지 마시고 꼭 용마 위에서 일을 보고 오십시오."

하고 두 번 세 번 타일렀습니다. 그리고 용마를 한 필 주었습니다.

이 사람은 용마를 타고 눈 깜빡할 새에 어머님 계시는 집 앞에 내려왔습니다. 용마 등위에서

"어머님, 어머님! 제가 돌아왔어요."

하고 이 사람은 반가운 목소리로 어머님을 불렀습니다. 그러니까 어머니는 문을 열고 나오시면서,

"오, 네가 이게 웬 일이냐. 네가 산에 간다고 나가서는 기다려도 돌아오지 않기에 산짐승 같은 것한테 물려 죽었을 거라고만 생각하고, 매일 매일 탄식만 하고 살았는데, 네가 이게 웬 일이냐?"

하시면서 기뻐하시었습니다. 그리고 또 아들이 이렇게 무사할 뿐 아니라, 훌륭한 옷을 입고 훌륭한 말을 타고 온 것이 너무 기뻐서 어쩔 줄

을 모르셨습니다.

이 사람도 어머니가 무사하게 지나시고 계시는 것을 보고 어찌 고마웠는지 몰랐습니다. 이 것 저 것 여러 가지 어머니하고 말을 하고, 어머님께 하늘로 올라가야겠다고 하직을 하니까 어머니는 만류하시었습니다.

그러나 그냥 자꾸 가야겠다고 하니까, 어머니는

"네가 정 그렇게 빨리 돌아가겠으면 네가 좋아하던 호박죽을 쑤어줄 테니, 호박죽이나 먹고 가거라."

하시고 부엌에 내려가셔서 분주하게 호박죽을 정성스레 쑤어다 주었습니다.

이 사람은 흙을 밟지 않으려고 그냥 용마의 등에 올라앉은 대로 그 호박죽을 받았습니다. 그런데 너무 뜨거워서 바꿔 쥐려고 하다가 그만 잘못하여 그 뜨거운 호박죽을 말 등에다 주루룩 쏟아 버렸습니다.

그러니까 용마는 놀라서 후덕덕하고 올라뛰고, 이 사람은 그만 땅에 떨어져서 흙을 밟고야 말았습니다. 용마는 히힝 히힝 울면서 하늘로 훨훨 날아 올라갔습니다. 이제는 어쩔 수 없게 되었습니다. 또 다시는 그리운 아내와 아이들을 볼 수 없게 되었습니다. 너무도 안타깝고 슬퍼서 이 사람은 목을 놓고 왕왕 울었습니다.

이렇게 슬피슬피 자꾸자꾸 울다가 그만 죽어 수탉이 되었습니다.

그래서 수탉이 지붕에나, 그렇지 않으면 조금이라도 높은 곳에 올라가기 좋아하는 건 조금이라도 아내와 애들이 있는 하늘 가까이 가려고 하는 것이요,

"꼬끼요."

하고 하늘을 쳐다보면서 매일 매일 우는 건

"저어기 저 하늘에 내 아내와 아이들이 있는데, 아이구!"

하면서 또 다시 올라가지 못할 애꿎은 제 신세를 한탄하는 소리랍니다.

[함경남도 원산]

22. 헌데장이 코흘리개 눈첩첩이

옛날도 옛날, 어떤 곳에 헌데장이, 코흘리개, 눈첩첩이 세 사람이 있었습니다.

헌데장이는 머리에 온통 헌데가 나서 가려우니까 늘 긁고 있습니다. 코흘리개는 또 아무리 코를 풀어도 뒤로뒤로 코가 자꾸 줄줄 흘러내리는 바람에, 코 씻느라고 다른 일을 못볼 정도입니다. 또 눈첩첩이는 눈썹이 늘 그저 벌겋게 헐어서 파리란 놈들이 달려들어 간지럽기 짝이 없었습니다.

이 세 사람이 하루는 서로 같이 길을 가게 되었습니다. 해가 낮녘이 되니까, 배가 쌀쌀 시장하였습니다. 떡집을 찾아 들어갔습니다. 그런데 헌데장이가 이런 말을 하였습니다.

"자 그런데 말야, 우리들이 이렇게 같이 만나서 떡 먹어보기가 쉽지 않겠으니, 우리 좀 맛있게 먹어보세. 그런데 코흘리개 여보게! 떡 먹을 적에 너무 코를 훌쩍거리지 마시게. 코를 자꾸 훌쩍거리면 떡 맛이 없어진단 말야."

그러니까, 코 흘리개는 눈첩첩이더러,

"내 그럼 코를 훌적거리지 않을 테니, 임자도 파리가 눈에 다닥다닥 붙어도 그냥 두고, 날리지 마시게. 눈에 붙었던 파릴 날리면 떡에 붙질 않겠나."

이렇게 말했습니다. 그러니까, 눈첩첩이는 또 헌데장이더러,

"그럼 난 파릴 안 날릴 테니, 임자는 헌 데를 긁지 마시게. 떡 먹다가 헌 데에서 피가 나고 고름 나는 걸 보면 떡 맛이 없단 말야."

이렇게들 말해 놓고, 세 사람은 떡을 먹습니다. 그런데 헌데장이는 머리가 근질근질 가려워서 아주 죽을 지경입니다. 손이 그저 저 혼자 머리로 가려고 하는 것을 억지로 참고 있습니다.

코흘리개도 기다랗게 코가 흘러 내려와서 떡에 떨어지려고 하는데, 씻지도 못하고 큰일입니다.

또 눈첩첩이는 파리가 그저 더덕더덕 붙어서 간질간질 가렵고, 눈이 보이지 않는데 야단입니다. 날리고 싶은 마음은 간절하였으나, 아까 한 말이 있기 때문에 날리지도 못하고요.

참고 참고 참다가 정 못 참게 되어 헌데장이가 꾀를 피웠습니다. 헌데를 주먹으로 툭툭 치면서

"여보게 코흘리개 눈첩첩이. 저 앞산을 보게. 노루란 놈이 뿔이 이렇게 나고 저렇게 났네그려."

하고 앞산을 가리키면서, 가려운 헌 데를 두들겨댔습니다.

그러니까, 코흘리개는 손가락으로 코를 쭉 비켜 씻으면서,

"포수가 노루를 이렇게 쏘지."

하였습니다. 그러니까, 또 눈첩첩이는 손을 이리저리 흔들면서,

"그거 다 거짓 소리야."

하고 파리를 날렸더랍니다.

[평안남도 안주군 만성]

23. 교만한 왕王 이야기

옛날 옛날 아주 아주 교만한 왕이 있었답니다. 이 왕은 제가 왕이 된 것은 모두 다 제 힘으로 된 것이지, 다른 사람의 힘은 하나도 입지 않았다고 생각하였습니다.

하루는 이 임금이 신하를 거느리고 산에 사냥을 하러 갔었는데, 하도 땀이 나고 더워서 옷을 샘 옆에 벗어놓고 목욕을 하고 있었습니다. 그런데 어떤 사람 하나가 이 왕의 의복을 살짝 훔쳐서 입고는, 샘 옆에 비끄러 매어놓은 말을 탔습니다. 그리고 신하들이 기다리고 있는 곳엘 가니까, 신하들은 이 사람이 임금님인 줄 알고, 공손히 절을 한 다음, 왕궁으로 말고삐를 끌고 들어갔습니다. 이런 줄을 모르는 왕은 목욕을 다 하고 샘에 올라오니까, 어디 옷이 있으며 말이 있고 군사들이 있습니까. 왕은 할 수 없이 산골짜기 오막살이 집에 가서 헌 누더기를 얻어서 몸에 걸치고 왕궁으로 들어가려고 하였습니다. 그러니까 파수 보던 군사가

"여기가 어딘 줄 알고 거지 같은 것이 들어가려고 하느냐?"
하면서 창으로 찌르려고 하는 판에 혼이 나서 달음질쳤습니다.

그 다음 왕은 대신 집을 찾아갔습니다. 그러나 대신들은

"거지같은 놈이 함부로 임금님의 존칭을 남용하니, 용서하지 못하겠다."
고 하면서 때리는 것이었습니다. 왕은 어이없기 짝이 없었습니다. 왕은 또,

'아마 왕후는 나를 알아주겠지.'
생각하고 왕후한테 가서 내가 왕이 아니냐고 물었습니다. 그러니까 왕후는 벌컥 성을 내면서,

"저런 거지가 왕이라고 하니, 저런 미친 놈을 좀 정신 차리게 해 줘라."
하고, 말같이 큰 개를 풀어 놓았습니다. 왕은 놀라서, 귀 떨어지면 오

는 장날 주워 가자 하고 정신없이 달아났습니다.

그날 밤 교만한 왕은 개구리 소리가 들리고, 모기란 놈이 자꾸 파먹는 들판에서 자게 되었습니다. 왕은 풀판에 드러누워서 총총히 빛나는 별들을 쳐다보면서, 오늘 일을 생각하면서 반성해 보았습니다.

'내가 이렇게 불행하게 된 것은 아마 내가 너무 교만히 군 탓인가 보다.'

생각했습니다. 이렇게 생각한 왕은 갑자기 마음이 겸손해졌습니다.

이튿날 왕은 대신 집을 찾아갔습니다. 그러니까, 이거 보세요. 어제 그렇게 질색을 하면서 내쫓던 정승들이 그전에 궁전에서 하듯이 공손한 태도로 임금님을 대접하질 않습니까. 또 그 뿐입니까, 궁전으로 들어가려고 하니까, 어제는 창으로 찌르려고 하던 그 파수병이 절을 할 뿐만 아니라. 임금님이 들어오신다는 나팔을 뚜뚜뚜뚜 부는 것이었습니다.

왕은 도무지 이게 무슨 영문인지를 몰랐습니다. 제가 입고 있는 옷은 여전히 어제 입었던 그 거지 같은 옷이 아닙니까.

그리고 궁전엘 들어가니까, 왕의 옷을 입고 왕인 체하고 있던 사람이 반가워하면서 왕을 맞고,

"난 사실은 이 나라 왕이 교만해서 나라가 망할까봐 내려온 하늘나라 사람인데, 이제 왕이 옛날 잘못을 후회하고 겸손한 마음을 가졌으니, 이 나라가 흥왕할 것이다."

이렇게 말하고는, 온데 간데도 없이 없어지고 말았습니다. 그 후 사실 마음이 겸손한 임금님을 위에 모신 이 나라는 아주 흥왕해졌습니다.

[평안남도 평원군 서해면]

24. 밥 안 먹는 아내를 구한 구두쇠

옛날 어떤 곳에 아주 인색하기 짝이 없는 구두쇠 부자 영감이 살았습니다. 그런데 이 부자 영감은 나이 육십이 가깝도록 아직 아내가 없었습니다. 아내를 얻어 봤자 쌀이 축나고 돈이 축나질 않습니까. 그래 쌀도 없어지지 않고 돈도 없어지지 않을 아내를 구했습니다. 밥을 안 먹고 사는 아내를 구했답니다.

아무리 구하여도 구해지질 않았습니다. 그래서 매일매일 근심걱정으로 날을 보내곤 하였습니다. 그런데 부자 영감이 밥 안 먹고 사는 아내를 못 얻어서 근심 중이라는 말을 이 영감의 소작인 한 사람이 듣고, 자기 딸을 어려운 곳에 시집보내는 것보다 부자한테 보내는 게 더 좋겠다 생각하고, 사람을 시켜서

"아무개의 딸은 밥을 먹지 않고 산다더라."

하는 소문을 퍼뜨렸습니다.

이 소문이 인색한 부자 영감의 귀에 들어갔습니다. 인색한 부자 영감은 기뻐서 사람을 시켜 소작인의 딸을 가보고 오라고 하였습니다. 심부름 왔던 사람은 이 처녀가 아무 것도 먹지 않고 산다는 처녀의 부모 말을 듣고 기뻐서 돌아왔습니다. 그리고 부자 영감보고 과연 밥을 먹지 않고 살더라고 말했습니다. 인색한 구두쇠 영감은 기쁘기 짝이 없었습니다.

그래서 인색한 영감은 일부러 그 처녀의 선을 보러 갔습니다. 마당가의 뽕나무 위에서 뽕을 따고 있는 그 밥 안 먹고 산다는 처녀를 보니까, 얼굴이 반달 같은 게 아주 예쁘기 짝이 없었습니다.

인색한 부자는 수십 년간이나 찾고 찾았어도 도무지 찾질 못하고, 이젠 아내 없고 자식도 없이 그냥 죽는가 보다 생각하고 있던 차에, 드디어 밥 안 먹고 사는 여자를 구한 것이 너무도 기뻐서 그 자리에서

정혼을 하고 시집올 날을 택했습니다.

인색한 부자 영감은 밥 안 먹고 사는 아내를 얻어오긴 왔으나, 과연 아내가 밥을 안 먹는지, 혹은 남의 눈을 피해가면서 먹는지 도무지 마음을 놓을 수가 없습니다.

그래서 사람을 시켜서 지키기로 하였습니다.

이 사람이 주인 영감의 명령으로 주인 마누라의 방에 들어가니까, 마누라는 친절하게 대접합니다. 그래서 이 사람은 마누라가 밥을 먹는 걸 보고도 안 먹는다고 주인 영감한테 보고하곤 했습니다.

하루는 주인 마누라와, 주인 마누라가 밥을 먹는가 안 먹는가를 지켜보는 사람하고 꾀를 꾸몄습니다. 주인 마누라를 지키는 사람은 주인 영감한테 가서,

"영감님! 안주인님께서 아마 부엌에서 남몰래 밥을 잡수시곤 하는가 봐요. 그러니까, 영감님이 굴뚝 속으로 아궁이에 들어가셔서 지켜보십시오."

하고 추겨댔습니다. 그러니까,

"응, 그것 참. 그것도 그럴 것 같아! 그럼 내 들어가서 지켜보지."

이렇게 주인영감은 말하고 굴뚝으로 들어갔습니다. 영감이 굴뚝에 들어갔다는 말을 듣고 마누라가 아궁이에 불을 자꾸 땠습니다.

그러니까, 주인 영감은 지랄을 하여 온통 까맣게 재를 뒤집어쓰고 벌레벌레 기어서 나왔습니다. 이 날부터 구두쇠 영감은 삼사 일 동안을 앓았습니다. 구두쇠 영감은 이것은 마누라 지키는 사람의 탓이라고 생각하고 마누라 지키는 사람을 불러서 책망했습니다.

그러니까, 마누라 지키는 사람이

"때마침 불 땔 적에 들어간 것이 영감님의 실수입니다. 그런데 영감님, 안주인님이 아마 침실에서 남몰래 밥을 잡수시는 것 같아요. 영감님이 이불 속에 숨어서 지켜보십시오."

하고 꾀이니까, 구두쇠 영감은

"음, 그것도 그럴 것 같아. 그럼 내가 이불 속에 숨어서 지켜 보지."
하고 말했습니다. 주인마누라는 영감님이 이불 속에 들어가 있다는 말을 듣고, 하녀들을 불러서

"밤에 자꾸 물어서 못 자겠더라. 이불에 벼룩이 있는 것 같으니, 이불을 밖에 내다가 몽둥이로 이불을 털어라."
하고 분부했습니다. 하녀들은 몽둥이들을 하나씩 들고 이불을 짓부수면서 털었습니다. 이 바람에 영감은 아프니 무어니 뭐, 너무 매를 맞아서 죽는 줄만 알았습니다. 그러나 체면상 아프다는 말도 못하고, 끝날 때까지 그냥 자꾸 맞았습니다. 인색한 부자 영감은 또 삼사 일 드러누워 끙끙 앓았습니다. 그리고 구두쇠 영감은 이것을 마누라 지키는 사람의 탓이라고 그 사람을 불러서 책망했습니다.

그러니까 마누라 지키는 사람은

"때마침 이불 터는 날 숨었던 게 영감님의 실수입니다. 그런데 영감님! 안주인님께서 광 속에 들어가서 밥을 잡수시는 것 같으니, 영감님이 광 속에 있는 큰 참대통 속에 들어가서 지켜보십시오."
하고 엉터리수작을 했습니다. 그러니까, 영감은

"응, 그것도 그럴 것 같아. 그럼 내가 참대통 속에 들어가서 지켜보지."
하고 말했습니다. 마누라는 영감이 참대통 속에 들어가 있다는 말을 그 사람한테서 듣고, 하녀들을 불러서

"참대통이 쓸 데 있으니, 더운 물로 깨끗이 속을 부셔 오너라."
하였습니다. 하녀들은 뜨거워서 손이 데일 것 같은 물을 참대통에다 부어 넣었습니다. 이 바람에 영감은 뜨거워서 막 죽을 것 같았습니다.

그러나 체면도 있고 해서 뜨겁다고 몰골사납게 벌레벌레 기어 나올 수도 없었습니다.

인색한 구두쇠 영감은 오래 동안을 자리에 누워서 앓았습니다. 이

사이에 영감은,

"내가 이렇게 혼나곤 한 건 내 아내가 밥을 먹는가 안 먹는가 지키려다가 당한 일이야. 세상 사람이 밥을 먹지 못하면 죽질 않나. 이걸 내가 모르고 밥 안 먹는 아내를 구하려던 죄로 이렇게 혼난 거다."

이렇게 깨닫게 되었습니다. 그리고

'내가 이렇게 깨닫게 된 건 내 아내의 덕택이다.'

생각하고 아주 맛있는 음식을 일부러 장에 가서 사다가 아내에게 주었다고 합니다.

[평안남도 평원군 검산면]

25. 꾀 많은 김서방

김서방은 꾀 많기로 동네에서 유명한 사람이었습니다. 그런데 동장 오서방 놈이 자기 아내하고 뱃장이 맞아 가지고 다니는 게 아니꼽고 얄밉기 짝이 없었습니다.

'어떻게든 년놈들을 혼내어야겠다.'

생각했습니다. 하루는 아내더러

"돈 없는 놈이란 평생 고생만 하다가 죽게 생겼는가 봐. 내일 또 돈 받으러 심부름을 하지 않으면 안되겠어."

이렇게 말했습니다. 이 말을 듣고 김서방의 아내와 오서방은

'이젠 마음놓고 만나겠구나.'

하고 속으로 기쁘기 짝이 없었습니다. 김서방이 이튿날 돈 받으러 간다고 떠납니다. 그러니까 김서방의 아내는 제법 남편을 염려하는 듯이

"아무 골짜기에는 도둑놈이 나오곤 한다는데, 조심하세요."

하면서 배웅하는 것이었습니다.

꾀 많은 김서방은 결코 돈 받으러 간 게 아니고, 연놈을 경치려고 돈 받으러 간다고 거짓말을 해놓고 솔밭에 가서 숨어있었던 것입니다.

밤이 이윽히 들었을 때 김서방이 슬그머니 자기 집에 가보니까, 과연 자기 아내는 부엌에서 밤참을 짓느라고 야단을 하고 있었습니다. 김서방이

"에헴!"

기침 소리를 하고 부엌문을 여니까, 김서방의 아내는 깜짝 놀라면서

"돈 받으러 거기까지 갔다오려면 닷새나 걸릴 텐데, 어째 이렇게 가지 않고 오는 게요?"

하고, 남편에게 눈을 흘겼습니다.

꾀 많은 김서방은 시침을 뚝 떼고

"돈이 다 무어야. 까딱했으면 목이 달아날 뻔했네. 도둑놈을 만났어, 도둑놈을."

하고 아주 놀랐다는 듯이 벌벌 떨면서 이렇게 말했습니다.

이런 말을 하고 있는 사이에 아랫방 아랫목에 잔뜩 누워 있던 오서방은 질색을 하여 웃방에 뛰어올라가서 자고 있는 체하고 드러누워 있었습니다. 김서방이 들어와서 오서방 귀에다 참기름을 부어 넣었습니다. 그러나 오서방은 그냥 자고 있는 체 잠자코 있다가, 그만 죽고 말았습니다.

김서방의 아내가 밥상을 들고 들어오더니,

"여보셔요. 시장하셨겠는데, 밤참을 잡수시오."

하고 남편더러 말하고 웃방에 올라가서,

"동장님! 밤참 좀 잡수십시다."

하면서 오서방을 흔드니까, 뻣뻣 삐뚜룩해져서 죽어 있질 않습니까. 김서방의 아내는 그만 으악! 소릴 지르고 너무 놀라서 뒤로 나가 넘어졌습니다.

김서방의 아내는 오서방의 시체를 앞에 놓고 난처하기 짝이 없었습니다. 생각다 못해 오서방의 시체를 남모르게 내다 팽개치려고 했습니다. 앞강에 내다 팽개치려는 것입니다. 오서방의 시체를 머리에 이고 강으로 갔습니다.

그런데 꾀 많은 김서방은 얼른 지름길로 돌아가서, 강 언덕에 숨어 있다가, 자기 아내가 오서방 시체를 강물에 팽개치려고 할 때

"그런 더러운 놈을 깨끗한 강물에 쓸어넣으면 안 된다. 으흥 으흥."

하고 귀신 우는 소리 시늉을 내니까,

"에구머니! 물귀신이로구나!"

아내는 지랄네겁을 하여, 오서방의 시체를 머리에 인 채로 달아났습니다. 그리고 이제 산에 팽개치려고 산으로 갑니다.

꾀 많은 김서방은 또 앞을 질러서 자기 아내보다 먼저 산에 가서 소나무 뒤에 숨어 있다가, 자기 아내가 오서방의 시체를 팽개치려고 할 때

"그런 더러운 놈의 송장을 이런 깨끗한 산에 팽개치면 안 된다. 으앙 으앙!"

무섭게 굴었습니다. 그러니까, 자기 아내는

"에구머니! 산신령이로구나!"

하면서 놀라고 놀라서 달음질을 쳤습니다. 그리고 집에 오서방의 시체를 이고 돌아가서 남편 앞에 무릎을 꿇고,

"죽을 죄로 잘못하였사오니, 용서하여 주세요. 또 다시는 그런 짓은 하지 않을 테니, 오서방의 시체를 제발 좀 어떻게 해주오."

하고 남편한테 빌었습니다.

그날 밤 김서방은 오서방을 줄줄 끌고 오서방 집 앞에 가서

"여보게 마누라! 문 좀 열어주게, 문."

하고 오서방의 음성을 시늉하여 이렇게 말하니까,

"흥. 왜 김서방도 없는데, 김서방네 집에 가서 자고 오지. 왜 집에 오는 겐가. 흥!"

하면서 오서방의 아내는 잔뜩 노해서 문을 열어주지 않았습니다.

"그럼 문 밖에서 죽으라는 건가."

하고 김서방은 오서방의 술 취한 목소리로 이렇게 고함쳤습니다. 그러니까,

"죽는 걸 누가 무서워한대. 죽겠으면 죽어보지."

오서방의 아내는 이렇게 퉁명스레 말했습니다.

김서방은 오서방의 시체를 처마 아래에 매어놓고 돌아왔습니다.

이튿날 아침 오서방의 아내는 미칠 듯이 놀랐습니다. 죽으라고 하였기로 누가 죽기까지야 할 줄 생각했습니까. 남편이 정말 처마 끝에다 목을 매고 죽어있질 않습니까.

오서방의 아내는 꾀 많기로 동네에서 이름난 김서방한테 와서,

"이 일을 어찌합니까. 어제 저녁, 글쎄 술을 자시고 돌아와서 문을 열어달라기에 안 열어주었더니, 정말 목을 매고 돌아가셨습니다 그려. 김서방님! 이 일을 어떻게 하면 좋겠소? 사람을 좀 살려주시유."

하면서, 엉엉, 엉엉 울었습니다.

그날 밤 꾀 많은 김서방은 오서방의 시체를 지고 동네에서 제일가는 부잣집에 가서 오동장의 목소리를 시늉하면서

"여보시오, 여보시오! 영감님 계십니까. 왜 동네 세금을 안 내시오? 오늘 밤은 내야겠소. 얼른 내오."

하고 아닌 밤중에 고함을 고래고래 질렀습니다. 그러니까, 잠자던 부자 영감은

"남이 잠자는 아닌 밤중에 세금은 무슨 세금을 달라는 게냐. 이 미친 놈 같으니."

하고 외쳤습니다. 그러나 김서방은 그냥 자꾸 오서방의 음성을 시늉하여 내고, 내라고 고래같은 소릴 질렀습니다. 그러니까 부자 영감은 벌컥 부화를 내어

"이리 오너라. 저놈 저 동장놈을 때려 죽여라."

하고 하인에게 명령하였습니다.

김서방은 오서방의 시체를 문 밖에 세워놓고 얼핏 몸을 피하여 숨었습니다.

그러니까 하인들이 두서너 놈 몽둥이들을 제각기 쥐고 나오더니, 다짜고짜로 오서방의 시체를 때렸습니다. 오서방의 시체는 넘어져서 딩굴딩굴 굴러서 문지방 아래에 떨어졌습니다. 부자 영감이 뛰어나와 보니까, 이 모양이 아닙니까. 깜짝 놀랐습니다.

"이 못난 놈들 같으니, 설마 때려 죽이라고 하였기로 정말 때려 죽이라고야 했겠나. 이 일을 어떡한단 말인가. 이 못난 놈들 같으니."

하면서 부자 영감은 하인들을 욕하면서 벌벌 떨었습니다.

부자 영감은 생각하다 못해서 꾀 많은 김서방을 찾아가서 어떻게 하면 이 일을 무사하게 할 수 있겠는가 물었습니다.

"뭘요. 그까짓 것 염려 마셔요. 슬그머니 산에 갖다 파묻어 버리시구려. 염려할 것 없어요. 탈이 나서 죽었다면 그만 아녜요. 오동장 마누라한테는 제가 가서 잘 말할 테니, 아예 염려 마십시오."

하였습니다. 그리고 김서방은 돈을 많이 받았습니다. 그 후부터는

김서방은 돈이 없어지면 부자 영감님한테 가서,

"영감님! 아무 때 이 동네 아무개를…… 동장을……."

하곤 하면 부자 영감은 할 수 없이 돈을 내어주곤 하였습니다.

김서방은 이 돈을 가지고 남부럽지 않게 재미있게 살았다고 합니다.

[평안남도 안주군 입석]

26. 점 잘 치는 훈장

옛날도 옛날 오랜 옛날, 서울 이 정승이 그 아들을 공부시키느라고 훈장을 한 분 집에다 데려다두고 공부를 시켰습니다.

그런데 이 정승의 아들의 걱정거리는 자기 집 계집종이 자기 선생님을 아주 박대하는 것이었습니다. 찬을 가져와도 제일 맛없는 것으로만 가져오고, 말 한 마디를 해도 공손한 맛이란 조금도 없었습니다. 그래 하루는 정승의 아들이

'어떻게 하면 저 년이 우리 선생님을 존경하게 될꼬.'

생각하다가, 한 가지 꾀를 꾸미었습니다.

이튿날 아버님 조반상에 놓인 숟갈 젓가락을 살짝 들어다가 후원 버드나무 아래에다 갖다 놓았습니다. 그리고 정승의 아들은 미리 선생님께 이 말을 하고,

"그 계집애가 와서 숟갈 젓가락이 어디 있겠는가?"

점을 쳐 달라 하거든, 점을 치는 체하다가

"후원 버드나무 아래를 가보라고 하십시오."

하고 선생님하고, 짬짜미를 했습니다.

참으로 계집종은 큰일 났습니다. 계집종 따위가 조금이라도 잘못하면, 목이 막 날아나던 때입니다. 계집종은 낯짝이 당초(唐椒) 고토리같이 빨갛게 되어서 황황하며, 이리 가보고 저리 가보고 야단법석입니다.

"무얼 그리 찾는 게냐?"

하고 정승의 아들은 시침을 뚝 떼고 계집종더러 말을 건넸습니다.

"도련님! 큰일났어요. 귀신이 가져갔는지, 대감님 소반에 놓았던 숟갈하고 젓가락이 없어졌어요. 얼른 얻어야지, 못 얻으면 제 모가지가 날아날까 봐요. 만일 제 모가지가 날아나면 어떡합니까?"

하면서 눈물을 좔좔 흘렸습니다.

"그럼 선생님더러 점을 쳐 달래 봐. 선생님은 아주 유명한 점장이이시니."

이렇게 정승의 아들이 말하니까, 계집종은 기뻐하면서 훈장의 방으로 뛰어갔습니다.

"선생님, 선생님! 제발 대감님 소반 위에 놓았던 숟갈 젓가락이 어디 있는지 좀 찾아주세요. 빨리 좀 찾아주세요."
하고 무릎팍 걸음을 하면서 졸라댑니다.

훈장영감은 제법 점깨나 친다는 듯이 손가락을 꼽았다가 폈다 하면서, 흥얼흥얼 점을 치는 시늉을 하다가,

"그거 뭐 후원 버드나무 아래에 있군."
하고 정승의 아들이 하라는 대로 말했습니다.

계집종이 달려가 보니까, 아니나 다를까, 과연 버드나무 아래에 그것이 놓여 있었습니다.

이렇게 계집종은 훈장영감이 숟갈, 젓가락을 찾아준 후부터는 그 때까지와는 딴 판으로 제 친할아버지만치나 극진하게 대접하는 것이었습니다. 정승의 아들은 기뻤습니다.

몇 달 후의 일입니다. 계집종이 주인 대감님께 진짓상을 가지고 들어가도 대감은 한숨만 후후 내쉬시고, 도무지 밥을 먹지 않습니다. 무슨 근심이 계신가보다 하녀는 생각하고,

"대감님께서는 진지를 도무지 잡수시지 않으시니, 무슨 큰 근심이 계시나이까. 천한 비녀(婢女)의 몸이오나, 알려 주시면 어떻겠습니까?"
하고 자꾸 알려 달라고 졸라댔습니다.

"이 년! 저리 가거라. 너 같은 것이 참견할 바가 아니다."
하면서 말해주진 않았습니다. 그러나 하녀는 그냥 자꾸 말해달라고 하니까, 이 정승도 할 수 없이

"들어봐라. 중국 황제가 옥새(玉璽)를 잃었는데, 아무리 찾아봐도 찾

을 수가 없으니, 아주 능한 점장이가 있으면 보내달라고 청탁이 왔다. 그런데 만일 점장이를 못 보내는 날에는 나라의 큰 수치이고, 또 중국이 이로 해서 무슨 트집을 잡을런지도 모르는 게야. 그래 근심을 하는 게다."

하고 계집종더러 말해주었습니다.

이 말을 듣고 계집종은 방긋 웃으면서

"그 같은 일이었습니까? 그럼 대감님… 우리 집 선생님을 보내셔요. 어찌나 점이 용하신지 모릅니다."

하고 낯을 붉히면서 그 전에 대감님 소반 위에 놓은 숟가락 젓가락을 잃었다가 훈장의 점으로 찾았다는 이야기를 낱낱이 아뢰었습니다.

"오, 그랬느냐. 그거 참 다행이로구나."

이렇게 이 정승이 말하고, 곧 훈장을 불렀습니다. 그리고 중국으로 옥새를 찾으러 가라고 명령했습니다.

그러고 보니, 싱겁게 시작한 숟가락 젓가락 놀음에 훈장은 큰 야단이 생겼습니다. 거짓말 점을 한 번 치고 이렇게까지 될 줄이야 누가 알았겠습니까.

이튿날 이 정승이 대궐에 참례하여 임금님에게 이 말을 아뢰니까, 임금님도 훈장더러 어서 가라고 명령이 내렸습니다.

훈장 영감은 이젠 뭐 별 수가 없게 되었습니다. 죽을 각오를 하고 중국으로 떠날 수밖에. 정승의 아들도 이렇게 선생님이 혼나시게 된 것은 제가 꾸민 일이기 때문에, 근심하여 선생님을 좇아가게 되었습니다.

중국에 가서 황제께 아뢰고, 옥새 찾을 기한을 보름 동안만 달라고 하였습니다. 황제는 먼 나라에서 일부러 수고스레 왔다고 하면서, 대접이 극진하였습니다. 훈장과 정승의 아들은 황제가 정해준 집에 유하게 되었습니다.

어떻게 옥새를 찾아낼지, 일이 참 난처하기 이를 데 없습니다.

점이라도 칠 줄 알면 점이라도 쳐보지 않겠습니까. 못 찾는 날이면 모가지가 날아날 판이니 이 일을 어쩝니까. 훈장하고 이 정승의 아들은 밤잠도 못 자고 한숨만 내쉽니다.

열나흘이 지나고 내일은 황제한테 들어가서 옥새 있는 곳을 아뢰어야 합니다. 그리운 고국에 또 다시는 가질 못하고 타국 귀신이 될 것을 생각하니, 참으로 슬퍼서 잠을 못 자고 밤이 깊어도 두 사람은 아무 말 없이 마주 앉아만 있었습니다.

이 때입니다. 황제의 옥새를 도둑질해 간 '바람'이란 놈과 '문창'이란 두 놈이 해동나라의 유명한 점장이가 일부러 옥새를 찾으러 왔다고 하니, '죽어도 그 사람의 낯을 한번 보고라도 죽겠다.'—두 놈은 이렇게 생각하고 훈장과 정승의 아들이 머물고 있는 집 앞에까지 와서 창구멍을 뚫고 들여다보려고 하였습니다. 문창 구멍을 뚫는 버석버석하는 소리가 이 정승 아들의 귀에 들렸습니다.

"선생님! 누가 밖에 왔는가 봐요."

하고 이 정승 아들이 말했습니다. 그러니까 훈장은 한숨을 한번 후 내쉬고는

"바람이 문창을 흔드는 소리지, 오긴 누가 오겠나?"

하고 말했습니다. 이 말을 듣고 문창과 바람은 깜짝 놀랐습니다.

"과연 명복(名卜)이로구나. 이 어두운 밤에 집안에서 밖에 우리들이 온 것을 아는구나."

이렇게 말을 하고는 달아났습니다. 얼마만큼 달아나다가 문창이 이렇게 말했습니다.

"여보게 바람! 집안에서 바깥을 다 내다보는 명복이 우리가 뛴다기로 모르겠니. 어디 숨어도 곧 찾아낼 것이니까 우리들이 이제 곧 그 조선나라 명복한테 가서 목숨만 살려달라고 빌어봅세."

바람과 문창은 곧 도로 돌아가서 훈장 앞에 꿇어 엎드려서 이마를

방바닥에 두드리면서

"옥새 감춘 곳은 말해 드릴 테니 제발 목숨만은 살려주소서."

하고 빌었습니다.

"네 놈들이 괘씸한 걸 봐서는 당장에 목을 베어버리겠지만, 그렇게 빌고 있으니, 그럼 목숨만 살려주마."

훈장영감은 속으론 기쁘기 한량 없었으나, 낯에는 성난 빛을 보이면서 이렇게 말하였습니다.

이튿날 아침 훈장과 정승의 아들은 가슴을 내밀고 뻐겨대면서 황제한테 갔습니다.

"폐하! 과연 옥새 있는 곳을 알았습니다. 용두레를 있는 대로 모으시고, 또 장정들을 많이 모아주소서."

하고 아뢰니까, 삽시간에 용두레가 수백 개 모이고 장정들이 많이 모였습니다. 훈장은 용두레로 왕궁 앞에 있는 큰 늪의 물을 푸라고 명령하였습니다. 삽시간에 물을 다 펐습니다. 물을 다 퍼내니까, 과연 그 속에 번쩍번쩍 빛나는 옥새가 있었습니다.

훈장하고 정승의 아들은 기쁘기 한량 없었습니다. 그러나 황제는 옥새를 얻은 것은 기쁘긴 기쁘나, 한 가지 근심되는 것이 있었습니다. 그것은

"삼 년 간이나 우리나라 명복들을 죄다 불러다가 찾아서도 못 찾은 것을 해동나라 조선 사람이 옥새를 찾아냈으니, 저런 귀신 같은 명인을 그냥 보냈다가는 장차 우리나라가 위태하게 될지 모르겠다."

하는 것이었습니다. 그래, 심술궂은 황제는

'어떻게 해서든 저 놈을 그냥 살려 내보내서는 안되겠다.'

이렇게 생각한 황제는 훈장을 불러놓고 이런 명령을 하였습니다.

"해를 따 와야지, 만일 따오지 못하는 날에는 널 그냥 두지 않겠다."

어떻게 해를 딸 수가 있겠습니까. 훈장과 이 정승의 아들은 참으로

또 야단났습니다. 그러나 좌우간 또 보름 동안을 기다려 달라고 하였습니다.

보름 동안이 어느덧 지났습니다. 훈장하고 정승의 아들은 서로 짜고 황제한테 들어갔습니다. 훈장은 황제더러 해를 따올 테니, 수백 척 되는 기다란 사닥다리를 마련해 달라고 했습니다.

황제는 곧 신하를 시켜서 길고도 긴 사닥다리를 마련해오라고 했습니다. 황제는 곧 신하를 시켜서 길고도 긴 사닥다리를 가져다 주었습니다. 훈장은 이 사닥다리를 한층 한층 올라갑니다. 한 오십 자 가량 올라가서 훈장은 이 정승 아들에게,

"여보게, 여보게! 이제 내가 해를 따오면 이 나라 놈들은 모조리 타 죽겠으나 임자까지 죽어서야 되겠나. 얼른 뛰게, 얼른!"

이렇게 고래고래 소리 질렀습니다. 이 정승 아들은 먼저 다 이렇게 하자고 짬짜미한 것이 있으니까, 정말로 뛰었습니다.

이걸 보고 황제는 놀랐습니다.

'우리나라 명복들이 삼 년 간이나 찾아서도 못 찾아낸 옥새를 찾아낸 신기한 재주를 가진 사람이니 해까지 또 따올지도 모르겠다. 참 이렇게 먼 데 있어도 뜨거운데, 해를 따 내려오면 정말 우리가 다 타죽을 게다.'

이렇게 생각하고 황급히 훈장이 올라가 있는 사닥다리 아래에 무릎을 꿇고 훈장 영감을 쳐다보면서,

"제가 잘못했습니다. 제발 해를 따오지 마십시오."

하고 황제는 자꾸 빌었습니다. 그러니까, 훈장은 벌컥 성을 내면서,

"안 된다. 그런 의리 모르는 놈들은 모두 다 태워버려야 돼. 이 못된 놈 같으니."

이렇게 말하고 훈장은 사닥다리 위로 한층 한층 더 올라갔습니다. 그러니까 황제는 무서워서 부들부들 떨면서 그냥 자꾸 빌었습니다. 보

기 불쌍했습니다. 그리고 우습기도 했습니다.

"황제의 몸으로 그렇게까지 하니 이번만은 용서해 주겠다."

이렇게 훈장은 말하고 사닥다리를 내려왔습니다.

훈장과 이 정승의 아들은 많은 선물과 대접을 받아가지고 그리운 고국으로 돌아왔습니다.

[평안남도 평원군 횡산면]

27. 구대 독자

옛날 어떤 곳에 아홉 대가 내려오도록 외아들로 내려오는 집이 있었습니다. 그래서 부모는 그 외아들을 금보다도 옥보다도 더 귀하게 귀하게 여기었습니다. 하루는 부모가 외아들의 앞날을 무당한테 가서 물어보았습니다. 무당이 하는 말이

"이 애는 절대로 공부를 시키지 마십시오. 만일 공부를 시키면 죽고 맙니다."

하였습니다. 그래 부모는 이 말을 듣고 이 동네에 살다가는 서당도 있고 해서, 자연 우리 애가 공부하게 되겠으니 서당이 없는 다른 동네에 가서 살 수밖에는 없다 하고, 깊은 산골로 이사를 갔습니다. 그러나 이 동네에서 고개를 하나 넘은 동네에는 서당이 있었습니다.

이 애는 점점 자라면서 공부가 자꾸 하고 싶어서 아버지 어머님이 굳이 말리었지만, 놀러 나간다고 하고서는 고개를 넘어 동네 서당에 가서 몰래 공부를 하곤 하였습니다. 이렇게 아버지 어머니 숨어서 공부하기를 십 년 간이나 하였습니다.

하루는 아버지 어머니가 깜짝 놀랐습니다. 공부를 어느 사이에 했는지 서울에 과거보러 가겠다고 하질 않습니까.

한사코 서울로 올라가겠다고 하니까, 굳이 막지도 못하고 그럼 구경삼아 다녀오라고 허락하여 주었습니다.

소년은 길을 훨훨 가다가, 하도 갑갑하기에 점이나 한 번 쳐 보자 생각하고, 장님한테 가서 과거 보러 가는데 급제하겠나 어쩌겠나 점을 쳐 달라 했습니다. 그러니까 "장님은 복이 복갈 복이 죽갈" 하고 한참 중얼중얼하더니,

"당신은 서울 올라가시면 이 정승의 딸을 보아야지, 그렇지 않고 만일 보질 못하면 과거에 급제를 못하겠소. 그런데 서울 가셔서는 주막

집에 들지 마시고, 떡집엘 드시오!"
하면서 백지에 개 세 마리를 그려주면서
"이건 당신이 가지고 계시다가 무슨 일이 생겨 막다른 골목에 빠졌을 때, 이것을 내보이십시오."
하고 구대 독자에게 주었습니다.
'이상한 점도 다 있다.'
하고 생각하면서 구대 독자는 그것을 가지고 서울에 올라갔습니다.
서울에 올라가서는 장님의 말대로 주막집엘 들지 않고 떡집에 가서 떡돌 위에 앉아 있다가 그만 잠이 들어버렸습니다. 먼 길을 걸어서 왔기 때문에 몸이 솜같이 피곤하여서 세상 모르고, 구대 독자는 그냥 떡돌에 누워서 하루 저녁을 새웠습니다.
그런데 그 떡집 주인이 자다가 자기 집 떡들 위에서 청룡이 오르는 꿈을 봤습니다.
날이 밝자, 떡집 주인은 어제 저녁 본 꿈을 이상히 생각하여 그 떡돌엘 나가보았습니다. 그랬더니 떡돌 위에는 어떤 나이 젊은 총각 한 사람이 누워 자고 있었습니다.
'청룡이 오른 것으로 보아 이번 과거에는 이 총각이 필경 장원급제를 하려는가 보다.'
이렇게 생각하고 떡집 주인은 구대 독자를 일으켜서 집에 데리고 들어가서 극진히 대접하였습니다. 구대 독자는 제 신세 이야기와 중로에서 물어본 점 이야기를 죄다 떡집 주인더러 했습니다. 그러니까 떡집 주인은
"그럼, 거 뭐 그리 어려울 것 없습니다. 요행히도 우리 딸이 바로 그 이 정승님 아가씨의 시녀로 있으니, 그럼 우리 딸에게 부탁해서 이 정승의 아가씨를 보게 해드리죠."
떡집 딸이 집에 다녀가는 날 밤, 구대 독자는 떡집 딸을 따라 이 정

승네 집에 들어가게 되었습니다. 구대 독자는 떡집 딸의 치마 속에 숨어서 들어갔습니다.

고양이 걸음을 해서 이 정승이 있는 방 앞을 지나서 늪 가운데 섬 위에 있는 이 정승 아가씨의 방엘 들어가니까, 이 정승의 아가씨는 검을 빼 들고 구대 독자를 찌르려고 하였습니다.

구대 독자는 무릎을 꿇고 잠깐만 참아달라고 하고 전후 사연을 죄다 말했습니다. 그러니까 이 정승의 딸도 구대 독자의 신세에 동정을 하여

"그러시다면 당신이 과거에 급제를 하시거든 아버님께 청혼을 하여 주소서."

하고 그날 밤은 구대 독자하고 이 정승의 아가씨하고 한 방에서 자게 되었습니다.

그런데 아닌 밤중에 어떤 놈인지 이 정승 딸과 구대 독자가 자고 있는 방에 들어와서 이 정승의 딸을 죽이고 달아나 버렸습니다. 이튿날 이 정승네 집안은 야단법석을 하였습니다. 그리고 구대 독자가 사기 딸을 죽였다고 구대 독자를 끌어내다 볼기를 치면서 자기 딸 죽인 것을 고백하라고 합니다.

그러나 어떻게 이 정승의 딸을 죽였다고 아뢸 수가 있겠습니까. 전 절대로 안 죽였다고 끝끝내 뻗쳤습니다. 구대 독자는 자꾸자꾸 매를 맞아서 거의거의 죽게 되었습니다.

이때 문득 구대 독자는 장님한테 점을 쳐달라 할 때 장님이 그려준 개 세 마리 그린 백지가 생각나서 허리춤에서 그것을 꺼내주었습니다.

이것을 주니까 볼기 치던 녀석은 도대체 무슨 영문인지를 몰라서 한참 만지작거리다가 이 정승한테 갖다주었습니다. 이 정승도 무슨 의미인지를 몰랐습니다. 그래 이 정승은 이 개 세 마리 그린 흰 종이를 서울에서도 제일 지혜가 많기로 유명한 사람한테 갖다 보였습니다.

지혜 많기로 유명한 사람은 이걸 보더니

“백지는 백(白)이요, 개 세 마리는 구삼(狗三)이외다. 백구삼(白狗三)이란 놈을 잡아다 조사하면 알 도리가 있겠습니다.”
하고 이 이상야릇한 수수께끼를 풀어 주었습니다.

백구삼이란 놈을 잡아다가 때리니까, 과연 백구삼이란 놈이 이 정승의 아가씨를 죽였다는 것을 실토하였습니다.

이 정승은 구대 독자더러 죄도 없는데 무례한 짓을 하였으니, 용서하라고 하면서

“내 딸이 처녀의 몸으로 죽었으면 원한이 하늘을 무너뜨렸을 것을, 임자와 부부 언약을 맺고 죽었다니 신세가 무궁하이.”
하고 말하면서 과거 볼 시험 문제를 가져다주었습니다. 그리고 꿍 닐리리야 꿍꿍 닐리리야 하면서 귀한 사람이 되어 아버지 어머님 계신 고향으로 내려왔습니다.

[함경남도 함흥]

28. 요술장이의 아내

옛날 어떤 요술장이가 길을 훨훨 가다가 한 곳을 지나는데, 젊은 여자가 임시로 만든 묘 옆에서 부채를 부치면서 울고 앉아 있었습니다. 하도 그 모양이 이상해서,

"왜 그리 부채를 부치면서 울고 있습니까?"

하고 요술장이가 물으니까

"우리 남편이 어제 돌아가셨는데, 돌아가시기 직전에 다른 데 시집을 가도 내 묘의 흙이 마른 다음에나 가라고 했기에 이렇게 얼른 마르라고 부채질을 합니다. 아이구 아이고."

이렇게 대답하고 울었습니다. 요술장이는 요술을 써서 그 흙을 갑자가 말려 주었습니다. 그러니까 젊은 부인은 요술장이의 반반한 얼굴에 홀딱 정신을 잃고 저하고 같이 살아달라고 야단을 하였습니다. 그러나 요술장이는

"내겐 아내도 있고 어린애까지 있어서 같이 살 수가 없어."

하고 젊은 부인의 부탁을 거절하였습니다. 그러니까 그 젊은 여편네는

"그럼 내 재산이라고는 이 부채밖에 없으니 부채라도 가지소."

하면서 그 부채를 요술장이에게 주었습니다. 요술장이는 이 부채를 받아가지고 집으로 돌아왔습니다. 그리고 아내더러 부채를 보이면서 이 말을 하여주고는,

"너도 내가 죽으면 어서 시집을 가려고 부채질을 할 테냐?"

하니까 아내는 성난 빛으로

"원 별 말을 다 듣겠소. 부채질을 하기는커녕, 난 당신이 만일 저보다 먼저 죽으신다면 다른 사람한테 시집도 안 가고 일생을 혼자서 살아갈 테요."

하고 아내가 말했습니다. 그래 요술장이는 아내를 한 번 시험해 보려고

요술을 피워서 병이 나게 하여 앓다가 죽었습니다. 그러니까 아내는 "당신이 살아계실 때 나는 당신이 돌아가셔도 다른 사내한테 시집을 안가겠다고 맹세를 했습니다. 자, 이것 보세요. 전 죽어도 다른 사내한테는 시집을 안갈 테에요."
하고 눈물과 함께 부채를 남편의 관 속에 넣었습니다.

그런데 요술장이는 또 요술을 피워서 자기는 관 속에서 살짝 나오고, 대신 나무로 만든 사람을 넣었습니다. 그리고는 요술장이는 또 요술을 피워서 젊은 청년이 되어서 자기 처한테 가서
"전 요술을 배우러 왔는데, 선생님께서 그렇게 갑자기 돌아가셔서 슬프기 한이 없습니다."
하면서 울었습니다. 그러니까, 그렇게까지 남편이 살아있을 때 몸을 깨끗하게 가지겠다고 맹세하였던 아내는 이 아름다운 청년을 보고, 음란한 마음이 생겼습니다.

이 청년이 누구인지도 모르고, 요술장이의 아내는 아주 친절하게 굴면서, 자꾸 자고 가라고 붙잡아 두었습니다. 그날 밤 이 요술장이의 아내와, 요술장이가 청년으로 변한 사람은 한 이불을 덮고 잤습니다.

이렇게 몇 날 동안을 같이 지내다가, 하루는 청년으로 변한 요술장이가 자기 아내더러
"사람이란 갑자기 혼이 빠져서 죽어 보일 때가 있는데, 혼만 도로 들어오면 살아나는 일이 있어요."
하면서 선생님이 아직 살아 계실지도 모르겠으니, 묘를 한 번 파보자고 하였습니다.

그러니까, 아내는
'만일 잘못 되어 남편이 살아 있으면, 이 아름다운 청년하고 같이 재미있게 살 수가 없을 테니, 남편을 아예 아주 죽여 버리고 말겠다.'

이렇게 험상스런 생각을 품고, 도끼를 들고 아직 흙이 마르지 않은

남편 묘로 나갔습니다. 아름다운 청년으로 변한 요술장이는 또 요술을 피워서 묘 속에 들어갔습니다. 요술장이의 아내는 묘를 파고 남편의 관을 열었습니다. 그리고 남편의 골을 패려고 도끼를 머리 위로 들어 올리는데, 남편이 허허 웃으면서 일어서 나왔습니다.

요술장이의 아내는 너무도 부끄럽고 부끄러워서, 목을 매고 죽고 말았습니다. 그리고 요술장이도 아내가 죽어서 물동이를 뒤집어쓰고 울었습니다.

[평안북도 강계]

29. 삼백 냥 재판

옛날 어떤 곳에 돈냥이나 있는 사람이 살았습니다. 이 사람은 좌수 되기를 평생의 소원으로 하였답니다. 관가에 드나들면서 좌수 자리를 얻어보려고 많은 재산을 다 없애버리기는 하였으나, 좌수는 끝내 되질 못하였습니다.

그러니까, 남 보기가 점직하기(부끄럽고 미안함) 짝이 없었습니다. 그래 다른 곳에 가서 살 수밖에 없다 생각하고, 반닫이를 지고 아내와 같이 다른 곳으로 이사를 떠났습니다. 한 동리에 가서 큰 기와집 앞에 반닫이를 내려놓고 땀를 씻으면서 쉬고 있었습니다.

"어딜 가시는 양반이요."

하고 그 집 주인이 나와서 이렇게 물었습니다. 좌수 되기를 평생의 소원으로 하던 사람은 자기 신세를 죄 말하였습니다. 그러니까 주인 영감은 좌수 되기를 평생의 소원으로 하던 사람의 아내가 하도 예쁜 것에 마음이 으쓱해져서

"여보시오. 그럼 하필 다른 곳으로 가실 것 있습니까? 우리 집에서 같이 사십시다그려."

이렇게 말하고는

"또 지금 당신이 가지고 있는 돈은 전부 내게다 맡기십시오. 당신이 일하시는 대로 한달 한달 돈은 드리고 맡기신 돈은 십 년 후에 그대로 드릴 테니까요."

이렇게 말했습니다. 좌수 되기를 평생의 소원으로 하던 사람도 이 말을 듣고 기뻐하면서 이 집에서 살게 되었습니다. 그리고 지니고 있던 돈 삼백 냥을 주인 영감께 맡겼습니다.

어느덧 십 년이 지났습니다. 좌수 되기를 평생의 소원으로 하던 사람은

"이제는 이 집을 나가겠으니, 십 년 전에 맡겼던 삼백 냥을 주십시오."

하고 주인 영감더러 말했습니다. 그러니까 주인 영감의 대답은 천만뜻밖이었습니다.

"무슨 돈? 웬 돈을 내게 맡겼는가. 별 소릴 다 하는군."

주인영감의 태도는 감쪽같이 변해졌습니다.

"웬 돈이라니요? 내가 영감님께 맡긴 돈이란 말요."

"하! 이 사람이 아마 갑자기 미친 게로군. 삼백 냥이나 있는 사람이 내 집에 머슴살이를 할 이유가 만무하지 않나."

이렇게 마음보 곱지 못한 영감은 마음을 검게 먹고 종시 내주질 않았습니다.

"임자, 아마 도깨비가 들렸나 봐. 임자 아내더러 물어보게. 내게 돈을 맡겼는가 안 맡겼는가?"

그래 좌수 되기를 평생에 소원으로 하던 사람은 아내더러

"분명히 우리가 십 년 전에 주인 영감한테 삼백 냥을 맡겼지?"

하고 물었습니다. 그러니까 아내는,

"원 당신 갑자기 미쳤소? 무슨 돈을 주인 영감한테 맡겼단 말씀이에요?"

아내의 대답은 참으로 이 사람을 정말 미치게 할 것 같았습니다. 좌수 되기를 평생에 소원으로 하던 사람의 아내는 주인 영감과 배가 맞아가지고 저놈이 나가거든 주인 영감하고 같이 살겠다 하고 염치없는 생각을 하고 있던 것입니다.

좌수 되기를 평생에 소원으로 하던 사람은 할 수 없이 원님한테 돈을 찾아달라고 고발하였습니다.

원님이 주인 영감과 좌수 되기를 평생에 소원으로 하던 사람의 아내를 불러다가

"돈을 맡지 않았느냐?"

"돈을 맡기지 않았느냐?"
하고 물으니까
"안 맡았습니다. 맡은 일이 없어요."
"안 맡겼습니다. 맡긴 일이 없어요."
하고 대답하였습니다. 그 날은 그냥 놓아 주었습니다. 원님은 그날 꾀를 잘 생각하였습니다.

이튿날 또 두 사람을 불렀습니다. 역시
"안 맡았습니다."
"안 맡겼습니다."
하고 대답합니다. 그래 원님이 말했습니다. 주인 영감과 좌수 되기를 평생에 소원으로 하던 사람더러
"여봐라. 그러면 저 계집을 궤짝 속에 넣고 너희 둘이서 번갈아 그 궤짝을 지고 저 앞에 보이는 버드나무를 돌아오너라. 그 다음에 재판을 해주마."

원님은 좌수 되기를 평생의 소원으로 하던 사람의 아내를 집안에 데려다가 다른 방에 감추어 놓고 궤짝 속에는 나졸 한 사람을 넣었습니다. 좌수되기를 평생에 소원으로 하던 사람이 먼저 궤짝을 지게 되었습니다. 이 사람은 궤짝 속에 나졸이 있는 줄을 어떻게 알겠습니까. 자기 아내가 있는 줄로만 알고
"요 화냥년 같으니, 강물에다 쓸어 넣고 나도 죽을까 보다. 무슨 배짱을 가지고 주인 영감한테 돈 삼백 냥을 맡겨두고도 안 맡겼다고 그러는 게냐? 이 못된 년 같으니."
하고 투덜투덜 책망을 하였습니다.

그 다음에 주인 영감이 질 차례입니다.
"여보게, 꾸몄던 일이 탄로날 것 같아. 탄로가 나면 우린 어떻게 할꼬? 삼백 냥을 그냥 그저 내주었으면 좋을 걸. 누가 또 그 놈이 이렇게

원님한테 고발할 줄이야 알았나? 아마 경을 단단히 치는가 봐."

이렇게 목소리를 낮추어 말했습니다.

궤짝 속에 있던 나졸은 한 마디도 빠뜨리지 않고 죄다 들어두었습니다.

원님 앞에서 궤짝 문을 열었습니다. 주인 영감은 깜짝 놀랐습니다. 아참! 궤짝 속에서 나온 사람은 좌수 되기를 평생에 소원으로 하던 사람의 아내가 아니고, 눈을 무섭게 부릅뜬 나졸이 아닙니까.

주인 영감은 삼백 냥에 이자를 합하여 오백냥을 물어난 다음에 경을 탁탁히 쳤습니다. 그리고 좌수되기를 평생에 소원으로 하던 사람의 아내도 물론 빽! 찍! 소리가 나오도록 경을 쳤다고 합니다.

[평안남도 평양]

30. 코 긴 공주公主

옛날도 옛날 아주 오랜 옛날, 어떤 곳에 늙은 어머니가 죽으시기 직전에 세 아들을 머리맡에 불러놓고 보물을 나눠 주셨습니다. 큰 아들에게는 '손만 들이밀면 얼마든지 돈이 나오는 주머니'를 주고, 그 다음 아들에겐 '불기만 하면 얼마든지 군병들이 나오는 나발'을 주고, 막내 아들에겐 '입으면 보이지 않는 두루마기'를 각각 나눠 주었습니다.

이렇게 어머니가 아주 훌륭한 보물을 세 아들에게 나누어 주었다는 소문이 퍼지고 퍼져서 마음씨가 그리 곱지 못하신 임금님 따님의 귀에까지 들어갔습니다. 그리고 이 공주는 이 보물들을 훔치려고 마음을 검게 먹고 큰 아들을 왕궁으로 들어오라고 불렀습니다.

큰 아들은 공주님이 여러 가지로 친절한 말을 하여 주고 정답게 구니까, '손만 들이밀면 얼마든지 돈이 나오는 주머니'를 보여주었습니다. 공주가 이 주머니를 보다가 그만 훔쳐 버리고 큰 아들을 해를 볼 수 없는 캄캄한 지하실에 잡아 쓸어 넣었습니다.

그 다음은 또 가운데 아들이 공주한테 불리워서 왕궁으로 들어갔습니다. 가운데 아들도 공주님이 여러 가지로 친절한 말을 하여주고 정답게 구니까, '불기만 하면 얼마든지 군병이 나오는 나팔'을 보여주었습니다. 그러니까 공주는 이걸 보다가 그만 또 훔쳐버리고, 가운데 아들도 해를 볼 수 없는 캄캄한 지하실에다 가두어 버렸습니다.

그런데 마지막 아우가 형들이 돌아오기를 기다리고 기다려도 돌아오질 않으므로, 막내아우는 형들이 필경 그 뱃심 곱지 못한 공주한테 어머니가 주신 보물들을 모두 빼앗기고 갇혀 있으리라 생각했습니다.

그래 막내 아우는 '입으면 보이지 않는 두루마기'를 입고 왕궁으로 갔습니다.

아무리 파수병정이 왕궁을 지키고 있어도 눈에 보이지 않는 것을 어떻게 합니까?

마지막 아우는 파수병정 앞으로 제 마음대로 네 활개를 치면서 왕궁으로 들어갔습니다. 그리고 이방 저방 찾아다니다가 공주의 방을 알고 들어갔습니다. 보니까 공주는 막내 아우가 들어와 있는 줄도 모르고 주머니하고 나발을 만지작거리면서 좋아서 벌죽벌죽 웃고 있었습니다.

그래 막내 아우가 한 번 쿠덩쿠덩 발을 구르니까, 공주는 누가 오는가 놀라서 주머니와 나발을 이불 아래에 쓸어 넣었습니다.

그래 막내 아우는 달려가서 이불을 들치고 그 보물들을 꺼내려고 하였습니다. 그런데 때마침 공주의 시녀가 문을 열고 들어오는 때 바람이 휙 들어와서 막내 아우가 입었던 그 보물 두루마기 자락이 휠레 날려진 까닭에 그만 막내 아우는 공주한테 들키고 말았습니다. 공주는 사람이 들어왔다고 소리를 고래고래 질렀습니다. 막내 아우는 그만 보물들을 꺼내지도 못하고 그냥 밖으로 달아났습니다.

밖에 나와 보니까, 막내 아우는 시장하기 짝이 없었습니다. 그래 우물 옆을 지날 때 본 빨간 아가위를 따서 먹었습니다. 그런데 이상하게도 이 빨간 아가위를 먹으니까, 코가 자꾸 길어졌습니다. 발에까지 철철 닿을 만큼 길어졌습니다.

막내 아우는 그 옆에 있는 누런 아가위를 또 따서 먹었습니다. 그러니까 그렇게 기다랗게 늘어서 발까지 철철 닿던 코가 점점 줄어들어서 원래대로 되었습니다. 이상한 아가위가 다 있질 않습니까. 막내 아우는

'오냐, 빨간 아가위를 심술쟁이 공주에게 먹여서 코를 기다랗게 해 주어야겠다.'

생각하고 붉은 아가위를 호주머니에 하나 가득 따 가지고 왕궁 앞에 가서

"아가위 사려. 아가위 사려."

하고 커다란 목소리로 불러대니까, 공주가 아가위를 사오라고 시녀를

내보냈습니다.

공주는 아가위를 먹고, 코가 자꾸자꾸 길어져서 발가락에까지 철철 닿았습니다. 그러니까 심술궂은 공주는 큰일났다고 의사를 불러오느니, 약을 달여 먹느니 야단법석을 하였습니다. 막내 아우는 이 사이에 공주의 방에 들어가서 이불 속에 넣어둔 보물을 꺼냈습니다.

그리고 왕께 가서 형들을 내어달라고 하였습니다. 그러나 왕은 머리를 좌우로 흔들면서 내어주질 않았습니다. 그래 막내 아우가 '불기만 하면 얼마든지 군병이 나오는 나발'을 뚜뚜 뚜뚜 뚜뚜뚜! 하고 불렀습니다. 그러니까 나발 속에서 그저 군병들이 창과 검들을 들고 수천 수만 명이 우루루 쏟아져 나왔습니다. 왕은 그만 벌벌 떨면서 형을 내어주었습니다.

이렇게 하여 삼형제는 어머니가 주신 보물들을 가지고 행복한 생활을 하였답니다. 그리고 뱃심 검은 공주는 죽을 때까지 기다란 코를 만지작거리면서 울음으로 일생을 보냈다고 합니다.

[평안남도 진남포]

31. 황 정승의 아가씨

옛날도 옛날 아주 오랜 옛날, 서울에 이 정승이란 큰 벼슬을 하는 사람이 살았습니다. 그런데 이 정승은 자식이라고는 단 하나의 아들밖에는 없었답니다. 그래서 늙은 이 정승은 그 아들을 사랑하기란 참말로 다 형용할 수 없을 만큼 컸습니다.

이 정승은 칠십이 다 된 노인입니다. 그래서 이 정승은 죽어도 하나밖에 없는 아들이 스물이 넘었을 때 죽었으면 하고 생각해 왔습니다. 그러나 사람이 죽고 살고 하는 것은 제 임의대로는 못하는 것입니다.

아들이 바로 열아홉 살 됐을 해입니다. 이 늙은 정승이 하루는 정사를 보러 대궐에 다녀오더니 몸이 오슬오슬 춥다고 하면서 자리에 누운 것이 점점 병세가 심해져서 전국의 명의라는 명의는 다 불러다가 보였으나, 드디어 아무 효력도 없이 병은 아주 위태하게 되었습니다.

이때 이 정승은 오래 동안 정승 댁에서 충성되게 가사를 돌보아주고 있는 하인을 불러서 머리맡에 앉히고,

"여보게, 난 이젠 죽을 때가 왔나 보아. 아직 연소한 도련님을 잘 부탁한다. 그런데 내가 죽은 후 이 집안 살림 형편을 도련님께 알리되, 저 맨동쪽에 있는 다락방만은 아예 보여 주지 마라. 아직 그 방을 보기에는 나이 어리단 말야. 보여도 이십이 넘었을 때 보여야 된다."

이렇게 뒷일을 부탁하고는 이 정승은 그만 죽었습니다. 이렇게 정승이 죽고 보니, 이제는 정승의 외아들이 이 집 주인이 되질 않았겠습니까.

충직한 늙은 종은 새 주인에게 집안 살림살이 형편을 알리려고 그 커다란 집안을 한 방 한 방 다니면서, 이 방에는 무엇이 있고, 또 이 방에는 무엇이 있고, 저 방에는……

이렇게 일일이 자물쇠를 열어 집안을 보여주었습니다. 그런데 방방을 죄다 보여주는데, 맨동쪽에 있는 다락방만은 보여주질 않습니다.

"저 다락방을 아직 보지 못했지! 저기는 무엇이 있니?"
하고 젊은 도련님은 이렇게 보여주기를 청했습니다. 그러나 늙은 충직한 종은

"도련님! 거긴 아무 것도 없습니다. 자, 어서 방으로 돌아가십시다."
하고 먼저 앞서서 갑니다. 그 다락방만은 보여주질 않으려고 합니다.

이 정승의 아들은 서운하긴 서운하였으나, 그만 이 늙은 종의 뒤를 따라 방으로 돌아갔습니다.

방에 돌아온 이 정승의 아들은 어째 그런지 그 다락방이 마음에 자꾸 걸리는 것을 억제하지 못하였습니다. '그 방에는 아주 귀한 보물이 아니면, 무슨 훌륭한 물건이 있는가 보다' 밖에는 생각되지 않았습니다. 이 정승의 아들이 어렸을 때 이방 저방 종들을 쫓아다니면서도 이 다락방만은 나이 스물이 다 되어가도록 한 번도 들어가 본 일이 없습니다. 들어가 보려고도 하였지만, 늘 자물쇠가 채워 있었던 것입니다.

이렇던 다락방을, 오늘 늙은 종이 다른 방은 다 보여주면서도 보여주질 않는데 큰 의심이 생겼던 것입니다.

'그럼 이렇게 이렇게 하여야겠다!'

이 정승의 아들은 마음 한 구석에 이렇게 무엇을 결심하였습니다.

밤입니다. 하인들이 모두들 피곤하여서 곤히 코를 골고 잡니다. 그리고 늙은 충직한 종이 자는 방에서도 코를 고는 소리가 들립니다.

이 정승의 아들은 사뿐사뿐 고양이 걸음을 하여서 하인들 방을 지나서 다락방에까지 이르렀습니다.

"아악!"

다락방의 자물쇠를 열고 문을 열었던 이 정승의 아들은 이렇게 한마디 소리 지르고는 그만 정신을 잃어버리고 기절을 하여 마루 위에 넘어졌습니다.

어찌된 일이겠습니까?

그것은 -

다락방 벽에는 커다란 화상이 한 장 걸려 있었습니다. 그 화상은 세상에는 둘도 없는 아름답고 아름다운 처녀의 화상이었습니다.

이 정승의 아들이 바로 문을 열고 막 방안으로 들어가려고 할 때, 보름달 달빛이 창으로 들어와서 이 아름다운 처녀의 화상을 훤하니 비추고 있었습니다.

그 모양이 아름답고 아름다워 너무도 아름다웠던 까닭에, 그만 이 정승의 아들은 이렇게 기절을 하였던 것입니다.

그날 밤 이 정승의 아들은 한 숨도 잠을 이루지 못하였습니다. 말똥말똥 눈을 뜬 채로 날이 새기를 기다리고 있다가 충직한 늙은 종을 불렀습니다.

"아범! 다락방에 걸린 화상이 누구요?"

하고 늙은 충직한 종더러 물었습니다.

"……"

늙은 충직한 하인은 그저 어안이 벙벙해서 아무 말도 못하였습니다. 돌아가신 정승님이 그렇게까지 보이지 말라고 하시던 그 다락방을, 도련님이 저 혼자 들어가 보지를 않았습니까?

"아범 왜 대답이 없소? 난 그 여자를 하루 바삐 만나야겠소. 만일 그렇지 못하면 난 죽고 말 것이오!"

하고 이 정승의 아들이 말합니다. 참 큰일이 났습니다. 돌아가신 정승님도 그 화상을 도련님께 보이면 도련님이 이럴 줄을 알고 하인더러 보여주지 말라고 한 것입니다. 그러나 뭐 이제는 할 수 없게 됐습니다.

"네, 황송하올시다. 바로 아무 섬에 계시는 황 정승 아가씨의 화상이옵니다."

이렇게 늙은 충직한 종은 무릎을 꿇고 공손히 말을 하였습니다. 이 정승의 아들은 이 늙은 충복의 말을 듣고,

"그럼 누가 가서 그 황 정승의 아가씨를 모셔다 주오."
하고 도련님은 이렇게 명령을 하였습니다.

"원, 도련님도! 멀고 먼 고도(孤島)에서 단지 공부하시는 데만 정신을 두시고 벌써 나이가 차서 도련님과 같으신 열아홉 살이시로되, 시집가실 생각 같은 것은 꿈에도 하시지 않으신다는데, 어떻게 모셔온단 말씀입니까? 기회를 기다리시고 참고 계시옵소서. 좋은 도리를 궁리해봅시다 그려."

이렇게 늙은 충복은 나이 어린 도련님을 달랬습니다.

그러나 마음과 영혼을 몽땅 빼앗기고 만 이 정승의 아들은 이 충복의 말을 그저 들을 리는 없었습니다.

"황 정승님의 아가씨를 보지 못한다면, 난 오늘부터 식음(食飮)을 단절하고 죽고 말겠다."
하고 황 정승의 아들은 이렇게 말했습니다. 그리고 자기 방에 들어가서, 문들을 깡깡 동여매고 문 밖에는 오줌출입도 나오지 않을 뿐더러, 밥을 갖다 주어도 문을 열어주지 않았습니다. 정말로 굶어 죽으려고 하였습니다.

늙은 충복은 크게 놀랐습니다. 그리고 근심이 깊어 밤잠도 못 이루었습니다. 만일 도련님에게 무슨 일이 생긴다면 돌아가신 주인님에게 면목이 없을뿐더러, 도련님은 이 늙은 충복이 어렸을 때부터 손을 대어 업어 기른 도련님이고, 또 이 정승의 뒤를 잇는 단 하나밖에 없는 도련님입니다.

어떻게 무슨 짓을 하여서라도 도련님의 생명을 구하여야겠다고 충직한 늙은 하인은 결심하였습니다.

물론 도련님의 생명을 구하려면 황 정승의 아가씨를 모셔와야만 되겠습니다. 그러나 어떻게 황 정승의 아가씨를 모셔올지 참 난처한 일입니다. 육지에서 멀리 떨어져 멀리 바다 가운데 섬에 있을 뿐더러,

크나큰 집에 새도 마음대로 못 들어가는 정승댁을 어떻게 들어가며, 더구나 아가씨를!

늙은 충복은 생각하고 생각하였습니다. 이렇게 여러 날 동안 잠도 변변히 이루지 못하면서 생각하던 끝에 한 가지 꾀를 꾸며 내었습니다.

커다란 배를 한 척 사고 이 배에다 놋그릇을 하나 가득 사다가 실어 놓았습니다.

'아무리 문 밖에 나오지 않는 양반댁 아가씨라도, 놋그릇 장수라고 하면 이것 저것 놋그릇을 손수 보시려 배에까지 나오겠지. 이렇게 다행히 황 정승의 아가씨가 배에까지 올라만 오시면 그 때는……'

이러이러 이렇게 할 생각이었습니다.

그날은 아주 맑고 맑아 하늘에 구름 한 장 보이지 않는 맑은 날이었습니다. 이 정승의 아들은 놋그릇 장수처럼 차리고, 또 네 명의 하인들도 역시 놋그릇 장수의 행장을 하고 배를 저어서 황 정승이 있는 섬을 향해 떠났습니다.

이 네 사람 하인 중에는 퉁소를 아주 잘 부는 사람과 까마귀의 까우 까우 하고 우는 말소리를 알아듣는 사람이 있었습니다.

배는 돛에 순풍을 한 아름 가득 안고 쏜살같이 바다 위를 미끄러져 갑니다. 그리고 퉁소 잘 부는 사람은 뱃간 맨 뒤쪽에 앉아서 출레출레 바닷물이 뱃전을 부딪히곤 하는 소리에 어울려서 슬프고도 처량한 곡조로 퉁소를 붑니다. 그리고 이 정승의 아들은 이 퉁소 소리에 취하여 잠이 포근히 들었습니다.

이렇게 얼마를 가는데, 까마귀 세 마리가

"까우 까우 까우 까우!"

울면서 배 위로 지나갑니다. 까마귀 우는 소리를 알아듣는 사람은 까마귀 우는 소리를 듣고 놀랐습니다. 그것도 그럴 것입니다.

까마귀가 까우 까우 하고 우는 소리는

“저 사람들이 황 정승의 딸을 꾈 수는 있어도, 바다 가운데서 그 아가씨가 갑자기 갈매기로 변해질 것을 모르고들 있네 그려. 아아뿔싸! 배에 실었던 놋그릇을 죄다 바다에다 던지면 갈매기가 도로 그 아가씨로 될 걸.”

하는 말이었습니다. 까마귀 말을 알아듣는 사람은 이 말을 가슴 속에다 간직해 두었습니다. 그리고 퉁소 소리를 들으면서 앉아 있는데, 조금 후에 까마귀 세 마리가 또 하늘에 떠서 배 위를 지나가며

“까우~까우~까우~까우!”

하고 또 울었습니다. 까마귀 말을 알아듣는 사람이 정신을 흠칫 가다듬고 들으니까,

“까우~까우~까우~까우!”

하고 우는 소리는

“놋그릇을 죄다 바다 물에다 팽개쳐서 갈매기 되었던 황 정승의 아가씨가 도로 사람으로 된다고 해도, 황 정승의 아가씨를 데리고 바다 언덕에 올라갔을 때 생길 저 일을 어떻게 하노?”

하고 한 마리가 말하니까, 다른 까마귀가

“아, 글쎄 말야. 끔찍스런 구렁이가 나와서 황 정승의 아가씨를 한 입에 삼키려고 할 텐데, 참 저 일을 어떡한담!”

하고 다른 까마귀가 말했습니다. 그러니까 세 번째 까마귀가

“아, 글쎄 말야. 입쌀 좁쌀 섞어서 확확 뿌리면 일이 무사해지긴 하겠구만은, 이 일을 저 사람들이 알 턱이 있나. 불쌍한 사람은 그저 황 정승의 아가씨지.”

하고 말했습니다.

까우~ 까우~ 까마귀 말을 알아듣는 사람은 이렇게 세 마리 까마귀가 하는 말소리를 한 마디도 놓치지 않고 들었습니다. 그리고 눈을 스스로 감고 이제 까마귀들이 했던 말들을 다시 한 번 외워 보았습니다.

한 마디라도 잊어버려서는 큰일입니다.

이 정승의 아들은 그냥 코를 굴면서 자고 있고, 퉁소 잘 부는 사람은 퉁소를 멈추지 않고 그냥 불고 있습니다. 그리고 또 충직한 늙은 충복은 배 뒤에서 키를 잡고 있습니다.

하늘은 맑고 배는 그냥 쏜살같이 물결을 헤치고 달렸습니다. 이렇게 한참을 가는데, 또 까마귀 세 마리가 배 위에 높이 떠가면서

"까우 까우 까우 까우 까우."

"까우 까우 까우 까우!"

하고 또 울면서 지나갔습니다.

까마귀 우는 소리를 알아듣는 사람은 이 세 번째 우는 까마귀 말을 듣고 부르르 부르르 몸소름을 쳤습니다.

이 사람이 까마귀 말을 한 마디도 놓치지 않으려고 정신을 가다듬고 들으니까

"갈매기 난, 구렁이 난, 이 두 난을 무사하게 지나더라도, 아가씨가 삼 년 후에 갑자기 돌멩이로 변할 텐데, 대체 저 일을 어떡할 테요?"

"아, 글쎄 말이야. 어린애의 목을 베어서 어린애 피를 돌멩이에다가 뿌리면 도로 황 정승의 아가씨로 변할 것을. 이 일을 저 사람들이 알 수가 있나. 예쁘신 황 정승의 아가씨가 그저 불쌍하시지."

하고 까마귀가 말하는 것입니다.

까마귀 말을 알아듣는 사람은 이 말도 또 잊어버리지 않으려고 눈을 스르르 감고 다시 한 번 까마귀가 한 말을 외워 보았습니다.

그 사이에 배는 점점 가서 황 정승이 살고 있는 섬이 보이기 시작했습니다. 그러니까 늙은 충복은 꽹창꽹창 꽹과리를 치기 시작하였습니다. 이렇게 배가 섬에 닿기까지 멈추지 않고 쳤습니다.

그러니까, 황 정승네 집에서는 무슨 큰 일이나 생겼나 보다 생각하고 하인과 하녀들이 바닷가에 나와서 눈을 뚱글하게들 하고 이 정승

아들이 탄 배를 지켜보고 있습니다. 배가 섬에 닿자, 늙은 충복은 꽹과리를 멈추었습니다. 그리고

"이 배는 놋그릇 장수 배이온데, 황 정승 댁에 놋그릇을 사주십사 하고 왔습니다."

하고 공손한 태도로 이렇게 말을 건넸습니다. 하인들은 무슨 큰 실망이나 당한 듯이 끌끌 혀를 차면서 도로 들어들 가고, 하녀들은 마나님과 아가씨한테 들어가서 놋그릇 장수 배가 왔다고 하면서 아뢰었습니다.

이 말을 듣고 마나님은 딸더러,

"그렇게 공부만 하지 말고 좀 소풍도 할 겸, 그 배에 가서 네 마음에 드는 그릇을 사오렴."

하고 말했습니다. 그러니까 아가씨도 기뻐하면서 시녀 하나를 데리고 놋그릇 배에까지 오르셨습니다.

희고 희어 눈과 같이 흰 살빛과, 바다 같이 크고 까만 눈, 늘씬하게 큰 키, 삼단 같은 머리채, 어디 하나 허물할 데 없는 아름답고도 아름다운 아가씨였습니다. 눈이 부시어서 바로 볼 수가 없습니다.

황 정승의 아가씨는 뱃간에 들어와서 이것 저것 놋그릇을 고르느라고 열심이었습니다. 이때 늙은 충복은 말뚝에 매어놓았던 밧줄을 풀어서 배 위에다 던지고, 상앗대를 언덕에 꽂고 양 다리에 그냥 힘을 주어서 미니까, 배가 슬슬 물 가운데로 밀려서 들어갔습니다.

황 정승의 아가씨는 아직도 이것저것 모양 좋은 놋그릇을 고르기에 정신을 잃고 있었습니다. 배는 점점 바다로 바다로 나가서 섬은 자꾸 멀어졌습니다.

섬이 저편 바다에 희미하게 보일락할 때 황 정승의 아가씨는 마음에 드는 놋그릇을 사가지고 배를 나오려고 배 위로 나왔습니다.

황 정승의 아가씨는 그만 깜짝 놀랐습니다. 집은커녕 섬도 보일락 말락 구름 같이 보이지 않습니까.

황 정승의 아가씨는 미칠 것 같이 슬퍼하면서 울었습니다.

이렇게 황 정승의 아가씨가 슬피 우니까, 금방까지 쨍쨍 맑던 하늘이 뽀얗게 되더니, 뱃구레에는 안개가 몹시도 많이 껴서 한 자 눈앞이 보이지 않게 되었습니다. 그런데 더욱 놀라운 것은 이렇게 안개가 끼자마자, 황 정승의 아가씨가 온데 간데 없이 흔적이 없고, 다만 어디선지 꿔억 꿔억 하고 우는 갈매기 소리만 들리는 것이었습니다.

이 정승의 아들은 황 정승의 아가씨가 갑자기 없어지자, 배 위 배 속을 미친 사람 모양으로 뛰어다니면서 찾았습니다. 그러나 황 정승의 아가씨는 아무 데도 보이지를 않았습니다.

"아가씨께서 필경 안개가 낀 짬에 물에 빠져 죽으신 게다. 아가씨 없이 난 못 살 테니 나도 물에 빠져죽겠다."

하면서 이 정승의 아들은 막 바다로 뛰어 들어가려고 하였습니다. 하인들은 놀랐습니다. 왁 달려들어서 겨우 만류시켰습니다.

갈매기의 꿔억꿔억 우는 소리가 요란스레 뱃구레에서 들렸습니다.

갈매기는 배를 내내 따라오면서 울음을 그치지 않습니다. 이때 까우까우 까마귀의 우는 소리를 알아듣는 사람이 배 속에 들어가서, 놋그릇이란 그릇은 하나도 남겨두지 않고, 죄다 내어다가 텀벙텀벙 바다에 다 던졌습니다.

이상한 일도 다 있습니다.

이렇게 까우~까우~ 까마귀 우는 소리를 알아듣는 사람이 놋그릇을 바다 속에 던져버리자 갑자기 안개가 또 뽀얗게 끼더니, 갈매기 우는 소리는 들리지 않고 훌쩍훌쩍 여자의 우는 소리가 가느다랗게 들렸습니다! 그것은 황 정승의 아가씨였습니다.

이 정승의 아들은 춤을 출 듯이 기뻐하였습니다. 그리고 황 정승의 아가씨 앞에 가서 자기의 신분을 설명한 다음,

"황송합니다. 아무쪼록 저의 죄를 용서하여 주옵소서. 당신의 화상

을 본 때부터 당신은 제 생명이 되었습니다. 당신 없이는 저는 살 수가 없습니다. 아가씨! 그래 저는 저를 좀 살려 주십사고 이런 짓을 하였사오니, 널리 용서하시고 마음을 진정하셔서 저의 집으로 가주십시오." 하고 말했습니다.

안개가 샛말갛게 다 걷혔습니다. 그리고 아가씨의 울음도 점점 그쳤습니다. 물고기들도 기쁘다는 듯이 찌르륵찌르륵 공중을 날았습니다. 배는 커다란 돛에 바람을 가득이 안고 물 위를 미끄러져가는 듯이 달렸습니다.

늙은 충복은 너무도 기쁜 마음을 어찌할 줄 몰라 떠는 목소리로 노래를 불렀습니다.

"에헤야 에헤야!
잘도 간다 우리 배가
순풍 맞아 나는구나.
거친 물결 놓지 마라
귀한 양군(兩君) 타신 배다!
에헤야 에헤야 에헤데야!"

통소 잘 부는 사람도 이 노래에 곡조를 맞추어서 통소를 불었습니다.

어느덧 벌써 육지가 뽀얗게 보이기 시작하였습니다.

까우~까우~ 까마귀의 우는 소리를 알아듣는 사람은 이제 불연듯 닥쳐올 화난을 물리치기 위하여 뱃속에 들어가서 입쌀 좁쌀 섞은 쌀을 두루마기 자락에다가 하나 가득 싸가지고 배위로 나와 앉았습니다.

그렇게 온화하던 바다가 갑자기 노하여 바람이 불기 시작하였습니다. 바람은 점점 사나워져서 집채 같고 산 같은 노한 파도가 금방이라도 배를 삼킬 것 같았습니다.

바다에서 놀고 있던 갈매기들도 갑자기 변한 바다에 놀라서 꿔억꿔억 울면서 육지를 향해 날아갑니다. 조금만 더 먼 바다에서 이런 폭풍을 만났다면 이 정승의 아들과 황 정승의 아가씨가 탄 배는 그만 뒤집혀져서 이도령과 아가씨는 그만 물귀신이 되었을지도 모릅니다. 그러나 다행히 육지에서 그리 많이 떨어지지 않은 곳에서 풍파를 겪었기 때문에 무사히 육지에 닿았습니다.

발이 쑥쑥 빠지는 진창을 이 정승의 아들은 황 정승의 아가씨를 고이 부축하고 걸어갑니다.

이 도령은 장차 닥쳐올 큰 화난을 알 길 없이 그저 그저 기뻐서 어쩔 줄을 몰랐습니다.

까우~까우~ 까마귀 말을 알아듣는 사람은 정신을 흠칫 가다듬어 가지고 맨 앞에 앞서서 두룬 두룬 사방을 살펴보면서 갑니다.

나무재기 밭을 지나 갈이 무성한 갈밭을 지나려고 하였을 때입니다.

갈잎이 술레술레 흔들리더니 몸체가 기둥만하고 비늘이 손바닥 같은 크고도 큰 구렁이 한 마리가 입을 쩍 벌리고 창날 같은 혀를 날름거리면서, 이 정승의 아들과 황 정승의 아가씨를 향해 달려들었습니다.

황 정승의 아가씨는

"아악!"

한 마디를 지르고 너무 놀라서 기절해 넘어졌습니다.

그러니까 구렁이는 기절해 넘어진 황 정승의 아가씨에게 달려와서, 그 커다랗고 험상스런 입을 막 황 정승의 아가씨 머리에 대려고 할 때입니다.

까우~까우~ 까마귀 소리를 알아듣는 사람이 달려와서 미리 준비해두었던 입쌀 좁쌀 섞은 쌀을 구렁이를 향해 쫙 뿌렸습니다. 이렇게 한번 뿌리고 두 번 세 번, 연거퍼 세 번을 뿌리니까, 어찌된 일인지 구렁이는 그만 머리를 돌리고 갈밭으로 도로 술레술레 들어가 버리고 말았습니다.

참 위급했습니다. 이 정승의 아들은 까우~까우~ 까마귀 우는 소리를 알아듣는 사람의 손을 잡고 한 번도 아니고 두 번까지 위급한 경우에서 구해준 은혜를 치사하였습니다.

기절했던 황 정승의 아가씨도 이 정승의 아들과 이 정승의 아들의 하인들이 달려들어 손발을 주물러주고 찬 물로 이마를 씻어주고 해서 얼마 후에는 다시 정신을 차렸습니다.

이 정승의 아들의 기쁨이란 더할 나위가 없었습니다. 그리고 또 늙은 충복도 기쁨을 마지않았습니다.

황 정승의 아가씨는

'내가 이렇게 되는 것도 내 팔자고 운명인 게다.'

이렇게 생각하고, 기쁜 낯으로 이 정승의 아들 뒤를 쫓아가서 대궐 같은 이 정승의 집으로 들어갔습니다.

이날부터 이 정승의 집에서는 석 달 열흘의 기쁘고 기쁜 잔치가 있었습니다.

달이 바뀌고 또 바뀌어서 어느덧 일 년이 지났습니다. 그러니까 황 정승의 아가씨는 귀엽고도 귀여운 옥같이 아름다운 아들을 낳았습니다.

이 정승의 아들은 이 귀여운 자기의 어린 아기를 눈에 넣어도 아프다고는 하지 않을 만큼 귀히 여겼습니다.

그런데 이 아이가 세 살 먹는 해였습니다.

하루는 이 정승의 아들이 아내와 같이 이 것 저 것 어린 아들이 말 시늉하는 것을 보면서 웃음이 터져 나오는데, 갑자기 집안에 안개가 뽀얗게 끼지를 않습니까.

이 정승의 아들은 하도 이상히 여기면서 있는데, 아 참! 이런 변이 어디 있고, 이렇게 놀랄 일이 이 넓은 세상에 어디 있겠습니까. 이렇게 집안에 안개가 끼니까, 금방까지 아무렇지 않던 이 정승 아들의 아내가 이마에서 땀을 흘리지를 않습니까. 그리고 머리털이 녹고 이마가 초 녹듯 흐느적흐느적 녹아내리고, 코·눈·입, 온 몸이 줄줄 녹더니, 나중에는 돌멩이가 되어 버리고 말았습니다.

황 정승의 아가씨가 이렇게 돌멩이로 변해버리자 안개도 깨끗이 사라졌습니다.

이 정승의 아들은 그저 슬프다기보다도 이것이 꿈인지 생시인지를 헤아리지 못하고, 어안이 벙벙해서 제 앞에 놓여있는 돌멩이를 그저 바라다만 볼 뿐이었습니다.

어린애는 엄마가 없어졌으니까, 울면서

"엄마 엄마!"

하고 어머니를 찾았습니다.

그제야 이 정승의 아들은 정신을 차리고 돌멩이를 부둥켜안고 울었습니다. 까우~까우~ 까마귀의 말을 알아듣는 사람은 이 정승의 아들더러 이렇게 말했습니다.

"제가 삼 년 전 주인마님을 좇아 배를 타고 황 정승님 댁을 찾아가올 때 하늘로 날아가는 까마귀가 까우 까우 하고 말하는 소리를 들었는데, 삼 년 후에 마나님께서 돌멩이로 변하시거든, 어린 아기의 목을 베어서 그 피를 돌멩이에 뿌리면 도로 살아나리라 하였사오니 아무쪼록 널리 생각하옵소서."

이 말을 듣고 이 정승의 아들은 성을 벌컥 내면서,

"저리 물러나거라!"

하고 고래고래 소리 질렀습니다. 그리고 어린 아들을 껴안고 엉엉 소리쳐 울었습니다.

그날 밤 이 정승의 아들은 한 잠도 이루지를 못하고 뜬 눈으로 하룻밤을 새웠습니다. 무엇을 마음에 결심했습니다.

이튿날입니다. 점심 때가 조금 지났을 때였습니다. 어린애가 밖에서 놀다가 들어오는 걸, 이 정승의 아들은 두루마기 속에 숨겼던 검을 번쩍 들어서 어린 아들의 목을 썩 베어 떨어뜨렸습니다. 그리고 아기 목에서 솟아오르는 피를 움켜쥔 양 손바닥에다 담아서 돌멩이에다 휘휘 뿌렸습니다.

이렇게 하니까 참 이상한 일도 있습니다. 금방까지 땅땅 쇠같이 굳은 돌멩이가 아기의 피를 뿌리자, 점점 점점 변해져서 머리털이 생기고 머리가 생기고 코, 눈, 입, 귀, 팔, 가슴 등 점점 몸체가 생겨 나중에는 전과 같이 아름답고도 아름다운 황 정승의 아가씨가 도로 되었습니다.

이 정승의 아들과 황 정승의 아가씨는 서로 서로 손을 잡고 기쁘고 기뻐서 눈물을 흘리면서 반가워했습니다. 그러나 어린 아이가 옆에 목이 베어져서 죽어 넘어진 것을 보고, 황 정승의 아가씨는 그 바다 같은 눈에 눈물을 하나 가득 괴고 슬피 슬피 흐느껴 울었습니다.

이 정승의 아들도 울었습니다.

이렇게 자꾸 자꾸 슬피 울 때 밖에서

"엄마 엄마! 엄마!"

하는 귀여운 어린애 말소리가 들리더니, 어린애가 뛰어 들어와서 황 정승의 아가씨 무릎 위에 안기면서 어머니 뺨을 비비대면서 울지를 않습니까.

이 정승의 아들과 황 정승의 아가씨는 어찌된 일인지를 모르고, 어망어망 눈이 둥그래서 한참 동안 이렇게 있었습니다.

그리고 옆을 들여다보니까 아까 목이 베어져 죽었던 어린애는 돌멩이가 되어서 넘어져 있었습니다. 황 정승의 아가씨와 이 정승의 아들은 더욱 더욱 놀랐습니다. 그러나 사실 아까 이 정승의 아들이 목을 베어서 아가씨를 살리려고 한 어린애는 어린애가 아니고 돌멩이였습니다. 황 정승의 아가씨는 하늘이 낸 미인이었던 까닭에 하늘이 이 정승의 아들의 마음을 시험해보려고 이렇게 한 것이었습니다.

이 일이 있은 후부터는 아무 별다른 일이 없이 이 정승의 아들과 황 정승의 아가씨는 길이길이 재미있게 살았다 합니다.

[평안남도 순안]

32. 박 두꺼비

박진사의 아들 박두꺼비는 아주 추하고 추하게 생긴 얼굴을 가진 애였습니다.

두꺼비 잔등처럼 울퉁불퉁하고 넓적하니 생겼다고 '박두꺼비'라고 동네 사람들이 불렀습니다.

박진사 내외는 남이 부끄러워서 밖에 못 나가게 하고 늘 집안에 가두어두었습니다.

하루는 같은 동네에 사는 김진사 댁에서 김진사 딸의 잔치를 하게 되었습니다. 박두꺼비의 아버지 어머니는 김진사 댁에 초대를 받아 잔치에 갔는데 박두꺼비만은 저 혼자 집안에 갇혀 있었습니다.

박진사의 아들 박두꺼비는 김진사 딸이 어떻게 생기고, 신랑이 어떻게 생긴 사람인지 보고 싶기 한량없었습니다.

그래, 몰래 집을 나와서 얼굴에다 수건을 감고 김진사 댁에 갔습니다. 그런데 어찌된 일인지 신랑이라는 게 박두꺼비만 보면 에구 에구 소리를 지르고는 기절을 하곤 합니다. 그래서 김진사 집 사람들은 박두꺼비를 내어 쫓았습니다. 박두꺼비는 김진사한테 가서 앞산을 가리키면서 이런 말을 하였습니다.

"저 앞산을 넘어가면 산 넘어 큰 바위 아래에 여우굴이 있는데, 그 굴의 여우가 지금 서당에 다니는 애의 혼을 빼어 사람이 되어 가지고 지금 당신 집에 장가를 온 겝니다. 신랑은 사람이 아니고 여우예요. 신랑방에 불을 자꾸 때 봐요. 그러면 여우인지 사람인지 알 것입니다."

별 엉터리 같은 소리를 다 듣는다고 김진사는 생각하였으나, 박두꺼비만 보면 신랑이 기절하는 게 이상도 하여서 박두꺼비 말대로 불을 자꾸 자꾸 많이 땠습니다. 그러니까 처음에는 킹킹 킹킹 하면서 참으려고 애를 쓰더니, 나중에는 갑자기 꼬리가 삼단 같은 여우가 되어서 문을 차고 뛰어나가려고 하였습니다. 사람들은 놀라서 이 여우를 잡아서 죽였습니다.

박두꺼비는 얼굴은 비록 아주 말 못하게 추하였으나, 귀신같은 신동이었습니다. 김진사는 박두꺼비한테 치하를 하고 사위로 삼았습니다.

[함경북도 길주]

33. 효자 이야기

옛날도 옛날 아주 오랜 옛날, 어떤 곳에 아버지를 일찍 여의고 어머니와 아들 형제, 세 식구가 구차한 살림을 하고 있었습니다. 그런데 큰 아들은 아주 말 못 할 불효자입니다. 매일같이 술만 먹고 싸움질만 하면서 돌아다니는 까닭에 어머니는 늘 마음이 쉴 새 없이 근심으로 찼습니다. 그러나 작은 아들은 형과는 딴판으로, 아주 마음이 착하기로 동네에서도 이름이 났습니다. 산에 가서 나무를 해다가는 장에 가지고 가서 팔아 그 돈으로 집안 살림도 보태고, 또 어머님 잡수실 것도 늘 사오고 하였습니다.

어머니가 하루는 병에 걸려서 자리에 눕게 되었습니다.

큰 아들은 여전히 매일매일 밖에 나가서 술만 먹고 돌아다니고, 어머니의 병은 돌봐 드리지를 않습니다. 그러나 작은 아들은 어머니 머리맡에 앉아서 잠도 안 자고 간호하여 드렸습니다.

이렇게 극진히 작은 아들이 간호하여 드리고 또 약도 많이 사다가 대접하여서도 어머니 병은 좀처럼 나으시지를 않았습니다. 작은 아들은 안타까웠습니다. 그리고 또 슬펐습니다.

하루는 효성이 지극한 이 작은 아들이

"우리 어머님 병이 하루 바삐 나으시게 해 주소서."

하고 하느님께 기도를 밤을 새워 올렸습니다. 그리고 피곤하여 잠이 포근히 들었을 적에 꿈에 허연 영감이 나타나더니

"너의 효성이 지극하기로 불사약 있는 곳을 알려줄 테니 가서 구해 오너라."

하면서

"여기서 남방으로 자꾸 자꾸 그냥 걸어가면 큰 강이 있을 것이다. 그 강에 가서 강가에 매어놓은 배를 타고 아래도 또 자꾸 배를 저어

내려가면 다리가 하나 보일 테니, 그 다리 아래에 배를 매어놓고 첨벙 빠져라. 그렇게 하면 불사약을 구할 수가 있으리라."
하고는 허연 영감은 없어져 버렸습니다.

작은 아들은 잠을 깨 일어나서 곧 불사약을 구하러 떠났습니다.

모든 일이 꿈에 나타났던 허연 영감님 말씀과 똑 같았습니다. 큰 다리 아래에 가서 배를 매 놓고 물에 첨벙 빠져서 물 속으로 얼마큼 들어가니까 용궁 뜰 앞에까지 가게 되었습니다. 그런데 이 효성이 지극한 작은 아들이 용궁에 내려간 날이 바로 용왕의 탄생일이었습니다.

효성이 많은 작은 아들이 용궁에 정문을 들어가려니까, 용궁의 파수병정이 공손한 태도로 절을 하면서 반겨하였습니다. 그리고 대문을 거쳐 백화가 만발한 향기가 코를 찌르는 아름다운 뜰에 들어서니까, 꽃 같은 용왕의 딸이

"아버님 생일에 물 위의 세상 사람이 이렇게 일부러 수고스럽게 와 주셔서 감사합니다."
하면서 극진이 맞아주었습니다. 그리고 용왕의 딸은 작은 아들의 손목을 끌고 용궁의 궁녀들이 나비처럼 춤을 추고 있는 곳에 안내해 주었습니다. 그러나 효성이 지극한 작은 아들은 병으로 앓고 계신 어머님 생각을 하면 생전 처음으로 보는 용궁의 궁녀들의 춤도 그리 즐겁지를 않았습니다.

이렇게 작은 아들이 근심된 낯으로 서있는 걸 용왕의 딸이 보고,

"무슨 슬프신 일이 있으십니까? 얼굴빛이 좋지 않으신 것 같습니다."
하고 물었습니다. 그래, 효성이 지극한 작은 아들은

"어머니가 병에 앓고 계셔서 사실은 불사약을 구하러 왔습니다."
라고 말하였습니다. 그러니까 용왕의 딸은,

"네, 그러하십니까. 그러시면 곧 불사약을 갖다 드리겠습니다."
하고 나가더니, 불사약을 가지고 와서 효성이 지극한 작은 아들에게

주면서
"그럼, 이 불사약을 드릴 테니, 하루만 더 여기에 계셔서 놀고 가세요."
하고 말했습니다. 그러나 어머님이 병으로 신음하시고 계실 생각을 하니까 다른 생각은 없습니다. 그래서 작은 아들은 용왕의 따님에게 간청하여 용궁을 떠나 이 세상으로 다시 올라왔습니다.

그런데 불초한 큰 아들이 술을 많이 먹고 비틀거리면서 집에 돌아와 보니까, 아우가 없는 고로, 어머니더러 아우가 어디 갔는가 물었습니다. 어머니가 그 애는 약을 구하러 갔다고 하니까,
"약을 구하러요? 그 못난 자식이 어머니가 앓으시는 게 보기 싫어서 어디로 피한 게지요 뭐. 그 자식이 약을 구하러요? 당치도 않은 말씀을."
하면서 혀를 끌끌 찼습니다. 그리고
"그 놈의 자식을 찾아서 당장에 때려 죽여야지."
하면서 강가로 나갔습니다.

형이 강가로 나갔을 때는 아우가 바로 배를 저어서 맨처음 배를 매어놓았던 곳까지 와서 언덕에 올라왔던 때입니다.

형은 약을 빼앗고 아우를 강물에다 차 넣었습니다. 그리고 약을 가지고 어머니한테 가서 제가 구해온 약이라고 하면서 대접하니까, 어머니 병은 감쪽같이 나으셨습니다.

그런데 아우는 형한테 발로 맞고 정신을 잃은 채로 둥둥 떠내려가다가, 어느 이름 모를 섬에 닿았습니다. 그제야 정신을 차리고 섬 위에 기어 올라갔습니다.

보름달이 훤하게 하늘 공중에 떠 있고, 갈매기의 우는 소리가 슬펐습니다.

작은 아들은 제 신세를 한탄하면서 평생 잘 불던 버드나무잎 피리를 슬프게 슬프게 불었습니다. 새들도 날아와서 이 작은 아들의 슬픈 피

리 소리를 듣고, 작은 아들의 신세에 동정하여 울었습니다.

이날 밤 달은 유별나게 아름답게 보였습니다. 그래서 그 섬나라 왕이 달구경을 나오셨습니다. 섬나라 임금님이 이리 저리 완보(緩步)하시면서 달을 바라보시다가, 이 작은 아들이 부는 피리 소리를 들었습니다. 너무도 슬픈 곡조였기 때문에 임금님은 신하를 시켜서 피리 부는 사람을 데려오라고 하셨습니다.

작은 아들은 이 섬나라 임금님 앞에 가서 자기의 슬픈 신세를 죄다 말씀 드렸습니다. 그러니까, 임금님께서도 대단히 동정하시고

"돈을 많이 주고 또 신하를 시켜서 집에까지 데려다줄 테니, 근심하지 말고 기쁜 노래를 한번 불어봐라!"

하고 분부하셨습니다.

작은 아들은 임금님의 말씀을 듣고 기쁘고 기뻤습니다. 그래 아주 기쁜 피리를 불었습니다. 물고기들도 기뻐서 춤을 추고 새들도 찍짹 찍짹 기쁜 노래를 불렀습니다.

이 섬나라 임금님은 대단히 기뻐하시면서 좋은 보물을 많이 주셨습니다. 효성이 지극한 작은 아들은 이 보물들을 배에 싣고 집에 돌아와서, 어머님을 모시고 오래 오래 행복하게 살았답니다.

[평안남도 평원군 서해면]

34. 소고기 재판

어떤 사람이 아주 중한 병에 걸렸습니다. 그런데 이 사람 병은 소고기를 먹어야 낫는다고 합니다. 그러나 이 사람은 집안이 대단히 가난해서 소고기 한 점을 마음대로 사 먹지를 못했습니다.

이 사람이 하루는 쿨룩쿨룩 기침을 하면서 이웃을 갔습니다. 그런데 그 집 웃방에서 한 나그네가 소고기를 구워놓고 술을 마시고 있었습니다. 소고기를 못 먹어서 중병을 앓는 이 사람은 체면상 차마 소고기를 달라고도 못하고, 그냥 누워서 맛있게 먹는 걸 바라만 보고 소고기 냄새나 맡을 뿐이었습니다.

그런데 소고기 먹어야 낫는다는 병에 걸린 이 사람이 이렇게 소고기 굽는 냄새를 맡은 것이 덕이 되어, 그만 이 사람은 병이 다 나아버렸습니다.

이것을 본 나그네는

"내가 사다 내가 구워먹는 소고기 냄새를 함부로 맡고, 자네 병이 나았으니, 약값을 내야 되지 않겠나. 약값을 내게."

하고 약값을 내라고 따졌습니다. 그러나 병이 나은 사람은 그저 그냥 나그네 말에 복종할 수도 없었습니다.

나그네는 약값을 내라거니, 소고기 냄새 맡고 병이 나은 사람은 절대로 내질 못하겠다거니 하다가, 결국은 나그네가 원님한테 가서 재판을 해달라고 하였습니다.

원님은 두 사람에게서 전후 사정을 죄다 들은 후, 소고기 냄새를 맡고 병이 나은 사람더러

"네 병이 나은 것은 소고기 냄새를 맡은 탓으로 나은 게 아닌가. 만일 소고기 냄새를 맡지 못하였더라면, 아직껏 넌 드러누워 앓아야 할 게다. 그러니까 병이 나았으면 은혜를 갚아 드려야지! 냄새 맡은 값을 주어라."

하고 분부하였습니다. 소고기 구워 먹던 나그네는 이 말을 듣고 춤을

출 듯이 마음 속으로 기뻐하였습니다. 그리곤 흘근흘근 병이 나은 사람의 얼굴을 비웃는 듯이 쳐다보았습니다.

병에 걸렸던 사람은 원님이 약값을 주라고 분부하는 고로, 어쩔 수 없이 돈을 있는 대로 톡 털어서 원님 앞에 바쳤습니다.

원님은 이 돈을 받아 쥐고, 그 돈을 나그네에게 쩔랑쩔랑 소리내어 보이면서,

"자, 예따! 이게 약 값이다."

하였습니다. 그러니까 나그네는 그 돈을 받으려고 손을 뻗치는 것을 원님은 돈 쥔 손을 거두어들이면서 하는 말이

"너도 소고기를 보이기만 하고 한 점이라도 준 것은 아니다. 그러니까 너도 또 이 돈을 보았으니까, 돈 본 값을 내야 안 되겠니? 돈 본 값을 내라."

하였습니다. 그러니까 나그네는 금방까지 벙글벙글 웃던 낯은 어디로 가버리고 갑자기 얼굴이 빨개지면서 아무 말도 하지 않고 얼굴을 숙이고 있습니다.

그러니까 원은

"이놈, 네 이 마음보 곱지 못한 놈! 소고기 본 값과 돈 본 값을 서로 서로 비겨줄 테니, 어서 썩 나가거라."

호령하였습니다. 그리고 돈은 도로 병이 나은 사람에게 주었습니다. 그런데 나그네가 무안해하면서 나가려고 하니까, 원님은 나그네를 못 나가게 다시 불러놓고

"재판은 네가 먼저 걸었으니, 재판비용은 네가 물어라."

하였습니다.

나그네는 돈도 받지 못하고, 도로 재판해준 값만 물고, 낯짝이 맷돌만해져서 나왔습니다.

[평안남도 안주]

35. 장수 되는 물

옛날도 옛날, 어떤 곳에 나이 젊은 한 사람이 아주 예쁜 아내를 얻었답니다.

매일 매일 손을 잡고 후원에 나가서는 이리 저리 다니면서 달도 구경하고 꽃을 구경하는 것을 재미로 삼았습니다. 그런데 어느 날 밤 전과 같이 이 사람이 아내의 손목을 잡고 후원을 이리 저리 다니는데, 난데없이 커다란 박쥐같은 게 내려오더니, 눈 깜짝할 새에 아내와 아내의 여종을 빼앗아 양쪽 날개 아래에다 넣어 가지고 어디론지 날아가 버렸습니다.

젊은 남편은 사랑하던 아내를 잃어버리고 슬픈 눈물에 젖었습니다.

'내 발이 닳아서 없어진다 하더라도 기어코 사랑하는 내 아내를 찾아내리라.'

이렇게 굳게 굳게 결심을 하였습니다.

그리고 아내를 찾으러 길을 떠났습니다. 이산 저산, 이골 저골 동네 동네 찾아다니기를 십 년 간이나 하였으나, 사랑하는 아내는 종시 찾지를 못하였습니다. 조선 땅 안은 안 찾아본 곳이 없습니다.

'이렇게 조선 안을 뒤져서도 없을 때는 아마 조선나라에는 없는가 보다. 그럼 이제는 다른 나라에 가서 찾아보겠다.'

이렇게 생각하고 배를 타고 바다를 건너 서쪽 먼 나라로 아내를 찾으러 떠났습니다.

그런데 배를 저어서 얼마큼 갔는데, 바람이 무섭게 불고 물결이 높아져서 드디어 이 사람 탄 배가 뒤집혀져서 난선해 버리고 말았습니다.

이 사람은 뒤집혀진 채로 물결을 좇아 둥둥 떠내려가는 배 위에 올라앉아서, 그냥 가는데 그 뒤집혀진 배가 어떤 이름 모를 큰 섬에 데꺽 닿았습니다.

바다 속에서 물귀신 노릇을 할 줄 알았더니 참 다행입니다. 이 사람은 냉큼 뛰어서 그 섬에 올라갔습니다. 나무재기밭을 지나고 갈밭을 지나 솔밭을 지나고 보니까, 아참! 코 풀어 팽개쳐놓은 것 같이 질펀하게 큰 기와집이 산 아래 두둑한 골짜기에 하나 가득 차 있었습니다. 이 사람은 참 놀랐습니다.

'야, 이거 봐라! 이런 섬에 저렇게 크고 큰 집이 있으니, 대체 어떤 사람이 살고 있는 집인가.'

이렇게 생각하고 그 집을 구경하려고 그 기와집 가까이 가보니까, 참 놀랍게도 훌륭한 집입니다. 그런데 대문마다 무섭게 생긴 놈들이 번쩍번쩍하는 창들을 쥐고 문을 지키고 있지를 않습니까? 이 사람은 심장이 널뛰듯 뛰어 콩알만하게 되었습니다. 그리고 얼른 풀 아래에 몸을 오그라뜨렸습니다. 만일 그 대문 지키는 놈들한테 들키는 날에는 몸집이 천 개 만 개로 날 판이니까요.

'이상한 집도 있다.'

이렇게 생각하면 생각할수록 그 집안을 한 번 살펴보고 싶었습니다. 그래 풀 사이를 벌레벌레 기어서 담장 아래까지 가서, 해가 지는 걸 기다려서 버드나무 위에 올라갔습니다. 새 한 마리 찍짹 하지 않고, 벌레 한 놈 씩 하지 않습니다. 너무도 고요한 까닭에, 더욱 더 무시무시했습니다.

둥굴 둥굴 보름달이 밝은 밤이었습니다. 이 사람이 버드나무 위에 올라가 앉아서 담장 안을 살펴보고 있는데, 버드나무 아래에 있는 우물에 어떤 여자가 물을 길러 나왔습니다. 이 사람은 버드나무 잎사귀로 자기의 몸을 가리우고 그 물을 길러 나온 여자를 노려보고 있는데, 그 여자는 물동이에 물을 하나 가득 길어놓더니, 하늘을 바라보며 합장을 하고

"천지신명이시여, 굽어살펴 주시사, 우리 주인님을 하루 바삐 만나

게 해주옵소서!"

하고 빌고 있었습니다.

어쩐지 이 여자의 목소리가 이 사람에게는 귀에 익게 들렸습니다. 그 여자는 두 번 세 번 이렇게 자꾸 기도를 올리고 있습니다. 아무리 들어도 전에 듣던 음성 같습니다. 그래 이 사람은 버드나무 잎을 조금 헤치고 자세히 내려다보니까, 아참! 기쁘게도 그 기도 올리고 서 있는 여자는, 바로 이 사람이 십 년간이나 찾고 찾고, 찾아다니는 사랑하는 아내의 여종이 아닙니까. 아내의 여종이 이 집에 있을 제야 아내도 있을 게 분명합니다. 이 사람은 기쁘고 기뻤습니다.

이 사람은 버드나무 잎을 쭉 훑어서 기도하고 섰는 아내의 여종 머리 위에다 내려뜨렸습니다. 그러나 아내의 여종은 그냥 기도를 올리고 있습니다. 이 사람은 또 버드나무 잎을 훑어서 내려뜨렸습니다. 그러니까 아내의 여종은

"바람 한 점 없고 고요한 이 밤에 나뭇잎은 왜 이렇게 떨어지노."

하면서 그냥 서서 기도를 올리고 있었습니다. 이번엔 전보다도 더 많이 쭉 쭉 훑어서 화르륵 내려 뿌렸습니다.

그러니까 아내의 여종은 기도를 멈추고

"이상도 하다! 이다지도 버드나무 잎이."

하면서 버드나무 위를 올려다보았습니다.

아내의 여종은 화들짝 놀랐습니다. 뜻밖에도 나무 위에 낯선 사람이 올라가 있지를 않습니까. 이 밤중에!

"여긴 나는 새, 기어다니는 쥐도 쉽사리 못 들어오는 곳인데, 네가 귀신이냐! 귀신이면 어서 없어지고, 사람이면 내려오너라."

하고 아내의 여종이 말했습니다.

이 사람은 주루룩 미끄러져서 버드나무를 내려갔습니다. 아내의 여종은 두 번째로 놀랐습니다. 그렇게 그립던 주인님이 아닙니까? 아내

의 여종은 기뻤습니다.

"자세한 말씀은 후에 하시고 어서 제 옷을 입으시고 방으로 들어가십시다. 만일 들키면 큰일이 납니다!"

하고 옷을 벗어서 주었습니다. 그리고 이 사람은 아내의 여종을 따라 들어갑니다. 아내의 방에까지 들어가려면 담장 안에 있는 대문 셋을 또 지나야 합니다.

파수 보는 놈들이 무서운 눈으로 노려보고들 있습니다. 그러나 아내의 여종이 앞서서 가고, 또 이 사람은 여복을 하였기 때문에 그저 술술 세 대문을 무사하게 지날 수가 있었습니다. 그리고 그립고 그립던 아내가 있는 방으로 들어갔습니다. 아내는 십 년 전과 조금도 다름없이 아름다웠습니다. 이 사람은 너무도 기뻐서 어쩔 줄을 모르고 달려가서 아내를 껴안으려고 하였습니다.

그러나 얼굴은 비록 십 년 전과 같았으나 마음은 십 년 전의 아내가 아니었습니다. 이 사람이 껴안으려고 하니까,

"어떤 놈이 이렇게 함부로 들어와서 무례한 짓을 하려는 게야."

하면서 퉁명스레 이 사람의 볼을 한 번 갈겨댔습니다. 그리고 하인을 불러서 깡깡 옴짝 못하게 동여매게 하였습니다.

그만 이 사람은 불쌍하게도 깡깡 동여매인 채로 쇠로 만든 커다란 통 속에 갇혀 버렸습니다.

이 사람은 억울하고 분한 마음을 어쩔 줄 몰랐습니다.

'갖은 고생을 겪으면서 십 년간이나 마음 변치 않고 찾아다니신 남편을 저렇게까지 할 수가 어디 있을까?'

아내의 여종도 이렇게 생각했습니다. 여종은 안주인을 괘씸히 생각했습니다. 그리고 바깥 주인님을 불쌍하고 애처롭게 생각하였습니다. 여종은 쇠망치를 가지고 바깥주인이 갇혀 있는 쇠통 있는 방에 들어가서, 그 쇠통을 그냥껏 힘을 다하여 쳤습니다. 자꾸 자꾸 쳐대니까 조그

마하게 콩알이 겨우 들어갈 만큼 구멍이 통 뚫어졌습니다.

여종이 그 뚫어진 구멍에 입을 대고

"아직 살아계십니까?"

하고 고함치니까, 쇠통 속에서 가느다란 목소리로 아직 살아 있다고 하는 모기 우는 소리만한 목소리가 들려나왔습니다.

여종은 기뻐서 더욱 더 힘을 넣어서 망치질을 하였습니다. 그러니까 주먹이 들어갈 만큼 한 구멍이 뚫어졌습니다.

여종은 이 구멍으로 악한이 마시곤 하는 주머니에서 나오는 물을 주인에게 마시라고 주었습니다. 이 주머니 속에서 나오는 물은 마시면 힘이 세지는 아주 신기한 물입니다. 이 사람은 이 주머니에서 나오는 물을 마시고 힘이 생겼습니다. 여종은 주머니채로 넣어 주었습니다. 이 사람은 그 주머니 속에 있는 물을 한 방울 없이 남기지 않고 마시고, 나중에는 그 주머니마저 홀딱 삼켜버렸습니다.

이렇게 하니까, 이 사람은 힘이 아주 무섭게 강해졌습니다. 쇠통을 부수고 나왔습니다. 이제는 힘이 아주 강해져서 장수가 되었습니다. 여종은 장수가 된 주인을 커다란 쇠로 만든 궤짝 앞에 데리고 가서 그것을 가리키면서 이렇게 말했습니다.

"이 쇠로 만든 궤 속에는 이 집 주인 도둑 장수가 쓰는 검이 있는데, 그 검을 꺼내세요. 그런데 주인님께서 이 궤를 열으시면 검은 주인님이 제 주인이 아니니까, 이 쇠궤는 웅웅 소리내어 울고 나중에는 아우성을 칠 것입니다. 그럴 때는 이 궤의 왼 편을 한 번 왼 손으로 때리세요. 그렇게 하시면 궤는 울음을 멈출 것입니다."

여종은 또 말을 계속했습니다.

"그리고 또 그 궤 속에 있는 구불구불 도사리고 있는 또아리 검을 꺼내려고 하시면 주인님이 제 주인이 아니니까, 둥글하게 몸을 움켜렸던 또아리 검이 쫘악 풀리면서 당신의 목을 베려고 냉큼냉큼 걸어올

것입니다. 그 때는 침을 두서너 번 뱉으세요. 그러면 그 또아리 검이 주인님 명령에 복종하게 될 것입니다."

이런 말을 듣고 이 사람은 그 쇠로 만든 궤 문을 열었습니다. 그러니까 여종의 말과 같이 과연 웅웅 하고 소리가 요란스레 났습니다. 그래 이 사람은 여종이 하라는 대로 궤의 왼 편을 왼 손으로 한 대 치니까, 웅웅 울던 소리가 담박에 똑 그쳤습니다.

그리고 그 궤 속에 있는 또아리 검을 꺼내려니까, 날이 시퍼런 또아리 검은 사르르 하고 풀리더니, 이 사람의 목을 베려고 다가왔습니다.

참 이상한 검도 있습니다. 그래 이 사람이 여종의 말대로 침을 퉤! 하고 한 번 뱉었습니다. 그러니까 검은 바로 뱀이 죽어 넘어지듯 기다란 몸집이 철썩 땅에 넘어지고 말았습니다.

여종은 악한 도둑놈의 부하들이 있는 곳에 가서

"여보셔요. 여러분! 쇠통에 잡아넣었던 사람이 쇠통을 뚫고 나왔어요. 큰일났어요."

하고 외쳤습니다. 그러니까 악한의 부하놈들은,

"이거 큰일 났구나."

하면서 우우 몰려왔습니다. 이놈들이 야단났다고들 덤벼대는 걸 담벽에 숨어 있던 이 사람이 또아리 검을 그놈들을 향해 던졌습니다. 그러니까 또아리 검은 쭉 펴졌다가는 또 도로 감아질 적마다 그 악한의 부하 놈들의 목을 베어 마침내 모두 죽여 버리고 말았습니다.

이렇게 되니까 이 악한의 마굴 속에는 사내놈이라고는 한 놈도 없게 되었습니다.

이렇게 악한의 무리들을 죄다 죽여 버리고 얼마쯤 있으니까, 어디선지

"쿠웅!"

하는 소리가 들렸습니다. 무슨 소리냐고 이 사람이 여종보고 물으니까

"이 집 주인 괴수 도둑놈이 지금 구백 리 밖에 왔다는 신호입니다.

백 리 올 적마다 저렇게 한 번씩 쿠웅하고 울리는 것입니다."
하고 여종이 대답했습니다.

"쿠웅, 쿠웅!……"

열 번이 울리자 하늘이 갑자기 컴컴해지더니, 이 사람이 십 년 전에 집 후원에서 본 꺼멓고 커다란 박쥐 같은 게 내려왔습니다.

이게 괴수 도둑놈입니다. 이 악한이 오니까, 십 년 전에 이 사람의 아내였던 계집이 발죽발죽 기쁜 낯으로 웃으면서 마중 나와서

"아이구, 수고하셨습니다. 얼마나 벌어오셨어요? 전 집에 앉아서도 사내놈을 하나 잡았는데요."
하면서 쇠통이 놓여 있는 방으로 박쥐도둑을 데리고 갔습니다. 장수되는 물을 주머니채로 마시고 장수가 된 이 사람은 또아리 검을 손에 들고 그 쇠통 있는 방 담에 몸을 붙이고 숨어 있다가, 십 년 전에 자기 아내였던 계집하고 박쥐도둑놈이 들어오자,

"받아랏!"
고함치면서 또아리 검을 던졌습니다.

그러나 박쥐도둑놈도 과연 장수입니다. 박쥐도둑놈은 얼른 검을 피하고 하늘로 올라갔습니다. 그래 이 사람도 또 그 박쥐도둑놈의 뒤를 좇아 공중으로 날아 올라갔습니다. 하늘 공중에서는 "와직끈 탕탕" 하는 두 장수가 싸움하는 소리가 들렸습니다.

이렇게 얼마를 싸우다가 퉁! 하고 무엇인지 동이만한 것이 공중에서 떨어졌습니다. 여종이 달려가 보니까 그건 박쥐도둑놈의 머리였습니다. 그래 얼른 여종은 치마에 쌌던 재를 그 악한의 목 베어진 곳에 확 뿌렸습니다.

박쥐도둑놈의 머리는 도로 공중으로 올라갔습니다. 그리고 도로 몸에 붙으려고 하였으나 베어진 곳에 재가 묻었기 때문에 붙었다가는 곧 떨어지곤 해서, 그만 땅에 떨어져서 골이 터져 죽고 말았습니다.

장수된 이 사람은 곧 땅에 내려와서 십 년 전에 아내였던 계집의 배를 쭉 갈랐습니다. 그러니까 뱃속에서 핏덩어리가 오동통 오동통 뛰어다니면서

"에구 분해라! 석 달만 더 있었던들 아버지 원수를 갚았을 걸!"

하면서 돌아다녔습니다.

십 년 간이나 아내를 찾아다니다가 장수 된 사람은 그 핏덩어리마저 짓밟아 죽이고, 열쇠를 가지고 다니면서 광을 죄다 열어보니까 금은이 가득가득 차 있고, 또 처녀들과 색시들이 잡혀와서 박쥐도둑놈의 말을 듣지 않았기 때문에 이렇게 광에 갇히어 거의 죽어가고 있었습니다. 그래 먹을 것들을 갖다주어 기운을 차리게 해서 각각 제 집으로 돌려들 보냈습니다. 그리고 이 사람도 여종을 아내로 삼아가지고, 집으로 돌아와서 길이길이 즐겁게 한 세상을 마치었답니다.

[평안남도 진남포]

36. 호박에 돈을 꽂아가지고 오던 소년

어떤 곳에 늙은 아버지 어머니 아들의 세 식구가 구차한 살림을 하고 있었습니다.

하루는 어린 아들이 먼 곳에 시집간 누님댁에 돈을 좀 가지러 길을 가다가 하룻밤을 주막집에 들어가 잤습니다. 그때 주막집 주인이 무엇 하러 가느냐고 묻자, 누님에게 돈을 좀 가지러 간다고 말했습니다.

이 애는 누님댁에 가서 이틀을 묵고 누님이 호박에 꽂아주는 돈을 가지고 오다가, 전날 자고 간 주막집에서 또 하루 저녁을 묵고 가게 되었습니다.

"잘 때도 실수하지 않게 호박을 머리에 베고 자거라."

하고 누님이 타일러 주었기 때문에 호박을 베고 자는데, 밤중에 부엌에서 무슨 소리가 들립니다. 이 애가 이상히 생각하여 정신을 차려 귀를 기울이고 잘 들어보니까, 그 소리는 썩썩썩 칼을 가는 소리였습니다.

'이 밤중에 칼은 무얼 하려고 갈고 있누!'

이렇게 생각하고 이 애는 그냥 자지 않고 귀를 기울이고 있었습니다. 그러니까

"그까짓 놈의 아이새끼 몸뎅이를 토막토막 베어서 거적에 둘둘 싸서 강에다 팽개치면 그만. 누가 알 놈이 있나."

이런 끔찍스런 말소리였습니다.

이 애는 주막집 주인놈이 자기를 죽이고 돈을 빼앗으려는 것인 줄을 알았습니다. 그래 얼른 아랫목에서 누워 자는 주막집 아들을 제가 자던 이부자리에 올려다 눕히고, 전 주막집 아들이 누워 자던 이불을 쓰고 숨을 죽이고 있었습니다.

그러니까 아닌 게 아니라 주인 녀석은 칼을 들고 들어오고, 마누라는 거적을 들고 오더니 주인 녀석이 자기 아들 모가지에 칼을 쿡 찔러

서 죽인 다음, 토막토막 베어서 거적에 묶어 가지고 나가버렸습니다.

이 애는 그 짬에 얼른 뒷문을 차고 나가서 뺑소니를 쳤습니다.

이 애가 한참 뛰니까 길가에 집이 하나 있는 것을 보고, 그 집에 뛰어 들어가서

"사정은 있다 말씀 해드릴 테니 이 뒤로 칼을 들고 뛰어오는 사람이 있으면 불문곡직하시고 밧줄로 동여매 주시오."

하고 헐떡헐떡 숨을 가쁘게 내쉬면서 말했습니다.

아닌게 아니라 주막집 주인 놈이 시퍼런 칼을 들고 숨 가쁘게 헐떡거리면서 따라오는 것이 보였습니다. 사람들은 이 애 말대로 불문곡직하고 그놈을 잡아서 밧줄로 꽁꽁 꼼짝도 못하게 동여 놓았습니다. 그제야 이 애는 전후사정을 죄다 말했습니다.

그러니까 사람들은

"이런 나쁜 놈은 당장에 죽여야지 살려 두어서는 안 된다."

하면서 몽둥이로 주막집 주인놈을 때려 죽였습니다.

[평안남도 용강]

37. 학鶴과 부기

날씨가 따뜻한 어느 날 저녁, 숙종대왕님께서는 들로 소풍을 하시러 나가셨습니다. 임금님을 따르는 사람은 시종 한 사람뿐이었습니다.

임금님께서 이리 저리 옥보(玉步)를 옮기시다가 조그마한 개천에 걸린 흙다리 위에까지 갔는데, 웬 사람인지 한 사람이 다리 위에 우두커니 서 있었습니다.

슬픈 낯을 하고 무슨 생각에 잠긴 모양이 퍽 마음이 괴로워하는 것 같았습니다. 다리 위에서 물에 떨어져 자살을 도모하려는 것 같았습니다.

이것을 보신 숙종대왕님께서는 측은히 생각하셔서 그 사람 옆까지 가서,

"어쩐 일이 있기에, 그렇게 슬픈 낯을 하고 다리 위에 서 있습니까. 무슨 일이오?"

하고 물으시고, 성명도 물었습니다. 그러나 이 사람은 한사코 자기 성명을 말하려고는 하지 않았습니다.

그러나 숙종대왕님께서는 그냥 자꾸 열심스레 성명을 말하라고 하셨습니다. 이 사람은 할 수 없이 성명과 또 자기 신세를 세세히 말했습니다.

"저는 본래 재산도 많고 무엇 하나 부러운 것 없이 살아왔는데, 십여 년간 과거를 보느라고 있던 재산을 죄다 탕진해버리고, 이제 그날그날의 양식도 없어 어린애들 배를 곯게 하니, 저 같은 것이 살아서 무얼 하겠습니까? 그래서 오늘은 죽어버리려고 하던 것입니다."

숙종대왕님께서는 이 말을 들으시고 이 사람을 불쌍히 생각하셨습니다.

"난 임금이다."

하고 당신이 임금이신 것을 말하여 주었습니다. 죽으려던 사람은 깜짝

놀랐습니다. 무릎을 꿇고 엎드려 절을 하였습니다. 말하는 것과 태도로 보아 보통 예사 사람은 아니고 아마 귀인인가보다 하고는 생각하였으나 이 분이 숙종대왕님이실 줄이야 생각이나 했던 일입니까.

숙종대왕님께서 아주 부드러운 목소리로,

"여보게, 염려 말게. 금년은 자네를 급제시켜 주겠네. 과거 글제는 벽에 학을 그려놓고, 그 위를 내 손으로 가리우고 '여기에 무엇을 그려 놓았는가' 아뢰라는 문제일 테니, 자네가 그때 '학'이라고만 하게나."

이렇게 말씀하셨습니다. 죽으려던 사람은 백 번 절을 하며 감사의 눈물을 흘렸습니다.

이 사람은 집에 돌아가서

"학이올시다, 학이올시다."

하고 자꾸 외웠습니다. 이렇게 과거 날까지 여러 달을 매일 매일 이렇게 외웠습니다.

어느덧 날이 가고 달이 자꾸 바뀌어서 과거보는 날이 되었습니다. 이 사람은 기뻐서 과거를 보러 갔습니다.

그런데 이거 봐요. 숙종대왕님께서 손을 가리우시고,

"이 속에 무엇이 그려 있겠는고?"

하시고 물으시는데 금방까지 외우고 있던 '학'을 깜빡 잊어버리지를 않았습니까. 아무리 생각해내려고 하여도 나오지를 않았습니다. 그저 땀만 뻘뻘 동이로 흘리다가 견디다 못해

"부기외다."

하고 엉터리 대답을 하였습니다.

"부기라니?"

숙종대왕님께서는 이상하게 여겼습니다.

부기라는 게 도대체 무슨 말인지 알 수가 없었습니다.

이 사람은 땀을 씻으면서 과거 보는 방을 물러 나왔습니다. 문턱을

쑥 넘어서자 말자.

"학!"

이 생각났습니다.

"학! 학! 학!… 학!"

이 사람은 미칠 것 같이 안타까워하였습니다. 그러나 이제 벌써 모두 다 허사로 되고 말았습니다. 그렇게 인자하신 임금님께서 불쌍히 생각해주시고 가르쳐 주신 것을 잊고 말았으니, 내 팔자가 기구해서 평생에 과거는 못할 운명인가보다 하고, 제 신세를 한탄할 밖에는 별수가 없습니다.

'내가 못 이루는 바에는 내 동무나 이루게 하겠다.'

생각하고, 그 다음으로 과장(科場)으로 들어가는 동무에게 제 일을 다 말해주고, 임금님께서 무어냐고 물으시거든 '학'이라고 아뢰라고 가르쳐주었습니다. 이 말을 들은 동무는

"자네 염려 말게. 내 자네도 급제하도록 할 네니."

이렇게 말하고 동무는 과장으로 들어갔습니다. 대왕께서는 벽에 손을 대시고

"이 속에 무슨 그림이 그려 있겠는고?"

하고 물으시길래,

"부기올시다."

하고 대답했습니다.

"부기? 부기라니?"

대왕님께서는 먼저 번 사람도 '부기'라고 하고, 이번 사람도 '부기'라고 하니 이 일을 이상히 생각하시고,

"부기라는 것이 무어냐?"

하시고 물으셨습니다.

"네, 시골서는 학을 부기라고 하나이다. 마치 송아지를 쇄지라고 하

고, 아가위를 띨꽹이라고 하는 것과 일반으로, 학의 사투리올시다."
하고 아뢰었습니다.

이 말을 듣고, 숙종대왕님께서는 대단히 기뻐하셨습니다.

"오, 그런 게냐? 그러면 먼저 번 사람도 똑바로 맞추었던 것이로구나. 먼저 번 사람도 급제를 시켜라."
신하에게 명령하셨습니다.

[평안남도 평원군 검산면]

38. 삼년 석 달 계속하는 긴 이야기

"아주 길고도 긴 이야기를 하라고요?"

"네 네, 그럼 삼년 석 달 계속하는 길고 긴 이야기를 해드리죠."

한 사람이 버드나무 가지를 찢어다가 우물가에 꽂아 놓았습니다그려. 이 버드나무가 뿌리를 박고 크고 커서 새들이 와서는 노래를 부르게끔 되었습니다. 이 사람은 이 버드나무 가지를 베어서 엉큼엉큼 엮어 삼태기를 만들었소. 그리고 대장간에 가서 호미를 한 개 만들어 왔습니다. 이 사람은 왼 손에 삼태기를 들고, 오른 손에 호미를 들고 마을로 들로 다니면서 개똥을 쳐 모았습니다. 삼태기에 개똥이 하나 가득 차면 이 개똥을 밭에 가져다 두곤 하였습니다.

이렇게 밭에 거름을 많이 내고는 참외를 심었습니다. 날이 가고 또 가니까 참외 넝쿨에 커다란 참외가 주렁주렁 열렸습니다. 모두 살이 시뻘겋게들 익었습니다.

자, 땁니다. 한 개, 두 개, 세 개……. 그냥 자꾸 땁니다. 네 개, 다섯 개.

섬이 하나 가득 차면 또 다른 섬을 가져다가 따 넣습니다.

자꾸 자꾸 따 넣습니다. 섬이 하나 가득 찼습니다. 또 다른 섬에다 한 개, 두 개, 자꾸 따 넣습니다. 아마 이 밭에 참외를 죄다 따려면, 삼 년 따고도 석 달을 더 따야 될 것 같습니다.

백한 개…. 백두 개. 천열 개. 천열한 개…….

자꾸 자꾸 땁니다. 자꾸 자꾸 자꾸……

[평안남도 한천]

39. 갈대잎

옛날도 옛날, 아주 오랜 옛날입니다.

어떤 곳에 한 부자 영감이 사위를 맞게 되었습니다. 소 잡고, 돼지 잡고, 떡 쳐서 아주 훌륭하게 잔치를 하였습니다.

신랑은 왈랑절랑 말을 타고 와서, 이것 저것 모든 예식절차를 다 마치고, 밤이 되자 신방에 들어가서 자게 되었습니다. 신방의 바로 뒤는 숲이었습니다.

신랑이 신방에 들어가서 먼저 색시 옷을 벗겨준 다음 불을 훅 끄고 자리에 누으니까, 뒷영창이 훤하게 밝아졌습니다.

보름달이 비치는 것입니다.

'달도 참 밝다!'

이렇게 생각하면서 상반신을 일으켜 뒷영창을 바라본 신랑은 깜짝 놀랐습니다. 사람의 그림자는 보이지 않아도, 기다란 검을 뒷영창 밖에서 내두르면서 신랑을 무섭게 협박하는 사람이 있지를 않습니까!

'에쿠! 내가 장가든 처녀하고 좋아하던 간부(姦夫) 놈이 날 죽이겠다고 위협하는구나.'

이렇게 신랑은 생각을 하고, 신부한테도, 아무한테도 아무 말하지 않고 질겁을 하여 도망질쳐서 도로 집으로 돌아오고 말았습니다.

집에 돌아온 신랑은 제 팔자를 한탄하면서 집을 떠나 이리저리로 정처없이 방랑을 하였습니다.

그런데 신랑이 간부가 저를 죽이겠다고 간부가 위협하느라고 검을 내둘렀다는 것은 사실은 검이 아니고, 갈대잎이었습니다. 숲에 심어놓은 갈대잎이 바로 달빛으로 뒷문에 비치었던 것입니다.

바람에 불려서 이 갈대잎이 흔들흔들 하니까, '에쿠 저건 정녕 간부란 놈이 날 죽이겠다고 위협하는구나.' 하고 신랑이 생각했던 것입니다.

처녀는 저한테 장가왔던 신랑이 아무 말도 하지 않고, 무슨 영문이 있고 무슨 부족함이 제게 있기에 밤에 도망질을 하였을까 슬픈 눈물을 흘렸습니다. 그리고 신랑을 원망하고 죽을 결심을 하였습니다.

처녀는 신방에 들어가서 신방 문을 모두 열지 못하게 동여매고 어머니나 아버지가 밥을 가지고 와서

"아가 아가! 밥을 먹어야 살지 밥을 먹지 않으면 어떻게 살겠니? 아가, 그러지 말고 어서 문을 열어라."

하고 밥 먹으라고 졸라댔습니다. 그러나 처녀는 문을 열어주지도 않고, 밥도 먹지를 않았습니다.

"장가오셨던 신랑님께서 장가오신 그날 밤중으로 돌아가시고 말았으니, 제게 무슨 큰 허물이 있어서 하신 일입니다. 이런 불초한 자식이 살아서 무얼 합니까. 불초한 딸을 용서하여 주옵소서."

하고 신방 안에서 대성통곡하곤 하였습니다.

누구도 이 방의 문은 열지를 못하였습니다. 부모님이나 동리 늙은이들이 보다 못해서 마구 문을 열려고 하면, 처녀는

"만일 이 문을 열면 죽어서 원혼귀가 되어 저주하겠다."

하면서 미친 것처럼 날뛰었습니다. 불쌍하게도 이 처녀는 신방 속에서 문을 매놓은 채 그만 굶어 죽고 말았습니다.

신랑도 신랑대로 애꿎은 신세를 한탄하면서 9년 간이나 갖은 고생을 하면서 얻어먹다시피 하면서 돌아다녔습니다. 그러나 하루 한시도 자기가 장가들었던 날 밤의 일을 잊지 않았습니다. 그래 하루는 전에 제가 장가들었던 집이 있는 동리 옆을 지나다가, 밖으로라도 그 집을 한번 더 보고 가리라 생각하고 그 집에를 가보니까, 어찌된 일인지 그렇게도 크고 좋던 집이 사람의 기척이라고는 하나도 없고, 마당에는 쑥과 풀이 한 길 넘게 자라고, 담이 무너지고 한 것이 도무지 쓸쓸하기 한량없었습니다.

집안에를 들어가 볼까 했으나, 무시무시한 게 왈캉 하고 집이 무너질 것 같아서 그만두었습니다. 그리고 앞집에 가서 늙은 할멈한테 그 집이 왜 저렇게 폐가가 되었는가, 살고 있던 사람들은 어떻게 되었는가 물어보았습니다. 그러니까 그 노파는,

"바로 지금부터 9년 전의 일입죠. 열아홉 살 된 딸의 사위를 맞질 않았겠어요. 그런데 말이요, 어쩐 영문인지 그 신랑이란 사람이 장가 온 그날 밤으로 도망질을 쳤습니다그려. 이렇게 되니까 그 집 딸은 그 날부터 신방에서 아무 것도 안 먹고 끝내 굶어죽고 말았죠. 지금까지도 아무도 그 신방에 들어가 본 사람이 없답니다. 신방의 문을 열려고 하면 원혼귀가 된 그 처녀가 갑자기 하늘에서 우레 소리를 내면서 벼락을 치는구려. 그래서 아무도 그 방엔 얼씬도 못 한답니다. 처녀의 말이 내 새서방이 와서 열기 전에는 아무도 열지를 못 하리라고요. 참 불쌍하죠."

하고 노파가 눈물을 흘리면서 울었습니다. 이렇게 노파가 울고 있을 때, 갑자기 맑고 맑던 날이 컴컴 어두워지면서 바람이 몹시 붑니다. 그러더니 하늘에서

"할머니, 할머니! 오늘은 바쁜 일이 있어서 들르지 못하고 그저 갑니다. 부디 안녕히 계세요."

하고 공중에 뜬 구름장 속에서 처녀의 목소리가 들렸습니다. 그러더니

"아이고, 아이고."

하고 통곡을 하는 슬픈 소리가 들렸습니다. 심장을 에는 듯한 슬프고도 슬픈 울음 소리였습니다. 그리고 비가 좔좔 퍼부었습니다.

이것은 원혼귀가 된 그 처녀가 구름을 타고 지나가다가, 슬퍼서 우는 눈물이었습니다.

노파는 원혼귀가 된 처녀의 울음소리를 듣고, 노파도 같이 눈물을 흘리며 울면서 이렇게 말했습니다.

"장가들었던 첫날밤에 신랑이 도망을 했던 건 아마 뒷영창 문에 비치는 갈대잎을 간부의 검인 줄 알고 무서워하고, 또 색시를 천한 년이라고 그렇게 했는가 봐요."

이 말을 듣고, 이 사람은 제가 잘못한 것을 뉘우치면서 그 집으로 가서 신방의 문을 열려고 손을 대니까, 그렇게도 다른 사람이 가면 질색을 하면서 뇌성벽력을 내리던 게 그저 술술 신방의 문이 저절로 쭉쭉 다 열려졌습니다.

보니까 집안의 모양은 이 사람이 9년 전에 장가왔던 때와 조금도 다름이 없고, 처녀도 또 그때 그대로 단정히 이불 위에 앉아 있었습니다. 산 사람 같았습니다. 그리고 그때처럼 아주 아름다움이 그냥입니다. 이 사람은 기뻐서 달려 들어가서 처녀의 손목을 잡으려고 하였습니다.

그러나 처녀의 온 몸은 이 사람이 손을 대자마자, 보슬보슬 쓰러져서 한 줌의 재가 되고 말았습니다.

이 사람은 너무도 슬프고 슬퍼서 목을 놓고 대성통곡을 하였습니다. 그리고 이 사람은 음식을 극진히 차려서 처녀의 혼을 위로하려고 정성으로 제사를 지냈습니다.

이렇게 한 뒤부터는 처녀의 원혼귀는 다시는 나타나지 않았답니다. 신방 뒤에 갈대를 심지 않는 풍속은 이때부터 생겼다고 합니다.

[평안남도 안주군 입석면]

40. 배가 아프면 개를 그려 먹어라

"배가 자꾸 아파서, 막 죽겠네."

어떤 사람이 이렇게 동무더러 말했습니다.

"그럼, 개를 그려 먹어라. 배가 아픈 게 뱃속에 좋지 못한 게 많이 있어서 그렇게 아픈 거다. 그러니까 개를 그려 먹으면 개가 그걸 다 핥아먹을 테니까 아픈 게 낫는다."

"개를 먹으면, 그럼 개는 또 어떻게 끄집어내니?"

"범을 그려서 먹으려무나. 개가 범을 보고 벌벌 떨면서 뛰어나올 게다."

"그럼 범은 또 어떻게 끄집어내니?"

"포수를 그려서 먹으려무나. 범이 포수를 보고 무서워서 뛰어나오잖겠니?"

"그럼 포수는 또 어떻게 내어쫓니?"

"그건 포도(捕盜)를 그려서 먹으면 나온다. 허가 없이 범을 잡는다고 붙잡힐까봐 뛰어나오지 않겠니?"

"포도는 또 어떻게 하니?"

"그건 포도청에 가서, 나오라는 배자(호출장)을 써 달래서 먹으렴."

"배자는 또 어떡하니?"

"뭘 똥이 돼서 똥구멍으로 뿌드덕 나오지 뭐!"

[평안북도 정주]

41. 오형제

옛날도 옛날 아주 오랜 옛날, 어떤 곳에 종이 한 장 변변히 쳐들지 못하는 아주 아주 힘이 약한 박서방이란 사람이 있었습니다. 그런데 이 박서방은 힘은 비록 없었으나, 글은 잘 하였습니다.

마을 사람들은 이 박서방만 보면 힘이 없는 허수아비라고 가지각색으로 놀려대었습니다. 박서방은 이렇게 늘 멸시받는 게 원망스러웠습니다. 하루는 결심을 하고 힘을 얻으려고 수양의 길을 떠났습니다. 길을 훨훨 갑니다. 이렇게 하루는 어떤 산을 지나는데,

"우지작!"

소리가 나고는, 크나큰 나무가 넘어가곤 하는 것이 보였습니다. 박서방은 이것을 보고 괴상야릇하게 생각하여, 수풀 속으로 들어가 보니까 키가 두서너 자밖에 안 되는 도토리알 만한 난장이가 외손가락으로 큰 나무를 떼밀치면, 나무가 부러져서 넘어지곤 하는 것이 아닙니까?

박서방은 참 놀랐습니다.

"형제, 난 글을 내고 형제는 힘을 내서 재미있게 한 번 살아보세나."

하고 박서방이 난장이를 꾀었습니다.

박서방과 난장이는 서로 마음이 맞아서, 두 사람은 서로 의형제를 맺었습니다.

두 사람은 손을 잡고 길을 훨훨 갑니다. 하루는 어떤 곳에를 가니까 해가 쨍쨍 쬐고, 아주 덥던 날이 갑자기 추워지면서 뇌성벽력이 일어나고 눈이 부슬부슬 내리지 않습니까. 이상한 일도 있습니다.

박서방하고 난장이는 수상히 생각하면서 두런두런 살피며 가는데, 언덕 위에서 한 청년이 코를 골면서 누워 잠을 자고 있는데, 뇌성벽력이란 것은 그 사람이 코 고는 소리이고, 눈은 그 사람이 "푸" 하고 입김을 내뿜을 적마다 추운 김이 나와서 공기가 갑자기 눈이 되는 것이었습니다.

참 박서방하고 난장이는 깜짝 놀랐습니다.

"형제, 우린 글하고 힘을 낼 테니 형제는 콧김을 내서 서로서로 즐겁게 재미있게 한번 살아보세나그려."

하고 박서방이 말했습니다. 콧김 센 사람도 기뻐하였습니다. 의형제를 맺었습니다. 박서방하고 난장이하고 콧김 센 사람의 세 형제는 서로 손을 잡고 길을 훨훨 갑니다. 그런데 하루는 어떤 곳에를 가니까, 양다리를 버티고 활을 쏘는 사람이 있는데, 당체 뭘 쏘는지 도무지 알 수가 없습니다. 하도 이상해서

"뭘 쏩니까?"

하고 물어보니까, 활 쏘는 사람은

"5리 밖에 있는 저 큰 나무에 붙은 파리를 쏘는 겝니다."

대답을 하고 활을 쏘니까, 과연 파리가 활촉에 등어리를 맞아 꿰어서 파들파들 하고 있는 것이 보였습니다. 또 의형제를 맺었습니다. 박서방하고 난장이, 콧김 센 사람, 활 잘 쏘는 사람의 사형제가 서로서로 손을 잡고 길을 훨훨 가다가, 어떤 곳에를 가니까, 한 다리를 오그려 쥐고 외다리로 앙감질을 하여 말하고 뛰기 내기를 하는 사람이 있었습니다.

"왜 외다리로 뛰는 겝니까?"

하고 물으니까,

"양다리로 뛰면 너무 빨라서 내가 보이질 않소. 그래, 외다리로 앙감질해도 넉넉히 이기겠기에 이렇게 하오."

하고 그 사람이 대답했습니다. 박서방, 난장이, 콧김 센 사람, 활 잘 쏘는 사람의 사형제는 깜짝 놀랐습니다.

"형제."

하고 박서방이 이 외다리를 보고 말했습니다.

"형제, 그런 재간을 가지고 이런 데서 그저 썩지 말고, 우리 같이

의형제가 되어서 세상을 한 번 재미있게 살아봅시다그려."

하고 말했습니다. 그러니까, 외다리로 뛰는 사람은 대단히 기뻐했습니다. 그래 의형제를 맺어 이 사람이 막내아우가 되었습니다. 모두 오형제입니다. 오형제가 서로 손을 잡고 길을 훨훨 한 곳을 지나는데, 길가에

"공주님과 뛰기 경기를 해서, 이기는 사람은 공주를 주겠다."

하고 푯말에 씌어 있었습니다. 글 잘하는 박서방이 이 글을 보고, 아우들을 데리고 왕궁으로 들어가서 뛰기 내기를 청했습니다.

외다리가 공주님하고 뛰게 되었습니다. 술잔에 물을 담고, 이 물을 흘리지 않고 뛰어야 됩니다. 그런데 외다리가 만일 공주님한테 지는 날에는 오형제의 목이 달아날 판입니다. 그렇기 때문에 외다리는 이번엔 양 다리로 뛰게 되었습니다. 그러니까, 아무리 공주님이 잘 뛴다기로 어림 있겠어요. 공주님이 한 발자국 뛸 때, 외다리는 백 발자국이나 뜁니다. 도저히 공주님이 이길 가망은 없습니다. 그렇기 때문에 외다리는 공주님을 업신여겨 보고, 큰 느티나무 옆을 지나다가,

"그까짓 것 한숨 자고 가자. 모로 굴러가도 공주야 못 따르리."

이렇게 생각하고, 술잔을 옆에 놓고, 느티나무 뿌리를 베고 잠을 잤습니다.

그러나 공주는 엄청나게 빨리 뛰는 외다리를 보고 놀라서 죽을 힘을 다해서 열심히 뜁니다. 이렇게 뛰어서 느티나무 옆을 지나는데, 외다리가 자고 있는 걸 보고, 공주는 외다리가 가지고 뛰던 술잔의 물을 죄다 쏟아 팽개쳤습니다. 그리고는 승기(勝氣)가 나서 자꾸자꾸 빨리 빨리 달렸습니다. 외다리는 그냥 그저 세상을 모르고 잠에 취해서 코만 골고 있습니다.

그런데 박서방, 난장이, 콧김 센 사람, 활 잘 쏘는 사람의 사형제가 아무리 기다려도 기다려도 외다리가 어디 그림자나 보입니까. 그래 도대체 어찌된 일인가 근심을 하면서 산꼭대기에 올라가보니까, 이런 변

이 어디 있습니까. 공주님은 거의 다 돌아오게 되었는데, 외다리는 느티나무 뿌리를 베고 자고 있지를 않습니까. 사형제는 깜짝 놀랐습니다. 그리고 활 잘 쏘는 사람이 활로 외다리가 베고 자는 느티나무 뿌리를 쏘았습니다. 그러니까, 외다리는 부시시 일어났습니다.

'에쿠, 이거 내가 너무 오래 잤나 보다.'

눈이 뚱그래져서 또 뛰려고 옆에 놓았던 술잔을 보니까, 술잔에는 물이 한 방울도 없었습니다.

'야, 이거 봐라! 공주가 지나가면서 쏟아 팽개치고 갔구나.'

외다리는 놀랐습니다. 그러나 할 수 없습니다. 곧 또 도로 돌아가서 술잔에 물을 담아 가지고 뛰기 시작을 했습니다. 그러나 공주는 거의 다 들어올 때가 되지 않았습니까? 도저히 외다리가 이길 가망은 없으리라고 여러 사람들도 생각하고, 또 사형제도 이렇게 생각하고 낙심을 하였습니다.

그러나 외다리는 그저 있는 힘을 다 써서 뛰었습니다. 어찌도 빠른지 외다리가 보이질 않습니다. 이렇게 뛰고 뛰어서 놀랍게도 외다리는 공주보다 조금 앞서서 들어오고야 말았습니다.

오형제는 서로 손을 잡고 기뻐하였습니다.

그런데 임금님은 공주님을 이 사람에게 줘야 할 텐데, 왕은 약속했던 대로 실행하지 않고,

'저런 놈에게 내 딸을 주다니, 거지같은 놈에게. 흥, 못 준다 못 줘.'

속으로는 이런 생각을 하고 술을 대접한다고 하면서 오형제를 죽이려고 쇠로 만든 집으로 오형제를 안내했습니다. 그런데 왕은 부하를 시켜 오형제가 쇠집으로 들어간 다음, 문을 모조리 달칵달칵 채워버리게 하였습니다. 그리고는 부엌 아궁이에 불을 자꾸 땝니다. 오형제를 마구 태워 죽이려는 것입니다.

그런데 이런 줄을 모르는 오형제는 그 쇠로 만든 집에 들어앉아서

아무리 기다려도 술은 가져오지 않고 바닥만 점점 더워오는 게 아닙니까.

오형제는 비로소 임금이 자기들을 죽이려하는 줄을 알았습니다.

"오냐, 이놈들이 우리를 태워 죽이려고 하는구나."

밑은 점점 뜨거워져서 살을 델 지경입니다. 그래 콧김 센 사람이 홍홍 콧김을 내기 시작하였습니다. 그러니까, 시뻘겋게 달았던 쇠벽이 점점 식어서 허옇게 성에가 내돋았습니다.

불을 때던 왕의 신하가

'이만큼 불을 땠으니까 이제 그 놈들이 다 타 죽었겠지.'

생각하고 쇠문을 열어보니까, 오형제는 추워서 부들부들 떨고들 있지를 않습니까.

왕의 신하는 깜짝 놀랐습니다. 그리고 또 오형제가 무서웠습니다. 왕의 신하는 눈이 둥그래져서 벌벌 떨면서 왕한테 가서 이 말을 죄다 아뢰니까, 왕도 놀래며 오형제한테 와서,

"당신들이 지고 갈 만큼 금덩어리를 드릴 테니, 용서해 주십시오."

하고 빌었습니다. 제일 맏형 박서방이 오형제를 대표해서

"그럼, 그렇게 하시오."

하고 승낙을 해주었습니다. 박서방은 금덩어리를 겨우 한 개 졌습니다. 그래도 힘이 그전보다는 훨씬 는겁니다. 그런데 이거 봐요. 난장이는 아무리 금덩어리를 짊어져도 무겁다고 하지를 않습니다. 그래 자꾸자꾸 그냥껏 갖다 짊어졌습니다. 조그만 게 이렇게도 힘이 셉니까. 그 나라의 금이란 금을 산더미같이 난장이 등에다 실어 놓았습니다. 그러나 난장이는 그냥 더 지겠다고 발을 떼지 않고, 허리를 구부러뜨리고 있습니다.

이것을 보고, 이 나라 왕은 비지 같은 땀을 이마에서 줄줄 흘리면서 난장이 앞에 꿇어 엎드려서

"이 나라의 금이란 금은 하나도 없이 죄다 당신 등에 실어 놓았습니

다. 이 이상 더 당신이 계시면 우리나라는 그만 망하고 말겠으니, 이만 돌아가 주십시오."

하고 빌었습니다. 이것을 박서방이 보고, 왕을 불쌍하게 생각하여 난장이 아우더러 그만 돌아가자고 하였습니다.

오형제가 줄레줄레 금덩어리를 지고 가니까, 뒤에서 수많은 군병들이 검을 들고 활을 메고 말을 타고 아우성을 치면서 따라 오는 것이 보였습니다. 오형제를 죽이려고 따라 오는 왕의 군병들입니다. 괘씸하기 이를 데 없습니다. 성이 잔뜩 난 콧김 센 사람이

"흐응! 흥."

하고 콧김을 그냥껏 내쉬니까, 따라오던 군병들은 그만 눈알이 모두 얼어붙어서들 죽고 말았습니다.

"하하하하!" 천지가 진동하게 웃으면서 오형제는 그 많은 금을 지고 집으로 집으로 길을 걸었습니다.

[평안북도 강계]

42. 산과 바다가 된 이야기

옛날도 옛날 아주아주 오랜 옛날, 지구 위에 아직 아무 것도 살지도 않고 나지도 않았을 때랍니다.

하늘에 계신 하느님의 마나님께서 하루는 번쩍번쩍 빛나는 그 아름답고도 아름다운 보석 반지를 뽑아 가지고 만지작거리시다가, 그만 실수하셔서 덜렁 떨어뜨려 버렸습니다.

그래서 그 보석반지를 찾으려고 하늘 구석구석을 아무리 찾아보아도 나오지를 않았습니다. 그래 하루는 하느님께서 많은 신하들을 부르시고 보석반지를 찾아낼 회의를 열었습니다.

여러 가지 의견이 나왔는데, 그 중의 한 신하가

"아무리 해도 하늘에는 없을 것 같습니다. 보석반지는 필경 지구라는 땅 위에 떨어졌을 것입니다. 그러니까, 지구에 내려가서 찾아보면 기어코 찾으실 수가 있으리라고 확신합니다."

이렇게 이 하늘나라 신하는 하느님께 아뢰었습니다. 그러니까, 하느님은

"거참! 네 말이 지당하다. 그럼, 지구에 가서 어디 찾아보기로 하자."

이렇게 말씀하시고, 하늘나라에서도 지혜 많고 힘세기로 유명한 장수 한 사람에게 지구에 가서 보석반지를 찾아올 사명을 명령하셨습니다.

그래 이 지혜 많기로 하늘나라에서도 이름 높은 장수는 하늘나라로부터 훨훨 지구에 날아와서 보석반지를 찾게 되었습니다. 그런데 이때는 아직 지구가 그저 곤죽 같은 진창이었습니다. 그리고 산이니 바다니 강이라는 게 없고, 그저그저 평평한 곳이었습니다. 이 장수는 지구의 이 구석 저 구석을 살펴보았으나 금반지는 보이질 않았습니다. 그래 진창 속에 파묻혀 있는가 생각하고, 그 큰 손으로 진창을 만지작하

고 주물렀다 놓은 곳은 산이 되고요, 손으로 땅을 파낸 곳은 바다가 되고요. 손가락으로 쭉 훑은 곳은 강이 되었답니다.

[경상북도 대구]

43. 코 길어진 욕심쟁이

옛날도 옛날, 어떤 곳에 살림살이가 구차해서 매일 매일 산에 가서는 나무를 해다가 집안 살림을 보태곤 하는 소년이 한 사람 살았습니다.

하루는 또 지게를 지고 산에 나무를 하러 갔습니다. 나무를 거의 다 한 짐 가득이 했을 무렵 갈퀴로 버억 하고 마른 나뭇잎을 긁어 댕기니까, 호두 한 알이 떼굴떼굴 굴러 나왔습니다.

"요건 우리 아버지나 갖다 드려야겠군."

이렇게 마음 착한 이 소년은 해가 저물어 시장해졌는데도 제가 먹을 생각을 하지 않고 먼저 아버지 갖다드리려고 호두를 호주머니에다 집어넣었습니다. 그리고 또 한 번 갈퀴로 버억 긁어 댕기니까, 호두 한 알이 또 떼굴떼굴 굴러 나왔습니다. 마음 착한 소년은

"요건 우리 어머니 갖다 드리자."

이렇게 또 제가 먹으려고는 하지 않고, 어머니 드리겠다고 그 호두를 호주머니에다 집어넣었습니다.

"버억."

하고 또 한 번 긁어 댕겼습니다. 호두가 또 한 알 떼굴떼굴 굴러 나왔습니다.

"요건 우리 형님 갖다드리자."

이렇게 말하고 또 호주머니에 집어 넣었습니다. 또 한 번 버억 당겼습니다. 또 한 알 떼굴떼굴.

"요건 내가 먹을까?"

하고 바싹 깨물어 먹었습니다.

나무가 한 짐 그득그득 되었습니다. 그만 갈퀴를 지게 위에다 올려 놓고, 밧줄로 묶은 다음 지게를 지고 집으로 돌아가려고 하였습니다. 그러나 어느새 해가 바다 속에 떨어져 버렸는지 해가 져서 큰 나무들

이 어슴프레하고, 샛별이 반짝거렸습니다. 달이나 뜨는 때면 그래도 달빛을 의지해서 돌아가겠는데, 달도 뜨지 않는 때입니다. 참 캄캄하게 어두워지면 5리나 되는 집까지 갈 일이 난처하기 짝이 없습니다. 할 수 없습니다.

'별 수 없다. 이제 어디를 좀 가서 하룻밤을 거처해 가지고 갈 밖에.'

이렇게 생각하고 의지할 곳을 찾노라니까 큰 밤나무 옆에 다 썩어서 무너져 가는 집이 하나 있었습니다.

소년은 밖에 나무지게를 작대기로 버텨 놓고 그 빈 집에 들어갔습니다.

담은 무너지고, 문도 없는 아주 쓸쓸한 집이었습니다. 겨우 비바람이나 피할 정도의, 집이라고 하기보다는 허청이라고 하는 게 좋습니다.

마루 위에서 자려고 해도 어쩐지 무시무시하고 먼지가 푸석푸석 쌓여 있어서 잘 생각이 없고, 또 짐승이 오면 어쩌노?

이렇게 생각하고 들보에 기어 올라가서 들보에 걸터앉았습니다.

담 벽에 등을 기대고 포근히 잠이 들어가려고 할 때, 웅성웅성 하는 소리와 쿠덩쿠덩 하는 발자국 소리가 나더니, 도깨비들이 스물 남짓 들어옵니다.

마음 착한 소년은 무서워서 숨을 죽이고 목을 움츠러뜨리고 있는데,

"애 애 너 오늘 무슨 일했니? 난 오늘 짐 싣고 가는 소발을 땅에다 딱 붙여 놓으니까 사람은 자꾸 가지 않는다고 소를 때리고 소는 또 안타까워서 자꾸 머엉머엉 하면서 요동을 치겠지. 어찌 우습고 재미있었는지. 하하하."

"난 오늘 하루 종일 샘 두덩에서 잠만 자고 왔다."

"난 한길에서 소똥을 떼굴떼굴 굴리면서 놀았다."

"난 춤도 추고 노래도 부르면서 하루를 보냈다."

"난……"

"……했다."

이렇게들 제각기 오늘 한 일을 말하느라고들 야단법석을 하였습니다.

그러다가 그 중에서 한 도깨비가

"이제 시장한데 무얼 좀 먹고, 또 놀자. 얘들아."

하고 꽁무니에서 다듬이 방망이 같은 것을 꺼내더니,

"자, 뭐부터 먹을까?"

하니까

"우선 술부터 먹자."

이렇게 다른 도깨비가 말하였습니다. 그러니까 다듬이 방망이를 가진 도깨비가 그 방망이를 문턱에 딱딱 두서너 번 두드리고

"술이 자꾸자꾸 나오너라."

하고 말하니까, 어디서 들어오는지 큰 독, 작은 독 항아리들이 술을 가득가득 담고 들어왔습니다.

도깨비들은 술을 퍼 마시더니,

"이제 얘! 안주가 있어야겠다. 안주를 자꾸자꾸 내라."

하고 외치니까, 방망이를 가진 도깨비가 다듬이방망이를 또 딱딱딱 문턱에 두드리면서

"소고기, 돼지고기, 지짐이가 자꾸자꾸 나오너라."

하였습니다. 그러니까 어디서 들어오는지 소갈비, 돼지머리, 그리고 김이 문문 나는 지짐이가 자꾸자꾸 꼬리를 맞물고 들어왔습니다.

도깨비들은 이것들에 들어붙어서 와구와구 먹습니다. 이것을 보고 마음씨 고운 소년도 배가 쓸쓸하고 고픈 게 밥 먹고 싶은 생각이 났습니다. 그러나 밥은 없고 해서 아까 산에서 갈퀴질할 때 떼굴떼굴 굴러나온 호두 알을 한 알 호주머니에서 꺼내

"빠작!"

하고 깨물어 먹었습니다.

그런데 소고기, 돼지고기, 지짐이들을 먹느라고 잠자코 있던 도깨비

들은 마음씨 고운 소년이 호두를 깨무는 빠짝! 하는 소리에 놀라서

"에쿠 에쿠! 어서 나가자. 집이 무너진다, 집이 무너져!"

하면서 바깥으로 다들 도망질하였습니다.

마음씨 고운 소년은 들보에서 기어 내려와 보니까, 아까 도깨비가 딱딱 치기만 하면 아무거나 나오라는 것이 나오곤 하는 방망이가 그냥 놓여 있었습니다.

'야 이거 횡재했구나. 우선 배가 고프니, 어디 떡이 나오나, 한 번 두드려보자.'

이렇게 생각하고

"찰떡, 인절미 콩떡이 나오너라."

하고 딱딱딱 문턱에다 때리니까, 이거 참! 아닌 게 아니라 정말 찰떡, 인절미들이 나왔습니다. 어디서 오는지 자꾸자꾸 들어왔습니다.

날이 밝자 마음씨 고운 소년은 그 보물 방망이를 가지고 집으로 돌아왔습니다. 그리고

"커다란 기와집이 나오너라."

"아버지 드릴 좋은 음식이 나오너라."

"어머니 드릴 좋은 옷이 나오너라."

하면서 딱딱 딱딱 두들겨서 남부럽지 않은 부자가 되어 재미나는 생활을 하였습니다.

그런데 이 마음씨 고운 소년과 같은 동네에 사는 소년이 하나 있었습니다. 소년은 마음씨 곱지 못하기로 동네에서 이름난 아이입니다. 부모님에게 매양 말대꾸나 하고 밖에 나가서는 애들과 쌈질만 하고 다니는 애입니다. 이 애가 하루는 마음씨 고운 소년이 사는 큰 기와집에를 찾아갔습니다.

"애, 너는 그전에 아주 구차한 살림을 하였는데, 그렇게 갑자기 부자가 되었으니, 어떻게 해서 그렇게 갑작부자가 됐니? 좀 가르쳐주렴."

하고 말했습니다. 워낙 마음씨가 고운 소년은 숨기지 않고 이러이러 이렇게 해서 보물방망이를 얻은 이야기를 세세히 말해 주었습니다.

그러니까 마음씨 곱지 못한 소년은 저도 그 보물 방망이를 얻어오겠다 생각하였습니다. 그리고 평생 하지 않던 나무를 하러 간다고 하면서 지게를 지고 산에 갔습니다. 버억버억 갈퀴로 마른 잎을 긁어당기고 있는데, 과연 호두가 한 알 떼굴떼굴 굴러 나왔습니다.

"이건 내가 먹자."

마음씨 곱지 못하기로 이름난 이 소년은 저부터 먹고 볼 판입니다. 이렇게 말하고 버쩍 깨물어 먹었습니다.

갈퀴질을 또 버억 하니까, 호도가 또 한 알 떼굴떼굴 굴러 나왔습니다. 마음씨 곱지 못한 소년은

"야, 이거 또 나오누나. 거 참 호두가 맛나다. 요것도 내가 먹자."

이렇게 욕심쟁이 소년은 두 번째로 나온 호두도 또 바짝 깨물어서 제가 먹었습니다. 또 한 번 버억하고 갈퀴를 긁어낭기니까 호두가 또 한 알 떼굴떼굴 굴러 나왔습니다.

"이건 우리 아버지나 줄까?" 이렇게 말하고 호주머니에다 담았습니다. 이렇게 버억버억 당겨서 대여섯 알을 호주머니에 담았습니다. 그리고는

"이제 그만 두자!"

하고 나무도 없는 빈 지게를 지고, 마음씨 고운 소년이 가리켜준 밤나무 아래의 빈 집을 찾아갔습니다.

과연 그 집은 마음씨 고운 애 말과 같이 아무도 없는 빈 집이었습니다.

마음씨 곱지 못하기로 이름난 소년은 두 말 없이 마음씨 고운 소년이 한 대로 성큼성큼 들보에 기어 올라갔습니다.

들보에 올라간 마음씨 곱지 못하기로 동네에서도 이름난 소년이 들보를 말타기하고 도깨비들이 들어오기만 기다리고 있는데, 해가 지고 어두워지니까 과연 도깨비들이 주욱 몰려왔습니다.

좀 무시무시합니다. 몸을 웅크리고 있는데, 마음씨 고운 소년의 말처럼

"너 오늘 어디 갔었더냐?"

"난 아무 델 가서 무엇을 했다."

"난 또……"

이렇게들 분주하게 말들을 합니다.

이렇게 한참 동안 야단법석을 하더니 술 먹자, 고기 먹자 하면서 한 놈의 도깨비가 꽁무니에서 부슬부슬 방망이를 꺼냅니다.

'오냐. 저게 그 보물 방망이란 것이로구나. 이제 나도 별 수 없이 부자가 되겠구나.'

이렇게 생각하고 침을 한 번 꿀꺽 삼켰습니다.

아닌 게 아니라 참 그 방망이로 딱딱 딱딱 한 번 두드리니까, 술이 들어오고 고기가 들어오고 떡이 들어옵니다. 그 방망이가 욕심나기 짝이 없었습니다.

마음씨 곱지 못하기로 이름난 소년은 호주머니에서 호두를 한 알 끄집어내서

"버쩍!"

하고 힘껏 깨물었습니다. 그러니까 놀라서 뛸 줄만 알았던 도깨비들이 뛰지는 않고

"얘, 저게 무어가? 또 빠짝 하는구나."

"요전에 왔던 그 놈이 재미를 보고, 또 왔나 보다."

"그 놈이 또 우리를 속이려는 게구나. 그 놈을 끌어내려라. 경을 치자, 경을!"

이렇게들 외치더니 도깨비들이 와악 몰려와서, 마음씨 곱지 못한 소년을 끌어내렸습니다. 참 뜻밖입니다. 이렇게 도깨비들이 마음씨 곱지 못한 소년을 끌어내리고는,

"얘 얘, 이놈이 좀 톡톡히 혼이 나라고 코를 길게 해주자."

이렇게 한 놈의 도깨비가 외쳤습니다. 마음씨 곱지 못한 소년은 "난 아녜요, 아녜요. 요전에 왔던 애는 다른 애여요. 난 아녜요." 하면서 울며불며 외쳤습니다. 그러나 아무리 외쳐봐도 모두 허사였습니다.

방망이를 가진 도깨비가 방망이를 딱딱 두드리면서

"이 놈의 코를 기다랗게 뽑아줘라."

하니까 마음씨 곱지 못한 소년의 코가 물신물신 일어나서, 한 백 자가 될 만큼 기다란 코가 되었습니다.

마음씨 곱지 못하기로 이름난 소년은 코가 길어진 채로 쫓겨났습니다. 큰 변을 당했습니다. 엉엉 엉엉 엉엉 울면서, 집으로 돌아오다가 강을 건너려고 하는데, 아직 이른 새벽녘이어서 뱃사공이 나오지를 않았습니다. 그래 처치하기가 거북한 기다란 코를 강 건너쪽에 건네 놓고 앉아 있다가 그만 잠이 들었습니다.

그런데 길을 가던 나그네 한 사람이 이 강을 건너려고 강가에 와보니까, 배는 없고 전에 없던 외나무다리가 놓여 있었습니다.

마음씨 곱지 못한 소년의 기다랗게 늘어난 코를 외나무다리로 알았던 것입니다. 나그네는 기다란 담뱃대를 들고 그 외나무다리 위로 강을 건너다가 중간쯤 가서 그 코 위에다가 담뱃불을 툭툭 떨었습니다. 이 바람에 잠을 자고 있던 마음씨 곱지 못한 소년은 뜨거워서 눈을 번쩍 뜨면서 코를 잡아당겼습니다.

강을 건너던 나그네는 그만 물에 텀벙 빠져서 한참동안 풍당풍당 하다가 겨우 헤엄쳐 나왔습니다. 그리고 기다란 코가 강 가운데 떨어졌는데 물고기들은 먹을 게 생겼다고 좋아하면서 들어붙어서 코를 파먹었습니다.

마음씨 곱지 못한 소년은 코에서 피를 뚝뚝 흘리면서 엉엉 울며 집으로 돌아갔습니다.

[모집지 불명]

44. 곶감 이야기

어떤 산골에 범이 한 놈 있었더랍니다.

이 범은 늘

"나야말로 백수의 왕이다."

이렇게 뽐을 내고 누구든지 저를 무서워한다고만 생각하고 있었습니다.

하룻밤은 배가 출출한 게 배고프기 짝이 없었습니다. 그래

'인가에 내려가서, 송아지라도 한 놈 훔쳐다 먹으리라.'

범은 이렇게 작정을 하고 어떤 사람 사는 집에 갔습니다. 그런데 안마당에 들어가니까.

"으앙 으앙."

하고 어린애 우는 소리가 들렸습니다.

이렇게 어린애가 자꾸 울어대니까, 어머니가 속이 타서 어어어, 애를 흔들면서 달랬습니다. 그러나 어린애는 울음을 멈추지 않고, 그냥 자꾸 웁니다.

"아가, 아가, 내 사탕 줄까?"

어머니가 이렇게 달랬습니다. 그러나 그냥 으앙 으앙 하고 웁니다.

"아가, 아가, 울지 마라. 저거 봐, 저기 승냥이가 온다, 승냥이."

그래도 어린애는 울음을 그치지 않았습니다. 어머니는 속이 탑니다.

"아가, 아가, 저것 봐! 문 밖에 큰 범이 와서 앉아 있지 않니? 울지 마라, 저것 봐, 범이다 범."

어머니는 이렇게 말했습니다.

문 밖에 앉아서 물끄러미 창을 쳐다보고 있던 범은 깜짝 놀랐습니다.

이 집 마누라는 집안에서 어두운 밖에 와 앉아 있는 자기를 알지 않습니까? 그런데 범이 더 놀란 것은 백수의 왕인 자기가 와 앉아 있다는데

도 어린애가 무서워하지 않고, 그냥 울음을 그치지 않고 자꾸 울어대는 것이었습니다. 지금까지 내로라고 뽐내던 호기가 좀 떨어졌습니다.

범은 어깨를 푹 내리고 그냥 앉아 있었습니다. 어머니는 그냥 자꾸 안타까워서 얼싸얼싸 어린애를 추면서

"애야, 울지 마라. 내 그럼 곶감 줄까, 곶감?"

이렇게 말하니까, 어린애는 금방까지 울던 울음을 뚝 끊었습니다. 범은 깜짝 놀랐습니다.

"에쿠, 이 세상엔 나보다 더 무서운 곶감이란 것이 있구나. 에쿠 에쿠!"

이렇게 지랄을 하여 무서운 곶감한테 잡혀 죽을까 봐 범이 뺑소니를 치다가, 그만 소뿔에 눈알이 걸려 뽑혀 죽고 말았더랍니다.

[평안남도 안주군 문전동]

45. 북두칠성

옛날도 옛날, 어떤 곳에 돈 많고 쌀 많고 근심도 많은 한 사람이 살았습니다.

이 부자에게는 아들이라고는 단 하나밖에는 없었습니다. 그런데 이 애가 하루는 마당에서 놀고 있는데, 꽹과리를 치면서 동냥을 하러 다니는 중이 한 사람 지나가다가, 이 애를 쳐다보더니,

"아뿔사, 명민하게는 생겼구만은, 몇 해를 지나지 못하여 죽겠군."

이렇게 혼잣말을 하고는, 혀를 끌끌 차면서 가버렸습니다.

이 애는 중이 하는 말을 듣고, 곧 집안에 달려가서 아버지한테 지금 지나가던 중이 하던 말을 말씀드렸습니다.

이 말을 듣고, 부자 영감은 깜짝 놀랐습니다. 귀하고 귀한 단 하나뿐인 아들이 몇 해를 살지 못하고 죽겠다고 하니까, 오죽이나 놀랐겠습니까.

부자 영감은 버선발로 중이 지나간 길로 중을 따라갔습니다. 죽을 힘을 다 써가면서 달려가니까, 산에 채 못 가서 중을 만났습니다.

"대사님! 대사님은 사람이 언제 어느 때 죽을 것을 아시니까, 반드시 사람이 어떻게 하면 좀 더 오래 살 수 있는지, 그 방법도 아실 겝니다.

대사님! 제발 좀 내 아들 그거 하나밖에 없는 아들이 죽으면 안되니, 대사님 우리 아들을 좀 더 살려주십시오. 어떻게 하면 좀 더 오래 살겠습니까? 대사님!"

하고 늙은 부자 영감은 이렇게 간절히 중더러 애원하였습니다. 그러나 중은

"아닙니다. 전 그런 것까지는 알지 못합니다."

하고 거절을 하고, 그냥 걸어갑니다. 늙은 부자 영감은 그냥 중의 뒤를 좇아가면서 자꾸 어떻게 하면 제 아들이 몇 해를 지나 죽지 않고 좀

더 오래 살 수 있겠는가 그 방법을 가르쳐 달라고 자꾸 졸라댔습니다.

그래도 중은

"나무아미타불 나무아미타불."

염불을 부르면서 영감님의 말은 못 들은 척하고 그냥 갑니다.

아들이라고는 하나밖에 갖지 못한 늙은 영감은 어떻게 하든지 아들을 살려내야겠다고 굳은 마음을 가지고 중의 뒤를 그냥 자꾸 쫓아가면서 애걸복걸하였습니다. 그러니까, 중도 드디어 이 늙은 영감님의 지성에 감복되어

"그럼, 내일 금강산 만물상 위에 올라가 보십시오. 바로 늙으신 스님 두 분이 장기를 두고 있을 것입니다. 그 스님한테 가서 간원하여 보시오."
하고는 터벅터벅 숲 속으로 들어가 버렸습니다.

이튿날 아침 동이 트자, 외아들은 금강산을 향하여 길을 떠났습니다.

외아들이 해가 저물락 할 때 만물상 꼭대기에 올라가니까, 과연 허연 늙은 중이 두 사람 마주 앉아서 툭 툭 장기를 두고 있었습니다. 이 애가 그 앞에 가서 무릎을 꿇고,

"제발 제 생명을 살려주옵소서."
하고 애원하였습니다. 그러니까, 점잖고 인자하게 생긴 중은 두던 장기를 멈추고

"여보게 북두! 이 소년이 불쌍하네그려, 목숨을 살려주게나."
하고 말하니까, 북두라는 아주 험상스레 생긴 중이 눈을 번쩍 올려뜨면서,

"별소리 말고 어서 장기나 마치세. 조그만 놈이 요절부절 지저대는 걸 일일이 대꾸할 필요가 없잖은가, 자 어서 두게!"
하고는 장기를 들여다보고 있었습니다.

이 말을 듣고, 이 애는 더욱더욱 간절한 낯으로 눈에 눈물을 흘리면서 애원을 하였습니다. 그 모양이 인자스레 생긴 중에게는 불쌍하기

짝이 없습니다. 그래 자꾸 그 험상스레 생긴 중더러 살려주라고 하였습니다. 그러나 험상스레 생긴 북두라는 중은 그렇게는 못한다고 합니다. 이렇게 두 늙은 중은 서로 싸웠습니다.

한참 동안 "목숨을 살려주게." "아니 그렇겐 못해." 하면서 싸우다가, 험상궂게 생긴 중은 그만 할 수 없다는 듯이 휘 한숨을 한번 내쉬면서,

"임자가 그렇게 야단이니, 할 수 없네. 그럼, 살려주지."

하고 사람들의 이름을 쭉 써 놓은 두껍고 커다란 책을 벌컥벌컥 뒤지더니, 이 소년의 이름을 쭈욱 지워놓았습니다.

그런데 이때 장기를 두던 늙은 중들은 인자하게 생긴 중이 남두칠성이고, 또 험상궂게 생긴 중은 북두칠성이었더랍니다. 지금도 사람이 죽고 살고 하는 것을 결정하는 것은 이 북두칠성이 한답니다.

[함경남도 함흥]

46. 효자와 산삼

옛날도 옛날 아주 오랜 옛날, 어떤 곳에 아들 내외가 늙으신 어머님을 모시고 살았습니다. 그런데 어머니가 중한 병에 걸려서 상태가 아주 위급하여졌습니다. 아들 내외는 어머님의 병을 낫게 하여 드리려고 명의라는 명의는 다 찾아서 좋은 약을 구해다가 대접을 하곤 하였습니다. 그렇지만 어머님의 병은 좀처럼 낫질 않아서 아들 내외는 근심에 싸여 있었습니다. 그런데 어느 날 문 앞에 중이 한 사람 와서 꽹창꽹창 꽹과리를 치면서 염불을 외고 있었습니다.

이 사람이 바리에 쌀을 하나 가득 담아 가지고 나가서 공손한 태도로 그 쌀을 주었습니다. 그러니까 머리가 허연 늙은 그 중이 이 사람의 낯을 바라보고,

"당신께서는 낯빛이 좋지 못하신 것 같은데, 댁에 무슨 근심이라도 있습니까?"

하고 물었습니다. 그래 이 사람은 어머님이 병이신데 백약이 무효하므로 근심 중이라고 대답했습니다. 그러니까 허연 노승은

"어머님의 병환을 나으시게 할 방법이 한 가지 있기는 있습니다마는, 이건 극히 어려운 일이므로 차라리 말씀드리지 않는 것이 좋겠습니다."

하고 말합니다.

이 사람은 이 말을 듣고 기뻐하면서,

"아무리 어려운 일일지라도 반드시 해서 어머님 병환을 고쳐 드리겠으니, 가르쳐 주시면 천만 감사하겠나이다."

하고 애원하였습니다. 그러니까 노승은 자못 감탄하였다는 낯으로 이렇게 말했습니다.

"당신에게는 금년 열 살된 아들애가 있지요?"

중은 눈을 스르르 내려 감고 또 다음과 같이 말했습니다.

"이 아들을 솥에다 삶아서 대접해드리십시오! 그렇게 해야 당신의 어머님 병이 나으십니다."

"……"

이 사람은 아무 말도 대답하지 않고, 눈을 감고 우두커니 서 있었습니다. 이렇게 얼마쯤 서 있다가 눈을 떠보니까, 아까 그 노승은 온데간데도 없어지고 말았습니다.

이 사람은 노승이 하라고 한 이 일을 어떻게 하면 좋을까 생각하고 생각다 못해 아내더러 노승이 하고 간 말을 죄다 말하여주었습니다. 그러니까 아내는

"아들은 또 낳으면 있겠지만, 어머님은 한 번 돌아가시면 또 다시는 모실 수가 없지 않습니까. 어서 그 애를 삶아서 대접합시다."

하고 이렇게 말했습니다.

아들 내외는 애를 삶을 준비를 다해 놓았습니다. 그리고 애가 서당에서 돌아오기를 기다리고 있었습니다.

그러니까 이 날은 애는 전보다 좀 일찍이 낮이 조금 지나자 서당에서 돌아왔습니다. 돌아오자마자, 밥 달라고 합니다. 이걸 다짜고짜로 냉큼 들어서 솥에 집어넣고 뚜껑을 꽉 덮어놓았습니다. 그리고는 아궁이에 불을 자꾸 땠습니다.

솥의 물은 설설 끓기 시작을 하더니, 김이 나옵니다. 뜨겁고 뜨거운 김이…….

아들 내외는 애 삶은 고기를 어머님께 대접하였습니다. 그러니까, 과연 중이 말해준 것과 같이 그렇게도 중하던 병이 담박에 깨끗이 나았습니다.

아들 내외가 어머님의 병이 나으신 것을 기뻐하면서 있는데, 해가 저물락 할 때 문밖에서

“엄마! 배고파, 밥 줘!”
하는 애 소리가 들리지 않습니까.

아들 내외는 깜짝 놀라면서 왈칵 문을 열고 보니까, 어디 하나 자기 아들의 모습과 손톱만치도 틀린 데 없이 똑 같은 저희 아들입니다. 그러나 애는 벌써 솥에다 삶아서 어머님께 대접해 버렸는데, 이게 웬 일입니까?

‘옳지, 이게 아마 그 애의 귀신인가보다.’

이렇게 생각하고 고함치려고 할 때

“에헴 에헴.”
하고 문 밖에서 기침 소리가 나더니, 그 전에 왔던 머리가 허연 늙은 중이 문을 열고 들어왔습니다.

“이 애를 책망하시지 마시오. 아까 당신 내외께서 삶으신 것은 애가 아니고 당신들의 효성에 감복해서 하늘이 내려 보내주신 산삼이었습니다. 이 애는 틀림없는 당신네 아들이올시다. 귀히 기르십시오.”

이렇게 말하고는, 그 중은 어디로 갔는지 없어지고 말았습니다.

[모집지 불명]

47. 쿨떡이 이야기

옛적옛적 한 옛적, 한 어머니가 아들 형제를 데리고 살았습니다. 아버지는 일찍이 돌아가셨기 때문에, 어머니가 삯바느질과 삯빨래를 하고, 큰 아들은 산에 가서 나무를 해다가는 이걸 장에 가져다 팔아서, 세 식구가 그날 그날 생활을 겨우 부지하였습니다.

그런데 하루는 형이 아우더러 산에 올무를 놓았는데, 무엇이 걸리지나 않았는가 나가보라고 하였습니다. 그래 아우가 나가 보니까, 노루 한 마리가 올무에 걸려서 버둥버둥 발버둥질을 치고 있었습니다. 그러나 아우는 아주 미련하기도 동네에서도 이름이 났었습니다.

"옆 집 송아지가 걸렸군."

하고 미련한 아우는 노루를 그만 놓아주고 말았습니다.

아우 쿨떡이는 집에 돌아가서 형더러 이렇게 이야기했습니다.

"가 보니까, 꼬리 떨어진 송아지가 올무에 걸려서 버둥질을 치고 있더라. 그래 내가 놓아주니까, 좋아서 뛰어 가더라."

이 말을 듣고 형은 하도 어이가 없었습니다. 이튿날 형은 또 쿨떡이더러 올무에 무엇이 걸리지나 않았나 나가보라고 하였습니다. 쿨떡이가 나가 보니까, 이번엔 꿩이 한 마리 올무에 걸려서 푸득푸득하고 있었습니다. 그러나 미련하기 짝이 없는 쿨떡이입니다.

"뒷집 수탉이 걸렸군! 아뿔사."

하고, 또 그 꿩을 놓아주었습니다.

쿨떡이는 집에 돌아가서 형더러

"뒷집 수탉이 걸려 있길래 놓아주니까, 끼득끼득 좋아하면서 날아가더라."

하고 말했습니다.

"얘 임마! 그건 수탉이 아니라, 꿩이라는 게다."

하고 한숨을 후- 내쉬었습니다.

"임마, 쿨떡아! 내일은 아무 것이든 놓아주지 말고 가져오너라."
하고 형이 아우 쿨떡이더러 말했습니다. 그런데 어머니가 그 날 산 너머 큰 동네에 가서 삯바느질을 하고 오다가 그만 올무에 걸렸습니다.

미련하고 미련한 쿨떡이가 이것을 보고,

'오냐, 또 걸렸구나! 아무 것이든 걸린 게 있으면 놓아주지 말고 가져오라고 했는데, 가져가야겠다.'

이렇게 생각하고, 어머니를 그냥 줄줄 끌고 왔습니다. 나무그루에 걸려 낯에서 피가 흐르고, 돌에 부딪혀 무릎에서 피를 흘리며 어머니는

"얘, 쿨떡아! 내가 너의 어머니 아니냐. 네 어머니 아니냐."
하고 놓아달라고 하였습니다. 그러나 쿨떡이는

"형이 오늘은 아무 거나 걸렸으면 가져오라고 했는데…"
하면서 종시 어머니의 말을 들어주지 않고, 그냥 어머니를 줄줄 끌고 집으로 돌아왔습니다.

집에까지 오니까, 어머니는 그만 돌아가시고 말았습니다.

"얘 임마! 아무리 그래도 어머니를 끌고 오라고 했겠니? 어머니가 돌아가시고 말았으니, 이 일을 어쩐단 말이냐."
하면서 형은 흑흑 느껴 울었습니다.

"형이 아무 거나 걸렸으면 놓아주지 말고, 끌고 오라고 했잖아? 그래 어머니가 걸렸길래 끌고 왔지 뭐."
하고 쿨떡이가 형더러 투덜투덜하였습니다.

형은 할 수없이 쿨떡이더러 어머니를 묻어 드릴 묘 자리를 보고 오라고 하였습니다. 그러니까, 쿨떡이는 느럭느럭 나가더니, 한나절을 지나서 돌아와 묘 자리를 보고 왔다고 하였습니다.

그래 형은 어머님의 시체를 고이 등에 지고 쿨떡이 뒤를 따라 가보니까, 묘 자리라고 하는 것은 큰 한 길에 난 소발굽 자리였습니다.

이런 아우를 데리고 살아가려니까, 형세는 점점 더 어려워져서 나중에는 굶어죽을 수밖에는 없게 되었습니다. 그래 형은 할 수 없어서 아우 쿨떡이를 데리고 밤중에 부잣집 광 벽을 뚫고 들어갔습니다.

형은 섬을 잡고 쿨떡이는 말로 쌀을 되는데 미련한 쿨떡이는,

"한 말, 두 말, 세 말!"

하고 목청을 높여 외고 있었습니다. 형이 옆구리를 쥐어박으면서,

"살그머니 한 말 두 말 하려무나."

하니까, 쿨떡이는 이번엔

"살그머니 한 말, 살그머니 두 말, 살그머니…"

이렇게 신이 나서 소리를 고래고래 질렀습니다.

그 소리를 주인이 못 들을 리가 없었습니다.

"어떤 놈이 남의 집 광에 들어와 벼를 훔쳐가네!"

하고 외치면서 나왔습니다. 그러나 형제가 얼른 볏섬 틈에 숨었기 때문에, 요행히 잡히지 않았습니다. 주인은 한참 동안 어두컴컴한 광 속을 살펴보다가,

"내가 헛 들었나보다."

하면서 부시럭 부시럭 허리띠를 풀고 오줌을 누기 시작하였습니다. 그런데 오줌을 누느라고 눈 것이 모가지를 꾹 박고 숨어있는 쿨떡이 잔등이었습니다. 쿨떡이는 깜짝 놀라면서,

"어떤 놈이 남의 잔등에 오줌을 누니?"

하고 소리 질렀습니다.

형제는 그만 붙잡히고 말았습니다. 그러나 주인은 형의 말을 죄다 듣고는 형제의 신세를 불쌍히 생각하고 도리어 벼 석 섬을 주었습니다. 형제는 코가 땅에 땋도록 절을 하고 벼를 지고 집으로 돌아왔습니다.

형이 하루는 산에 나무를 하러 가면서 쿨떡이더러 죽을 쑤어 놓으라고 하였습니다. 쿨떡이는 형의 말대로 죽을 쑤었습니다. 그런데 죽이

끓느라고

“쿨떡쿨떡”

소리를 냈습니다. 쿨떡이는 죽이 끓느라고 쿨떡쿨떡 하는 소리를 듣고, 죽이란 놈이 함부로 남의 이름을 부르며 절 놀린다고 하여 죽솥을 돌멩이로 깨뜨려버렸습니다.

형이 돌아와서 이 모양을 보고 하도 안타깝고 슬퍼서

‘호소할 곳 없는 내 가슴 속을 어머님께나 말씀드리겠다.’

생각하고 쓸쓸한 어머니 무덤엘 나갔습니다.

목을 놓고 자꾸자꾸 안타까이 우니까, 이상하게도 어머니 무덤이 짝 갈라지더니, 무덤 속에서 강아지 한 마리가 나왔습니다.

형은 이상히 생각하면서 가슴 속에 그 강아지를 안고 집으로 돌아왔습니다. 놀랍게도 강이지는 밥을 짓고 빨래를 할 뿐만 아니라, 밭에 나가서는 입으론 밭을 갈고 앞발로는 씨를 뿌리고, 뒷발로는 자국을 밟고, 꼬리로는 흙을 덮는 조화를 피우곤 하였습니다.

형은 기쁘기 짝이 없었습니다.

‘내가 너무 안타까워하니까, 아마 어머니가 내게 보내주신 게다.’

생각하고 그 강아지를 무척 아끼며 길렀습니다.

하루는 또 강아지를 안고 밭으로 나가 일을 하는데, 앞 큰 길에 비단을 말에다 아흔아홉 바리 싣고 가는 사람이 있었습니다.

‘네가 비단을 많이 가졌다면, 내 강아지만이야 하겠니?’

이렇게 생각하고 형은 제 강아지를 자랑하고 싶었습니다.

“여보시오! 입으로는 밭을 갈고, 앞발로는 씨를 뿌리고, 뒷발로는 자국을 밟으며 꼬리로는 흙을 착착 덮는 강아지를 좀 보고 가시구려.” 하고 비단 아흔아홉 바리 싣고 가는 사람더러 말을 건넸습니다. 그러니까, 비단 싣고 가던 사람은

“별소리를 다 듣겠네. 그런 강아지가 어디 있단 말요. 그런 강아지가

있다면 내 이 비단 아흔아홉 바리를 죄다 줘도 좋겠네."
하면서 혀를 끌끌 찼습니다.

"정말 비단 아흔아홉 바리를 주겠소?"
하고 형은 놀라면서 말했습니다.

"암, 주고말고 그 대신 강아지가 그렇게 못 하는 날에는 그 놈의 강아지를 때려죽일 테요."

이렇게 두 사람은 서로 약속을 하였습니다. 이렇게 해놓고 형이 강아지더러 손짓을 하니까 강아지는 깡똥깡똥 밭으로 들어가더니, 참말 입으론 밭을 갈고, 앞발로는 싹싹 씨를 뿌리고, 뒷발로는 자국을 밟고, 꼬리로는 훌레훌레 흙을 묻으면서, 몽장안개가 뽀얀 속에서 잠깐 동안에 밭 한 겨리를 장만해 놓았습니다. 비단 싣고 가던 사람은 할 수 없이 아흔아홉 바리 비단을 다 주었습니다. 형은 담박에 큰 부자가 되었습니다.

쿨떡이는 형이 부자 된 게 욕심나서, 저도 형과 같이 부자가 되어보겠다 생각하고 강아지를 형한테서 빌려 가지고 밭에 나갔습니다. 그러니까 과연 또 비단 아흔아홉 바리 실은 사람이 앞길로 지나갔습니다.

'오 옳다! 저 비단이 다 내 것이로구나! 나도 이제 부자가 됐구나.'

이렇게 생각하고 기뻐서 빙글빙글 웃으면서 껑충껑충 뛰어가 비단 싣고 가는 사람한테 가서 그 사람 손을 잡으면서,

"여보시오. 비단 주오, 비단 주오! 내 강아지가 밭을 갈아요."
하면서 말고삐를 빼앗으려고 하였습니다. 비단 싣고 가던 사람은 무슨 영문인지를 모르고 눈이 둥그래져서 멍하니 서 있다가,

"이놈아! 이게 무슨 짓이야. 이 미친 놈 같으니."
하고 따귀를 찰싹 한 대 먹였습니다. 그제야 쿨떡이는 정신을 차리고

"이 강아지가 입으론 밭을 갈고, 앞발로는 씨를 뿌리구요, 뒷발로는 자국을 밟고 꼬리로는 흙을 묻어요. 하니까, 이렇게 하면 정말 그 비단

을 다 내게 주겠소?"
하였습니다.

"원 별 놈을 다 보겠네."

비단 가지고 가던 사람은 중얼중얼 쿨떡이를 욕하더니,

"그럼 그래라. 강아지가 정말 네 말대로만 한다면 내 이 비단을 죄다 주마."
하고 으쓱 호기심이 생겨 비단 싣고 가던 사람은 말했습니다.

그러나 강아지는 쿨떡이 말을 도무지 듣지 않았습니다. 비단 싣고 가던 사람은 그냥 비단 실은 아혼 아홉 바리 마차를 끌고 가버렸습니다. 쿨떡이는 성이 나고 강아지가 원망스러워서 돌멩이로 강이지를 때려서 죽이고 말았습니다.

쿨떡이는 형이 강아지를 어떻겠느냐고 물으니까,

"그 놈의 강아지 내 말을 안 듣길래 때려죽였지. 왜 그래?"

이것이 쿨떡이의 대답이었습니다.

형은 울면서 강아지 죽은 곳을 찾아가서 강아지 뼈를 죄다 주워다가 마당 앞에 고이고이 파묻어 주었습니다.

그랬더니, 그 후 얼마 안 되어서 강아지 무덤에서 이상한 나무가 하나 나더니, 이 나무가 자라고 자라서 하늘까지 닿게 되었습니다. 그리고 나뭇가지 가지에는 쌀이 열리고 황금이 열리어 형은 부러운 사람이 없을 만치 부자가 되었습니다.

쿨떡이는 또 욕심이 나고 심술이 났습니다.

'나도 또 강아지 뼈를 심어야겠다.'
생각하고 형한테 가서 강아지 뼈를 좀 달라고 하였습니다. 형은 강아지 무덤을 파고 강아지 뼈를 좀 주었습니다.

쿨떡이는 마당 앞에다 그 강아지 뼈를 심었습니다. 그러니까 역시 또 이상한 나무가 강아지 무덤에서 났습니다. 이 나무가 자라고 자라서 하늘까지 닿을 만치 크고 컸습니다.

'오냐, 내 나무도 컸구나. 쌀이 열리고 황금이 열리면 나도 또 부자가 되는구나.'

이렇게 생각하면 기쁘고 기쁘기 한이 없었습니다.

참말로 커다란 열매가 열렸습니다. 쿨떡이는 무척 기뻤습니다. 그러나 열매에서는 황금과 쌀이 떨어지지 않고 똥이 좔좔 비 오듯 쏟아져서, 쿨떡이는 똥에 묻혀 죽고 말았습니다.

[평안남도 안주군 입석]

48. 지혜 다투기

옛날 중국이 우리 조선하고 지혜 다투기를 하자고 하면서 중국에서 제일 지혜 많은 사람을 보낸 일이 있습니다. 그래 조선에서도 일국의 명예에 관한 아주 중요한 일이었기 때문에 쉽게 하여서는 안 되겠다고 생각했습니다. 하루는 대신들이 모여서 토론을 하였습니다. 토론을 한 결과 전국에다

"양반이건 상인이건을 물론하고 이 일을 능히 감당할 자신이 있는 사람이면, 상은 달라는 대로 줄 것이니 청원하여라."

하고 포고를 내리게 되었습니다. 그러나 저 편이 큰 나라에서 제일가는 지혜자인 만큼 만일 지혜 다투기를 하다가 지는 날에는 그야말로 모가지가 날아나는 판인 고로, 아무도 내가 하겠노라고 썩 나서는 사람이 없었습니다.

그런데 그때 바로 압록강에서 뱃사공 노릇을 하던 사람이 있었습니다. 이 사람은 떡을 아주 좋아하였기 때문에 '떡보'라는 별명으로 불렸습니다. 이 떡보는 그리 영리하지도 못할 뿐 아니라, 게다가 또 한 눈은 애꾸눈이었습니다.

이 애꾸눈 떡보가 중국이 지혜 다투기를 청해와서 지혜 다투기를 할 사람을 구한다는 말을 듣고 하룻강아지 범 무서운 줄 모른다는 격으로, 그저 떡을 많이 먹고 싶은 욕심으로

"제가 한 번 해보겠습니다."

하고 의주 부사에게 자원을 하였습니다. 이 떡보는 압록강의 뱃사공이었기 때문에 이렇게 의주 부사한테 간 것입니다.

의주 부사가 보니, 하도 주제가 망칙하고 게다가 또 병신이 아닙니까.

"너 같은 무식한 자가 어떻게 큰 나라 사신과 같이 지혜 다투기를 할 수 있겠단 말이냐? 물러가라, 물러가!"

하고 입맛을 쩍쩍 다시면서 허무맹랑한 소리를 다 듣는다는 얼굴로 애꾸눈 떡보를 노려보면서 어서 나가라고 손짓을 했습니다. 그러나 떡보는

"사람은 외양만에 달린 것이 아닙니다. 못 견디면 내 목이 달아나지 부사님 목이 날아나겠소. 한 번만 시켜주우."

하고 자꾸자꾸 졸라댔습니다. 부사도 하는 수 없이

"그럼 한 번 나라에 보고나 해보겠다."

하고 보고를 하였습니다. 그러니까 나라에서

"나라를 대표하고 하는 일이니까, 만일 실수하는 날에는 성도 없어지고 이름도 없애 버릴 테니, 그런 각오 가진 사람이면 허락해 주어도 좋다."

고 회시(回示)가 내려 왔습니다. 그래 이 말을 부사가 애꾸눈더러 말하니까,

"네, 네, 물론 그런 생각은 하고 있습니다. 좌우간 한 번 시켜주오."

하고 자신 있는 듯이 말했습니다.

그까짓 이름이니 성이니 떡보에게는 한 푼의 가치도 없는 것입니다. 그저 소원하는 건 떡을 한 번 양껏 먹어보면 하는 것이 평생의 소원입니다. 그런 고로 상금을 많이 얻으면 그 돈으로 떡을 산더미처럼 사다가 먹겠다 생각하고 덮어놓고 그저 하겠다고 하였습니다.

이렇게 하여 떡보는 조선을 대표하여 지혜 다투기를 하게 되었습니다. 중국 사신과 만나야 될 날입니다. 그래서 우선 배가 고파서는 안 되겠다 생각하고, 찰떡, 인절미로 배를 퉁퉁하니 불리고 배를 저어서 사신을 데리러 압록강 저편까지 갔습니다.

중국 사신을 태워 가지고 다시 이짝으로 돌아오는 때였습니다. 배가 강 가운데까지 왔을 때 사신이 먼저 입을 떼어,

"새가 사공의 눈을 쪼아 먹었구나."

하고 말했습니다. 이것은 떡보의 애꾸눈을 흉본 것입니다.

이 말을 통역하는 사람이 통역을 하여주니까, 떡보는 속으로

'저 자식이 남의 얼굴을 흉보는구나. 아니꼽게.'

이렇게 생각하고, 좀 온평하지 못한 마음으로 중국 사신의 얼굴을 보니까, 입이 조금 비뚤어졌습니다. 그래

"바람이 사신의 입을 스쳤구나."

하고 떡보가 대꾸를 하였습니다. 이 말을 통역하는 사람의 통역으로 들은 중국 사신은

"야 이것 봐라. 보잘 것도 없는 애꾸눈 사공 녀석이 건방지게도 대꾸를 하는구나. 그럼 이제 다르게 한 번 할 테니, 어디 좀 혼나봐라."

생각하고 손가락으로 동그라미를 만들어 보였습니다. 이것을 본 떡보는

'야, 이 녀석 봐라! 어느 새에 내가 오늘 아침 떡 먹은 것을 알고 둥근 떡이냐고 묻는구나.'

생각하고 손가락으로 네모를 만들어 보였습니다. 둥근 떡이 아니고, 네모진 떡을 먹었다는 뜻입니다.

이렇게 하니까, 이번엔 그 중국 사신이 손가락 세 개를 내밀어보였습니다. 떡보는

'오 옳지, 세 개를 먹었느냐고 묻는구나.'

생각하고 '아니다, 다섯 개를 먹었다' 하는 뜻으로 손가락 다섯 개를 내보였습니다. 그러니까, 또 이번엔 사신이 그 기다란 수염을 썩 쓰다듬어 보였습니다. 떡보는

'흥, 맛이 있었냐고 묻는 수작이로구나.'

생각하고 배를 한 번 슬쩍 만져 보였습니다.

'맛이 아주 있어서 많이 먹었기 때문에 배가 이렇게 불렀다.'

는 뜻입니다. 이렇게 하였더니 어찌된 일인지 중국의 사신은 넋을 잃은 사람같이 눈이 둥그래져서 멍하니 있다가, 배를 도로 돌리라고 하였습니다. 압록강 저편 쪽까지 배를 도로 저어서 대주니까 중국 사신

은 그냥 가 버리고 말았습니다.

그 후 중국의 어떤 높은 관리 한 사람이 조선까지 지혜 다투기로 사신 노릇 갔던 사람한테 문답이 어떻게 되었느냐고 물으니까,

"아니 아니, 아주 당할 수 없었소. 처음 내가 손가락으로 동그라미를 만들어 보이면서 '하늘은 이렇게 둥근 것이다'는 의미를 말했더니, 그 조선 뱃사공은 곧 손가락으로 네모를 보이면서 '땅은 네모난 것이다.' 하고 대답합디다그려! 그래서 이번엔 손가락 세 개를 내밀어 보이면서 '삼강(三綱)을 아느냐?'고 물으니까 '오륜(五倫)까지도 안다'하고 다섯 손가락을 내밉니다그려.

그래 이번엔 수염을 만져보이면서 '염제 신농씨(炎帝 神農氏)를 아느냐?'하고 물었더니 뱃사공은 배를 만져 보이면서 '태호 복희씨(太昊 伏羲氏)까지도 안다!'고 대답을 하지 않습니까. 아참! 뱃사공 같은 사람이 이렇게 하나 하나 내 말에 앞질러서 지혜 있게 말하는 것을 보니까 이 뒤에 어떤 사람이 나올지 몰라서 그만 돌아오고 말았소이다."

하고 대답하였습니다. 떡보는 그 후 상을 많이 타 가지고 마음대로 떡을 먹고 살았더랍니다.

[평안북도 삭주]

49. 장원 급제한 소년

다른 사람이 와서 불쌍한 신세를 말하고 쌀을 좀 달라면 쌀을 주고, 돈을 달라면 돈을 주고, 옷 나무 뭐할 것 없이 아무 거나 달라는 것은 하나도 거역하지 않고 주곤 하는 사람이 어떤 곳에 살았습니다.

그런데 이 사람은 너무 이렇게 자꾸 달라는 걸 주곤 해서 나중에는 한 푼전도 없이 되었습니다. 단지 하나 남아 있는 것이란 아들이 있었습니다. 그런데 이 아들애는 아주 총명했었습니다. 서당에 다니는데, 한 자를 배우면 두 자를 알고, 두 자를 배우면 넉 자를 알고, 넉 자를 배우면 여덟 자를 알았더랍니다. 이렇게 공부를 아주 잘하니까 반장이 늘 시기를 하였습니다.

하루는 서울서 아무 날 과거를 보인다는 영이 내렸습니다. 그래서 이 서당에서도 과거를 보러 서울에 올라가게 되었습니다.

그런데 반장이랑 다른 애들이 이 애를 데리고 가지 않으려고 하였습니다. 나이도 저희들보다 어리고 키도 조그만 애가 공부는 엄청나게 저희들보다는 몇 배나 잘하니까, 만일 이 애가 급제한다면 머리통이 큼직큼직한 저희들은 아주 말이 못 되는 까닭이었습니다.

이렇게 자꾸 안 데리고 가겠다는 것을,

"중로에서 심부름하는 애도 있어야 할 테니, 제가 맡아서 심부름해 드릴 게 데려다 주세요."

하고 간절히 부탁해서 쫓아가게 되었습니다.

이 애는 갖은 멸시를 받으면서 서울을 향해 가는데 어떤 곳엘 가니까, 길 저편 산기슭의 목화밭에서 머리채가 삼단 같은 처녀가 어머니하고 목화를 따고 있는 게 보였습니다.

"애 애 저기 봐라. 저기 목화 따는 처녀가 있잖니? 네가 가서 그 처녀의 입을 맞추고 와야지, 널 데리고 가지, 그렇지 않으면 널 데리고 가지 않겠다."

하고 반장이 말했습니다.

이 애는 서울까지 가려면 노자도 한 푼 없기 때문에 부득불 또 반장의 말대로 하지 않을 수 없었습니다. 그러나 알지도 못하는 처녀의 입을 어떻게 맞출 수가 있겠습니까? 이건 아무래도 무슨 꾀를 부릴 수밖에는 없습니다.

이 애는 목화 따는 처녀 옆에 가서 눈물을 줄줄 흘리면서 울고 서 있었습니다. 그러니까 목화 따던 처녀의 어머니가

"총각! 왜 그렇게 울고 섰소?"

하고 묻습니다.

"눈에 먼지가 많이 들어갔어요!"

하고 이 애가 대답했습니다. 그러니까 처녀의 어머니는

"그럼, 내 혀로 둘러줄까?"

하면서 눈을 뜨라고 하였습니다.

그러니까 이 애는 싫다고 하면서 그냥 자꾸 눈물을 줄줄 흘리고 서 있었습니다. 처녀의 어머니는 딸을 불렀습니다. 그리고

"얘야, 그럼 네가 와서 이 양반의 눈을 좀 혀로 둘러 드려라."

하였습니다. 그러니까 처녀는 수줍어하면서 소년의 머리를 양 손으로 잡고 혀로 눈알을 핥아 주었습니다. 이 모양이 먼 데서 보는 접장들에게는 입을 맞추고 있는 것 같았습니다.

"아, 저놈의 자식 봐! 참 용하이 용해!"

반장은 참 놀랐습니다. 데리고 가지 않으려고 그랬지, 설마 저렇게까지야 할 줄 알았겠습니까?

모두 감탄하여 마지않았습니다. 그리고 할 수 없이 데리고 갈 수밖에야.

길을 또 훨훨 얼마쯤 가니까, 큰 기와집 후원에 커다란 배나무가 있는데, 배가 주렁주렁 열려 있습니다. 반장은 또 이 애더러,

"얘, 너 저기 저 기와집 후원에 있는 배나무에 올라가서 배를 따 와

야지, 따오잖으면 널 데리고 가지 않겠다."
하고 말했습니다.

이 애는 할 수 없이 또 배를 따오지 않을 수 없었습니다. 옷을 벗고 올라가라고 하였기 때문에, 옷을 벗어서 배나무 아래에다 벗어놓고 배나무에 올라가서 배를 따서는 머리카락에 동여매고, 또 하나 따서는 머리카락에 동여매곤 하여 반장과 다른 사람들이 먹을 열댓 개를 주렁주렁 매달았습니다.

이렇게 다 따고는 배나무를 내려와 보니까, 배나무 아래에 벗어 놓았던 옷이 없어졌습니다.

반장이 이 애를 데리고 가지 않으려고 가지고 달아나버린 것이었습니다. 이 애는 이제 가져다주겠지 생각하고, 하는 수 없이 배나무에 도로 올라가서 기다리고 있었습니다.

그런데 이 집 주인 이 정승이 낮잠을 자다가, 후원의 배나무 위에 청룡이 오르는 꿈을 보고, 이상히 생각하여 하인을 불러서,

"네 후원의 배나무에 가보고 무엇이 있든 데리고 오너라."
하고 이렇게 분부하였습니다.

하인이 그 배나무까지 가보니까 머리털을 헤쳐 놓고 머리카락에다 배를 주렁주렁 달아 매놓은 귀신 같은 모양을 한 이상스런 애가 있어서, 끌어당겨 배나무에서 내리워 가지고 정승한테 데리고 왔습니다.

세수를 시키고 새 옷을 입혀 놓으니까 아주 깨끗이 생기고 총명하여 보이는 귀여운 소년이었습니다. 정승이 글제를 내주면서 글을 지어보라고 하니까, 삽시간에 글을 지었습니다. 정승이 이 글을 보니까 아주 문장이었습니다. 그런데 이 정승이 준 글제는 이번에 볼 과거의 글제였습니다.

이 글제에 대한 이 소년의 문장은 장원 급제를 넉넉히 할 만한 문장이었습니다. 그래 정승은 기뻐하면서 그날 밤 자기 딸이 공부하는 방에 들어가서 자라고 하였습니다. 그러나 이 애는 처녀 있는 방에 들어가길

수줍어하는 까닭에, 사내가 무엇이 수줍을 것이 있겠는가 하면서 정승이 책망하였기 때문에, 마지못해 소년은 처녀의 방엘 들어갔습니다.

그날 밤 정승의 딸과 정이 통해 백년의 언약을 맺었습니다. 과거를 본 이 소년은 과연 장원 급제를 하였습니다. 병졸을 거느리고 꿍 닐리리야 꿍 닐리리야! 불고 치면서 고향으로 내려오다가, 그전에 이 소년의 눈을 혀로 둘러준 처녀의 집을 찾아가니까, 바로 그 처녀의 시집보내는 잔치가 있었습니다.

장원 급제한 이 소년이 편지를 써서 처녀한테 갖다 주게 하니까, 처녀도 이 편지를 받아보고 기뻐하면서 마음으로 이 소년을 맞아주었습니다. 외딸은 방에 들어가서 두 사람은 한 이불을 쓰고 자고 있었습니다.

이 모양을 본 사람들은 크게 놀랐습니다. 시집갈 처녀가 큰 일 났다고 집안이 뒤집혀질 것 같이 야단법석을 하였습니다.

"어떤 놈인지 시집갈 처녀를 망치게 하는 놈을 때려 죽여라."

이렇게 외쳐대면서 문을 열고 들어왔습니다. 그리고 후다닥하고 집안에 들어 왔던 사람은 놀랐습니다. 보니까 병풍에 울긋불긋한 것들이 걸려 있지 않겠습니까? 장원급제한 사람의 입는 옷입니다. 죽이겠다고 들어왔던 사람들은 그만 무서워서 비실비실 물러 나왔습니다.

그리고 처녀의 아버지도 뭐 이젠 별 수가 없게 되었습니다. 장원급제까지 한 사람에게 실수의 말이라고 하였다가는 큰 일 나는 판입니다. 그래 신랑을 잘 타일러 도로 집으로 돌려보내고, 딸은 그냥 장원급제한 소년이 하고 싶은 대로 하라고 내버려두었습니다.

장원급제한 이 소년은 이 처녀를 본처로 삼고, 이 정승의 딸을 제2부인으로 삼아 가지고 고향으로 내려왔습니다.

반장과 그 동무들은 어디로 도망쳤는지 그림자도 보이지 않았다고 합니다.

[모집지 불명]

50. 장화와 홍련

옛날도 옛날, 평안도 철산군에 배무용이란 좌수 한 사람이 살았습니다.

배 좌수는 늦도록 자식을 두지 못하여 늘 근심을 해왔습니다. 그런데 하루는 배 좌수의 마누라가 잠이 포근히 들어서 자다가 이상한 꿈을 보았습니다.

그 꿈이란 –

하늘에서 선녀가 한 사람 훨훨 날개쳐 내려오더니, 꽃송이를 하나 줍니다. 그래 그 꽃송이를 받으려고 하니까, 갑자기 그 꽃송이가 변하며 아름다운 선녀가 되더니만, 부인의 품 속으로 들어오는 것이었습니다.

이상하게도 부인이 이 꿈을 본 날부터 부인에게는 태기가 있었습니다. 좌수 부부의 기쁨이란 더할 나위가 없었습니다.

날이 가고 달이 바뀌어 열 달 만에 딸을 낳았습니다. 옥으로 빚은 것 같이 아름다운 계집애였습니다. 아버지 어머니는 그저 기쁘고 기뻐서 어쩔 줄을 몰랐습니다.

장미같이 아름답다고 하여 이름을 '장화'라고 지었습니다.

장화는 무럭무럭 자라고 자라서, 걷기 시작을 하고, 엄마 엄마를 부르게 되자, 동생이 하나 생겼습니다. 장화가 세 살 때입니다.

아우 동생도 또한 장화 못지않게 아주 예쁘고 귀여웠습니다. 그래 아버지 어머니는 기쁘고 기뻐하셨습니다. 그리고 이 애가 연꽃 같이 곱고 깨끗하다고 이름을 '홍련'이라고 지었습니다.

장화와 홍련이는 어렸을 때부터 다른 애들과는 좀 유별난 점이 많았습니다. 어머니가 포대기 위에 장화, 홍련이를 앉혀놓고, 장난감을 주면 하루 종일 가도록 한 번도 울지를 않고 저희끼리 소곤소곤 무슨 이야기를 하는지 발쪽발쪽 웃으면서 놉니다.

장화는 그래도 형이라고, 홍련의 코에서 콧물이 조르륵 흐르면, 분주히 달려가서 콧물을 씻어주는 것이었습니다. 그리고 또 조그만 장화가 조그만 홍련이를 업고 "자장 자장 워리 자장" 하면서 달삭달삭 추어주는 게 자랑스러웠습니다.

이렇게 장화, 홍련이는 의가 여간 좋지 않습니다. 그래서 아버지 어머님은 사랑스러움이 참 말할 나위가 없을 만큼 컸습니다.

이렇게 천사와 같은 장화 홍련이에게도 슬픔이 찾아왔습니다.

하루는 어머니가 오슬오슬 춥고 머리가 좀 아프다고 하시면서 드러누웠습니다. 하루 이틀 사흘이 지나도 어머님은 일어나시지 못하셨습니다. 그저 처음에는 감기라고만 생각했었던 것이 어머님의 병세는 점점 더해져갔습니다.

여섯 살밖에 안된 장화하고, 네 살밖에 안된 홍련이는 조그만 가슴을 태우면서 근심하여 잠도 안 자고, 어머니 머리맡에서 극진히 간호하였습니다. 그러나 이 장화와 홍련의 효성도 허사로 돌아가 버려 그만 아무 효험도 없이 어머님은 그만 장화하고 홍련의 귀엽고 귀여운 딸을 남기고 돌아가시고 말았습니다.

장화와 홍련의 슬프고 슬픈 설음은 하늘까지 닿아서 맑던 하늘이 갑자기 새까맣게 되더니, 쭈루룩 하늘서도 눈물이 내려왔습니다.

나이 어린 장화와 홍련은 조그마한 소복을 입고 어머님의 장례를 따라 산에까지 갔습니다. 이것을 보는 사람들은 누구나 장화와 홍련이를 불쌍하게 생각하고 우지 않는 사람이 없었습니다.

어느덧 해가 자꾸자꾸 바뀌어서 삼년상을 치렀습니다. 장화의 아버지는 집안에서 집안일을 보살필 사람이 없는 것을 근심하여 후처를 맞게 되었습니다.

그런데 후처를 맞아오느라고 온 것이 왜 이렇게도 못 생겼습니까?

퉁방울 같은 눈이 툭 솟아 나오고, 질병 같은 코, 그리고 또 입은 어찌도 넓은지 목침도 들어갈 만하였습니다. 거기다 키는요 장승 만하구요, 소리를 한번 힘껏 지르면 산이 울려서 허물어질 것 같았습니다. 그런데 더군다나 이 의붓어머니는 마음이 아주 불측스러웠습니다.

장화 홍련이가 너무도 아름답고 또 의좋은데 시기가 나서, 언제든지 흘낏흘낏 밉게 봅니다. 이 의붓어머니가 아들을 낳고 딸을 낳고, 또 아들을 낳아서 자식을 셋이나 낳았습니다. 이렇게 되고 보니까, 장화 홍련이를 더욱 더 미워하여 괄시는 점점 더 심해졌습니다.

무슨 맛있는 음식을 하여도 장화 홍련이에게는 하나도 주지 않고 저희들끼리만 다 먹어버립니다.

장화의 아버지는 이렇게 마누라가 장화 홍련이를 괄시하는 것을 보고 칼로 가슴을 오려내는 것 같이 아팠습니다.

그래서 매일 저녁때마다 밖에서 돌아오면 반드시 장화와 홍련이가 서로 끌어안고 울고 있는 외딴 방에 들어가서 눈물을 씻어주면서 위로하여 주곤 하는 것이었습니다.

의붓어미에게는 이것이 더 밉상스러웠습니다.

하루는 의붓어미가 장화 홍련이가 있는 방 문밖에서,

"너희들, 어머니가 살아 계셨던들 오죽이나 너희들이 기뻤겠니. 이것도 다 내가 못난 탓으로 이렇게 너희들을 슬프게 하는구나. 이제 또 너희들을 그 년이 괄시하거들랑 당장에 내쫓아 버리자."

하면서 남편이 전처의 딸들을 위로하고 있는 것을 엿들었습니다.

이 말을 듣고 마음씨 곱지 못한 의붓어미는 분하고 분하였습니다. 그리고 속으로

'어디 보자. 이년들! 가만 놔둘 줄 아니?'

이렇게 마음을 품었습니다. 그리고 어떻게 하면 그 년들을 없앨 수 있을까 생각을 두루 하였습니다.

의붓어미가 문 밖에서 장화 홍련이하고 아버지가 말하는 걸 엿들은 지 나흘 후의 일입니다.

배 좌수가 밖에 나갔다가 저녁 늦게 들어오니까, 마음씨 곱지 못한 마누라가 낯을 붉히고 무엇인지 성난 빛으로 정색하고 앉아서 배 좌수를 노려보고 있질 않습니까. 배 좌수는 그저 어떤 영문인지 어안이 벙벙하여 마누라더러

"왜 그리 성난 낯을 하고 있소? 오늘 내가 나간 후 무슨 일이 생기기나 하였소?"

하고 말끈을 끄집어내었습니다. 그러니까, 마누라는 한 걸음 무릅팍걸음으로 다가앉으면서,

"내 지금까지 상스럽지 못한 짓을 하고 있는 줄은 깨달았으나, 내가 의붓어미이라서 이러이러 당신께 아뢰면 도리어 당신이 날 전처의 딸이 미워서 하는 말이라고 책망하실까 봐 지금껏 참아왔습니다마는, 당신이 밖에 나가시면 이 후모를 업수이 보고 이런 짓을 했으니, 내가 어떻게 살아갑니까? 이 일이 세상에 알려지면 세상 사람들은 도리어 절 욕할 테요. 우리집안은 대대로 양반의 집안으로 세상에 알려진 집안이 아닙니까. 이렇듯 떳떳한 집안에 이런 일이 생겼으니 나는 차라리 죽겠소이다."

하면서 마음보 곱지 못한 마누라는 눈물을 흘리면서 울었습니다.

"도대체 어찌된 일이요?"

배 좌수는 너무도 답답해서 이렇게 물으니까,

"어찌된 일이 무어요? 낙태를 했다우, 낙태."

마누라는 입을 실룩거리면서 이렇게 말하였습니다.

"낙태라니? 누가 낙…… 낙태를 했단 말요?"

배 좌수는 마누라의 말이 무슨 말인지 그저 얻어맞은 모양으로 멍하니 마누라의 얼굴을 쳐다보고 있었습니다.

마누라가 소매를 끌기로 장화 홍련이가 자고 있는 방엘 갔습니다. 형제는 의좋게 한 이불에서 포근히 잠이 들어 있었습니다. 마누라가 장화의 이불을 들치는 고로 배 좌수가 보니까, 끔찍스런 피투성이 덩

어리가 주먹 만한 게 있었습니다.

"오, 저 저 계집년이."

좌수 영감은 가슴을 쇠망치로 얻어맞은 것 같았습니다.

마음보가 귀신 같이 악한 후처가 큰 쥐를 한 놈 잡아다가 가죽을 벗겨 팽개치고 피를 발라서 낙태인 것처럼 꾸며놓은 후처의 음모를 전혀 모르는 배 좌수는 그저 노여움이 머리털에까지 올라가서 부들부들 떨었습니다.

귀신같은 후처는 '히힝' 하고 속으로는 혀를 내밀고 웃으면서, 밖으로는 하도 슬픈 낯을 지어가지고

"자, 이제 당신도 다 알았겠소그려! 이 일이 세상에 알려지면 차라리 죽는 편이 낫지, 무슨 얼굴로 살겠소?"

하면서 금시로 죽는 시늉을 하였습니다. 그러니까 배 좌수는 황급히 말리면서,

"원 원 원. 그 년을 없애 버리지 당신이 왜 죽겠소? 어서 말하우. 어떡하면 좋겠소?"

하고 낯에 분노를 띄우고 말했습니다.

'옳다, 이제 됐구나.'

이렇게 후모는 속으로 혀를 쑤욱 내밀었습니다. 그리고

"그거야 방법이야 없겠소마는, 이다음에라도 당신이 날 원망하시는 일이 있으면 나 혼자 억울하게 되겠으니, 차라리 내가 죽어 없어지는 것이 좋겠습니다. 내가 죽겠어요."

하면서 또 죽는 시늉을 하였습니다.

"어서 말해요. 그런 부모의 낯에 똥을 바르는 화냥년을 그저 두어둘 수는 없으니, 어서 말하시오."

배 좌수는 마음이 초조하였습니다.

"그럼."

흉악한 후모는

“그럼, 이렇게 합시다. 장화더러 외가에 다녀오라고 하여 말을 태우고 장쇠를 같이 보냅시다그려. 그리고 장쇠 보고 아무 산 못에 그 년을 쓸어 넣으라고 타이르시면 그만이죠. 누구 아는 사람이 있겠어요. 누가 물으면 죽은 어머니가 너무 그리워서 죽었다고 하면 그만 아녜요.”

이렇게 속삭였습니다.

배 좌수는 곧 장화의 방에 들어가서 고함쳐 깨우친 다음,

“네 이제 곧 외가에 다녀오너라. 네 오라비 장쇠가 말고삐를 잡고 갈 테니, 염려 말고 어서 다녀오너라.”

하고 전에 보지 못하던 성난 낯으로 이렇게 말합니다.

장화는 이 말을 듣고 놀랐습니다. 그렇게 사랑이 많으시던 아버지가 이렇게 성난 건 처음 봅니다.

“아버님, 무슨 연고인지는 모르겠습니다마는, 어머님 복 중에 아버님을 따라 어머님 묘소에 다녀온 이외에는 아직 문 밖을 나가보지 못한 저희온데, 이 아닌 밤중에 외가에 가라고 하시나이까.”

하면서 장화는 눈물을 좔좔 흘렸습니다. 배 좌수는 이 말을 듣고 더욱 노했습니다. 발을 땅땅 구르면서

“네 이년! 무슨 잔 수작을 하느냐. 부명을 거역하는 이 불효 계집 같으니.”

하고 소리를 고래고래 질렀습니다.

마음씨가 흉악한 후모도 눈썹을 치긋치긋 움직이면서,

“너는 왜 아버님의 말씀을 함부로 거역하여 아버님 마음을 그렇게 아프게 하니? 누가 죽으러 가라고 하더냐. 왜 그 모양이야.”

하면서 장화를 흘겨보았습니다.

장화와 홍련이는 더욱 서러워서, 서로 끌어안고 울었습니다. 그칠 줄을 모르고 자꾸자꾸 울었습니다. 그러니까 후모가 낳은 맏아들 장쇠

가 제 어머니의 추김을 받고 들어와서,

"왜들 이러는 거야! 누가 죽으러 가자고 하더냐? 외삼촌댁에 다녀오라고 하는데, 금시로 모가지나 날아나는 듯이 왜 이리 울며불며 야단이야. 어서 가, 어서."

하고 장화더러 독촉을 하는 것이었습니다.

"아버님, 아버님 명에 거역한 죄 만사에 부당하옵나이다. 부친님 명대로 가기는 가겠습니다마는, 우리 둘이 서로 의지하고 지금까지 살아오다가 이제 제가 집을 떠나면 홍련이가 너무도 애처럽고 불쌍하오니, 아무쪼록 아무쪼록 홍련이를 사랑하여 주옵소서."

하고 또 홍련이더러

"아버지의 명이시니 부득이 가야겠다마는, 아마 앞길이 심상치 않을 것 같다. 그러나 다행히 무사히 돌아오게 되거든 곧 다녀올게. 너무 서러워하지 말고, 아버님 어머님을 극진히 섬기고 나 오기를 기다리고 있어. 응?"

이렇게 말하고 저고리 옷고름으로 눈물을 씻어주면서 달랬습니다. 그리고 장화는 제 옷을 홍련에게 주고 저는 홍련이 옷을 서로 바꾸어 입고 바깥으로 나오려고 하였습니다. 그러니까, 홍련이가 울면서 달려오더니, 형의 다홍치마 자락을 잡고 놓아주질 않습니다. 이걸 후모가 홱 하고 홍련의 손을 뿌리쳤습니다. 그리고 후모는 장화를 줄줄 끌어내다가 말에 올려 태웠습니다.

홍련이는 몸을 비틀면서 형한테 가려고 애를 썼으나, 후모가 머리채를 꽉 잡아쥐고 놓아주지 않았기 때문에, 그저 빙글빙글 의붓어미 둘레를 돌면서 안타까워 울 따름이었습니다.

장화와 홍련이가 슬피 우는 눈물은 안개가 되어 뽀얗게 달빛이 흐려졌습니다.

장쇠는 점점 깊은 산으로 장화가 탄 말을 몰았습니다.

부엉이도 울고 접동새도

"접동 접동 접동!"

하고 슬픈 소리로 울었습니다. 하늘까지 닿을 만한 크고 큰 나무 사이를 지나서 풀이 길이 넘게 무성하고 갈이 우거지게 난 곳엘 들어갔습니다. 못가입니다. 여기서 장쇠는 장화더러 내리라고 하는 것입니다. 장화는 깜짝 놀라면서

"외가에 간다고 하더니, 여기가 어디기로 여기서 내리라고 하는 것이야?"

하고 장쇠를 꾸짖으니까

"넌 이 못에 빠져 죽어야 돼. 너의 외가가 어딘지 내가 안다든. 자, 어서 내려와서 물에 들어가."

하고 말했습니다. 참 야속한 장쇠 아닙니까.

이 말을 듣고, 장화는 더욱 놀랐습니다.

"무슨 연고로 날더러 이 못에 들어가 죽으라고 하는 거지?"

하고 장쇠더러 다잡으니까,

"묻긴 누구 보고 묻는 게야. 네가 저질러 놓은 죄니까, 네가 나보다 더 잘 알겠구나. 네가 낙태까지 했으니까 말야. 아버지가 널 그냥 두지 못하겠다고 나더러 남모르게 이 못에다 차 쓸어 넣으라고 한 게다. 잔말 말고 어서 들어가, 들어가."

하면서 장쇠는 장화를 말 등에서 끌어내렸습니다.

이 말을 들은 장화는 갑자기 벼락불을 얻어맞은 것 같았습니다.

문 밖이라고는 어렸을 때 어머님 장사에 한 번 나가보았을 뿐, 바깥 구경을 해보지 못한 장화가 낙태를 했다고 하니, 어찌 억울한 말이 아니겠습니까. 장화는 슬프고 슬퍼서 큰 목소리로 울었습니다. 슬프고 슬픈 장화의 이 울음소리에 숲의 나뭇가지에서 잠들어 자던 새들도 장화에게 동정하여 지저귀면서 울었습니다.

"장쇠야. 내 그럼 외갓집에 가서 외삼촌님께 하직이나 하고, 또 어머님 묘소에 가서 어머님께 하직을 하고 올 테니 하루만 참아다오."

하고 배다른 동생 장쇠더러 이렇게 부탁했습니다. 그러나 장쇠도 그 마음보가 저희 어머니와 꼭 같았습니다.

"잔 말 말아. 왜 이렇게 사람 마음을 상하게 야단을 하는 게야. 죽을 년이 어서 죽기나 하지. 외삼촌 같은 걸 봐서 뭘 하겠단 말인가? 어서 어서 빠져, 빠져."

하고 외쳤습니다.

장화는 슬픈 눈물을 흘리고 흘렸습니다. 그리고 꿇어앉아서 합장을 하고 하늘을 쳐다보면서

"천지신명이시여! 굽어 살펴주옵소서. 죽는 것은 그리 서럽지 않으오나 단지 애매한 누명을 입고 죽는 것이 안타깝습니다. 그리고 혼자서 외롭게 외롭게 살아가야 할 홍련이를 불쌍히 생각하시사 불쌍하게 여겨주옵소서."

이렇게 기도를 정성으로 올린 다음, 차고 찬 물에 텀벙 빠졌습니다. 물결이 하늘까지 닿았습니다. 그러니까 금방까지 맑고 맑던 하늘이 갑자기 바람이 생기며 보름달 밝은 달이 무색해지더니, 하늘에서 커다란 범이 한 마리 내려왔습니다. 범은 너무 무서워 주저앉아서 치를 부들부들 떨고 있는 장쇠에게 달려들어서, 귀 하나 코 하나 팔도 하나, 그리고 다리 하나를 떼어먹었습니다.

장쇠는 그만 꼼짝도 못하고 정신을 잃어버리고 풀 위에 나가 넘어졌습니다. 그리고 장화가 타고 온 말은 무섭고도 무서운 범이 내려오는 판에 그만 혼이 나서 있는 힘을 다 써서 달음박질쳐서 집으로 돌아갔습니다.

마음 고약한 후모는 장쇠가 언제나 올까 언제나…… 하고 기다리고 기다리고 기다렸기 때문에, 바깥에서 말발굽 소리가 들리니까,

'이제야 장쇠가 돌아왔구나.'

생각하고 기뻐하면서 문을 열고 나가보았습니다. 그러나 말만 있지, 장쇠는 그림자조차 없었습니다. 어찌된 일인가 하고 수상히 생각하면서 말 옆에 가서 유심히 보니까, 말은 헐떡헐떡 숨을 가빠하고, 또 온몸에서는 땀이 번질번질 내 뿜어 있질 않습니까.

마음이 흉악한 의붓어미는 눈이 더 뚱그래져서 바릿대만 해졌습니다. 하인을 불렀습니다. 곧 못으로 가보라고 하였습니다.

하인이 가보니까, 끔찍스레 피투성이가 되어 장쇠는 그만 기절해 넘어져 있었습니다. 곧 말 등에 태우고 밧줄로 떨어지지 않게 동여매어서 집으로 돌아왔습니다.

그리고 집에 돌아온 다음 더운 물 찬물로 손발을 씻어주고 주물러주고 하니까, 장쇠는 정신을 차렸습니다. 그리고 이렇게 큰 병신이 된 전후 사정을 죄다 어머니한테 말하여 주었습니다.

이 말을 듣고 마음이 흉악한 후모는 장화를 원망하면서 홍련이마저 죽이려고 생각을 했습니다. 그런데 홍련이는 날마다 날마다 언니를 기다리고 기다렸으나, 아무리 기다려도 그리운 언니는 돌아오지를 않았습니다. 장쇠가 말 못할 병신이 되어 가지고 온 것을 보면 무슨 큰 일이 생겼나보다 생각했습니다. 그래 하루는 장쇠를 달래면서 언니가 여태 돌아오지를 않느냐고 물어보았습니다. 그러니까 원체 미욱한 장쇠는,

"난 그 년 때문에 이렇게 병신이 된 게야 뭐. 그 년이 낙태를 했다고 하면서 외가에 가자고 말에 태우고 가다가, 못에 쓸어 넣어 죽이라고 어머니랑 아버지가 그러길래, 내가 데리고 갔지. 그런데 그 년이 물에 텀벙 빠지자마자, 어디서 갑자기 범 한 놈이 내려와서 이렇게 나를 병신 만들었던 게다. 흥, 그 년이 기도인지 무엇인지 하더니, 나를 이렇게 만들어 달라고 한 게야. 아니꼬운 계집 같으니."

하고 말하는 것이었습니다.

이 말을 들은 홍련이는 어찌할 바를 몰랐습니다. 너무 슬프고 슬퍼서

가슴이 마악 터질 것 같았습니다. 더욱이나 그렇게도 깨끗하고 깨끗하시던 언니를 낙태했다고 거짓 소리하여 죽인 것이 분하고 원통하였습니다.

이 날부터 홍련이는 식음을 딱 끊어버리고, 제 방에서 한 발자국도 바깥으로 나가지를 않고 어머니와 언니를 생각하고는 매일매일 눈물로 슬픈 날을 보냈습니다.

이렇게 하기 몇 날 후 홍련이가 있는 방문 밖에서

"찍찍 찍 찍찍찍!"

하는 새 소리가 들려서 홍련이가 문을 열고 보니까, 파랗고도 불그스레한 빛이 도는 물새가 있었습니다.

"찍찍 찍 찍찍찍!"

하고 홍련이를 보더니, 더 한층 자꾸 지저귀면서 획획 문앞을 날아 왔다 갔다 하였습니다.

"오, 이 새가 우리 언니 죽으신 곳을 아는가 보구나."

홍련이는 이렇게 생각하고,

"그럼, 너 우리 언니 있는 곳 아니? 너 거기를 알면 거기까지 날 좀 데려다 다오, 응?"

이렇게 사람보고 말하듯이 홍련이가 물새더러 말했습니다. 그러니까, 물새는

"찍찍 찍 찍찍찍!"

하고 더 한층 홍련이 앞을 왔다 갔다 하였습니다. 다른 때 같으면 사람을 무서워하여야 될 물새가 이렇게 사람 앞을 자꾸 날아서 왔다갔다 안타까워하는 것은 좀 이상한 일입니다. 분명히 언니의 심부름을 온 것이라고 홍련이는 생각했습니다. 그래 홍련이는 죽어서라도 언니하고 같이 있고 싶어서 언니 죽은 곳으로 간다는 유서를 아버지한테 써 놓고 물새를 쫓아갔습니다.

물새는 포드득 파드득 앞서서 홍련이를 인도해 주었습니다.

물새는 산으로 산으로 자꾸 들어가더니, 널따란 못가에까지 와서는 물새는 자꾸 그 못 위를 찍찍 찍찍 하면서 돌기만 하였습니다.

“여기가 우리 언니 빠져 돌아가신 곳이라고 하는 게구나. 물새야 물새야, 고운 물새야. 너 참 수고했다, 응.”

이렇게 홍련이는 물새에게 고맙다는 인사를 하였습니다. 그리고 갖신을 벗어서 가지런히 놓고 그 위에다가 버선, 저고리, 치마, 바지를 벗어놓고는, 차고 찬 물에 풍덩 빠졌습니다. 그러니까, 아까 그 홍련이를 데리고 온 물새는 안타까이 물 위를 핑핑 돌면서

“찍찍 찍 찍찍찍!”

하고 자꾸 자꾸 슬프게 울었습니다. 그러니까, 풀포기 아래에 있던 벌레들도

“직 씩 쓰르륵.”

자꾸 자꾸 슬피 울고 수풀 속에 나뭇가지에 앉아 있던 새들도 못가에 날아와서 슬피 슬피 울었습니다.

홍련이가 못에 빠져 죽은 후부터는 철산군에는 기이한 일이 연거푸 생겼습니다. 그것은 철산군 부사가 자꾸 죽곤 죽곤 하는 것이었습니다. 한 부사가 죽어서, 또 다른 부사가 부임해오면, 그 부사도 부임해 온 날 저녁으로 죽고 합니다. 그리고 홍련이가 빠져 죽은 못에서는 밤이 되면 처녀가 원한 품은 울음으로 우는 소리가 나곤 나곤 하였습니다. 그러나 또 이상한 일은 이뿐입니까. 철산군에는 매년 매년 흉년만 되어 백성들이 죽 끓듯이 끓었습니다.

이렇게 되어 철산군은 거의 폐군이 되다시피 망해졌습니다.

그래서 아무도 철산부사로 가겠다는 사람은 없었습니다. 가면 또 죽겠는데, 가기 좋아할 사람이 어디 있겠습니까.

나라에서는 늘 이 일을 어쩌면 좋을까 하고 근심을 하였습니다.

이렇게 근심 중에 정동호라고 하는 사람이 철산부사로 가겠다고 자

원하였습니다.

이 사람은 아주 마음이 강해서 웬만한 일에는 놀랄 줄도 무서운 줄도 모르는 사내다운 사람이었습니다. 이런 사람이 그 근심거리가 되어있던 철산군의 부사로 가겠다고 자원을 해왔으니까, 임금님도 기뻐하셔서 곧 정동호를 철산부사로 보냈습니다.

새 부사는 철산고을에 도임을 하자, 곧 이방을 불러서

"오늘 저녁 너희들 한 사람이라도 자지 말고 촛불을 켜놓고 방방을 지켜라."

이렇게 명령하였습니다.

그날 밤입니다. 부사가 촛불을 켜놓고 글을 읽고 있는데, 깊은 밤중에 갑자기 찬 바람이 쉬 하고 불어오더니, 촛불이 죽고, 또 동여매어 놓았던 문들이 저절로 슬슬 다 풀려서 문이 활짝 열려졌습니다. 그러나 마음이 아주 강한 부사는 꼼짝도 않고 눈을 부릅뜨고 앉아 있었습니다. 그러니까, 어둠 속에 푸른 저고리 빨간 치마를 입은 아주 예쁜 처녀가 나타났습니다.

"너는 누구기로 이 깊은 밤중에 함부로 여길 들어오느냐?"

하고 부사가 고함쳤습니다. 그러니까, 그 처녀는 머리를 숙이고 부사 앞에 와서 절을 세 번 하였습니다. 그리고는

"네, 황송하옵니다. 저는 이 고을에 사는 배 좌수의 딸 홍련이온데, 저의 언니 장화가 여섯 나고 제가 네 살 났을 때 어머님이 그만 병으로 돌아가셔서, 아버님께서 후처를 데려왔삽는데, 아주 마음이 불측한 의붓어머니였습니다.

우리 형제가 점점 자라서 용모와 재질이 남에게 뛰어나므로, 아버지께서 후처가 낳은 자식들보다 더 사랑하시는 것을 보고 시기를 하여 저의 언니를 낙태하였다고 거짓 허물을 씌우고, 깊은 밤중에 외가에 다녀오라고 하고는 그만 산 가운데 있는 못에 빠져 죽게 하였습니다.

저는 어머님 돌아가신 후부터는 언니 곁을 한시라도 떨어져 살아보지를 못하였기 때문에, 언니가 그 못에 빠져 돌아가신 후부터는 언니가 자꾸 그립고 그리워서 저도 또 그 못에 빠져 죽었습니다. 그런데 이 애매한 언니의 오명을 씻어주십사고, 이렇게 제가 아뢰오고 보면, 전관 사또께서는 놀라시어서 기절을 하시곤 하셔서 제 소원을 이루지 못하였더니, 이번엔 사또 같으신 명관이 오셔서 제 소원을 이룰까 하여 감축하기 이를 데 없나이다."

하고 또 세 번을 절하더니 그냥 온데 간데도 없어지고 말았습니다.

이튿날 아침입니다. 사람들은 부사가 또 죽었겠거니 생각하고, 시체를 들어내 가려고 거적들을 가지고 부사가 있는 방문을 발로 차고 들어갔습니다. 사람들은 깜짝 놀랐습니다. 죽은 줄로만 알았던 부사가 눈을 흘낏흘낏 흘겨대면서 노한 낯으로

"왜들 이렇게 요란스럽게 떠들면서 무례하게들 들어오느냐?"

하고 고함을 치지 않습니까. 참 놀랐습니다.

사람들은 치를 벌벌 떨고 이마를 마루바닥에다 대고 꼼짝도 못하였습니다.

"이방."

하고 부사는 이방을 날카로운 목소리로 불렀습니다. 이방은 그저 치를 부들부들 떨면서 떨리는 목소리로

"녜 네에."

하고 죽은 사람 같았습니다. 무례한 짓을 하였다고 무슨 처벌의 분부를 내리울지 모릅니다.

이마를 마룻바닥에 대고 분부를 기다리고 있는데,

"이방, 이 고을에 배 좌수라는 사람이 살고 있느냐?"

하고 부사가 묻지를 않습니까?

이방은 부사의 이 뜻밖의 말에 그저 기쁘고 황송함을 마지않았습니다.

"네 네. 이 고을의 배 좌수가 살지요. 있습니다. 살고 있어요."

이렇게 덤비면서 대답했습니다.

"그 배 좌수에게는 자녀가 몇이나 되느냐."

하고 또 물었습니다.

"네, 전처의 몸에서 낳은 딸 형제는 죽고, 지금 후처가 낳은 자녀가 셋이 있습니다."

하고 이방이 대답하였습니다.

"전처의 딸이 어떻게 죽었느냐?"

"병으로 죽었다고 합니다."

"배 좌수 내외를 곧 잡아오너라."

"예이."

배 좌수 내외는 곧 붙잡혀 들어왔습니다. 부사가 배 좌수를 심문하기 시작하였습니다.

"네 성명이 무엇이냐?"

"배무용이올시다."

"직업이 무어냐?"

"좌수이옵니다."

"전처는 죽었느냐?"

"네, 죽었삽고, 후처를 데려왔습니다."

"전처의 몸에 딸 둘이 있고 후처의 몸에 자녀 셋이 있느냐?"

"과연 그렀습니다."

"다 살아 있느냐?"

"전처 몸에 난 딸 형제는 죽었습니다."

"어째 죽었느냐?"

"네, 저 병으로 죽었습니다!"

"무슨 병으로 죽었느냐?"

"네, 저 저어, 네 그렇습니다. 병으로 죽었습니다."

"무슨 병으로 죽었느냐고 묻는 것이다."

부사는 고함쳤습니다.

이때 낯짝이 망측스레 생기기 비길 데 없는 배 좌수의 후처가 부사 앞에 썩 나서면서

"사실을 아뢰겠습니다. 사실이온 즉 병으로 죽지를 않았습니다."

"무얼. 그럼 어떻게 죽었느냐?"

부사는 이 말을 듣고, 눈을 번쩍 뜨면서 이렇게 고함쳤습니다.

"낙태를 했습니다."

"낙태라니."

"네, 화냥질을 해서 낙태한 것을 들킨 고로 잠적해서 못에 빠져 죽었습니다. 그리고 아우 홍련이는 제 형이 그리워서 몰래 집을 빠져나가서 그 못에 또 빠져 죽었습니다. 낙태를 했다고 한 것은 본시 양반의 집이라, 세상체면을 생각해서 병으로 죽었다고 하였습니다."

마음이 흉악한 후모는 그럴 듯이 슬픈 낯으로 눈물까지 흘려보였습니다.

"그러면 장화가 낙태를 했으면 무슨 증거가 있을 테니, 낙태한 증거가 있느냐?"

이렇게 물었습니다. 그러니까, 마음이 흉악한 후처는

"있고 말고요. 제가 남과 달라서 의붓어미니까, 제가 못 살게 굴어서 죽었다고 후일에 반드시 이런 일이 생길까 봐, 아직까지 없애지 않고 간직해두었던 것입니다."

하고 허리춤에서 빼빼 마른 고깃덩어리를 내어 놓았습니다. 부사가 자세히 보니까, 피가 얼룩얼룩 묻은 게 꼭 낙태한 것 같았습니다.

"그럼, 오늘은 이만 물러나가거라."

하고 부사는 분부하였습니다. 그런데 그 날 저녁입니다. 부사가 전날

저녁에 한 것과 같이 방안에 불을 많이 켜놓고 글을 읽고 있는데, 갑자기 또 찬바람이 불어오더니, 確하고 불이 꺼졌습니다.

그러더니, 어두컴컴한 방에 아주 아름답게 생긴 처녀 둘이 들어오더니, 부사한테 두세 번 공손히 절을 하고는,

“명찰하신 명관이 오셔서 저의 원한을 풀어주실 줄 기뻐하였더니, 사또께서도 또한 그 흉녀의 간특한 꾀에 빠졌사오니 슬프기 짝이 없습니다. 사또께서 그 낙태했다는 것의 배를 갈라보시면 곧 아실 도리가 있겠습니다. 그리고 원하는 바는 우리 아버님 본시 마음이 선하신 분이오나, 단지 그 흉녀의 묘계에 빠졌을 뿐이오니, 아무쪼록 아버님을 특히 용서하여 주옵소서.”

이렇게 말하고는 두 처녀는 홀연히 없어졌습니다.

부사는 이방을 불렀습니다.

“배 좌수 내외를 다시 불러오너라.”

이튿날 아침 마음 흉악한 후모는 허리춤에서 낙태했다는 것을 또 끄집어 내어놓았습니다.

부사는 그 고깃덩어리의 중간을 썩 칼로 갈랐습니다. 그러니까, 이거 봐요. 그 속에는 몽톨몽톨한 쥐똥이 가득 차 있지를 않습니까. 부사는 깜짝 놀랐습니다. 배 좌수도 놀라고 마음보가 악하기 측량 없는 후모도 깜짝 놀라서 어쩔 줄을 모릅니다.

“저 년을 동여매라.”

부사는 노한 목소리로 이렇게 명령을 내렸습니다.

그리고 부사는 이 일이 작은 일이 아니므로 저 혼자의 생각으로 하면 안 되겠다고 곧 관찰사에게 보고하였습니다. 관찰사도 또한 이 일로 말미암아 여러 부사를 죽이게 하고 철산군이 폐군이 되다시피 한 큰 일이므로 곧 또 나라에다 장계하였습니다.

그러니까, 임금님께서는

“그 년은 가장 처참한 형벌로써 죽이고 장쇠는 목을 매어 죽여라. 그리고 그 아비는 놓아 줘라. 또 장화 형제의 비를 해 세워주어, 그의 더러운 누명을 씻어줘라.”

하는 분부가 내렸습니다.

부사는 곧 이 왕명을 받들어 준수 실행하였습니다. 특별히 부사는 장화 홍련의 형제가 빠져 죽은 못에 가서 그 물을 죄다 푸니까, 장화 홍련의 형제는 잠자는 듯이 가지런히 누워 있었습니다.

부사는 형제의 시체를 산에 갖다 파묻고, 그 앞에 비를 해 세워주었습니다.

그날 밤 장화하고 홍련이는 부사의 꿈에 나타나서 백배치사를 하면서

“사또의 은혜는 백골난망하겠습니다. 반드시 이 은혜를 결초보은(結草報恩)하겠습니다.”

아뢰고는 그 후 두 번 다시 나타나지 않았습니다. 그리고 그 후부터는 철산 고을은 연년히 풍년이 되었답니다. 부사도 또 자꾸자꾸 관직이 올라서 통제사라는 아주 높은 장군이 되었습니다. 부사는 이건 장화 홍련의 형제의 힘으로 된 것이라고 감사하였습니다.

그런데 장화 홍련의 아버지 배 좌수는 귀하고 귀한 딸들을 애매하게 죽인 것을 늘 슬퍼하다가, 아내를 또 하나 맞아왔습니다. 하룻밤은 배 좌수가 잠이 들어서 자고 있는데, 하늘에서 장화하고 홍련이가 훨훨 하늘에서 날아오더니,

“아버님 그새 안녕하셨습니까. 우리 형제 옥황상제께 올라가 뵈이니까, 너희들은 애매하게 죽었으니, 다시 내려가서 아버님을 모시고 재미나는 세월을 보내고 오라고 하시는 고로 내려왔습니다. 아버님 기뻐하여 주옵소서.”

하고 말하는 것이었습니다. 배 좌수는 미칠 듯이 기뻐서 장화 홍련의 손을 잡고 울다가,

“꼬끼요.”
하고 우는 닭의 소리에 그만 꿈을 깨버렸습니다.

그런데 마음이 아주 착한 새로 맞은 부인에게도 이상한 일이 나타났습니다.

꿈에 선녀가 훨훨 춤을 추면서 날아오더니, 꽃송이를 둘을 주면서
“이것은 장화와 홍련이다. 귀히 귀히 기르라.”
하는 꿈을 꾸고, 역시
“꼬끼요.”
하고 우는 닭의 소리에 꿈을 깼습니다. 그리고 이상하게도 손에 꽃송이가 둘 잡혀 있었습니다.

배 좌수 내외는 그 꽃을 아주 귀하게 여겨 반닫이 속에다 넣어두고 반닫이 문을 열어보곤 하였습니다.

마음씨 고운 배 좌수의 새 부인은 그 꿈을 꾼 날부터 태기가 있어 열 달이 지나니까, 반닫이 속에 넣어두었던 꽃은 온데 간데도 없이 없어지고, 계집애만 쌍둥이를 낳았습니다. 그런데 이게 똑 같이 생겼습니다. 배 좌수는 뛸 듯이 기뻐하였습니다. 그리고 이름을 장화 홍련이라고 지었습니다.

장화, 홍련이가 점점 자라니까, 모양도 마음에 못지않게 아름다웠습니다. 장화, 홍련이는 나이 들어서 시집을 갔는데, 이 세상에서는 보지도 못할 아주 아주 훌륭한 잔치를 하였더랍니다.

그리고 장화가 낳은 아들 하나는 커서 재상이 되고, 또 하나는 대장이 되었습니다. 홍련이가 낳은 아들도 다 아주 훌륭한 사람이 되었더랍니다.

이렇게 장화 홍련이는 아주 훌륭한 아들들을 낳아 즐겁고도 행복한 세상을 보냈더랍니다.

[나의 기억]

51. 토끼와 사슴과 두꺼비

옛날도 옛날 아주 오랜 옛날, 하늘이 맑은 어떤 날이었습니다.

토끼와 사슴이 두꺼비가 한 곳에 모였습니다.

이런 말 저런 말 서로서로 재미있게 말을 하다가, 해가 하늘 복판에 왔을 때 점심을 먹게 되었습니다. 그런데 누가 제일 먼저 상을 받아야 옳을지 이것이 큰 문제입니다.

토끼가 깡똥깡똥 사슴과 두꺼비 앞에 나오더니, 새빨간 눈을 올롱하니 뜨고 하는 말이

"물론 우리 세 사람 가운데서 내가 제일 나이 으뜸이니까, 내가 먼저 밥상을 받아야 된다. 나는 이 천지가 만들어질 때 하늘에 별을 딱딱 박을 적에 나도 이 일을 맡아서 했으니까, 내 나이 제일 으뜸이 아니냐."
하고 말했습니다. 그러니까 사슴이

"아니다, 아니다. 토끼 생원, 임자가 제일 나이 으뜸이라니 될 말인가. 하늘에 별을 딱딱딱 박을 때 쓴 사닥다리를 만든 나무는 내가 심은 나무다. 그러니까, 내가 제일 나이 으뜸이란 말야. 내가 먼저 상을 받아야 해."
하고 말했습니다.

그런데 토끼와 사슴의 말을 듣고 있던 두꺼비는 어째 우는지 눈물을 소나기 내리듯 좔좔 흘리면서 자꾸 울고 있었습니다. 토끼하고 사슴은

"여보게 두꺼비 형제. 뭐 그렇게 슬퍼서 울고 있는가."
하고 우는 이유를 물었습니다. 그러니까 두꺼비는 주먹으로 그 퉁방울 같은 눈에 맺힌 눈물을 씻으면서

"토끼 생원, 사슴이 형제! 내 말을 좀 들어주시게."
하면서 다음과 같은 말을 했습니다.

"내게는 아들이 셋 있었네. 그런데 이 애들은 나무를 하나씩 하나씩

심었었네. 이 나무들이 자라고 자라서 하늘까지 닿으리만큼 컸을 때, 맏아들은 제가 심은 나무를 베어서 별을 하늘에 딱딱 박을 때 쓴 망치 자루를 만들었네.

그리고 가운데 아들이 심은 나무도 자라고 자라서 하늘까지 닿으리만큼 컸을 때 이 나무를 해하고 달을 하늘에 박아놓을 때 쓴 쇠망치의 자루를 만들었네.

그리고 또 막내아들도 또 이 애가 심은 나무가 자라고 자라서 하늘까지 닿을 만큼 컸을 때, 이 나무를 찍어서 은하수 강을 팔 적에 쓴 연장대를 만들었네. 그런데 이거 보게. 이 애들이 이 일을 하다가 그만 너무도 너무도 일을 해서 그만 불쌍하게도 기운이 쇠진해져서 죽고들 말았네그려. 이제 자네들이 말하는 소리 듣고 아들 생각이 나서 울었네."

이 말을 듣고, 토끼와 사슴은 감탄하여 마지 않았습니다.

그리고 두꺼비가 제일 나이 으뜸이라 하여 두꺼비가 제일 먼저 밥소반을 받기로 하였습니다.

[경성]

52. 난장이의 범 사냥

옛날도 옛날 오랜 옛날, 어떤 곳에 난장이 아이가 살았습니다. 그런데 이 난장이는 어찌도 적은 난장이였든지 큰사람들의 손바닥 위에서도 넉넉히 춤을 출 수 있는 아주 작은 난장이였습니다.

이 난장이는 나이 겨우 열 살이 두 살 더 넘어 열두 살인데. 용감한 일 하는 것을 밥 먹기보다 더 좋아했습니다.

이 난장이가 하루는 아버지 어머니더러 범 사냥을 가겠으니 허락해달라고 졸랐습니다. 그러나 범의 콧김에도 훨훨 날아날 것이 무슨 범 사냥이냐고 허락을 해주지 않았습니다. 그러니까, 난장이는 깨알 만한 눈을 올롱 하니 똑 바로 뜨고 흘겨대면서 그냥 자꾸 범 사냥 가겠다고 합니다.

아버지 어머니는 비록 난장이긴 하지만 하나밖에 없는 아들이었기에, 차마 죽이려 보내는 것과 같은 범 사냥을 보내지 않으려고 하였습니다. 그러나 난장이 아들은 자꾸 울면서 한사코 가겠다고 하였기 때문에, 아버지 어머니도 더 이상 말릴 수가 없어서, 범 사냥을 가라고 허락하여 주었습니다.

난장이는 어머니가 만들어준 콩떡 수수떡 기장떡을 한 보따리 해 걸머지고, 어깨에는 몽둥이를 하나 메고 범 사냥을 떠났습니다.

무기라고는 이 조그만 몽둥이가 하나 있을 뿐입니다.

난장이는 범을 만나려고 자꾸 돌아다녔습니다. 그러나 범은 좀처럼 만날 수가 없었습니다. 그것도 그럴 것입니다. 난장이는 사람 파묻은 무덤을 보고 산이라고 하고 나무가 열 그루 있는 곳을 숲이라고 생각하고 이런 데로만 범을 찾아 다녔으니까, 이런 곳에 범이 있을 리가 있겠어요?

이렇게 이틀 사흘 나흘 닷새를 돌아다니니까, 이제 정말 깊은 수풀로 들어갔습니다. 그러나 좀처럼 범을 볼 수가 없었습니다.

그런데 어머니가 만들어주신 떡은 그새 다 먹어서 몇 개 남지 않았습니다.

“이러다가는 범도 못 잡고 내가 굶어서 죽나 보다. 어서 범을 잡아서 범 고기라도 먹어야겠는데.”

이렇게 난장이 애는 염치에 지나친 야무진 생각을 하고, 기운을 내서 범을 찾아다니다가 한 곳에 가니까, 짐승들이 아우성치는 소리와 하하하 하고 좋아라고 너털웃음을 웃는 소리가 들렸습니다.

“저렇게 요란스레 떠들썩하는 게 무얼까?”

이렇게 난장이는 수상히 생각하면서, 그 소리 나는 곳을 풀 사이로 몰래 몰래 숨어서 가보니까, 아 참 난장이는 깜짝 놀랐습니다.

산과 산 사이 움푹한 곳에 수천 마리 범이 모여서 우쭐우쭐 춤을 추는 놈도 있고, 술을 마시는 놈도 있고, 이따금 노래를 부르는 놈도 있질 않습니까?

오늘은 바로 이 산 큰 범의 생일날이었습니다. 그런고로 조신에 있는 범이란 범은 모두 이 범의 생일놀이 잔치에 모여온 것입니다.

‘오 옳다! 이제야 큰 수가 났구나.’

난장이는 이렇게 생각하고, 어깨에 둘러메었던 몽둥이를 손에 들고,

“이놈들 꼼짝 말고 있거라. 모조리 잡아가겠다.”

고래고래 고함지르면서 수천 마리 범이 있는 복판에 달려 들어갔습니다.

그 목소리가 난장이 자신에게는 있는 기운껏 낸 소리지만, 다른 사람이 들으면 앵앵 우는 모기 소리로밖에는 들리지 않았습니다.

큰 왕범 옆에서 왕범에게 술을 부어 주던 범이 이 난장이를 보고, 두 발가락으로 싹 집어서 앞발 발바닥 위에 올려놓고 발바닥을 쥐었다 펼쳤다 하면서 난장이를 놀려댔습니다.

“야 이거 큰 일 났군 그래. 네가 우리들을 모조리 잡아가겠다고 이제

고함쳤지?"
하고 껄껄 웃으면서 난장이를 놀려 보았습니다. 난장이는 터무니도 없는 생각을 아직도 버리질 않았습니다.

"그렇고 말고! 내가 무얼 하러 열흘 동안이나 고생을 하면서 돌아다녔다든. 너희들을 잡아가야겠다."
하고 모기 소리 같은 소리로 말을 하였습니다. 좌우간 작기는 작으나마 그래도 사람입니다.

"혹시 요놈이 무슨 요술이나 피울지도 모르겠다."

난장이가 푼수에 넘치게 우쭐대는 고로 범은 이렇게 좀 무섭기도 하였습니다. 그래 이 범이 왕범더러

"요 조그만 사람놈이 우리 일족을 모조리 잡아가려 왔다고 하는데, 이놈을 어떻게 처치하면 좋겠습니까."
하고 아뢰었습니다. 그러니까, 왕범은

"무얼? 요놈이 우리 일족을 잡아가겠다구. 하하하, 용기가 괜찮다. 그놈을 이리 다고. 홀딱 삼켜버리자. 참 좋은 반찬이다."

이렇게 왕범이 말하고 난장이를 손에 받아서 손바닥 위에 올려놓았습니다.

"허, 그거 참 좋은 선물이로군. 홀딱 삼켜버리고 싶어도 오늘은 내 생일날이니, 좀 더 살려줄게. 그 대신 춤이라도 한 번 추어라."

이렇게 왕범이 말하였습니다.

난장이는 쫄레쫄레 몸을 좌우로 흔들면서 춤을 추었습니다. 그러니까 이것을 보고 있던 수천 마리 범들은 더 한층 흥이 나서 훨씬훨씬 뛰면서 춤을 추었습니다. 이렇게 얼마 동안을 추어라 마시어라 하다가 왕범이 옆에서 시종하는 범에게

"얘 얘, 간장을 좀 가져오너라. 요게 자꾸 먹고 싶어서 혀가 끊어질 것 같다."

하였습니다.

시종하는 범이 간장을 가져오니까, 왕범은 난장이를 간장에 담갔다가 홀딱 입에 쓸어 넣었습니다. 너무도 조그마해서 왕범의 이에도 걸리지 않았습니다. 그런 고로 왕범은 깨물지도 않고 그냥 그저 삼켜버렸습니다.

난장이는 꾸루룩하고 범의 창자 속으로 들어갔습니다.

범의 똥집 속에 들어간 난장이는 한참 동안 정신을 못 차리고 있다가, 눈을 떠 보니까, 도무지 캄캄해서 아무 것도 보이지 않았습니다. 손을 허우적거려 보니까, 머리 위에 무언지 너덜너덜 하는 게 손에 잡혔습니다. 헙주락헙주락한 게 맛있어 보였습니다. 난장이는 배가 고팠기 때문에, 먹고 싶은 생각이 났습니다. 그래 무어 벨 것이 없나 하고 호주머니를 뒤적뒤적 만져보니까, 장난질하던 칼날이 하나 있었습니다.

'옳다 됐다. 이거로 싹뚝싹뚝 베어서 먹자.'

이렇게 생각하고 난장이는 그 칼날로 싹뚝싹뚝 그 너덜거리는 것을 베어 먹었습니다.

그건 범의 똥집 속살이었습니다. 난장이가 이걸 한 점 먹어보니까, 아주 별맛입니다. 그래 자꾸자꾸 베어 먹었습니다.

그런데 난장이는 이렇게 베어 먹는 것이 아주 재미가 났으나, 베어 먹히는 왕범은 뭐 도무지 죽을 지경이었습니다. 아프니 뭐니 어떻게 말을 합니까.

범의 똥집은 그만 난장이가 자꾸자꾸 베어 먹는 바람에 구멍이 뚫어졌습니다. 그 구멍으로 난장이가 쑥 나와보니까, 머리에 무언지 철썩 철썩 담치는 것이 있었습니다. 그래 손을 내밀어서 만지작거려보니까, 무언지 역시 헙주락헙주락하는 것이었습니다.

"옳다. 여기 또 먹을 것이 있구나."

떡을 다 먹고는 아무것도 먹지를 못했던 고로 아까 그 똥집 살을 먹었지만, 배는 아직도 시장하였습니다. 그래 난장이는 좋아하면서 그 너덜거리는 것을 또 썩 베어서 먹었습니다. 그것은 범의 간이었습니다.

난장이는 한창 좋았으나, 범은 아주 죽을 지경입니다. 뱃속에서 난장이가 똥집을 베고 간을 벨 때마다 범은 죽을 것처럼 빙빙빙 돌개비질을 하면서 닥치는 대로 범을 모조리 물어 죽입니다.

난장이는 뱃속에서 입맛을 쩍쩍 다시면서 한 점을 다 먹고 또 한 점을 싹뚝 베었습니다. 그러니까, 범은 으앙으앙 소리를 치며, 겅둥겅둥 뛰어다니면서 덥썩덥썩 범을 물어 죽입니다. 그러니까 새끼 범들은

"아버지, 할아버지, 형님, 큰아버지, 장수님, 어쩐 일입니까? 이게 웬일입니까? 왜 그래요? 어디가 아프십니까?"

하면서들 왕범을 붙잡으려고 하였습니다. 그러나 미친 것같이 아우 범, 손주 범, 아들 범, 뭐 할 것 없이 물어 죽이곤 하여 그렇게 많던 수천 마리 범을 죄다 물어 죽였습니다.

난장이는 그냥 자꾸 입맛을 쩍쩍 다시면서 범의 간을 베어 먹고, 또 베어 먹고 해서 나중에는 하나도 남기지 않고 다 베어 먹었습니다.

왕범은 너무도 안타까워서 바위에 뛰어올라갔다가는 털썩 떨어지고, 가로누워서 발버둥질을 치다가는 제 발을 제가 깨물어 팽개치곤 하였습니다.

이렇게 한참 동안 안타까워하다가, 왕범은 그만 죽고 말았습니다.

난장이는 배가 꽝 하고 터질 것처럼 잔뜩 불렀습니다.

"배는 이제 이만큼 불렀으니까, 됐다. 이제는 아무튼 바깥으로 나가야겠는데, 어디 나갈 구멍이 없나?"

이런 생각을 하고 이리 저리로 구멍을 찾아보았으나, 나갈 구멍이라고는 하나도 없었습니다. 그래 칼날로 찔러보면 구멍 있는 데를 알까 생각하고 쿡쿡 마구 자꾸 찌르다가, 한 곳을 찌르니까, 칼날이 잘 들어가질 않았습니다. 이것은 범의 뱃가죽이었습니다. 난장이가 그냥 힘을 주어 쿡 찌르니까, 툭 하고 칼날이 쑥 들어갔습니다.

난장이는 양 다리에 힘을 주어 디디고 깽깽 힘을 주어 칼날을 뽑았습니다. 그러니까, 반짝 하고 햇빛이 보였습니다.

난장이는 햇빛을 보고 기쁘고 기뻐서 그 구멍에 칼날을 넣어서 톱질하듯이 썩썩 오려내서 구멍을 크게 넓히고 그 구멍으로 쑥 바깥에 나왔습니다.

구멍에서 나온 난장이는 깜짝 놀랐습니다. 어떻게 된 일인지 아까 그렇게 많던 범들이 다 죽어 넘어져 있지를 않습니까.

난장이는 손뼉을 찰싹찰싹 치면서 기뻐서 춤을 추었습니다. 그리고 동네로 한 달음에 달려가서 아버지며 동네 사람들을 보고,

"내가 산에 가서 이 몽둥이로 범들을 수천 마리 죽여 놓았는데 나 혼자선 너무도 범이 많아서 어떻게 할 수가 없어요. 그러니까, 여러분 좀 같이 가십시다. 난 그저 가죽만 가질 테니까, 뼈대하고 고기는 당신들이 가지시구려."

하고 말했습니다. 그러나 아버지도 그렇고 동네 여러 사람들도 믿지 못할 일이라고들 하면서 난장이 말을 귀똥으로 들어주었습니다. 그러나 난장이가 너무 자꾸 열심으로 그러니까, 그럼 속는 셈치고 가보자고 들 하면서, 산으로 난장이 뒤를 따라갔습니다.

아 참! 이게 웬 일입니까.

난장이를 따라간 아버지며 동네 사람들은 깜짝 놀랐습니다. 난장이 말처럼 수천 마리 범이 너부적하니 여기저기에 죽어 넘어져 있질 않습니까.

아버지며 동네 사람들은 난장이를 칭찬하면서 가죽은 벗겨서 난장이에게 주고 고기하고 뼈대는 동네 사람들이 가졌습니다.

이렇게 하여 난장이는 큰 부자가 되고, 동네 사람들도 또 난장이 덕택으로 뼈대하고 고기를 팔아서 부자들이 되어서 잘 살았답니다.

[모집지 불명]

53. 길고도 고소한 이야기

뭐요?

좀 더 길고 재미있는 이야기를 하라고요?

그럼, 길고도 고소한 이야기를 해드리죠.

옛날도 옛날 아주 오랜 옛날이었습니다.

어떤 사람 하나가 아주아주 길고도 긴 장대기 끝에 고소하고도 또 고소한 깨꾸지(깨를 닦아서 가루로 한 것)를 매달았더랍니다.

"이게 길고도 고소한 이야기란 겝니다."

[평안남도 안주군 입석면 왕산]

54. 개와 고양이

옛날 옛적, 영감 할멈 내외가 바닷가 오막살이집에서 외로이 그날 그날을 살아갔습니다.

늙은 영감은 다른 돈벌이는 하지 못하고, 단지 바닷가에 나가서 물고기를 낚아다가는 그것을 팔아서 겨우 생명을 부지해가는 것이었습니다.

하루는 또 여전히 영감은 물고기를 낚아오려고 낚싯대를 메고 이른 새벽에 바닷가에 나갔습니다.

어쩐 일인지 이 날은 멸치 한 놈, 새우 한 놈 낚시에 걸리지 않습니다.

"제길 한 놈도 걸리질 않는군."

이렇게 혼잣말을 하면서 두덩에 꽂았던 낚싯대를 빼어서 그만 돌아오려다가

"그래도 아무 것이든 한 놈 걸릴지 알겠어? 한 번만 더 헤보고 가자."

이렇게 생각하고 낚시를 또 텀벙 물에 던졌습니다.

아닌 게 아니라 낚시찌가 움직이는 법이 고기가 온 것이 분명합니다.

영감은 기뻐서 낚싯대를 뽑아서 잡아낚으려고 하니까, 무언지 엄청나게 무거운 게 잔뜩 매달려서 낚아낼 수가 없었습니다.

영감은 조바조바 조심스럽게 낚시줄을 끌어당겼습니다.

커다란 잉어가 나왔습니다. 영감은 뛸 듯이 기뻐했습니다. 그런데 이 잉어가 무슨 잉어인지 자꾸 슬픈 듯이 눈물을 줄줄 흘리고 있질 않습니까?

영감은 잉어가 측은하기 짝이 없어서, 기껏 잡았던 잉어를 도로 바다에 놓아주었습니다. 그러니까, 잉어는 기쁜 듯이 머리를 쳐들어 영감을 바라보면서 물 위에서 네다섯 바퀴 빙빙 돌더니, 물속으로 들어가 버렸습니다.

이튿날도 동이 훤하게 트자마자, 영감은 또 낚싯대를 어깨에 메고 바닷가에 나갔습니다.

담배를 퍽퍽 피우면서 낚시찌를 바라보고 있는데, 꿀럭꿀럭 물 속에서 거품이 나오더니, 총각 한 사람이 거북을 타고 나왔습니다.

물 밖에 나온 총각은 영감 앞에 꿇어 엎드려서 공손히 인사를 한 후,

"영감님 영감님, 전 용왕의 사신이옵니다. 그런데 어제 영감님께서 놓아주신 잉어는 사실은 잉어가 아니옵고 용왕의 아드님이올시다. 대단히 감사하나이다. 주인님께서 이처럼 아드님의 생명을 넓고 인자하신 마음으로 살려주신 은혜를 우리 대왕님께서 감사히 생각하시고, 모처럼 영감님을 용궁까지 모셔 오라고 하시기에 제가 나왔습니다. 무어 염려하실 것은 하나도 없고, 거북의 잔등에 타시면 삽시간에 용궁까지 가실 수 있사오니 저와 같이 용궁으로 가주십시오."

이렇게 말하고 총각은 바다를 향해 무어라고 말하면서 손짓을 하니까, 물속에서 커다란 거북 두 마리가 나왔습니다.

영감과 총각은 각각 거북의 잔등을 타고 물로 들어갔습니다.

얼마쯤 깊이 들어가니까,

"둥덩 둥덩"

풍악 소리가 나더니, 울긋불긋 단장한 크고도 큰 용궁 앞에까지 다다랐습니다.

대문 앞에서 영감님이 들어오기를 기다리고 있던 용왕의 아들은 영감이 대문 앞까지 오자, 버선발로 뛰어나와서 영감의 손목을 잡고 용궁으로 인도하였습니다.

이 날부터 용궁에서는 매일 매일 큰 잔치가 열렸습니다.

이 마음이 어질고 너그러운 영감님은 극진한 대접을 받았습니다. 그런데 날이 갈수록 혼자 남겨두고 온 할멈이 마음에 걸렸습니다.

용궁의 궁녀들이 나비 같이 춤추어 보이는 것도 즐겁지 않고, 산같

이 쌓아 놓은 맛있는 음식도 먹고 싶지 않았습니다. 그래 하루는 용왕한테 가서 그만 돌아가겠다고 하니까, 용왕이 며칠만 더 있다 가라고 하면서 굳이 만류하였습니다. 하지만 영감님이 굳이 가겠다고 하니까, 용왕도 끝끝내 말리지를 못하고 영감님의 마음이 용궁에는 없고 할멈한테 가 있는 것을 알고, 할 수 없이 승낙해 주었습니다.

영감님이 용궁을 떠나는 날입니다. 용왕의 아들이 소매를 끌면서 오라고 하기에 영감이 용왕의 아들 뒤를 따라가니까,

"영감님, 영감님께서 다시 세상으로 나가실 때는 아마 저의 아버님께서 무엇이 소용되는가 하고 소청이 있으면 말씀하라고 물으실 테니, 그 때는 다른 것은 다 싫어도 아버님 옆에 놓인 벼루함 속에 있는 연적을 달라고 그러세요, 이 연적은 구멍이 여덟 있는데, 아무 것이나 나오라는 대로 나오는 아주 귀한 보물이올시다."

하고 말했습니다.

과연 영감이 떠나려고 용왕 앞에 가서 인사를 하니까, 용왕이

"다만 몇 날이고 더 계시다 가시면 고맙겠소만은, 그렇게 자꾸 가시겠다고 하시니, 굳이 말리지는 못하겠습니다. 그런데 그저 헤어지기는 섭섭하니, 무엇이든 소청하시는 대로 드릴 테니, 무엇이든 소청이 있으면 말씀하여 보시오."

하고 말했습니다.

영감은 용왕의 아들이 하라는 대로

"다른 것은 다 싫사오나, 주시려거든 벼루함에 있는 연적을 주시면 감사하겠습니다."

하고 말했습니다.

이 말을 듣고 용왕은 흠칫하고 놀라는 빛을 보이면서

"미안하오나 그것만은 드리지 못할 테니, 다른 것을 소청해 주시오."

하고 용왕은 좀 당황해 하였습니다. 그런데 용왕이 영감님의 소청을

거절하는 것을 보고, 용왕의 아들이 용왕 앞에 버썩 한걸음 다가앉으면서,

"아버님, 무슨 말씀이에요. 그러니 아버님께서는 아들보다도 그 연적이 더 귀하단 말씀입니까. 저의 생명을 구하여주신 영감님께 연적을 못 주시겠다는 말씀이 무슨 말씀이오니까? 어서 그 연적을 주세요."
하고 말했습니다. 그러니까, 용왕은 할 수 없이 그 연적을 꺼내 영감에게 주었습니다.

영감은 그 귀하고 귀한 연적을 품 속에 꽉 껴안고 육지로 나왔습니다.

집에서 영감이 돌아오기를 기다리고 너무 기다려서 목이 아홉 자 가량이나 길게 늘어난 할멈의 기쁨은 무척 컸습니다. 그리고 영감이 돌아온 것만 해도 기쁜데, 아무 거나 나오라는 대로 나오는 보물 연적을 얻어가지고 왔다고 하니까, 할멈은 기쁘고 더욱더욱 기뻤습니다.

"그럼, 죽을 때까지 이런 오막살이집에서만 살겠습니까. 우리도 남과 같이 고래등 같은 큰 기와집에 한번 살아봅시다그려. 영감, 커다란 집이나 하나 나오라고 해보셔요."
하고 할멈은 영감더러 말했습니다.

"큰 기와집이 한 개 나오너라."

영감이 연적더러 이렇게 말했습니다. 그러니까, 지금까지 그 속에서 앉아 말하던 오막살이집은 감쪽같이 어디로 갔는지 없어지고, 커다랗고도 훌륭한 기와집이 오막살이집 자리에 생겼습니다.

"쌀이 나오너라."

"돈이 나오너라."

"옷이 나오너라."

영감과 할멈은 이렇게 연적을 향하여 한 마디만 하면 쌀이 좔좔, 돈이 절거렁절거렁, 옷이 술술, 자꾸자꾸 그 연적 구멍으로 나와서 그것을 가지고 없는 것 없이 모두 갖추어서 남부럽지 않게 살아갔습니다.

그런데 이 여덟 구멍 연적 소문이 강 건너 사는 마음보 나쁘기로 이름난 노파 귀에 들어갔습니다.

낮말은 새가 듣고 밤말은 쥐가 듣는다고 하잖아요. 하루는 그 강 건너 사는 노파가 이 집을 찾아왔습니다.

'기어코 그 연적을 훔쳐오리라.'

이렇게 뱃심을 검게 품고 물감, 사탕, 장난감들을 가지고 물감장수인 체하고 찾아온 것입니다.

이것 저것 물감을 내놓고 이것 사우, 저것 사시오 하다가,

"누구한테 들으니까, 이 댁에 아주 귀하고 귀한 연적이 있다는데 좀 구경할 수 없을까요? 그런 보물을 한 번 보고 지금 죽어도 한이 없겠습니다."

하고 공교로운 말로 연적을 보여 달라고 꾀었습니다.

할멈은 이 말을 듣고 연적을 자랑하고 싶은 생각도 있고 해서 반닫이 속에서 연적을 꺼내 보여주었습니다.

이걸 마음보 곱지 못한 노파가 보다가, 도로 그 연적을 할멈에게 주었습니다.

그리고 연적 두는 데를 보아두었습니다.

바로 이 날은 영감이 나들이가고 집에는 할멈 혼자 있었습니다.

저녁때가 거의 되었습니다. 할멈은

"영감이 나들이 갔다가 돌아올 때가 됐군. 시장하실 텐데, 좀 일찍 저녁밥을 지어놔야겠군."

이렇게 생각하고, 할멈은 전보다는 좀 일찍 저녁밥을 짓기 시작하였습니다.

마음 악한 노파는 아까 연적을 다 보고 돌아가는 체 집을 나와서는 집 둘레를 한 바퀴 돌아서 헛간에 들어가서 볏짚 속에 꼭 숨어 있었습니다. 그리고 할멈이 저녁 장만을 하고 있는 것을 보고, 몰래 집안에

들어가서 아까 그 연적을 넣어둔 반닫이 문을 열고, 보물 연적을 살짝 훔쳐 가지고 달아났습니다.

이 할멈 영감의 집에서 연적이 없어지자마자, 그 커다랗고 훌륭하던 기와집이 갑자기 그전과 같은 오막살이집으로 변해버리고 말았습니다.

부엌에서 밥을 짓던 할멈도 놀라고, 나들이 갔다가 돌아온 영감도 깜짝 놀랐습니다. 반닫이를 열어보아도 연적은 없었습니다.

할멈은 필시 이건 아까 왔던 그 물감장수 노파의 장난이라고 생각하고, 영감과 함께 그 물감장수 노파의 행방을 찾아보았으나, 노파의 그림자조차 보이지 않았습니다.

영감 할멈은 그저 밥도 먹지 않고, 한탄만 하였습니다.

그런데 이 자식 없는 영감과 할멈이 자식같이 귀하게 기르던 고양이하고 개가 있었습니다.

이 개하고 고양이가 저희들을 사랑하여 주는 주인 영감과 할멈이 근심하고 있는 것을 보고,

"이런 때 우리가 은혜를 갚아 드려야지, 언제 갚겠니. 우리가 그 연적을 찾아드리자."

이렇게 개와 고양이는 의논이 맞아서 그 연적을 찾으러 길을 떠났습니다.

이리로 저리로 이 집 저 집을 찾아다니다가 하루는 나룻배를 타고 강 건너 마을에 들어가니까, 전에 보지 못한 커다란 기와집이 있었습니다. 새로 지은 집입니다.

개하고 고양이는 이 집이 수상하다 하여 이 집을 탐정하기로 하였습니다.

바주[22] 구멍으로 들어가 보니까, 과연 틀림없는 그 노파. 전에 주인

22) 바주 : 바자. 대, 갈대, 수수깡, 싸리 따위로 엮어 만든 울타리.

집에 물감을 팔러 왔던 그 물감장수 노파가 집안에 앉아 있는 것이 보였습니다.

'옳다. 저 놈의 할미로구나. 아니꼬운 할미 같으니. 어디 봐라.'

이렇게 생각하고 개하고 고양이는 그 연적을 찾기로 하였습니다.

이 구석 저 구석 이모 저모 아무리 찾아보아도 연적 있는 데를 도무지 알 수가 없었습니다. 그러다가, 담벽에 만들어놓은 벽장 안을 보려고 고양이가 후다닥 뛰어올라가 벽장문을 열려니까, 앉아 있던 노파가 깜짝 놀라 벼락같이 일어나면서 고양이를 쫓는 것이었습니다.

'저 놈의 벽장이 좀 수상한 걸.'

이렇게 고양이가 생각하고 적당한 기회를 엿보고 있었습니다.

이럭저럭 아침에 나와서부터 밥을 한 입도 못 먹었기 때문에 점심을 굶었던 것입니다. 저녁때가 가까워 오니까, 배가 고파서 아주 죽을 지경입니다. 그래 개하고 고양이는 먹을 것을 얻으려고 광에 들어가게 되었습니다.

그런데 개는 허우대가 커서 들어가지를 못하고, 고양이만 땅을 타고 겨우 들어갔습니다. 광에 들어간 고양이는 깜짝 놀랐습니다. 고양이가 땅을 파고 들어가니까, 광 안에는 수천 마리의 쥐가 모여서 야단법석을 하고 있질 않습니까.

왕쥐가 가운데 높은 곳에 올라가 앉아 있고, 그 주위에 수천 마리 쥐가 빙 둘러앉아 있습니다. 먹고 때리고 춤추고 찍찍찍 노래 부르고 손뼉치고 아주 큰 소동을 하고 있는 것이었습니다. 고양이는 살살 숨어가서 왕쥐를 덥석 물어 깔고 앉았습니다. 그리고 고양이는 호기찬 소리로,

"이 집 주인 노파가 가지고 있는 연적을 꺼내다 주면 이 왕쥐를 살려 주겠거니와, 만일 그렇지 못하면 너의 왕을 담박에 잡아먹겠다."

하고 소리 질렀습니다. 그러니까, 수천마리 쥐들은

"염려 마십시오. 이제 곧 가져다 드리죠."

하더니,

"송곳이야!"

"톱이야!"

하고 부하 쥐들을 불러서 연적을 찾아오라고 명령하였습니다. 그러니까, 송곳이는 벽장 있는 담벽을 송곳같이 뾰족한 이로 구멍을 뚫고, 톱이는 또 가로막힌 나무들을 톱같은 이로 썩썩 베어서 구멍을 넓히고, 벽장에 들어가서 그 보물 연적을 꺼내 왔습니다.

개와 고양이는 대단히 기뻐하였습니다. 왕쥐를 그냥 놓아주고, 한시라도 바삐 은혜를 입은 늙은 주인 내외를 안심시키려고 뛰다시피 빨리빨리 걸음을 걸었습니다.

그런데 개와 고양이가 강가에까지 오니까, 배는 그냥 매어 놓았으나, 뱃사공은 때마침 있질 않았습니다.

할 수 없습니다. 개는 헤엄을 치기로 하고, 연적은 고양이가 입에 물고 개 등에 올라타고 강을 건너게 되었습니다.

강 복판쯤 갔을 때, 개는 연적이 근심되어서

"얘 고양이야. 너 연적을 잘 물고 있니?"

하고, 고양이더러 물었습니다. 그러나 고양이는 대답을 하려면 입을 벌려야 하겠고, 입을 벌리면 입에 물었던 연적이 강물에 떨어질 것 같아서 그냥 잠자코 있었습니다.

개가 두 번 네 번 물어도 고양이는 대답을 못하고 있었습니다. 그러니까, 개는 벌컥 성을 내면서,

"너 왜 대답을 하잖니? 내 말은 말같지 않아서 대답을 하잖니?"

큰 목소리로 이렇게 외치니까 고양이도 더 이상 참지를 못하고,

"잘 물고 있지 않니."

하고 대답했습니다.

그런데 그만 대답을 하느라고 입을 벌렸기 때문에, 연적이 강물에 떨어지고 말았습니다.

강 언덕에 올라와서, 고양이는 울면서 개를 원망하였습니다. 개는 그만 면목이 없어서 고개를 수그러뜨리고 집으로 돌아갔습니다. 그러나 고양이는 원통히 생각하면서, 강언덕을 이리저리로 왔다 갔다 하고, 집으로는 돌아가려고 하지 않았습니다.

고양이는 이렇게 울면서 자꾸 왔다 갔다 해서 고픈 배가 점점 더 시장해서 죽을 판이었습니다. 그래 강 언덕에 내어던져 버린 생선을 한 마리 덥석 물어다가 먹으려고 하였습니다. 그런데 무언지 지끈 이에 깨물리는 돌멩이 같은 것이 생선 뱃속에 있었습니다. 고양이가 그걸 꺼내보니까, 생각지도 않은 연적이었습니다. 찾고 찾던 그 보물 연적이었습니다.

물 속에서 헤엄치고 있던 이 생선이 연적이 떨어지는 것을 보고, 이걸 무슨 먹을 것인 줄 알고 덥석 삼켜 버려서, 그만 죽었던 것입니다. 이 죽은 생선이 고기 잡는 그물에 걸리니까 어부들은

"죽은 고기는 쓸 데 없다."

하고 강 언덕에 휙 팽개쳤던 것입니다.

고양이는 그저 기쁘고 기뻐서 냉큼 냉큼 뛰어서 집으로 돌아갔습니다.

영감 할멈은 또 다시 크고도 훌륭한 기와집에서 남부럽지 않은 살림을 하게 되었습니다.

주인 영감이 하루는 고양이하고 개를 불러놓고 먼저 고양이더러,

"너는 나중까지 힘을 써서 연적을 찾아왔으니, 참 용하다. 그런 고로 넌 오늘부터는 집안에서 살고, 먹는 것도 맛있는 걸 먹어라."

이렇게 말하고 그 다음에 또 개더러

"넌 연적을 찾느라고 힘을 쓰고 수고는 했으나, 고양이만큼 못하였으니, 오늘부터는 문 밖에서 자고, 먹는 것도 밥찌끼나 생선 뼈다구나

먹어라."

하고 말하였습니다. 그래서 이때부터 고양이는 집 안에서 사람과 같이 살고, 개는 문 밖에서 살게 되었습니다. 그런데 개는 이것이 불만스러워서 고양이를 원망하게 되었습니다.

그래서 이때부터 개하고 고양이는 서로 만나기만 하면 서로 물고 뜯고 싸움을 하는 것입니다.

[평안북도 자성]

55. 고생이란 것을 안 사람

옛날도 옛날, 어떤 곳에 어렸을 때부터 고생이란 것을 모르고 자라난 청년이 있었습니다.

콩떡을 보자기에다 많이 싸서 짊어지고 부모 동생 처자와 헤어져 고생이란 것을 맛보려고 길을 떠났습니다.

산을 향해 터벅터벅 걸어서 산 가운데까지 가니까, 벌써 해는 저물고 부근에 인가는 없는데, 어두컴컴해서 한 발자국도 마음대로 걸을 수가 없었습니다.

"인가를 찾아가서 하룻밤을 자고 가야겠는데, 참 큰 일 났구나."

이렇게 생각하고, 행여나 인가가 보이지 않을까 생각하고 두리번두리번 수풀 사이로 사방을 살펴보니까, 저편 숲 속에 불이 하나 반짝반짝 빛이 있습니다.

"오, 저것이 집인가 보구나. 딴은 인가가 있었어, 인기가."

평생 고생이란 것을 모르고 자라난 이 청년은 이렇게 외쳤습니다. 이 사람은 기뻐서 그 불이 반짝반짝 빛나는 곳으로 찾아갔습니다. 과연 그것은 인가였습니다.

"주인님 계십니까. 길 가던 사람이온데, 날이 저물고 잘 곳은 없고 해서 황송하오나 하룻저녁을 허청에서라도 재워 주십사고 왔습니다."

하고 주인을 찾았습니다. 그러니까,

"어서 들어오세요."

하고 집안에서 반가운 목소리가 들려나왔습니다.

목소리가 남자의 목소리가 아니고 여자 목소리인 것으로 보아 아마 이 집 안주인인가 봅니다.

이 사람이 문을 열고 들어가니까, 집안에는 나이가 한 삼십 잘되어 보이는 여자 한 사람이 있을 뿐, 아무도 없었습니다.

이 집 마누라였습니다. 마누라는 이 사람이 찾아온 것을 여간 기뻐하지 않았습니다.

평생 고생이란 것을 모르고 자라난 청년은 보자기를 풀고 콩떡을 내놓으면서 먹으라고 하니까, 이 집 마누라는

"그 떡은 두어두셨다가, 또 길을 가실 때 잡수시오. 내 이제 곧 저녁 진지를 채려올게요."

하면서 콩떡을 도로 보자기에다 싸주더니, 부엌에 내려가서 밥을 짓는 것이었습니다.

평생, 고생이란 것을 모르고 자라난 청년은

'이런 깊고 깊은 산 속에서 여자 혼자서 어떻게 무서워서 살아가나.'

이렇게 좀 마누라 혼자 있는 것이 이상하게 생각되었습니다.

평생 고생이란 것을 모르고 자라난 청년은 좀 무시무시도 해서 이 마누라의 거동을 유심히 바라보고 있었습니다.

얼마 후에 마누라는 있는 찬을 죄다 가지고 아주 극진하게 저녁밥을 지어 가지고 들어왔습니다. 평생 고생이란 것을 모르고 자라난 청년은 시장하던 참이라, 이 밥을 아주 맛나게 먹었습니다. 마누라는 이 청년이 먹은 밥상을 부엌에 가지고 나려가서 설거지를 마친 다음 방안으로 들어오더니,

"미안하오나, 이렇게 수고스레 찾아와주신 손님께 부탁할 것이 하나 있습니다."

하고 이 집 마누라는 드디어 무시무시한 말을 이 사람더러 말했습니다.

"사실이온 즉 우리 남편이 어제 범한테 물려서 죽었습니다. 그런데 이 죽은 남편의 시체를 내다가 묻어야겠는데, 여자의 몸이라 어찌 혼자서야 묻을 수가 있습니까. 그래 옆 동네 가서 사람들을 청해올까 하여도 범이 들어와서 남편의 시체를 물어갈까 봐, 가지도 못하고 어떻게 할 수가 없어서 그냥 내다 묻지도 못하고, 근심하고 있던 차입니다.

당신이 오신 것도 무슨 인연이 있어서 오신 것이오니, 미안하오나 힘을 좀 빌려주시지요."

이렇게 말하고, 이 집 마누라는 끔찍스런 비수를 꺼내 놓으면서,

"이 집에서 우리 남편의 시체를 지켜주겠습니까. 또 그렇지 않으면 아랫동네에 가서 동네 사람들을 좀 불러다 주겠습니까."

하고 웃방 미닫이를 쭉 열었습니다. 평생 고생이란 것을 모르고 자라난 청년은 깜짝 놀랐습니다. 삐뚜럭한 사내 시체가 놓여있질 않습니까.

평생 고생이란 것을 모르고 자라난 청년은 참 큰 걱정거리가 생겼습니다. 송장을 지키자니 무시무시하고, 또 그렇지 않고 아랫마을에 가서 동네 사람들을 데려오자니 역시 어두운 밤에 으왕 하고 범이나 나오지 않을까 무섭고, 그러니 제일 좋기는 아무 것도 하지 않고 집에서 자고 있는 것인데, 가지 않겠다고 하든가, 송장을 지킬 수도 없다고 하는 날에는 이 집 마누라가 쥐고 있는 비수가 모가지에 날아올 판입니다.

그런데 범은 지금 문 밖에서 다웅다웅 하고 송장을 달라고 발톱으로 문지방을 허물어 내리는 소리가 나지 않습니까?

고생이란 것을 평생 모르고 자라난 청년은 생각하고 생각한 끝에,

'아랫동네에 가다가 범한테 물려 죽느니보다 집에서 송장 지키는 게 낫겠다.'

이렇게 생각하고, 주인 마누라더러 송장을 지키고 집에 있겠다고 하였습니다. 그러니까 마누라는 횃불을 들고 아랫마을로 갔습니다.

평생 고생이란 것을 모르고 자라난 청년은 집에서 송장을 지키고 있는데, 범이 지붕을 한번 휙 하고 넘어뛸 때마다 송장은 벌컥 일어서곤 합니다.

평생 고생이란 것을 모르고 자라난 청년은 악 소리를 지르면서 뒤로 자빠졌습니다. 눈은 그냥 뜨고 있으나, 정신을 못 차리고 희번덕대고

만 있었습니다. 이렇게 얼마를 있다가 정신을 차려보니까, 아까 이 집 마누라가 아랫동네로 가면서 말해준 말이 생각났습니다. 그래 이 청년이 마누라가 가르쳐준 말대로 벌컥 일어서 있는 송장의 왼편 따귀를 세 번 연거푸 때리니까, 과연 송장은 꽝! 하고 넘어졌습니다.

이렇게 하고 좀 안심이 되어, 땀을 벌벌 흘리면서 앉아 있는데, 문 밖에서 범이 또

"다웅"

하고 소리를 치면서 휙 지붕을 뛰어넘었습니다. 그러니까, 벌컥 또 송장이 일어섰습니다. 그래 또 이 사람이 질겁을 하면서 달려들어 송장의 왼 따귀를 두서너 번 연거퍼 찰싹찰싹 때려대니까, 송장이 꽝 하고 넘어졌습니다.

그런데 송장이 넘어질 적에 송장의 손이 이 사람의 손을 스친 고로 이 사람은 너무 놀라서 그만 정신을 잃고 기절을 하여 넘어졌습니다.

이렇게 정신을 잃고 기절을 한 채로 얼마 동안을 있다가, 이 사람이 눈을 번쩍 떠보니까 아, 이거 웬 일입니까. 아무리 일어나려고 하여도 허리에 무엇인지 무거운 게 짓누르고 있는 것 같아 무거워서 일어날 수가 없었습니다. 허리가 상한 게다 생각하면서 두서너 번 일어나려고 하여서도 종시 일어나질 못하였습니다. 그런데 허리는 아프지 않은 것으로 보아 다친 데는 없는 것 같습니다. 그래,

"무엇이 허리에 지질러졌나?"

생각하고, 손을 쑥 뻗어서 허리쪽을 만져보려고 한 청년은 깜짝 놀랐습니다. 이런 변이 어디 있습니까. 손에 잡힌 것은 송장의 머리털이었습니다.

"에쿠 에쿠!"

청년은 흑흑 흐느끼면서 냉큼 일어서서 부엌문을 차고 부엌으로 뛰어내려가서 아궁 속으로 들어가 숨었습니다.

이 집 마누라가 아랫동네에 가서 동네 사람들을 데리고 돌아오니까, 집안에서 송장을 지키고 있어야 될 나그네가 보이지 않아서, 이상하게 생각하면서 팥죽을 쑤려고 부엌에 내려갔습니다. 그리고 아궁이에 있는 재를 끄집어내려고 고무래를 쑥 넣었다가 당기니까, 재는 나오지 않고 머리털이 허연 영감이 한 사람 벌벌 떨면서 엉금엉금 기어나오질 않습니까?

범도 무서워하지 않는 마누라는 너무 놀라서

"에구머니!"

하면서 고무래를 냅다 팽개치는 바람에, 바가치가 왱가당뎅가당 하고 깨졌습니다.

이 허연 영감이란 것은 평생 고생이란 것을 모르고 자라난 청년이 너무도 혼이 나서 이렇게 머리털이 허옇게 센 것이었습니다.

이 사람은 집으로 돌아갔습니다. 그러나 누구 한 사람 이 사람을 맞아주는 사람도 없을 뿐 아니라, 집엘 들어가려고 하니까, 이 사람의 어린 아이들이

"어떤 영감태기가 남의 집에 함부로 들어오려고 하는 거요, 어서 나가."

하면서 빗자루로 때리는 것이었습니다. 아내 또한 어떤 영감님이냐고 묻는 것이었습니다.

기가 막힌다 막힌다 하여도 이렇게 기막힐 일이 어디 있겠습니까? 한 달이나 가깝게 나들이 갔다 온 남편더러 어떤 영감님이라는 게 대체 무엡니까.

이 사람은 너무도 어망처망[23]해서 왜 이것들이 이렇게 날더러 영감 영감 하는고 하면서 거울을 들여다보았습니다.

아 참! 이 사람이 보니까, 머리털이 허옇게 세 있었고, 이마는 쭈굴

---

23) 어망처망 : 몹시 어이없다는 뜻.

쭈굴 주름이 잡혀지질 않았습니까. 이래서야 애들이랑 아내가 어떤 영감인가고 묻는 것은 당연한 이치입니다.

평생 고생이란 것을 모르고 자라난 이 사람은 고생이란 것이 어떤 것인지를 잘 알았게 되었답니다.

[함경남도 고원]

56. 도둑놈의 이름은 신재복申齋服

서로 서로 가슴에 사랑을 가득하니 품고 있는 젊은 부부가 색시의 본집에 갔습니다. 깊은 산골을 지나가는데 무섭게 생긴 도둑놈들이 나타나서 젊은 남편은 소나무에다 밧줄로 꽁꽁 동여매 놓고 아내를 빼앗아 가지고 갑니다.

젊은 남편은 그저 기가 막혀서 가슴이 터져 죽을 지경이었습니다. 이 사람은 목소리를 있는 대로 크게 지르면서 이렇게 도둑놈들에게 말했습니다.

"여보세요! 당신의 이름하고 있는 곳이나 알고 죽으면 한이 없겠어요. 좀 가르쳐 주세요. 가르쳐 주세요."

하고 자꾸자꾸 고함지르니까, 장수 도둑놈이

'그까짓 놈 오늘밤으로 저렇게 안달하다가 죽을 놈. 일이 있나, 가르쳐줘도 괜찮아이.'

이렇게 생각하고,

"이 놈아, 황천 가는 선물로 잘 가르쳐줄 테니, 잘 들어라 이 놈아. 나 사는 곳은 '높고 낮은 곳 쥐었다 펴졌던 골'이고 성은 '발 아래' 이름은 '삼년 상 쳐먹고 나왔다'이다."

이렇게 저 사는 곳과 성명을 대주고는 그냥 이 사람의 아내를 데리고 어디론지 숲 속으로 들어가 버렸습니다.

젊은 남편은 요동질을 하여 겨우 밧줄을 끊었습니다. 그리고는 그 도둑놈들이 들어간 숲 속으로 아내를 찾으러 떠났습니다.

물론 숲 속에는 없었습니다. 그리고 도둑놈이 대주던 곳과 성명이란 것을 도무지 알 수가 없었습니다. 또 알 만한 사람에게 아무리 물어보아도 아는 사람이라고는 한 사람도 없었습니다.

이렇게 그저 그 도둑놈이 말해준 있는 곳과 성명은 알지도 못하고 행여나 돌아다니다 보면 아내를 만날까 생각하고 수 년 동안을 조선의 방방곡곡으로 찾아다녔습니다.

이렇게 찾아다니다가, 하루는 어떤 동네에까지 가니까, 나이가 여나믓 살씩 되어 보이는 어린애들이 나랏님(임금님) 놀이를 하고 있었습니다. 아주 엄엄하기 짝이 없습니다. 이 사람은 나랏님 아이 앞에 가서 꿇어 엎드리면서,

"아뢰겠습니다."

하고 공손히 절을 하였습니다. 그러니까, 나랏님 됐던 아이는 수줍어하면서 낯을 붉히고 빙긋 웃으면서 얼굴을 돌렸습니다. 그러니까, 나랏님 된 아이 옆에 앉아 있던 다른 아이가

"얘 얘, 그렇게 해서는 넌 나랏님이 못 되겠다. 나랏님이 그렇게 낯을 붉히면 되겠니."

하면서 꾸짖었습니다. 나랏님 됐던 아이는 이 말을 듣고 더욱 낯을 붉히면서,

"그럼, 난 못하겠다. 너 하렴."

하고 나랏님이 앉는 높은 자리에서 내려왔습니다. 그러니까, 아까 나랏님 됐던 아이를 꾸짖던 아이가 나랏님 자리에 올라 앉았습니다. 새로 나랏님이 된 것입니다. 그런데 이 아이가 나랏님 자리에 올라가 앉더니,

"여봐라. 다시 한 번 너의 소원을 아뢰라."

하고 이 사람더러 큰 목소리로 호령호령하였습니다. 아주 엄숙한 낯을 하고 있습니다. 아내 잃은 사람은 깜짝 놀라면서 황송하게 다시 한 번 일어섰다가 앉으면서 꿇어 절하고,

"저의 아내를 빼앗아간 도둑놈이 사는 곳이라고 하면서 가르쳐준 말이 도무지 무슨 뜻인지를 몰라서 나랏님께 가르쳐 줍소사 하고 왔습니다."

하고 말했습니다. 그러니까, 그 나랏님 된 아이는

"그 도둑놈이 대체 무어라고 하더냐."
하고 다시 한 번 호령호령하였습니다.

"높고 낮은 곳 쥐었다 펴졌던 골이라고 하였습니다."
하고 대답했습니다.

"성명은 말하지 않더냐?"

"성은 '발 아래'고, 이름은 '삼년상 쳐먹고 나왔다'고 하였습니다. 제발 이걸 좀 풀어주소서."
하고 물에 빠진 사람이 짚검불을 붙잡는 격으로, 이렇게 이 사람은 애원했습니다. 그러니까,

나랏님 된 아이는 한참 동안 생각하더니,

"여봐라. '높고 낮은 곳'이니까, '평산平山'이고 '쥐었다 펴졌던 골'이니까, 이건 '부챗골'이다. 그리고 성은 '발 아래'니까, 발 아래 있는 것은 '신'이다. 또 그리고 이름이 '삼년상 쳐먹고 나왔다'니까, 삼년상을 지나면 '재복'을 입는다. 평산 부챗골 신재복(平山 扇洞 申齋服)이란 놈을 찾아가보아라."

나랏님 아이는 이렇게 아주아주 용하고 지혜 있게 이 수수께끼를 풀어주었습니다.

이 사람은 너무 황송하고 고마워서 그저 머리를 땅에 조아리면서 치사를 하였습니다. 아닌 게 아니라, 평산 부챗골 신재복이란 놈의 집을 찾아가니까, 과연 고래등 같은 기와집이 산골짜기에 차 있었습니다. 이 놈의 집을 들어가보려고 하여도 대문이 너무 많아서 어디로 들어가야 될지 도무지 모르겠고, 또 설혹 대문을 들어간댔자 대문을 지키고 있는 문지기한테 붙잡혀 죽을 것은 뻔한 일이었습니다.

그러나 아무튼 그립고 그리운 아내를 찾아보려면 이 집 속 모양을 알아보아야 하잖겠습니까. 그래 집 속을 살펴볼 생각을 하고 담장 옆에 서 있는 큰 버드나무 위에 올라갔습니다.

그날 밤은 바로 달이 훤하게 중천에 뜬 달밤이었습니다.

이 사람이 버드나무 잎으로 몸을 가리고 집안 모양을 살피고 있는데, 바로 버드나무 아래 우물에 물을 길러 나오는 여자가 있었습니다. 아주 아름다운 색시였습니다. 이 색시가 물을 한 동이 길어놓더니, 바가지에 물을 떠놓고 합장을 하고 하늘을 쳐다보면서,

"하느님, 자비하신 하느님이시여! 저를 불쌍히 생각하시사, 아무쪼록 우리 남편을 만나게 해 주옵소서."

하고 기도를 올리고 있습니다.

아내 잃은 사람은 이것을 보고 좀 이상스러워서 버드나무 잎을 조금 헤치고 내려다보니까, 이거 보십시오! 우물에서 하느님께 자기 남편을 만나게 해달라고 기도 올리고 서 있는 색시가 바로 오래 동안 갖은 고생을 겪어가면서 찾아다닌 그립고 그리운 자기 아내가 아닙니까.

이 사람은 기쁘다기보다는 그저 깜짝 놀랐습니다. 그리고 하마터면 고함을 칠 뻔하였습니다. 그러나 도둑놈들이 들으면 큰 일이 나겠기에 얼른 입을 손으로 막고, 버드나무 잎을 쭉 훑어서 아래로 떨어뜨렸습니다. 그러나 그리운 아내는 그냥 그대로 서서 기도를 올리고 있었습니다. 이 사람은 버드나무 잎을 쭉 또 훑어서 떨어뜨렸습니다. 그러니까

"바람도 없는데 버드나무 잎이 왜 이렇게 떨어지지?"

하면서 아내는 그냥 정성껏 기도를 올리고 있었습니다.

이 사람은 하도 안타까워서 이번엔 전보다 더 많이 버드나무 잎을 훑어서 쫙 내려뜨렸습니다. 그러니까, 이 사람의 아내는

"이상도 하다. 무슨 버드나무 잎이 이렇게 많이 떨어지나."

하면서 버드나무 위를 쳐다보았습니다. 아내는 깜짝 놀랐습니다. 낯선 사람이 그 버드나무 위에 올라가 있질 않습니까.

"여기는 나는 새도 용히 못 들어오는 곳인데, 어이 된 일이기에 사람이 들어왔습니까. 어서 몸을 피하십시오. 만일 도둑놈들이 보면 당신

의 생명이 위태해집니다."

하고 말했습니다. 그러나 버드나무 위에 있는 사람은 꼼짝도 하지 않고 있을 뿐 아니라, 울고 있는 모양 같았습니다. 훌쩍훌쩍 우는 소리가 들립니다. 색시는 이상하게 생각하였습니다. 그래 유심히 올려다보니까, 아, 뜻밖에도 그립던 저희 남편이 아닙니까. 아내는 크게 놀라고 또 크게 기뻤습니다. 이 사람은 곧 버드나무를 내려가서 그립던 아내와 손을 마주 잡고 기뻐서 울었습니다.

"다른 사람의 눈에 띄면 큰 일 납니다. 어서 저 있는 방으로 들어가십시다."

하면서 이 사람의 아내는 방으로 손을 잡고 들어가서 남편을 벽장 속에 숨겨 놓았습니다.

며칠 후에 장수 도둑 신재복이가 도둑질하러 갔다가, 돌아왔습니다. 그러니까, 남편을 감추어놓은 이 사람의 색시가 전에 없던 방긋방긋 웃는 낯으로 신재복이한테 가서

"어제 우리 사촌 오빠가 오셨는데, 당신께서 어떻게 말씀하실까 몰라서 장 속에 감추어 놓았어요."

하고 말하였습니다. 그러니까, 도둑놈은

"아 이 사람, 처남이 그렇게 수고스럽게 오셨는데, 장 속에다 모시다니. 그런 푸대접이 어디 있소? 어서 어서 여기 모셔오게."

하고 처음으로 보는 웃음을 기뻐하면서 이렇게 말했습니다.

신재복이는 처남을 만난 게 기쁘다고 하면서 좋아서 술을 이 사람에게 대접하는 것이었습니다. 술이 적지 않게 취하였을 때

"여보게 처남. 내가 몇십 년 동안 동네들을 여러 십 개 쳐 왔는데, 이때까지 못 쳐본 동네라고는 별로 없으나, 그 중에 두 동네는 아무리 궁리를 하고 꾀를 써도 어찌 단결한 동네인지 도저히 들어갈 수가 없단 말야. 허허허."

하고 웃었습니다. 아내를 빼앗긴 이 사람은

'이 놈의 집에서 아내를 데리고 빼서 나가려면 한 번 신용을 보인 다음 틈을 얻어서 튈 수밖에는 별 도리가 없다.'

이렇게 생각하고,

"형님, 그럼 제가 한 번 그 치기 어렵다는 동네를 쳐 볼까요?"
하고 도둑놈에게 말하였습니다.

"임자가? 임자가 가히 할 수 있겠어? 할 수만 있으면 어디 한 번 해 보게나."

괴수 도둑놈 신재복이는 아주 좋아했습니다.

"그럼, 뻐꾸기 소리를 잘하는 사람을 한 사람 택해 주슈."
하고 이 사람이 괴수 도둑놈더러 말했습니다. 그러니까, 괴수 도둑놈 신재복이는 부하 도둑놈들을 죄다 모아놓고,

"애들아, 너희들 가운데서 어느 놈이든 뻐꾸기 소리할 줄 아는 놈이 있으면 나오너라. 쓸 데가 있다."

이렇게 한 사람을 택해 주었습니다.

아내를 빼앗긴 사람은 뻐꾸기 소리 잘 하는 사람을 데리고 아까 신재복이가 아무리 해도 칠 수 없다는 동네로 갔습니다. 그리고 뻐꾸기 소리 잘하는 사람더러

"이 동네 뒷산에 올라가서 동쪽 하늘에 해가 불그스레 떠올라올 때까지 뻐꾹뻐꾹 하고 울어라."
하고 말했습니다.

뻐꾸기 소리를 잘하는 도둑놈은 밤부터 새벽에 해가 동쪽 하늘에 불그스레 떠올라올 때까지

"뻐꾹 뻐꾹 뻑 뻐꾹!"
하고 울었습니다. 이튿날은 또 여우 소리를 잘하는 사람을 데리고 가서,

"이 동네 뒷산에 올라가 동쪽 하늘에 불그스레 해가 떠올라올 때까

지 킹킹 킹킹 하고 울어라."

이렇게 말했습니다. 여우 소리 잘하는 도둑놈은 밤 삼경 때부터 새벽에 동쪽 하늘이 불그스레 해가 떠오를 때까지

"킹킹 킹"

하고 여우같이 울었습니다. 그러니까, 이렇게 아내를 빼앗긴 사람이 뻐꾸기 소리 잘하는 사람과 여우 소리 잘하는 사람 두 명이 하루저녁 또 하루저녁 뒷산에 가서 운 줄을 모르는 동네 사람들은 이렇게 이틀 밤이나 뻐꾸기 우는 소리와 여우 우는 소리가 동네 뒷산에서 난 것을 알고, 큰 일이 났다고들 야단법석을 하였습니다.

옛날부터 밤중에 뻐꾸기하고 여우가 울면 그 동네가 망하고 만다는 말을 이 동네사람들이 믿어오기 때문입니다. 그렇기 때문에 동네는 근심 걱정으로 절절 끓었습니다.

이튿날 아내를 빼앗긴 사람은 나그네 모양으로 행장을 하고, 그 동네로 갔습니다. 보니까, 동네 사람들은 한 곳에 모여서

"뻐꾸기가 울고 여우가 울었으니까, 조만간에 우리 동네가 망하겠는데, 어떻게 하면 이 화난에서 우리 동네를 구할 수가 있을까?"

이렇게 서로 서로 토론들을 하고 있었습니다.

"이 동네에 무슨 큰 일이나 생겼습니까. 무슨 일입니까?"

하고 아내를 빼앗긴 사람이 동네 사람들이 모여서 토론을 하고 있는데 가서 이렇게 물었습니다. 그러나 동네 사람들은 바깥사람이라고 말도 하지 않았습니다. 그래 이 사람이

"전 점을 좀 배웠는데요. 무슨 일이 계신 것 같으시니, 점을 쳐 드리지요. 무슨 일인지 말씀해주십시오."

하고 말했습니다. 그러니까, 동네 사람들은 기쁜 낯을 하면서

"지난 이틀 밤 이 동네 뒷산에서 뻐꾸기가 밤새도록 울고, 여우도 또 밤새도록 울었는데 어떻게 하면 이 화난을 면할 수 있을까 토론들

을 하고 있던 중이올시다."
하고 말했습니다.

아내를 빼앗긴 사람은 이 말을 듣고 정말 큰 일이 났다는 듯이, 무르팍걸음을 하여 썩 동네 사람들 앞으로다가 앉으면서,

"네, 그렇습니까? 어디 점을 쳐봅시다. 사태가 사태이니만치 매우 곤란하리라고는 생각합니다마는, 어디 힘껏 해봅시다."

이렇게 말하고, 아내를 도둑놈한테 빼앗긴 사람은 제법 점을 치는 양 중얼중얼 점을 치는 시늉을 한참 동안 한 다음,

"아무 산에 가서 대제사를 지내야지 동네를 구하지, 그렇지 않고는 동네를 구할 방침은 없습니다. 그런데 이 대제(大祭)에는 어린애들까지라도 모두 한 사람도 빠지지 말고 산으로 가야 합니다."
하고 말하였습니다. 그러니까, 동네 사람들은 이 말을 듣고 기뻐하면서 이 사람이 말한 대로 그 산에 가서 대제사를 지내겠다고 말하였습니다.

아내를 도둑놈한테 빼앗긴 사람은 곧 도둑촌으로 돌아와서,

"내일 아무 시에 그 동네로 가시오."
하고 괴수 도둑놈 신재복이더러 말했습니다.

이튿날 신재복이는 부하 도둑놈들을 데리고 그 동네에 가보고 깜짝 놀랐습니다. 도대체 어찌된 일인지 애 하나, 개 한 마리 볼 수가 없지 않습니까. 도둑놈들은 막 마음대로 모든 재물을 하나도 남겨두지 않고 죄다 훔쳐 왔습니다.

몇 해를 두고 여러 차례 습격하여서도 끝내 훔치지를 못하던 이 동네를 이렇게 감쪽같이 몽땅 훔쳐버렸으니, 괴수 도둑놈 신재복이랑 여러 도둑놈들의 아내 빼앗긴 사람에 대한 존경은 여간 크지 않았습니다. 도둑촌에서도 아내 빼앗긴 사람의 세력은 신재복의 다음으로 커졌습니다.

하루는 또 아내 빼앗긴 사람더러 신재복이가 이런 말을 했습니다.

"여보게 처남, 아무 동네를 역시 수 년 동안 별러가면서 치려고 하여서도 도무지 방비가 심해서 칠 수가 없는데, 처남 임자가 한 번만 더 수고하여 주게. 그 동네란 앞에 큰 늪이 있는 동네일세."

하고 말했습니다.

'오냐, 이제야 내 아내를 데리고 튈 기회가 왔구나.'

이렇게 이 사람은 생각하고 신재복의 말을 쾌히 승낙하였습니다.

아내를 빼앗긴 사람은 신재복이더러 가죽부대를 많이 마련해 오라고 하였습니다. 그러니까, 신재복은

'무슨 훌륭한 꾀를 또 피우려는 게다.'

이렇게 생각하고, 부하들에게 가죽부대를 많이 마련하게 하였습니다.

가죽부대를 마련해 놓고는, 도둑놈들을 데리고 그 동네로 갔습니다. 늪 가에 가서 아내를 빼앗긴 사람은 도둑놈들에게 하나 하나씩 가죽부대를 가지라고 하고, 그 가죽부대 속에 다들 들어가 있으라고 말했습니다. 그러니까, 신재복의 부하들은 가죽부대에 들어가기를 주저하고 들어가기를 싫어했습니다. 그러니까 신재복이가 이것을 보고,

"얘, 얘 이놈들아. 요전 동네를 감쪽같이 먹어온 일이 생각나지 않니? 이번 또 요전처럼 맛있게 이 동네를 홀딱 삼켜 가려면 어서어서 말을 들어야 된단 말야. 네까짓 것들이 우리 처남의 훌륭한 꾀를 한 놈이라도 알 놈이 있겠니?"

이렇게 부하들에게 가죽부대 속에 들어가라고들 하고 자기부터 가죽부대 속에 들어갔습니다. 그러니까, 신재복이 부하 도둑놈들도 죄다 부대 속에 들어갔습니다.

아내를 빼앗긴 사람은 가죽부대를 하나 하나씩 다 노끈으로 훑쳐매 놓았습니다. 이렇게 다 도둑놈들이 나오질 못하게 해놓고는 동네로 뛰어 들어가서,

"큰일 났습니다. 큰일 났습니다. 얼른 빨리 늪가로 나와 주십시오."
하고 고함을 쳐서 동네 사람들을 죄다 늪가에 나오게 하였습니다.

'무슨 일이 생겼노? 늪에 용이라도 떨어졌나?'
하고 생각하면서 동네 사람들이 늪가에까지 나와 보니까, 수백 개 가죽부대가 놓여 있었습니다. 아내를 빼앗긴 사람은 이 가죽부대들을 가리키면서,

"저 가죽부대 속에 있는 놈들은 악하고 악한 도둑놈들이외다. 당신네 동네를 치러온 것입니다."

이렇게 말하고, 그놈들을 늪에 차 넣으라고 하니까, 동네 사람들은 노하면서 가죽부대를 모두 늪 가운데 차 넣어서, 도둑놈들을 한 놈도 남기지 않고 죄다 죽여 버렸습니다.

아내를 빼앗긴 사람은 도둑촌으로 돌아와서, 많은 재산을 말에 싣고 사랑하는 아내의 손목을 잡고 고향으로 돌아가서, 길이길이 행복을 누렸답니다.

[평안남도 평원군 서해면 사리]

57. 요술 쓰는 색시

옛날도 옛날 아주 오랜 옛날, 한 곳에 이 참봉이라고 하는 사람이 있었습니다.

이 사람에게는 외아들이 한 사람 있었는데, 생김생김이 아주 사내답고, 재주가 뛰어났습니다. 그런데 하루는 머리털이 하얀 어떤 낯 모를 노파가 이 참봉의 집을 찾아와서 하는 말이

"당신 댁에는 귀여운 아드님이 계시겠는데, 장가가실 연세가 되셨지요? 정혼을 하시면 어떻습니까?"

하고 다짜고짜 이런 말을 하니까, 이 참봉은 이상하게 생각하면서,

"좋은 곳만 있으면 정혼해도 좋소."

하고 대답했습니다. 그러니까, 노파는

"사실은 내 딸이 이 집 도련님과 정혼을 하면 좋을까 싶어서, 이렇게 제가 일부러 온 것입니다."

하고 말하였습니다.

이 참봉은 이 노파의 태도며 말하는 것을 들어보고, 가히 신용할 수 있다 생각하고, 선도 보지 않고, 그 자리에서 정혼을 했습니다.

날이 가고 달이 바뀌어서 이 참봉의 아들은 열 살이 네 살이나 더 넘어 열네 살이 되었습니다. 그래 이 참봉은 좋은 날을 택해 장가보낼 날을 정했습니다. 그리고 아무 날 아들이 장가를 간다고 사돈집에다 편지했습니다. 그러니까, 얼마 후에 사돈집에서 온 회답을 보니까,

"금강산 만물상 꼭대기에까지 오면 우리를 만날 수 있을 테니, 만물상으로 오시오."

하고 써 있었습니다. 그래 이 참봉의 아들이 의복을 단정히 차리고, 헐떡헐떡 수고스레 금강산 만물상 꼭대기에 올라가 보니까, 신부는커녕 신부의 그림자조차 보이지 않았습니다.

이 참봉의 아들은,

'아마 날을 잘 알아두지 못한 게다.'

생각하고 이튿날 또 올라가 보았습니다. 그러나 어제와 같이 역시 아무 것도 보이지 않았습니다. 신랑은 이상야릇이 생각하면서, 그 날은 절에 가서 하루저녁을 자고, 이튿날 또 만물상에 올라갔습니다. 이 날도 색시랑 장모가 보이지 않으면 아예 집으로 돌아갈 작정을 하였습니다. 그러나 사흘 만에 올라가보니까 만물상 꼭대기에 흰 옷을 입은 사람 세 사람이 보였습니다. 색시하고 색시의 아버지 어머니의 세 사람이었습니다. 그런데 신부는 장옷을 벗지 않고 낯을 가리고는 절대로 낯을 보여주지 않았습니다. 이 참봉의 아들은 자기 색시의 얼굴을 보지 못하는 것이 궁금해서 얼굴을 좀 보자고 하니까, 색시의 어머니가

"이 애는 아주 수줍어하는 애라서 남한테 얼굴을 뵈길 여간 싫어하질 않는다네. 그러니까, 그냥 참으세."

하고 말하는 것이었습니다.

이 참봉의 아들은 서운하긴 하였으나, 색시의 자태가 퍽 아름다운 것을 보고, 기쁘게 생각하였습니다.

이 참봉의 아들은 처갓집에서 사흘을 지내고 나흘 만에 도로 집으로 돌아왔습니다. 그리고 얼마 후에 잔치를 하고 색시를 데려왔습니다.

그런데 이거 보셔요. 이 참봉의 아들은 너무 놀라서 하마터면 미칠 것 같았습니다. 색시의 얼굴이 어찌도 망칙한지 알 수가 없었습니다. 콩 마당에 굴려놓은 것 같이, 구멍이 송송 뚫어져 있는 얼금뱅이였습니다. 너무도 해괴망측하니까, 색시 구경 왔던 사람들이 질색을 하여 도망질쳤습니다.

이 참봉의 아들은 속은 것이 너무도 분하고 기가 막혀서 어쩔 줄을 몰랐습니다.

색시를 데려온 날부터 이 참봉의 아들은 절대로 저의 색시 낯짝을

보지 않으려고 외딴 방에 들어가서 아침부터 밤까지 그저 자꾸 공부만 하는 것을 유일한 낙으로 삼았습니다. 그러나 이 참봉은 며느리가 비록 세상에도 드문 얼금뱅이이지만, 조금도 언짢은 낯을 하지 않았습니다. 그러나 집안사람들은 이 얼금뱅이 색시를 사람같이 보지도 않고 삐쭉댔습니다.

그러니까 하루는 며느리가 시아버니 이 참봉더러,

"저 때문에 집안에 불화가 생기오니, 조그마한 집을 하나 지어 주시면 따로 나가 살겠습니다."

하고 집을 하나 지어달라고 말했습니다. 그래 이 참봉은 곧 그 날부터 목수를 데려다가 집을 지어주었습니다. 그리고 몸종 하나를 주었습니다. 그런데 하루는 이런 일이 있었습니다.

궁중에서 큰 잔치가 조만간에 열리는데, 이 잔치에 참석하려면 반드시 학을 수 놓은 조복(朝服)을 입어야 합니다. 그러나 이 참봉에게는 이런 조복이 없었습니다. 잔치할 날은 이틀밖에 없는데, 아무리 재간이 좋은 사람이라도 도저히 이틀 만에는 수를 놓을 수가 없습니다. 그래서 이 참봉은 근심이 몹시 많아졌습니다. 그런데 이 말을 얼금뱅이 며느리가 듣고,

"그럼, 제가 수놓아 드리겠으니, 그 조복을 보내주세요."

하고 몸종더러 참봉께 말씀드리라고 하였습니다. 이 말을 들은 이 참봉 집사람들은

"그런 얼금뱅이가 수가 또 무슨 수냐?"

하면서 조소하였습니다. 그러나 이 참봉이 조복을 몸종에게 내주라고 하는 고로, 마지못해서 조복을 내주었습니다. 그러니까, 이거 보셔요. 다른 사람이 이 조복에다가 수를 놓는다면 보름은 걸릴 것을 얼금뱅이 며느리가 단 두 시간 동안에 다 놓아서 몸종을 시켜 들여보내지 않았습니까. 그것도 또 허투루 놓은 수면 또 모르겠는데, 아주 훌륭하게

놓지를 않았겠습니까? 온 집안사람들은 깜짝 놀랐습니다. 이 참봉은 자기 눈이 어그러지지 않았음을 기뻐했습니다.

대궐에서 잔치가 베풀어지는 날, 이 참봉은 이 얼금뱅이 며느리가 놓아준 조복을 입고 대궐에 참례하였습니다. 여러 사람의 훌륭한 조복 가운데서도 이 참봉의 조복의 수가 제일 눈에 띄고 훌륭하였습니다.

임금님께서 이 훌륭한 이 참봉의 조복을 보고, 임금님이 이 참봉을 부르시었습니다. 그리고 한참 동안 그 아름다운 학의 수를 보시더니,

"이 조복에 수를 놓은 사람은 배주림을 받고 있으니, 이후로는 쌀을 한 말씩 밥 지어줘라."

하고 분부하셨습니다. 이 참봉이 임금님의 말씀을 기괴하게 생각하면서 집에 돌아와 보니까, 과연 며느리가 굶주리고 있는 빛이 보여서, 그 날부터는 한 끼에 한 말씩의 밥을 지어주라고 쌀을 보냈습니다.

이 며느리는 아무래도 예사 사람이 아닙니다.

이 얼금뱅이 색시는 또 앞일을 아는 부인인가 봅니다. 앞으로 올 일을 알고, 집 뒤에다 향나무를 한 그루 심었습니다. 그러니까, 몇 달이 안 되어 하늘까지 닿을 만큼 크게 자랐습니다. 그런데 어떤 날 이 참봉이 며느리 집에 오다가 이 향나무 때문에 혼난 일이 있습니다. 이 참봉이 며느리 있는 집 마당을 한 발자국 디딘자마자, 그렇게도 맑고 맑던 날이 웬 일인지 갑자기 뇌성벽력이 일어나면서 좔좔 소나기가 퍼붓고, 또 며느리 사는 집 뒤에 커다란 구렁이 한 마리가 입에서 불을 내뿜으면서 이 참봉을 물려 내려옵니다. 이 참봉은 질색을 하여 며느리를 불렀습니다. 그러니까 며느리가 나오면서,

"아버님, 염려 마셔요. 구렁이가 아니고 향나무 아닙니까. 자세히 보셔요."

하는 고로, 이 참봉이 자세히 보니까, 과연 그건 구렁이가 아니고 노향나무였습니다. 그리고 뇌성벽력인 줄 알았던 것은 향나무에 바람이

부는 소리이고, 커다란 구렁이가 불을 내뿜는다고 보인 건 빨건 헝겊이었습니다. 이 참봉은 깊이깊이 얼금뱅이 며느리의 재간에 감탄하여 마지않았습니다.

그런데 이 얼금뱅이 색시의 집에는 얼씬도 하지 않고, 그저 아침부터 저녁까지 공부에만 전심을 두고 공부만 하던 이 참봉의 아들은 그 해 과거시험에 장원급제를 하였습니다. 그리고 너무도 학문이 뛰어났기 때문에, 단번에 평양 감사로 임명되었습니다.

이렇게 이 참봉의 아들이 평양 감사가 되자, 며느리가 하루는 이 참봉한테 가서 집에 다녀오겠으니 이틀만 날을 허락하여 달라고 하였습니다. 이 말을 듣고, 이 참봉은 이상히 생각하였습니다. 금강산까지 다녀오려면 적어도 한 달이 걸리는데, 이틀이란 말은 믿을 수 없는 말이었습니다.

이 참봉은 속으로 의심하면서도 좌우간 본집에 다녀오라고 이틀 동안을 허락하여 주었습니다.

이틀을 지나 사흘 만에 며느리가 저의 아버지를 데리고 왔습니다.

'이상도 하다.'

이 참봉이 이렇게 생각하면서 있는데, 며느리의 몸종이 헐떡헐떡하면서 달려오더니,

그저 자꾸 이 참봉을 끌어당기는 고로,

'며느리가 아마 병이 나서 죽어 가는가 보다.'

생각하고, 따라가 보니까, 아! 이거 봅쇼. 반달같이 아름다운 색시가 앉아있질 않습니까. 이 참봉은 그저 눈이 뚱글해서, '어찌된 일인고? 며느리는 어디를 가고 저런 아름다운 색시가 이 집에 앉아 있노?' 생각하고, 그 색시를 노려보고 있는데, 그 색시가 이 참봉 앞에 꿇어 엎드리면서,

"낭군님께서 혹시나 공부하시는 데 방해가 생기지 않을까 생각하옵

고 일부러 얼굴을 추하게 하고 있었습니다. 낭군님께서 장원급제를 하시고 평양 감사가 되셨으니, 이렇게 기쁜 일은 더 없삽나이다."
하고 말하는 것이었습니다. 이 참봉은 너무도 기쁘고 기뻐서 쉽게 말을 못 하고 뚝뚝 구슬 같은 눈물을 흘리고 있을 뿐이었습니다. 이 참봉의 집안 사람들도 일변 놀라면서, 일변 기뻐하였습니다.

이 참봉의 아들은 그냥 자꾸 믿지 못할 일이라고 고집을 하다가, 너무도 자꾸 집안 사람들이 칭찬을 하길래 어느 날 밤 몰래 아내가 있는 초가 삼칸집에 가서 문창 틈으로 들여다보고, 깜짝 놀랐습니다.

'저렇게 아름다운 여자가 내 아내인가?'
생각하였습니다. 그러나 틀림없는 저의 아내입니다. 이 참봉의 아들은 황송하고 감사하기 짝이 없어서 문을 열고 들어가서 아내 앞에 무릎을 꿇고,

"당신이 그렇게 저를 생각하여 주시는 줄은 모르고 당신을 멸시하여 무안하기 짝이 없습니다. 용서하여 주시오."
하고 빌었습니다. 그러니까, 색시는

"잘못은 제게 있습니다. 그간 당신의 마음을 괴롭게 하여 드린 죄, 만사(萬死)에 지당하나이다. 용서하여 주세요."
하고 색시도 빌었습니다.

이후부터는 두 사람은 아주아주 의좋은 부부가 되었습니다. 그런데 이 소문이 퍼지고 퍼져서, 중국 황제의 귀에까지 들어갔습니다. 중국 황제는

"조선 같이 조그마한 나라에 그 같은 계집이 있을 수 없다. 이런 소문이 나는 것은 아니꼽기 짝이 없으니, 그 거짓 소문을 퍼뜨리는 년을 죽여 없애라!"
하고 중국 제일 가는 힘세고 아주 지혜 많다는 여장군을 보냈습니다.

이 참봉의 며느리는 미리 이것을 알고, 몸종을 시켜서 술 두 독을

준비했습니다. 한 독은 아주 독한 술이고, 또 한 독은 약주였습니다.

이렇게 준비를 해놓고 있는데, 과연 중국의 여장군이 왔습니다. 이 참봉의 며느리는 극진히 대접하는 체하면서 여장군에게는 독한 술을 주고 자기는 약주를 먹었습니다. 그러니까, 여장군은 술에 취해서 눈을 부릅뜨고 쿨쿨 코를 굴면서 잠이 들었습니다.

이 참봉의 며느리는 여장군의 품에 품고 자는 비수를 꺼내니까, 그 비수가 갑자기 제비가 되어서 날아 올라가더니, 이 참봉 며느리의 모가지를 향해 날아오는 것이었습니다. 그래 이 참봉의 며느리는 요술을 써서 그 제비가 된 비수를 떨어뜨렸습니다. 그리고 이 비수를 단단히 쥐고 고함을 고래고래 지르면서 여장군이 베고 자던 베개를 차서 던지니까, 여장군은 놀라면서 벌떡 일어났습니다. 눈을 뜨고 여장군이 보니까, 신기한 그 비수가 이 참봉 며느리의 손에 쥐어 있질 않습니까. 여장군은 깜짝 놀랐습니다.

'지금 나밖에는 쥐어보지 못하는 저 비수를 농락하는 이 여자는 참 보통 여자는 아니다.'

이렇게 생각하고 꿇어 엎드리면서

"죽을 죄로 잘못했습니다. 제발 그저 목숨만 살려주십시오."

하면서 이 참봉 며느리한데 항복하였습니다. 이 참봉의 며느리는 이렇게 저를 죽이러 왔던 중국의 여장군이 빌고 있는 것을 보고,

"그리 네가 비니 네 목숨을 살려 보내주마. 그런데 네가 돌아가거든 일국의 황제로서 한 여자를 해하지 않으면 안 되겠다고 생각하는 좁은 도량을 비웃고 있더라고 황제께 아뢰어라."

하고 그냥 놓아주었습니다.

중국 황제는 이 말을 여장군한테서 듣고 노기가 충천하여졌습니다. 그리고 이번엔 힘세고 지혜 많기로 중국 제일가는 형제 장수를 이 참봉의 며느리를 죽이고 오라고 보냈습니다. 형제 장군은 수만 대병을

거느리고 이 참봉 며느리를 죽이러 우리 조선 나라에 왔습니다.

형 장수가 먼저 이 참봉 며느리 집 앞마당에 와서

"어서 나와서 죽어봐라."

하고 고함을 고래고래 질렀습니다.

이 소리를 듣고, 이 참봉의 며느리는 몸종에게 비수를 하나 주면서,

"네가 나가서 저기에서 지금 고함치고 있는 놈을 죽이고 오너라."

하였습니다. 그러니까, 몸종은 부들부들 떨면서 주인의 명령이라 거역할 수가 없어서, 죽을 각오를 하고 비수를 들고 밖으로 나갔습니다.

형 장수는 이 몸종이 조그만 비수 하나를 들고 나오는 것을 보고,

"요 당돌한 계집 같으니. 죽을 줄을 모르고 덤벼드느냐!"

하면서 검으로 몸종을 치려고 하니까, 어쩐 일인지 갑자기 손이 몽둥이 같이 뻣뻣해져서 쓰질 못하게 되었습니다.

그런데 금방까지 부들부들 무서워서 떨고 있던 몸종은 이 형 장수의 외치는 소리를 듣고, 이상하게도 무서움이 하나도 없어지고, 기운이 생겨서 형 장수가 타고 있는 말 등에 뛰어 올라가서, 형 장수의 목을 베어 떨어뜨렸습니다. 그리고 쓱싹 벤 형 장수의 머리를 집 뒤 늙은 향나무 맨윗가지에 걸어놓았습니다.

이것을 본 아우 장수는 일변 놀라고, 일변 성이 나서 수만 대병을 거느리고 물결같이 쳐들어왔습니다. 그러니까, 향나무에서 갑자기 바람이 무섭게 불기 시작하면서 뇌성벽력을 치며 소나기가 퍼붓듯이 내려와서, 순식간에 큰 홍수가 생겨, 군사들이 물에 빠져서 첨벙대고 있었습니다. 그러더니, 향나무는 또 커다란 용으로 변하여 입으로 찬 바람을 내뿜었습니다. 이렇게 하니까, 물에 잠겨서 첨벙대고 있던 군병들은 목만 내놓고 얼어 죽었습니다. 아우 장수도 물론 홍수난 물이 꽹꽹 얼어붙는 판에 목만 내놓고 얼어 죽고 말았죠.

이 참봉의 며느리는 몸종하고 얼음을 지치면서 수만 군병의 대가리

를 때깍때깍 차서 죄다 부러뜨렸습니다.

이 일이 있은 후부터는 아무런 일도 생기지 않고, 이 요술 피우는 색시하고 이 참봉의 아들은 갖은 행복을 길이길이 누렸더랍니다.

[평안남도 평원군]

58. 중과 며느리

옛날도 옛날, 호랑이가 사람처럼 말을 하던 아주 오랜 옛날 어떤 곳에 돈은 많은데 아들은 하나밖에 없는 사람이 있었습니다.

아들이 열세 살 때 이 사람은 이 어린 아들을 장가보냈습니다. 그런데 아들은 색시를 데려오자 그 때부터는 색시하고만 있겠다고 하고, 서당에는 도무지 가지 않으려고 하였습니다. 그래 부모는,

'저 놈을 그냥 두어서는 공부도 못하고 무식쟁이가 되고 말겠으니 절에 보내서 공부를 시키는 게 제일 좋을 것 같아.'

이렇게 생각하고, 이 어린 아들을 절로 보냈습니다. 그러나 절에 간 아들은 절에 가서도 색시 생각만 나서 사흘에 한 번씩 그 먼 길을 터벅터벅 집에 내려오곤 하였습니다. 그래 색시도 이것을 근심하고 하루는 이 어린 남편더러,

"그렇게 자꾸 집에만 오시면 공부는 영 못하시고 무식쟁이가 되실 테니, 제가 당신한테 오시라고 편지를 하면 오시지, 그렇지 않으면 오셔선 안 됩니다."

하고 말했습니다. 이렇게 말한 이후부터는 어린 남편은 아내가 오라는 편지를 받고야 오곤 했습니다.

그런데 하루는 이렇게 색시가 어린 남편더러 오라고 한 편지를 한 걸 이 절의 중이 보았습니다. 중이 이 편지를 보고 좋지 못한 마음이 벌컥 일어나서 그 편지를 제자한테 주지 않고 아무 날 오라고 한 날 밤중에 그 집을 찾아갔습니다.

이 집 며느리는 자기 어린 남편이 이제나 올까 이제나 올까 기다리고 있었는데, 담장 밖에서 발자국 소리가 들리니까, 정녕, 자기 남편이 왔는가 보다 생각하고, 무명필을 휙 던져 주었습니다. 그러니까 어린 남편이 아닌 중이 그 무명필을 잡고 담장을 넘어서 집안으로 들어왔습니다.

며느리는 저 있는 방까지 데리고 와서 그게 자기 남편이 아니고 낯선 머리를 깎은 중인 것을 보고 깜짝 놀랐습니다. 그러나 양반집이라 소리를 질러 사람을 부르지도 못하고, 그만 중한테 정조를 빼앗겨 버렸습니다.

이렇게 중이 두 번 세 번 오는 사이에 며느리는 어린 남편에게 늘 불만을 갖고 있던 것이 중한테 만족을 얻게 되어 후에는 중이 찾아오는 것을 기다리게까지 되었습니다.

중이 하루는

"그까짓 놈, 임자 새서방 놈을 죽여 없애버리고, 범한테 물려 죽었다고 합시다."

이렇게 중이 이 집 며느리에게 말했습니다.

며느리는 마음까지 홀딱 중한테 사로 잡혔기 때문에, 중의 말대로 그럼 그렇게 하자고 하였습니다.

이렇게 끔찍스럽고도 가증스런 악계를 품고 중은 절로 돌아가서 자기 제자더러 산위에 소풍을 나가사고 꾀어서 데리고 나가 큰 바윗돌을 들어서 이 나이 어린 새서방을 찍어 죽였습니다.

이 마음 악한 중은 바위틈에서 나오는 물을 마셔 왔기 때문에 힘이 대단히 강했었습니다.

중은 이렇게 제자를 죽이고는 시체를 바윗돌 틈에 던지고 그 위에다 바윗돌을 덮어놓았습니다.

이렇게 불칙한 짓을 해놓고는 중하고 젊은 며느리는 뱃장이 맞아서 마음껏 하고 싶은 짓을 다 하였습니다.

그런데 어떤 날 활을 아주 잘 쏘는 한 사람이 과거를 보러 서울에 올라갔습니다. 날이 저물어 그날 저녁 주막집에 들어서 곤하게 잠을 자고 있는데, 꿈에 의복을 단정히 차린 청년이 나타나더니,

"저는 이 주막집에서 그리 멀지 않은 곳에 있는 아무개의 아들이옵

니다. 아무 절에 가서 공부를 하였는데, 선생 중하고 저의 아내하고 뱃장이 맞아가지고 중이 저를 바위로 찍어 죽였습니다. 아무쪼록 당신께서 이 원수를 갚아 주십사 하고 왔습니다."
하면서 시체가 있는 곳을 가르쳐 주고는 없어졌습니다.

이튿날 이 사람이 간밤에 본 꿈을 이상히 생각해서 그 산에 가보니까, 과연 바위에 찍혀 죽은 끔찍한 시체가 바위틈에 팽개쳐 있었습니다. 그래 이 사람은 그 시체를 꺼내다가 네모에 돌을 괴이고 시체가 짓눌리지 않게 그 위에다 바위를 덮어놓아 주었습니다.

이튿날 밤 꿈에 이 중에게 죽은 청년이 또 나타났습니다. 청년은 감사하다고 꿇어 엎드려서 절을 하고는,

"오늘 밤 담장을 넘어 우리 집 후원에 들어가시면, 저의 처와 중이 희롱을 하고 있을 테오니, 원수를 갚아 주십시오."
말하고는 청년은 없어졌습니다.

그날 밤 이 활 잘 쏘는 사람은 간밤에 청년이 꿈에 나타나서 한 말대로 담장을 넘어서 그 집 후원에 들어가 보니까, 과연 계집년이 중하고 벌거숭이가 되어 서로 끌어안고 희롱을 하고 있는 것이 창문에 비치었습니다. 그래 이 사람은 활을 잘 겨누었다가 쏘니까, 중은 그만 죽고 말았습니다. 이렇게 중의 가슴이 활촉에 꿰어서 죽으니까, 색시는 피 흘리는 중의 시체를 벽장 속에 집어넣었습니다.

활 잘 쏘는 사람은 계집년이 중의 시체를 이렇게 벽장에 집어넣는 것을 보고 곧 담장을 넘어가서 사랑방 앞에 가서 주인을 찾았습니다. 그러니까 아들이 범한테 물려 죽었다고 생각하고, 매일매일 울음으로 날을 보내던 부자 영감이 문을 열고 기침을 하면서 나왔습니다. 활 잘 쏘는 사람은 인사를 하고,

"당신의 아들이 범한테 물려서 죽었다고 한 것은 새빨간 거짓말입니다. 당신이 이제 곧 며느리 방에 가셔서 벽장 문을 열어보시면 아실

도리가 있으니, 저하고 같이 가봅시다."
하고 말하니까, 영감은 크게 놀라면서 이 사람을 데리고 며느리 방으로 갔습니다.

"네 새서방이 가지고 있던 보물 하나가 여기 있을 것이다."

이렇게 이 부자 영감이 며느리더러 말하면서 벽장문을 열려고 하니까,

"아버님, 여긴 그런 게 있을 리가 없습니다. 여기는 옷가지밖에는 없어요."
하면서 질색을 하며 벽장 문 앞을 막아섰습니다. 이것을 보고 영감은 더욱 의아하게 여기면서, 마구 며느리를 밀쳐버리고 벽장문을 열었습니다. 그러니까, 벽장 속에는 끔찍하게 피투성이가 된 중이 죽어 있질 않습니까. 부자 영감은 깜짝 놀랐습니다.

며느리는 드디어 제가 이때껏 해온 것이 알려진 까닭에 너무도 부끄러워서 혀를 깨물고 죽었습니다.

그날 밤 활 잘 쏘는 사람의 꿈에 그 청년이 또 나타났습니다.

"당신께서 이처럼 제 원수를 갚아주셨으니 은혜는 백골난망이옵니다. 당신께서 과거를 보실 때, 제가 다른 사람의 눈에는 보이지 않고 당신 눈에만 보이게 답안을 쓸 테니, 당신께서 이 답안을 옮겨 쓰십시오."
하고는 없어졌습니다. 아닌 게 아니라, 이 사람은 그 답안을 옮겨 써서 장원 급제를 하였답니다.

[평안남도 안주군 입석]

59. 용왕의 딸

옛날 옛날 아주 오랜 옛날, 어떤 곳에 부모를 일찍이 여의고 혼자서 외로이 살아가던 소년이 있었습니다.

이 아이는 마음이 아주 착했습니다. 매일 매일 산에 가서 나무를 해다가는 그것을 지고 장에 가서 팔아다가는, 겨우 겨우 그날그날을 부지해갔습니다.

하루는 예전같이 산에 가서 나무를 한 짐 잔뜩 해 지고 집으로 돌아왔습니다. 그런데 강가에까지 오니까, 어린애들이 네다섯 모여 둘러앉아서 무슨 장난을 하고 있어서, 이 애가 그 옆을 지나다가 물끄러미 들어다보니까, 커다란 고기 한 마리를 잡아서 가지고 놀고 있는 것이었습니다. 그런데 이상하게도 그 고기가 눈물을 뚝뚝 흘리면서 울고 있지를 않습니까. 마음이 착한 아이라, 이 애는 그 고기가 불쌍하기 짝이 없었습니다.

나뭇짐을 내려놓고 애들한테 가서

"얘 얘, 그 고기를 나한테 팔지 않겠니? 내 돈 줄게, 나한테 팔아다오, 응?"

하고, 그 고기를 샀습니다. 그리고 그 산 고기를 물에 도로 놔주었습니다. 그러니까, 고기는 훌레훌레 꼬리를 흔들면서 한참 동안 빙글빙글 돌아 이 마음 착한 애를 유심히 바라보더니, 물 속으로 들어가 버렸습니다.

이 아이는 고기가 기뻐하는 양을 보고 어떻게 저도 기쁜지 알 수 없었습니다.

그 후의 일입니다.

어떤 더운 날 이 아이가 며칠 전에 고기를 물에 놓아준 강에 가서 목욕을 하고 있었습니다. 첨벙첨벙 헤엄을 치고 있는데, 물 속에서 꿀

럭꿀럭 하고 거북이 한 마리가 나오더니,

"여보세요. 마음 착한 양반! 전날은 참으로 고마웠습니다. 그 때 당신께서 물에 놓아주신 고기는 바로 저의 용왕님의 아들이었습니다. 그날 날씨도 따스하고 해서 세상 구경을 나오셨다가, 그렇게 어린 아이들한테 붙잡혀서, 그만 죽으실 것을 마음 착하신 주인님께서 그와 같이 살려주셔서, 참으로 고맙고 고맙습니다."

하고는 절을 하더니

"태자님께서 당신을 모시고 들어오라고 하시기에, 제가 주인님을 모시러 나왔습니다. 제 잔등에 어서 올라타 주십시오."

이렇게 거북은 공손히 말을 하고 제 등을 돌려댔습니다. 그래 산에 가서 나무를 해다가 그날그날을 겨우 부지해가는 이 아이는 거북의 잔등에 올라탔습니다. 그러니까 거북은 이 아이를 태우고 삽시간에 용궁 앞에까지 들어갔습니다. 용궁 정문 앞에는 용궁의 궁녀들이 여럿이 나와서 이 마음 착한 소년을 맞이했습니다. 용왕의 아들은 이 소년을 보고 눈물을 흘리면서 기뻐하였습니다.

용궁에서는 이 날부터 사흘 동안 이 소년을 위하여 아주 훌륭한 잔치를 베풀었습니다.

아름다운 용궁의 궁녀들은 풍악 소리에 맞추어 춤을 추고 커다란 소반 위에는 지상 나라에서는 보지도 못하던 맛있는 음식이 산같이 쌓여 있었습니다.

꽃은 웃고, 새들은 노래를 부르고 이름 모를 물고기들은 행렬을 지어서 나팔 소리에 맞추어 행진을 하고, 참 매일매일 재미나고 즐거운 날이었습니다.

이렇게 고생과 근심을 모르고 즐겁고 기쁘기만 한 용궁의 하루는 이 세상의 일 년에 해당되었습니다. 이렇게 이 세상 하루와는 엄청나게 차이가 있는 날을 하루하루 또 하루 몇 달을 있다 보니까, 마음 착한 아이는 물 밖 세상이 그리웠습니다. 그래 용왕의 아들보고 물 밖 세상으로 나가겠다고 말하니까, 용왕의 아들은 슬퍼하면서,

"기어이 당신이 나가시겠다면, 할 수 없습니다. 그러시면 아버님께서 무엇을 가지고 가고 싶으냐?"

고 하시면,

"다른 것은 다 싫은데, 아랫목에 있는 죽어 가는 강아지를 달라고 그러십시오."

하고 말했습니다.

마음 착한 소년이 용왕한테 가서 용궁에 들어와 있던 여러 달 동안 대접을 후히 받아서 고맙다는 치사를 하고 물 밖 세상이 그리워서 나가겠다고 하니까,

"그러면 무엇을 가지고 가고 싶잖은가? 무엇이든 요구하는 걸 드릴 테니까 말씀하게."

하고, 용왕이 말했습니다. 그래 이 소년은

"별로 가지고 가고 싶은 것은 없습니다. 주시려거든 집이나 보라고 하게, 저기 저 죽어가는 강아지를 주십시오."

하고 말하였습니다.

죽어가는 강아지라고 하는 것은 사실은 용왕의 딸이었습니다. 이 소년이 다른 것 번쩍번쩍 빛나는 것이 방안에 가득 차 있는데, 너리[24] 먹은 강아지로 변해있는 자기 귀한 딸을 달라 할 줄이야 생각이나 하였겠습니까? 놀랐습니다. 그러나 이 마음 착한 소년도 또 그 너리 먹은 강아지가 용왕의 딸인 줄을 모르고, 그저 용왕의 아들이 하라는 대로만 말한 것입니다.

이 말을 듣고, 용왕은 놀라면서 그리고 머리를 흔들었습니다.

---

24) 너리 : 살가죽에 둥그스름한 하얀 얼룩점이 생겨 점점 커지는 병.

"그것만은 차마 못 드리겠으니, 다른 것을 말하시게."
하고 거절을 하였습니다. 그러니까, 옆에 서있던 용왕의 아들은 낯을 붉히면서,
"아버님! 아버님, 그게 무슨 말씀입니까. 그러니 아버님은 제 생명을 구하여주신 은혜를 모르십니까. 어서 주십시오."
하고 말했습니다. 용왕은 아들의 말을 듣고, 섭섭하기는 하였으나, 할 수 없이 그 강아지를 마음 착한 소년에게 주었습니다. 마음 착한 소년은 그 강아지를 가슴에 고이 안고 거북을 타고 다시 이 세상에 나왔습니다. 옛날 살던 집은 그냥 그대로 있었습니다.

이 소년은 이 집에서 예전과 같이 살아가게 되었습니다. 산에 가서 나무를 해오곤 그 나무를 장에 팔면서 이렇게 예전과 똑같이 살아갑니다. 예전과 다른 것이 있다면, 전에 없던 강아지가 한 마리 있는 것이었습니다. 마음 착한 소년은 산에 가서 나무를 하면서도 강아지 생각을 하곤 하였습니다. 나무를 한 짐 해가지고 집으로 돌아가면 강아지가 목에 달아준 방울을 딸랑딸랑 울리면서 마중나올 생각을 하니까, 어서 나무를 해야겠다고 용기가 생기는 것이었습니다.

그런데 이 강아지를 용궁에서 얻어다 둔 후부터는 이상한 일이 생기곤 하였습니다.

마음 착한 이 소년이 산에 가서 나무를 해 가지고 저녁 때에 집에 돌아오면, 부엌은 먼지 하나 검불 하나 볼 수 없을 만큼 깨끗이 청소되어 있고, 독에는 물이 치렁치렁 하나 가득 담겨 있고, 또 소반에는 흰 보가 착 씌워 있곤 하였습니다. 소년이 그 흰 보를 벗기면, 놀랍게도 따스한 저녁밥이 정하고 가지런하게 장만되어 있는 것이 아닙니까? 마음 착한 소년은 대체 이게 어찌된 일인지를 모르고, 이상히 여기다가 하루는 나무하러 산에 가지를 않고, 부엌독 틈에 숨어서 지켜보기로 하였습니다.

가마니를 뒤집어쓰고 숨어 있으니까, 용궁에서 데리고 온 강아지가 딸랑딸랑 부엌에 나오더니, 강아지의 가죽을 벗고 아주 아름답고 백합꽃같이 아름다운 처녀가 되어 나오지를 않습니까? 마음 착한 소년은 깜짝 놀랐습니다. 마음 착한 소년은 침을 꿀꺽 삼키면서,

'오 옳지! 저 처녀였구나.'

이렇게 생각하고, 숨을 삼키고 있으니까, 처녀가 밖에 나가서 이마에 손을 대고 해를 쳐다보더니,

"저녁때가 됐군! 그 이가 곧 오시겠군!"

이렇게 혼잣말을 하더니, 부엌으로 다시 들어와서 저녁밥을 시작했습니다.

물을 길어오고 솥을 부시고 쌀을 씻고 하는 게 어찌도 이렇게 빠릅니까? 눈 깜박할 새에 저녁밥을 차려서 밥상에다 올려놓고, 보자기를 덮어놓았습니다.

이렇게 다 저녁밥을 차려 놓고는 처녀가 도로 강아지 가죽을 쓰려고 하였습니다. 이것을 보고, 마음 착한 소년은 놀라 정신을 잃고, 이 아름다운 처녀의 밥 짓는 모양을 바라보고 있다가, 독 틈에서 뛰어나와 처녀의 손목을 꽉 잡았습니다. 이렇게 하니까, 처녀는 낯을 불그스레 수줍어하면서,

"전 용왕의 딸이옵니다. 오빠를 살려주신 은혜를 조금이라도 갚으려고 이렇게 하였습니다."

아주 부드러운 음성으로 그 처녀는 이렇게 말했습니다.

마음 착한 소년과 용왕의 딸은 이 날부터 부부가 되었습니다. 둘은 세상에 둘도 없는 행복한 생활을 하였습니다.

그런데 하루는 임금님이 신하들을 많이 거느리고 용왕의 딸과 마음 착한 소년이 행복스레 살아가는 집이 있는 산으로 매사냥을 나왔습니다. 임금님이 신하 한 사람에게 매가 잡은 꿩을 한 마리 주면서, 이

꿩을 구워오라고 명령하셨습니다.

신하는 사방을 살펴보다가, 집이라고는 하나밖에 없는 용왕의 딸과 마음 착한 소년이 재미있게 살아가는 집을 보고, 이 집으로 왔습니다.

"미안하지만, 석쇠를 좀 얻으러 왔습니다."

하고 이 사람이 용왕의 딸이 부엌에서 무얼 하는 것을 보고, 이렇게 말을 건넸습니다. 용왕의 딸은 그저 아무 말도 하지 않고 석쇠를 내다 주었습니다. 그런데 왕의 신하는 석쇠를 내다주는 용왕의 딸을 보고, 참으로 놀랐습니다.

'이런 산골짜기 오막살이집에 저런 미인이 어떻게 있는고?'

생각하면서, 아름답고 아름다운 용왕의 딸만 쳐다보느라고 꿩은 보지 않아서, 다 태워버리고 말았습니다.

왕의 신하는 참 큰일 났습니다. 큰 책망은 물론이요, 잘못하다가는 목이 달아날 판이 아닙니까.

왕의 신하는 그저 어쩔 줄을 모르고, 다 탄 꿩을 만지작거리면서 울고 있을 뿐이었습니다.

용왕의 딸이 이것을 보고, 왜 우는가 물었습니다. 그러니까, 왕의 신하는 꿩을 태워버려서 임금님께 가서 뵐 일이 난처해서 울고 있다고 말하였습니다. 그러니까, 이 말을 죄다 들은 용왕의 딸은

"그럼, 염려 마십시오. 꿩의 털을 뜯은 곳에 가서 꿩의 털을 죄다 모아오세요."

하고 친절한 태도로 말했습니다.

'털을 가지고 도로 꿩을 만들 모양인가. 그럼, 이 아름다운 색시가 또 요술도 부릴 줄 아는 게로구나.'

이렇게 생각하고. 기뻐하면서 부랴부랴 털을 뜯은 곳에 달려가서 꿩의 털을 죄다 주워 왔습니다.

용왕의 딸은 왕의 신하가 가져온 꿩의 털로 꿩을 한 마리 도로 만들

어서 그 꿩을 장 치고 소금 쳐서 잘 구워 주었습니다. 왕의 신하는 기뻐하면서 치하를 극진히 하고 왕한테 돌아갔습니다. 그런데 임금님은 꿩을 구워오라고 한 신하가 너무도 오래 있다가 돌아왔기 때문에,

"왜 그렇게 시간이 오래 걸렸느냐?"

하고 노한 목소리로 물었습니다. 신하는 오막살이집에 세상에 다시없는 아름다운 부인이 있고 그 부인을 정신을 잃고 바라다보고 있다가, 꿩을 그만 태워버린 이야기와 꿩의 털을 주워다 주니까, 그 털로 도로 꿩을 만들어주던 이야기들을 죄다 아뢰었습니다.

이 말을 들은 왕은 호기심이 잔뜩 생겨서 가 보기로 하였습니다.

왕이 용왕의 딸을 가보고, 왕도 역시 놀랐습니다. 마음보가 그리 곱지 못한 왕은,

'저 아름다운 부인을 내가 빼앗아야겠다.'

이렇게 뱃심 검은 생각을 품고, 용왕의 딸을 아내 삼은 마음 착한 사람에게 내기를 하자고 하였습니다. 그 내기란 것은

"아무 날 누가 먼저 집을 짓는가 내기를 해보세. 내가 이기면 자네의 아내를 내게 주고, 그리고 만일 자네가 이기면 돈 천 냥을 줄 걸세."

이런 것이었습니다.

용왕의 사위는 도저히 이길 가망이 없었습니다. 왕은 나라의 유명한 목수라는 목수는 죄다 모아올 수가 있었으나, 이 사람이야 제 손으로 할밖에는 없지 않습니까. 그런 고로, 승부는 뻔한 일이었습니다.

용왕의 사위는 탄식만 하고 밥도 잘 먹지를 않았습니다. 이것을 본 용왕의 딸은

"웬 근심을 그리 하십니까. 무슨 근심될 일이 생겼습니까?"

하고 물었습니다.

그래 이 사람이 죄다 말하여 주었죠. 그러니까, 용왕의 딸은

"조금도 염려 마십시오. 제가 편지를 써서 드릴 테니, 그것을 예전에

당신이 우리 오빠를 놓아주신 강에 갖다 떨어뜨리세요."
하면서 편지를 한 장 써주었습니다.

마음 착한 사람이 이 편지를 가지고 가서 강에다 던지니까, 거북이 물 속에서 나오더니 그 편지를 물고 들어가 버렸습니다. 한참 만에 그 거북이 또 나오더니, 연적을 한 개 용왕의 사위에게 주었습니다. 용왕의 사위는 그 연적을 가지고 집에 돌아와서 열어보니까, 연적 속에서 목수들이 마구 쏟아져 나오더니, 떼깍 뚜깍! 눈 깜짝할 새에 집을 하나 훌륭하게 지어놓고 도로 연적으로 들어갔습니다. 용왕의 사위는 기쁘기 한량없었습니다.

왕하고 내기하는 날, 왕은 수백 명의 목수를 데리고 왔습니다. 물론 이 목수들은 조선에서도 이름난 목수들입니다. 그런데 용왕의 사위는 단지 하나 연적을 쥐고 갔을 뿐이었습니다.

왕은 용왕의 사위가 아무것도 가져오질 않았으니까,

'저놈이 공연히 수고만 하지 못 견딜 줄을 알고, 그냥 그저 항복을 하려는가 보다.'

이렇게 생각을 하고 기뻐서 있는데, 웬걸! 왕의 생각과는 뭐 딴판이었습니다. 어디서 나오는지 목수들이 톱, 끌, 대패, 망치들을 들고 막 쏟아져 나오더니, 용왕의 사위 집을 눈 깜짝할 사이에 지어놓지를 않습니까. 왕은 그저 어안이 벙벙하여, 멍하니 쳐다만 보고 있었습니다.

그리고 천 냥이란 큰 돈을 용왕의 사위에게 줄 수밖에는 없었습니다.

뱃심 검은 왕은 이번엔 또 말을 타고 한강을 건너뛰기 내기를 하자고 하였습니다. 용왕의 사위는 또 근심걱정으로 밥도 잘 먹지 못하고 탄식만 합니다. 이번에 지면 사랑하는 아내를 빼앗깁니다.

이렇게 이 사람이 한탄하고 있는 것을 용왕의 딸이

"왜 그리 또 근심을 하고 계십니까? 무슨 근심입니까?"

하고 물었습니다. 그래 남편이 한강 건너뛰기를 내기하자고 하는 왕의 말을 죄다 말해주었습니다.

"그런 것이면 조금도 염려 마십시오."

하고 용왕의 딸이 말했습니다.

"그런 것이면 조금도 염려 마십시오. 제가 편지를 써 드릴 테오니, 그것을 가지고 예전 당신이 우리 오라버니를 놓아주신 그 강에 떨어뜨리세요."

하고 편지를 써주었습니다.

마음이 아주 착한 용왕의 사위가 기뻐하면서 아내가 써준 그 편지를 가지고 가서 강에다 던지니까, 거북이 하나가 물 속에서 나오더니, 그 편지를 물고 도로 물 속으로 들어갔습니다.

한참 만에 거북이가 죽어가는 말을 한 필 끌고 나오더니 용왕의 사위에게 그 말을 주었습니다.

그런데 한강을 뛰기 내기하는 날 보니까, 이 용왕의 사위의 말은 쩔룩쩔룩 다리를 절 뿐 아니라 거진 다 죽어가는데, 왕의 말은 기름이 잘잘 흐르는, 아주 기운차 보이는 말이었습니다.

'하, 저놈이 그저 지기는 싫으니까, 저런 죽어가는 말을 어디서 주워 가지고 왔구나.'

이렇게 속으로 용왕의 사위를 경멸하고 말을 비웃었습니다.

왕이 먼저 건너뛰게 되었습니다.

"호호홍!"

우렁찬 한 마디를 남기고 왕의 말이 기운차게 냉큼 건너뛰다가, 한강 복판쯤 가서 텀벙 하고 물에 그만 빠지고 말았습니다. 그러니까, 왕은 상투만 내놓고 나왔다 들어갔다 꼴깍꼴깍 물을 먹으면서 사지를 허우적거리고 죽을 것처럼 야단법석을 하고 있었습니다. 그러니까 이것을 본 용왕의 사위의 말이

"호호홍! 호홍!"

하고 그렇게 죽어가는 말에서 어떻게 이런 우렁차고 기운 있는 울음이 나올까 모든 사람들이 의심할 만한 큰 소리로 한 번 울더니, 냉큼 뛰었습니다. 막 뛰는 게 아니고, 나는 것 같았습니다.

이렇게 한강 복판에서 죽어가는 왕의 머리 위를 지나갈 때 이 사람은 얼른 손을 뻗쳐서 왕의 상투를 꽉 잡아쥐고, 한강 저편 언덕에다가 건져다주었습니다. 왕은 또 할 수 없이 천냥을 용왕의 사위에게 주었습니다.

왕은 용왕의 사위가 아니꼽기 짝이 없었습니다. 이 사람이 용왕의 사위인 것을 왕은 꿈에도 몰랐던 것입니다.

'저런 솔잎이나 갉아먹고 사는 놈한테 두 번이나 내가 지다니, 분하기 짝이 없구나.'

이렇게 속으로 생각하고, 최후의 수단을 쓰려고 하였습니다.

"아무 날 군인을 거느리고 갈 테니, 그리 알아라."

고 한 편지가 마음 착한 용왕의 사위에게 왔습니다. 왕은 이 사람을 죽인 다음 아내를 빼앗으려고 생각한 것입니다.

참, 큰 일 났습니다. 용왕의 사위는 밥이 다 무엡니까? 그저 탄식만 합니다. 이것을 본 용왕의 딸은 또

"왜 그리 근심을 하시고 계십니까?"

하고 물었습니다. 그래 이 사람이 왕한테서 온 편지를 보였습니다. 이 편지를 다 본 용왕의 딸은

"조금도 염려 마십시오. 제가 편지를 써 드릴 테니, 이걸 가지고 예전에 당신이 우리 오라버니를 놓아주신 강에 떨어뜨리세요."

하면서 편지를 한 장 써주었습니다.

마음이 아주 착한 용왕의 사위는 아내가 써준 편지를 가지고 강에 나가서 떨어뜨렸습니다.

그러니까, 물 속에서 거북이 한 마리가 나오더니, 그 편지를 물고

도로 물 속으로 들어갔습니다. 한참 있더니, 거북이 병 세 개를 가져다가 이 사람에게 주었습니다.

용왕의 사위가 그 병을 가지고 오는데, 조그만 병이 왜 이렇게도 무겁습니까. 마음이 아주 착한 이 사람은

'무엇이 들어 있길래 이렇게 무거울까.'

생각하고 병을 열어보았습니다.

그러니까, 이거 봐요, 그 병 속에서 기다란 창을 든 군병들이 연달아 나오질 않습니까. 얼마나 많이 쏟아져 나왔는지 넓고 넓은 벌판이 그저 군병으로 가득 찼습니다. 용왕의 사위는 정신을 잃고 우두커니 서서 멀뚱멀뚱 바라만 보고 있지, 너무도 어마어마해서 무엇을 어떻게 할지를 모르고 서 있을 따름이었습니다. 그런데 용왕의 딸은 기다려도 기다려도 남편이 돌아오질 않으니까, 어찌 된 일인가 근심하고 나가보니까, 이 모양이 아닙니까.

용왕의 딸은 얼핏 병을 눕혀 놓고, 군병들을 죄다 병 주둥이로 몰아넣었습니다.

왕의 군사들이 쳐오는 날입니다. 몽당안개를 자욱이 일으키면서 수천 수만의 군인이 우레 같은 아우성을 지르면서 다가옵니다. 그래 용왕의 사위는 아내가 하라는 대로 처음 병을 열어 놓았습니다. 그러니까, 창을 든 군인이 나오더니, 왕의 군병과 싸움을 하였습니다.

이렇게 얼마만큼 싸운 후에 그 다음 병을 또 열어놓으니까, 이번엔 물이 꽐꽐 솟아나왔습니다. 그러니까, 왕의 군사들은 물에 빠져서 텀벙텀벙 야단법석을 하고 있었습니다.

그 다음 마지막 병을 또 열어놓았습니다. 그러니까, 차고도 찬 바람이 무섭게 불어나왔습니다. 자꾸자꾸 바람이 불어나와서 아까 그 물을 죄다 얼게 하였습니다. 그만 왕의 군병들은 모가지만 얼음 위에 내놓고 얼어죽고들 말았습니다.

용왕 사위의 군병들이 이 얼어 죽은 왕의 군병들의 모가지를 때깍때깍 발로 차서 하나도 남기지 않고 죄다 부러뜨렸습니다.

이렇게 한 후부터는 별다른 일이 없이 마음이 아주 착한 이 사람하고 아름답기 세상에 둘도 없는 용왕의 딸하고는 아들딸을 많이 낳고 길이길이 끊임없는 행복을 누렸다고 합니다.

[황해도 사리원]

60. 노루 꽁지 없어진 이야기

옛날도 옛날, 한 사람의 소금장수가 소금을 팔러 복마(卜馬)[25]말에 소금을 한 바리 가득 싣고 왈랑절랑 방울 소리를 내면서 산골을 향하여 가다가, 범을 한 놈 만났습니다.

그런데 이 범은 말을 처음으로 보는 모양 같았습니다. 범은 말 자지를 가리키면서

"여보시오, 소금장수! 저것이 무어요?"

하고 소금장수더러 물었습니다.

소금장수는 본래가 해변 사람이라, 범이라는 말은 들었어도 직접 범을 보는 것은 처음입니다. 그래서 그저 무서워서 부들부들 떨고 있었는데, 범은 저희들을 잡아먹으려고 하지 않고 이렇게 물으니까,

'옳다! 이놈의 범을 무섭게 하여야지. 그렇지 않았다가는 내 목숨이 없어질 판이로다.'

이렇게 생각을 하고,

"그것 말이냐? 그건 호랑이 쏘는 불총이라는 거다."

하고 대답하였습니다. 범은 또 말 불알을 가리키면서,

"여보시오, 소금장수! 참외 같은 저것은 무엇이오?"

하고 소금장수더러 물었습니다.

"그것 말이냐? 그건 호랑이 잡아넣는 주머니다."

하고 소금장수는 대답하였습니다. 범은 또 방울을 가리키면서,

"여보시오, 소금장수! 그럼, 저건 또 무업니까."

하고 소금장수더러 물었습니다.

"그건 호랑이 잡아먹는 오르릉 새다."

---

25) 복마 : 짐을 싣는 말을 가리킴.

하고 소금장수가 대답했습니다. 그러니까, 호랑이는

"세상에는 무서운 짐승도 있었구나. 에쿠 에쿠."

이렇게 속으로는 겁이 와짝 났으나, 그래도 호기심이 잔뜩 나서 그 무서운 짐승이 어떻게 생겼나 한번 보고 가자 이렇게 생각하고 굽실굽실 허리를 꾸부리며 말곁으로 왔습니다. 소금장수는

'이놈의 범이 우리를 해하려는구나.'

생각하고, 말방울을 말 목에서 한 개 떼어다가 범 꽁지에다 달아놓았습니다. 그러니까, 범은

'에쿠 이거 봐라! 호랑이 잡아먹는 오르릉 새가 날 잡아 먹으려고 내 꽁지에 붙었구나.'

하며 무서워서 그냥 달아났습니다.

아무리 범이 달아나도 오르릉 새의 딸랑딸랑하고 우는 소리는 그냥 자꾸 났습니다. 범은 그저 무섭고 무서워서 자꾸 뛰었습니다. 그런데 범이 이렇게 뛰다가 큰 소나무를 넘어뛸 때 말방울이 소나무 가지에 꿰어졌습니다. 범은 그러나 자꾸 달렸습니다. 범이 조그마한 흙다리 위에까지 왔을 때,

'아아! 숨이 가빠서 아주 죽을 형편이로구나! 오르릉 새도 이제 없어졌는데, 좀 쉬어서 가자.'

이렇게 생각하고, 헐레벌떡하면서 쉬고 있었습니다. 그 때 어디선지 노루 한 마리가 껑충껑충 뛰어오더니,

"범 아저씨! 어째 그렇게 숨을 가빠하십니까?"

하고 범더러 물었습니다.

"말도 말게! 호랑이 잡아먹는 오르릉 새가 날 잡아 먹으려고 내 꽁지에 붙었었어."

하고 이마에 흐르는 땀을 씻었습니다.

노루는 이 말을 듣고,

"범 아저씨 범 아저씨! 범을 잡아먹을 새가 어디 있어요?"
하고 범을 조롱하는 듯이 웃었습니다. 그러나 범은 고지식하였습니다.
"아냐 아냐, 정말야! 틀림없이 범 잡아먹는 오르릉 새였어!"
하며, 꽁지를 슬쩍슬쩍 땅에 문질렀습니다.

범은 호랑이 잡아먹는 오르릉 새가 있었거니, 노루는 또 그런 새는 이 세상엔 없다느니, 서로 이렇게 언쟁을 하다가, 그저 이렇게 야단법석 다툴 것 없이 실제로 그 오르릉 새 있는 데를 가보자고 하며, 방울이 달린 소나무에까지 가 보게 되었었습니다. 그런데 범은
"만일 오르릉 새가 있는 곳까지 가서 노루란 놈이 무서워서 저 혼자 먼저 뛰면, 나 혼자 또 혼나겠구나."
생각하고, 뛰어도 같이 뛰자고 하면서, 범이 노루 꽁지를 물고 노루가 앞장서서 큰 소나무 아래까지 갔습니다. 그런데 마침 그 때 바람이 휙 하고 불어서 소나무 가지에 달렸던 말방울이
"딸랑 딸랑!"
하고 소리 났습니다. 그러니까, 범은
"에쿠! 저것 봐라. 오르릉 새가 잡아먹겠다고 하잖니!"
하면서, 노루 꽁지를 입에 문 채 냉큼 돌아서 달아났습니다.

이 바람에 노루 꽁지는 그만 잘라지고 말았습니다.

이때부터 노루에는 꽁지가 없어졌다고 합니다.

[평안북도 강계]

61. 거짓말해서 아내 얻은 사람

옛날도 옛날, 시골에 사는 한 사람이 있었습니다. 이 사람에게는 예쁜 딸이 하나 있는데, 나이가 근 이십이 되어서, 혼처를 구하지 않으면 안 되게 되었습니다. 하루는

'지금 세상은 생눈알을 빼 먹으려는 험악한 세상이니, 무엇이든지 한 가지 능한 것이 없으면 살아가기가 힘이 들어.'

이런 생각을 하고, 거짓말 재간이 능한 사람을 사위로 맞기로 하였습니다. 그래 온 세상에 거짓말 두 마디만 잘하면, 자기 사위로 삼겠다고 광고를 하였습니다.

이 소문을 듣고 거짓말 마디나 한다는 사람들이 매일매일 장을 이루듯 이 사람 집에 모여 들어왔습니다. 그러나 예쁜 딸을 가진 아버지는 모두 마음에 들지 않았습니다. 그래 이 사람이 근심을 하고 있는 어느 날 한 총각이 찾아왔습니다. 이 총각은 예쁜 딸을 가진 사람이 있는 사랑방의 문을 열고 들어가자마자 인사도 하지 않고 다짜고짜로

"여보 영감! 전 아무개 아무갠데, 어제 바로 온 산이 눈에 덮여 은세계가 되어버리고 말았습니다. 그래 제가 꼴망태를 지고 산에 가지 않았겠습니까. 꼴을 한 망태 해서 짊어지고 산을 내려오다가, 그만 날이 저물었습니다. 길을 잃어버려 애쓰던 중, 등불을 켜놓은 집이 하나 보이기에, 그 집을 찾아갔더니, 그 집에는 아무도 없고, 방 가운데 밑이 빠진 큰 술독이 있는데, 그 독에 술이 하나 가득 차 있습니다그려. 그래, 야 이거 호박이 뚝 떨어졌구나 생각하면서, 독에 차 있는 술을 죄다 꼴망태에다 담아 가지고 왔습니다 그려."

하고 총각은 손시늉을 하면서 말을 하니까, 예쁜 딸을 가진 아버지는 낯이 빨개지며 성이 나서,

"이 미친 놈 같으니, 눈이 내린 오동짓[26]달에 꼴이 무슨 꼴이며, 밑

빠진 독에 어떻게 술이 차 있단 말이냐. 이 거짓말장이놈 같으니."
하고 고함을 질렀습니다. 이 말을 듣고 총각은 빙긋 웃으면서,

"영감 감사합니다. 한 가지만 더 거짓말을 하면, 당신의 딸을 내게 줘야 되죠?"
하고 말을 하였습니다.

"아 참! 내가 깜박 잊었네! 한 마디만 더해보게!"
하고 거짓말을 폭로시키려고 정신을 가다듬었습니다.

"영감님!"
하고 총각은 거짓말하기를 시작하였습니다.

"영감님! 영감님의 할아버지하고 저의 할아버지가 같이 장사를 하실 때 영감님의 할아버지가 저의 할아버지 돈을 몇 만 냥 얻어 쓰고, 아직 갚지 못하셨으니, 오늘은 그 돈을 영감님께서 갚아 주셔야겠습니다."

이렇게 총각은 예쁜 딸을 가진 아버지더러 말했습니다. 예쁜 딸을 가진 아버지는 당황하기 짝이 없었습니다.

만일 이 말이 거짓말이 아니라고 하면, 수만 냥이라는 큰 돈을 이 청년에게 주어야 하겠고, 또 그렇지 않고 거짓말이라고 하면 저의 딸을 주어야겠고.

예쁜 딸을 가진 사람은 한참 동안을 망설이다가

"거 참, 거짓말이네. 장하이."
하고 딸을 주었더랍니다.

[평안남도 안주]

---

26) 오동지 : 음력 11월 10일이 채 못 되어 드는 동지(冬至).

62. 원앙새

어떤 곳에 명포수가 한 사람 있었습니다.

이 포수가 한 번 쏘면 한 놈이 떨어지고, 두 번 쏘면 두 놈이 떨어지곤 하는 아주 명포수였습니다.

하루는 이 포수가 활을 메고 산에 새를 쏘러 갔는데, 어이된 일인지 전에는 그렇게 많던 새가 오늘 따라 보기가 힘들었고 또 다행히 한두 놈 새를 보고 쏘아도, 한 놈도 바로 맞지를 않았습니다. 참 이래 보긴 오늘이 처음입니다.

이상도 하고 슬프기도 해서 넋을 잃고 터벅터벅 걸어오다가, 늪가에까지 오니까, 물 위에 원앙새가 한 쌍 의좋게 둥둥 떠 놀고 있었습니다.

'제에기, 저 놈의 원앙이라도 쏘아 가지고 가자.'

이렇게 이 명포수는 생각하고, 원앙새를 쏘았습니다. 원앙새가 맞아서 죽었습니다.

"쳇, 오늘 사냥이라곤 원앙새 한 마린가."

하면서 죽은 원앙새를 어깨에 걸치고 집으로 돌아왔습니다. 그런데 그 날 밤 이 포수는 이상한 꿈을 보았습니다. 포수가 잠이 포근히 들었을 때, 꿈에 어떤 색시 하나가 나타나더니, 이 색시가 울면서

"당신은 오늘 내 남편을 왜 쏘아 죽였습니까. 쏘려면 나마저 같이 쏘아 주지, 왜 우리 남편만 쏘았소. 여보시오, 남편 없이는 난 혼자서 살아갈 맘이 없으니, 내가 그 늪에 떠 있으니까, 내일 저를 마저 쏘아 주오."

하고 그 색시는 없어졌습니다.

이튿날 포수가 이상히 생각하면서 어제 원앙새를 잡은 늪에까지 가보니까, 과연 외짝 원앙새가 외롭게 슬피 울면서 물 위에 떠 있었습니다. 그래 포수는 눈물을 머금고 그 원앙새를 쏘았습니다.

죽은 원앙새를 끄집어내어 보고, 포수는 깜짝 놀랐습니다. 이 죽은 암 원앙의 날개 속에서 어제 이 사람이 쏘아 죽인 수 원앙의 머리가 나왔습니다.

"어제 내가 쏜 원앙의 모가지가 없었던 것은 이 암 원앙이 목을 찍어서 제 날갯죽지 속에다 넣어두었기 때문이구나."

이 포수는 이 같은 새 짐승이라도 부부 간의 사랑이 아주 아름다운 것을 보고, 자기가 원앙새를 쏘아 죽인 것을 후회했습니다.

이 포수는 너무도 원앙이 불쌍하고, 또 제 죄를 뉘우치고 머리를 밴밴 깎은 다음 중이 되었습니다.

이렇게 중이 되어서, 죽은 원앙 부부를 위하여 염불을 올려 원앙새 부부가 극락세계로 가기를 축원하였다고 합니다.

[평안남도 진남포]

63. 옴두꺼비 장가든 이야기

옛날도 옛날, 어떤 곳에 살림살이가 구차한 내외가 살았습니다. 그런데 내외에게는 자식이 하나도 없어서 늘 쓸쓸하게 지나가면서,

"애를 하나 낳게 해주소서."

하고 산에 가면 산신께 기도를 하고, 낮에는 해를 향해 빌고, 밤이 되면 별과 달을 향해 합장으로 축원을 하곤 하였습니다.

이렇게 몇 해를 정성껏 기도했더니, 그 정성이 하늘에까지 미쳤던지, 아내의 배가 점점 불러졌습니다.

부부의 기쁨이란 참으로 컸습니다.

날이 가고 달이 바뀌어 열 달이 되자, 아내는 아이를 낳게 되었습니다. 그런데 별 일도 다 있습니다. 아기를 낳고 보니까, 태어난 것은 아이가 아니라 끔찍스럽게도 옴두꺼비였습니다. 내외는 크게 놀라고 슬프기 한이 없었습니다. 그러나

'이것도 우리들 팔자인가 보다.'

내외는 이렇게 생각하고 옴두꺼비를 팽개치지 않고 자식같이 사랑하여 길렀습니다. 이렇게 하니까, 옴두꺼비는 마치 어린애 모양으로 먹을 것을 달라고 어리광도 부리는 것이었습니다. 그럴 적마다 내외는 조금도 싫어하지 않고, 어린애처럼 맛있는 것을 사다도 주고, 또 만들어도 주고는 하였습니다. 옴두꺼비는 이렇게 내외의 사랑을 받아가면서 커다랗게 컸습니다.

하루는 옴두꺼비가 어머니 앞에 와서 어머니에게 하는 말이

"어머니! 저도 이제 이렇게 장성하였으니, 장가를 들어야 하잖겠습니까?"

하는 것이었습니다. 그러나 또 이것뿐입니까? 옴두꺼비는

"이 동네 김 좌수네 집 딸과 정혼을 해주세요."

하는 것이었습니다. 김 좌수라고 하면 이 동네에서는 제일가는 양반댁일 뿐만 아니라, 제일가는 부잣집입니다.

어머니는 그저 어안이 벙벙해서 말도 못하고, 옴두꺼비를 쳐다보고 있었습니다.

“이 애야, 너도 짐작을 하겠구나. 김 좌수라고 하면, 이 근방에서 그래도 제일가는 재산가 댁이고, 양반댁인데, 너 같이 사람도 아닌 것이 어떻게 그 집에 장가를 들겠다고 하는 게냐. 참 네 일도 딱하잖니?”

이렇게 어머니가 꾸지람 비슷이 타일렀습니다.

“그럼, 아버지 어머니가 날 김 좌수네 집 딸하고 정혼해주지 않으면 난 그럼 내가 나온 곳으로 촛불을 켜 잡고 검을 들고 도로 들어가겠습니다.”

하고 옴두꺼비는 말을 했습니다. 참 딱한 사정입니다. 어머니가 눈물을 흘리면서 마음을 돌이켜 달라고 타일러도 옴두꺼비는 마음을 종시 돌이키려고는 하지 않습니다. 죽어도 김 좌수네 집에 장가를 든다고 우겨댑니다. 내외는 생각하고 생각하고, 생각다 못해

‘아무튼 되든 안 되든 한 번 김 좌수 댁에 가서 영감께 말씀이나 들어나 보고 죽어도 죽자.’

이렇게 생각을 하고 옴두꺼비 아버지는 김 좌수를 찾아갔습니다.

“자네 어떻게 왔노?”

“네에 네, 저 저 잠깐 뵙고 가려고 왔습니다.”

옴두꺼비 아버지는 도무지 말이 나오질 않았습니다. 옷자락만 만지작거립니다.

이렇게 얼마를 서슴거리다가,

“다름 아니오라, 목숨을 바치고 좌수님께 한 가지 부탁을 하러 왔습네다. 사실은 좌수님께서도 소문을 들었겠습니다만, 저희 아내가 낳느라고 낳은 것이 옴두꺼비입니다. 옴두꺼비이긴 하오나, 자식도 없고

해서 그냥 길러왔더니요마는, 지금 와서는 이 옴두꺼비 자식이 장가를 들겠다고 하옵는데, 택하고 택하느라고 한 것이 이댁, 이댁 아, 아가씨 올시다."

여기까지 겨우 말을 하고는 옴두꺼비 아버지는 그만 목이 꽉 메어 비지 같은 땀만 좔좔 흘리고 말을 하지 못하였습니다.

좌수 영감은 이 말을 듣고 놀랐습니다. 그러나 입 밖에는 한마디도 말을 내지 않았습니다.

"그런데올시다."

옴두꺼비 아버지는 겨우 또 말을 계속하였습니다.

"그런데올시다. 이 옴두꺼비 자식이 하는 말이 만일 김 좌수님 아가씨와 정혼을 하여 주지 않으면 촛불을 켜 잡아쥐고 검을 잡고 제가 나온 데로 도로 들어가겠다고 합니다. 그래 뻔히 안 될 줄을 알면서도 그저 이렇게 말씀이나 들어보고 가려고 온 것입니다."
하고 좌수 영감에게 말을 하였습니다.

좌수 영감은 이 말을 조용히 듣다 듣고는, 한참 눈을 꿈벅꿈벅하고 무엇을 생각하고 있는 것 같더니,

"여보게, 이 일은 일이 일이니만치 내 혼자 생각으로만은 임의대로 결정할 수 없어. 그러니까, 어디 한 번 딸년한테 말을 해봄세."
하고 말하지 않습니까.

의외의 말입니다. 두꺼비 아버지는 좌수 영감님이 담박에 골내면서 어서 썩썩 나가라고 고함칠 줄만 알았더니만, 이렇게 좌수 영감이 말한 것이 참 의외천만이었습니다. 두꺼비 아버지는 그저 기쁘고 황송해서 절을 꾸벅꾸벅 아마 한 백 번이나 하였겠습니다.

"이리 오너라."
하고 좌수 영감은 하인을 불렀습니다.

"네, 안방에 들어가서 아씨들을 다 여기 모셔오너라."

하고 분부했습니다.

딸 삼형제가 모두 아버지 앞에 나와서 꿇어앉았습니다.

"애들아."

좌수 영감이 딸들더러 말하였습니다.

"애들아, 너희를 부른 것은 다름이 아니라, 여기 앉아있는 이 사람이 바로 소문이 돌아가는 그 옴두꺼비의 아버지이시다. 그런데 그 옴두꺼비가 장가를 보내달라고 한다는데, 장가를 가도 너희들한테가 아니면 장가를 가지 않겠다고 한댄다. 그러고 만일 장가를 보내주지 않으면 제가 나왔던 곳으로 도로 촛불을 켜들고 검을 뽑아 쥐고 들어가겠다고 한다누나! 그러니까, 너희들이 잘 생각하여보고, 이 사람을 불쌍히 생각한다면 그 옴두꺼비한테 시집을 가다오."

이 말을 듣고 딸 삼형제는 다 놀랐습니다. 삼형제 딸은 좀 생각을 해보겠다고 하면서, 도로 안방으로 들어가 버렸습니다.

이튿날 좌수 영감은 또 딸 삼형제를 사랑방으로 불렀습니다. 그리고

"어제 말한 것을 생각해보았으면 생각한 대로 말들을 해보아라."

하고 일렀습니다. 그러니까 맏딸은

"전 죽으면 죽었지, 그런 험상스럽고 께끔한 옴두꺼비한테 시집을 못 가겠어요."

이렇게 대답하였습니다. 그 다음 가운데딸도

"아버지, 아버지는 저를 그런 옴두꺼비 같은 것한테 시집보내려고 여태까지 길렀습니까? 난 못하겠소."

하고 대답했습니다. 마지막으로 막내딸입니다. 삼형제 가운데서 제일 마음이 유순하고 효성이 있는 딸입니다.

"이때까지 저를 이만큼 길러주셨는데, 무얼 하나 은혜를 갚아드리지 못하여 죄송합니다. 저는 아버지가 그 두꺼비한테 시집가라고 하시면 말씀대로 시집가겠습니다."

이렇게 말했습니다. 이 말을 듣고, 좌수 영감은 기뻐했습니다.

“오, 너 참 장하다. 네가 참 내 딸이로구나.”

좌수 영감은 아주 공부를 많이 한 영감이라, 앞일을 좀 아는 영감이었습니다. 그런 고로 영감은 장가를 오겠다는 옴두꺼비를 보통 예사의 옴두꺼비가 아니라고 생각했던 것입니다. 이것을 모르는 큰딸, 가운데 딸은 일체로 옴두꺼비라고만 천하게 여기고, 그렇게 처음부터 업신여기었으나, 막내딸은 오직 그 옴두꺼비한테 시집을 가면 옴두꺼비의 어머니 목숨을 살리게 될 수 있을 뿐만 아니라, 아버지께 대해서도 면목을 세우게 되겠다 생각하고 이렇게 옴두꺼비한테 시집갈 결심을 했던 것입니다. 좌수 영감은 이것이 무척 기뻤습니다.

좌수 영감은 옴두꺼비 아버지를 불러서 막내딸이 시집을 가겠다고 한다는 말을 하였습니다. 그러니까, 옴두꺼비 아버지는 그저 기뻐서 눈물을 줄줄 흘리면서 좌수 영감님께 치하를 하였습니다. 옴두꺼비 어머니도 얼마나 기쁘고, 또 옴두꺼비도 얼마나 기뻤겠습니까?

옴두꺼비하고 좌수 영감의 막내딸하고는 서로 정식으로 정혼을 하였습니다.

막내 동생이 정혼을 하였으니까 큰 딸 형제도 정혼을 하여야겠습니다. 좌수 영감은 사방으로 중매인을 내세워서 좋은 곳을 택해서 정혼들을 하였습니다. 그리고 막내딸을 하루바삐 시집보내려고 큰 딸의 잔치들을 빨리 치렀습니다.

자, 이제는 옴두꺼비가 장가오는 날입니다. 큰딸과 가운데딸은 입을 실룩실룩하면서,

“별 일도 다 있어. 아 젊은 년이 어디를 시집 못 가서 하필 옴두꺼비 같은 것한테 시집을 가겠다고 하였을까. 우리가 되레 부끄러워서 못 살겠어.”

이렇게 말하면서 아우를 못 살게 굴었습니다. 그러나 막내딸은 꾹

참고 견디었습니다.

해가 겨우 낮때를 지났을 때 옴두꺼비가 탄 말이 왈랑절랑 방울 소리도 요란스레 좌수 영감네 집 대문 앞에 왔습니다. 보니까, 말 등에 맷돌 만한 옴두꺼비가 입을 넙죽넙죽 벌렸다 다물었다 하면서 퉁방울 같은 눈을 번쩍대면서 잔뜩 앉아 있지를 않습니까. 사람들은 모두 빙글빙글 웃었습니다. 그러나 좌수 영감님의 막내딸만은

'일단 남편이라고 정한 이상에는 옴두꺼비건 아무건 나는 그이의 아내이니 아내 된 직분을 하여야겠다.'

이렇게 속으로 생각을 하고, 조금도 서슴지도 않고 부끄러운 빛도 보이지 않고 옴두꺼비를 반겨 맞았습니다.

그날 저녁입니다. 신방에 들어가서 자려고 할 때 옴두꺼비 신랑이 색시더러,

"가위로 내 등덜미의 가죽을 쭉 베어주시오."

하였습니다. 그래 색시가 이상히 생각하면서 이르는 대로 가위로 쭉 베어주었습니다. 그러니까, 이거 보세요. 이런 기쁜 일이 또 어디 있겠습니까. 그 옴두꺼비 가죽 속에서 아주아주 귀하고도 아름다운 사내답고 씩씩하게 생긴 총각이 나왔습니다.

좌수 영감의 막내딸은 기쁘기 짝이 없었습니다. 그러나 이 일을 아무에게도 말하지 않았습니다. 그리고 기쁨을 참지 못해서 방글방글 웃으니까, 형들은 놀라면서,

"에구 이것 좀 봐! 얘는 사람도 아닌가 봐. 옴두꺼비 서방 맞은 것이 무엇이 기뻐서 저렇게 해죽발죽 할까. 참 집안이 망하겠네."

이렇게 막내 동생을 조롱하였습니다.

그 날 좌수 영감네 집에서는 산에 사냥을 가게 되었습니다. 큰딸, 가운데 딸의 남편들은 아주 용기 있게 활을 어깨에 메고 상사말[27]을 탔습니다. 그리고 옴두꺼비를 조롱하는 듯이 옴두꺼비 신랑 곁에 와서

"자네도 사냥하는 데 가보려면 가보세나."
하고 말했습니다. 옴두꺼비는 고개를 끄덕끄덕 가겠다는 뜻을 표하였습니다.

옴두꺼비는 하인을 하나 데리고 다른 사람들 뒤로 설렁설렁 걸어서 따라갔습니다. 다른 사람들은 산에 가더니, 이리 저리로 말을 비호같이 몰아 달리면서 산짐승을 따라 다녔습니다. 그러나 옴두꺼비는 하인을 데리고 산꼭대기에 올라가서 하인더러 등덜미의 가죽을 가위로 베어달라고 하였습니다. 그래 하인이 이르는 대로 가죽을 베니까, 귀엽기도 귀여운 도련님이 나오시겠죠. 하인은 하마터면 기절할 뻔, 크게 놀라고 또 기뻤습니다.

이 귀엽게 생기신 도련님이, 무엇을 외우는지 중얼중얼하면서 두세 번 손을 허우적거리니까, 아 어떻게 된 일인지 이상하게도 허연 영감 한 분이 난데없이 나타나더니, 두꺼비 도령님 앞에 꿇어 엎드립니다.

"여보게!"
하고 두꺼비 도령님이 그 영감보고 말합니다.

"여보게, 산신 영감! 오늘 사슴 백 마리쯤 있어야 할 테니, 수고로운 대로 좀 잡아다 주게."
하고 말했습니다. 그러니까, 산신이라는 영감은

"네, 곧 가져오겠습니다."
대답하고는, 공손히 한 번 절을 한 다음, 온데 간데도 없이 사라졌습니다. 그리고 얼마 있더니, 산 아래에서 사슴 무리가 연달아 백 마리 가량 산 위로 올라왔습니다.

하인은 이것을 보고 크게 놀라 옴두꺼비 도령님 앞에 주저앉으면서 코를 땅에 대고 절을 자꾸 하였습니다. 옴두꺼비 도령은 이것을 보고

---

27) 상사말 : 생마(生馬). 아직 길들이지 않은 야생마.

웃으면서,

"자, 여보게. 이제 또 두꺼비가 됨세. 두꺼비 가죽을 가져다 주게."

이렇게 말하고 옴두꺼비 도령님은 두꺼비 가죽을 도로 뒤집어쓰고 옴두꺼비가 되었습니다.

하인이 사슴의 떼를 몰고, 옴두꺼비는 어슬렁어슬렁 뒤로 따라왔습니다.

그런데 이상한 일은 어떻게 된 일인지 사슴들이 도무지 달아나려고 하지 않고 하인이 모는 대로 순종해서 행렬을 지어 순순히 고개들을 숙이고 가는 것이었습니다.

맏딸, 가운데 딸의 새서방들은 땀만 줄줄 흘리면서, 숨 가쁘게 달려만 다녔지 사슴은커녕 다람쥐 한 마리 잡지 못하였습니다. 그렇기 때문에 옴두꺼비가 줄레줄레 백 마리나 되는 사슴을 잡아 가지고 오는 것을 보고 깜짝 놀랐습니다. 대체 이게 어찌된 영문인지 몰랐습니다. 아무리 생각해도 옴두꺼비가 잡았다고는 생각할 수가 없었습니다. 이상야릇한 일도 있다고 두 사람은 생각했습니다.

그런데 두 사람은 집에 돌아갈 일이 난처합니다. 사슴은커녕 다람쥐 한 마리도 못 잡고 가면 아침에 사냥 간다고 뽐낸 것이 아무 것도 아닌 것이 되지 않습니까? 이것을 생각하면 맏딸, 가운데 딸의 두 남편은 얼굴에 모닥불을 놓은 것 같이 뜨거웠습니다.

"에에끼, 누가 저 놈의 옴두꺼비가 잡았달 사람이 있겠니? 저 놈의 사슴들을 우리가 몰고 가세."

이렇게 두 사람은 말하고, 말을 달려서 사슴들을 빨리 몰아가지고 옴두꺼비보다 먼저 집으로 갔습니다.

그리고 말에서 뛰어내리면서,

"자, 이게 다, 우리가 사냥해 온 것입니다!"

이렇게 모든 사람에게 거짓소리를 하였습니다.

이 날은 이 많은 사슴을 튀하고[28] 삶아서 잔치를 베풀었습니다.

만장 여러 사람들이 즐겁게 먹고 마시고 노래 부르고 할 때에야 옴두꺼비는 돌아왔습니다.

이 모양을 보고 좌수 영감의 맏딸, 가운데 딸은 막내아우더러

"흥! 저기 네 새서방 씨가 오시는구나. 사슴도 수천 마리 잡아 가지고."

이렇게 얄미운 조롱을 하였습니다. 그러나 막내아우는 그냥 꾹 참았죠.

"여보게, 두꺼비 신랑! 자네도 좀 같이 마시고 옴두꺼비 소리나 한마디 하게나그려."

이렇게 큰딸의 남편이 옴두꺼비를 업신여겨 봅니다.

옴두꺼비도 다른 사람한테 지지 않게 먹고 마시고 하다가, 자기 색시를 불렀습니다. 그리고 가위를 가져오라고 하였습니다.

색시가 옴두꺼비의 등덜미 가죽을 쭉 찢어놓았습니다. 그러니까, 보셔요. 아주아주 아름답기 왕자 같은 총각이 옴두꺼비 가죽 속에서 나오지 않습니까.

야광주(夜光珠) 같이 검고 윤기 나고 기운차게 위로 씻어져 올라간 눈이 예사 사람이 아닌 것을 증명합니다. 이 눈으로 한 번 노려보면, 누구나 그 위엄에 놀라서 몸을 오그라뜨리지 않는 사람이 없습니다.

좌수 영감의 맏딸, 가운데 딸, 맏사위, 가운뎃사위들은 이때까지 옴두꺼비라고 멸시하고 천대한 것이 뉘우쳐지고, 또 옴두꺼비 도령이 무슨 책망이나 하지 않을까 두려워서 부들부들 떨면서 꿇어 엎드렸습니다.

그러나 옴두꺼비 도령은 아무 말도 하지 않고, 좌수 영감 내외 앞에 가서 공손한 태도로 인사를 하고, 또 좌수 영감의 맏딸, 가운데 딸과 그들의 새서방한테도 역시 공손히 절을 한 다음, 아내를 등에 업고, 또 저의 부모님을 좌우 겨드랑 밑에다 끼고 훨훨 날아서 하늘로 올라

---

28) 튀하다 : 새나 짐승의 털을 뽑기 위하여 뜨거운 물에 잠깐 넣었다가 건지어낸다는 뜻임.

가 버렸습니다.

좌수 영감 내외는 기쁘기 한량없었고, 좌수 영감의 맏딸, 가운데 딸은 막내아우가 부럽기 짝이 없었습니다.

[평안남도 안주군 입석]

64. 꾀 많은 부인 이야기

옛날도 옛날, 황해도 구월산에 있는 절의 논을 부치던 농부가 있었습니다. 그런데 이 소작인의 아내가 예뻤기 때문에 절의 중 한 사람이

'어떻게 하든지 저 부인을 꼭 내 마음대로 하여 보리라.'

이렇게 생각하고, 남편의 눈을 피해가면서 그 여편네더러 중답지 못한 말도 하였습니다. 그러나 이 소작인의 여편네는 아주 마음씨가 곱고도 굳은 부인이었습니다. 그렇기 때문에 중이 와서 상서롭지 못한 말을 하여도 늘 이것을 귓등으로 들을 뿐이었습니다.

그러니까 하루는 중이

"내 말을 네가 그렇게까지 듣지 않으면 너의 남편을 죽이겠다."

고 하였습니다.

이 말을 듣고, 소작인의 아내는 이제는 딴 곳으로 중이 모르게 이사를 하는 수밖에는 좋은 방법이 없다 생각하고,

"이사를 하려면 돈이 얼마나 있어야겠소?"

하고 이 여편네가 남편더러 물었습니다.

"집도 사고 농사할 소도 한 마리 사려면 한 삼백 냥은 가져야지."

하고 남편이 대답하였습니다.

삼백 냥! 삼백 냥이란 큰 돈이 이 집에 있을 리가 없었습니다. 그래서 여편네는 이 일을 근심하다가 꾀를 하나 부리기로 하였습니다.

하루는 중이 또 와서, 소작인의 아내 마음을 빼앗아보려고 중언부언 말하는 고로, 소작인의 아내는 눈에 미소를 띄면서

"그럼, 강원도 금강산에 있는 금부처를 사러 우리 남편을 보냅시다. 그리고 남편이 돌아올 때까지 재미있게 지냅시다그려."

하고 말하였습니다.

"그거 참 좋군. 그럼, 그렇게 합시다."

이 말을 듣고 중은 좋아서 어쩔 줄을 몰랐습니다. 그리고 금부처를 사오라고 하면서 오백 냥을 주었습니다.

남편이 출발할 때 꾀 많은 아내는 남편더러

"떠나가는 체 하시고 앞 산 숲 속에 숨어 있다가, 우리 집에 불이 꺼지거든 곧 달려오시오. 그리고 중로에서 무슨 사고가 생겨 돌아왔다고 하시오."

하고 타일렀습니다. 소작인은 그 돈을 가지고 당나귀 한 마리를 끌고 금부처를 사러 금강산으로 가는 체 떠나고는, 아내와 말해둔 앞 산 숲 속에 들어가서 해 지기만 기다렸습니다.

해는 어느덧 서산을 넘고, 집집마다 반짝반짝 등불이 켜졌습니다.

'어두워서 얼굴을 보일 염려가 없으니, 빨리 가서 외양간에 숨어 있자.'

이렇게 소작인은 생각하고 당나귀는 그냥 매어 두고 빨리 집으로 돌아가서 외양간에 숨었습니다.

그 사이 이 사람의 아내는 중을 안심시키느라고 닭도 삶아 먹이고, 다정스런 말도 하여주다가, 불을 확 끄고 옷을 벗고 중과 한 자리에 드러누웠습니다.

그때 마침 외양간에 숨어있던 남편이 아주 무슨 큰일이나 생긴 것 같이 숨을 가쁘게 쉬면서, 문걸쇠를 잡아 흔들었습니다. 빨리빨리 문 열어달라고 외쳤습니다.

이 소리에 중은 그만 깜짝 놀라서 벌거숭이 채로 웃간으로 뛰어 올라가서 반닫이 뒤에 숨었습니다. 이 때 꾀 많은 아내는 미리부터 준비해두었던 꿀이 가득 찬 항아리를 중의 머리 위에 내려부었습니다. 그리고는 밀가루를 홱 뿌렸습니다. 이렇게 하니까, 중은 흰 돌부처같이 되었습니다.

이렇게 해놓고 문을 열어주니까, 이 사람은 제법 숨을 헐떡헐떡 내쉬면서,

"아니 그런데 말야 도둑을 만났어. 도둑놈을. 하마터면 모가지가 날아날 판이 되었네. 돈도 다 빼앗기고, 당나귀도 빼앗겼네."
하고 말했습니다. 그러니까, 꾀 많은 이 사람의 아내는 그 벌거숭이 돌부처 모양으로 된 중을 가리키면서,
"돈을 다 빼앗겼어도 당신 몸만 무사하시면 괜찮아요. 바로 당신이 떠나가신 후 난 집에서 산 부처를 하나 구했어요. 이건 산 부처니까, 금부처보다 더 귀할 게요. 절에 가서 사러오라고 그러세요."
하고 말했습니다. 그래 이 사람이 절에 가서 생불을 하나 구했으니 사러오라고 하니까, 중들은 이상하게들 생각하면서 따라왔습니다.

중들이 보니까, 그 생불이라는 건 저의 절에서 제일가는 주지(住持) 중이 그 모양을 하고 있질 않습니까? 그러나 생불이 된 주지 중은 자기가 이 모양을 하고 있는 고로 그저 잠자코 사실 생불인 체하여 보였습니다. 만일 제가 주지인 것을 부하 중들이 알게 되면 이것보다 더한 창피가 어디 있습니까? 부하 중들은 벌써 다 알고 있는 줄도 모르고요.

절에서 중들은 주지 중이 어떻게 해서 이 모양이 되었는지 짐작할 수가 있었습니다. 이대로 내버려두면 절이란 것이 세상에 대해서 아주 말이 안 되기 때문에, 이 일을 어서 빨리 감추려고 이 사람더러 그 생불을 백 냥에 사자고 하였습니다. 그러니까, 이 사람은 담뱃불에 뜨겁게 단 대통을 그 생불인 체하고 있는 주지 중의 얼굴에다 대려고 하면서
"생불을 어떻게 단 백 냥에 살 수 있겠어요?"
하였습니다. 그러니까, 주지 중은 뜨거워오는 것을 참으면서,
"이백 냥 이백 냥!"
하고 가는 목소리로 부하 중들더러 이백 냥 주고 저를 어서 사가라고 하였습니다. 그래, 부하중들이
"그럼, 이백 냥에 주셔요."
하였습니다. 그러니까, 이 사람은 또

"이 생불을 뭬 얼마에요?"

하면서 대통을 대려고 하니까, 주지 중은 급하다는 듯이

"삼백 냥, 삼백 냥."

하고 중얼거렸습니다. 그래 제자 중이

"그럼 삼백 냥에 주시우."

하고 말했습니다. 그러니까, 이 사람은 또 대통을 대려고 하면서

"이 생불을 단 삼백 냥에다 사시겠단 말이요? 천하에 하나밖에 없는 이 생불을."

하면서,

"은혜 깊으신 스님이 그러시니, 사백 냥하고 쉰 냥하고 사백쉰 냥만 주시면 꼭 팔겠소."

하고 이 사람이 말하니까, 생불 된 주지 중은 끄덕끄덕 머리를 흔들어 부하 중에게 보였습니다. 어서어서 빨리 사백쉰 냥 주고 저를 사가라고 하는 것입니다.

제자 중은 마지못해서 사백쉰 냥을 주고 샀습니다.

중들이 모두 돌아간 후 꾀를 쓴 이 사람의 아내는 남편더러,

"내일 해가 떠오를 때면, 반드시 중들이 우리를 해하려고 올 테니, 오늘 밤중으로 멀고 먼 곳으로 갑시다."

하고 말했습니다. 그 날 밤 산에 매어놓은 당나귀를 풀어다가 이삿짐을 싣고, 먼 곳으로 이사를 떠났습니다. 그리고 주지 중이 모르는 먼 곳에서 내외는 재미있게 살았다고 합니다.

[함경남도 정평]

65. 범이 개 된 이야기

옛날 어떤 곳에 어머니와 아들, 두 식구가 살고 있었습니다. 아버지는 산에 범 사냥을 갔다가, 그만 돌아오지 않았던 것입니다. 그런데 이 아이가 서당에 가면 애들이

"너 아버지 어디 갔니? 아버지 없는 애야. 아버지 없는 애야."

하면서 자꾸 놀려대니까 집에 돌아와서 어머니더러 아버지가 어디를 갔느냐고 물으면, 어머니는 매번

"이제 두 달만 있으면 돌아오신다. 그러니까 공부를 잘해."

하곤 하시나 손을 꼽아 두 달이 지나고 석 달이 지나고…… 아무리 기다려도 아버지는 돌아오시지를 않았습니다. 이렇게 달이 가고 해가 바뀌어서 이 아이가 벌써, 열다섯 살이 되었습니다. 그러니까, 어머니도 그전과 같이 그저 두달 석달 하고 속일 수가 없었습니다. 그래서 어머니는 눈물을 흘리면서 사실을 말해주었습니다. 어머니의 말에 의하면 다음과 같았습니다.

"아버지는 아주 이름난 포수였는데, 한 번 산에 사냥을 가시면 두 달, 석 달 만에야 돌아오시곤 하시었다. 그때도 사냥을 떠나시며 장도칼을 빼어주고 '내가 사냥간 후, 이 칼에 녹이 슬거든 내가 죽은 줄을 알고, 녹이 슬지 않거든 내가 아무 때든 반드시 돌아올 줄 알라.'고 하시고 사냥을 떠났는데, 아버지는 두 달이 되고 석 달이 되고 일 년이 지나도 돌아오지 않고, 장도 칼에는 녹이 새까맣게 슬었다."

하시는 것이었습니다. 필경 범한테 물려가 죽으신 것 같습니다.

이 아이는 그 날부터 서당에 가는 것을 그만두고 활 쏘는 연습을 하였습니다. 기어코 아버지의 원수를 갚으리라고 굳게 맹세하였던 것입니다.

활 쏘는 연습하기를 삼 년이 지난 어느 날, 아들은 어머니 앞에 와서

무릎을 꿇고,

"어머님 제가 활쏘기 연습을 시작한 지 벌써 삼 년이 지났습니다. 이제 능히 아버지 원수를 갚을 수가 있으리라고 생각하오니, 저를 산으로 보내주십시오."

하고 허락을 원하였습니다. 그러나 어머니는 아들의 효성은 기특하나, 귀한 아들에게 무슨 실수라도 있으면 안 되겠기에 얼른 허락하여주지 않았습니다. 그러니까, 아들은 그냥 자꾸 울면서 허락하여 달라고 하였습니다.

"그러면……"

어머니가 말씀하였습니다.

"그러면 네 소원이 그렇게 간절하니, 허락은 해 주마. 그러나 너의 아버지가 하시던 재주를 네가 하여야만 허락해 주겠다."

하시더니, 물동이 위의 쪽박에 꽂은 바늘을 쏘라고 하였습니다. 그러나 또 가까이 있다면 몰라도, 먼 데서 어머니가 물동이를 이고 오실 때 쏘라고 하십니다. 그러나 아들은 쏘았습니다.

활을 잘 겨누었다가 어머니가 이고 오는 물동이 위에 꽂은 바늘을 쏘아 떨어뜨렸습니다.

어머니는 또 한 가지를 시험하였습니다. 그것은 어머니의 이마에 놓은 좁쌀알을 쏘아 떨어뜨리는 것이었습니다.

이 아이는 서슴지 않을 수 없었습니다. 조금만 실수하면 사랑하는 어머니를 쏘지 않습니까. 그러나 삼 년간 피나는 듯한 연습을 하니, 무엇이나 쏘지 못할 것이 없었습니다. 용하게도 이것도 하였습니다. 그래서 어머니도 할 수 없이 사랑하는 아들을 산으로 보냈습니다.

이 아이는 활을 메고 산을 향하여 길을 가다가, 산에 척 들어서니까, 해가 지고 어두워졌습니다. 집을 찾아보니까, 나무 사이로 등불이 반짝반짝 보였습니다. 이 아이는 기뻐서 그 집에 찾아가니까, 그 집은 대문이 열둘 있는 아주 큰 집이었습니다. 대문 밖에서 주인을 찾았습니다. 그러나 집 안에서는 아무 대답이 없었습니다.

"대문이 많아서 들리지 않는가 보다."

생각하고, 대문을 하나 들어가서, 또 주인을 찾았습니다. 그러나 역시 대답이 없었습니다.

그래 대문을 또 하나 들어섰습니다. 그러나 여전히 아무 대답도 없었습니다. 이렇게 들어가고 들어가서 열두 대문 앞까지 가서 주인을 찾으니까, 집안에서 아름다운 처녀가 나왔습니다.

"날이 저물어 길을 갈 수 없고 해서 황송하오마는, 하룻밤 묵을 곳을 빌려주십사 하고 찾아왔습니다."

하고 이 아이가 처녀더러 말을 했습니다. 그러니까, 처녀는 공손한 태도로

"이렇게 산 속에 있는 제 집을 찾아 주시니 감사합니다. 그러나 오늘 밤은 큰 일이 생길 것이오니, 미안하오나 귀하신 몸 아끼시고, 고이 돌아가 주옵소서!"

하고 말하더니, 얼굴을 숙이고 눈물을 흘리고 있었습니다. 이 아이는 처녀의 이 태도를 보고 무슨 큰 사정이 있는가보다 생각하고,

"어떤 사정이 있습니까? 미련하오나, 저의 힘이 닿는 데까지 도와드리겠으니, 말씀해 주실 수 없겠습니까?"

하고 말하니까,

"네. 본래 우리 집에는 열두 식구가 살았는데, 이 산에 있는 범을 쏜 포수를 하룻밤 재웠다는 이유로 범이 일 년에 한 사람씩 우리 식구를 잡아가곤 합니다. 오늘밤은 마지막으로 제가 물려갈 차례입니다."

하고 포수가 가지고 있던 활을 내어 보였습니다. 그 활은 소년의 아버지 활이었습니다. 활대에 아버지 이름이 새겨 있는 것으로 보아 아버지 활이 분명합니다. 그리고 이 활을 가졌던 포수는 그만 범한테 잡혀

서 죽었다고 합니다.

소년은 이 말을 듣고, 또 그 활을 보고 크게 노하면서,

"범한테 죽은 포수가 바로 제 아버지올시다. 제가 이 산에 들어온 것은 아버지 원수를 갚으려고 들어온 것입니다. 오늘 밤 반드시 그 범을 쏘아 죽여 당신의 원수를 갚고, 또 저의 원수도 갚겠사오니 아무쪼록 안심하시오."

이렇게 말했습니다. 이 말을 듣고 처녀의 기쁨이란 더 말할 것도 없었습니다. 처녀는 부엌에 내려가서 저녁밥을 극진히 장만해다가 이 소년에게 대접했습니다.

소년은 밥을 먹고, 소풍을 하려 잠깐 바깥에 나왔습니다. 커다란 바위 위에 앉아 오늘밤에 닥쳐올 일을 어떻게 하면 실수 없이 무사히 해결할 수가 있을까 생각하며 있는데, 어디서 왔는지 허연 영감님이 한 분 나타나더니,

"너는 참 기특한 애로다! 그런데 네가 오늘 저녁 너의 아버지 원수를 갚고 처녀의 원수를 갚으려면 내 말을 명심해서 들어야 한다. 만일 그렇지 않으면, 너도 또 네 아버지의 뒤를 따르게 되리라."

이렇게 소년더러 그 영감님은 엄숙한 목소리로 말했습니다. 영감님은 기침을 한 번 쿨럭 하더니,

"내일 새벽녘에 그 처녀의 집 위로 큰 독수리가 한 마리 빙빙 돌고 있으리라. 이걸 독수리로 알았다가는 큰 일이 생긴다. 그건 독수리가 아니고, 처녀를 물어가려는 범이니, 그 독수리를 쏘아라."

이렇게 말했습니다. 소년은 이 말을 듣고 놀랐습니다. 그리고 이렇게 말해주시는 후의를 치사하려고 꿇어 엎드려 절을 하고 얼굴을 쳐들었을 때는, 영감님은 벌써 어디로 갔는지 온데 간데도 없이 사라졌습니다.

이상한 영감님도 있습니다.

이 소년은 그날 밤 잠을 자지 않고 처녀와 같이 밤을 새웠습니다. 그리고 새벽녘에 바깥에를 나가 보니까, 과연 어제 밤 허연 영감님이 말해준 대로 독수리 한 놈이 이 집 지붕 위를 빙빙 돌고 있었습니다. 그래 소년은 어제 저녁 그 영감님이 가르쳐준 대로 그 독수리를 활로 쏘았습니다. 그러니까, 꼬리가 구척이나 되는 큰 범이 죽어서 떨어졌습니다. 소년하고 처녀는 기쁘고 기뻐서 서로 손을 붙잡고 울었습니다.

소년은 이렇게 무사히 원수를 갚은 것은 어제 그 영감님의 덕택이라고 생각하고, 그 영감님한테 고맙다는 인사를 여쭈려고 어제 갔던 바위에 갔습니다. 그러니까, 이 이상한 영감님은 미리 이 애가 여기를 올 줄 알았던지, 영감님은 그 바위 위에 올라가 앉아 있었습니다. 소년은 땅에 무릎을 꿇고 절을 하며 치사를 하였습니다.

그러니까, 영감님은

"무사히 그 범을 쏘았다니, 나도 기쁘다. 그러나 이것으로 마음을 놓아서는 안 된다. 내일 새벽 그 집 위에 갑자기 회오리 바람이 불면서 짚검불이 떠 올 테니, 짚검불을 쏘아라. 그것은 짚이 아니고 범이다. 오늘 새벽에 네가 쏘아 죽인 범의 아내 범이다."

이렇게 허연 영감님이 말하고는, 또 온 데 간 데도 없이 사라졌습니다.

그날 밤 소년은 또 처녀와 함께 잠을 자지 않고 밤을 새우고, 새벽녘에 나가 보니까, 과연 지붕 위에 회오리바람이 불면서 짚검불이 너훌너훌 떠올랐습니다. 그래 소년은 허연 이상한 영감님이 하라고 한 대로 그 짚검불에 활을 잘 겨누었다가 쏘았습니다. 그러니까, 이거 봅쇼. 커다란 범이 죽어 넘어졌습니다.

소년은 또 영감님께 치하를 하려고 날이 새자, 어제 갔던 그 바위로 갔습니다. 허연 영감님은 어제처럼 그 바위 위에 올라가 앉아 있었습니다. 소년이 땅에 꿇어 엎드려서 절을 하며 치하를 하니까,

"넌 참 기특한 아이다. 너의 활 재주가 그렇게까지 능한 줄은 몰랐

다. 그런데 이것으로 다 됐다고 마음을 놓아서는 안 된다. 내일 새벽에 밖에 나가서 지붕 위를 보면, 고양이 한 마리가 지붕 위에 올라가 앉아 있겠으니, 그 고양이를 쏘아라. 그게 고양이가 아니고 어제 쏜 범의 새끼범이다."

이렇게 허연 영감님이 말하고는 홀연히 어디론지 또 사라졌습니다.

그 날 이 소년하고 처녀는 또 잠을 자지 않고 밤을 새워서 새벽녘에 나가서 지붕 위를 쳐다보니까, 과연 그 영감님이 말씀해 준 대로 고양이가 앉아 있었습니다. 그래 소년은 영감님이 일러준 대로 그 고양이를 쏘았습니다. 그러니까, 무섭긴 생긴 커다란 호랑이가 죽어 떨어졌습니다. 그런데 이거 보셔요. 이 세 번째 범이 죽어 떨어지자마자 어디서 오는지 이삼십 마리의 범이 몰려오더니, 소년 앞에 꿇어 엎드리면서,

"장군님, 아룁니다. 참으로 잘못했습니다. 이후로는 결코 그런 짓을 하지 않겠으며, 이후로 개가 되어서 사람의 집에서 집을 지키겠으니, 제발 목숨만 살려 주십시오."

하고 눈물을 흘리면서 애원하였습니다.

이 범들은 소년이 쏘아 죽인 범의 부하 범들이었습니다.

소년은 물론 이 범들의 애원을 쾌히 들어주었습니다. 그래서 범은 이때부터 개가 되었다고 합니다.

지금 우리들 집에 개가 왕왕 하고 집을 지키는 것은 모두 이 때 개로 변한 범의 손자들입니다.

이렇게 제 원수를 갚았을 뿐만 아니라, 이 집 아름다운 처녀의 원수까지도 갚아준 소년은 처녀를 데리고 범의 가죽을 벗겨 말에 싣고 고향으로 돌아와서, 어머님을 모시고 재미있게 살았습니다.

[평안남도 순천]

66. 붙어라 떨어져라

옛날 어떤 곳에 머슴살이로 밥벌이를 하고 지내는 청년이 있었습니다. 이 청년은 늘 머슴살이 자기 신세를 한탄하면서,

'어떻게 하면 이 신세를 벗어날 수 있을까?'

이렇게 늘 생각하고 있었습니다.

하루는 주인 영감이 소 외양간을 빨리 못 치운다고 꾸지람을 했습니다. 그래 이 사람은

'예에끼, 이놈의 집이 아니면 굶어 죽겠니?'

이렇게 생각하고, 그 집을 나왔습니다. 그리고 돗자리를 지고

"돗자리 사려, 돗자리 사려!"

하면서 돗자리 장수가 되었습니다.

하루는 돗자리를 팔려고 다니다가, 산중에서 그만 날이 저물어버리고 말았습니다. 그래 할 수 없이 공동묘지에 가서 묘 옆에 돗자리를 세워 바람막이를 만들고, 그 속에 들어가서 하룻밤을 지낼 작정을 하였습니다.

돗자리 속에서 이 사람이 자고 있는데, 밤중에 묘 속에서 말소리가 들렸습니다.

"여보게! 오늘 우리 집에서 잔치를 하는데 자네 나하고 잔치 얻어먹으러 가지 않겠나?"

맞은 편 묘에서 나오는 소리입니다.

"지금 우리 집엔 손님이 오셔서 난 못 가겠네. 임자나 가서 많이 얻어 자시고 오게."

이건 돗자리 장수가 누워 자는 묘 속에서 나오는 소리입니다. 돗자리 장수는 묘 속의 해골들이 말을 하고 있는 것을 듣고, 무섭고 무서워서, 이를 부들부들 떨면서 숨을 꽉 죽이고 있는데,

"여보십시오! 나그네 양반! 오늘 저녁은 참으로 고맙습니다. 내가 죽은 이후로는 날 부축해주는 사람이라고는 한 사람도 없더니, 오늘 밤 당신이 오셔서 이와 같이 춥다고 돗자리로 바람을 막아주시니, 참으로 고맙습니다. 이 은혜를 갚아드려야겠는데, 주인님께서 무엇을 요구하시는지 말씀해주시면 말씀대로 드리겠사오니, 말씀하여주십시오."

하고 묘 속에서 죽은 사람이 돗자리 장수 청년보고 이렇게 말했습니다.

"난 아무 것도 요구할 것이 없소."

하고 돗자리 장수가 대답했습니다.

"그럼, 이걸 가지고 가십시오."

하더니, '붙을 접(接)'자 하고 '떨어질 락(落)'자 두 자를 주는 것이었습니다.

"'붙을 접'자를 만지면서 '붙어라!' 하면, 무엇이나 붙지 않는 것이 없습니다. 그리고 '떨어질 락'자를 만지면서 '떨어져라!' 하면, 무엇이나 붙었던 것이 떨어집니다."

하고 죽은 사람이 묘 속에서 말하였습니다. 돗자리 장수 청년은 이것을 받아 가지고 그 전 이 사람이 머슴살이하던 주인집을 찾아갔습니다. 바로 주인 영감의 딸의 잔칫날이었습니다.

해가 지니까, 사람들은 신랑을 색시 방에다 몰아넣었습니다. 그 때 이 돗자리 장수가 '붙을 접'자를 만지면서

"붙어라."

하니까, 갑자기 신방에서 우는 소리가 들렸습니다. 무슨 영문인가 하고 색시의 어머니가 문을 열고 들여다보는 것을 돗자리 장수 청년이 또 '붙을 접'자를 만지면서,

"붙어라!"

했습니다. 그러니까, 문 밖에 있던 색시 어머니가 방안으로 엎드러지면서 신방으로 들어가서 신랑하고 색시 위에 짝 붙어버렸습니다.

"여보시오! 여보시오, 영감!"

하면서 처녀의 어머니는 요동을 하면서, 울며불며 이렇게 남편을 불렀습니다.

이 소리를 듣고, 주인 영감은 갑자기 또 무슨 일인고 죽어가는 소리를 하면서, 이렇게 생각하고, 놀라면서 뛰어나와 신방으로 달려가 보았습니다. 이것을 또 돗자리 장수 청년이 '붙을 접'자를 만지면서,

"붙어라!"

하였습니다. 그러니까, 영감도 또 딸 내외와 아내가 붙어서 요동질을 하고 있는 위에 쩍 붙었습니다.

"앞 집 늙은이를 데려오너라. 뒷집 늙은이를 데려오너라."

야단법석입니다. 앞집 늙은 할멈이 왔습니다.

"원 그런 변이 또 어디 있담!"

이 빠진 입을 호물거렸습니다. 그리고 신방에 들어와서 네 사람이 붙어서들 울며불며 야단법석 하는 걸 이리 만지작 저리 만지작 하여 보면서 있는 것을 돗자리 장수가 또 '붙을 접'자를 만지면서,

"붙어라!"

하니까 할멈도 네 사람의 위에 또 쩍 올라가 붙어버렸습니다. 그런데 주인 영감은 앞집 할멈이 올라가 붙는 바람에 똥을 찍 냅다 갈렸습니다. 그러니까, 개란 놈이 똥 냄새를 맡고, 냉큼 신방에 뛰어들어와서 똥을 철철 핥아먹고 있었습니다. 돗자리 장수 청년이 또 '붙을 접'자를 만지면서,

"붙어라!"

하니까, 개란 놈도 또 할멈 위에 쩍 가서 붙어버렸습니다.

신랑, 신부, 주인 영감, 주인 마누라, 앞집 할멈, 그리고 또 개란 놈까지 붙어서 울며불며 짖으며 아주 야단법석을 합니다. 누구나 하나가 조금만 움지작하면,

"에쿠 에쿠, 아이고 아이고, 껑이 껑이."
하고 지랄하는 판입니다.

돗자리장수 청년이 이 모양을 문 밖에서 들어다 보면서 서 있으니까, 주인 영감이 눈물을 흘리면서,

"여보게 여보게! 내 재산을 절반 나눠줄 테니, 제발 좀 떼어주게, 떼어주게!"

애원을 하고 있는 고로, 돗자리장수 청년은 불쌍도 해서 '떨어질 락' 자를 만지면서,

"떨어져라!"
하고 고함쳤습니다. 그러니까, 금방까지 붙어서 뭉겨대던 사람과 개가 혈레벌떡하면서 냉큼 문 밖으로 뛰어 달아나고, 사람들은 이마에 흐르는 비지 같은 땀을 씻으면서 한숨들을 내쉬었습니다.

돗자리 장수 청년은 이렇게 하여 그 불쌍한 신세를 벗어났다고 합니다.

[모집지 불명]

67. 십 년간十年間 지팡이를 두른 사람

옛날 옛날, 어떤 총각 한 사람이 과거 시험 공부를 하러 십 년 기약을 하고 산으로 절을 찾아갔습니다.

하루는 깊은 숲 속을 지나다가, 해가 져서 어둡고 어두워서 지척을 분별할 수가 없었습니다.

"어디 하룻밤을 자고 갈 인가가 없나?"
하고 사방을 두리번두리번 살펴보니까, 나무 사이로 저 편에 불이 하나 반짝 반짝이는 것이 보였습니다.

'됐다, 저기 집이 있구나. 저 집에 가서 하룻밤을 묵을 수 있게 해달라고 할밖에'

이렇게 이 총각은 생각하고 기뻐하면서 그 반짝반짝 등불 있는 인가를 찾아가 보니까, 이런 변이 또 어디 있겠습니까? 그것은 인가의 등불이 아니고, 커다란 범 한 마리가 쭈그려 앉아 있었습니다. 범의 커다란 눈이 그렇게 등불처럼 번쩍거리고 있었던 것입니다. 총각은 놀라서 지랄네겁을 하였습니다. 이 총각이 도망치려고 몸을 휙 돌리자마자, 범은

"으왕 으왕!"

소리를 고래고래 지르면서, 이 총각에게 달려들었습니다. 총각은 그저 너무 놀라서 얼떨결에 손에 들고 가던 지팡이를 피잉 피잉 돌려댔습니다. 그러니까, 달려들던 범은 주춤하면서 달려들지를 못했습니다. 그러나 조금만 총각이 지팡이 두루는 것을 멈추면 범은 또 으왕 소리를 치면서 달려드는 것이었습니다. 그래서 총각은 할 수 없이 그냥 자꾸 지팡이를 두르지 않을 수 없었습니다. 이렇게 밤새껏 두르고 먼동이 훤하게 트니까, 범은 어슬렁어슬렁 큰 바위 아래에 뚫린 굴로 들어갔습니다.

"이제야 됐구나! 어서 도망질을 하여야겠다."

이렇게 범이 굴로 들어가는 것을 보고, 한숨을 휘 내쉬면서 총각은 두르던 지팡이를 멈추고 발을 옮겨 디디려고 하니까 밉상스런 범이란 놈이 또 으왕 소리를 치면서 뒤로 달려들어 왔습니다.

이 총각은 참으로 기가 막혔습니다. 그러나 할 수 있습니까? 또 지팡이를 내두릅니다. 범이란 놈은 또 어슬렁 어슬렁 굴 속으로 도로 들어가서 커다란 눈을 희번덕거리고 있었습니다. 이 총각은 보자기에 싸서 멘 떡도 먹지 못하고, 온 몸은 피곤해지고 기운이라고는 도무지 없었습니다. 그러나 지팡이를 휘둘러야 범한테 잡혀 먹히기를 면할 수 있겠는 고로, 할 수 없이 휘두를 수밖에야.

이렇게 비틀비틀 몸집을 바로 잡지 못하고, 두르고 있으니까, 점심 때쯤 되었을 때, 저 편에 나무 사이로 어떤 총각 한 사람이 이 편으로 오는 것이 보였습니다. 이 사람도 절로 공부하러 가는 사람이 분명합니다. 이 사람이 지팡이를 두르고 있는 총각 옆을 지나다가 보고, 이상야릇하게 생각했습니다. 젊은 총각이 왜 그렇게 자꾸 둘러대는지 그저 자꾸 비슬비슬하면서 눈이 텡 하니 기운 없이 지팡이를 두르고 있질 않습니까? 이상하기 짝이 없었습니다.

"여보오. 당신 왜 그렇게 자꾸 지팡이를 두르고 있습니까?"
하고 물어보았습니다.

그런데 지팡이를 두르던 총각은 아마 꾀가 좀 있던 모양 같아요.

'오냐, 이제야 내가 살아났나 보다.'

이렇게 이 꾀 있는 총각은 생각하고,

"뭐요? 왜 지팡이를 두르느냐고요? 당신 아직 이걸 모르십니까?"

이렇게 말하고 그냥 자꾸 내둘렀습니다.

그러니까, 뒤에서 오던 총각은 이상하기 짝이 없었습니다. 이 사람의 대답하는 걸로 보아 무슨 큰 이유가 있는 상 싶었습니다. 그래 이 총각은 호기심이 잔뜩 생겨서,

“어째 두르는 게요. 좀 말을 하여 주시오그려.”
하고 말했습니다.

“가만 계셔요. 이제 거의 다 되었소. 말동무도 없는 적막한 절에서 십 년간이나 어떻게 외로워서 공부를 합니까. 어지간한 인내성이 없이는 안 될 일입니다. 그래 그 절 스님이 인내성이 있는가 없는가 시험을 하여 보고, 이 시험에 합격해야만 절에서 공부하라고 허락해 주는 것입니다. 지금 난 사흘째 이 지팡이를 휘두르는데요. 이제 거의 다 되었습니다. 당신도 절에 공부 가시려거든, 제가 두른 다음 두르시오.”
하고 말했습니다.

“참, 그것도 그럴 것이외다. 외로운 절간에서 공부하려면 어지간히 참고 견디는 성질이 없어서는 십 년간이나 공부를 못 할 것이외다.”

이렇게 절에 공부 가던 총각은 생각하고,

“그럼, 어서 두르시고, 저도 좀 두르게 지팡이를 빌려주시오.”
하고 부탁하였습니다.

먼저 가던 총각은 뒤에 가던 총각에게 지팡이를 주었습니다. 그리고 절로 뺑소니를 쳤습니다.

뒤에 가던 총각은

“이 시험에 들어야만 절에 가서 공부할 수 있다는데.”

이렇게 생각하고, 열심히 두르고 있으니까, 팔이 뚝 떨어질 지경으로 아팠습니다. 그래 이 총각은 조금 쉬었다가, 또 두를 생각으로 지팡이 두르는 걸 그만두고 풀 위에 펄썩 주저앉았습니다.

그러니까, 아, 이것 봅쇼. 바위 아래에서 알록달록한 큰 범 한 놈이 으왕! 소리를 치면서 시뻘건 입을 벌리고 달려오지를 않습니까. 총각은 깜짝 놀랐습니다. 그리고 무서워서 정신을 잃고 그저 얼떨결에 지팡이를 내둘렀습니다. 그러니까, 범은 또 할 수 없다는 듯이 어슬렁어슬렁 굴 속으로 들어갔습니다. 총각은 알았습니다. 아까 그 총각이 어째서 지팡이를 두르고 있었는지를요. 그러나 뭐 이제야 할 수 없게 되었잖습니까. 지팡이를 두르지 않으면 죽을 수밖에 없으니… 할 수 없이 눈물을 줄줄 흘리면서 자꾸 지팡이를 둘렀습니다.

먼저 가던 총각은 절에 가서 십 년을 공부하였습니다. 그리고 십 년 전에 자기가 절로 가다가 범한테 혼난 범의 굴 앞을 지나가는데, 허옇게 센 머리카락이 발까지 치렁치렁 닿고, 몸은 파리해서 막대같이 된 늙은 영감이 지팡이를 비틀비틀 두르고 있었습니다.

자세히 보니까, 이 영감은 십 년 전에 자기 뒤로 오던 총각이었더랍니다.

[함경남도 홍원]

68. 머리 셋 가진 중僧과 포수砲手

옛날도 옛날, 어떤 곳에 활을 아주 잘 쏘는 사람이 있었답니다. 하루는 이 사람이 산에 사냥을 갔다가 돌아오는데, 갑자기 하늘이 어두컴컴하여져서

'맑던 날이 이거 웬 일인가?'

생각하면서, 얼굴을 쳐들어 하늘을 우러러보니까, 무엇인지 독수리 같은 커다란 것이 날아가고 있었습니다.

이 사람은 하도 그 날아가는 것이 괴상해서 활로 그것을 쏘았습니다. 그러니까, 그 괴물은 활에 맞아서 시뻘건 피를 뚝뚝 흘리면서, 그냥 어디론지 날아가 버렸습니다.

이 일이 있은 후 나흘이나 되었을까요. 임금님께서

"공주님이 어떤 짐승인지 귀신인지 아주 커다란 괴물한테 잡혀갔으니, 누구나 공주님을 찾아오는 사람에게는 공주를 주겠다."

는 포고가 전국에 내렸습니다.

이 포고를 본 이 사람은

'아마 그러면 전날 내가 활로 쏜 괴물이 바로 공주님을 훔쳐간 괴물인가 보구나.'

이렇게 생각하고, 그 괴물을 잡으려고 사냥개를 시켜서 괴물이 흘리면서 간 피를 따라갔습니다. 산을 넘고 강을 건너 하루 종일 개를 좇아가니까, 산속 큰 늪까지 와서는 사냥개가 뚝 발을 멈추고 왕왕 짖으면서 주인을 올려다보고 있었습니다.

'여기 그럼 그 괴물의 집이 있는 게로구나.'

포수는 생각하고, 늪 가운데 있는 커다란 바윗돌을 들쳐보니까, 퀭하게 넓은 구멍이 생겼습니다. 포수는 이 구멍을 보고 마을에 내려가 사람들을 모아 가지고 와서,

“내가 밧줄을 잡고 이 굴로 들어갔다가 나올 때는 또 밧줄을 당겨 흔들 테니, 그 때엔 나오겠다는 줄로 알고, 도로 이 밧줄을 당겨주게.”

이렇게 이르고, 캄캄한 굴 아래로 아래로 내려갔습니다. 굴은 내려갈수록 점점 더 넓어지고, 바람이 불기 시작했습니다. 이렇게 자꾸자꾸 내려가니까, 굴 밑에는 고래등 같은 기와집이 지질펀펀한, 작지 않은 마을이었습니다.

‘참, 땅 속에도 이렇게 크고 훌륭한 집이 있었구나.’

포수는 놀라면서 그 큰 기와집 안을 살펴보려고 버드나무 위에 올라갔습니다. 버드나무 위에서 두리번두리번 집 안을 살펴보고 있는데, 아주 아름답게 생긴 한 젊은 여자가 버드나무 아래 우물에 물을 길러 나왔습니다. 이 포수는 숨을 죽이고 내려다보고 있는데, 그 여자가 바가지에 물을 떠놓고 동쪽 하늘을 향해 합장을 하고 기도를 한참 올리고 섰더니,

“어젯밤 꿈에 나를 구해주러 온 사람을 보았는데, 지하에 있는 여기를 누가 알고 들어오리. 내 팔자도 가련하구나.”

이렇게 혼잣말을 하더니, 구슬 같은 눈물을 줄줄 흘리고 있었습니다. 이 사람은 놀라기도 하고 또 기뻤습니다.

‘오! 이 여자가 바로 그 공주님이시로구나.’

이렇게 생각하고, 버드나무 잎을 쭉 훑어서 떨어뜨렸습니다. 그러니까, 공주는

“날도 맑고 바람도 없는 이 날, 나무 잎은 왜 이렇게 떨어지노?”

이렇게 말하더니, 그냥 또 기도를 올리고 서 있었습니다. 포수가 또 한 번 버드나무 잎을 떨어뜨렸습니다. 그러나 공주님은 여전히 기도를 올리고 있을 뿐이었습니다.

세 번째 떨어뜨렸을 때입니다. 공주는 버드나무 위를 올려다보셨습니다. 그리고 버드나무 위에 사람이 있는 것을 보고 크게 놀란 듯이

주춤하고, 두어서너 발자국 뒤로 물러섰습니다.

"오오, 공주님!"

포수가 말했습니다.

"공주님! 전 공주님을 모시러 온 사람입니다."

공주는 이 말을 듣고 크게 기뻐하였습니다.

"공주님, 대체 이 집 주인은 누구이오며, 무엇하는 사람입니까?" 하고 포수는 이렇게 땅 속에 집을 짓고 사는 사람의 신비를 캐려는 생각으로 이렇게 물었습니다. 그러니까, 공주가

"이 집 주인은 머리가 셋 있는 괴상야릇한 중인데, 세상에 나가서는 부녀자와 재산을 강탈해 가지고 공중으로 날아오곤 하는 괴물이옵니다. 이 괴물이 전날 저를 채 가지고 날아올 때 누가 쏘았는지 날개를 활에 맞아 지금 앓고 있습니다."

하고 대답하였습니다. 전날 이 사람이 쏜 그 괴물이 바로 이 머리 셋 가진 중인 것이 분명합니다. 이 말을 듣고, 포수는 홑주머니에서 종이에 싼 것을 공주에게 주면서,

"이걸 그 괴물 날개에다 바르시오. 이것을 바르면 상처가 곧 낫는다고 하면서 발라주십시오."

하고 독약을 꺼내 주었습니다.

머리 셋 가진 중은 그만 이 약을 바르고, 얼마를 못 가서 죽고 말았습니다. 포수하고 공주는 열쇠를 가지고 다니면서 그 많은 광을 한 칸 한 칸 죄다 열어 보았습니다.

그러니까 놀랍게도 이 광 저 광, 광마다 거의 다 죽어들 가는 색시 처녀들이 가득가득 차 있었습니다. 그래 포수하고 공주는 부녀들에게 먹을 것을 주어서, 정신을 차리게 하였습니다. 그러니까, 금방까지 흐느적해서 죽어가던 사람들이 다 피어들 나서, 이 사람과 공주님께 감사의 눈물로써 치사를 하였습니다.

이 사람은 많은 보배 가운데에서 제일 귀한 보물을 조금 가지고 공주와 여러 색시 처녀들을 데리고 이 사람이 들어온 굴 아래까지 갔습니다. 그리고 먼저 이 불쌍한 색시들과 처녀들을 바로 세상으로 내보내게 되었습니다.

한 사람 한 사람씩 허리에 밧줄을 동여매고 밧줄을 탁탁 당기면, 굴 바깥에 있는 사람들이 밧줄을 끌어올리곤 올리곤 하였습니다. 이렇게 하여 여러 색시들과 처녀들을 한 사람도 없이 굴 밖으로 내보낸 다음, 공주님을 내보내게 되었습니다. 이 사람이 공주님의 허리에 밧줄을 고이 매드리고, 탁탁 당기니까 공주님은 슬슬 그 컴컴한 굴을 벗어나 위로 올라가셨습니다. 그리고 이 포수는 얼른 밧줄이 또 내려와서 저도 어서 공주님 계시는 밖으로 나가기를 기다렸습니다. 그러나 기다려도 기다려도 밧줄은 내려오지를 않았습니다.

굴 밖에서 밧줄을 올려 당기고 있던 놈들이

"그까짓 놈 밧줄을 내려 보내지 않으면 거기서 죽고 말 테니, 밧줄을 내려 보내지 말자. 그리고 우리가 공주님을 모셔왔다고 왕한테 가서 아뢰고, 많은 상을 얻기로 하자."

이렇게 뱃장 검은 토론을 하고, 밧줄을 내려 보내 주지 않았습니다.

이틀 사흘 나흘 닷새…… 포수는 밧줄이 내려올까 하고 기다리고 기다려도 밧줄은 끝내 내려오지 않았습니다. 그러니까, 이 사람은 두 번 다시는 바깥 세상에 나갈 생각을 단념하고, 하루는 마음이 슬프고 외로워서 활을 가지고 산에 사냥을 갔습니다. 하루 종일을 그저 이리저리 클클한 마음으로 슬피 돌아다니다가, 아무 것도 잡지 못하고 돌아오는 길에 학 한 마리가 공중을 날아가는 것을 보았습니다.

그런데 이 학의 입에는 물고기가 한 마리 입에 물려 있었습니다. 어쩐 일인지 그 고기가 무슨 고기인지 이상한 목소리로 자꾸자꾸 우는 것이었습니다.

그래 그 고기 우는 목소리가 너무도 이상하고 슬퍼서 활을 겨누어 학을 쏘아 떨어뜨렸습니다. 그러니까, 학은 죽었으나, 물고기는 그냥 죽지 않고 눈물을 흘리면서 슬피 울고 있었습니다. 이 사람은 그 고기를 불쌍히 생각하여 강물에 놓아주었습니다.

그 후 어느 날 이 사람이 전날 물고기를 놓아준 강가에 소풍을 나가니까, 그 강가에 차림을 아주 단정히 한 청년이 한 사람 서 있었습니다. 이 사람은 사람을 보는 것이 기뻐서, 달려가니까, 그 청년은 포수를 반겨하면서 절을 공손히 하였습니다. 그리고 청년은 천천히 입을 열어,

"저는 전일 당신께서 학한테 물려가는 것을 살려주신 물고기이옵니다. 날도 따스하고 해서 소풍을 나왔다가, 그렇게 학한테 잡혀 죽을 뻔한 것을 당신께서 구하여주셔서 감사만만이외다. 저는 물속 나라 용왕의 아들이옵니다."
하고 그 청년이 말하였습니다. 참 포수는 놀랐습니다. 며칠 전 이 사람이 학을 쏘아 떨이뜨리고 학의 입에 물렸던 그 이상한 고기를 강물에 놓아주었더니, 그 고기가 용왕의 아드님이었던 것입니다.

용왕의 아들은 포수더러 용궁에 들어가자고 자꾸 청했습니다. 그래, 포수는 들어가도 며칠을 묵지 못하고 곧 나오겠다고 하고 들어가게 되었습니다.

두 사람은 큰 거북의 잔등에 올라탔습니다. 그러니까, 물에 들어가자마자, 순식간에 거북은 두 사람을 용궁 앞에까지 데려다 주었습니다. 그러니까, 아름답기 꽃 같은 용궁의 궁녀들이 여러 십 명 정문 앞에 쭉 나란히 서서, 반가운 낯으로 이 사람을 모셔 들여갔습니다. 용왕도 아들을 살려준 은인이 들어온 것을 기뻐하면서, 극진한 대접을 하였습니다.

물 속에 사는 온갖 고기들이 떼 지어 와서는, 용왕하고 용왕의 아들

하고 같이 앉아 있는 이 사람 앞에 와서 절을 하고 인사를 하곤 하는 것이었습니다. 그리고 노래할 줄 아는 고기는 노래를 부르고, 춤을 출 줄 아는 고기는 춤을 추어 보였습니다. 그리고 또 꽃같이 아름다운 용궁의 궁녀들이 나비 같은 아름다운 옷들을 입고 춤을 추었습니다. 이 사람은 그저 눈이 부시고 황홀해서 눈을 오래 뜨고 있지를 못하였습니다. 이 사람은 이것이 꿈이 아닌가 생각하였습니다.

이렇게 즐겁고 즐거운 날을 대엿새 지내고, 이 사람은 용왕의 아들더러 이제 그만 밖으로 나가겠다고 하였습니다. 그러니까, 용왕의 아들은 그렇게 빨리 나가면 도리어 서운하게 되겠다고 하면서, 며칠만 더 머물다 가라고 하는 것을 굳이 나가야 되겠다고 하였습니다.

"그럼, 굳이 나가시겠다면, 할 수 없습니다. 그런데 당신께서 나가시겠다 하시면, 아마 아버님께서 무엇이든 소원이 있으면 말씀하시라고 하실 것입니다. 그 때는 다른 것은 다 싫은데 도롱에 넣어둔 꾀꼬리새를 달라고 하십시오. 그건 당신을 반드시 행복하게 해줄 새이옵니다."

하고 말했습니다.

이 사람이 용왕한테 가서 나가겠다고 하니까, 과연 용왕은 무엇이든 소청할 것이 있으면 이루어 드릴 테니, 말하라고 하였습니다. 그래 이 사람이 용왕의 아들이 가르쳐준 대로, 도롱에 넣어둔 꾀꼴꾀꼴하고 우는 꾀꼬리를 달라고 하였습니다.

이 꾀꼬리는 사실은 새가 아니고 용왕의 딸이었습니다.

이런 꾀꼬리를 달라고 하니까, 용왕도 서슴지 않을 수 없었습니다. 용왕은 입맛을 다시면서 쾌히 승낙하려고는 하지 않았습니다. 이것을 보고 용왕의 아들이

"아버지, 어서 그 꾀꼬리를 주십시오. 제가 죽을 걸 살려주신 은혜를 생각하면, 꾀꼬리를 드려도 부족하지 않습니까. 어서 주십시오."

하고 말하니까, 용왕도 마지못해서 주었습니다. 이 사람은 이 아름다

운 꾀꼬리를 받아들고 나왔습니다. 그런데 용궁을 떠날 때 또 한 가지, 여덟 구멍 난 연적을 용왕이 주면서,

"이 연적은 아주 귀한 보물이다. 그 귀한 꾀꼬리를 극진히 사랑하여 달라고 이것까지 주는 것이니, 아무쪼록 잊지 말고 꾀꼬리를 귀히 여겨야 된다."

하였습니다. 이 연적은 무엇이든 나오라고 하는 대로 나오는, 세상에 없는 아주아주 진귀한 보배입니다. 이 사람은 꾀꼬리와 이 연적을 가지고 전의 머리 셋 가진 중이 살던 집으로 돌아왔습니다. 그러니까, 꾀꼬리는 한층 소리를 높여

"꾀꼴 꾀꼴 김가아꼴."

"꾀꼴하고 아앙 여보게 놋덩이."

하고 노래를 한 번 부르더니, 꾀꼬리가 변하여 예쁘고도 예쁜 처녀로 변했습니다. 그리고 이 처녀가 이 사람 앞에 무릎을 꿇고 공손히 절을 한번 하더니,

"오빠를 살려주신 은혜 천만 감사하옵나이다. 이 후로는 당신의 아내가 되어서 이 은혜를 조금이라도 갚겠습니다."

하고 말했습니다. 이 사람은 어찌나 기뻤는지 몰랐습니다.

'이제는 아름다운 색시도 생겼는데, 색시를 데리고 세상에 나가서 살아야겠다.'

이렇게 이 사람은 생각하고, 연적을 향해

"밧줄아, 내려오너라."

하고 말하니까, 그 컴컴한 굴에서 굵고도 튼튼한 밧줄이 술술술 내려왔습니다. 이 밧줄에 이제는 이 사람의 아내가 된 용왕의 딸의 허리와 제 허리를 맞매고, 그 굴을 올라갔습니다.

그 굴을 나오니까, 그 때는 바로 해가 져서 어두워진 때였습니다. 하룻밤을 자고 갈 집도 없고 해서, 이 사람이 연적을 향하여

"우리가 자고 갈 집을 하나 내거라."

하니까 연적의 여덟 구멍에서 목수가 쏟아져 나오더니, 순식간에 훌륭한 집을 하나 지어놓았습니다.

이튿날 아침입니다. 한 영감이 나무를 하러 산에 왔다가 이 늪을 지날 때, 이 집을 보고 크게 놀랐습니다. 그것도 그럴 것입니다. 전에는 집은커녕 나무 하나 없던 늪가 돌멩이 위에 아주 훌륭하고도 훌륭한 대궐 같은 집이 있으니까요.

이 영감은 대단이 이상히 여겨, 이 말을 임금님께 아뢰었습니다.

이 말을 듣고, 임금님도 이상히 생각하셔서 부하를 시켜 조사하라고 보냈습니다. 이 왕의 부하에게 이 사람은 자기가 공주님을 구해드린 일과 그 후에 일어난 모든 말을 숨김없이 죄다 말해 주었습니다.

왕의 부하는 이 말을 듣고 가서 임금님께 죄다 아뢰었습니다.

임금님은 이 때 비로소 공주를 구해준 이 사람을 알고, 대궐로 불러서 큰 잔치를 베풀어 대접을 극진히 하고 많은 돈과 높은 벼슬을 주었습니다. 이렇게 이 사람은 아름다운 용왕의 딸과 같이 길이 길이 행복을 누렸답니다.

[평안남도 평원군 서해면]

69. 예쁜이와 버들이

옛날도 옛날, 어떤 곳에 예쁜이라는 처녀아이가 있었습니다. 예쁜이는 아주아주 아름다운 소녀였습니다. 그리고 또 생긴 모양만 예뻤던 것이 아니고, 마음도 또 모양에 못지않게 예뻤습니다.

이렇게 모두가 예쁜 예쁜이에게는 불쌍하게도 어머니가 없었습니다. 예쁜이가 세 살 되는 해, 어머니는 병이 나셔서 그만 예쁜이를 남겨두고 이 세상을 떠나가시고 말았더랍니다. 그래서 예쁜이는 늘 마음씨 곱지 못한 의붓어머니한테 박대를 받아 왔습니다.

마음씨 곱지 못한 의붓어머니는 예쁜이가 동네 사람들한테 칭찬받는 것이 밉고 미웠습니다. 그래서 온갖 구박을 다 하는 것이었습니다. 여름이고 겨울이고 간에 어둑어둑할 때부터 해가 져서 또 어둑어둑할 때까지, 밥 짓고 빨래하고 밭에 나가서 김 매고 밥 짓고, 이렇게 의붓어머니는 하루 종일 잠시라도 쉬지 않고 예쁜이를 부려댔습니다. 그러나 마음씨 고운 예쁜이는 단 한 마디도 대꾸를 하지 않고 고개를 수그리고, 그저 의붓어머니가 하라는 대로 하였습니다.

동네 사람들은 이것을 보고 더욱더욱 예쁜이가 애처롭고 불쌍하여서 가지가지로 예쁜이를 위로해주고 칭찬해 주었습니다. 그러나 마음씨 곱지 못한 의붓어미는 동네 사람들이 이렇게 예쁜이를 귀히 여길수록 예쁜이를 밉상스럽게 생각했습니다.

어떤 춥고 추운 겨울이었습니다. 산에는 눈이 하얗게 쌓여서 눈 천지가 되어 있었습니다. 그리고 또 눈보라가 대단합니다. 이렇듯 추운 겨울에 의붓어머니가 예쁜이더러,

"산에 가서 나물을 해오너라."

하질 않습니까? 어떻게 이 추운 겨울에 산에 가서 나물을 해올 수가 있겠어요? 그러나 마음 착한 예쁜이는 아무 대꾸도 하지 않고 나물 바

구니를 옆에 끼고 산에 갔습니다.

이 추운 겨울이라도 의붓어머니가 솜옷은 해주지 않았기 때문에, 홑바지 홑저고리를 입었습니다. 춥기란 말할 나위도 없었습니다. 사지를 벌벌 떨며, 입술이 새파랗게 되었습니다. 그러나 예쁜이는 팔다리에 힘을 주어 참았지요.

여기 저기 눈을 손으로 헤쳐 뚫어 보고는 하였지만, 아무리 해도 샛노랗게 말라죽은 풀만 있지 나물은 아무 데도 없었습니다.

이렇게 이리저리로 하루 종일을 돌아다녔습니다. 해가 벌써 지려고 불그스레한 햇발이 사방에 뻗쳤습니다. 예쁜이는

'에구머니! 벌써 해가 지네. 바위틈에서라도 하룻밤을 지내고 내일 또 나물을 찾아보아야겠군.'

이렇게 생각하고, 해가 저버리기 전에 의지할 만한 바위틈을 찾아다녔습니다. 이렇게 이리로 저리로 찾아다니다 보니, 큰 바위 아래에 굴이 하나 뚫려 있는 것이 보였습니다. 예쁜이가 들어가기는 넉넉하게 크고 넓은 굴입니다.

예쁜이가 그 굴로 한참 기어들어가니까, 쉬- 하고 따스한 바람이 낯을 스칩니다. 예쁜이의 언 몸, 팔 다리는 점점 녹아왔습니다. 심장까지 떨리는 것 같은 추위가 점점 따뜻해져서 마치 예쁜이가 어렸을 때 그리운 어머님 품안에 안겨있던 때와 같았습니다.

예쁜이는 이상히 생각하면서, 그냥 쑥 자꾸 들어가니까, 굴이 끝나자 널따란 벌판이 나타났습니다. 그리고 그 벌판 한 군데에 조그마하고도 오붓한 오막살이집이 하나 있었습니다. 그런데 그 집 부근에는 푸릇푸릇한 나물이 많이 심겨 있지 않습니까? 예쁜이는 뜻하지 않았던 곳에서 제가 찾아다니던 나물을 보았기 때문에, 기쁘다는 말을 다 어떻게 하여야 좋을지 몰랐습니다. 예쁜이는 나물바구니에 나물을 뜯어서 하나 가득 넣었습니다.

이렇게 나물을 바구니에 하나 가득 해놓았을 때, 그 오막살이 초가집 문이 열리더니, 아주 귀엽고 아름답게 생긴 소년이 한 애 나왔습니다. 예쁜이는 깜짝 놀랐습니다. 그리고 그 소년이 저를 욕하지 않을까 소년의 눈동자만 살피고 서 있는데, 생각과는 아주 딴판으로 아주 부드러운 목소리로,

"나물을 하러 오셨습니까? 어서 많이 하세요."

하고 도무지 함부로 남의 집에 들어와서 나물을 해 간다고 나무라거나 성난 빛이 조금도 없습니다. 예쁜이는 황송하고 미안하게 생각하면서,

"대단히 미안합니다. 용서하여 주세요."

하고 사과를 하였습니다. 그러니까 소년은

"내 이름은 '버들이'라고 한다. 이다음에 또 의붓어머니가 나물 해오라고 하면, 아까 네가 들어온 굴 앞에서 '버들아, 버들아, 예쁜이가 왔다.'고 하면, 내 문 열어줄게."

이렇게 그 소년은 친절하게 예쁜이를 위로하면서 말했습니다. 그날 밤 예쁜이는 버들이 집에서 자고, 이튿날 아침 일찍 나물을 가지고 집으로 돌아갔습니다.

의붓어머니는 깜짝 놀랐습니다. 예쁜이년이 정녕 눈 속에 파묻혀서 죽었겠거니 생각하고 있었는데, 푸릇푸릇 푸른 나물을 한 바구니 해가지고 오질 않았습니까? 의붓어머니는 놀라는 한편 해괴하게도 생각하였습니다.

'이 눈 빠진 겨울에 어디 가서 나물을 해왔을까?'

의붓어머니는 호기심이 생겨서,

"예쁜아! 내일 또 산에 가서 나물을 해 오너라."

이렇게 또 나물을 해오라고 하였습니다. 예쁜이는 어제와는 딴판이었습니다. 어제는

'이 추운데 산에 갔다가 얼어죽으면 어떡하지?'

이렇게 무서운 생각도 하여 보았지만, 이제는 차라리 이 집을 나가라고 하면 더 좋을 판입니다. 산에는 아주 마음씨 고운 버들이가 있잖습니까.

"네, 가 해오죠!"

대답하고 이튿날 동쪽에 뜬구름이 불그스레 동이 터 오자마자, 예쁜이는 나물 바구니를 옆에 끼고 깡똥깡똥 토끼걸음으로 산에 갔습니다. 예쁜이는 어제 갔던 그 굴 앞에 가서,

"버들아, 버들아, 예쁜이가 왔다."

이렇게 어제 버들이가 하라고 일러준 대로 고함쳤습니다. 그러니까, 돌문이 쫙 열렸습니다.

버들이는 예쁜이가 찾아온 것을 기뻐하였습니다. 예쁜이도 또 친절한 버들이를 만난 것이 무척 기뻤습니다. 버들이는 밭에 나가서 예쁜이 바구니에 나물을 하나 가득 뜯어서 담아 주었습니다.

이런 말 저런 말 재미있게 말하다가, 헤어질 때 버들이가 병을 세 개 예쁜이에게 주면서, 이렇게 말했습니다.

"예쁜아, 예쁜아. 이건 '생명수'라는 거다. 이 흰 병을 죽은 사람 뼈대에 뿌리면 뼈대에 살이 생기고, 또 이 빨간 것을 뿌리면 죽은 사람 몸에 피가 돌고, 그러고 이 푸른 것을 뿌리면 쉬- 하고 죽었던 사람이 숨을 쉰다. 이것을 네게 줄게. 잘 간직해 두어라. 어느 때든 한 번 반드시 쓸 때가 있을 테니, 응?"

예쁜이는 버들이가 주는 생명수 세 병을 가지고 집에 돌아왔습니다. 그리고 의붓어머니 눈에 띄지 않게 잘 숨겨두었습니다.

마음보 검은 의붓어머니는 예쁜이가 또 푸릇푸릇한 생나물을 한 바구니 가득 해가지고 온 것을 보고, 놀라지 않을 수 없었습니다.

'이상도 하다. 이 눈구덩이 산에서. 정녕 이건 무슨 이상야릇한 일이 있는가 보다.'

이렇게 생각하고, 이튿날 또 예쁜이더러 나물을 해 오라고 하고는,

예쁜이 뒤를 몰래 몰래 쫓아갔습니다. 의붓어머니가 내내 예쁜이 뒤를 숨어 숨어 따라가, 산에까지 가니까, 예쁜이는 큼직한 바위 앞에 가서 뚝 발을 멈추었습니다. 그리고

"버들아, 버들아. 예쁜이가 왔다."

하고 고함쳤습니다. 그러니까, 이상하게도 그 바위가 먼짓먼짓 좌우 양쪽으로 물러가고 굴이 하나 생겼습니다. 그리더니, 아주 귀엽게 생긴 소년 하나가 나옵니다. 그리고 그 소년은 발쭉발쭉 웃으면서, 예쁜이를 반겨 맞아 들어가는 것이었습니다.

의붓어미는 눈이 뚱그레졌습니다.

"오 옳지. 저 놈이었구나. 아니꼽게, 흥!"

이렇게 마음보 검은 의붓어머니는 이를 부드득 갈았습니다.

의붓어머니는 빨리빨리 달음박질쳐서 집으로 돌아갔습니다. 그리고 아무 것도 모른다는 듯이 시치미를 뚝 떼고 있었습니다.

예쁜이가 해가 낮이 기울락 했을 때 나물을 한 바구니 가득가득 해 가지고 돌아왔습니다.

"이 년, 네 이 년! 내가 모르는 줄 아니? 요 집안을 망칠 년 같으니. 산에 사내를 봐 다니지? 요망스런 년 같으니. 바른 대로 어서 말해 봐."

이렇게 의붓어머니는 우레 같은 소리를 고래고래 지르면서 발악하여 예쁜이를 막 부지깽이로 자꾸자꾸 때리는 것이었습니다.

예쁜이는 온 몸에 푸릇푸릇하니 멍이 져서 무척 아팠습니다. 그러나 마음이 어진 예쁜이는 그냥 참고 한 마디도 말대답을 하지 않았습니다. 아버지한테도 알리지 않았죠. 아버지가 근심하시지 않습니까.

의붓어머니는 예쁜이를 그저 터무니없이 얄미워했습니다. 그래서 이만큼 때려서도 성이 차지 않았습니다. 그래 마음보 악한 의붓어머니는 이튿날, 어제 예쁜이 뒤를 숨어 숨어 따라가 보고 온 그 바위 앞에까지 갔습니다. 그리고

"버들아, 버들아. 예쁜이가 왔다. 어서 문 열어다오."

이렇게 예쁜이 음성을 시늉했습니다. 그러니까, 바위가 역시 양 쪽으로 쭉 갈라지더니, 어제 그 귀엽게 생긴 소년이 방긋방긋 웃으면서 달려 나왔습니다. 마음 악한 예쁜이의 의붓어미는 바위 옆에 숨어 있다가, 버들이가 바위문 밖으로 목을 내밀자마자, 가지고 갔던 박달나무 방망이로 딱 때렸습니다. 가엾게도 버들이는 그만 그 자리에 쓰러져 죽고 말았습니다. 심술궂은 이 예쁜이의 의붓어미는 죽어 넘어져 있는 버들이를 질질 그 굴 속으로 끌고 들어가서 버들이 시체를 집 안에 던져 넣고 집에다 불을 놓았습니다.

불쌍하게도 버들이는 집과 함께 불타서 허연 뼈대가 되어버리고 말았습니다. 이렇게 의붓어미는 버들이를 망쳐놓고는 빙글빙글 웃으면서 집으로 돌아와서

"예쁜아, 내일 또 산에 가서 나물을 해 오너라."

하고 가증스레 빙글빙글 웃고 있었습니다. 전에 없던 일입니다. 그래서 예쁜이는 마음이 섬뜩하였습니다. 어째 그런지 마음에 자꾸 걸리는 것을 어쩔 수가 없었습니다.

이튿날입니다. 예쁜이는 깜짝 놀랐습니다. 이런 변이 어디 있겠습니까. 예쁜이가 바위 앞에 가서,

"버들아, 버들아. 예쁜이가 왔다."

"버들아, 버들아. 예쁜이가 왔다."

"버들아, 버들아. 예쁜이가 왔다. 어째 문 안 열어주니?"

이렇게 아무리 아무리 소리 질러도, 그 바위문은 열리지 않았습니다. 예쁜이는 서러워서 울음 섞인 음성으로

"버들아, 버들아. 예쁜이가 왔다."

이렇게 한 마디를 더 불러 보았습니다.

역시 문은 열리지 않았습니다. 그래 예쁜이는 수상히 생각해서 돌문

을 밀어보았습니다. 겨우 예쁜이나 드나들 만큼만 틈이 생겼습니다. 예쁜이가 이 틈으로 들어가 보니까, 버들이가 살던 집은 몽땅 불타고 버들이는 비참하게도 불에 타서 하얀 백골이 되어 있었습니다. 예쁜이는 슬피슬피 울었습니다. 이렇게 자꾸 자꾸 울다가 예쁜이는 문득 전날 버들이가 병 셋을 준 것이 생각났습니다.

그래 예쁜이는 얼른 집으로 달려가서, 그 병을 가지고 돌아왔습니다. 그리고 버들이가 말하던 대로 흰 병의 마개를 열고, 버들이 뼈대 위에다 쭈루룩 그 물을 뿌렸습니다. 그러니까, 이상도 합니다. 금방까지 빼빼 마르고 불에 타서 곳곳이 까무잡잡하게 되었던 그 뼈대에 시뻘건 살이 흐느적흐느적 붙어졌습니다. 예쁜이는 기뻐하면서, 그 다음 붉은 병을 또 그 위에다 쭈루룩 뿌렸습니다. 그러니까, 이거 봐요. 훌뚝훌뚝 살이 뛰는 것이 피가 도는 게 분명합니다. 예쁜이는 마지막으로 푸른 빛 도는 병마개를 뽑고 생명수를 버들이 몸 위에 뿌렸습니다. 그러니까,

"휘!"

하고 죽었던 버들이가 숨을 한번 내어 쉬더니, 눈을 번쩍 떴습니다. 예쁜이는 기쁘고 기뻐서 버들이 머리를 쓸어안고 자꾸 울었습니다.

"예쁜아, 예쁜아. 마음도 고운 예쁜아. 난 너를 구하려고 내려온 하늘나라 사람이다. 네 어머니가 날더러 내려가서 너를 구해달라고 하시기로, 내가 여기를 내려왔던 게다."

하고 버들이가 예쁜이더러 말했습니다. 그러자, 하늘에서 오색 무지개 다리가 걸쳐졌습니다.

"자, 마음보 곱지 못한 의붓어미 없는 하늘로 올라가서 나하고 재미있게 살자."

예쁜이하고 버들이는 이 무지개다리 위로 춤을 추면서 하늘로 하늘로 올라갔습니다.

[경기도 김포]

70. 자글대 이야기

옛날도 옛날, 어떤 곳에 머슴살이를 하는 한 사람이 있었습니다. 이 머슴살이의 아내가 신분에 넘치게 예뻤습니다. 그래서 마음씨가 그리 곱지 못한 주인 좌수 영감은 어떻게 하든지 저 계집을 내 것으로 해야겠다 마음먹고 하루는,

"이리 오너라."

하고 머슴살이를 불렀습니다.

"여봐라! 네 아내가 어제 맨 김풀이 몇이나 되는지 삼사 일 기한을 줄 테니, 틀림없이 아뢰어라. 만일 그렇지 못하면, 네 아내는 내 것이 될 줄 알아라."

이렇게 터무니없는 말을 하였습니다.

머슴살이는 이 말을 듣고 나와서는, 그저 어찌 할 도리를 모르고, 한숨만 후 후 내쉬면서 탄식만 하고 있을 뿐이었습니다. 주인 영감이 밉상스런 것을 보아서는 금방이라도 이 집을 나가고 싶었으나, 돈이라고는 한 푼 수중에 없으니, 그것도 못하는 판이었습니다. 그런데 이 머슴살이에게는 금년 여덟 살 된 아들이 하나 있었습니다. 아주 명민한 아이였습니다.

이 아이가 아버지의 한탄하는 모양을 보고 아버지더러 왜 그렇게 탄식만 하고 있느냐고 물었습니다. 그러나 아버지는 아무 말도 해주지 않았습니다.

"너 같은 건 모를 일이야. 잠자코 저리 가."

하곤 합니다. 그러나 자글대 -이 애의 이름입니다- 는 그냥 자꾸 말해 달라고 졸라댔습니다. 그러니까, 아버지도 나중에는 할 수 없이 좌수 영감이 하던 말을 죄다 말해주었습니다. 이 말을 듣고, 자글대는 노하였습니다.

여덟 살밖에 안 된 자글대는 눈이 동그라져서,

"아버지, 아버지, 염려 마세요. 내가 좌수 영감한테 가서 말할 테야."
하더니, 갸우뚱갸우뚱 좌수 영감이 있는 사랑방 앞마당에 가더니, 비를 들고 마당을 쓸고 있었습니다.

그런데 이제나 저제나 하고 머슴살이가 들어오기만 기다리고 있던 주인 좌수 영감은 자글대가 마당을 쓸고 있는 것을 보고,

"네 아비는 어째 안 들어오고, 네가 마당을 쓸고 있느냐?"
하고 고래고래 소리 질렀습니다. 자글대는 쓸고 있던 비를 멈추고,

"우리 아버지는요. 어제 당나귀를 타고 산에 갔었는데요. 몸이 고단해서 못 들어오고, 제가 들어와서 마당을 쓸고 있습니다. 그런데요, 상전님! 우리 아버지가 어제 당나귀를 타고 산에 갔었다고 말했죠? 이 당나귀가 대체 몇 발자국이나 걸었겠습니까. 어디 알아봐요."
하고 말했습니다. 이 말을 듣고 좌수 영감은 성을 벌컥 냈습니다.

"요, 요! 당돌한 자식 같으니. 어떻게 당나귀가 걸은 발자국 수를 알겠느냐?"
하고 소리 소리 무섭게 질렀습니다.

"좌수님! 그럼요, 어떻게 우리 아버지가 또 우리 엄마가 맨 김풀 수를 압니까? 좌수님은 아세요?"
하고 자글대가 대뜸 들어댔습니다.

좌수 영감은 이 말을 듣고 그저 아무 말도 못하고, 어안이 벙벙해서 낯을 붉히고 어색해했습니다.

한 달이 지나 어느 날 좌수 영감이

"이리 오너라."
하고 자글대 아버지를 또 불렀습니다.

"여봐라. 사흘 안으로 재(灰)로 동아줄을 석 자 꼬아 와야지, 만일 못 꼬아 오는 날에는 네 아내는 내 것이 될 테니, 그리 알아라."

하고 엉터리 같은 말을 하였습니다.

재로 어떻게 동아줄을 꼰단 말씀이에요? 자글대 아버지는 또 한탄만 자꾸 하느라고 밥 먹을 것도 잊어버렸습니다.

꾀 많은 자글대가 또 아버지가 이 모양이니까, 왜 그러는가 물었습니다.

자글대는 어디서 생철판장을 얻어다가 이것을 동아줄 굵기 만하게 말아 굽혀 가지고는, 그 위에다 볏짚을 감았습니다. 이렇게 하고는 이 볏짚에다 불을 놓으니까, 볏짚이 타서 재가 된 채로 생철에 붙어 있었습니다. 얼른 보기에는 재로 만든 동아줄에 틀림없었습니다.

자글대는 이것을 가지고 좌수 영감한테 들어갔습니다.

또 별 수가 있습니까? 뱃심 검은 좌수 영감은 꼼짝 못하고 졌지요. 그리고 약조하였던 돈을 받아가지고 자글대는 나왔습니다.

본래가 좌수 영감은 미욱한 영감이라, 한 번 마음 내었던 것은 좋은 것이든지 나쁜 것이든지 간에 기어코 달라붙어 보고야마는 성품이었습니다. 그래서 이렇게 두 번씩 조그만 자글대에게 망신을 당하였으나, 아직도 마음을 고칠 줄을 몰랐습니다. 좌수 영감은 궁리하고 궁리하여 또 하나 꾀를 꾸며냈습니다. 추운 겨울 어느 날이었습니다.

"이리 오너라."

하고 또 자글대 아버지를 불렀습니다.

"여봐라. 멍석딸기가 먹고 싶다. 산에 가서 멍석딸기를 구해 오너라. 구해오면 돈을 주고, 만일 구해 오지 못하는 날에는 네 아내는 내 것이 될 테니, 그리 알아라."

이렇게 말하는 것이었습니다.

참 딱한 일입니다. 글쎄 말입니다. 산에는 눈이 하얗게 덮였는데, 딸기가 다 뭡니까? 그러니까, 자글대 아버지는 근심하지 않을 수 없었습니다. 고지식한 자글대 아버지는 또 너무 근심걱정을 하느라고 밥

먹는 것과 자는 것까지 잊어버렸습니다.

"아버지, 아버지. 왜 또 그렇게 자꾸 근심하세요? 좌수 영감이 또 무슨 언짢은 말을 하던가요?"

하고 자글대가 물으니까, 자글대 아버지는 좌수 영감이 말한 것을 죄다 말해주었습니다. 그러니까, 자글대는 눈을 꿈벅거리고 앉아 있더니, 아장아장 자글대는 또 사랑방으로 좌수 영감을 찾아갔습니다. 인사도 하지 않고 다짜고짜로,

"영감님, 영감님. 우리 아버지가 큰 일 났어요."

하고 소리질렀습니다. 그러니까, 이 소리를 들은 좌수 영감은,

'옳지, 그놈이 내 하라는 것을 못하겠으니까, 목이라도 맸나 보구나. 흥! 그럼, 그 계집은 내 것이지, 뭐.'

이렇게 생각하고,

"요놈! 무엇이 큰 일 났단 말이냐?"

하고 고함쳐 물었습니다. 그러니까, 자글대 대답은 의외였습니다.

"저희 아버지가 영감님 말씀대로 산에 멍석딸기를 따러 갔어요. 그런데, 아버지가 그만 독사한테 물려서 지금 막 위독해요. 좀 와서 보아주세요."

하고 자글대가 말했습니다. 이 말을 듣고 좌수 영감은 성을 벌컥 내면서,

"요놈의 당돌한 자식 같으니. 오동짓달에 산에 독사가 무슨 독사냐?"

하고 눈을 무섭게 부릅뜨고 고래고래 황소 같은 소리를 질렀습니다. 그러니까, 자글대는

"그럼 영감님! 오동짓달에 딸기가 웬 딸기에요?"

하고 들이댔습니다. 좌수 영감은 어처구니가 없었습니다. 쩝쩝 입맛만 다시고 눈을 꿈벅거리면서 앉아 있었습니다.

뱃장이 조금 검은 좌수 영감은 고런 조그만 행랑 애새끼 같은 것한테 지는 것이 분하기도 하고 무안했습니다. 기어이 머슴살이의 아내를

빼앗아 볼 작정을 하고, 며칠 후에 또

"이리 오너라."

하고 머슴살이를 불렀습니다.

"여봐라! 사흘 안으로 자갈돌로 배를 만들어오너라. 만들면 몰라도 만일 만들지 못하는 날에는 네 아내를 내 집에다 두고, 너하고 고 당돌배기 아들놈하고는 내 집에 못 있으리라."

하고 말했습니다.

참 딱하게 되어 그저 어망차망해서 자글대 아버지는 아무 말도 못하고 물러나왔습니다. 그러고 이 말을 꾀 많은 자글대더러 말했습니다. 자글대는 이 말을 듣고,

"아버지, 근심 마세요. 내 그 영감태기를 혼내주고 올게."

이렇게 말하고 달삿궁달삿궁 조그만 자글대는 좌수 영감을 찾아갔습니다.

좌수 영감은 자글대가 들어오는 것을 보고,

'요 당돌배기 자식이 또 오는구나. 이번에야 눈물을 흘리면서 애원을 하겠지.'

이렇게 생각을 하면서,

"네 애비는 무엇을 하고, 네 놈이 왜 또 오는 게냐?"

하고 소리를 질렀습니다. 그러나 자글대는 좌수 영감의 말은 못 들은 체하고, 아주 숨이 가빠서 죽겠다는 듯이 헐떡헐떡하면서,

"영감님, 큰 일이 났어요, 큰 일이! 저의 아버지가 만든 자갈배가 자꾸자꾸 떠내려가고 멈추지 않습니다 그려. 그래 아버지가 영감님한테 가서 모래 밧줄을 얻어오라고 그러기에 제가 왔습니다. 모래 밧줄을 얼른 좀 주세요, 예?"

하고 여쭈었습니다. 좌수 영감은 이 말을 듣고,

"요 망할 자식 같으니, 모래로 어떻게 밧줄을 꼴 수가 있단 말이냐?"

하고 고함쳤습니다.

"그럼, 자갈돌로 어떻게 배를 만든단 말요?"

하고 자글대가 들이댔습니다.

좌수 영감은 꼼짝도 못하고, 매양 창피만 당하는 것입니다.

이렇게 되고 보니, 좌수 영감은 자글대란 놈이 밉기 이를 데 없었습니다. 머슴살이의 아내를 빼앗으려면, 먼저 이 자글대란 놈을 처치하여야 되겠다고 생각하였습니다.

마침 좌수 영감은 볼 일이 생겨서 서울에 올라가게 되었습니다. 좌수 영감은 서울 가는 중로에서 자글대 놈을 영 없애 버릴 생각으로 자글대더러 당나귀 견마를 잡으라고 하였습니다.

주인의 말인 고로 거역하지 못하고, 자글대는 당나귀 고삐를 쥐고 아장아장 걸어갑니다.

해가 저물어갈 때 좌수 영감은 바른 손으로 저 편 동네를 가리키면서,

"너 저어 동네에 가거든, 국수집이 있을 테니, 국수를 한 그릇 사가지고 오너라."

하고 한 그릇 값만 주었습니다. 자글대는 시장하기 짝이 없었는데, 좌수 영감은 저 혼자만 먹고 자글대는 굶겨 죽일 마음 같습니다. 자글대는 좌수 영감을 괘씸히 생각하고, 국수를 사 가지고 오다가, 손가락을 국수 사발에다 넣고 훌레훌레 국수를 저었습니다. 이것을 본 영감은 놀라면서,

"이 놈, 왜 손가락으로 내가 먹을 국수를 젓는 거냐? 더럽게."

하고 고함치니까,

"영감님 잡수실 국수에 벌레가 빠졌어요. 그래, 벌레를 끄집어내느라고 그랬어요."

하고 자글대는 천연스레 대답했습니다.

그러니까, 영감은

"그건 네 놈의 더러운 손이 들어갔던 게니, 네 놈이 먹어라."

하고 그냥 자글대에게 그 국수를 주었습니다. 그리고는, 또 한 그릇 사오라고 하면서 돈을 주었습니다.

자글대는 시장하고 시장하던 차이던 고로, 그까짓 국수 한 그릇 어느 구석에 들어갔는지 먹은 둥 만 둥하였습니다. 그래 다시 사오는 국수를 또 먹어댈 생각을 하고, 그 국수그릇을 들고 오면서 그릇 위에 코를 대고 콧물을 훌떡훌떡 흘렸습니다.

그러니까, 좌수 영감이 이것을 또 먹을 리가 있겠습니까? 아무리 배가 고파 죽을 지경이라도.

자글대가 또 그 국수를 먹었죠.

이렇게 하고 보니, 좌수 영감은 자꾸 국수가 먹고는 싶고, 그렇다고 자글대놈을 심부름시키면 또 무슨 짓을 할지 모르고 해서 할 수 없이 자기가 몸소 갈 작정을 하였습니다. 좌수 영감은 자글대더러

"여봐라, 여기는 사람의 생 눈알을 뽑는 귀신이 있는 곳이야. 허니까, 당나귀 고삐를 놓치지 않게 꽉 쥐고 있어야 돼. 그렇게 하면 귀신이 덤벼들지 못한단 말이야. 그러니까, 나 올 때까지 단단히 쥐고 기다리고 있어."

이렇게 이르고 좌수 영감은 국수집으로 갔습니다.

자글대가 당나귀 고삐를 쥐고 우두커니 서 있는데, 길 가던 나그네 한 사람이

"여봐, 어린 사람! 자네 그 당나귀 팔 것 아닌가?"

하고 물었습니다. 자글대는 곧,

"네, 네 팔 거예요."

하고 대답하였습니다. 그러니까, 나그네는 주머니에 넣었던 돈을 많이 끄집어내서 자글대에게 주고 이 사람은 당나귀를 타고 가버렸습니다.

자글대는 당나귀 고삐 자른 걸 손에 쥐고 엎드러져서 얼굴을 땅에 파묻고 있었습니다.

좌수 영감이 국수를 먹고 와 보니까, 이 모양이 아닙니까? 그리고 당나귀는 어떻게 했는지 보이지가 않습니다.

"그 모양이 무어냐, 당나귀는 어떡했느냐?"

하고, 좌수 영감은 자글대더러 고함쳤습니다. 그제야 자글대는 얼굴을 쳐들고 좌수 영감을 쳐다보면서,

"영감님이 여기는 생 눈알을 뽑아 먹는 귀신이 나오는 곳이라고 하셨기로 둘밖에 없는 눈을 하나라도 뽑히면 큰 일 날까 봐 엎드리고 있는 거예요. 당나귀는 아마 그 눈알 빼먹는 귀신이 고삐를 잘라서 가지고 간 게지요. 이거 봐요."

하면서 대여섯 치 되는 잘린 고삐를 보였습니다.

좌수 영감은 그저 어안이 벙벙하여 아무 말도 못하고 혀만 칙칙 찼습니다.

"여봐라. 당나귀도 없으니, 네 놈은 없어도 좋다. 그러니까, 너는 곧 집으로 돌아가거라."

좌수 영감은 이렇게 말하더니, 다시

"네 놈이 그저 가면, 집에서 네 놈을 의심할 거다. 그러니까, 내 네 놈 등에다 편지를 써 줄께"

하고 자글대 적삼을 벗겨 등에다

"이 놈이 돌아가거든, 당장에 때려 죽여라."

하고 썼습니다.

글을 아직 배우지 못한 자글대가 이것을 알 수가 있을 리 있겠습니까? 설령 또 자글대가 글을 안다기로 제 등에다 쓴 것을 어떻게 볼 수가 있겠어요?

이런 줄을 모르는 자글대는 그저 아버지 어머니 계시는 집으로 돌아가는 것이 기뻐서 적삼을 벗어 휘두르면서 휘파람을 불면서 길을 걸어갔습니다. 그런데 길을 가던 스님 한 분이 자글대 옆을 지나다가, 너무

도 자글대가 좋아하면서 휘파람을 부는 고로, 한 번 더 돌아서 바라보았습니다. 돌아서 보니까, 좌수 영감이 써준 글이 눈에 띄었습니다.

"이 놈이 돌아가거든 당장에 때려 죽여라."

중은 놀랐습니다. 그래 자글대더러

"여보게, 어린 사람. 그대는 등에 '이 놈이 돌아가거든, 당장에 때려 죽여라!' 하는 글을 써 가지고 가니 어찌된 이유인고?"

하고 말했습니다.

이 말을 듣고 자글대는 깜짝 놀랐습니다.

자글대는 스님에게 치사를 극진히 하고 얼핏 강물에 뛰어 들어가서 죄다 씻어버렸습니다.

그리고 자글대가 큰 느티나무 옆을 지나다 나무 그늘에서 더위를 피하고 있는 서당 아이더러

"자글대가 돌아가거든, 큰 아기를 아내삼아 주고, 집을 짓고 세간을 나눠 주어라."

라고 써 달랬습니다.

자글대는 집에 돌아가서, 좌수 영감의 맏아들한테 가서

"영감님께서요, 무슨 편지인지 내 등에다가 글을 써주시면서 집에 가서 보이라고 해요."

하고 적삼을 벗어보였습니다. 맏아들이 보니까,

"자글대가 돌아가거든, 큰 아기를 아내삼아 주고, 집을 짓고 세간을 나눠주어라."

고 써 있질 않습니까?

행랑 아이에게 자기 누이동생을 시집보낸다는 것은 큰 수치라고 생각하였으나, 아버님의 명령이라 할 수 없이 돼지 잡고 떡 치고 지짐질[29]해서 잔치를 하였습니다. 그리고 또 자기네 집 옆에다 새 집을 짓고, 세간을 나눠 주었습니다.

삼 년이 지나서 서울 갔던 좌수 영감이 집에 돌아왔습니다.

집에 돌아와 보고, 좌수 영감은 깜짝 놀랐습니다. 내려가거든, 당장에 때려죽이라고 하였던 자글대놈이 자기 딸을 데리고 자기 집 옆에 살고 있지를 않습니까? 좌수 영감은 맏아들을 불러놓고 막 꾸짖었습니다. 아들은 그저 무슨 영문인지도 모르고 욕만 톡톡히 얻어먹었습니다.

좌수 영감과 좌수 영감의 맏아들은 자글대를 죽여 없애려고 자글대를 밧줄로 꽁꽁 동여매놓고 가죽부대에다 집어넣었습니다. 강물에다 던질 작정입니다. 돈을 많이 주어서 동네 사람더러 지고 나가게 하였습니다. 그런데 이 가죽부대를 지고 가던 사람이 아마 술을 좋아했나 봅니다. 주막집 앞을 지나다가,

“에에끼! 막걸리나 한 잔 마시고 가자.”

이렇게 생각하고는, 가죽부대를 버드나무 아래에다 털썩 놓고, 주막집엘 들어갔습니다. 이 사람이 털썩 가죽부대를 내려놓는 바람에 자글대는 돌멩이에 똥구멍이 부딪혀서 저리고 아프기 짝이 없었습니다. 똥구멍을 슬슬 비비면서,

‘이 참에 뛰어야지, 뛰지 못하면 물귀신이 되고 말겠구나.’

이렇게 자글대는 생각하고 목소리를 높여서

“네 눈 감감, 내 눈 반짝, 네 눈 감감, 내 눈 반짝!”

이렇게 자꾸자꾸 외웠습니다. 바로 이때 애꾸눈 질그릇 장수가 이 가죽부대가 놓인 버드나무 옆을 지나다가, 가죽부대 속에서 이렇게 하도 이상스런 소리가 들리니까, 질그릇 장수는 이상히 생각하면서 질그릇 지게를 내려 버텨놓고 물끄러미 가죽부대를 쳐다보면서

“여보시오! 그 속에서 무엇을 그렇게 외우는 겝니까?”

하고 물었습니다.

---

29) 지짐질 : 부침개, 전병 따위를 번철이나 잦혀 놓은 소댕에 기름을 바르고, 지지어 익히는 일. 부침질.

"가만 계세요. 가만 계세요! 난 양 눈을 다 못 보던 장님이었는데요, 지금 한 눈을 뜨고 다른 한 눈마저 거진 떠갑니다. 가만 계세요."

이렇게 자글대는 대답하고

"네 눈 감감 내 눈 반짝!……"

자꾸 자꾸 외웠습니다.

가죽부대에 뚫린 바늘구멍 만한 데로 보니까, 저 편에서 애꾸눈 그릇 장수가 오는 것이 보였던 것입니다.

질그릇 장수는 이 말을 듣고, 버썩 가죽부대 앞으로 다가가면서,

"여보시오. 정말 거기에 들어가서 그렇게 외우면 정말 눈을 떠요?" 하고 물었습니다. 자글대는

"아, 뜨고 말구요. 그러길래 내가 이렇게 외우고 있는 게 아닙니까? 네 눈 감감, 내 눈 반짝, 네 눈 감감, 내 눈 반짝!"

하고 자꾸자꾸 외웠습니다. 그러니까, 질그릇 장수는

"여보쇼, 여보쇼. 저도 좀 들어가서 외우게 하여 주세요!"

하고 애걸하듯이 말했습니다.

"가만히 계셔요. 가만 계셔요. 거진 다 떠 갑니다. 네 눈 감감, 내 눈 반짝……"

더욱더욱 큰 목소리로 이렇게 외우다가,

"여보쇼. 이제 다 떴소. 가죽부대 훌쳤던 노끈을 풀어 주슈."

하고 자글대가 말했습니다.

질그릇 장수는 기뻐하면서 노끈을 풀고 자글대가 나온 다음, 질그릇 장수는 가죽부대 속에 뛰어 들어갔습니다. 그리고 눈을 뜬다는 말에

"네 눈 감감, 내 눈 반짝!"

이렇게 자꾸자꾸 외웠습니다.

자글대는 도로 가죽부대 입을 훌쳐 매놓고 어디론지 달아나 버렸습니다.

주막집에 들어가서 막걸리를 톡톡히 마시고 약간 취해서, 부대 지는 사람이 나왔습니다. 그리고

"네 눈 감감, 내 눈 반짝"

하는 소리가 가죽부대 속에서 나오는 것을 듣고

"이놈! 극락엘 가려고 염불을 하는 게냐. 염려마라. 이제 곧 극락엘 보내줄 테니까."

하면서 끙! 하고 부대를 둘러멨습니다.

가죽부대 속에서 외우고 있던 애꾸눈 질그릇 장수는 깜짝 놀랐습니다.

"여보쇼. 난 질그릇 장수에요. 여보쇼. 어딜 가는 게요? 어서 빨리 풀어주시오."

하고 애원했습니다.

그러나 가죽부대 진 사람은 질그릇 장수의 말을 들어주지 않았습니다. 그냥 가죽부대를 메고 강가에까지 가서 탁 강물에다 애꾸눈 질그릇 장수가 들어가 있는 가죽부대를 차 넣었습니다.

일 년간 이리저리로 돌아다니던 자글대는 일 년 후에 좌수 영감의 집을 찾아갔습니다. 좌수 영감네 집 사람들은 누구나 할 것 없이 다들 깜짝 놀랐습니다. 강물에 집어넣은 자글대 놈이 죽지 않고 살아 왔으니까, 오죽이나 놀랐겠습니까?

"이게 어찌 된 일이냐?"

좌수 영감은 당황해 하였습니다.

"제가 말입니다, 그 길로 곧 용궁에 가지 않았겠습니까. 어찌도 살기 좋고 재미가 나든지요. 풍악소리에 잠이 깨고 자고, 아름다운 꽃동산에서 춤을 추고, 산과 바다의 고량진미를 먹고 살아, 달이 가고 해가 가는 줄을 모른답니다. 그런데 용궁에 없는 것은 맷돌하고 솥뚜껑뿐인데요. 제가 이것들을 가져갈 겸, 장인님 장모님도 모셔가고, 형님도 모셔가고, 내 아내도 데려가려고 나왔습니다."

하고 대답했습니다. 이 말을 듣고, 좌수 영감 마누라 뭐 할 것 없이 온 집안 사람들은 기뻐하면서, 자글대를 그냥 칭찬하는 것이었습니다.

용궁으로 들어가는 날입니다. 좌수 영감하고 마누라는 맷돌을 한 짝씩 등에 지고, 큰아들은 솥뚜껑을 들고 강으로 갔습니다. 바로 자글대를 잡아넣으려다가 애매한 질그릇 장수를 차 넣은 강입니다.

좌수 영감이 맨 먼저 들어가게 되었습니다. 맷돌 한 짝을 지고 강물에 텀벙 빠졌습니다. 그리고 얼마쯤 있더니만, 꿀럭꿀럭 거품이 나오더니, 좌수 영감의 양 손이 물 밖에 나와 한참 동안 허덕허덕 허우적거리고는, 영 들어가 버렸습니다.

"저거 봐요. 아버지가 어서 들어오시라고 하시지 않습니까?"

하고 자글대가 좌수 영감의 마누라더러 말하니까, 마누라도 또 맷돌 한 짝을 지고 텀벙 하고 강물에 빠졌습니다. 큰 아들, 작은 아들, 작은 딸 모두 들어가고, 자글대하고 자글대 아내 둘만 남았습니다.

자글대 색시도 또 들어가려고 진창에서 수벅수벅 강으로 걸어갔습니다.

"너 어딜 가려는 게냐?"

하고 자글대가 물으니까,

"용궁에요."

하고 자글대 색시가 대답했습니다.

"이 못생긴 년아! 죽을 줄을 모르고 무슨 용궁? 용궁이 어떻게 생긴 게냐?"

하고 색시를 끌고 집으로 돌아왔습니다.

좌수의 식솔은 자글대 색시 한 사람만 남았으니까, 자글대가 이 집 주인이 되었습니다. 자글대는 부모님 모시고 재미있게 살았더랍니다.

[평안남도 안주군 입석]

71. 회오리바람 재판

질그릇 장수 한 사람이 질그릇을 지게에 하나 가득 짊어지고 마을로 질그릇을 팔러가다가 높은 고개를 땀을 흘리면서 겨우겨우 올라갔습니다. 질그릇 지게를 내려서 작대기로 버텨놓고, 이마에 흐르는 땀을 씻으면서 담배를 퍽퍽 빨고 앉아 있었습니다. 그런데 갑자기 난데없는 회오리바람이 휘익 하고 불어오더니, 질그릇 지게를 둘러메치질 않겠습니까? 질그릇이란 질그릇은 하나도 남지 않고, 온통 깨지고 말았습니다. 질그릇 장수는 그저 어처구니가 없어서, 멀뚱멀뚱 한참 쳐다보고 있다가, 으앙으앙 소리쳐 울었습니다. 그리고 너무도 회오리바람이 원망스럽고도 밉상스러워서, 그 고을 원님한테 가서, 재판을 하여 질그릇 값을 받아달라고 하였습니다.

"회오리바람이란 놈이 갑자기 휙 하고 불어와서 소인의 질그릇을 온통 다 부숴 버렸습니다. 질그릇 값을 받아주옵소서."

원님은 생전 처음의 난처한 고소를 받고 한참 눈썹을 찌푸리고 생각하다가, 나졸을 불러서,

"네 대동강에 나아가 올라가는 뱃사공과 내려가는 뱃사공 두 명을 잡아오너라."

하고 명하였습니다.

나졸 두 사람이 대동강에 나가니까, 돛에 바람을 하나 가득 안고 올라가는 배가 한 척 보였습니다. 두 나졸은 곧 그 뱃사공을 붙잡았습니다.

또 얼마 동안을 있으니까, 역시 돛에 바람을 하나 가득 안고 내려가는 배가 한 척 또 있었습니다. 두 나졸은 또 이 뱃사공을 붙들었습니다.

두 뱃사공은 그저 아무 죄는 없는 것 같은데, 어떤 영문인지도 모르고 붙잡혀가는 것이 어처구니없었습니다.

나졸은 두 뱃사공을 원님 앞에 끌고 갔습니다. 그러니까, 원님은 한

뱃사공에게

"넌 올라가는 뱃사공이냐, 내려가는 뱃사공이냐?"

하고 물었습니다. 그러니까, 이 뱃사공은

"네, 저는 올라가는 뱃사공이올시다."

하고 바른 대로 대답하였습니다. 그러니까, 원님은

"그러면 넌 어디로 부는 바람을 원하느냐?"

하고 뱃사공에게 물었습니다. 그러니까, 이 뱃사공은

"네, 저는 올라가는 배이옵기로, 올려부는 바람을 원합니다."

하고 대답하였습니다.

원님은 또 다른 뱃사공을 불러놓고,

"너는 올라가는 뱃사공이냐. 내려가는 뱃사공이냐?"

하고 물었습니다.

"네 저는 내려가는 뱃사공이올시다."

하고 이 뱃사공은 대답했습니다. 그러니까, 원님은 또

"그럼, 너는 어디로 부는 바람을 원하느냐?"

하고 물었습니다.

"네, 저는 내려가는 배이옵기로 내려부는 바람을 원합니다."

하고 뱃사공이 대답하였습니다.

원님은 이렇게 두 사공에게 심문을 한 다음, 목소리를 한층 더 높여

"너희 두 사공이 잘 생각하여 보아라. 하나는 올려 부는 바람을 원하고, 또 하나는 내려 부는 바람을 원하니, 올려 부는 바람과 내려 부는 바람이 마주치면 무슨 바람이 되느냐?"

하고 소리 질렀습니다.

"회오리바람이올시다."

두 사공은 무슨 일인지 모르고, 이빨을 부들부들 떨면서, 이렇게 대답하였습니다.

"그러면."

원님은 엄숙한 목소리로 말했습니다.

"그러면 회오리바람이 불어서, 이 질그릇 장수가 버텨놓고 있던 질그릇 지게가 넘어져, 질그릇이 하나도 성한 것 없이 깨어졌으니, 이놈들 이건 너희들의 죄다. 그러니까, 이 질그릇 장수에게 질그릇 값을 치러줘라."

하고 두 사공에게 호령호령하였습니다.

누구의 명이라고 거역하겠습니까? 어쩔 수 없이 애매하게 질그릇 값을 두 사람이 절반씩 나눠 치러 주었습니다.

[평안남도 강서]

72. 연이와 칠성이

옛날도 옛날, 어떤 곳에 나이 늙도록 자식을 보지 못하여 늘 근심으로 지내던 늙은 내외가 살았습니다. 이 늙은 내외는 산에 올라가서 자식을 하나 낳게 해달라고 백일기도를 올렸습니다. 그러니까, 산신령도 내외의 지성에 감복하였는지, 얼마 후에 늙은 마누라에게는 태기가 있어 달이 바뀌어 열 달이 되자, 옥 같은 아들을 낳았습니다. 늙은 내외의 기쁨은 무어라고 말할 나위가 없었습니다. 아들의 이름을 "칠성이"라고 지었습니다.

그런데 이 늙은 내외가 사는 동네에서 그리 멀지 않은 동네에, 역시 늙도록 자식을 보지 못해서 늘 쓸쓸히 지내던 내외가 살았는데, 이 내외도 역시 산에 가서 백일기도를 정성껏 정성껏 올렸습니다.

"자식을 하나 보게 해주소서."

라고요.

산신령도 이 내외의 정성에 감복하였는지, 애를 배게 하였습니다. 열 달이 지나자, 꽃으로 만든 것 같은 계집애가 생겼습니다. 이 늙은 내외의 기쁨도 역시 말로 다 할 수 없을 만큼 무척 컸습니다. 계집아기 이름을 "연이"라고 지었습니다.

연이와 칠성이는 금지옥엽같이 귀히귀히 자랐습니다. 이렇게 귀엽게 자라고 자라서 칠성이는 열여섯 살이 되고 연이는 열다섯 살이 되니까, 부모네들이 금강산 절에 공부를 보내게 되었습니다.

찰떡, 인절미, 송편, 어머님이 손수 만들어 주신 떡을 보자기에 싸서 메고, 칠성이가 금강산을 향해 가는데, 칠성이 뒤에 또 한 사람 총각이 내내 칠성이 가는 길로 따라오는 게 보였습니다. 그래 칠성이는 혼자 걸어가기 외롭기도 하여서 말이나 하면서 가리라 생각하고 잠시 서 있다가 그 총각이 지나갈 때,

"여보시오, 노형! 당신 어디를 가십니까?"
하고 물었습니다. 그러니까, 그 총각은
"네, 저는 금강산에 공부를 하러 갑니다. 당신은 어디를 가십니까?"
하고 아주 공손한 태도였습니다. 칠성이는 이 말을 듣고 기뻐하면서
"네? 금강산엘요? 저도 금강산에 공부 갑니다."

두 총각은 같은 길로, 같은 곳에 가는 동무가 생긴 것을 무척 기뻐하였습니다. 그런데 뒤에 오던 총각은 연이였습니다. 연이가 총각 모양으로 남복(男服)을 하였던 겁니다. 연이의 부모가 귀하고 귀한 연이를 금강산으로 공부 보낼 때, 계집애대로 가게 되면 좋지 못한 일이 있을까봐 일부러 이렇게 남복을 시켜 보낸 것이었습니다. 그래서 칠성이는 연이가 남복한 처녀라고는 꿈에라도 생각지 못하였습니다. 그저 저하고 똑같은 총각인 줄로만 알았죠. 연이하고 칠성이는 친형제같이 지냈습니다. 금강산에 가서 공부를 할 때도, 같은 방에서 같은 음식을 먹고 같이 자면서 공부하였습니다.

그러나 연이가 점점 장성할수록 여자 내(態)가 나는 게 칠성이 눈에는 이상도 하였습니다. 음성이니 걸음걸이니 손짓이니 모두가 칠성이 눈에는 여자같이 보였습니다. 그래서 여자인지 총각인지를 알려고 밤에 잘 때도 옷을 벗고 자자고 하였습니다.

그러나 연이는 옷을 입고 자는 것이 일어나서 얼른 공부하기도 좋다고 하면서, 끝내 벗으려고는 하지 않았습니다. 칠성이는 또 오줌을 싸서 담장 넘기기를 하자고도 하였습니다. 그러니까, 연이는 담장 안에서, 칠성이는 담장 밖에서 싸는데, 연이는 대통을 대고 오줌을 누었기 때문에 칠성이처럼 담장을 넘길 수가 있었습니다.

연이와 칠성이의 의는 참으로 두터웠습니다. 의가 두터워지면 두터워질수록 연이는 제가 남자라고 칠성이를 속이고 있는 것이 마음에 괴롭기 짝이 없었습니다. 어떤 때는 밤잠도 못 자고 괴로워했습니다. 연

이도 벌써 나이 스물이 안 되었어요?

'이제 공부를 그만두고, 아버님 어머님께 가서 허락을 받아 가지고 칠성이한테 시집을 가겠다.'

이렇게 생각하고 생각하던 끝에 결심을 하고, 밤에 칠성이가 곤하게 자고 있는 틈에 일어나서 편지를 썼습니다.

"그간 당신을 속여서 죄송 만만하나이다. 사실 저는 당신께서 생각하던 바와 같이 여자이올시다. 이대로 같이 있다가는 부모의 승낙도 없이 불효의 죄를 범할 것 같아 부모님한테 가서 당신한테 시집갈 허락을 받아가지고 올 생각입니다. 주무시는데 아무 말씀도 못 드리고 떠나는 것이 섭섭도 하고 미안 천만하오니, 부디 몸 중히 중히 여겨주옵소서."

하고 썼습니다. 이 편지를 칠성이 책상 위에다 놓고 연이는 길을 떠났습니다.

이튿날 아침 이 편지를 본 칠성이는 크게 놀랐습니다. 그리고 연이가 자기 생각하던 대로 총각이 아니고 여자인 것을 안 칠성이는 연이가 끝없이 그리웠습니다. 연이 없는 방에서는 외롭고 외로워서 잘 수도 없고 공부도 할 수 없었습니다. 참고 참고 참다 못해 칠성이는 연이를 만나러 연이 집을 찾아갔습니다.

칠성이가 연이의 집에 가서,

"이 집 아가씨를 만나게 해주십시오."

하고 하인에게 청하니까,

"총각놈이 남의 집 처녀를 만나겠다는 법이 어디 있느냐?"

하면서 종시 말을 들어주지를 않았습니다. 그래 편지를 한 장 써서 하녀에게 주면서,

"금강산 절에서 남매같이 지내가며 같이 공부하던 사람인데, 이 편지를 아가씨께 전하여 주게."

하니까, 하녀는 그 편지를 들고 안으로 들어갔습니다. 얼마 후에 하녀가 나오더니

"아씨님이 후원에서 만나시자고 하십니다."

하면서 후원으로 칠성이를 안내하였습니다.

연이는 칠성이 손을 잡고 슬프게 슬프게 울었습니다. 그리고 칠성이도 또 너무도 반가워서 자꾸자꾸 눈물을 흘렸습니다.

연이는 저고리 고름으로 그 아름다운 눈에 괸 눈물을 씻으면서,

"저의 부모님은 벌써 저를 어느 부잣집 아들과 정혼을 하여 두었습니다. 생각하온즉, 오랫동안 당신의 사랑을 받아온 이 연이는 세상에 다시 없는 행복자이오며, 반드시 당신께 시집을 갈 생각을 이 가슴 속에 가득가득 채웠는데, 일이 벌써 이렇게 되었사오니 어떻게 또 변통할 수 있겠습니까. 부모님의 명령에 불순종하면 천지간에 용납지 못할 불효녀가 될 터이오니 부득불 그 사람한테 시집을 가야겠습니다. 세상에 어디 저만 못한 여자가 있겠습니까? 훌륭하신 부인을 맞으셔서 행복하게 사시옵소서. 해님 달님 별님한테 연이는 빌겠습니다."

하고 말했습니다.

칠성이는 슬프고 슬펐습니다. 너무 너무 슬피 울다가, 칠성이는 그 날부터 병이 나서 그만 죽고 말았습니다. 칠성이가 죽을 때 아버지더러,

"제가 죽으면 연이가 시집가는 길 옆에다 묻어 주옵소서. 그리고 연이더러 술이라도 한 잔 부어 놓으라고 전하여 주옵소서."

하였습니다.

칠성이 아버지가 칠성이 말대로 연이가 시집갈 길 옆에다 무덤을 파서 눈물로 칠성이를 묻고, 연이한테 칠성이가 한 말을 전하였습니다.

연이의 슬픔은 하늘이 다 알았습니다.

연이가 시집가는 날입니다. 연이는 칠성이가 죽기 직전에 말한 것이나마 이루어주려고 신랑이 만류하는 것도 듣지 않고 가마에서 내려서

새로 묻은 칠성이 무덤에 가서 묘를 쓸어안고 흙을 파면서 안타까이 울었습니다. 이렇게 자꾸자꾸 연이가 울고 있으니까, 칠성이 무덤이 좌우로 쫙 갈라졌습니다. 연이는 날쌔게, 칠성이 무덤 속으로 뛰어 들어갔습니다. 그러니까 무덤은 다시 합장이 되었습니다.

이것을 보고 신랑은 놀라서 사람을 시켜서 무덤을 팠습니다. 파보니까, 칠성이하고 연이는 자는 듯이 가지런히 누워 있었습니다. 그리고 무덤에 안개가 뽀얗게 끼고 오색 무지개가 뻗치더니 무덤 속에서 나비 한 쌍이 나와 무지개 다리로 춤을 추면서 하늘로 하늘로 올라갔습니다. 신랑이 무덤 속을 보니까, 칠성이하고 연이의 시체는 없어졌습니다. 아까 그 나비 한 쌍이 칠성이와 연이였습니다.

칠성이하고 연이는 하늘에 올라갔습니다. 하루는 옥황상제께 가서 나비가 되어서 올라온 사연을 낱낱이 아뢰었습니다.

그러니까, 옥황상제께서도 깊이 감동하셔서

"너희들은 이제 곧 다시 세상에 내려가서 재미있게 살다가 올라오너라." 하셨습니다.

칠성이네 집에 무지개 하나 뻗고
연이네 집에 무지개 하나 뻗어
칠성이는 칠성이네 집으로,
연이는 연이네 집으로
무지개다리를 타고 내려왔습니다.

칠성이네 부모와 연이의 부모님은 꿈인가 생시인가 놀랐습니다. 그리고 기뻐들 하셨습니다.

연이 아버지는 앞서 한 일을 뉘우치고, 다시 좋은 날을 택하여 칠성이와 연이의 잔치를 크게 베풀고 부부 삼아 주었습니다. 그들은 세상에도 아름답고 의 두터운 부부가 되었습니다. 그리고 칠성이는 연이가 지성으로 차려주는 옷을 입고 서울에 올라가서 과거시험을 보았는데요, 장하게도 문무 양과에 장원급제를 하였습니다.

그런데 이 해 바로 중국의 군병이 우리나라 국경을 침입해 와서 임금님께서 크게 근심하시다가, 칠성이의 무술이 용한 것을 보시고, 칠성이를 부르시어 대병을 거느리고 가서 중국 군병을 물리치라고 분부를 내렸습니다. 그래 칠성이는 임금님의 명을 받들고 대병을 거느리고 가서 수십만의 오랑캐 군병을 물리치고 대공을 세웠습니다. 임금님은 대단히 기뻐하시고, 칠성이를 높은 벼슬에 봉하였습니다.

칠성이하고 연이는 길이길이 끊임없는 행복을 누렸더랍니다.

[평안남도 안주]

73. 해와 달 된 이야기

옛날 옛날 그 어느 아주 오랜 옛날, 어떤 곳에 한 어머니가 어린 오누이를 데리고 삯방아, 삯빨래를 해 가면서 산골 오막살이집에서 구차하게 살고 있었습니다. 하루는 어머니가 고개 너머 동네의 부잣집 잔치에 가면서,

"애들아, 내 부잣집 잔치에 가서 맛있는 것을 많이 얻어다 줄게, 싸우지 말고 잘 놀고 있어, 응? 그리고 누가 와도 문을 열어주지 말아라."

이렇게 타이르고, 어머니는 고개를 넘어 동네에 갔습니다.

어머니는 부잣집에 가서, 하루 종일 이 것 저 것 일을 보아주다가, 해가 저물락할 때 함지박에 떡과 지짐이를 많이 담아 가지고 집으로 돌아왔습니다. 그런데 숲 사이로 지나오는데, 눈이 번개 같은 큰 범이 한 놈 어슬렁어슬렁 길이 넘는 풀을 헤치고 나왔습니다.

"여보시오 여보시오, 어머니! 머리에 인 게 무어요?"

하고 범이 묻습니다. 어머니는 정직하게,

"떡도 있고 지짐이도 있다."

하고, 바른 대로 대답하였습니다. 그러니까, 범은

"여보시오 여보시오, 어머니! 그 떡을 내게 주우."

하고 아니꼬운 말을 했습니다.

"너 다 주면, 우리 애들에겐 무얼 주니? 못 주겠다."

이렇게 어머니가 말하고, 그냥 가던 길로 두어서너 걸음 걸었습니다. 그러니까, 범은

"그럼, 난 어머니 널 잡아먹겠다."

하고 시뻘건 입을 어흥 벌리고 달려오지를 않습니까. 어머니는 할 수 없이 떡과 지짐이 전부를 범에게 주어 버렸습니다.

얄미운 범은 떡과 지짐이를 다 먹어버리고는 얼른 지름길로 가서 어

머니가 다니는 길 옆에 웅크리고 있다가, 어머니가 오니까,

"여보시오, 여보시오 어머니! 어깨에 붙어서 너덜거리는 것이 무어요?" 하고 범이 또 얄미운 능청을 피었습니다.

"팔이다."

어머니가 노여움 섞인 음성으로 대답하니까,

"그럼, 왼 팔을 하나 베어 주소."

범이 또 야무진 요구를 합니다.

"팔을 베어주면 빨래는 어떻게 하고 벼는 어떻게 매니? 난 못 주겠다."

이렇게 어머니가 말하니까

"그럼 나는 어머니 널 잡아먹겠다."

하고 범이 입을 벌리고 달려옵니다.

어머니는 할 수 없이 왼 팔을 베어 주었습니다. 그리고 어머니는 눈물을 흘리면서 얼마쯤 가니까, 길가에 범 한 마리가 또 우두머니 앉아 있었습니다. 아까 그 범이 팔을 다 먹고 앞을 질러와서 다른 범인 양 시치미를 뚝 떼고 있는 것이었습니다.

"여보시오 여보시오 어머니! 어깨에 붙어서 너덜거리는 게 무어요?" 하고 범은 또 능청을 댔습니다.

"뭐긴 뭐야, 팔이지."

하고 어머니가 노하면서 말하니까,

"그 팔을 베서 날 주우!"

범은 또 남은 팔마저 달라고 하는 것이었습니다.

"너의 동무한테 떡도 빼앗기고 왼 팔까지 빼앗겼는데, 또 바른 팔마저 달라고 하는 거니? 바른 팔마저 주면 일도 못해서 우리 애들이 굶어 죽으면 어떡하니? 난 못 주겠다."

하고 어머니가 말하였습니다. 그러니까, 범은

"그럼, 난 어머니 널 잡아먹겠다."

하고 시뻘건 입을 으앙 벌리고 달려왔습니다. 그래 어머니는 할 수 없이 또 바른 팔을 베어주었습니다.

불쌍한 어머니는 두 팔을 다 빼앗기고 얼마를 가는데, 길가에 범 한 마리가 또 쭈그러뜨리고 앉아 있었습니다.

"여보시오 여보시오 어머니! 당신이 걸어가는 게 그게 무어요?"

하고 범이 또 묻습니다. 아까 그 범이 앞질러 길을 막고 다른 범인 체 시치미를 뚝 떼고 있는 것입니다.

"무어긴 무어야, 다리다. 보면서도 모르니?"

하고 노여움 섞인 말을 하니까,

"그럼, 왼 다리를 베서 주우."

범은 이렇게 또 끔찍스런 말을 했습니다.

"우리 애들이 나오기를 기다리는데, 다리를 베어 주면 어떻게 집에 가니? 너도 백수의 왕이라고 하는데, 그만한 것은 생각하겠구나."

하고 어머니가 범을 꾸지람하였습니다. 그러니까, 범은

"뭘, 외다리로 깡똥깡똥 뛰어가렴. 안 주면 난 어머니 널 잡아먹겠다."

하고 시뻘건 입을 어흥 하고 벌렸습니다. 할 수 없습니다. 어머니는 다리 하나를 베어 주었습니다. 그러니까, 밉상스런 범은 이걸 얼른 다 먹어버리고 숲 속으로 들어가서 지름길로 가서 어머니가 다니는 길가 풀 속에 앉아서 어머니를 기다리고 있었습니다. 이렇게 얼마를 있으니까, 어머니가 외다리로 깡똥깡똥 뛰어오는 것이 보였습니다. 범은 시뻘건 혀를 꺼내 슬슬 입술을 빨았습니다.

불쌍한 어머니는 범이 또 저를 해치려고 기다리고 있는 줄도 모르고, 그저 애들이 기다리고 있으려니 생각하고, 죽을 힘을 다 써가면서 가는데, 길가에 범이 한 놈 또 움크리고 있질 않습니까? 어머니는 놀라지 않을 수 없었습니다.

"여보시오 여보시오 어머니! 깡똥깡똥 어머니가 뛰어 가시는 게 뭐요?"

하고 괘씸스레 묻습니다. 이 말을 듣고, 어머니는 벌컥 성을 내면서,

"뭐긴 뭐야? 다리지. 너의 동무들한테 애들 줄 떡도 빼앗기고, 팔도 빼앗기고, 왼 다리마저 빼앗겼는데 넌 또 뭘 달라고 그러니? 외다리마저 주면 어떻게 애들한테 가란 말이니?"

하고 눈물을 흘렸습니다. 그러니까, 악하고 무심한 범은

"뭘 동실동실 굴러가렴! 우리 동무들한테도 주었는데, 나도 다리 하나를 다고. 안 주면 널 잡아먹겠다."

하고 입을 으앙 벌리고 달려드는 것이었습니다. 어머니는 할 수 없이 또 남은 다리마저 베어 주었습니다. 그리고 어머니는 동실동실 굴러서 사랑하는 애들이 기다리는 집으로 갔습니다. 악하고 악한 범은 그래도 부족하였는지 그만 불쌍한 어머니가 동실동실 굴러가는 몸뚱이를 홀딱 삼켜버렸습니다. 이렇게 하고는 범은 함지박을 머리에 이고 애들이 어머니 오시기를 기다리고 있는 집으로 갔습니다. 문 밖에서 범은,

"아가, 아가. 어머니가 고개 너머 부잣집에서 찰떡, 수수떡, 지짐이를 많이 얻어 가지고 왔다. 어서 문 열어라."

이렇게 말했습니다.

언제나 오실까, 이제나 오시려나 하고 기다리고 기다리고 있던 오누이는 어머니란 소리를 듣고, 너무나 기뻐서 벌컥 달려가서 문을 열려고 하였습니다. 그러나 어머니가 하시던 말씀

"누가 와서 찾으면 얼른 문을 열어주지 말아라. 목소리를 잘 들어보고 어머니 목소리래야 열어줘라."

하신 말씀을 생각하고,

"어머닌가 어머니 아닌가 알게, 또 한 번 말해보소."

하고 오라비애가 말했습니다. 그러니까, 범은 앞발로 목을 꼭 잡아쥐고,

"아가 아가, 어머니가 고개 너머 부잣집에서 찰떡, 수수떡, 지짐이를 많이 얻어 가지고 왔다. 어서 문을 열어라."

하고 사람의 음성을 시늉했습니다. 그러나 그 목소리는 왕왕 우렁찬 게 부드러운 어머님 목소리와는 아주 딴 판이었습니다.

"우리 어머니 목소린 아니요. 문 열어주지 못하겠소."

하였습니다. 그러니까, 범은

"부잣집에서 지짐이를 지지느라고 숯 냄새를 먹어서 그렇다. 어서 문 열어라."

하고 다질렀습니다.

"그럼, 손을 들이밀어 보소. 우리 어머니 손인가 보게요."

하고 오누이가 말하니까, 범은 창구멍으로 손을 쑥 들어밀었습니다. 털이 부시시 난 험상스런 손입니다.

"우리 어머니 손은 아니오. 우리 어머니 손엔 그렇게 털이 많지 않소."

하고 오누이는 말하였습니다. 그러니까, 범은

"아가 아가, 그 집에서 벼를 매느라고 풀이 묻어서 그렇다. 어서 문 열어라."

하고 말했습니다. 그러나 오누이는 문을 열어 주지 않았습니다. 그리고 사내애가 문창 구멍으로 내다보니까, 놀랍게도 커다란 범이 한 마리 문 앞에 쭈그리고 앉아 있질 않습니까. 너무너무 무섭고 무서워서, 아악 소리가 막 목구멍으로 나오려는 것을 얼른 입에다 손을 꽉 덮어서 소리를 내지 않았습니다. 소리 내면 범이 알고 무슨 짓을 할지 모르니까요.

"이제 곧 문을 열어 드릴 테니까요. 잠깐만 기다리셔요."

이렇게 말하고, 어린 오누이는 뒷문으로 빠져나가서 집 뒤 우물 옆에 있는 큰 나무 위로 올라갔습니다. 이것을 모르는 범은 이제야 문을 열어주겠지 하고, 기다리고 있었으나, 문이 열리기는커녕 집안에서는 바삭 소리도 나질 않았습니다. 그래 범은 이상히 생각해서 문창 구멍으로 집안을 들여다보았습니다. 그러니까, 집안에는 아무도 없고, 뒷문이 열려 있질 않습니까?

“야, 이거 봐라! 요놈의 자식들이 도망질 쳤구나.”

범은 벌컥 성이 나서 와드덕 와드덕 문을 뜯어 열고 집안에 달려들어가서, 반닫이 뒤에랑 부엌을 모조리 다 찾아보았으나, 없으니까 뒷문을 차고 집 뒤쪽으로 달려 나갔습니다. 그런데 범이 집 뒤에 있는 우물을 지날 때 우물 속을 들여다보니까, 우물 속에 오누이가 들어 있는 것이 보였습니다.

나무 위에 올라가 있는 것이 우물 속에 비치었던 것입니다. 그러나 미련한 범은 우물 속에 들어가 있는 줄로만 아는 것입니다.

범은 ‘저 놈의 새끼들을 잡아먹어야겠다.’ 이렇게 속으로는 생각하면서도, 음성을 아주 부드럽게 하여 가지고 우물을 내려다보면서,

“얘들아 얘들아, 어서 나오너라. 우물에 빠져 죽으면 어떡하니? 아가, 어서 나오너라.”

하고 제법 타이르는 것이었습니다.

나무 위에서 내려다보고 있던 오누이는 이렇게 범이 능청대는 것이 우습기가 짝이 없었습니다. 사내애는 금방이라도 터져 나오려는 웃음을 참았습니다. 그러나 어린 누이동생은 끝내 참지를 못하고, 그만 깔깔깔 웃어버렸습니다.

범은 뜻밖에도 나무 위에서 웃음소리가 들리기에, 놀라면서 낯짝을 쳐들어 올려다 보았습니다. 오누이가 저를 내려다보면서 웃고 있는 것이 보였습니다. 범은 이것을 보고 짜증 부아가 났습니다. 그러나 성을 꾹 참고,

“얘들아 얘들아, 나도 좀 올라가게 해 주렴. 너희들 어떻게 올라갔니?”

하고 물었습니다.

“앞집에 가서 조금, 뒷집에 가서 조금, 참기름을 얻어다가 나무에

바르고 올라왔다.”

이렇게 오라비 애가 말했습니다. 그러니까, 범은 기뻐서 앞집에 가서 조금, 뒷집에 가서 조금 참기름을 얻어다가 털북숭이 발로 기름을 슬슬 나무에 발랐습니다.

이렇게 번질번질 발라놓고, 나무 위로 올라가서 애들을 잡아먹으려고 하였습니다. 그러나 아무리 애를 써서 올라가려고 해도 주루룩 미끄러만 지지, 도무지 올라갈 수가 없었습니다. 미련하고 미욱한 범이 아닙니까. 기름을 바르면 줄줄 미끄러지지, 어떻게 올라갈 수가 있겠어요. 그러나 악하고 미욱한 범은 그냥 올라가 보려고 자꾸자꾸 애만 썼습니다. 그렇지만 주루룩주루룩 미끄러지기만 하였습니다. 범은 제가 오라비 애한테 속은 줄을 알았습니다.

뭐, 그저 뱃속에서야 쿨덕쿨덕 죽 끓듯 성이 났습니다. 그러나 성난 빛을 보이면 애들이 무서워서 안 알려줄까 봐 성을 꾹 참아가면서 이마의 땀을 씻고,

“애들아 애들아, 나도 좀 올라가 보자구나. 어떻게 올라갔는지 좀 가르쳐주렴.”
하고 애걸하듯이 말했습니다. 어린 누이동생은 범을 불쌍하게 생각했습니다.

“앞집에서 도끼를 얻어다가 발거리를 파고 올라왔다.”
하고 그만 바른 대로 일러주었습니다.

범은 도끼로 발거리를 파고 조금조금 올라와서 오누이가 있는 데까지 거의 다 올라왔습니다. 범이 만일 다 올라오는 날에는 오누이는 범한테 잡혀 먹힐 수밖에 없습니다. 그래서 어린 오누이는 그저 이빨을 부들부들 떨고 있었습니다.

범은 자꾸 올라와서 오누이가 앉아 있는 나뭇가지까지 두어서너 자밖에 안 되는 데까지 올라왔습니다. 어린 오누이는 하느님께 빌기 시

작했습니다.

"하느님 하느님! 우리 오누이를 불쌍히 생각하시고, 동아줄을 내려 보내 주옵소서."

하고 정성으로 정성으로 빌었습니다. 그러니까, 하늘에서도 오누이를 불쌍히 여기셨는지 기다란 동아줄이 하늘에서 줄줄 내려왔습니다. 오누이는 이 동아줄을 몸에 동여매고 하늘로 올라갔습니다.

범은 낑낑 올라오니까, 오누이 애들이 하늘로 올라가버리고 없자 어안이 벙벙해졌습니다. 그러나 범은 실망을 하지 않았습니다. 오누이 애들에게 밧줄을 내려 보냈으니까, 저한테도 밧줄을 내려보내 주리라 범은 생각하였습니다.

"하느님 하느님! 저도 저 애들처럼 하늘에 올라갈 수 있도록 동아줄을 내려보내 주옵소서"

하고 범은 기도를 올렸습니다. 하늘에 올라가서 오누이를 잡아먹으려고 뱃심을 악하게 먹었던 것입니다.

범이 하느님께 기도를 올리고 한참 동안 있으니까, 과연 또 기다란 동아줄이 하늘에서 내려왔습니다. 그러나 이 동아줄은 오누이에게 내려보낸 것과 달라서 썩은 줄이었습니다.

이런 줄 모르는 미련한 범은 기뻐하면서, 그 동아줄을 허리에 휘휘 동여매고 하늘로 올라갔습니다. 그런데 둥둥 떠올라가다가, 하늘 중간쯤 갔을 때, 이 동아줄이 그만 탁 하고 끊어지고 말았습니다. 이 바람에 범은 수수밭에 툭 떨어져서 수숫대 그루에 똥구멍이 꽂혀서 죽고 말았습니다. 지금도 수수나무에 불긋불긋 빨간 점이 있는 것은 그 때 범이 떨어져 죽을 때 튄 피가 수수깡에 묻어서 그렇다고 합니다.

그런데 하늘에 올라간 오누이는 하루는 하느님이 부르셔서 하느님 앞에 갔습니다. 그러니까, 하느님이

"이 하늘나라에서는 누구나 그저 놀고 있는 사람은 한 사람도 없다.

무엇이나 한 가지 일을 가져야 한다. 그러니까, 너희들도 무슨 일이든지 맡아서 해야겠다."

하시면서 누이동생은 달이 되어서 어두운 밤에 세상을 밝혀주고, 또 오라비는 해가 되어서 세상 만물에 빛을 주도록 하라고 하시면서, 각각 직분을 정해주셨습니다. 그런데 달이 된 누이동생은 어두운 밤에 나와 보면 산에 있는 범이 어흥 어흥 하는 게 무서워서 하느님께 오라비와 바꿔 달라고 해서 해가 되었습니다. 지금 해와 달은 이 오누이랍니다. 그런데 해가 된 누이동생은 이번엔 또 사람들이 자꾸 쳐다보는 게 수줍어서 쳐다보지 못하게 하느라고 광선을 아주 세게 하였습니다. 지금 우리가 해를 쳐다보려면 눈이 부시고 시어서 오래 보지 못하는 것은 이 탓이라죠.

[평안남도 안주군 입석]

74. 꿀 강아지

옛날도 옛날, 어떤 곳에 아주 가난하여 재산이라고는 솥뚜껑 한 개밖에 없는 사람이 살았답니다.

솥뚜껑을 등에다 짊어지고 이리저리로 밥을 빌어먹으면서 돌아다니다가, 하루는 어떤 산을 지나게 되었습니다. 그런데 산 가운데쯤 가서 해가 뚝 떨어져서 사방이 어둠컴컴하여서 길을 더 갈 수가 없게 되었습니다. 그래 할 수 없이 바위 아래에서라도 하룻밤을 보내고 가리라 생각하고, 솥뚜껑을 내려놓고, 바위틈에 솔가지를 꺾어다가 자리를 만들고, 그 위에 드러누웠습니다. 옛날부터 이 산은 범 많기로 이름난 산이었습니다. 이 사람이 드러누워서 좀 있는데,

어디선지 "어흥!" 하는 하늘이 무너질 듯한 소리가 들리더니, 아 송아지만한 호랑이란 놈이 한 놈 산 위에서 뛰어내려오다가, 그만 바위를 부수어서 골이 터져서 죽고 말았습니다.

이튿날 아침 이 사람은 그 죽은 범을 지고 고개를 넘어 동네에 갔습니다. 동네 사람들은 범 구경을 하러 많이 모여들었습니다. 이 사람은 동네 사람들에게 솥뚜껑을 가리키면서 이렇게 말했습니다.

"이 솥뚜껑은 우리 집에 대대로 조상 적부터 내려오는 보물이외다. 이 솥뚜껑을 범 있는 산에 가서 떼굴떼굴 굴리기만 하면, 범이란 놈들이 그저 골들이 깨져서 죽곤 합니다."

동네 사람들은 이 말을 듣고, 솥뚜껑이 욕심나기 한량없었습니다. 돈 있는 사람은 돈을 많이 내놓으면서 그 쏱뚜껑을 사자고 하였습니다. 그러나 이 사람은

"아뇨. 팔 수 없습니다. 대대로 내려오는 가보를 어떻게 팝니까? 못 팔겠소."

이렇게 거절하곤 하였습니다.

거절을 당하면 당할수록 더욱 더 욕심나는 것이 사람의 마음입니다. 그날 밤 동네에서 제일가는 부자가 남들 몰래 와서 돈을 아주 많이 내놓고 꿇어 엎드려서 절을 꾸뻑꾸뻑하면서 그 솥뚜껑을 팔아달라고 애걸하였습니다. 이 사람은

"이 솥뚜껑은 팔 수 없는 보물이오나, 당신이 그와 같이 정성껏 부탁하시니, 나도 사냅니다. 남의 정성을 몰라봐서야 되겠소. 팔아드리죠."

하고 마지못해서 파는 듯이 돈을 많이 받고 그 솥뚜껑을 부자에게 주었습니다.

이렇게 몇 푼어치 못 가는 뚜껑을 많은 돈에 팔고 이 사람은 이 돈으로 집도 사고 아내도 맞아다가 살림살이를 차려놓았습니다.

글쎄, 솥뚜껑으로 어떻게 호랑이를 잡을 수가 있겠습니까? 솥뚜껑을 수만 냥 주고 산 부자는 호랑이를 잡으러 갔다가, 호랑이를 잡기는커녕 하마터면 호랑이한테 잡혀 먹힐 뻔하고, 겨우 살아 돌아왔습니다.

이렇게 속고 보니, 분하기가 짝이 없었습니다. 부자는 솥뚜껑을 판 놈을 당장에 찔러 죽인다고 하면서, 시퍼런 칼을 들고 솥뚜껑을 속여서 판 사람 집에 갔습니다.

그런데 솥뚜껑 판 사람은 부자가 칼을 들고 자기를 죽이러 올 줄 미리 알고, 아내와 서로 짜고 뒷뜰 살구나무 가지에 떡을 해다가 가지가지에 매달아 놓고 또 강아지에게 밥 같은 것은 절대로 먹이지 않고 꿀만 자꾸 먹였습니다. 이렇게 해놓고 있으니까, 아닌 게 아니라, 미리 생각했던 것과 같이 부자가 씩씩거리면서 저 편에 오는 것이 보였습니다. 부자 영감이 마당가에까지 왔을 때, 이 사람은 문을 열고 뛰어나가면서,

"에구, 이거 주사님이 수고스레 오십니다 그려! 방은 누추하지만, 자어서 들어가십시다."

하면서 반가운 듯이 손을 끌고 들어갔습니다. 이렇게 의외의 대접을

받고 단번에 막 그놈을 찔러 죽이겠다던 부자의 결심은 어디론지 날아가 버리고, 그저 눈이 뚱그래서 솥뚜껑 판 사람의 낯을 쳐다보고만 있었습니다.

솥뚜껑을 판 사람은 아내더러

"이 사람! 주사님이 모처럼 찾아오셨는데, 거 뒷뜰에 가서 떡나무에서 떡을 좀 따오고 꿀 강아지도 가져오게나그려."

하고 아내더러 말했습니다. 그러니까, 이 사람의 아내는 뒷문을 열고 나가더니, 인절미 송편이 주렁주렁 달린 나뭇가지를 꺾어 가지고 들어왔습니다. 그리고 사발에다 그 떡을 뚝뚝 따서 담았습니다.

"변변치 않사오나, 하나 잡수어보십시오."

하면서 권하였습니다. 그러니까, 솥뚜껑을 속아서 산 부자 영감은

'하, 세상에는 이상한 나무도 다 있군 그래. 떡이 열리는 나무가 있구만, 떡이.'

이렇게 속으로 생각하면서 우두커니 떡을 쳐다보고 있으니까, 솥뚜껑을 판 사람의 아내가 또 강아지를 한 마리 안고 들어오더니, 강아지 입을 사발에다 대고 강아지 배를 꾹 눌렀습니다. 그러니까, 강아지 입에서 꿀이 주루룩 나왔습니다.

솥뚜껑 판 사람은

"자 자, 어서 이 꿀을 발라서 잡수세요."

하면서 권하였습니다. 그래 부자 영감이 이상히 생각하면서 강아지 입에서 나온 꿀이라는 걸 슬쩍 떡에 발라서 먹어보니까, 과연 꿀이 아닙니까. 부자는 깜짝 놀랐습니다. 그리고 그 꿀 강아지가 욕심나기 짝이 없었습니다.

부자 영감은 솥뚜껑을 호랑이 잡는 것이라고 속여서 판 사람더러 돈을 많이 줄 테니, 제발 꿀 강아지를 팔라고 사정하였습니다.

"아녜요. 그것만은 정말 못 팔겠습니다. 세상에 없는 강아지를 돈을

아무리 준다기로 어떻게 팔겠습니까? 못 팔겠어요."
하고 거절하니까, 부자는 그냥 자꾸 사자고 하였습니다. 너무 자꾸 사자고 졸라대는 고로, 이 사람은 못 견디는 체하면서 돈을 수만 냥 받고 강아지를 내어주었습니다. 부자는 기뻐하면서 강아지를 가슴에 안고 집으로 돌아갔습니다.

이튿날이 바로 이 부자의 생일이었습니다. 부자는 친척들과 친구들을 많이 청했습니다. 특별한 음식을 대접할 테니, 만사를 제치고 오라고들 하였습니다. 그리고 많은 손님을 대접하려면 많은 꿀이 필요할 게라고 꿀을 많이 뱉도록 강아지에게 밥을 그냥껏 많이 먹였습니다.

사람들은 많이 모였습니다. 부자 영감은 세상에 없는 것을 대접하는 게 자랑스럽기 짝이 없었습니다. 여러 사람들도 무슨 특별한 음식이 나오는가 하고, 음식 나오기만 고대고대 기다렸습니다. 맨먼저 떡이 나왔습니다. 그 다음에는 빈 접시가 한 개씩 한 사람 한 사람 앞에 놓였습니다.

그리고는 주인 부자 영감이

"여러분! 아마 여러분은 이런 꿀은 평생에 잡수어보시지 못하셨을 것입니다. 며칠 전 아무 데서 수만 냥 돈을 주고 사온 강아지인데, 이 강아지는 꿀을 뱉는 강아지올시다. 많이는 못 드리나 맛이라도 보아주시오."
하면서 강아지 입을 접시에 대고 강아지 배를 꾹 누르곤 하였습니다.

밥을 그냥껏 배 터지게 먹은 강아지라, 이렇게 배를 누르면 뱃속에 차 있던 꺼먼 것이 쪼르럭 하고는 나오는 것이었습니다. 이렇게 한 사람 한 사람 죄다 나누어 주었습니다. 여러 사람들은 이것을 보고 이상하기 짝이 없었습니다. 꿀이라는 것이 어찌 그리 냄새가 역합니까? 그러나

"강아지 꿀이라니까, 냄새도 유별하겠지."

이렇게들 생각하고 모였던 사람들은 그 강아지 꿀에 떡을 꾹꾹 찍었습니다. 부자는 자랑스럽다는 듯이 벙글벙글 웃고 있었습니다.

아차차!

강아지 꿀을 바른 그 떡을 먹으려고 입에 집어넣었다가는 도로 모두들 뱉어 팽개치질 않습니까? 사람들은 모두 노한 눈으로 부자 영감을 흘겨보는 것입니다.

"아무리 무지막지한 놈이기로서니 개똥을 먹이는 법이 어디 있단 말이야."

하면서들 크게 노하여 다들 돌아가 버렸습니다. 부자 영감의 창피란 말이 아닙니다.

부자 영감도 놀라서 떡에 찍어서 먹어보니까, 과연 꿀이 아니고 냄새가 아주 고약한 개똥이었습니다.

부자 영감은 머리털이 빳빳 일어설 만큼 노하였습니다. 그리고 개똥 강아지를 꿀 강아지로 속여 판 놈을 당장에 찔러 죽인다고 하면서, 시퍼런 칼을 들고 꿀 강아지 판 사람의 집으로 달려갔습니다.

개똥강아지를 꿀 강아지로 팔아먹은 사람은 미리부터 부자 영감이 칼을 가지고 자기를 죽이러 올 줄 알고, 아내와 서로 짜고 명주로 기다란 부대를 만들어 거기다 소 피를 넣어서 아내 허리 둘레에 감았습니다. 이렇게 해놓고 창구멍으로 내다보니까, 과연 부자 영감이 헐떡거리면서 번쩍번쩍 빛나는 칼을 들고 달려오는 것이 보였습니다. 그러니까, 개똥강아지를 꿀 강아지로 팔아먹은 사람은 집안에서 아내를 때리는 시늉을 하면서 큰 목소리로

"이 년을 당장에 찔러 죽여야겠다. 이런 화냥년을 살려두진 못하겠다."

하고 외치면서 시퍼런 칼로 아내의 배를 쿡 찔렀습니다. 그러니까, 피가 콸콸 나오면서 이 사람의 아내는 그만 엎드러져서 죽어 넘어졌습니다.

사실은 죽은 것이 아니고, 부대에 넣었던 소 피가 나오니까, 죽어

넘어진 체하고 있는 것이었습니다. 꿀 강아지라고 개똥강아지를 속여서 판 사람을 죽이러 왔던 부자 영감은 이것을 모르고 깜짝 정신을 잃어버리고 무서워서 이빨을 벌벌 떨고 서 있습니다.

"여보 여보, 이게 웬 일이요. 사람을 죽였소그려."

이렇게 부자는 떨리는 목소리로 말하였습니다.

"뭐요, 괜찮아요. 이 년을 좀 혼내느라고 한 것입니다."

"혼내다니요? 사람을 죽이곤 혼이 다 뭐요. 혼내는 것도 분수가 있잖소?"

이렇게 부자 영감이 말하니까, 개똥강아지를 꿀 강아지로 팔아먹은 사람은 가슴 속에서 칼을 하나 꺼내더니, 죽어 넘어진 아내의 배를 또 한 번 쿡 찔렀습니다. 그러니까, 이거 봐요. 금방까지 죽었던 아내가 부슬부슬 일어나지 않습니까요. 부자 영감은 깜짝 놀라지 않을 수 없었습니다. 그리고 그게 무슨 칼이냐고 개똥강아지를 꿀 강아지로 판 사람한테 물었습니다.

"이거 말이요? 이 칼은 죽은 사람을 한 번 쿡 찌르면 죽은 사람이 도로 살아나는 칼이외다."
하고 이 사람이 대답하였습니다.

부자 영감은 그 칼이 또 욕심나서 돈을 수만 냥 주고 샀습니다. 그리고는 집에 돌아가서 식칼로 아내, 아들, 딸들을 모조리 찔러 죽였습니다.

이웃 사람들이 사람 살리라는 소리를 듣고 뛰어와서 보니까, 이 모양이 아닙니까. 그리고 부자는 시퍼런 칼을 들고 벙글벙글 웃고만 있잖아요.

"저 놈이 요전엔 개똥을 꿀이라고 하더니, 이제 정말 미쳤나 보다."
하면서 동네 사람들이 붙들라고 하였습니다. 그러니까 부자 영감은 하하하 웃으면서

"여러분, 걱정 마소. 이 칼로 이제 도로 살리니 봐요."

하더니 가슴속에서 꺼낸 칼로 죽어 넘어진 아내, 아들, 딸의 배를 쿡쿡 찔렀습니다. 그러나 살아나지는 않았습니다. 피만 더 자꾸 흐를 뿐이었습니다. 그러니까, 이제는 정말 부자 영감이 미친 것 같았습니다.

"내가 죽어도 그 놈을 기어이 죽이고야 죽겠다."

고 하면서 버선발로 죽은 사람 살리는 칼을 판 사람한테 갔습니다. 그러나 이 사람은 미리부터 부자 영감이 자기를 죽이려 올 줄 알고, 아내하고 서로 짜고 집 뒷편에 무덤을 하나 파고 그 무덤 속에 들어가 있었습니다.

부자가 헐떡 헐떡 하면서 칼을 들고 와 보니까, 어찌된 일인지 그 집 아내가

"아이구 아이구!"

방바닥을 치면서 울고 있지를 않습니까.

"네, 사내놈 어디 갔어?"

하고 부자 영감이 물으니까,

"아이구 아이구, 주사님이 하루만 더 빨리 오셨더면 반가이 만나보실 걸, 아이구 아이구 어제 저녁 그만 돌아가셨으니, 이 일을 어떻게 합니까? 아이구 아이구!"

하면서 목을 놓고 울었습니다.

"그럼, 그 놈 파묻은 묘가 어디메냐?"

고 부자가 물으니까, 아내가 뒷산에 데리고 가서 저게 우리 남편 무덤이라고 하면서, 새로 흙을 덮은 무덤을 가리켰습니다. 그래 부자 영감이 낯이 맷돌짝 만해져서 가보니까, 묘 위에 좁은 구멍이 하나 뚫어져 있었습니다. 이 구멍은 묘 속에 들어가 있는 죽은 사람 살리는 칼을 팔아먹은 사람이 숨을 쉬느라고 판 구멍이었습니다. 이 구멍을 보고 부자 영감은

"에끼, 이 놈의 묘에 똥이라도 싸주고 가자."
하면서 똥구멍을 그 구멍에다 갖다 댔습니다. 그러니까, 묘 속에 있던 꾀 많은 사람이 화롯불에 달구었던 시뻘건 인두를 그 구멍으로 쑥 내밀었습니다. 그러니까, 부자는 똥구멍을 인두에 데어서, 그저 막 아파서 겅둥겅둥 뛰면서
"에쿠 에쿠, 이 놈 봐라! 이 놈은 죽어서도 사람을 혼내누나!"
하면서 달아났습니다.

부자 영감은 그 후로는 두 번 다시는 오지 않았습니다.

이 사람은 아내와 같이 재미있게 한 세상을 살았더랍니다.

[평안남도 숙천]

75. 까치의 보은報恩

옛날도 옛날, 젊은 총각 한 사람이 있었습니다. 이 사람은 활을 아주 잘 쏘았기 때문에, 근방 사람으로서 이 사람을 모르는 사람은 별로 없었습니다.

이 사람이 하루는 활을 어깨에다 걸머메고 사냥을 하러 산으로 갔습니다. 그런데 한 곳을 지나는데, 깨액깨액 깨액 까치가 요란스레 짖고 있는 소리가 들렸습니다.

"까치가 왜 저렇게 요란스레 짖어댈까? 귀청이 떨어지겠네."

이렇게 이 사람은 혼잣말을 하면서, 까치가 짖고 있는 나무를 쳐다보니까, 까치 한 마리가 나무 위 아래로 올라갔다 내려왔다 하면서 죽을 것같이 깍깍 깍깍깍 안타까워하는 것이 보였습니다.

이것을 본 이 사람은 하도 이상해서 유심히 바라다보니까, 아, 끔찍스레 커다란 구렁이 한 놈이 나무 위 까치집 속에 있는 까치 새끼 두 마리를 잡아먹으려고 구불구불 기어 올라가는 것이 보였습니다. 이 사람은 까치가 미칠 듯이 안타까워하는 이유를 알았습니다.

'어미 까치가 불쌍하군!'

이렇게 이 사람은 생각하고, 활을 잘 겨누어서 그 구렁이를 쏘았습니다. 그러니까, 구렁이는 머리를 맞아 골이 부서져서 죽어 떨어졌습니다.

이것을 보고 금방까지 죽을 것같이 깍깍깍 짖어대던 까치는 곧 까치집에 올라가더니, 곧 또 휙 날아 내려와서, 이 사람의 머리 위를 휘휘 도는 것이었습니다. 말을 할 줄 모르는 까치는 이것이 감사하다는 뜻을 표하는 것인 게지요.

이렇게 까치는 이 사람이 수풀 속으로 자취를 감출 때까지 빙빙 떠다니다가, 새끼들이 있는 까치집으로 돌아갔습니다.

이 일이 생긴 때부터 몇 년이 지난 후의 어떤 날 일입니다. 이 사람이 길을 가다가 수풀을 지나는데, 어느덧 해가 저물어서 사방이 어두컴컴해졌습니다. 어디 집이나 보이지 않나 생각하고 두런두런 사방을 살펴보니까, 과연 숲 사이로 반짝반짝 불빛이 보였습니다.

"옳다, 저기 불이 뵈는구나. 저 집에 가서 하룻밤을 신세지고 가야겠다."

생각하고 그 집을 찾아가서, 문 밖에서

"주인장, 안에 계십니까?"

하고 소리 지르니까, 집안에서

"네."

하고 문을 열고 나오는 것은 아주 예쁘게 생긴 젊은 색시였습니다.

"황송하오마는, 전 길을 가던 사람이온데, 날이 저물어 해가 져서 길을 더 가지 못하여, 하룻밤을 처마 밑에서라도 재워 주십사 하고 왔습니다."

하고 은근한 태도로 말하였습니다.

"네, 그러십니까. 집은 누추합니다만, 그럼, 어서 염려 마시고 들어오셔서 주무십시오."

하고, 그 여자가 쾌히 승낙을 해주는 것이었습니다.

이 사람이 집안에 들어가 보니까, 아까 그 색시 한 사람밖에는 아무도 없었습니다.

'이상도 하다. 이런 깊은 산골 외딴 집에 색시 혼자서 산다는 게 수상도 하다.'

이렇게 이 사람은 속으로 생각하고 있는데, 색시는 부엌에 내려가더니 시장했겠다고 하면서 밥을 차려 주는데, 보니까 그것은 쌀밥이 아니고 속새 밥이었습니다.

이 사람은 몹시 수상쩍었습니다. 그러나 그런 빛은 조금도 보이지 않고 먹는 시늉을 하다가, 주발 뚜껑을 덮어서 상을 밀어놓았습니다.

그리고는

“실례옵니다만, 당신은 아직 나이 젊으셨는데 어찌 이 같은 산골 외로운 집에서 외로이 사십니까?”

하고 물어보았습니다. 그러니까, 금방까지 얌전하게 젊은 여자인 체하고 있던 그 색시가 양 눈에 찍 핏줄기를 세우고 눈썹을 쳐 올리고 무서운 낯을 짓고는,

“나는 네가 수 년 전에 활로 쏘아 죽인 구렁이의 아내다. 이때껏 네가 오기를 기다리고 있었는데, 오늘에야 네가 왔구나. 나는 너를 발가락, 손가락, 귀, 코를 싹둑싹둑 잘라먹고 팔 다리 다 먹고, 네 몸뚱이를 홀딱 삼켜 먹겠다.”

라고 하였습니다.

이 말을 듣고, 이 사람은 온 몸에 소름이 돋고, 심장은 두근두근 뛰놀 대로 뛰놀아 콩알 만하게 되었습니다.

몇 년 전에 까치집으로 기어 올라가는 구렁이를 쏘아 죽인 원수를 갚겠다고 하는 것입니다.

구렁이 색시는 말을 또 계속하였습니다.

“그러나 이제 곧 너를 잡아먹을 수는 없다. 우리 집 뒤에 수천 년 묵은 절이 있는데, 그 절은 백 년 전부터 모두 허물어지고, 지금은 종각(鐘閣) 하나만 남아 있는데, 사람은 아무도 없다. 그런데 이 절에서 우리 집 집터를 빌려줄 적에 아무 거나 잡아먹으려면 야반삼경이 되어 종소리가 나지 않아야 잡아먹지, 그렇지 않고 종소리가 세 번 났는데도 불구하고 남을 해하면 법력(法力)으로써 너희들을 몰살시키리라는 다짐이 있었던 까닭에, 너도 삼경이 지나면 죽을 줄 알아라. 그런데 만일 종소리가 나면 그 때는 할 수 없다. 너를 살려주마.”

이렇게 말하고는, 스르르 색시가 갑자기 큰 구렁이가 되어 꼬리를 도사리고 눈을 부릅뜨고 혀를 날름날름하면서 이 사람을 노려보고 있

었습니다. 이 사람은 기가 막히느니 무어니 그저 무서워서 치를 부들부들 떨고 있을 뿐이었습니다.

'백 년 전부터 인적이 끊어진 그 절에서 오늘밤 삼경에 종소리 날 일은 만무하구나. 나는 여기서 구렁이 밥이 되는가.'

이 사람은 이렇게 생각하고, 죽을 때를 기다릴 뿐이었습니다.

때는 점점 닥쳐옵니다. 삼경 때가 다다르게 되니까, 몸둥이를 도사리고 있던 구렁이는 이 사람을 잡아먹으려고 슬레슬레 틀어놓았던 몸을 풀기 시작하였습니다. 이 사람은

'이제는 죽었구나.'

이렇게 생각하고, 눈을 꾹 감고 있었습니다. 온 몸이 오그라드는 것이 저리기 짝이 없었습니다.

구렁이가 막 크고 널따란 입을 벌리고 다가올 때입니다.

"때앵!"

하는 종소리가 집 뒤에서 처량하게 들려 오질 않습니까. 이 사람도 놀라고, 구렁이도 놀랐습니다. 이 사람은 눈을 번쩍 뜨고 구렁이는 주춤하고 벌렸던 입을 다물었습니다. 조금 사이를 두고 또

"때앵!"

하고 종이 울렸습니다. 사람이 없어진 이후 백 년 동안 한 번도 울리지 않던 종소리가 나니, 이상도 합니다. 또 다시 종이

"때애앵!"

하고 세 번째 울렸습니다. 그러니까, 구렁이는 어디론지 슬레슬레 없어져 버렸습니다. 구렁이가 나간 뒤에는 방바닥에 빗방울 같은 것이 떨어져 있었습니다. 구렁이의 눈물입니다.

이 사람은 살아났습니다. 그런데 대체 이게 어찌된 일이겠습니까? 이 사람은 이상히 생각하면서도 감사한 마음을 가득 품고 밤이 새기를 기다리고 있다가 먼동이 훤하게 트자, 절에 올라가 보았습니다. 보니

까 커다란 종 아래에 까치 세 마리가 주둥이들이 부서져서 피를 흘리고 죽어있는 것이 보였습니다.

이 세 마리 까치는 수 년 전에 이 사람이 구렁이한테 죽을 것을 구렁이를 쏘아서 생명을 구해준 그 까치들이었습니다. 까치는 이 사람이 거의 죽게 된 것을 알고 세 마리가 종 있는 데를 가서 멀찍이서 가지런히 날아가서는 주둥이로 종을 쪼곤 쪼곤, 세 번을 쪼아 종을 울려 이 사람을 구하고는 그만 주둥이가 부서져서 죽은 것이었습니다.

[나의 기억]

박영만의 조선전래동화집 원문

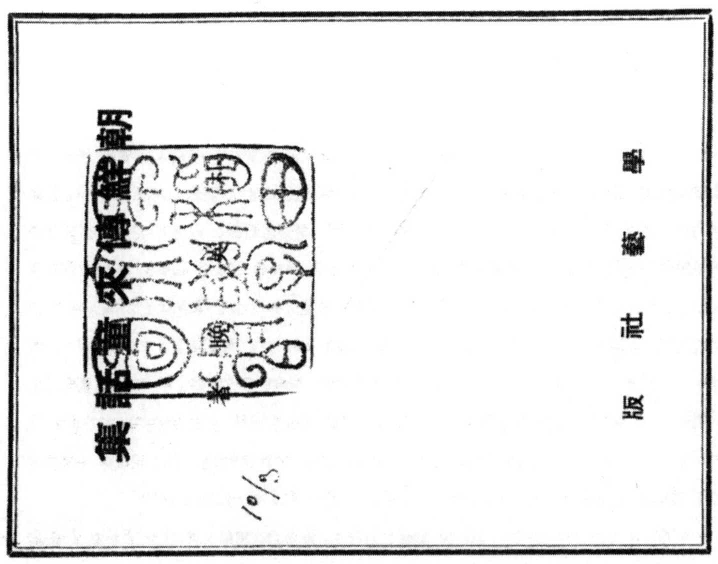
朝鮮傳來童話集
學藝社版

序

무릇 人類의 참답고 숨김없는 心的表現은 그들이 遼遠한 옛날에서 悠久한 未來에 傳承하여 가는 神話와 傳說과 童話일것이다。 人類의 文化는 或 傳播하여 그潮流의 交叉로서 互相關聯도 맺지않는데도 없지마는 一方으로는 어떠한 特殊한 地理的環境이 굿세게 感化되어 限定한 그地域의 人類만이 獨特한 共鳴과 憧憬을 가지는것은 全世界를 通하야 頗多한 類例를 發見하는것이다。 그러므로 우리는 모든 文化科學의 基礎的學問으로 이것에 留意하여야 되는것은 번연히 아는 배였음에도 不關하고 即 다시말하면 그研究부터 먼저 着手開拓하여야 될것인데 모름즉이 그浩瀚한 範圍와 不少한 努力과 許多한 時日이 앞을막어못처럼내는 勇氣도 挫折하여 온것이다。 그러면서 우리는 매양 時代의 潮水는 能히 손바닥으로 막지못할만치 닥처와서 傳承하여오는 이들 神話·傳說·童話가 날노 새옷을입고 자칫잘못하면 그참 形態를 잃게됨을 몸소 經驗하고 지망 어떻게 해야지해야지하고만 茫然한 時日을 虛送하여왔다。

이때에차에 學界의 샛별같이 빛아난 篤學의士가 곧 著者朴英晩君으로 그는 아무런 따른 職

[illegible]

自 序

[illegible]

目次

2

3

4

5

朝鮮傳來童話集

裝幀 尹相烈

열 두 삼 천

옛날도 옛날 아주 오랜 옛날이였습니다。 안주(安州) 청천강 하류 연안에 넓고도 넓은『열두삼천이벌』이라는 벌판이 있습니다。

이 벌판 한군데 어떤 마을에 한 부인이 살고 있었습니다。 그런데 이 부인에게 태기가 있어 열달을 지나 아기를 낳는데, 놀랍게도 아들만 한번에 열 둘을 낳았습니다。

그리고 또 놀라운것은 이것뿐입니까。 이 부인의 발은 보통 사람 발과는 달라서, 두쪽진 사슴의 발이었던고로, 이 부인이 낳은 열 두 아들도 모조리 사슴의 발이었드랍니다。

『사슴의 발을 가진 열 두 형제가 낳다며라。』

하는 소문은 이 넓다란 벌판에 쭉 퍼지고 또 퍼지고 퍼져서, 임금님 귀에 까지 이 소문이 들려갔습니다。

열 두 애를 한꺼번에 낳는다는것도 고때에 없는 기이한 일인데, 거기에다가 또 그 열 두 애가 모두 사슴의 발을 가졌다고 하니, 이것은 예사일은 아닙니다。

임금님은 대신들을 불러놓고 이 애들을 어떻게 하면 좋겠는가, 토론을 하였습니다。 토론한 결과는,

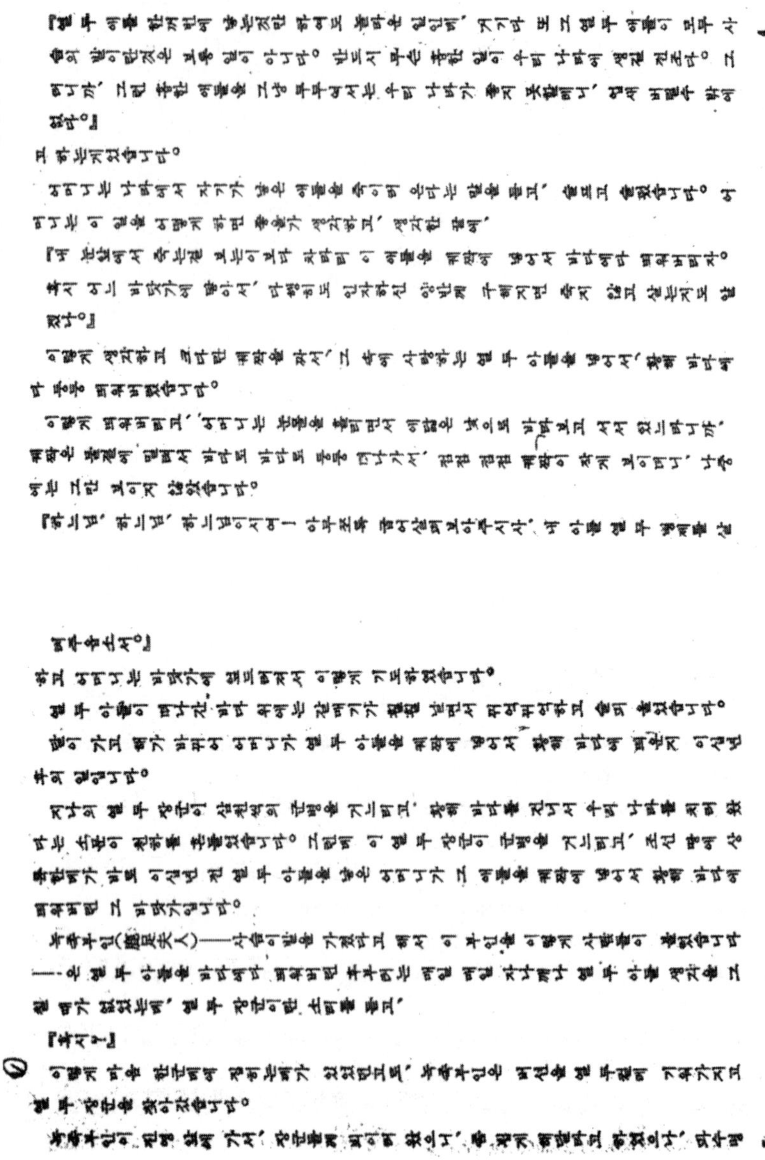

이 도무지 장군 있는 곳을 들어보내주지 않습니다。 아무리 간청을 하여도, 파수병은 종시 말을 들어주진새레 나중에는 검으로 찌르려고 위협까지 합니다。 6

녹족부인은 할수없이 몇 걸음 물러나와서, 젖을 꼭 움켜놓았습니다。 그러니까, 열 두개 젖구멍에서 젖이 찌익 내뻐떠어 열 두 장군 입마다 한줄기씩 들어갔습니다。

열 두 장군은 이상히 생자하여서, 부하를 불러 녹족부인을 모셔오라구 명령하였습니다。

녹족부인은 장군 있는 방에 들어가서, 아무 말도 하지 않고, 다만 가슴 속에서 버선을 열두켤레 내어놓았습니다。

열 두 장군은 수상하게 여기면서, 제각기 한켤레씩 신어보니까, 이상한 일도 있습니다。 그 버선이 열 두 장군의 발에 꼭꼭 들어맞지를 않습니까。 열 두 장군은 놀랐습니다。 열 두 장군은 모두 보통 사람 발과 달라서, 사슴의 발이던것입니다。

낯 모를 조선 부인이 이 남과 유별한 사슴의 발에 맞는 버선을 기워가지고 왔으니까, 수상하게 생자할게 아닙니까。

『아버님 말씀에, 우리 형제들은 바다에서 둥둥 떠온 궤짝 속에서 나왔다고 하시더니, 혹시 이 부인이 우리 열 두 형제의 어머님이 아니신가。』

열 두 장군은 서로 낯을 바라보고 있습니다。

이렇게 열 두 장군이 눈이 뚱굴해서 어리둥전해 있을 즈음, 녹족부인은 신을 벗고 발을 내어보였습니다。 열 두 형제와 꼭 같은 사슴의 발입니다。

『오오, 어머님―』

비로소 열 두 장군은 이 부인이 틀림없이 어머님인줄을 알고 달려들어 어머님을 껴안고 눈물을 흘리면서 기뻐하였습니다。

어머니도 그립고 그립던 열 두 아들이 죽지 않고 모두 훌륭한 사람들이 되어있는것을 보고 기뻤습니다。

열 두 장군은

『어머님 계신 나라이니, 어머님 나라와 싸움할수 없다』

이렇게 생자하고, 싸움 싸우는것을 그만두고 기뻐 돌아갔습니다。

이 일이 있은 후부터 이 넓은 벌판을 열 두 형제 장군이 삼천씩의 군병을 거느리고 몰려온 벌판이라 하여, 「열두삼천이벌」이라고 하였습니다。

그리고 「삼천포(三千浦)라는 곳이 있는데, 이것은 열 두 장군이 삼천군병씩을 거느리고 상륙한 곳이라고 해서, 『삼천포』라고 일컷게 되고, 또 『열귀(悅歸)라고 하는 동네는 열 두 장군이 어머니를 보고 기뻐 돌아간 곳이라 하여, 동네 이름을 이와 같이 지었더랍니다。

――이 글을 쓴 사람의 고향 입석(立石)이라고 하는 동네가 바로 이 넓다란 열 두 삼천의 벌의 중앙지입니다。

(平南 安州 立石)

7

이야기는 이야기 할것이지 넣어둘것은 아니오

이야기는 이야기할것이지, 넣어둘것은 아니오.

옛날도 옛날, 이런 일이 있었더랍니다.

한 곳에 부자 아들이 있었습니다. 이 애가 제일 좋아하던것은 이야기 듣기였습니다. 이야기를 듣고는, 그 이야기를 하나도 이야기하지 않고, 꽁무니에 찬 주머니 속에다 쓸어넣군넣군 하였습니다. 이렇게 자꾸자꾸 쓸어넣었으니까, 아마 그 주머니에 이야기가 가득 차서, 이야기들이 숨이 가빠서 야단법석을 하고 있던 모양이예요.

이 애가 열 대여섯살 되자, 말을 타고 장가를 가게 되었습니다.

헌 옷을 벗어놓고, 새 옷을 갈아 입을 때, 꽁무니에 찼던 이야기들을 쓸어넣은 주머니를 걸어놓고, 동무네 집에 갔습니다.

그런데 이 애가 어렸을 때부터 이 집에 하인으로 살아오는 머슴살이 젊은이 부엌에서 불을 때고 있느라니까, 무엇인지 집안에서 웅성웅성 말소리가 들렸습니다.

『도련님은 밖에 나가셨는데, 웬 말소리가 날가.』

이상히 생각하고 귀를 기울이고 가만히 들어보니까, 그건 이야기를 쓸어넣은 주머니 속에서 나오는 말소리였습니다。 그런데 그 말소리가 아주 끔찍스러웠습니다。

『여보게들、 우린 이렇게 햇빛을 보지 못하고、 이 주머니 속에서 썩게 되니、 참 원통한 일이 아닌가。 우리를 이렇게 가두어둔 이 집 아들놈에게 원수를 갚아야겠네。』

『그거 참 옳은 말이네。 나도 그렇게 생각하고 있던차이네。 나는 그때 오늘 주인 아들놈이 장가가는 길 옆에 새빨간 딸기가 되어 있겠네。 이렇게 하고 있다가、 그놈이 나를 먹으면、 꽉 두말할 필요가 없지。 그놈을 당장에 죽인단 말야。』

『그럼 난 그놈의 장가가는 중로에서 맑은 우물이 되어있겠네。 이렇게 하면 그놈이 딸기를 먹지 않고 온다 해도 목이 마르니까、 물을 먹을테야。 그놈이 물만 그저 먹어봐。 담박에 그놈의 배를 뚝뚝 끊어놓게。』

『너희들이 실패하면、 그럼 나는 그놈이 잡고 내릴 거섭 속에 들어가서 시뻘겋게 달은 쇠가 되었다가、 그놈의 발을 태워버리겠다。』

이렇게들 끔찍스런 말소리들입니다。

머슴살이 청년은 이마에서 흐르는 땀을 씻으면서、 그냥 귀를 기우리고 한마디도 놓쳐버리지 않으려고 하였습니다。 그러니까、 또 다른놈이

『참 자네들 생각은 아주 훌륭한 생각일세。 그럼 나는 실뱀이 되어서 신방의 마루 아래 숨었다가、 그놈이 색시하고 자려고 할 때 나와서、 물어죽이겠네。』

하고 말했습니다。

머슴살이 청년은 이 말들을 듣고、 온 몸에 소름이 끼쳤습니다。 그리고

『무슨 일이 있든、 도련님 말고삐는 내가 잡고 가야겠다。』

이렇게 결심하였습니다。

조반이 끝나자、 신랑이 탈 말 준비가 되었습니다。

머슴살이 청년은 뛰어나오면서、 신랑이 탈 말의 고삐를 쥔 사람에게서 말 고삐를 빼앗으면서、

『신랑님 말 고삐는 내가 쥐고 가야 할테니、 내게 주소。』

하였습니다。 이것을 본 신랑의 아버지는

『집안 일도 볼게 많은데、 그 말고삐는 다른 사람이 쥐라구 넌 집에 있거라。』

하고 책망했습니다。 그러나 머슴살이 청년은 말을 듣지 않았습니다。

『오늘은 죽어도 제가 도련님 타신 말 고삐를 제가 쥐고 가야겠습니다。』

하고 버쳤습니다。 신랑의 아버지도 머슴살이 청년이 너무 자꾸 그러니까、 할수없이 하겠다는 대로 내버려두었습니다。

왈랑절랑 말을 몰아갑니다。 이렇게 얼마를 가서 산비탈 길까지 가니까、 길옆에 아주 잘 익은 딸기가 시뻘겋게 탐스레 보였습니다。 신랑이 이것을 보고、 말고삐를 쥐고 가는 머슴살이、

청년머며

『말을 좀 멈추어다고。저 딸기를 좀 따서 먹게。』

하고 침을 줄줄 흘렸습니다。 물러미,가면 소년의 아버지도 딸기가 먹고싶었습니다。그러나 머슴살이 청년은 말을 멈추며고는 하지 않고、짝 한번 힘껏 말에 채찍질을 하면서、말을 달렸습니다。

『해가 벌써 낮때가 되지 않었습니까。어서 빨리 가야겠습니다。딸기는 이 다음에 많이 따 드리죠。』

하였습니다。신랑은 마음 속으로 머슴살이 청년을 괘씸히 생각하였습니다。

왈랑절랑 또 얼마를 갔습니다。그러니까 버드나무 아래에 있는 우물에 샛말간 물이 츠렁츠렁 괴고 꼭 바가지가 떠있었습니다。신랑은 하도 목이 마르던 차이라、이 우물을 보고 기뻐 하면서 머슴살이더러

『야! 저게 우물이 있구나! 목이 말라 마악 죽겠으니、물을 좀 먹구 가자!』

하고 말을 하였습니다。물러미가면 신랑의 아버지도 목이 말랐드랬습니다。

그러나,머슴살이 청년은 말을 멈추며고는 하지 않고、짝 한대 채찍질을 하여、말을 도로 더 빨리 달렸습니다。

『네 네、저기 보이는 저 느티나무 아래에 가서 쉽시다。거기 더 좋은 우물이 있어요。』

12

하고 말을 자꾸자꾸 빨리 달렸습니다。

신랑은 느티나무 있는데까지 가면,물을 먹을수 있겠거니 하고、암 말도하지 않고、느티나무에까지 가니까、우물은새려 우물 같은 그림자의 가뭇도 없었습니다。

『넌 왜 이렇게 말도 듣지 않고、거짓 소리만 하느냐? 집에 돌아가거든、널 그냥 두두지 못하겠으니、그리 알어라。』

하고 신랑은 머슴살이 청년더러 말했습니다。그러니까 머슴살이 청년은

『네、도령님! 잘못했습니다。그럼 여기서 신부님 댁까지 그리 멀지 않사오니、빨리 가서 물을 잡수십시다。』

하고 물러가다 첫가라 하면서、말을 그냥껏 빨리 몰아댔습니다。

이렇게 빨리 말을 몰아댄고로 낮이 좀 기울락할 때 신부네 집 마당엘 닿았습니다。

자、또 변이 생길엡니다。머슴살이 청년은 그냥 말고삐를 잡고 서있다가、신랑이 삐겨물넘은 섭을 짚고 내리려고 할 때、갑자기 달려가서、신랑의 허리를 잡고 처들어다 지적자리에 옮겨놓으려다가、그만 신랑을 안은채로 머슴살리 청년은 짱 넘어지고 말었습니다。신랑은 어며,사람 옆에서 이와 같은 창피를 머슴살이가 당하게 한것을 속으로 여간 분하게 생각하지 않었으나、성나는대로 머슴살이를 욕하지도 못하고、그 자리는 그냥 참었습니다。

작은상 큰 소반 받아 기쁜 하루를 맞우고、해가 저물었습니다。

13

14

머슴살이 청년은 마지막으로 닥쳐올 화난을 생각하니까、밥이 다 무엽니까、밥도 먹지 않고、어떻게 하면 이 무서운 화난을 면할수가 있을까 하고、궁리만 하였습니다。

밤이 이슥히 지나、신랑은 드디어 신방엘 들어갔습니다。머슴살이 청년은 문밖 마루 아래에 숨어있다가、신방에 불이 확 꺼지자、시퍼런 칼을 들고、문을 낚궈채고、신랑과 신부가 잘려는데 들어갔습니다。신부하고 신랑은 참 놀랐습니다。그리고 사람 살리라고 고함쳤습니다

그런데 머슴살이 청년은 굵고 굵은 기둥만한 구렁이를 그저 마악 미친듯이 돌아가면서 칼로 찍어냈습니다。

집안 사람들이 신방에서 사람 살리라는 소리를 듣고 불을 켜가지고 달려가 보니까、웬만은 놈이 시퍼런 칼을 가지고 방 안을 미친듯이 내두루며 돌아가고 있질 않습니까。

자세 보니까、그 사람은 오늘 신랑을 모시고 온 하인이였습니다。그래 더욱이 이상히 생각하면서、불을 크게 하여보니까、아 참 끔직하게도 신방 안에는 실과 같이 가느다란 뱀들이 너부적하니 죽어 넘어저 있었습니다。

사람들은 참으로 놀랐습니다。신랑도 뱀을 보고 놀랐습니다。그리고 머슴살이가 무엇을 하고 있는가를 알고、감사하게 생각하였습니다。

머슴살이는 한참동안 칼을 내둘러、그 기둥만하게 움커진 수천마리 실뱀들을 다 죽여버리고는、신랑 앞에 꿇어엎드며서 눈물을 흘리면서、

『도련님! 오늘 도련님을 모시고 오는 중로에 세번이나 무례한 것을 하고、또 주무시는데까지 이런 무례한 것을 하여、죄송하옵나니다。』

하고、주머니 속에서 가쳐있던 이야기들이 한 말을 죄다 말하였습니다。그러니까 신랑은 처음으로 머슴살이가 절 살리려고 그렇게 한것을 알고、눈물을 흘리면서 머슴살이 청년의 손을 잡고 치사하였습니다。

이 충직한 머슴살이는 젊은 주인의 신용을 얻어 주인 양주와 같이 기리기리 행복을 누렸더랍니다。

참 이야기는 이야기할것이지、덮어둘것은 아니예요。

(京 城)

13

소 되었던 사람

옛날 옛날 함경도 안변(安邊)이란 곳에 머슴살이를 하는 청년이 살었더랍니다。

이 사람은 어려서 아버님 어머님을 일직 여인고로、이같이 불서러운 신세가 되었습니다。그런고로 청년은 늘 그의 아버님 어머님을 그리워하며、언제나 이 신세를 면할가 생각하고 있었습니다。

그런데 하루는 너무도 마음이 울울하고 외로워서 복술쟁이한테 가서 점을 쳐 달라했습니다 이상도 한 점이 다 있습니다。

『무우 잎 한 잎으로 소가 사람이 된다。(靑根一葉脫牛身)』

이라는 점 글을 써주는게였습니다。

머슴살이하는 사람은 이 점을 별로 마음에 두지 않고、돌아와서 주인의 명령대로 산에 나무를 하며 지게를 지고 갔습니다。추운 겨울이었습니다。

양지쪽에서 갈퀴로 나무를 버억버억 긁어다니다가、문득 저편을 바라보니까、물 내리는 바위 밑 어름판에서 사슴이 한놈이 발을 버뚱버뚱하고 애닯아하는것을 보았습니다。그 어름판을 건느다가、어름에 미끄러져서 상처를 당한가봅니다。

『옳다, 저놈의 사슴이를 잡아다 팔아야겠다。』

생각하고, 나무하던 갈퀴를 던지고 도끼를 들고 다름박질 처 갔습니다。

담박에 사슴의 골을 깨서 죽이려고 도끼를 얼메고 덮겨들다가 그만 어름에 쭈욱 미끄러저서 꽝하고 자빠저서 정신을 잃고 말었습니다。

이 머슴살이 청년이 정신을 차렸을 때에는 인저 그 사슴에게 옷자락을 물리어 줄줄 끌려서 사슴의 굴 앞까지 벌써 와있었습니다。

얼핏 달아나려고 정신을 버쩍 가다듬고 일어서려고 하니까, 사슴이 굴 속에서 눈섭까지 허옇게 센 노파가 나오더니만, 머슴살이 청년의 두 발을 꽉 쥐고 굴로 끌고 가는 판이므로, 청년은 할수없이 굴 속까지 끌려 들어갔습니다。이 사람을 물고 온 사슴도 뒤모 어처렁어처렁 굴 속으로 따러 들어옵니다。그런데 참 이거 보셔요! 사슴이 굴 속엘 들어오더니, 몸을 두어번 뒤재주를 치니까, 늙은 영감이 되는구려!

머슴살이 청년이 눈이 뚱굴해서 넋을 잃고 있는데, 노파하고 늙은 영감 내외는 이런 말을 하겠지요。

『매우 시장한데, 저놈을 잡아 먹을가?』

『아니 아니, 잡아 먹어 버리지 말고, 소를 만들어서 장에 갖다 팝시다 그려。돈이 떨어졌는데—』

『응, 그것두 좋지!』

이렇게 말하더니만, 영감이 이름 모를 풀잎을 하나 가지고 오더니, 머슴살이하는 청년의 코에 대고 비비니까, 이 청년은 갑자기 소가 되었습니다。

머슴살이하는 청년은 너무도 기가 막혀서, 아이고 아이고하고 울었습니다。

그런데, 이거 봐요 이 사람은 제가 아이고 아이고하고 우느라고 하는데, 제 입에서 나오는 소리는 그지 매앵매앵하고 소 우는 소리가 아닙니까!

영감한테 끌려가는 도중, 사람을 만날적마다

『여보셔요。사람 살려주우! 이 영감은 사람이 아니고 사슴이구, 난 사람인데, 이 영감이 날 소로 만든겁니다。좀 살려주우。』

하고 말하였습니다。그러나 제 귀에 들려오는 제 목소리는

『머엉 머엉 매앵 매앵 매앵。』

할따름, 전혀 소 소리입니다。

이렇게 매앵 매앵 울면서, 장에까지 끌려 갔습니다。사람들은 이 머슴살이 청년의 등을 툭툭 치면서,

『그 소 거 살쪘군! 얼마 받겠소?』

『그놈의 소 거 너무 매앵 매앵 소리 질러서 흠이로군!』

『살은 때 졌는데, 목이 좀 짧아서 안됐군—』

하면서들 머리를 만저보고, 밭을 만저보고, 배를 쿡쿡 찌르군 하는게 아주 말이 아닙니다。

나중에 백장이 와서, 이 소를 사게 되었습니다。다른 사람이 살때두 매앵 매앵 너무 소리를 질러 흠이라고 사잖았으나, 백장은 그저 살진것만 보고, 이 소를 사게 된겝니다。

이 소된 머슴살이 청년은 서글픈 목소리로

『여보소, 전 소가 아닙니다。사람이예요! 이놈의 영감태기가 절 소로 만들은게예요。이영감은 사람이 아니고 사슴이예요! 제발 전 살려주시우!』

하고 웨쳤습니다。그러니까, 백장은

『이놈의 소새끼가 내가 누군질 아는가 봐! 왜 이리 매앵 매앵 귀술게 굴가。』

하고 짝! 채찍으로 허리를 갈겨내는것이었습니다。

머슴살이 청년은 백정에게 끌려갔습니다。아무리 자기는 소가 아니고 사람인데 산에 나무를 하러 갔다가 사슴이 한테 잡혀서 소가 된것이라고, 백정에게도 말하고 길가는 사람들한테도 말하면서, 구해달라고 아무리 애걸복걸하나, 그 입으로 나오는 소리는 여전히 매앵 매앵 소리였습니다。

백정의 집까지 끌려가서 나무에 고삐를 비끌어매혔습니다。

백정은 이 소 된 머슴살이 청년을 잡아죽이려고 숫돌에다 칼을 북북 갈고 있질 않습니까。

20

기가 막힌다는 말을 다해 무얼 합니까。

눈물에 젖은 눈을 껌뻑껌뻑하면서 백정이 칼을 가는 곳을 바라보려고 목을 돌리니까, 저편에서 광주리에다 무우를 많이 담아가지고 머리에 이고 오는 처녀가 보였습니다。이것을 보고 소가 된 이 머슴살이 청년은 문득 제가 그전에 점장이에게 가서 점을 처달라했던 일이 생각났습니다。

『菁根一葉脫牛身! 오냐 무 잎을 먹으면, 도로 사람이 된다는게 이 때를 점해준가보구나!』

생각하고 처녀가 제 옆으로 올것을 속으로 빌었습니다。다행히도 처녀가 제 옆으로 지나갑니다。소 된 머슴살이 청년은 얼핏 팔주리에서 무 잎을 덥석 한입 물어 먹었습니다。

자 보서요!

입때까지 소가 되었던 머슴살이 청년이 무우 잎을 먹자 말자 갑자기 그전과 같은 사람이 되질 않었어요—

목에 매어있던 고삐를 풀어놓고 귀 떨어지면 오는 장날 쥐가자! 생자하고 달아났습니다。

뛰고 뛰고 뛰느라니까, 어느덧 해가 저서 사방이 어둑어둑 어두워갔습니다。

수풀이 무성하여 캄캄한 산 속입니다。

두리번두리번 사방을 살펴보니까, 나무 사이로 불이 반짝반짝 인가가 보였습니다。그 집엘 찾아가서,

21

『길을 가다、날이 저물고 어두워서、갈바를 모르겠사오니、하루 저녁 유하고 가게 해줍소 22
서。』

하고 주인을 청했습니다。 그러니까 처녀가 공손히 허리를 굽히며、아버님、어머님은 타동네에 가시고 안 계시나、어서 들어오셔서、누추하지만 하루밤 자고 가시라고 하면서、머슴살이 청년을 집안으로 안내해 주었습니다。

그날 밤 눈이 많이 왔습니다。 집이 파묻히고 산이 파묻히게 많은 눈이 왔습니다。 머슴살이 청년이 이튿날 이 집을 떠나가려야 어떻게 가겠습니까。 이튿날도 또 그 집에서 묵게 되었습니다。 그런데 그 집 처녀가 밥을 지으려고 하여도 집이나 허청이나 마당이나 모두 눈에 파묻혀버려서、허청에 둔 나무를 어떻게 가져 올수가 없습니다。 그런고로 그것들을 머슴살이 청년이 나무 있는 허청을 알려달래서 눈 속에 구멍을 뚫고 나무를 가져왔습니다。

소 먹일 여물죽도 처녀가 못 가져오는걸、이 사람이 가져왔습니다。

이렇게 허기를 육칠일이나 하니까、눈이 다 녹아버렸습니다。 처녀의 아버지、어머니는 타동에 갔다가、눈이 와서 집에 돌아오지도 못하고、하나 밖에 없는 딸이 굶어 죽었을게다、소가 굶어죽었을게다 하고、근심하면서 탄식하다가、눈이 다 녹자 곧 돌아와 보니까、웬 한 젊은 사람이 와있었던 탓으로 딸도 그냥 죽지를않고、소도 죽지를 않고 모두 그냥 있는것을 보고 대단히 기뻐하였습니다。 소 되었던 머슴살이 청년에게 백배사례를 하였습니다。

처녀의 아버지는 이렇게 말했습니다。

『임자가 없었던들 내 딸이 죽었을게야! 내 딸이 살아있는건 전부 임자의 덕택이네。 그러니까 내 딸을 임자한테 줄께。 내 사위가 돼주게!』

이렇게 하여 머슴살이 청년은 그 괴로운 신세를 벗고 예쁜 처녀를 안해로 맞어 이집에서 잘 살었더랍니다。

(咸南 安邊)

범과 효자

옛날 옛적 어느곳에 어머니하고 아들의 단 두 식구가 쓸쓸히 살고 있었습니다。 얘는 서당에 다니는데、 다른 애들이 자꾸 이 애더러

『아버지 없는 애야。 너 아버지 어떡했니。 얘 얘 아버지 없는애야!』

하고 놀려주군 하였습니다。

그런고로 이 애는 집에 돌아와서、 어머니 더러

『아버지 어디 갔어?』

하고 물으면、 어머니는 늘

『나들이 가셨는데、 인제 곧 오신다!』

하군 하군 하였습니다。 그러나 애가 열 다섯살이나 되고보니、 어머니 말을 곧장 듣지 않고 아버지가 어디가 있는가 알으켜달라고 울면서、 애원하였습니다。 어머니도 할수없이 사실을 알으켜줄수 밖에는 없었습니다。

『아버지는 아주 이름 높은 포수였는데、 네가 세살 되는해다。 단검(短劍)을 뽑아주시면서、

「내가 사냥간 후 이 단검에 녹이 쓸으면 내가 죽은줄 알고、 만일 녹이 쓸지 않고 그냥 있

으면 죽지 않고 살아 있는줄 알아라」하시고 범 사냥을 가셨는데, 인제는 그 단검이 빨갛게 녹이 슬었으니, 너의 아버지는 또 다시는 집에 돌아오시지 못할것이다!』

이렇게 말하였습니다。

아들은 슬프기 한이 없었습니다。서당에 가는걸 그만두고 그 날부터 활 쏘기 연습을 하였습니다。아버지 원수를 갚으러 가려고 결심하였던겝니다。

활쏘기 연습하기를 삼년을 하였습니다。

아들은 어머니 앞에 무릎을 꿇고,

『인제는 활 쏘는 재주도 능난해졌사와, 아버지 원수를 갚으러 가겠사오니, 절 허락하여 주옵소서。』

하였습니다。그러나 어머니는 용히는 허락해 주시려구는 하지 않았습니다。

『너는 아직 어린애다。아버지와 같으신 천하 명포수도 죽었는데, 네가 간댔자 가히 원수를 갚을 힘이 없으니, 아예 그 같은 생각은 꿈어 업새라!』

하시고 허락을 해주지 않았습니다。

그러나 아들은 아버지가 원한을 품고 돌아가시었을것을 생각하면, 이냥 참고 있을수는 없었습니다。그런고로 그냥 자꾸 어머니께 졸라댔습니다。어머니도 나중에는 그냥껏 막지 못할 것을 알고,

『그러면 승낙은 해줄야! 그러나 너희 아버지는 내가 십리 밖에서 이고 오는 동이 꼭대기 위에 놓은 엽전을 쏘아 떨어뜨리군 하셨는데, 네가 그렇게 한다면 허해주마!』

하시었습니다。

용하게도 아들은 엽전을 쏘아 떨어뜨리었습니다。어머니는 또

『너의 아버지는 내가 쥐고 있는 바늘 귀를 쏘았는데, 네가 그렇게 하면 허하여주마!』

하였습니다。아들은 한참동안 잘 겨누어가지고 쏘니까, 용하게도 바늘 귀를 쏘아 부러뜨렸습니다。

어머니는 아버지가 중하게 여기는 활과 검을 내주었습니다。아들은 이 검과 활을 받들어 받아가지고, 활은 어깨에 메고, 검은 허리에 차고, 산을 향하여 길을 떠났습니다。

얼마만큼을 갔을 때, 이마에서는 땀이 흐르고, 등어리가 수근수근한게 [illegible]우지 며워서 야단입니다。그래 길 옆에 있는 늪에 들어가서, 철버덕철버덕 헤엄을 치며, 목욕을 하고 있었습니다。

이렇게 효자애가 얼마동안을 물에서 철버덕 거리다가, 인젠 그만 나오려고 하니까, 언제 어디서 왔는지, 크고도 큰 호랑이 한놈이 늪 언덕에 와서, 꼴그러미 이 애를 노리고 있질 않습니까!

효자애는 깜작 놀라서 정신을 잃고, 입을 멍허니 벌리고, 범을 치어다 보고 있느라니까,

『애 애, 너 너의 아버지 원수 갚으려 왔지―!』

하고 범이 말을 하였습니다。

『그렇다! 네가 어떻게 그걸 아니?』

하고 원수 갚으러 가던 효자애가 물었습니다。

『난 다 안다! 그런데 애 애, 너의 아버지잡아 먹은 범은 저어기 보이는 저 바위 아래 굴 속에 있다。그 범은 내 원수도 된다! 그러니까, 애 애, 네가 그 범하구 싸울 때, 네가 날 도와주면 나두 너의 아버지 원수 갚는걸 도아줄라!』

이렇게 범은 말하였습니다。효자애는 기뻤습니다。효자애는 범더러 도와주마 하고 범하고 굴 앞에까지 갔습니다。효자애는 크다란 죽은 나무 위에 올라가서, 총을 겨누고 있었습니다。

그러니까 범은 굴 앞에까지 가더니,

『대호야! 나오너라!』

하고 고래고래 소리지르니까, 으앙 소리를 치면서, 허리가 구척 가량이나 되는 대호가 빨간 입을 벌이고 달아나왔습니다。두 범은 서로 쓰러안고, 물고 뜯고 두넘이질을 치며 몽당안개를 자욱하니 일으키면서 싸웁니다。

효자애는 그저 눈이 뚱굴해서 넋을 잃고 바라볼따름입니다。활을 겨누어 쏘려고는 하였으나, 어느 범이 동무 범인지를 구별할수가 없어서, 도시 쏘질 못하였습니다。

두 범은 얼마동안을 싸우더니, 서로 갈라져서 동무 범은 효자애가 있는 곳으로 원수 범은 굴 속으로 서로 헤졌습니다。

동무 범은 헐떡헐떡 숨을 가쁘게 내쉬면서 효자애한테 오더니,

『애 애 어째 너 그놈의 원수 범을 쏘지 않았니?』

하고 물었습니다。

『어떤게 그놈인지 몰라서 못 쏘았다! 허투루 쏘다가 네가 맞으면 어떡하니?』

하고

『애 애 범아! 이번엔 내 이거 줄께 네 허리에 감아라 넌줄 알게!』

효자애가 제 허리에 띠었던 흰 무명 허리띠를 주었습니다。

『응! 이번엔 꼭 그놈을 쏴 다구!』

이렇게 말하고, 어머니가 손수 짜서 만들어주신 그 흰 무명 허리띠를 범이 허리에 감고 껑충껑충 뛰어가더니,

『대호야, 나오너라!』

하고 소리소리 지르니까, 아까 그 범이 또 『으앙!』 소리를 치면서 달려나왔습니다。

두 범이 서로 마주 쓰러잡고 아래 깔렸다 위에 올라왔다 벌컥벌컥 뒤집히면서 몽당 안개를 자욱이 피우며 싸움 싸웁니다。이번엔 동무 범이 판연합니다。흰 무명 허리띠를 허리에 두른

범이 동무 범입니다.

효자애는 나무 위에서 활을 잘 겨누었다가 쏘았습니다. 그러니까 산단 같은 큰 백호가 나가 넘어져 버렸습니다.

효자애도 동무 범도 기쁘고 기뻤습니다.

동무 범하고 효자애하구는 서로 의형제를 묵었습니다.

효자애가 범을 따라 굴 속에 들어가니까, 참 그 속에 자기 아버지의 시체가 있었습니다. 아버지의 이름을 새긴 활이 옆에 놓여 있는것으로 보아 아버지가 틀림 없습니다.

효자애는 이 아버지의 시체를 고이 모셔가지고, 어머니 계신 집으로 돌아가서, 산에다 잘 묻어 드렸습니다.

동무 범은 자기 굴 옆에다 집을 한채 지었습니다. 효자애는 그 집에 어니니를 모셔다가 범하고 세 식구가 살게 되었습니다.

범이 하루는 효자더러

『형님 형님! 형님두 인제는 색씨를 맞아야 하잖습니까. 제가 아주머니를 구해오리다.』

하더니, 어디론지 뛰어갔습니다. 얼마를 지나서 마당에 쿵 하는 소리가 들리기에 문을 열고 보니까, 범 아우가 곱게 차린 색씨를 한 사람 등에 지고 오질 않았습니까.

효자애는 어머니하고 급히 마당에 나가서 더운 물 찬 물로 수족을 씻어주고 머리를 씻어주

니까, 기절하여 정신을 잃었던 색씨가 눈을 뜨고 깨어났습니다. 아주 예쁜 색씨였습니다.

이 색씨는 황정승의 딸인데, 오줌누러 나왔던것을 범 아우가 물어 온겝니다.

하루는 또 범 아우가 효자 형더러

『형님! 전 인제 죽을 날이 멀지 않았사오니, 형님은 어머님 아주머님하고 서울 가서 살으세요. 그런데 제가 죽는바에는 형님을 좋게 해들이고 죽겠사오니, 제가 하라는대로 하세요. 며칠 후에 서울장안에 범이 한마리 나타나서 길가는 사람들을 많이 해할텝니다. 임금님께서 그범을 잡아오는자에게는 많은 상을 주리라 는 포고가 있을테오니, 그 때 형님이 저한테 오셔서 절 쏘아주세요. 제가 바로 그 범입니다. 꼭 쏘아주십쇼!』

하고 범이 눈물을 흘리면서 애원하듯이 말했습니다.

과연 수일 후에 서울 장안에 큰 범이 한마리 나타나서 길가는 사람을 많이 물어서 상처를 내게 하였습니다. 임금님께서는 범을 잡아오는자에게는 상금을 주리라는 포고를 내리시었습니다.

효자애가 범을 찾아갔습니다. 범이 자꾸 자꾸 쏘아달라고 애원하는고로, 효자애는 눈물을 머으면서 범을 쏘았습니다. 그리고 그 범을 임금님께 갖다 바치고 많은 상을 받고, 또 그 위에 벼슬까지 얻어 효자애는 그 후 큰 장군이 되었드랍니다.

(平南 安州郡 立石)

봉의이 김선달

여러분!

여러분은 평양 대동강을 팔아먹은 사람이 누군지 아십니까?

그 사람은 봉의이 김선달이란 사람입니다。봉의이 김선달이 겨울 춥고 추운 어떤 날 대동강엘 나가서 팽팽 얼어붙은 대동강 위에다 벼섬을 많이 펴놓아 얼음을 감춰 놓았습니다。그리고 돈 있는 사람을 데리고 가서、이게 내 논이다 값싸게 팔테니、사라구 해서 종시 대동강을 팔아먹었더랍니다。

이 봉의이 김선달이 자주 가면 절이 있었더랍니다。그 절 중들 가운데 떡을 아주 잘 먹는 중이 한사람 있었습니다。비위 좋은 봉의이 김선달이 오면 두어두었다 먹으려면 떡을 집어치우군 치우군 하게되는고로、이 중은 봉의이 김선달을 괘씸히 여겼습니다。그래 하루는 떡 속에다 똥을 가득가득 넣어서 놓아두었습니다。

아닌게 아니라、봉의이 김선달이 오더니、

『여보게 대사! 그 사이 잘 있었었나?』

하고는、그 떡을 덥석 주어다 입에 트러막지를 않습니까。중은 하도 우수운것을 참고 있느라니까 봉이이 김선달은 제가 먹고 있는 떡이 전과 같지 않고 흐느적흐느적하고 입에선 통 냄새가 코를 찌르는고로, 깨며 보니까, 참 그것이 무엇입니까?

봉이이 김선달은 낯을 찌푸리면서, 모두 배어버리구 집으로 돌아갔습니다.

봉이이 김선달은 그 중이 괘씸하기 이를데 없었습니다. 기어코 복수를 하리라고 생각하고, 안해더러 날콩죽을 쑤라고 하였습니다.

날콩죽을 먹어놓았더니, 설사가 아주 심합니다. 봉이이 김선달은 홍문이에다 고약을 딱 붙이고 절로 갔습니다.

중을 보고, 요새 홍문에 종처가 생겨서 신고하는 중인데, 좀 보아달라고 하니까, 본래가 마음 좋은 중은

『거 참— 신고하시겠어요 그래!』

하면서 보아줄게 보이라구 합니다.

중이 고약을 떼려고 하니까, 화드득— 하고 똥이 중의 낯짝 머리 할것없이 쫙 그저 온통 몸을 똥투성이루 만들어놓았습니다.

봉이이 김선달은 좋아라고 손뼉을 치면서 절을 내려왔습니다.

(平南 平壤)

노인과 양자 사슴 뱀

옛날 어떤 곳에 아주 마음이 인자하고 너그러운 한 영감이 살았습니다. 이 영감은 특별히 동물을 많이 사랑하였습니다.

이 영감이 하루는 강가에 나가니까, 그 강 상류에서 홍수가 생겼는지, 집이 떠내려오고, 나무가 떠내려오는데, 사슴 한마리 발을 허우적거리면서 떠내려오는것이 보였습니다. 인자한 영감은 얼른 머상이를 저어가서 사슴을 건져가지고 나오는데, 뱀 한마리가 또 둥둥 떠내려오면서 꾸불꾸불 애를 쓰고 있는것이 보였습니다. 인자한 영감님은 이 뱀을 또 건져서 머상이에다 태우고 강언덕으로 왔습니다. 그런데 이번엔 어떤 사내애가 하나 허버덩기리면서 떠내려오는것이 보였습니다. 인자하고 너그러운 마음을 가진 영감님은 또 이 애를 건져서 머상이에다 태우고, 강언덕으로 올라왔습니다.

사슴하고 뱀은 고맙다는듯이 사슴은 눈물을 뚝뚝 흘리면서 머리를 꾸뻑꾸뻑 절을 하고, 뱀은 영감의 발을 몸체로 도사려서 감았다 풀었다 하였습니다.

사슴하고 뱀은 저 갈데로 가라고 그냥 내놓아주고 어린 사내애는 영감이 데려다가 양 아들로 삼았습니다.

하루는 인자한 이 영감이, 양아들을 데리고 마당에서 일을 하고 있느라니까, 강에서 건져준 36
사슴이 껑충껑충 뛰어오며니, 영감의 소매를 물고 자꾸 끄는고로,

『무슨 일이 있나부다.』

생각하고 영감이 사슴을 따라가니까, 사슴은 산 속 한 곳에 있는 바위를 가르키면서 앞 발로 땅을 파는 시늉을 하였습니다. 이렇게 자꾸자꾸 영감을 쳐다보고는 흙을 파내었습니다.

그때 영감이 수상히 생각하고, 그 바위를 들어제치니까 적지 않은 구멍이 나타나면서 항아리 둘이 들어있었습니다.

영감이 이 항아리 뚜껑을 열어 보니까, 아, 이거 보십쇼! 그 항아리 속에는 싯누런금이 가뜩가뜩 차있었습니다. 영감이 사슴을 돌아다보니까, 사슴은

『영감님께서 절 구하여주신 은혜는 참으로 무엇으로 갚아 드려야 될지 모르겠습니다. 이것은 사소하오나, 은혜를 조금이라도 갚아드리는 의미로 영감님께 드리오니, 가져다가 써주십소서.』

하고 말했습니다.

영감은 그 금을 가져다가 남 부끄럽지 않게 살아갔었는데, 양아들은 점점 소행이 불량해져서 술을 먹고 돌아와서는 영감님을 막 욕도 하고 나중에는

『나같은 영감태기하구는 살수가 없으니, 세간을 노놔다고―』

하므로 영감은 할수없이 세간을 나누어 주었습니다.

양아들은 그 나누어준 돈을 가지고 나가서 불과 일년이 못되어 죄다 탕진해버리고, 또 들어와서는, 또 세간을 달라고 야단을 하였습니다. 그때 영감이 노해서 책망 하니까, 양아들은

『우리 아버지는 남의 집에서 돈을 많이 도둑질 해왔습니다.』

하고 관가에 고발하였습니다.

○영감님은 감방에 가치어 매를 맞아서 아픈 몸을 어르만지면서, 자기 신세를 한탄하고 들어누워 있었습니다.

그런데 그전에 강에서 구하여준 뱀이 어느 틈으로 들어왔는지 감방에 있는 영감한테 들어오며니, 영감의 팔을 선뜩 물고 나갑니다. 영감의 팔은 점점 부어오르고, 아프기 짝이 없었습니다. 영감님은

『저놈의 뱀이 은혜를 모르고 날 이렇게 물어서 죽이려구 하는구나!』

생각하면서, 눈물을 흘리며 울고있었습니다. 그러니까 뱀이 또 복숭아 잎을 무세일 물고 슬며시 들어왔습니다. 그리고 물려서 상처난 곳에 그 복숭아 잎을 가져다 슬슬 비벼주는게었습니다. 이렇게 하니까 그렇게 퉁퉁 부어오르고, 아프던 팔이 잠깐이 아프던게 나아버리고, 부었던것도 나아버렸습니다.

뱀은 복숭아 잎 들을 영감 앞에 놓고 슬며슬며 나가버렸습니다.
37

뱀이 나가자 갑자기 감방 앞으로 지나다니는 사람이 많아지면서 뒤숭숭 소란해졌습니다。

영감님이 무슨 큰 일이 생겼나보다 생각하고, 궁금해서 앞을 지나는 사람에게

『여보소, 무슨 큰일이 생겼기에 이렇게 소동을 하는겝니까?』하고 물어보니까,

『임금님의 어머님께서 뱀한테 물렸는데, 백약이 무효하여 지금 막 없어가는데, 이 병을 낫게하는 사람에게는 많은 상을 주고 높은 벼슬을 주겠다고 나라포고가 내려왔다。』

하고 대답하였습니다。 그제야 영감님은 아까 뱀이 한 일을 알고, 제가 고쳐 드릴테니, 절 서울까지 데려다달라구 하였습니다。

『내가 고쳐드릴 재간이 있다니, 그럼 올라가보아라!』

하고 쾌히 허하여주었습니다。

마음이 인자하고 너그러운 이 영감님이 임금님의 어머님께서 뱀한테 물린 곳에 감방에 가쳐있을 때 뱀이 놓고간 북숭아 잎을 슬슬 비비니까, 그렇게 부어올랐던것이 담박에 낫아지고 또 아프던것도 담박에 나으시었습니다。

임금님은 기뻐하시어서, 이 마음보 인자하고 너그러운 영감께 치하를 하면서 어째 그렇게 꽈가에 잡혀서 신고하는가 물으시는고로, 자세한 사정을 죄다 아뢰었습니다。 그러니까, 임금님은 곧 그 마음보 곱지 못하고 은혜 모르는 양아들놈을 잡으라고 명령을 내리었습니다。

양아들은 되레 잡혀서 가치우게 되고, 영감님은 여생을 즐겁게 살았습니다。(咸南 咸興)

계수나무 할아버지

예날도 옛날 아주 오래고도 오랜 옛날 백무산 꼭대기에 크다란 계수나무가 하나 우뚝 서있었습니다。 이 계수나무가 자라고 자라서 달에까지 닿았더랍니다。

그런데 달나라 사람들이 이 계수나무가 부럽기도 하고 또 이런 좋고도 큰 나무가 지구나라에 있는게 시기도 나서 하루는 달나라 사람들이 모여서 회의를 하였습니다。

『자 여러분! 저렇게 좋은 계수나무가 사람도 아무것도 살지 않는 지구나라에 있는것은 무의미할뿐외라, 계수나무에 명예를 손상하니, 이것은 아무래도 우리들이 힘을 써서 이 계수나무를 우리 달나라에 옮겨다 심을수 밖에는 없습니다!』

달나라의 모든 사람들은 이 말에 찬성을 하고 지구나라로 내려가서 계수나무를 옮겨가게 되었습니다。

달나라 사람들은 절반은 달나라에서 바줄을 잡고 있기로 하고, 또 절반은 기다란 막대기들을 하나씩 가지고 지구에 내려가서 계수나무를 떠올리기로 하였습니다。

지구에 내려온 달나라 사람들은 금도끼 옥도끼로 계수나무 뿌리를 찍고 손질을 하니까, 달나라에 있는 사람들이 바줄로 올려 당겼습니다。 그리고 지구에 내려온 사람들은 기다란 막대

가도 떼울러구요。

이렇게 삼년 석달을 하여, 겨우 달나라에다 갖다 심으게 되었습니다。

지금 백두산 꼭대기에 크다랗고, 깊고도 깊은 못이 있는것은 계수나무가 박혔던 자리랍니다

그런데 달나라 사람들은 그 계수나무를 떼울려다 심어놓고는 기쁘고 기뻐서 삼년 석달의 잔치를 하였더랍니다。

그런데 전능하신 하나님께서 이 지구나라를 만드실적에 지구나라에도 사람을 만들 작정을 하시었었는데, 달나라 사람들이 저희들 임의대로 지구나라에 있던 계수나무를 떼옮겨다 심은 고로 갑자기 달빛이 계수나무 잎에 가리워서 지구나라에 비추지 않았습니다。 밤이 되면 어둡고 어두워서 쓸쓸하기 짝이 없었습니다。

그때 하느님은 달나라 사람들더러

『본래 그 계수나무는 지구나라 백두산 위에 있던것을 너희들이 임의대로 뽑아다 심은젠즉, 인제 곧 다시 그 계수나무를 백두산에 갖다 심어라!』

하고 명령하셨습니다。 그러나 달나라 사람들은 하나님의 말슴을 듣지 않었습니다。 그런고로 하나님은 성이 나서서 큰 폭풍이 일어나게 하시어서, 그 크고도 큰 계수나무를 쭉 잡아 빼다가 도로 지구나라 백두산 꼭대기에다 심었습니다。

이렇게 이때 달나라에 하나님이 큰 화란을 주신고로, 달나라 사람들은 하나도 남기지 않고

다 죽어버리고 또 뿌리 박었던 계수나무를 쭉 잡아빼는 바람에 달나라는 흙이 뒤집혀지고 구멍이 숭숭하니 얼금뱅이가 되어버렸습니다。

하나님은 계수나무를 도로 지구나라 백두산 위에다 심어놓으시고는, 또 다시 달과 같이 배썹 곱지 못한 별이 이 계수나무를 해하지나 않을가 염려하서서 하늘나라 선녀를 한사람 계수나무를 지키라고 백두산 위에다 내려보냈습니다。

그런데 이선녀는 계수나무의 혼으로 아기를 배게 되었습니다。

삼년 석달만에 아주아주 아름답고 귀한 사내아기를 낳았습니다。

이 아기가 아홉살 때입니다。 하나님이 하루는 이 선녀더러

『인제부터는 그 아기가 계수나무를 지키고 있을테니, 넌 그만 하늘나라로 올라와있거라!』

하시었습니다。 그때 선녀는 귀한 아들을 계수나무 아래에다 남겨두고 하늘나라로 훨훨 올라가 버렸습니다。

이 애는 매일 하늘을 처다보면서 어머니가 그리워서, 울음으로 날을 보내면 어떤날 갑자기 바람이 모질게 불고 비가 내려부어서, 큰 홍수가 지구나라에 생겼습니다。 물은 점점 많어져서 백두산 허리까지 찰딱찰딱 올라오게 되었습니다。 그러니까 계수나무 아버지가 이 애더러

『애야! 넌 내 아들이니까, 물이 암만 자꾸 올라와도 조금도 무서워하지 말고, 날 꽉 붙잡고 있거라! 그리고 내가 만일 넘어 자버리게 되면 내 위에 올라타거라! 그렇게 하면 죽

42

지 않을에니─!』

이렇게 말했습니다。

아닌게 아니라, 물은 점점 올라와서, 백두산 꼭대기에까지 올라왔습니다。 계수나무는 뿌리째로 바람과 물때문에 뽑혔습니다。 그리고 둥둥 떠내려가고, 애는 계수나무 아버지 몸을 꽉 잡고 역시 둥둥 떠내려갔습니다。 이렇게 얼마쯤 떠내려가느라니까, 수많은 개미가 역시 둥둥 뭉쳐서 떠내려오다가 이 계수나무를 탄 애더러

『여보십쇼, 제발 좀 우릴 살려주십소서。 살려주십소서。』

하고 애원하였습니다。 그때 마음 착한 이 애는 개미들을 불쌍히 생각하여

『아버지, 아버지! 저 개미들을 살려줄가요?』

하고 계수 나무 아버지더러 물어보니까,

『살려줘라!』

하고 대답하였습니다。 그래

『그럼, 여기 올라 타라!』

이 애가 수많은 개미를 보고 말했습니다。

그러니까 개미들은 눈물을 흘리면서,

『이 은혜는 죽어도 잊지 못하겠습니다 고맙습니다。 고맙습니다!』

하고 절을 하였습니다。

이 애하고 개미들이 이렇게 계수나무를 타고 몇일간을 바람 불고 물결 치는대로 둥둥 떠가느라니까,

수많은 모기떼가 또 물 위에 둥둥 떠내려가는게 보였습니다。

『여보십쇼。 여보십쇼。 제발 좀 우리들을 살려줍소서。 살려줍소서!』

하고 이 애더러 애원하였습니다。

마음씨 고운 이 애는 또 모기들이 불쌍했습니다。 그때 계수나무 아버지더러

『아버지 아버지! 저 불쌍한 모기들을 살려줄가요?』

하고 물으니까,

『응, 어서 타라고 해라!』

하고 끝 승낙하였습니다。 그래 이 애가 모기떼를 향하여

『어서 여기 올라 타거라。』

하고 말했습니다。 그러니까 모기떼들은 계수나무 위에 올라타고, 물에 젖은 날개를 놀려 물을 털면서,

『고맙습니다 고맙습니다! 이 은혜는 죽어도 못 잊겠습니다。』

하고 절을 자꾸자꾸 하였습니다。 이 애는 개미하고 모기하고 계수나무 위에 올라 타고 몇날

43

동안을 또 둥둥 물결치는대로 바람부는대로 떠내려가느라니까,

하루는 나이 이 애만한 소년이 물에 둥둥 떠내려가는게 보였습니다.

『여보십쇼. 여보십쇼. 제발 좀 절 살려줍소서. 살려줍소서!』

하면서 물을 꿀걱꿀걱 먹으면서 애원하였습니다. 마음씨 고은 이 애는 또 불쌍이 생각하면서 제수나무 아버지며

『아버지, 아버지! 저 애가 불쌍하니 올라 타라고 할가요?』

하고 물어 보았습니다. 그러나 제수나무 아버지는 의외에도

『그냥 내버려무어라!』

하십니다. 그래 이 애는 할수없이 그냥 개미떼 모기떼하고 둥둥 떠 가었습니다. 그러니까 물에 빠진 애가 따라오면서,

『제발 어서 좀 살려주십쇼. 살려주십쇼.』

하고 애원하였습니다. 마음씨 고운 이 애는 또 불쌍히 생각하면서, 제수나무 아버지며

『저 애가 불쌍하니 살려줍시다 그려!』

하고 말하니까, 제수나무 아버지는 역시

『그냥 맹겨처 무어라!』

하였습니다.

이 애는 또 할수없어서 물에 빠진 애를 그냥 두어두고, 개미때와 모기때들과 같이 제수나무를 타고 바람 부는대로 물결 치는대로 둥둥 떠갔습니다. 그런데 물에 빠진 애는 그냥 뒤를 따라오면서,

『여보세요. 얼른 제발 좀 살려주서요! 온몸이 떨려서 헤염도 못치고 죽을것 같습니다!』

하고 눈물을 흘리면서 애원하였습니다. 이 애는 이 물에 빠진 소년이 불쌍스럽기 짝이 없었습니다. 그래 제수나무 아버지며

『아버지 아버지! 저 애가 아버지는 불쌍하지 않어요? 개미도 구해주고, 모기도 구해주었는데, 저 애도 구해줍시다!』

하고 말했습니다. 그러니까 제수나무 아버지는

『그럼, 난 모르겠다. 너 하구 싶은대로 해라.』

하고 대답하였습니다. 이 애는 기뻐서

『애야 애야, 얼른 여기 올라 타거라!』

하고, 물에 빠진 소년을 구하여주었습니다. 소년은 눈물을 흘리면서 고맙다고 절을 하였습니다.

부 소년하고 모기 개미가 제수나무를 타고 몇일 동안을 또 바람 부는대로 물결 치는대로 둥둥 떠가느라니까, 물이 점점 줄고, 바람도 자서 산들이 보였습니다.

이렇게 몇날이 지나니까, 그렇게 많던 물이 죄다 빠이고 육지가 나타났습니다.

두 소년과 개미 모기는 육지로 올라갔습니다.

개미와 모기는 눈물을 흘리면서 계수나무 아들을 보고 목숨을 살려주어 고맙다고 백배치사를 하고, 어디론지 저희들 갈데로 가버렸습니다.

두 소년은 이리 저리 다니면서 행여나 아직 죽지 않고 살아서 남어있는 집이나 있지 않을가 생각하면서, 몇날을 돌아다니느라니까, 어떤 날 저녁, 높은 산 꼭대기에 불이 호미스레 반짝반짝하는게 보였습니다.

「옳다! 저게 사람 사는 집이 있구나! 어서 가보자 가보자!」

하고 두 소년이 가보니까, 과연 사람이 있었습니다. 늙은 할멈이 한분하고 젊은 처녀가 둘 있었습니다. 두 소년은 이 집에서 가치 살게 되었습니다.

그런데 하루는 노파가 두 소년더러 이렇게 말했습니다.

「인젠 나두 나이 많아서 언제 어느때 죽을지 모르겠는고로, 미리 너희들에게 우리 딸과 정혼을 해두고싶다. 그런데 예쁜 딸은 내가 난 딸이고, 좀 예쁘지 못한 딸은 양딸이다. 누가 재주가 많은가 보고 재주 많은 애에게 내가 난딸을 줄게 어디 있는 재주들을 한번 피워봐라.」

이 말을 듣고 마음보 곱지 못한 물에 빠졌던 소년은 계수나무 아들을 가리키면서

「이 애는 아주 신기한 엔데요. 좁쌀을 한말 모래 바닥에다 헤뜨려놓고 삽시간에 좁쌀알만 골라내는 재주가 있답니다!」

하고 말했습니다. 그러나 사실은 계수나무 아들은 이런 재주는 없었습니다. 그것을 이렇게 물에 빠졌던 애가 말한것은 노파가 못한다고 계수나무 아들을 꾸짖게 되면, 자연 자기에게 노파가 친히 나은 예쁜 딸을 주리라 생각하고, 이렇게 거짓 소리를 한겝니다.

노파는 계수나무 아들더러 자꾸 한번 해보라고 하였습니다. 그러나 할줄을 알아야 하지 않습니까. 할줄 모른다고 거절을하니까 노파는 노하면서

「사내가 그렇게 끄어서야 될 하나! 할줄 알면 한번 해보지!」

이렇게 말하면서 좁쌀을 한말 모래 바다에다 좌악 헤뜨려놓고는, 물에 빠졌던 애하고 집안으로 들어가버렸습니다.

계수나무 아들은 참 난처하기 짝이 없었습니다. 근심을 하면서 서있느라니까 따끔 하고 무엇인지 발가락을 쏘는것이 있었습니다. 보니까 그것은 그전에 물에 빠진걸 살려준 개미였습니다.

「여보십쇼. 은혜 많으신 양반! 어째 그리 근심을 하시고 계십니까?」

하고 개미가 계수나무 아들더러 물었습니다. 계수나무 아들은 죄다 말해주었습니다.

그러니까 개미는

『그렇습니까。 그럼 빨리 갑시다—』
하고 오므로 가보니，수천마리 수만마리의 개미를 데리고 오더니，한 섬이나 되는 모래 사이에 그 좁쌀을 한알도 남기지 않고 주어 주었습니다。

노인은 곧 모래를 치면서 감탄하였습니다。그리고 좁쌀 골라낸 마음씨 곱지 못한 소년은 화를 냈습니다。자기가 자꾸 하겠다던 계수나무 아들의 이렇게 훌륭한 재주를 따라가지 못하였습니다。좁쌀 골라낸 소년은 계수나무 아들이 무서웠습니다。

그런데 노인은

『옛날에— 난 그처녀를 딸 삼아 키웠고，누가 그처녀에게 복 많이 주는지 보려고 하였는데，나는 할머니의 말을 듣고 보니 그처녀를 내 딸로 삼겠다고 하였으니 이제 정했다。』

하고 말했습니다。

두 소년은 한 번씩 나가 있었습니다。

그때 노인은 양딸이 사는 방에 들어가고，한 방에 들어가서 한 방에 놓아 두었습니다。

그런데 계수나무 아들이 쫓아서 있니까

『왕 왕 왕。』

하고 비가 한참 쏟아지는데，계수나무 아들 귀에 와서

『오 고맙소。우리 엄마 마음이 한번— 한 방에 들어 있어도，동쪽 방이로 들어가시오。』

하고 일러주었습니다。

계수나무 아들이 동쪽방에 가니까，아름답고 얌전한 처녀가 한 방에 기뻐하면서 맞아주었습니다。그리고 마음씨 곱지 못한 소년은 양딸을 아내로 삼을 수밖에 없었습니다。

그런데 계수나무 아들 부부는 아들 딸을 자꾸자꾸 낳았으나 마음씨 곱지 못한 소년 부부는 종시 자식이라고는 하나도 낳지 못하고 세상을 떠나갔습니다。그러므로 계수나무 아들 부부가 우리인류의 맨 처음의 조상이랍니다。

(採話 [illegible])

금이 귀신된 이야기

투전하는것을 밥 먹기보다 더 좋아하는 투전군이 있었드랍니다。

투전을 하느라구 돈을 다 잃어버리고、할수 없게 되어 안해를 데리고 이 집 저 집 이 동네 저 동네로 밥을 빌어먹으면서 돌아다녔습니다。하루는 어떤 동네를 들어가니까、크고도 큰기와집이 있었습니다。주인을 청하였으나、도무지 대답이 없었습니다。투전군은 이상히 생각하면서 대문을 열어제치고 집안엘 들어가 보니까、사람은새려 고양이 한마리 야옹 하지않는 텡텡 빈 집이었습니다。앞 집에 가서 주인 영감더러

『뭣집이 빈 집인것 같은데、오늘 저녁 하룻밤 그 집에서 자고 가도 관계찮습니까。』

하고 물어보니까、

『아예 못 자네! 흉가야! 열 두 가족이 다 죽었어! 귀신이 나와 귀신이!』

하고 영감은 큰일이나 났다는듯이 손을 흔들면서 소리질렀습니다。

『흉가면 흉가! 귀신이 나오면 귀신이 나오래라! 제에기 한데서 자는거보다 났지 않으리』

이렇게 생각하고、투전 잘하는사람은 안해를 데리고 그 집안으로 들어갔습니다。

부엌에 놓인 독에는 쌀이 가득 차있고 살림살이 기구가 죄다 있었습니다。그러고 또 선반

예는 금전이 많이 있었습니다.

무전 잘하는 사람은 기뻐서, 그 금전을 가지고 무전을 하며 나가고, 안해는 혼자서 그 빈 집에서 자게 되었습니다.

밤이 이슥이 깊었을때 천장에서

『콩—』

하는 소리가 들립니다. 안해가

『에쿠, 이거 무슨 소릴가? 쥐가 뛰노는 소린가?』

생각하면서 천장을 처다보니까, 종이를 곱게 발라놓은 천장이 뚫어지면서 사람의 넙적다리가 한아 쑥욱 나왔습니다.

무전군의 안해는 그만 정신을 잃고 멍하니 바라보구 있느라니까, 다리 하나가 또 쑥 나옵니다. 그러더니 훌렁훌렁 다리가 떨어지고, 팔이 떨어지고, 몸집 머리가 떨어지더니, 제각기 오뚝뚝오뚝뚝 뛰어가서 딱딱 제 자리에 붙어 시뻘건 벌거숭이 사내가 되었습니다.

이 벌거숭이 사내는 혀를 홀군홀군 하면서

『두놈인줄 알았더니, 한놈 밖엔 없구나. 내일 저녁에 두놈을 다 잡아먹어야겠군.』

하더니, 감빡 없어지고 말았습니다. 무전군의 안해는 이불 속에서 그저 부들부들 치를 떨면서, 밤을 뜽이로 홀쳤습니다.

이튿날 아침에야 무전 잘하는 남편이 돌아왔습니다. 무전군의 안해는 남편더러 어제 밤 생긴 일을 죄다 말해주었습니다. 그러니까 남편은

『흥, 그놈의 귀신을 오늘 저녁은 지켜서 보아야겠군—』

하고 그날 저녁은 무전하러 나가질 않구 지켜서 보게 되었습니다.

과연 어제 저녁과 꼭 같았습니다. 시뻘건 벌거숭이가 피가 뚝뚝 흐르는 혀를 홀군홀군 하면서

『오오냐. 오늘 저녁은 두놈이로구나.』

하면서, 이불을 벗깁니다.

이 때 무전 잘하는 사람은 불에 달과놓았던 시뻘건 인두로 그놈의 벌거숭이 귀신의 엉덩짝을 쿡 찌르니까, 부지작하고 살이 타졌습니다. 그러니까 벌거숭이 귀신은

『에쿠 에쿠, 큰일 났다, 에쿠 에쿠!』

하면서 문을차고 나갔습니다. 무전 잘하는 사람이 뒤를 따라가 보니까, 그 벌거숭이 귀신은 허청 안으로 뛰어들어갔습니다.

무전군이 허청까지 따라갔을 때는 벌써 귀신은 온데간데도 없어지고, 큰 독에 누런 금이 가득 가득 들어있었습니다. 무전군은

『오옳지! 이 금이 귀신으로 변했드랬구나!』

[illegible]

[illegible]

[illegible]

56

하고 애들 앞에서 멀끔멀끔 먹어보였습니다。

입때까지 먹으면 죽는것인줄로만 알고 있던것을、접장이 아주 맛나게 먹지를 않습니까! 애들은 와악 달겨들어서 궤에 하나 가뜩 넣어둔 엿을 한가락도 없이 먹어 버렸습니다。

이렇게 다 먹구보니、선생님이 오시면 책망 듣고 매맞을 일이 난처하기 짝이 없습니다。여러 애들은 이 일을 어떻게 하면 좋을가 하고 한숨만 내쉬였습니다。접장이 꾀를 꾸몄습니다。

애들더러

『애들아! 다 들어누워 있거라! 그리고 배가 아픈체、아구 아구 소리를 질러라。』

이렇게 말했습니다。그리고 요강을 문턱에다 두서너번 둘러메쳐서 조자조자 깨뜨려놓았습니다。잔치 집에 다녀온 훈장은 깜짝 놀랐습니다。엿 궤에는 엿이 하나도 없어지고、손요강은 조자조자 깨뜨려져 있질 않습니까。또 그뿐입니까、도무지 어찌된 영문인지 애들이 모두 잔뜩들 들어누워서、아구 아구 신음 소리를 하지 않습니까。

『이놈들 왜 이렇게 다 쯔런히 들어누워 있느냐?』

하고 훈장 영감이 고래고래 소리질렀습니다。

그러니까、접장은 배를 움켜쥐고 벌떡 일어나면서、

『선생님! 선생님이 밖에 나가신 틈에 뛰어 다니면서 놀다가、그만 선생님의 손요강을 깨뜨렸어요。그래 너무도 죄송하고 무안해서 모두 죽으려고 선생님이 먹으면 죽는다고 하신 약을 먹고 배가 아파서들 이렇게 들어누워 있는겁니다。아구 아구 아구 아구 배야!』

하고 아뢰었습니다。

이 말을 듣고、훈장은 그저 어안이 벙벙해서 암 말도 하질 못하고

『이놈들아! 어서 일어나서 글이나 읽어라!』

하고 소리소리 질렀습니다。

(平南 平原郡 肅[illegible]里)

57

잊기 잘하는 사람 이야기

옛날 어떤 곳에 아주 아주 잊기를 썩 잘하는 사람이 살았더랍니다。 하루는 이 사람이 망건을 두루고 갓을 쓴 다음 길을 떠났습니다。

길을 가다가 뒤가 보고싶었습니다。 그런데

『갓과 망건을 벗어놓고、 뒤를 보다가는 필경 또 갓과 망건을 잊어버리고야 말지―』

이렇게 근심하고、 어디 뒤보기 좋은 곳이 없나 하고、 두리번두리번 살펴보니까、 그리 멀지않은 곳에 수양 버드나무가 있는것이 보였습니다。

『옳다― 저 버드나무 가지에다가 갓과.망건을 걸어놓고 그 아래서 뒤를 보자。 그렇게 하면 뒤를 다보고 일어 설적에 더욱 머리에 갓하고 망건이 닿아서 잊지 않고 쓰고 가질 않겠나』

이렇게 생각을 하고、 그 버드나무 아래에 가서 갓과 망건을 벗어서 나무 가지에 걸어놓고 뒤를 보았습니다。

그런데 잊기 잘하는사람은 뒤를 보고 있는 새에 그만이야 갓과 망건을 제 머리 위 나무 가지에 걸어놓은것을 깜빡 잊어버렸습니다。

이렇게 잊어버린 이 사람이 뒤를 다 보고 일어나려구하니까、 나무 가지에 걸어놓았던 갓이

[illegible] 60

뿔이― [illegible] 들었습니다。

그러니까, 이 사람은

『그런 요술이 있는 줄 알았으면 뿔잔을 [illegible] 찾아― [illegible] 것 있다。』

하고, 짐과 뿔잔을 다시 찾아오려고 [illegible]습니다。 그러고 또 뿔을 [illegible],

『그런요술이 있는 줄 [illegible] 찾을가― [illegible] 있다。』

하고 [illegible] 쪽을 떨어뜨려서 가 버렸습니다。

([illegible])

朴赫居世 임금님

옛날에 옛날 아주 어떤 옛날, 고허촌(高墟村)이라는 촌에 촌장이 하루는 들에서

『[illegible]―』

하면서 말을 잡고 있었습니다。 그런데 양산 수풀 속에서

『히잉 히잉―』

하고 이상하게 우는 말 소리가 들렸습니다。 촌장은 여태까지 이렇게 신기하게 우는 말 소리는 들어보지 못했습니다。

촌장은 기이하게 여겨 발걸음을 그리로 돌리고, 말 우는 소리가 들려오는 양산 기슭으로 가보았습니다。 그러니까 양산 밑 우물 가에서 크기도 하려니와 날개가 있는 백마 한 마리가 무릎을 꿇고 하늘을 쳐다보면서

『히잉 히잉―』

하고 울고 있는 것이 보였습니다。 촌장은 신기한 김에 발걸음을 재촉했습니다。 촌장이 우물 가까이 가니까, 말은 한층 더 소리를 높여

『히잉 히잉―』 61

하고 우렁찬 소리로 울더니, 하늘로 훨훨 날라갔습니다。 그리고 말이 울고 섰던 우물 가에는 박과 같은 크다란 알 한개가 놓여있었습니다。

동장은 그 신기한 박과 같은 알을 가슴에 안고 집으로 돌아오는데, 새들은 기쁘게 노래를 부르면서 펑펑 날아다니면서 따라오고, 산 짐승들도 또 기쁘다는듯이 춤을 추며 소리를 지르면서 따라왔습니다。

참 이상도 합니다!

동장이 집에 돌아와서 그 박과 같은 알을 고이고이 깨뜨려보니까, 놀랍게도 박 속에서 아주 귀엽고 아름다운 사내아기가 방긋방긋 웃으면서 벌떼벌떼 기어 나왔습니다。 동장은 그저 기쁘고 기뻤습니다。

동장은 이 아기가 박과 같은 알에서 나왔다 하여, 성을 박(朴)이라고 지었습니다。 그리고 이름을 혁거세라고 하였습니다。

동장은 이 아기를 아주 극진이 키웠습니다。 그러니까 아기는 점점 성장할수록 아주 명민하고 또 기운이 출중하며, 공부도 잘하고 무술도 능하여갔습니다。 무엇이나 다른 사람보다 뛰어난 재주를 가졌습니다。 이 아기는 이렇게 글과 무술을 아주 높이높이 닦아 훌륭한 사람이 되어 모든 사람들이 숭배하게 되어 드디어 임금으로 받들었습니다。

이 임금님이 신라 나라의 맨 처음의 임금님 박혁거세 임금님이십니다。

목침 이야기

옛날 어떤 선비가 파거를 보러 서울에 올라갔었습니다。

날이 저물어 해가 진고로 길가 어떤 주막집에 들어가서 하루 저녁을 보내게 되었습니다。

때마침 주막집에서는 그날밤 돌아가신 아버지의 제사가 있었습니다。

제사가 끝나는것을 보고 선비는 잠이 들었습니다。 그런데 이 선비의 꿈에 머리털이 눈 같이 흰 영감이 한분 나타나더니,

『나는 이 집 주인의 아버지인데, 오는 제사하는 음식에 머리털이 있고, 또 문걸 쇠에는 가죽 끈이 매어 있는고로, 무서워서 잘못 먹구 감메!』

하고는 영감님의 자태가 없어졌습니다。

선비는 이 꿈을 이상히 생각하여서, 아침 주인 보고 간밤에 본 꿈 이야기를 말해주었습니다。 주인은 그 말을 듣고,

『그러면 오늘 저녁 또 다시 제사를 지낼테니, 하루만 더 유하고 가십시요。』

하고 자꾸 만류하는고로, 하루를 더 묵게 되었습니다。 주인은 그날 저녁 제사를 특별히 주의하여 음식물에 머리털이 하나도 없게 하고, 또 문걸쇠에 매어놓았던 가죽 끈도 풀어버렸습니

왕후의 머리에 발톱을 박고 왕후에 두 눈을 뽑아땡게치고, 또 원편 소매에 넣었던 고양이는 뛰어나가서, 왕후의 모가지를 물고 동동 매달렸습니다. 그러니까, 이거보서요! 꼬리가 삼단같은 여우란놈이 죽어넘어지질 않았습니까!

왕후란것은 그전에 놓아버린 암여우가 사람으로 변하여 흉악하게도 왕후님을 죽이고 제가 이렇게 왕후가 되어서 나라를 망치려고 하였던겁니다。

(平南 平原郡 西海面)

좁쌀 한알로 정승의 딸을 얻은 사람 이야기

옛날도 옛날 어떤 총자 한 사람이 서울에 과거를 보러 길을 가다가, 해가 저물어 주막집에서 자게 되었습니다。

총자은 주막집 주인에게 좁쌀 한알을 호주머니 속에서 꺼내 주면서

『이 좁쌀은 아주 귀한 좁쌀이니 잘 간직해두었다가 주시오。』

하고 그 좁쌀 한알을 주인에게 맡겼습니다。이튿날 아침

『좁쌀 알을 주소。』

하니까, 주막집 주인은

『어제 저녁 쥐란놈이 먹어버렸습니다。』

하고 대답했습니다。

『그럼, 그 쥐를 잡아다주우。』

총자이 주막집 주인더러 이렇게 말했습니다。주막집 주인은 할수없이 쥐를 한놈 잡아다 주었습니다。

총자은 그 쥐를 가지고 가다가, 또 다음 주막집 주인에게 맡기면서,

『이 쥐는 아주 귀한 쥐니, 잘 간직했다가 주시오.』
하고 쥐를 주막집 주인에게 맡겼습니다.

이튿날 아침

『쥐를 주우.』
하니까, 주막집 주인은
『어제 저녁 그만 고양이란놈이 그 쥐를 잡아먹었습니다!』
하고 대답하였습니다.
『그럼, 그 고양이를 잡아다주우.』

총각이 주막집 주인더러 이렇게 말했습니다. 주막집 주인은 할수없어서, 고양이를 한놈 잡아다 주었습니다.

총각은 그 고양이를 가지고 길을 훨훨 가다, 날이 저물어 주막집에 들게 되었습니다. 그리고 주막집 주인에게 고양이를 맡기면서,
『이 고양이는 아주 귀한 고양이니, 잘두었다 주우.』
하였습니다.

이튿날 아침 총각이 주막집 주인더러
『고양이를 주우.』

하니까, 주막집 주인은
『어제 저녁 그만 개란놈이 물어죽였습니다.』
하고 대답했습니다.
『그럼, 그 개를 잡아다 주우!』
하고 총각이 주막집 주인더러 말했습니다. 주막집 주인은 할수없어서 개를 한마리 사다가 주었습니다.

총각은 그 개를 데리고 길을 훨훨 가다가 주막집엘 또 들게 되었습니다.
『이 개는 아주 귀한 개니, 잘 두었다 주우.』
하고 그 개를 주막집 주인에게 맡겼습니다.

이튿날 아침 총각은
『개를 주우.』
하고 주막집 주인에게 말하니까,
『어제 저녁 그만 말이 차서 죽였습니다.』
하고 주막집 주인은 슬슬 양손을 어르만지면서, 황송스레 말했습니다.
『그럼, 개를 차서 죽인 말을 주우.』
하고 총각이 주막집 주인더러 말했습니다. 주막집 주인은 할수없이 말을 한놈 사다 주었습

니다。

총자은 이 말을 끌고 서울까지 그리 머지 않은 곳 주막에서 자게 되었습니다。

『이 말은 아주 귀한 말이니、잘 매졌다 주우。』

하고 주막집 주인에게 말을 맡겼습니다。

이튿날 아침

『말을 내 주우。』

하고 총자이 주막집 주인더러 말하였습니다。 그러니까 주인은 손을 비벼대면서

『참 황송하올시다。 어제 저녁 그만 이야 소하고 쌈을 하다가 소한테 바치어서 죽고 말았습니다 네!』

하고 주막집 주인은 대답했습니다。

『그럼 여보시요! 말을 죽인 소라두 주시우!』

하고 총자은 주인더러 말했습니다。 주막집 주인은 제 불찰로 말을 죽게하였으니까、뭐 할수없습니다。 소를 한마리 사다가 주었습니다。

총자은 그 소를 끌고 서울엘 들어가서 어떤 주막집에 주인을 정하게 되었습니다。 주막집 주인에게 소를 맡기면서、

『이 소는 아주 귀한 소외다! 잘 매어줬다가 주시유。』

하고 말하였습니다。

이튿날 아침입니다。

『소를 내주우。』

하고 총자이 주막집 주인더러 말하니까、

『참 황송하올시다。 어제 저녁 우리 아들놈이 그만 손님의 소를 모르고 팔어버렸습니다!』

하고 주막집 주인이 말했습니다。

『그럼、여보소 주인! 그 소를 사간 사람을 데려다주우。』

하고 총자은 눈을 한번 휘번덕거리었습니다。

『네네 그런데 그 소를 사간 사람이 사간 사람이 바로 네네。』

주막집 주인은 서슴서슴거렸습니다。

『사람이구 막걸리구 뭐구간에 소 사간 사람을 데려오라는 소리가 안들려슈。』

하고 소리소리 쳤습니다。

『네! 그런데 그 사람이 바로 정승님이세요!』

주막집 주인은 겨우 이렇게 입을 떼었습니다。

『정승이구 뭐구간에 어서 데려오너라。』

총자은 고래고래 소리질렀습니다。 주막집 주인은 할수없이 정승한테 가선 부들부들 떨면서

전후 사정을 말하였읍니다。 76

그랬더니 노할줄 알았던 정승은 빙긋 웃으면서,

『하ㅡ 그 총각 거 재미있는 사람일세。총각을 좀 이리로 데려다주게나。』

하고 정승이 말하였읍니다。

총각은 정승 앞에 가서 다짜고짜로

『소를 내놓아라ㅡ』

하고 소리쳤읍니다。그랬더니,

『없다ㅡ 잡아먹었다ㅡ』

하고 정승은 댓구를 하였읍니다。

『뭐? 잡아먹었어? 그럼, 소고기 먹은 값을 내놓아라ㅡ』

하고 총각은 눈을 무섭게 부릅뜨고 고함쳤읍니다。

정승은 이 총각의 기품에 감복했읍니다。정승은 자기 말을 불러서 총각 앞에 갖다 놓고

『자, 이게 소고기 먹은 사람이다ㅡ』

하고 말을 총각에게 주었읍니다。

([illegible])

독수리탄 왕

우리 조선이 세계에서 맨 먼저 공중으로 날아다니는 기계를 발명했읍니다。바로 이 비행기를 발명했을 때 지나의 임금이 조선나라에는 공중으로 날아다니는 사람이 있다는 소문을 듣고, 조선 왕한테

『날아다니는 사람을 보내주오。만일 보내지 않으면 군병을 거느리고 가겠다。』

고 하는 아주아주 매섭고 심술궂은 편지를 보냈읍니다。

날아다니는 사람이 어디 있겠읍니까? 지나 왕이 군사를 거느리고 쳐 온다는것은 그다지 무서운 일은 아니나, 그러나 전쟁이 생기면 무고한 순한 백성들 보게되겠는고로, 이것을 근심하시고, 나는 사람을 구한다는 포고를 내렸읍니다。

그런데 어떤 사람이 길을 가니까, 길가에 사람들이 수북하니 둘러 서있는고로, 이 사람이 들고 하며 들여다보니까, 노파가 솜을 따고 있었읍니다。이 사람이 노파에게 날아다니는 재간을 좀 가르쳐달라고 하니까, 노파가 단숨에 어떻게 만든 두루마기를 주었읍니다。이 두루마기는 눈에 보이지 않는 두루마기입니다。

이 사람이 이 두루마기를 가지고 지나에 갔읍니다。 77

지나 왕 앞에 가서 그 두루마기를 입고 단추를 채우니까, 공중으로 둥둥 떠 올랐습니다。 78
지나 왕이 이것을 보고 잔뜩 호기심이 나서, 나도 날아보게 나는 방법을 가르쳐달라고 하였습니다。

그래 이 사람이 눈에 보이지 않는 그 두루마기를 입혀주고 단추를 채워주니까 지나의 임금님은 공중으로 둥둥 떠올라갔습니다。 그러나 이 사람은 이 십술구진 지나 왕을 밉상스레 보고 단추를 떼면 도로 내려온다는것을 가르쳐 주질 않았습니다。 그런고로 이 십술구진 임금은 그냥 둥둥 떠다니다가, 그만 독수리가 되었더랍니다。

지금도 공중으로

『떼오 떼오。』

하면서 독수리가 우는것은 제 신세를 한탄하는 소리랍니다。

(平南 安州)

까투리 이야기

옛날도 옛날 어떤 곳에 일찍 남편을 여의고 외롭게 살아가던 과부 한 사람이 있었더랍니다

과부가 하루는 산엘 나무를 하러가서 마른 나무 가지를 뚝뚝 꺾고, 나무잎을 버억버억 긁고 있느라니까, 까투리 죽은것이 한마리 보였습니다。

『까투리가 왜 죽었을가。』

이렇게 생각하면서 들어 보니까, 아직 죽은지가 그리 오래지 않아보여 하나도 상한데가 없습니다。 그래 과부는 그 까투리를 집에 가지고 돌아와서, 털을 뜯어 쨍게치고, 솥에 물을 펄펄 끓여서 까투리를 삶아 먹었습니다。

그런데 이상한 일이 다 있지 않습니까。 까투리를 삶아 먹은 이후부터는 배가 점점 불러집니다。 애를 가진것입니다。 과부는 이상히 여기면서도 일편 기뻐하였습니다。

열달이 되어 막달이 되자, 사내애를 하나 낳았습니다。 아주 귀엽고 기운이 씩씩한 앱니다。 과부는 기쁘고 기뻤죠。 그리고 까투리를 먹고 밴 애라고 해서 이름을 『까투리』라고 지었더랍니다。

세월이란 참 여류하여, 까투리가 이러저러 열 다섯이 되어 장가를 가게 되었습니다。 꺼불 79

껴를 상사말을 타고 장가를 갑니다。그런데 그전에 까투리 어머니가 나무하러갔다가, 죽은
까투리를 얻어온 산 옆을 지나려니까,
『애, 까툴아! 까툴아! 좀 거기 섰거라。』
하고 까투리 이름을 부르는 목소리가 들렸습니다。그래 까투리가 말을 멈추고 서있느라니까,
이런 끔직한 일이 어디 있습니까 몸체가 기둥만하게 굵은 크다란 구렁이가 꿈틀꿈틀 이쪽으
로 달려오질 않습니까。
까투리가 치를 부들부들 떨면서, 말등에 앉아있느라니까, 구렁이란놈이
『오늘 난 널 잡아 먹어야겠다!』
까투리를 보고 이렇게 말하지 않습니까。
『너 왜 날 잡아 먹젠?』
하고 까투리가 구렁이더러 물으니까,
『그전에 내가 먹으려구 까투리를 한놈 죽여놓은것을 네 어머니가 가져다가 삶아먹고 넌 낳
았으니까, 난 널 잡아먹어야겠다!』
이렇게 말합니다。그리고 가증스레 눈을 홉겨대면서 크다란 입을 쩍 벌리고 달려옵니다。
참 막다른 골목입니다。
『에에 구렁아! 사람이 제일 즐겁고 기쁜 날이 장가가는 날이다。그러니까 내가 장가 갔다

80

가 다녀올 때는 너하고싶은대로 하구, 오늘만은 그냥 날 보내다고。』
이렇게 까투리가 말하니까, 구렁이도 그렇겠다는듯이 머리를 끄떡끄떡하더니,
『그럼, 틀림없이 이 길로 또 오젠?』
하고 의심 많은 구렁이는 이렇게 다집니다。
『그렇구말구 이 길로 오잖구。』
하고 까투리가 대답했습니다。
『그럼, 오늘은 그냥 둬둘께 다녀오너라。』
이렇게 까투리는 겨우 장가를 갔습니다。그러나 인제 돌아갈 길에 죽을 일이 난처합니다。
그런고로 그날 밤 색씨하고 한 이불에서 잠을 자면서도, 한숨만 푹푹내어쉬었습니다。너무도
신랑이 자꾸자꾸 한숨만 쉬니까, 색씨도 이상하게 생각했습니다。
『여보세요! 우리겐 오늘처럼 기쁜 날은 없을텐데, 당신은 왜 자꾸 그러 한숨만 쉽니까?』
이렇게 물었습니다。
『네, 오늘 같이 기쁜 날 미안합니다마는 사실은………』
이러이렀다고 장가오는 도중에서 구렁이를 만났던 말을 숨김없이 죄다 말하여주었습니다。
『그만것이면 아무 염려 말으셔요! 당신이 돌아가실적에 저두 같이 따라가서 좋도록 해드
릴테니까요。조금도 근심 말으셔요!』

81

이렇게 위로하였습니다.

이렛만에 까투리는 처가를 떠나 집으로 돌아오게 되었습니다. 그런데 까투리의 색씨하고 까투리는 서로 옷을 바꾸워입고, 까투리는 색씨가 되고, 까투리의 색씨는 신랑이 되었습니다 까투리는 뒤에 떨어져 오고, 까투리 색씨는 떡으나 앞서서 꺼불꺼불 말을 타고 구렁이 있다는 산을 지나느라니까,

『애 까투리 색씨야! 넌 왜 누가 모를줄 알고 까투리 옷을 입고 까투런체하고 오네? 까투리는 왜 안 오니? 오늘은 꼭 까투리를 잡아 먹어야겠는데.』

이렇게 구렁이란놈이 밉살스레 말을 하면서 설렁설렁 이쪽으로 옵니다.

『네가 우리 새서방을 잡아 먹으면, 난 어떻게 살겠니?』

하고 까투리 색씨가 말하니까,

『내가 네일까지 어떻게 참견하니 오늘 난 네 새서방을 잡아 먹겠다고 언약했으니까, 아무렇게도 난 잡아 먹어야겠다.』

구렁이는 그냥 잡아먹겠다고 뻐깁니다.

『애 애 구렁아! 너두 참 딱하구나. 내 일두 좀 생각해줘야 안되겠니? 그럼, 너 정 우리 새서방을 잡아 먹겠으면, 내가 혼자서 살아갈수 있게 해다아고.』

색씨가 이렇게 말하니까, 구렁이는 눈을 끔뻑끔뻑 한참 무엇을 생각하더니,

82

『그럼, 내 좋은걸 갖다줄게. 잠깐만 기다려라.』

하고 도로 수풀 속으로 구불구불 들어가더니, 잠깐 있다가 무엇인지 번뜩번뜩 빛나는것을 입에 물고 옵니다.

『자, 이걸 네게 주마.』

하면서 주는걸 보니까, 팔모진 연적입니다. 구렁이는 한구멍 한구멍 꾸버정하니 무섭게 생긴 발가락으로 가리키면서,

『이 구멍은 쌀 나오는 구멍, 이 구멍은 돈 나오라고 하면 돈 나오는 구멍……』

이렇게 한 구멍 한 구멍 대어주는데, 어쩐 일인지, 단 한 구멍만은 대어주질 않습니다.

『애 구렁아! 이건 왜 안대주니? 이 구멍은 뭘 나오는 구멍인가.』

하고 까투리 색씨가 물으니까, 구렁이는 서슴거리면서 대어주질 않습니다.

『애 구렁아! 이 구멍두 무슨 소용이 있을테니, 대어주어야 쓰지 않겠니?』

하고 자꾸 다잡으니까, 구렁이는 할수없이,

『그까짓건 알아 뭘하게? 그 구멍은 밉상스런놈이 죽으라면 죽는 구멍이다.』

낯을 찡그리고 이렇게 구렁이는 대어주었습니다.

『그럼. 구렁이 너 죽어라.』

까투리 색씨가 이렇게 말하니까, 밉상스런 구렁이는 단박에 죽어 넘어졌습니다.

83

색씨도 기뻐하고, 까투리도 기뻐했습니다。서로 손을 맞잡고 기쁜 눈물을 흘렸더랍니다。두 사람은 집으로 돌아가, 재미나고 기쁘게 살아갑니다。

그런데 하루는 까투리가 산에 무나를 하러가니까, 딸기가 아주 빨갛게 익은것이 탐스러웠습니다。침이 저절로 꿀꺽꿀꺽 삼켜집니다。

까투리는 너무 기뻐서,

『야 이거 봐라! 딸기 횡재를 했구나! 가지고 가서 우리 색씨하고 나누어 먹어야겠다。』

이렇게 혼자 좋아서 빙글빙글 웃으면서 홋주머니에 하나 가득 딸기를 따서 쓸어넣어가지고 집으로 돌아왔습니다。

『여보소, 이거 봐요! 산에 가니까 크다란 딸기가 많이 있길래 혼자 먹긴 아까워서 따가지고 왔소。』

하면서 홋주머니에서 안해 양 손바닥에 옮겨주다가, 그만이야 한개 땅에 떨어뜨렸습니다。그것을 바로 아래 와서 부러워하며 바라다보고 있던 닭이란놈이 떨어지자말자, 톡 쪼아 먹지를 않았어요。그런데 이거 봐요 금시까지 아무렇지않던 닭이 그 딸기를 먹자마자 꾀꾁 꽥 모가지를 꾸부러뜨리고 버둥거리더니, 그만 죽고 말지를 않습니까?

까투리 내외는 깜짝 놀라서 딸기를 죄다 팽게쳐버렸습니다。

그 딸기는 구렁이가 죽으면서 독 딸기로 변하여 까투리에게 복수를 할려던게였습니다。

맷돌 조롱박 장구

옛날도 옛날 세 형제가 늙은 아버지를 모시고 한 집에서 살았습니다。아버지는 오래 전부터 병이 나셔서 자리에 누워 계시면고로, 의좋은 삼형제는 서로서로 맛있는 음식과 좋은 약을 구하여다가 아버지께 대접하군 하였습니다。그러나 이렇게 하는 아들들의 효성으로도 늙으신 아버지의 병은 어찌하지를 못하고, 아버지의 병은 점점 중하여갈뿐이었습니다。

하루는 아버지가 아들들을 머리맡에다 불러놓고, 눈물을 흘리면서 말씀했습니다。

『애들아! 나두 인젠 죽을 때가 왔나부다。오래 동안 너희들을 퍽 괴롭게 했다。있던 재산을 다 없새버리고, 이렇게 가난뱅이가 되고보니, 너희들한테 무엇 하나 변변한걸 남겨줄것 없는것이 원통하다。』

아버지는 기침을 졸려 한번 하시고, 또

『지금 내가 가지고 있는것이란 셋 밖에 없다。이것을 하나 하나 나눠가지고 어디든지 가서 이것을 밑천 삼아 살아갈 방침을 세워라。』

이렇게, 눈물 섞어 말씀을 하시고는, 그만 숨이 끊어졌습니다。

아버지가 남겨둔 세가지 물건이란 맷돌, 조롱박, 장구의 세가지였습니다。

의좋은 삼형제는 의좋게 맏형은 맷돌을 가지고, 그 담 형은 조롱박을, 막내 아우는 장구를 각각 나눠가졌습니다。

삼형제는 이것들을 가지고, 동네를 떠나서 길을 가다가, 세 갈래로 갈라진 길까지 왔습니다。 거기에서 세 형제는 각자 헤어지게 되었습니다。 서로서로 손을 잡고 눈물을 흘리면서,

『아무때 아무시 또 우리 여기서 만나자。 부디 몸을 조심하고 만날 때는 기어코 성공들을 하여가지고 만나자!』

이렇게 서로서로 말을 하고, 맏형은 맷돌을 등에 지고 바른편 길로 가고, 그 담 형은 가운데 길로 가고, 막내 아우는 왼편 길로 제각기 다른 길을 걸어갔습니다。

그런데 맏형이 맷돌을 지고서 길을 가다가, 하루는 수풀을 지날 때, 수풀 중간쯤 가니까, 해가 벌써 지고, 사방이 어두컴컴해져서, 지척을 분간할수 없게 되어 걷던 걸음을 멈추고,

『어디 인가나 없나?』

이렇게 생각하고 사방을 두리번두리번 살펴보았으나, 인가의 그림자는새려 인가의 가뭇도 보이지를 않았습니다。

맏형은 숲 속에서 하룻밤을 자고 갈밖에는 없었습니다。

나무 아래에서 자려 해도, 땅이 축축한게 자고싶은 생각이 없고, 바위 틈에서 자려 하니, 밤중에 짐승이 나오지나 않을까 무시무시한게 자고싶지 않아서, 나무 위에 올라가서 자게

86

되었습니다。 나무 위에 올라가서 나무 가지를 꺾어서, 이리저리 걸쳐놓아 잘 자리를 트려놓고, 그 위에 들어 누웠습니다。 맷돌은 옆에다 내려놓고요。

맏형은 온종일 길을 걸은고로, 몸이 숨 갈이 피곤하였습니다。 그런고로 세상을 모르고 곤하게 자다가, 재밤중에 무슨 소린지 웅성웅성 하는 소리에 잠이 깨었습니다。

『이 밤중에, 짐승의 소리도 아니고, 이게 무슨 소릴까? 이 수풀 속에。』

이렇게 생각하면서 귀를 기우뚱하고, 자세히 들어보니까, 그것은 뜻밖에도 제가 올라가 자고 있는 나무 아래에서 사람들이 모여서 무슨 토론을 하고 있는 말소리었습니다。

『오늘은 참 횡재했는걸! 허허, 이건 금뎅이네 그려。』

『무어? 그건 또 은뎅어리야! 허허, 똑 갈이들 나눠가지세!』

이렇게 쑥떡쑥떡하는 말소리가 들렸습니다。 도둑놈들이 도둑질을 해다가 서로 나눠 가지는 토론이었습니다。

『오! 산적이로구나! 이놈들 어디 혼들을 나봐라。』

이렇게 맏형은 생각하고, 옆에 놓았던 맷돌로 두루 퉁맷돌질(망질)을 했습니다。 그러다가는 맷돌질을 멈추고, 오줌을 산적들이 앉아있는 나무 아래를 향해 줄줄 쌌습니다。 그러니까 산적들은

『우뢰 소리다。 비가온다。 에쿠 에쿠 큰일났다。 별들이 반짝이던 하늘이 갑자기 이렇게 이

87

합니다。 그때 가운데 형은 시치미를 뚝떼고

『흥、벌소리를 듣겠네。 때대사람도 때대사람、때대가 다 녹아서 흙이 되갔을까 염녀하는때 멀세!』

이렇게 대답하니까、도깨비란놈이

『어디 그럼、때대사람인가 아닌가 보게。 머리를 내밀어봐라!』

하고 머리를 내밀라고 하는겝니다。 가운데 형은 허리 꽁무니에 찼던 조롱박을 풀어서 쑥내밀었습니다。

도깨비가 그 조롱박을 만져보며니、

『야 너때 죽은지 오래 됐구나。 머리에 털이라고는 거칫도 없구나。 어디 또 팔을 내여보라。』

이렇게 도깨비가 말하는고로、가운데 형은 짚고가던 지팡이를 내밀었습니다。 그러니까 이것을 만저본 도깨비는

『야 이거 너 병을 앓다죽었었구나。 무던이두 따리했었다。 때대까지 따리해서 나뭇 가지 같이 가늘게 따리했구나。 너 참 때대사람이다。 그럼 어서 빨리 마울로 가자。』

이렇게 말했습니다。 도깨비들은 가운데 형을 틀림없는 때대사람으로 압니다。

가운데 형은 도깨비들을 따라 때 먼 동네까지 갔습니다。

이 집은 이 동네에서 제일가는 부잣집입니다。 도깨비들은 이 집 앞에까지 와서 가운데 형

며형

『애 때대야! 너는 바깥에 서있거라。 우리들이 들어가서 이 집 처녀의 혼을 때어오니까』

이렇게 가운데 형만 바깥에 남겨두고 도깨비들은 집안으로 들어갔습니다。 한참있더니 도깨비들이

『애 애 처녀의 혼을 때어왔다! 때어왔다! 어서 가자。 어서 가자。』

하고 도깨비들이 서성거립니다。 가운데 형은

『애 애 내게 주머니가 하나 있다。 여기 처녀의 혼을 쓰러넣자。』

하고 말하니까、도깨비들은 됐다 됐다 하면서 처녀의 혼을 가운데 형의 주머니 속에 쓰러넣었습니다。 그리고 무덤이 많은 산을 향하여 동네를 나오다가、동네 끝까지 오니까、

『꼬꼬。』

하고 새벽 닭이 울었습니다。

『애쿠、벌써 날이 밝아오는구나。』

도깨비들은 다들 놀라서 어데로인지 껑충껑충 도망질을 처버렸습니다。

날이 밝자、가운데 형은 처녀의 혼을 쓰러넣은 주머니를 가지고 동네로 내려갔습니다。

동네 복판에 있는 크다란 기와집 앞엘 가니까、집안에서 아이고 아이고 사람들이 우는소리가 들렸습니다。

『오홉지! 어제 밤에 그럼 도깨비들이 처녀의 혼을 빼어왔는다게 실소리었구나。』

이렇게 생자하고、공무니에 찬 주머니를 만지작거려보고、동네사람한테

『여보소、이 집에서 누구 가축이 따두 없으셨습니까。』

하고 물으니까、

『그럼요! 어제 낮에도 아무렇지도 않고 글도 읽으시면 아가씨가 어제 저녁 주무시다가 갑쪽같이 돌아가셨소 구려。 나희 아깝죠。 열 아홉이시랍니다!』

이렇게 그 동네 사람은 말했습니다。

『오、그건 갑짝탈이라는게군。 그런 병은 난 많이 봤소。 그다지 염려하실것 없소。 진작 살아나게 할수 있죠。』

가운데 형은 시치미을 뚝떼고 이렇게 말했습니다。 동네 사람은 이 말을 듣고、기뻐하면서 집안에 들어가서 이 말을 부자 영감한테 말했습니다。

부자 영감도 이 말을 듣고、뛰어나와서、가운데 형더러

『객인 양반! 우리 딸을 좀 살려주시우。 무었이든지 드릴테오니、우리 딸을 살려만주우。』

하면서 부자 영감은 가운데 형의 소매를 끌고 들어갑니다。

『그럼、내 당신의 딸을 살려드릴테니、당신 딸이 죽은 방에 햇빛이 조금이라도 들어오지않게 문마다 막아놓으시오。 그러고 아무나 들어오면 안되니、사람이 하나 문밖에서 망을 보시오。

92

하고 가운데 형은 처녀의 죽은 시체가 있는 방엘 들어갔습니다。 그러고 공무니에 찼던 주머니를 꺼내서 동여매놓았던 주머니 입을 처녀의 코구멍에다 대고 풀어놓았습니다。 그러니까、금시까지 죽었던 처녀가 부슬부슬 몸부림을 하면서

『에구 숙한 잠두 잤다。』

하고 말을 하였습니다。

옆 방에서 벽에 귀를 대고 있던 아버지 어머니는 이 딸의 음성을 듣고 미닫이를 열고、뛰어 들어오면서、미친듯이 기뻐하였습니다。

죽었던 딸을 다시 살아나게 해주었다고 부잣집에서는 가운데 형에게 고마워서 어쩔줄을 몰랐습니다。 딸도 또 이 말을 죄다 듣고、역시 가슴속에 감사하게 생자하는 마음이 가득 찼더랍니다。

드디어 가운데 형은 이 부잣집에 장가를 들게 되었습니다。 아주 성대한 잔치를 한 다음 재산도 부잣집의 절반을 얻어가지고 큰 부자가 되었습니다。

그런데 맏내 아우는 아버지가 주신 장구를 어깨에다 메고、맨 윈편 길로 행복을 찾아서 길을 털털 걸어갔습니다。

하루는 산을 지나가느라니까、외롭기도 하고、형님들이 생자나서、슬픈 마음으로 노래를불

93

했습니다。 노래를 부르느라니까、 그저 노래만 부르기도 외로워서、 어깨에 메고 가면 장구를 손바닥으로 둥땅 둥땅 다당둥땅 치면서 노래를 그냥 부르면서 갔습니다。 그런데 어디선지 난데없는 무당범 한마리가 망내 아우가 가는 길 앞에서 우줄우줄 춤을 추면서 껑충거립니다。 망내 아우는 무섭기도 무서웠으나、 그냥 자꾸 장구를 둥땅 둥땅 다당둥땅 하고 때려대니까、 무당범은 점점 흥이 나서 자꾸 춤을 추면서 망내 아우를 따라 큰 장거리까지 왔습니다。

장에 왔던 사람들은

『춤추는 범이 왔다。』

고를 하면서 큰 구경 났다고 욱 모여 왔습니다。 그때 망내 아우는 여러사람을 향하여

『구경하십쇼。 구경하십쇼!

춤추는 범을 봤소이까?

춤추는 범을 구경하소!』

이렇게 노래를 부르면서、 장구를 둥땅 둥땅 다당둥땅 울려댔습니다。 그러니까、 범도 빙글빙글웃으며 빙글빙글 돌아다니면서 춤을 자꾸 추었습니다。 구경하던 사람들은 참으로 세상에 없는 좋은 구경을 하였다고 하면서 제자기 돈주머니를 풀어 돈을 많이씩 꺼집어내서 망내 아우에게 주었습니다。

망내 아우가 이렇게 이장 저장 돌아다니면서、 범을 춤춰우니까、 돈이 많이 모여 큰 부자가 되었습니다。

이렇게 삼형제는 각자 성공을 하여가지고、 다시 만나자면 날 삼형제가 그 세가지로 갈라진 길에서 다시 만났습니다。

세 형제는 모두 큰 부자가 되어 성공하였던것을 보고 서로서로 손을잡고 눈물을 흘리면서 기뻐하였습니다。

세 형제는 그전에 살던 곳에 가서 아버지 어머님 무덤 앞에 돌에 글을 새겨 크다란 비석을 해세우고、 또 같은 동네에 뎀뎀으로 기와집을 크다랗게 짓고、 세 형제는 아주 의좋고 행복스레 살았더랍니다。

그런데 어제까지 살다가 어제 저녁 그만 세 형제가 같은 시간에 세상을 떠났다고 합니다。 아마 죽었다는 부고가 오늘쯤이야 오겠죠。

(平南 德川)

불평가 이야기

옛날 옛날 어떤 곳에 아주 자만심이 강한 청년 한 사람이 있었더랍니다。이 청년은 무었이나 보면 반드시 마음이 불평하여지어 두덜두덜 성낸 말을 련지군 하는고로 유명하였습니다

산을 보면

『어째서 저렇게 산이따는게 높을까? 올라가기 성가시게!』

또 흙을 보면、

『참 하느님도 허무맹낭하지。어째 옷을 자꾸 망치따고 흙 같은걸 만들었을까。』

이와 같이 만사 만물에 대하여 불평을 가졌습니다。

이 사람이 하루는 나들입 가게 되었습니다。길을 훨훨 가다가 지붕위에 호박이 주렁주렁을 매 맺힌 집 옆에 우뚝서있는 큰 도토리나무 아래에서 쉬게되었습니다。

이 청년은 호박을 보고、

『참 저런 가늘고도 가느다란 덩굴에다 저렇게 둥굴고 크다란 호박을 열리게 하다니。참 하느님두!』

이렇게 불평질을 하고、도토리나무를 처다보면서

[illegible]

따구、너무 피곤해서 그런가봅니다。

하는수없이 목에 혹 달린 노인은 일어나 앉았습니다。

달은 밝고

별은 높고

바람 부는 소리는 소올소올 들렸습니다。

『심심한데 노래나 한마디 불러볼가。』

이렇게 생각하고、기둥에 기대어서 노래를 부르기 시작하였습니다。

노래 소리가 고요한 산 속에 나무와 풀들을 기뻐서 떨게 하였습니다。

아주 아름다운 목소리였습니다。이 영감이 한참 동안 노래를 부르다가、노래하면 소리를 그치니까、별안간 두벅두벅하고 발자국 소리가 들렸습니다。혹 달린 영감은 이상히 생각하면서 있느라니까、헤일수 없을만큼 도깨비들이 와악 몰켜왔습니다。혹 달린 영감은 깜짝 놀라면서 달아나려고 하니까、괴수 도깨비가 영감의 소매를 잡고 뛰질 못하게 합니다。그리고

『영감님 놀라실것 없습니다。우리들은 영감님의 노래를 들으러 왔으니、한마디만 더 노래를 불러주시구려。』

하고 말했습니다。이 말을 듣고、목에 혹 달린 영감은 안심을 하고、쉬이 숨을 길게 내쉬었습니다。그리고 다시 기둥을 지대안고、노래를 불렀습니다。

『태산이 높다하되、하늘아래 뫼로다。오르고 또 오르면、못 오를리 없건마는、사람이 제아니오르고 뫼만높다하더라。』

이 노래를 듣던 도깨비들은 좋다 좋다 하면서、장단을 맞추어 손을 치군 했습니다。

그리고 도깨비들은

『영감님! 한번만 더 한번만 더。』

하면서 자꾸 노래를 또 청했습니다。

『심심한데、그럼 또 한마디 불러볼가。』

영감이 이렇게 말하고、

『가마귀 싸우는 곳에

백로야 가지 마라。

성낸 가마귀 흰빛을 새오나니、

청강에 고이 씻은 몸 더러힐가 하노라。』

영감은 노래 불렀습니다。그러니까、도깨비들은 아주 홍이 나서 좋다 좋다 하면서 늘실늘실 뛰며 춤을 추었습니다。

노래가 끝나자、괴수 도깨비가 노인 앞에 와서 앉으면서、

『영감님! 참으로 재미가 있오。대단히 고맙습니다。그런데 대체 그런 아름다운 목소리가

어데서 나옵니까。』
하고 물었습니다。 노인은 빙그레 웃으면서
『혹에서 나오지。 어데서 나오겠나。』
하며 껄껄 웃었습니다。 그러니까、 괴수 도깨비는
『영감 영감 거짓말씀 마시오。 영감의 그 아름다운 목소리는 꼭 영감에 그 큰 혹에서 나올
게요。』
하였습니다。 그러니까、 영감은 큰 혹을 쓸쓸 어르만지면서
『이 혹에서? 혹에서 나올가。』
하며 괴수 도깨비를 쳐다보았습니다。 그러니까、 괴수 도깨비는 고개를 끄떡하며
『아、 그렇고 말고요。 꼭 그런겝니다。 영감、 대단히 어렵습니다마는、 그 혹을 우리들에게
떼어주지 못하겠습니까。 그 대신 좋은것을 소에 싣고 말에 실도록 드릴테니까요。』
하고 졸랐습니다。 혹장이 영감은 눈을 뚱그랗게 뜨며、
『이 혹을?』
하고 물어 보았습니다。 그러니까、 도깨비들은 쑥 노인 옆에 모여들어 혹을 만지면서、
『혹을 주세요。 혹을 주세요。』
하고 떠들어댔습니다。 괴수 도깨비는 손을 들어 부하 도깨비들을 조용하게 하고、

『네? 영감— 그 혹을 주시면 참으로 고맙겠소。』
하고 절을 꾸뻑꾸뻑하였습니다。 그러니까、 노인은
『글쎄、 나도 늘 성가시고 귀치않은것이니까、 주어도 관계찮지만、 아파서 어떻게 혹을 떼
고。』
하였습니다。 그러니까、 괴수 도깨비는 기쁜 얼굴로 웃으면서
『아플리 있나요? 아프지 않게 떼어 드리죠。』
하며니、 괴수 도깨비는 감쪽같이 떼어가지고 어데론지 가고 말았습니다。
노인은 허둥지둥한 낯으로 혹 붙었던 곳을 만지면서 사방을 돌아보니까、 도깨비들은 어데
로 갔는지 진곳없이 한놈도 없어지고、 금은보배가 많이 놓여있었습니다。
노인은 귀찮고 성가시던 혹을 떼어버린것을 기쁘게 생각하면서、 숨을 명실명실추며 노래를
불렀습니다。
이영감은 그 많은 금은보배를 가지고 집으로 돌아가서、 아주아주 재미있게 살다가 바로 어
제 죽은는데、 저도 가서 떡도 얻어먹고、 아주 맛있는 약과도 얻어먹었습니다。 당신네 집에도
오늘을 맛있는걸 갖다주겠죠。 (나의 記憶)

청개개비 이야기

청개개비가 왜 장마때가 되면 그며 요란스레 우는지 아십니까?

그것은요——

옛날도 옛날 어떤 곳에 청개개비 모자가 살고 있었더랍니다。

그런데 아들은 어머니의 말씀을 도시 듣질 않았습니다。

밖에 나가서 놀라고 하면 문턱 위에 올라앉아서, 무릎에 턱을 괴고 말똥말똥 어머니를 쳐다보면서 성화를 먹이고 밥 먹을 때 천천히 먹으라고 하면 부터나케 쳐박고는 사태가 나서 와와 어머님 낯에다 밥알들을 내뿜어주고……。

이렇게 이렇게 어머님 말이란 하나무 듣질 않았습니다。

그런고로 어머님은 너무도 안타가워서 그만이야 몸에 병이 생겼습니다。 어머니가 거의거의 죽게 되었을 때, 아들을 머리맡에다 불러놓고,

『야! 내가 죽거든 산에 묻지 말고, 바닷가에다 묻어다고。』

이렇게 한마디 부탁하고는, 그만 숨이 넘어갔습니다。

어머니는 사실인즉슨 산에 파묻히우고 싶었습니다。 그러나 산에 파묻어달래면, 정녕 바닷

가에다 묻어버릴줄 알고, 이렇게

『바닷가에 묻어달래면, 엇먹기 잘하는 애는 산에 갖다 파묻으리라.』

생각했던게였습니다.

그러나 아들 청개개비는 어머니가 정작 돌아가시고보니까, 외롭기도 하고 슬픈 마음도 생기고, 또 어머님 생전에 어머님 말씀을 듣지 않고 성화만 먹힌것이 대단히 뉘우쳐졌습니다.

그래

『어머님이 살아계실 때는 무얼 하나. 어머님 말씀에 순종하지 않았는데, 어머니가 죽으실 임박에 하신 말씀이라도 이루어 드리겠다!』

이렇게 생각하고, 아들 청개개비는 어머니 청개개비의 시체를 고이고이 모셔다가 바닷가에 모래를 파고 묻어 드렸습니다. 그런데 그때부터 청개개비는 장마가 되어 물이 불어서 어머님 무덤 위에까지 물이 출렁출렁 올라오게 되면 어머니 묘가 떠나려갈가 무렵고 안타까워서, 그렇게 요란스레 운다는겝니다.

(平壤 漢川)

놀부와 흥부

옛날도 옛날, 놀부라는 형과 흥부라는 아우가 있었더랍니다. 그런데 놀부는 아주 욕심 많고 미욱하고 마음뽀 나쁘기로 동네에서도 이름이 났습니다. 그러나 아우 흥부는 마음이 아주 착하고 정직한게 형과는 딴판이었습니다.

춥고 추운 겨울이 지나가고, 어느덧 봄이 왔습니다. 삼월 삼질날입니다. 강남나라갔던 제비가 돌아와서, 기쁘다는듯이

『지죽지죽 지이죽 쭈우죽!』

하고 돌아왔다는 인사를 하는겝니다.

흥부네 집 처마 끝에도 제비가 둥저리를 틀었습니다. 그리고 알을 낳고, 새끼를 깠습니다.

그런데 하루는 흥부가 밭에 나갔다가 들어오니까, 제비 새끼 한마리가 둥저리에서 떨어져

『떼액 떼액』

울면서 바둥바둥 떨고 있었습니다.

아마 둥저리에서 곤두박질을 해 떨어졌나봅니다. 마음 착한 흥부는

『아뿔사 새끼 제비가 떨어져 우는군. 가없어라 아아뿌시!

이렇게 말을 하면서 얼른 달려가서 조심성스레 새끼 제비를 손바닥 위에 집어올려놓았습니다。자세 보니까、다리 하나가 부러져서 피가 줄줄 나옵니다。

마음이 착한 흥부는 불쌍하고 애처럽게 생각하면서 헝겊으로 부러진 다리를 싸매고 그 위에다 실로 빗겨지지 않게 잘 동여매주었습니다。그러고나서、그 새끼 제비를 다시 둥저리에 올려놓아주었습니다。이렇게 하니까、어미 제비가 고맙다는듯이 둥저리에 앉았다가는、흥부의 머리 위를 휘휘 날아다니면서、

『지죽 지죽 지이죽 뿌우죽!』

하고는、또 둥저리에올라가 앉고 둥저리에 올라가 앉았다가는、또 도로 내려와서、흥부의 머리 위를 휘휘 날개처 돌면서

『지죽 지죽 지이죽 뿌우죽』

합니다。어미 제비는 그냥 지뻐서 어쩌할줄을 모르는것 같습니다。

날이 가고 달이 바뀌어서 벌써 가을이 되었습니다。구월 구일 제비가 강남나라로 돌아가는 날입니다。

흥부가 마당에서 일을 하고 있느라니까、빨랫돌에 제비 한마리가 앉아서 유별하게

『지죽 지죽 지이죽 뿌우죽。』

『지죽 지죽 지이죽 뿌우죽!』

108

하고 부르짖었습니다。슬픈 음성입니다。

흥부가 낯을 들어 보니까、발에 헝겊이 감긴 제비입니다。다리 부러졌든 새끼 제비입니다。

『오、네가 벌써 그렇게 컸구나! 오늘은 강남으로 가는 날이지? 내년도 내 집을 해줄게 우리 집에 와서 집을 제 옹!』

하고 또

『그럼 잘 다녀오너라。』

이렇게 흥부는 마치 자기 동생이나 애들한테 하듯이 말을 했습니다。그러니까、제비는

『지죽 지죽 지지죽 뿌우죽!』

이렇게 한마디를 또 부르짖고는、흥부의 머리 위를 휘 돌며니、하늘에 높이 떠서 강남나라를 향하여 날아가버렸습니다。흥부는 서운하기 짝이 없었습니다。그러나

『뭘 머지 않아 봄이 올텐데、봄이오면 또 만나지 않니。』

이렇게 생각하면 좀 마음이 까라앉았습니다。

가을이 가고 겨울이 지나서、봄이 또 찾아왔습니다。하루는 흥부가 마당에서 발갈때 가며구 연장을 닦고 있느라니까、제비 한마리가 획 눈 앞으로 지나가기에

『아、제비로구나。』

놀라면서 보니까、제비 한마리가 머리 위를 휘휘 두어서너 바퀴 돌며니、입에 물고 있던까

109

마스헤한 조그만것을 한알 뚤렁 떨어뜨렸읍니다.

흥부가 가서 집어보니까, 그것은 박씨였습니다.

『이거 박씨로군. 웬 박씨를 물고 왔을가? 아무턴 심어주야겠군.』

흥부는 이렇게 생자하고, 그 박씨를 굴뚝 모퉁이에다가 흙을 파고 심었습니다.

그랬더니 뾰족하니 움이 나오고 그 움이 자라서 덩굴이 지붕을 한불 덮어놓았습니다. 그러고 박도 열렸죠.

그런데 무슨 박이 이렇게 큽니까. 가을에 가니까, 박 한개가 큰 반달이(농)만 하질 않습니까.

이런 박이 주렁주렁 열려서, 집이 무너지지나 않을가 염려까지 했더랍니다.

조 가을 수수 가을을 다하고나니까, 박이 신누렇게 익을대로 익었는고로, 박을 다 따내려왔습니다.

『이 커다란놈은 건넌 마을 형님네나 드리고 쇠뭉이처럼 잘 익은 요놈은 뒷 말 대부네나 주구. 요 저은놈은 맏박이나하고, 중것은 아주먼네나 주고, 또 요건 누굴 줄고?』

이렇게 안해하고 말하면서 앞 집 김서방네 집에서 톱을 얻어다가 안해는 박을 붙잡고, 흥부가 톱질을 합니다.

『이 바가지 복바가지

제비 갖다 준 바가지

슬근 슬적 톱질하세!』

이렇게 노래를 부루면서 흥이 나서 톱질을 합니다. 톱질을 다 하고 쭉 갈라놓고, 흥부는 깜짝 놀랐습니다.

신누런 금덩이가 하나 가득 차 있질 않습니까. 흥부는 얼어맞은 사람 모양으로 눈이 퉁굴해서 안해만 처다보고 말도 못하고 있습니다. 안해도 또 손을 부들부들 떨고만 있습니다.

또 하나 톱질을 하였습니다. 그러니까, 이번엔 반짝반짝 빛나는 진주가 가득이 차있었습니다.

그 다음에친 돈 또 그 다음에친 쌀이 나오고.

흥부는 담박에 큰 부자가 되었습니다.

크다란 기와집도 짓고, 광에는 곡식을 가득가득 채웠습니다.

영 놀부는 이것을 보고 이상하기 짝이 없고, 또 욕심도 났습니다.

『죽도 겨우 굶이던 자식이 웬일일가. 저렇게 좋은 집을 짓구 돈도 갑자기 많아졌으니 도둑질이나 하잖았나.』

이렇게 생자하고, 하루는 아우 흥부네 집을 찾아가서 어떻게 부자되었는가 물었습니다.

마음 착한 흥부는 전후 이야기를 죄다 말해주었습니다.

112

[illegible]

113

[illegible]

습니다。 그리고 박도 또 주렁주렁 열렸습니다。

『옳다。 인젠 나도 부자가 됐구나! 저렇게박이 주렁주렁 열려구야 부자 안될래야 부수지 말흥!』

이렇게 놀부는 좋아서 벙글벙글 웃으면서 혼잣말을 하는겝니다。

가을이 되니까、박이 익을대로 다 익었습니다。

조 가을 수수 가을 다 집어치우고 박 가을부터 하려는겝니다。

『금이 나오고 은이 나오겠는데、힘들게 조 가을 수수 가을이 다 뭐가。』

이런 배심입니다。

열 집에서 톱을 빌려다가 톱질을 합니다。

『금덩어리 신누런거
은덩어리 싸이한거
자꾸자꾸 나오너라!』

이렇게 노래를 부르면서 흥이 나서 톱질을 합니다。

『이건 금덩어린가? 은덩어린가?』

이렇게 생각하면서 마음을 조바조바 조바심을 써서 한개를 다 베어놓고 침을 꿀꺽꿀꺽 삼키면서、쪽 갈라놓았습니다。 그런데 이거 보셔요! 이런 변이 어디 있습니까。

그것은 금도 아니고、은도 아니고、끔직스런 왕지네가 그득 차있질 않습니까。

금인가 은인줄로만 알았던 놀부는 천만낙심을 했습니다。 그러나

『이번거야 분명이 금덩이겠지?』

이렇게 생각하고 다음것을 탔습니다。

웬걸요。 이것도 또 금덩이가 아니고、냄새가 아주 고약한 똥이 가득 차있었습니다。

『그래두 다음것이야!』

이렇게 생각하고 또 타니까、이번에는 아 말벌이가 가득 차있다가、놀부가 박을 갈라놓으니까 왱왱 날아나와서 사정없이 마악 드립다 쏩니다。

놀부는 성이 잔뜩 났습니다。 아파서 눈물을 뚝뚝 흘리면서

『이놈의 빌어먹을 바가지가 나오라는건 나오지 않고 숭한것만 들어찼네 그려!』

이렇게 심술을 부리면서、행여나 금덩이가 나올가 하고、돌멩이로 박 하나를 딱 때려부서서 짝개놓았습니다。 그러니까、이런 변이 또 있습니까。 끔직스럽고 무섭고 무서운 독사뱀이 수백마리 박통 속에 도사리고 있다가 혀를 날름날름 하면서 구불구불 기어나와서 놀부를 마구 물어댔습니다。 이바람에 놀부는 꼼짝도 못하고 덩굴덩굴 굴면서 엉엉 앓고 있습니다。

그런데、똥바가지에서 똥이 줄줄 자꾸 자꾸 흘러나와서 동탕수가 생겨、놀부의 집이 허무러지는바람에 놀부는 그만 똥에 묻히어서 죽고 말았더랍니다。 (平南 安州郡 立石)

선녀의 옷과 수닭

옛날도 옛날 아주 오랜 옛날、어떤 곳에 한 총각이 살았습니다。살림이 구차했던고로、총각은 매일매일 산에 올라가서 나무를 해다가는 그것을 장에 가지고가서 팔아다가는 그날그날을 부지해가는것이였습니다。

어느날 전과 같이 지게를 지고 산에 올라가서、나무를 한짐 해서 작대기를 버티어놓고、땀을 씻으면서 쉬고 있느라니까、사슴 한마리가 다리를 절룩거리면서 뛰어오더니、

『여보시오 여보시오! 이 뒤로 포수가 날 죽이려고 따라오니、황송하지만 날 좀 숨겨줍소서。』

하고 눈물을 흘리면서 애걸합니다。마음씨 고운 총각은 사슴을 불쌍히 생각하여、사슴을 얼핏 나뭇단 속에 숨겨주었습니다。그리고는 아무 일도 없었다는 듯이 시치미를 떼고 담배를 퍼억퍼억 피우면서 태연히 앉아있었습니다。이렇게 한참동안을 있느라니까、아니게어니따、어깨에 활을 메고 포수 한 사람이 달려오더니、

『여보게 총각! 인제 이 앞으로 다려저는 사슴이 지나가지 않든가?』

하고 묻습니다。

『네 네, 다리 저는 사슴 말씀이죠. 인제 바로 다리를 절룩거리면서 이 앞을 지나갔습니다. 저어기 보이잖습니까. 저 고개치로 넘어갑니다―』

하고 총각은 말했습니다.

포수는 이 말을 듣고, 사슴이 넘어갔다는 고개를 향하여 뛰어갔습니다.

포수가 그 고개를 다 넘어가서 보이지 않을 때

『사슴아 사슴아! 인젠 염려 없으니, 나오너라. 포수가 지나갔다.』

하고 총각은 나뭇단 아래서 숨을 죽이고 있는 사슴이더러 말했습니다.

사슴은 이 말을 듣고, 나뭇단 아래에서 나왔습니다. 그리고 눈물을 흘리면서

『대단히 고맙습니다. 당신님의 덕택으로 인젠 살아났습니다 그런데 당신께서는 아직 장가를 들지 않았습죠.』

하고 사슴이 총각에게 말했습니다.

『응, 난 아직 장가를 들지 않았어.』

하고 총각은 대답했습니다. 그러니까, 사슴은 앞 발을 쳐들어 오색 무지개가 아담하게 낀 저편 산을 가리키면서,

『네 그러십니까. 참 다행입니다. 저어기 보이는 저 산을 넘어가시면, 여덟개의 못이 있을 겝니다. 그 못에 여덟 선녀가 무지개를 타고 하늘로 내려와서 목욕을 합니다. 그런데 당신

이 몰래 숨어가시어 제일 작은 선녀의 옷을 감추십쇼. 그러면 일곱 선녀들은 모두 하늘로 올라갈것이오나, 옷을 잃은 선녀는 올라가지 못할것이외다. 그리고 옷을 찾느라고 울면서 안타까워할께이오니, 그 선녀를 데리고 집으로 돌아가서서 같이 살으십쇼. 그런데 이 선녀가 아이를 넷 낳은 다음에야 옷을 내어주지, 넷을 낳기 전에 내어주면 아이들을 데리고 하늘로 올라가버립니다. 부디 조심하십시오.』

이렇게 사슴이 말하고 깊은 수풀로 들어가버렸습니다.

총각은 사슴의 말을 듣고, 곧 무지개가 보이는 산을 넘어가니까, 과연 맑고맑은 물이 출렁출렁 넘치는 여덟 못이 있었습니다, 총각이 나무 뒤에 몸을 감추고 보니까, 여덟 선녀가 무지개를 타고 그 못에 내려오더니, 춤을 한참 추고는 옷을 벗고 그 못에 들어가서 목욕을 하고 있습니다. 수정 같이 맑은 물에 선녀들이 목욕을 하고들 있는 모양이란 참 꿈 같이 아름다웠습니다. 총각은 소나무 포기 뒤로 몰래 숨어가서, 제일 작은 선녀의 옷을 감추었습니다. 그리고 숨어있느라니까, 목욕을 마친 선녀들이 못에서 나오더니, 옷을 입고 너울너울 기다란 소매를 바람에 날리면서 춤을 추는게였습니다.

그런데 제일 작은 선녀는 옷을 아무리 찾아보아도 좀체로 보이지를 않았습니다.

오색 무지개는 점점 희미해져갑니다.

『얘야, 우리는 무지개다리가 사라지기 전에 올라가야 되겠다. 우리는 먼저 올라가니까, 너

의 옷을 찾아 주었다가 무얼 하려구나요。』 120
이렇게 말한 선녀가 옷 잃은선녀더러 말을 하고, 말한 선녀는 그만 무지개다리를 타고 하늘로 고운소리로 춤을 추면서 높이올라갔습니다。

옷을 잃은 선녀의 아름다운 눈에서는 구슬 같은 눈물이 자꾸자꾸 떨어졌습니다。

총각은 소나무 뒤에서 나와서, 하늘을 쳐다보면서 울고 섰는 선녀의 손을 잡고,

『아름다운 선녀님 하늘로 가시지 말으시고, 저하고 같이 우리 집에 갑시다。』

하고 선녀의 손목을 끌었습니다。

하늘로 올라가려도 옷이 있어야겠는데, 옷이 어디 있습니까。선녀는 고개를 숙이고 총각의 뒤를 따라 총각의 집으로 갔습니다。

날이 가고 달이 바뀌어 선녀는 아들을 하나 낳았습니다。이렇게 아들까지 낳기는 하였으나 선녀는 하늘이 그립고 그리웠습니다。그래 오랜날 선녀는 남편더러

『인젠 저도 오랜동안 이렇게 살았는데, 당신이 저더러 하늘로 올라가라고 하셔도 이 애를 떼어놓고 오렇게 저 혼자 하늘로 올라가겠습니까。그러니까, 조금도 의심하지 마시고, 그 옷이 있거들랑, 옷을 내어주옵소서。』

하였습니다。그러나 이 사람은 선녀의 말대로 내어주지를 않았습니다。

선녀는 할 수 없이 아이를 또 하나 낳았습니다。그러나, [illegible]

니다?

선녀가 아이를 셋 낳았을 때입니다。벌써 이 사람이 선녀의 옷을 내어주려는 때가 됐습니까, 하루는 선녀가 세 애를 데리고 남편 앞에 와서,

『인젠 벌써 애도 셋이나 되었습니다。당신이 저더러 하늘로 그만 올라가라고 하신대도, 이 애들을 다 놓아두고 오렇게 올라가겠습니까。저는 당신의 안해로서 남부럽지 않게 행복한 생활을 하고 있습니다。저는 죽는 날까지 당신과 같이 이 세상 사람이 되겠습니다。그러니까 하찮은 옷을 내어주세요。그 옷을 입으면 오랫만에 제가 아름답게 보이겠습니까。』

하고 말했습니다。이 말을 들은 남편은

『애가 셋씩이나 되는데, 설마 애들을 떼어놓고야 하늘로 올라가겠니。』

이렇게 생각하고, 감추어두었던 옷을 그만 내어주었습니다。

선녀는 얼마만에 보는 선녀의 옷을 입고 기뻐서 어쩔줄을 모르고, 춤을 추었습니다。

춤추는 모양은 세상에서는 보지 못할 아름다운 모양이었습니다。남편이 이 아름다운 춤추는 자태를 넋을 잃고 바라보고 있느라니까, 춤을 추던 선녀는 갑자기 한 아이는 등에 업고, 두 아이를 양 팔 겨드랑 밑에다 끼고 하늘로 너울너울 높이 올라가버렸습니다。이 사람은 정신을 잃고 안해가 아이들을 데리고 하늘로 올라가는 양을 바라보다가, 사랑하던 안해와 아이들이 그만 높이 높이 떠 구름 속으로 들어가서, 보이지 않게 되자, 이 사람은 울며 슬피울 121

고 울고 또 울었습니다。아무리 울었으나、하늘엔 올라갈수가 없습니다。

답답하고 슬픈 가슴을 부둥켜안고、늙은 어머님을 모시고 외롭게 외롭게 살고 있었습니다。그런데 하루는 너무도 마음이 답답하고 외로워서、그전에 사슴을 만났던 산에를 나갔습니다。이 사람은 옛날 생각을 하면서 담배를 빨고 있느라니까、그전에 자기가 살려준 사슴이 어청어청 수풀 속에서 나왔습니다、

『어찌하셔서 그렇게 슬픈 낯을 하고 계십니까。무슨 불행한 일이나 집에 생겼습니까。』

하고 이 사람에게 물었습니다。

이 사람은 대단히 반가웠습니다。그리고 사슴도 또 전에 저를 살려준 사람을 다시 만난것을 기뻐하였습니다。

이 사람은 숨김없이 죄다 말해주었습니다。그러니까、사슴은 이 사람을 위로하여주면서、

『염려 마십쇼。그때부터 선녀들은 못까지 내려와서 목욕을 하지 않고 두레박으로 물을 길어 올려다가 하늘 위에서 목욕을 하군 합니다。이제 그 못에 가시면 두레박이 하늘에서 내려올테이오니、물을 다 쏟아 땡게치고 당신이 그 두레박 속에 올라타시오。그렇게 하시면 당신이 그리워하시는 마느님과 아기들을 만나볼수가 있습니다—!』

이렇게 말을 하여습니다。

이 사람은 사슴의 말을 듣고、기뻐서 그 산을 넘어 못에 가보니까、못 위에 안개가 자욱하

게 끼더니、과연 하늘에서 기다란 줄을 맨 두레박이 내려왔습니다。이 사람은 사슴이 때어준 대로 두레박에 가득히 담긴 물을 쏟아 땡게치고、그 속에 올라앉았습니다。그러니까、이 사람이 탄 그 두레박은 하늘로 하늘로 둥둥 올라갔습니다。

그런데 하늘에서 물을 올리느라고 아래를 내려다보면 이 사람의 안해 되었던 선녀와 아이들은 깜짝 놀랐습니다。두레박에는 물이 담겨있지 않고 뜻하지 않았던 남편、아버지가 타고 하늘로 올라오질 않습니까。애들은 아버지를 보고 기뻐서 손뼉을 치면서 좋아했습니다。그리고 선녀도 또 그립던 남편을 보고 기뻐했습니다。

서로서로 손목을 잡고 춤을 추었습니다。어디선지 거룩스런 음악 소리가 들려왔습니다。이 사람은 오래 동안 그립고 그립던 안해와 아이들과 같이 하늘나라에서 살게 되였습니다。매일 맛있는 음식을 먹고、좋은 옷을 입고、무었 하나 근심할것 없이 행복된 날을 보냈습니다。

그런데 단지 하나 마음에 거리끼우는것은 늙으신 어머니를 외로이 집에 남겨두고 온것이었습니다。그런고로 하루는

『늙으신 어머님을 혼자 남겨두고 내가 이렇게 하늘에 올라와서 벌써 날이 퍽으나 지난고로 어머님이 어떻게 살아가시는지 한번 가서 보고 와야겠소。』

하고 안해에게 말했습니다。그러니까、안해는 굳이 말리면서、

『당신이 지상에 내려가시면、혹 두번 다시는 이 하늘 저희들 있는 곳엘 올라오시지 못하게

뵙지도 모르겠습니다。어머님은 무사히 사실테니、조금도 염려 마시고、여기 그냥 계십시오。』

하고 만류하였습니다。그러나 이 사람은

『산에 나갔다가 아무말씀도 드리지 않고 여기에 올라왔는고로、어머님이 대단히 근심하고 계실테니、잘 있으니 마음 놓으시라고 안후 말씀을 여쭈고는 진작 올라올테니、염려 말고 갔다오게 해주우。』

하고 그냥 내려가겠다고 하였습니다、그런고로 안해 선녀도 할수 없이

『그럼、당신이 정 내려가시겠다면、하늘의 용마(龍馬)를 드릴테오니、타고 가시오。이 용마를 타시면、순식간에 지상에 가실수 있습니다。그런데 당신이 만일 한 발자국이라도 흙을 밟으시면、두번 다시는 하늘에 올라오시지를 못하실테니、부디부디 흙을 밟지 말으시고 꼭 용마 위에서 일을 보고 오십시오。』

하고、두번 세번 다일렀습니다。그리고 용마를 한필 주었습니다。

이 사람은 용마를 타고 눈 깜박할 새에 어머님 계시는 집 앞에 내려왔습니다。용마 등 위에서

『어머님 어머님! 제가 돌아왔어요。』

하고 이 사람은 반가운 목소리로 어머님을 불렀습니다。그러니까、어머니는 문을 [illegible]

시면서、

『오、네가 이게 웬일이냐。네가 산에 간다고 나가서는 기다려도 기다려도 돌아오지 않기에 산짐승 같은것한테 물려죽었거니만 생각하고、매일 매일 한식만 하고 살아가겠는데、네가 이게 웬일이냐。』

하시면서 기뻐하시었습니다。그리고 또 아들이 이렇게 무사할뿐외라、훌륭한 옷을 입고 훌륭한 말을 타고 온것이 너무 기뻐서 어쩔줄을 모르셨습니다。

이 사람도 어머니가 무사하게 지나시고 계시는것을 보고 어찌 고마웠는지 몰랐습니다。이것 저것 여러가지 어머니하고 말을 하고、어머님께 하늘로 올라가야겠다고 하직을 하니까、어머니는 만류하시었습니다。

그러나 그냥 자꾸 가야겠다고 하니까、어머니는

『네가 정 그렇게 빨리 돌아가겠으면、네가 좋아하던 호박죽을 쑤어줄테니、호박죽이나 먹고 가거라。』

하시고 부엌에 내려가서서 분주하게 호박죽을 정성스레 쑤어다 주었습니다。

이 사람은 흙을 밟지 않으려고 그냥 용마의 등에 올라앉은대로 그 호박죽을 받았습니다。그런데 너무 뜨거워서 바꿔 쥐려고 하다가、그만 잘못하여 그 뜨거운 호박죽을 말 등에다 주루룩 쏟질러버렸습니다。

그러니까, 용마는 놀라서 후더더하고 울따 뛴고로, 이 사람은 그만이야 땅에 떨어져서, 흙 126
을 밟고야 말았습니다。

용마는

『히힝 히힝。』

울면서 하늘로 훨훨 날아 올라갔습니다。 인제는 어쩌는수 없게 되었습니다。 또 다시는 그리운 안해와 아이들은 볼수 없게 되었습니다。 너무도 안탑갑고 슬퍼서 이 사람은 목을 놓고 왕왕 체울었습니다。

이렇게 슬피슬피 자꾸자꾸 울다가 그만이야 죽어서 수탉이 되었습니다。

그런고로, 수탉이 지붕에나 그렇지 않으면 조금이라도 높은 곳에 올라가기 좋아하는건, 조금이라도 안해와 애들이 있는 하늘 가까이 가려고 하는게고요。

『꼬끼요。』

하고 하늘을 처다보면서 매일매일 우는건

『저어기 저 하늘에 내 안해와 아이들이 있는데, 아이구-』

하면서, 또 다시 올라가지 못할 애꿎은 제 신세를 한탄하는 소리랍니다。

(咸南 元山)

헌데장이 코훌리개 눈첩첩이

옛날도 옛날, 어떤 곳에 헌데장이, 코훌리개, 눈첩첩이의 세 사람이 있었습니다。 127

헌데장이는 머리에 온통 헌데가 나서 가려우니까 늘 긁고 있습니다。 코훌리개는 또 암만코를 풀어도 뒤로뒤로 코가 자꾸 줄줄 흘러내리는고로, 코 씻을 내게 볼장을 못 보는젭니다。 또 눈첩첩이는 눈솖이 늘 그저 벌겋게 헐어서 파리란놈들이 달겨들어 간지럽기 짝이 없었습니다。

이 세 사람이 하루는 서로 같이 길을 가게 되었습니다。 해가 낮녁이 되니까, 배가 쌀쌀 시장하였습니다。 떡집을 찾아들어갔습니다。 그런데 헌데장이가 이런 말을 하였습니다。

『자 그런데말야, 우리들이 이렇게 같이 만나서 떡 먹어보기가 쉽지 않겠으니, 우리 좀 맛있게 먹어보세。 그런데 코훌리개 여보게- 떡 먹을적에 너무 코를 훌쩍거리지 마시게 코를 자꾸 훌쩍거리면 떡 맛이 없어진단 말야。』

그러니까, 코 훌리개는 눈첩첩이더러

『내 그럼 코를 훌쩍거리지 않을테니, 입자도 파리가 눈에 다닥다닥 붙어도, 좀 날리군 하지마시게。 눈에 붙었던 파릴 날리면 떡에 붙질 않겠나。』

이렇게 말했습니다。 그러니까、 눈첩첩이는 또 헌데장이더러

『그럼 난 파릴 안 날릴테니、 입자는 헌데를 긁지 마시게。 떡 먹다가 헌데에서 피가 나고 고름 나는걸 보면 떡 맛이 없단말야。』

이렇게 말했습니다。

이렇게들 말해놓고、 세 사람은 떡을 먹습니다。 그런데 헌데장이는 머리가 근질근질 가려워서 아주 죽을 지경입니다。 손이 그저 저 혼자 머리로 가려고 하는것을 억지로 참고 있습니다

코흘리개도 기다랗게 코가 흘러내려와서 떡에 떨어지려고 하는데、 씻지도 못하고 큰일입니다。

또 눈첩첩이는 파리가 그저 더덕더덕 붙어서 간질간질 가렵고、 눈이보이지 않는데 야단입니다。 날리고싶은 마음은 간절하였으나、 아까 한 말이 있는고로 날리지도 못하고요。

참고 참고 참다가 정 못 참게 되어 헌데장이가 꾀를 피웠습니다。

헌데를 주먹으로 툭툭툭 치면서

『여보게 코흘리게 눈첩첩이。 저 앞 산을보게。 노루란놈이 뿔이 이렇게 나고 저렇게 났네그려。』

하고 앞 산을 가리키면서、 가려운 헌데를 두둘겨댔습니다。 그러니까、 코흘리개는 손까락으로 코를 쭈비켜씻으면서

『포수가 그놈의 노루를 총으로 이렇게 쏘지。』

하였습니다。 그러니까、 또 눈첩첩이는 손을 이리저리 흔들면서、

『그거 다 거짓 소리야。』

하고 파리를 날렸더랍니다。

(平南 安州郡 萬城)

교만한 王 이야기

옛날 옛날 아주 아주 교만한 왕이 있었더랍니다。이 왕은 제가 왕이 된것은 모두 다 제 잘이로 된거지, 다른 사람의 힘은 하나도 입지 않았다고 생각하였습니다。

하루는 이 임금이 신하를 거느리고 산에 사냥을 하러 갔었는데, 하도 땀이 나고 더운고로 옷을 냇두던에 벗어놓고 목욕을 하고 있었습니다。그런데 어떤 사람 하나가 이 왕의 의복을 살짝 훔쳐서 입고는, 산 밑에 내려가 버렸습니다。그리고 신하들이 기다리고 있는 곳엘 가니까, 신하들은 이 사람을 임금님인줄 알고, 공손히 절을 한 다음, 왕궁으로 말고삐를 쥐고 돌아갔습니다。

이런줄을 모르는 왕은 목욕을 다하고 냇 두던에 올라오니까, 어떤 옷이 있어야 입어 있고 군사들이 있습니까。왕은 할수 없이 산골짜기 어딘지로 찾아 가서 한 누더기를 얻어서 몸에 걸치고 왕궁으로 들어가려고 하였습니다。그러니까 파수보던 군사가

『네가 어디를 알고 거지 같은것이 들어가려고 하는게냐。』

하면서 창으로 찌르려고 하는바람에 혼이 나서 달음질쳤습니다。

그다음 왕은 대신 집을 찾아갔습니다。그러나 대신들은

『거지 같은놈이 함부로 임금님의 존칭을 남용하니、 용서해두지 못하겠다。』

고 하면서 때리는거였습니다。왕은 허구하기 짝이 없었습니다。왕은 또

『아마 왕후는 나를 알아주겠지。』

생각하고 왕후한테 가서 내가 왕이 아니냐고 물었습니다。그러니까、 왕후는 벌컥 성을 내면서

『저런 거지가 왕이라고 하니、 저런 미친놈을 좀 정신차리게 해줘라。』

하고、 말 같이 큰 개를 풀어 놓았습니다。

왕은 놀라서 귀떨어지면 오는 장날 주어가자 하고 달아났습니다。

그날 밤 교만한 왕은 개고리 소리가 들리고、 모기란놈이 자꾸 와먹는 풀판에서 자게 되었습니다。왕은 풀판에 들어누워서 총총히 빛나는 별들을 처다보면서、 오늘일을 생각하면서 반성해보았습니다。

『내가 이렇게 불행하게 된것은 이마 내가 너무 교만히굴은 탓인가보다。』

생각했습니다。이렇게 생각한 왕은 갑자기 마음이 겸손해졌습니다。

이튿날 왕은 대신 집을 찾아갔습니다。그러니까、 이거 보세요。어제 그렇게 질색을 하면서 내쫓던 정승들이 그전에 궁전에서 하듯이 공손한 태도로 임금님을 대접하질 않습니까。또 그뿐입니까、 궁전으로 들어가려고 하니까、 어제는 창으로 찌르려고 하면 그 파수병이 절을 할뿐외라、 임금님이 들어오신다는 나팔을 뚜뚜 뚜뚜 부는게였습니다。

왕은 도무지 이게 무슨 영문인지를 몰랐습니다。제가 입고 있는 옷은 여전히 어제 입었던 그 거지 같은 옷이 아닙니까。

그리고 궁전엘 들어가니까、 왕의 옷을 입고 왕인체하고 있던 사람이 반가워하면서 왕을 맞고、

『난 사실은 이나라왕이 교만해서 나라가 망할가봐 내려온 하늘나라 사람인데、 인제 왕이 전비를 후회하고 겸손된 마음을 가졌으니、 이 나라가 흥왕할것이다。』

이렇게 말하고는、 온데간데도 없게 없어지고 말았습니다。

그후 사실 마음이 겸손한 임금님을 위에 모신 이 나라는 아주 흥왕해졌습니다。

(平南 平原郡 西海面)

밥 안 먹는 안해를 구한 구두쇠

옛날 오랜 옛적 아주 인색하기 짝이 없는 구두쇠 부자영감이 살았습니다。그런데 이 부자영감은 나이 [illegible] 가깝도록 아직 안해가 없었습니다。안해를 얻는다면 [illegible] 축나겠습니까。그래 [illegible] 안해를 구했습니다。밥을 안 먹고 사는 안해를 구했던것입니다。

[illegible]

『[illegible]』

[illegible]

[illegible]

[illegible] 135

아왔습니다。 그리고 부자 영감 보고 과연 밥을 먹지 않고 살며라고 말했습니다。 인색한 구두쇠 영감은 기쁘기 짝이 없었습니다。

그때 인색한 영감은 일부러 그 처녀의 선을 보려 갔습니다。 마당가의 뽕나무 위에서 뽕을 따고 있는 그 밥 안 먹고 산다는 처녀를 보니까、얼굴이 반달 같은게 아주 예쁘기 짝이 없었습니다。

인색한 부자는 수십년간이나 찾고 찾아서도 종시 찾질 못하고 인젠 안해 없고 자식도 없이 그냥 죽는가보다 생각하고 있던차에、드디어 밥 안 먹고 사는 여자를 구한것이 너무도 기뻐서 그 자리에서 정혼을 하고 시집올 날을 택했습니다。

인색한 부자 영감은 밥 안 먹고 사는 안해를 얻어오긴 왔우나、과연 안해가 밥을 안먹는지 혹은 남의 눈을 피해가면서 먹는지 도시 마음을 놓을수가 없습니다。

그때 사람을 시켜서 지키기로 하였습니다。

이 사람이 주인 영감의 명령으로 주인 마누라의 방에 들어가니까、마누라는 친절하게 대접합니다。 그런고로 이 사람은 마누라가 밥을 먹는걸 보고도 안 먹는다고 주인 영감한테 보고하군 했습니다。

하루는 주인 마누라하고 주인 마누라가 밥을 먹는가 안 먹는가를 지켜보는 사람하구 꾀를 꾸몄습니다。

주인 마누라를 지키는 사람은 주인 영감한테 가서

『영감님ᅩ 안주인님께서 아마 부엌에서 남몰래 밥을 잡수시군 하는가봐요。 그러니까、영감님이 굴뚝 속으로 아궁이에 들어가셔서 지켜보십쇼。』

하고 수거댔습니다。 그러니까、

『옹、그기참 그것두 그럴것 같아! 그럼 내 들어가서 지켜보지。』

이렇게 주인영감은 말하고 굴뚝으로 들어갔습니다。

영감은 굴뚝에 들어갔다는 말을 듣고、마누라가 아궁이에 불을 자꾸 땠습니다。 그러니까、주인 영감은 지랄을 하여 온통 까맣게 재를 뒤집어쓰고 벌레벌레 기어서 나왔습니다。 이날부터 구두쇠 영감은 삼사일 동안을 앓았습니다。 구두쇠 영감은 이것은 마누라 지키는 사람의탓이라고 마누라 지키는 사람을 불러서 책망했습니다。

그러니까、마누라 지키는 사람이

『때마침 불땔적에 들어간것이 영감님의 실수입니다。 그런데 영감님、안주인님이 아마 침실에서 남몰래 밥을 잡수시는것 같아요。 영감님이 이불 속에 숨어서 지켜보십쇼。』

하고 뻐이니까、구두쇠 영감은

『옹、그것두 그럴것 같아。 그럼、내가 이불속에 숨어서 지켜보지。』

하고 말했습니다。

주인마누라는 영감님이 이불 속에 들어가있다는 말을 지켜보는 사람한테서 듣고, 하녀들을 불러서

『밤에 자꾸 물어서 못 자겠더라。이불에 벼룩이 있는것 같으니, 이불을 밖에 내다가 몽둥이로 이불을 털어라。』

하고 분부했습니다。

하녀들은 몽둥이들을 하나씩 들고 이불을 짓부시면서 털었습니다。이바람에 영감은 아프니 무어니 뭐 너무 매를 맞어서 죽는줄만 알았습니다。그러나 체면상 아프다는 말도 못하고, 끝날 때까지 그냥 자꾸 맞았습니다。인색한 부자영감은 또 삼사일 들어누워 끙끙 앓았습니다。그리고 구두쇠 영감은 이것을 마누라 지키는 사람의 탓이라고 안해 지키는 사람을 불러서 책망했습니다。

그러니까, 마누라 지키는 사람은

『때마침 이불 터는날 숨었던게 영감님의 실수입니다。그런데 영감님! 안주인님께서 광(고방)속에 들어가서 밥을 잡수시는것 같으니, 영감님이 광 속에 있는 큰 참대통 속에 들어가서 지켜보십쇼。』

하고 엉터리수작을 했습니다。그러니까, 영감은

『옹, 그것도 그럴것 같아。그럼 내가 참대통 속에 들어가서 지켜보지。』

138

하고 말했습니다。

마누라는 영감이 참대통 속에 들어가 있다는 말을 그 사람한테서 듣고, 하녀들을 불러서

『참대통이 쉬때 있으니, 더운 물로 깨끗이 속을 부서 오너라!』

하였습니다。

하녀들은 뜨거워서 손이 데일것 같은 물을 참대통에다 부어 넣었습니다。이바람에 영감은 뜨거워서 막 죽을것 같았습니다。

그러나 체면두 있고 해서 뜨겁다고 몰굴사네 벌레벌레 기어나올수도 없었습니다。

인색한 구두쇠 영감은 오래 동안을 자리에 누워서 앓았습니다。이 사이에 영감은

『내가 이렇게 혼나군 한전 내 안해가 밥을 먹는가 안 먹는가 지키려다가 당한 일이야。세상사람이 밥을 먹지 못하면 죽질 안나。이걸 내가 모르고 밥안먹는 안해를 구하려면 죄로 이렇게 혼난거다。』

이렇게 깨닫게 되었습니다。그리고

『내가 이렇게 깨닫게 된건 내 안해의 덕택이다。』

생각하고 아주 맛있는 음식을 일부터 장에 가서 사다가 안해에게 주었더랍니다。

(平南 平原郡 儉山面)

139

피 많은 김서방

김서방은 피 많기로 동네에서 유명한 사람이었습니다。 그런데 동장 오서방놈이 자기안해하고 뺏장이 맞아가지고 보아다니는게 아니꼽고 얄밉기 짝이 없었습니다。

『어떻게든 연놈들을 혼내어야겠다。』

생각했습니다。

하루는 안해더러

『돈 없는놈이란 평생 고생만 하다가 죽게 생겼는가봐。 내일 또 돈 받으러 십부틀을 하잖으면 안되겠어。』

이렇게 말했습니다。 이 말을 듣고 김서방의 안해와 오서방은

『인젠 마음놓고 만나겠구나。』

속으론 기쁘기 짝이 없었습니다。 김서방이 이튿날 돈 받으러 간다고 떠납니다。 그러니까 김서방의 안해는 제법 남편을 염려하는듯이

『아무 골자구니에는 도둑놈이 나오군 한대는데 조심하십쇼。』

하면서、 념내 주는게었습니다。

142

꾀 많은 김서방은 결코 돈 받으러 간게 아니고, 연놈을 경치우려고 돈 받으러 간다고 거짓말을 해놓고 솔밭에 가서 숨어있던겝니다.

밤이 이욱히 들었을 때 김서방이 슬그머니 자기 집에 가보니까, 과연 자기 안해는 부엌에서 밤참을 짓누라고 야단을 하고 있었습니다. 김서방이

『에헴!』

기침 소리를 하고 부엌 문을 여니까, 김서방의 안해는 깜짝 놀라면서

『돈 받으러 거기까지 갔다 올래면 닷새나 걸리겠는데, 어째 이렇게 가잖고 오는게요?』

하고, 최 눈으로 남편을 눈빠졌습니다.

꾀 많은 김서방은 시침을 뚝 떼고,

『돈이 다 무어야. 까딱하드면 목이 달아날뻔 했네 도둑놈을 만나서 도둑놈을』

하고 아주 놀랐다는듯이 벌벌 떨면서 이렇게 말했습니다.

이런 말을 하고 있는 사이에 아랫방 아랫목에 잔뜩 누워있던 오서방은 질색을 하여 웃방에 뛰어올라가서 자고 있는체 들어누워 있었습니다. 김서방이 들어와서 오서방 귀에다 참기름을 부어 넣었습니다. 그러나 오서방은 그냥 자고 있는체 잠잣고 있다가 그만 죽고 말았습니다.

김서방의 안해가 밥상을 들고 들어오더니,

『여보서요 시장하섰겠는데, 밤참을 잡수시오.』

143

하고 남편더러 말하고 웃 방에 올라가서,

『동장님! 같이 밤참 좀 잡수십시다.』

하면서 오서방을 흔드니까, 뻣뻣 뻐두룩해져서 죽어있질 않습니까. 김서방의 안해는 그만 으악! 소릴 지르고 너무 놀라서 뒤로 나가 넘어졌습니다.

김서방의 안해는 오서방의 시체를 앞에 놓고 난처하기 짝이 없었습니다.

생자다못해 오서방의 시체를 남모르게 내다 땡게치려고 했습니다. 앞 강에 내다 땡게치려는겝니다. 오서방의 시체를 머리에 이고 강으로 갔습니다. 그런데 꾀 많은 김서방은 얼른 지름길로 돌아가서, 강언덕에 숨어있다가, 자기 안해가 오서방 시체를 강물에 땡게치려고 할때

『그런 더러운놈을 깨끗한 강물에 쓸어넣으면 안된다. 으흥 으흥.』

하고 귀신 우는 소리 시늉을 내니까,

『에구머니! 물귀신이로구나!』

안해는 지랄네겁을 하여, 오서방의 시체를 머리에 인채로 달아났습니다. 그러고 인젠 산에 땡게치려고 산으로 갑니다.

꾀 많은 김서방은 또 앞을 질러서 자기 안해보다 먼저 산에 가서 솔나무 포기에 숨어있다가, 자기 안해가 오서방의 시체를 땡게치려고 할 때

『그런 더러운놈의 송장을 이런 깨끗한 산에 땡게치면 안된다. 으앙 으앙!』

무섭게 굴었습니다. 그러니까, 자기 안해는

『에구머니! 산 신령이로구나!』

하면서 놀라고 놀라서 달음질을 쳤습니다. 그리고 집에 오서방의 시체를 이고 돌아가서 남편 앞에 무릎을 꿇고,

『죽을 죄로 잘못하였사오니, 용서하여줍소서. 또 다시는 그런 것은 하잖을테니 오서방의시체를 제발 좀 어떻게 해주우.』

하고 남편한테 빌었습니다.

그날 밤 김서방은 오서방을 줄줄 끌고 오서방 집 앞에 가서

『여보게 마누라! 문 좀 열어주게, 문.』

하고 오서방의 음성을 시늉하여 이렇게 말하니까,

『흥, 왜 김서방도 없는네, 김서방네 집에 가서 자고 오지. 왜 집에 오는겔가 흥!』

하면서 오서방의 안해는 잔뜩 노해서 문을 열어주지 않았습니다.

『그럼, 문 밖에서 죽으래는가.』

하고 김서방은 오서방의 술취한 목소리로 이렇게 고함쳤습니다. 그러니까,

『죽는걸 누가 무서워한대. 죽겠으면 죽어보지.』

오서방의 안해는 이렇게 퉁명스레 말했습니다.

김서방은 오서방의 시체를 처마 아래에 매어놓고 돌아왔습니다.

이튿날 아침 오서방의 안해는 미칠듯이 놀랐습니다. 죽으라고 하였기로 누가 죽기까지야할 줄 생각했습니까. 남편이 정말 처마 끝에다 목을 매고 죽어있질 않습니까.

오서방의 안해는 꾀 많기로 동네에서 이름난 김서방한테 와서,

『이 일을 어찌합니까. 어제 저녁 글쎄 술을 자시고 돌아와서 문을 열어달라기에 안 열어주니까, 「그럼 죽어도 좋으냐?」하기에 「죽겠으면 죽구려 무서워할 사람이 어디있어요.」하였더니, 정말 목을 매고 돌아가셨습니다 그려. 김서방님! 이 일을 어떻게 하면 좋겠소? 사람을 좀 살려주시유.』

하면서, 엉엉 엉엉 울었습니다.

그날 밤 꾀 많은 김서방은 오서방의 시체를 지고 동네에서 제일가는 부잣집에 가서 오동장의 목소리를 시늉하면서

『여보소 여보소요! 영감님 계십니까. 왜 동네 세금을 안내시우? 오늘 밤은 꼭 내야겠소 얼른 내우.』

하고 아닌밤중에 고함을 고래고래 질렀습니다. 그러니까, 잠자던 부자 영감은

『남이 잠자는 아닌밤중에 세금은 무슨 세금을 달라는게냐. 이 미친놈 같으니.』

하고 웨쳤습니다. 그러나 김서방은 그냥 자꾸 오서방의 음성을 시늉하여 내고,내라고 고래갈

은 소렐질었습니다。 그러니까, 부자 영감은 벌컥 부화를 내어

『이리 오너라。 저놈 저 동장놈을 때려 죽여라。』

하고 하인들에게 명령하였습니다。

김서방은 오서방의 시체를 문밖에 세워놓고 얼핏 몸을 피하여 숨었습니다。

그러니까 하인들이 두서너놈 몽둥이들을 제각기 쥐고 나오더니, 다짜고짜로 오서방의 시체를 때려부셨습니다。 오서방의 시체는 넘어져서 덩굴덩굴 굴어서 문지방 아래에 떨어졌습니다 부자 영감이 뛰어나와 보니까, 이 모양이 아닙니까。 깜짝 놀랐습니다。

『이 못난놈들 같으니, 설마 때려죽이라고 하였기로 정말 때려 죽이라고야 했겠나。 이일을 어떠한단 말인가。 이 못난놈들 같으니。』

하면서 부자 영감은 하인들을 욕하면서 벌벌 떨었습니다。

부자 영감은 생각하다못해서 꾀 많은 김서방을 찾아가서 어떻게 하면 이 일을 무사하게 할 수있겠는가 물었습니다。

『뭘요。 그까짓것 염려마셔요。 슬그머니 산에 갖다 파묻어 버리시구려。 염려할것 없어요 말이 나서 죽였다면 그만 아네요。 오동장 마누라한테는 제가 가서 잘 말할게니, 아예 염려마십쇼。』

하였습니다。 그리고 김서방은 돈은 많이 받았습니다。 그후부터는

김서방은 돈이 없어지면 부자 영감님한테 가서

『영감님!' 아무때 이 동네 아무개를…… 동장을……』

하군 하면 부자 영감은 할수없이 돈을 내어주군 하였습니다。

김서방은 이 돈을 가지고 남부럽지 않게 재미있게 살았더랍니다。

(平南 安由郡 立石)

점 잘 치는 훈장

옛날도 옛날 어떤 옛날, 서울 이정승이 그 아들을 공부시키느라고 훈장을 한분 모셔다 두고 공부를 시켰습니다。

그런데 이정승의 아들이 재롱거리는 자기 집 계집종이 자기 선생님을 아주 박대하는것이었습니다。찬을 가져와도 제일 맛 없는것이라만 가져오고, 밥 한그릇을 떠도 공순한 맛이란 조금도 없었습니다。그때 하루는 정승의 아들이

『어떻게 하면 계집이 우리 선생님을 존경하게 될고。』

생각하다가, 한가지 꾀를 꾸미었습니다。

이튿날 아침 조반상에 놓인 숟갈 젓가락을 살짝 훔쳐다가 뒤뜰 배나무 아래에다 갖다 놓았습니다。그리고 정승의 아들은 미리 선생님께 이 말을 하고

『그 계집종이 와서 숟갈 젓가락이 어디 있겠는가 점을 쳐달라 하거든, 점을 치는체 하다가 뒤뜰 배나무 아래를 가보라고 하시오。』

하고 선생님하고, 짬자미를 했습니다。

과연 계집종은 큰일 났습니다。계집종이 조반상을 차리다가 숟갈 젓가락이 없어졌으니

입니다。 제집종은 낯짝이 당주 고로타 잡이 빨장게 되어서 황황하며 이리 가보고 저리 가보
고 야단법석입니다。
『무얼 그리 찾는게냐。』
하고 정승의 아들은 시침을 뚝 떼고 제집종더러 말을 건넜습니다。
『되련님! 큰일 났어요 귀신이 가져갔는지 대감님 소반에 놓았던 숫갈하고 젓가락이 없어
졌습니다。 그러얼핏 얻어야지 못얻으면 제모가지가 날아날가봐요。 만일 제모가지가 날아나
면 어떠합니까。』
하면서 눈물을 찰찰 흘렸습니다。
『그럼、선생님더러 점을 쳐달래봐。 선생님은 아주 명복이시니。』
이렇게 정승의 아들이 말하니까、제집종은 기뻐하면서 훈장의 방으로 뛰어갔습니다。
『선생님 선생님! 제발 대감님 소반 위에 놓았던 숫갈 젓가락이 어디 있는지 좀 찾아주세
요。 빨리 좀 찾아주세요。』
하고 무릎팍걸음을 하면서 졸라댑니다。
훈장영감은 제법 점깨나 친다는듯이 손가락을 꼽았다 펴었다 하면서 흥얼흥얼 점을 치는시
늉을 하다가、
『그거 뭐 후원 버드나무 아래에 있군。』

하고 훈장영감이 정승의 아들이 하라는대로 말했습니다。
제집종이 달아가 보니까、아니나다를가、과연 버드나무 아래에 그것이 놓여있었습니다。
이렇게 제집종은 훈장영감이 숫갈、젓가락을 찾아준 후부터는 입때까지와는 딴판으로 저희
할아버지만치나 극진하게 대접하는게 이를데 없습니다。 정승의 아들은 기뻐습니다。
몇달 후의 일입니다。
제집종이 주인 대감님께 진지상을 가지고 들어가도 대감은 한숨만 후후 내쉬시고、도무지
밥을 먹자 않습니다。 무슨 근심이 계신가보다 하며는 생각하고
『대감님께서는 진지를 도무지 잡수시지 않으시니、무슨 큰 근심이 계시나이까。 천한 비녀
의 몸이오나、알으켜주시면 어떠하겠습니다。』
하고 자꾸 알으켜 달라고 졸라댔습니다。
『이년! 저리가거라。 너 같은것이 참네할바가 아니니다。』
하면서 말해주진 않았습니다。 그러나 하며는 그냥 자꾸 말해달라고 하니까、이정승도 할수없
이
『들어봐라。 중국 황제가 옥새(玉璽)를 잃었는데、암만 찾아봐도 찾을수가 없으니、아주 농
한 복술이 있으면 보내달라고 청탁이 왔다。 그런데 만일 복술을 못 보내는 날에는 나라의
큰 수치이고、또 중국이 이토해서 무슨 트집을 잡을는지도 모르는게야。 그래 근심을 하는

지다。』 152

하고 재경중더러 말해주었읍니다。

이 말을 듣고 재경중은 방긋 웃으면서

『그 것은 잊어졌읍니까。그럼 며칠날……우리 저 선생님을 찾아가요。어제도 잠이 멍하신 지 모릅니다。』

하고 넋을 놓으면서 그전에 며칠날 소반 위에 놓는 숟갈 젓가락을 훔쳤다가 훈장의 잠이로 혔다는 이야기를 낱낱이 아뢰었읍니다。

『어, 그랬느냐。그거 참 다행이로구나。』

이렇게 이정승이 말하고, 곧 훈장을 불렀읍니다。그리고 종구이로 우리를 찾아며 가라고 명했읍니다。

그러자니, 숟갈 숟갈 젓가락 훔쳐온 훈장은 큰 야단이 생겼읍니다。지금껏 처를 한번 치고 이렇게까지 명령하야 누가 알았겠읍니까。

이렇게 이정승이 크게 칭찬하여 재경님께 이 말을 하였니까, 재경님도 훈장더러 나서 가라고 명령이 되었읍니다。

훈장 영감은 이런 큰 벼슬가 있게 되었읍니다。숟을 가오를 하고 종구이로 떠났습니다。

정승이 아들도 이렇게 선생님이 출나서게 되겠는 재가 누리 재물랑이고도 근엄하게 선생님

을 놓아가게 되었읍니다。

종구에 가서 행세를 하라고, 우리집을 가칠을 재롱하던 말하고 하였읍니다。행세는 먼저 떠나서 세우며 수고스레 했다고 하면서, 며칠이 주선하였읍니다。훈장과 정승의 아들은 행세가 정해준 처에 머물게 되었읍니다。

이렇게 우리를 찾아보지 않아 참 난처하기 이를데 없읍니다。

찾아봐도 처를 얻어 찾아봐도 찾지 않겠읍니까。곧 찾는 방이면 모가지가 날아날 판이니 이일을 어찌니까。훈장하고 이정승의 아들은 밤잠도 못 자고 한숨만 쉬었니다。

벌써 며칠이 지나고 기일은 하루하루 들어가서 앞에 있는 것을 어찌하야 합니다。그러면 모두 내 다시는 가진 못하고 바로 귀신이 될것을 생각하니, 참으로 슬퍼서 잠을 못자고 방에서 우이 들어서도 두 사람은 마주 앉아서 아무 말 없이 앉아있었읍니다。

이러니다。행세의 우리를 도둑질해 간 『기별』이라는 『만종』이란 두 놈이 떠들었다 방에 이 와서 우리를 찾아며 했다고하니, 우리도 그 사람의 낯을 한번 보고파도 못했다――두 놈은 이렇게 생각하고, 훈장과 정승의 아들이 우하고 있는 집 앞에까지 와서, 창구멍을 뚫고 들어다 보려고 하였읍니다。만종 구멍을 뚫는 버석버석하는 소리가 이정승 아들의 귀에 들렸읍니다。

『선생님― 누가 밖에 왔는가봐요。』 153

하고 이정승 아들이 말했습니다. 그러니까 훈장은 한숨을 한번 후 내쉬고는
『바람이 문창을 흔드는 소리지 오긴 누가 오겠나.』
하고 말했습니다. 이 말을 듣고, 문창과 바람은 깜짝 놀랐습니다.
『과연 명복이로구나. 이 어두운 밤에 집안에서 밖에 우리들이 온것을 아는구나.』
이렇게 말을 하여 달아났습니다. 얼마큼 달아나다가 문창이 이렇게 말했습니다.
『여보게 바람! 집안에서 밖갈을 다 내다보는 명복이 우리가 편다기로 모르겠나. 어더 숨어도 곧 찾아낼것이니까, 우리들이 인제 곧 그 조선나라 명복한테 가서 목숨만 살려달라고 빌어봅세.』
바람과 문창은 곧 도로 돌아가서, 훈장 앞에 꿇어 엎드려서 이마를 방바닥에 쪼으면서
『옥새 감춘 곳은 알해드렐테오니, 제발 목숨만은 살려줍소서.』
하고 빌었습니다.

『네놈들이 괘씸한걸 봐서는 당장에 목을 베어버리겠지만, 네놈들이 그렇게 빌고있으니, 그럼 목숨만 살려줌께.』
훈장영감은 속으론 기쁘기 한량 없었으나 낮에는 성난 빛을 보이면서 이렇게 말하였습니다
이튿날 아침 훈장과 정승의 아들은 가슴을 내밀고 뻐겨대면서 황제한테 갔습니다.
『폐하! 과연 옥새 있는곳을 알았습니다. 용두레를 있는대로 모으시고 또 장정군들을 많이 모아줍소사.』
하고 아뢰니까, 삼시간에 용두레가 수백개 모이고, 장정군들이 많이 모였습니다. 훈장은 용두레로 왕궁 앞에 있는 큰 높의 물을 푸라고 명령하였습니다. 삼시간에 물을 다 [illegible]습니다. 물을 다 퍼내니까, 과연 그 속에 번쩍번쩍 빛나는 옥새가 있었습니다.
훈장하고 정승의 아들은 기쁘기 한량 없었습니다. 그러나 황제는 옥새를 얻은것은 기쁘긴 기쁘나, 한가지 근심되는것이 있었습니다. 그것은
『삼년간이나 우리 나라 명복들을 죄다 불러다가 찾아서도 못 찾은것을 해동나라 조선 사람이 옥새를 찾아냈으니, 저런 귀신 같은 명인을 그냥 보냈다가는 장차 우리 나라가 위태하게 될지 모르겠다.』
하는것이 었습니다. 그래 심술궂은 황제는
『아모렇게서라도 저놈을 그냥 살려내보내서는 안되겠다.』
이렇게 생각한 황제는 훈장을 불러놓고 이런 명령을 하였습니다.
『해를 따와야지 만일 따오지 못하는 날에는 널 그저 두어두지는 않겠다.』
어떻게 해를 딸수가 있겠습니까. 훈장과 이정승의 아들은 참으로 또 야단났습니다. 그러나 좌우간 또 보름동안을 기다려달라고 하였습니다.
보름동안이 어느덧 지났습니다. 훈장하고 정승의 아들은 서로 짬짜미를 하고 황제한테들어

갔습니다。 훈장은 황제더러 해를 따 올테니、 수백척 되는 기다란 사다다리를 마련해달라고 했습니다。

황제는 곧 신하를 시켜서 길고도 긴 사다다리를 가져다 주었습니다。 훈장은 이 사다다리를 한층 한층 올라갑니다。 한 오십자 가량 올라가서、 훈장은 이정승 아들에게

『여보게 여보게、 인제 내가 해를 따오면 이 나라놈들은 모조리 태워죽겠으나、 임자까지 죽어서야 되겠나。 얼핏 뛰게 얼핏。』

이렇게 고래고래 소리질렀습니다。 이정승 아들은 먼저 다 이렇게 하자고 짬짜미한것이 있으니까、 정말로 달아뛰엇습니다。

이걸 보고 황제는 놀랐습니다。

『우리 나라 명복들이 삼년간이나 찾아서도 못 찾아낸 옥새를 찾아낸 신기한 재주를 가진사람이니、 해까지도 따 올지도 모르겠다。 참 이렇게 먼데 있어도 뜨거운데 해를 따내려오면 정말 우리가 다 타죽을게다。』

이렇게 생각하고、 황급히 훈장이 올라가있는 사다다리 아래에 무릎을 꿇고 훈장영감을 쳐다보면서、

『제가 잘못했습니다。 제발 해를 따 오지 마십소서。』

하고 황제는 자꾸 빌었습니다。 그러니까、 훈장은 벌꺽 성을 내면서

『안된다。 그런 의리 모르는 놈들은 모두 다 태워버려야 돼。 이 안된놈 같으니。』

이렇게 말하고、 훈장은 사다다리를 한층 한층 더 올라갔습니다。 그러니까、 황제는 구서워서 부들부들 떨면서 그냥 자꾸 빌었습니다。 보기 불쌍했습니다。 그리고 우습기도 했습니다。

『황제의 몸으로 그렇게까지 하니、 이번만은 용서해주겠다。』

이렇게 훈장은 말하고、 사다다리를 내려왔습니다。

훈장과 이정승의 아들은 많은 선물과 대접을 받아가지고、 그리운 고국으로 돌아왔습니다。

(平南 平原郡 檢山面)

九代獨子

옛날 어떤 곳에 아홉대가 내려오도록 외아들로 내려오는 집이 있었더랍니다。 그런고로부모는 그외 아들을 금보다도 옥보다도 더 귀하게 귀하게 여기었습니다。 하루는 부모가 외아들의 전도를 무당한테 가서 물어보았습니다。 무당이 하는 말이

『이 애는 절대로 공부를 시키지 마십쇼。 만일 공부를 시키면 죽고 맙니다。』

하였습니다。 그래 부모는 이 말을 듣고 이동네에 살다가는 서당도 있고 해서、 자연 우리애가 공부하게 되겠으니、 서당이 없는 다른 동네에 가서 살수 밖에는 없다 하고、 깊은 산골로이사를 갔습니다。 그러나 이 동네에서 영을 하나넘은 동네에는 서당이 있었습니다。 이 애는 점점 자라면서 공부가 자꾸 하고싶어서、 아버지 어머님이 굳이 말리는것을 놀따 나잤다고 하고서는 영을 넘어 동네 서당에 가서 몰래 공부를 하군 하였습니다。 이렇게 아버지 어머니 숨어서 공부하기를 십년잔이나 하였습니다。

하루는 아버지 어머니가 깜짝 놀랬습니다。 공부를 어느 사이에 했는지 서울에 과거보러가겠다고 하질 않습니까。

한사코 서울로 올라가겠다고 하는고로 굳이 막지도 못하고、 그럼 구경삼아 다녀오라고 허

하여 주었습니다.

소년은 길을 철철 가다가, 하도 갑갑하기에 점이나 한번 쳐보자 생각하고, 장님한테 가서 과거 보러 가는데 급제하겠나 어쩌겠나 점을 쳐달라했습니다. 그러니까, 장님은 복이 복찰복이 숙갈하고 한참 중얼중얼하더니,

『당신은 서울을 올라가시면 이정성의 딸을 보아야지, 그렇지 않고 만일 보질 못하면 과거에 급제를 못하겠소. 그런데 서울 가서서는 주막집에 들지 말으시고, 떡집엘 드시오!』

하면서 백지에 개 세마리를 그려주면서,

『이전 당신이 가지고 계시다가 무슨 일이 생겨 막다른 골목에 빠졌을 때 이것을 내보이십소.』

하고 구대독자에게 주었습니다.

이상한 점도 다 있다 생각하면서, 구대독자는 그것을 가지고 서울에 올라갔습니다.

서울에 올라가서는 장님의 말대로 주막집엘 들지 않고 떡집에 가서 떡돌 위에 앉아 있다가 그만이야 잠이 들어버렸습니다. 먼길을 걸어서 왔던고로, 몸이 솜 같이 피곤하여져서, 세상을 모르고 구대독자는 그냥 떡돌에 누워서 하루 저녁을 새웠습니다.

그런데 그 떡집 주인이 자다가 가지집 떡돌 위에서 청용이 오르는 꿈을 꽜습니다.

날이 밝자, 떡집 주인은 아제 저녁 본 꿈을 이상히 생각하여, 그 떡돌엘 나가보았습니다.

그러니까, 떡돌 위에는 어떤 나이 젊은 총각 한사람이 누워자고 있었습니다.

『청용이 오른것으로 보아 이번 과거에는 이 총각이 필경 장원급제를 하려는가보다.』

이렇게 생각하고, 떡집 주인은 구대독자를 일으켜서 집에 데리고 들어가서 극진히 대접하습니다.

구대독자는 제 신세 이야기와 중로에서 물어본 점 이야기를 죄다 떡집 주인더러 했습니다.

그러니까, 떡집주인은

『그럽 거 뭐 그리 어려울것 없습니다. 요행히도 우리딸이 바로 그 이정승님 아가씨의 시녀로 있으니, 그럽 우리 딸 보고 부탁해서 이정승의 아가씨를 보게 해드리죠.』

하고 구대독자더러 말했습니다.

떡집 딸이 집에 다녀가는 날 밤 구대독자는 떡집 딸을 따라 이정승네 집에 들어가게 되었습니다. 구대독자는 떡집 딸의 치마속에 숨어서 들어갔습니다.

고양이 걸음을 해서 이정승이 있는 방 앞을 지나서 눈 가운데 섬위에 있는 이정승 아가씨의 방엘 들어가니까, 이정승의 아가씨는 검을 빼 들고 구대독자를 찌르려고 하였습니다.

구대독자는 무릎을 꿇고 잠깐만 참아달라고 하고, 전후사연을 죄다 말했습니다. 그러니까 이정승의 딸도 구대독자의 신세에 동정을 하여,

『그러시다면, 당신이 과거에 급제를 하시거든, 아버님께 청혼을 하여주소서.』

하고 그날 밤은 구대독자하고 이정승의 아가씨하고 한 방에서 같이 자게 되었습니다。

그런데 이난밤중에 어떤놈인지 이정승 딸과 구대독자가 자고 있는 방에 들어와서、이정승의 딸을 죽이고 달아나버렸습니다。

이튿날 이정승네 집안은 위를 아래로 야단법석을 하였습니다。그리고 구대독자가 자기딸을 죽였다고 구대독자를 끌어내다 볼기를 치면서 죽인것을 고백하라고 합니다。그러나 어떻게 이정승의 딸을 죽였다고 아뢸수가 있겠습니까。전 절대로 안죽였다고 끝끝내 버텼습니다。

구대독자는 자꾸자꾸 매를 맞아서 거의거의 죽게 되었습니다。이때 문득 구대독자는 장님한테 점을 쳐달라 할때 장님이 써준 개 새마리 그린 백지가 생각나서、허리춤에서 그것을 끄내주었습니다。

이것을 주니까、볼기 치던여석은 도대체 이게 무슨 영문인지를 몰라서 한참 만지작 거리다가、이정승한테 갖다주었습니다。이정승도 무슨 의미인지를 몰랐습니다。그때 이정승은 이게 세마리 그린 흰 종이를 서울에서도 제일 지혜가 많기로 유명한 사람한테 갖다보였습니다。

지혜많기로 유명한 사람은 이걸 보더니、

『백지는 백(白)이요、개 세마리는 구삼(狗三)이외다。백구삼(白狗三)이란 놈을 잡아다 조사하면 알도리가 있겠습니다。』

하꼬、이 이상야릇한 수수께끼를 풀어 주었습니다。

백구삼이란놈을 잡아다가 문초하니까、과연 백구삼이란놈이 이정승의 아가씨를 죽였다는것을 토로하였습니다。

이정승은 구대독자더러 죄도 없는데 무례한 것을 하였으니、용서하라고 하면서

『내 딸이 처녀의 몸으로 죽었으면 원한이 하늘을 묻어뜨렸을것을、입자가 내 딸과 부부언약을 맺아죽었다니、신세가 무궁하이。』

하고 말하면서、과거볼 시험 문제를 가져다 주었습니다。

구대독자는 장원급제 하였습니다。그리고 꿍 닐리리야 꿍 꿍닐리리야 하면서 귀한 사람이 되어、아버지 어머님 계신 고향으로 내려왔습니다。

(咸南 咸興)

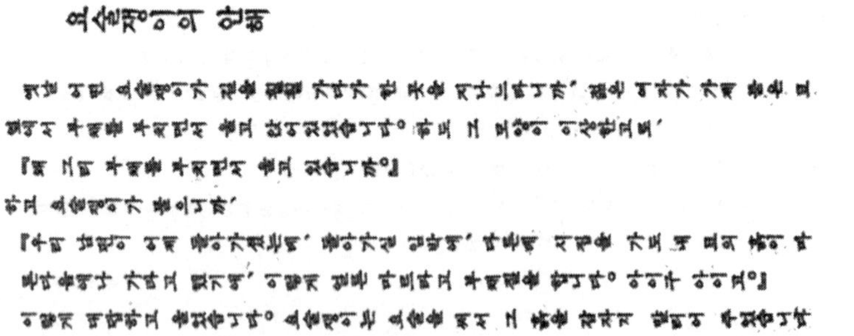

[illegible]

삼백냥 재판

옛날 어떤 곳에 문둥이나 있는 사람이 살았습니다. 이 사람은 팥수제비를 평생의 소원으로 하였더랍니다. 한가지에 나들면서 팥수 자리를 얻어보려고 팥을 목산을 다 팔아보려고 애를썼으나 팥수는 좀시 되잘 못하였습니다. 그러니까, 날 보기가 뭐하기 짝이 없었습니다. 그때 다른 곳에 가서 살 밖에 없다 생각하고, 반찬으를 지고 안해와가게 다른 곳으로 이사를 떠났습니다. 한 동리에 가서 큰 기와집 앞에 반찬으를 내려놓고 땀을 씻으면서 쉬고 있었습니다.

『어딜 가시는 양반이오.』

하고 그 집 주인이 나와서 이렇게 물었습니다. 팥수 제기를 평생의 소원으로 하던 사람은 자기 신세를 죄 말하였습니다. 그러니까, 주인 영감은 팥수 제기를 평생의 소원으로 하던 사람의 안해가 하도 예쁘게 다옴이 이쁘게져서

『여보소. 그럼 하면 다른 곳으로 가겠지 있습니까. 우리 집에서 가지 사시지 그래.』

이렇게 말하고는 또

『지금 당신이 가지고 있는 돈은 전부 나에게 맡기십소. 당신의 일평생을 내가 책임지겠소 내가 팥수 하여줄 테니 그돈으로 띠빨지니까요.』 169

이렇게 말했습니다。

좌수 되기를 평생의 소원으로 하면 사람도 이 말을 듣고 기뻐하면서 이 집에서 살게되었습니다。 그리고 지나고 있으면 돈 삼백냥을 주인 영감께 말겼습니다。

어느덧 십년이 지났습니다。 좌수 되기를 평생의 소원으로 하면 사람은

『인제는 이 집을 나가겠으니、 십년 전에 말겼던 삼백냥을 주십쇼。』

하고 주인 영감더러 말했습니다。 그러니까、 주인 영감의 대답은 천만의외였습니다。

『무얼 흔? 웬 돈을 내게 말겼는강。 별소릴 다 하는군。』

주인영감의 태도는 갑짝잘이 변해졌습니다。

『웬 돈이라니요? 내가 영감님께 말긴 돈이란 말요。』

『하! 이 사람이 아마 갑자기 미친게로군。 삼백냥이나 있는 사람이 내 집에 머슴사리를 이유가 만무하지 않나。』

이렇게 마음뽀 곱지 못한 영감은 마음을 검옇게 먹고 종시 내주질 않았습니다。

『임자 아마 도깨비가 들렸나봐。 임자 안해더러 물어보게。 내게 돈을 말겼는가 안말겼는가』

그래 좌수 되기를 평생에 소원으로 하면 사람은 안해더러

『분명히 우리가 십년 전에 주인 영감한테 삼백냥을 말겼지。』

하고 물었습니다。 그러니까、 안해는

170

『원 당신 갑자기 미쳤소? 무슨 돈을 주인 영감한테 말겼단 말슴이예요?』

안해의 대답은 참으로 이 사람을 정말 미치게 할것 같었습니다。

좌수 되기를 평생에 소원으로 하면 사람의 안해는 주인 영감과 뱃장이 맞아가지고 저놈이 나가거든 주인 영감하고 가치 살겠다 하고 염체머리없는 생각을 하고 있습니다。

좌수 되기를 평생에 소원으로 하면 사람은 할수없이 원님한테 돈을 찾아줍소사고 고발하였습니다。

원님이 주인 영감과 좌수 되기를 평생에 소원으로 하면 사람의 안해를 불러다가

『돈을 말지 않었느냐。』

『돈을 말기지 않었느냐。』

하고 물으니까、

『안 말았습니다。 말은 일이 없어요。』

『안 말겼습니다。 말긴 일이 없어요。』

하고 대답하였습니다。 그날은 그냥 놓아 주었습니다。 원님은 그날 꾀를 잘 생각하였습니다。

이튼날 또 두 사람을 불렀습니다。 역시

『안 말았습니다。』

『안 말겼습니다。』

171

172

하고 대답합니다。그래 원님이 말했습니다。주인 영감과 좌수 되기를 평생에 소원으로 하면 사람더러

『여봐라。그러면 저 계집을 궤짝 속에 넣고 너희 둘이서 번갈아 그 궤짝을 지고 저 앞에 보이는 버드나무를 돌아오너라。그 다음에 재판을 해주마。』

원님은 좌수 되기를 평생의 소원으로 하면 사람의 안해를 집안에 데려다가 다른 방에 감추어 놓고 궤짝 속에는 나졸 한 사람을 넣었습니다。

좌수 되기를 평생에 소원으로 하면 사람이 먼저 궤짝을 지게 되었습니다。

이 사람은 궤짝 속에 나졸이 있는줄을 어떻게 알겠습니까 자기 안해가 있는줄로만알고、

『요 화냥년 같으니、강물에다 쓰어넣고 나도 죽을가부다。무슨 팔자가 이렇게 기가 막히 이 안된년 같으니。』

하고 투설투설 책망을 하였습니다。

그 다음에 주인 영감이 질차례입니다。

『여보게、꾸며던 일이 탈로될것 같아。탈로만 되면 우린 어떻게 할고？ 삼백냥을 그냥그저 내주었으면 좋을걸、누가 또 그놈이 이렇게 원한께 고발할줄이야 알았나。아마 경을 단단히 치는가봐。』

이렇게 목소리를 맞추어 끝했습니다。

173

궤짝 속에 있던 나졸은 한마디도 빠치지않고 죄다 들어두었습니다。

원님 앞에서 궤짝 문을 열었습니다。주인 영감은 깜짝 놀랐습니다。

아참! 궤짝 속에서 나온 사람은 좌수 되기를 평생에 소원으로 하면 사람의 안해가 아니고 눈을 무섭게 부릅뜬 나졸이 아닙니까。

주인 영감은 삼백냥에 이자를 합하여 오백냥 문우에 경을 다다히 쳤습니다。그리고 좌수되기를 평생에 소원으로 하면 사람의 안해도 물론 빽 찍! 소리가 나오도록 경을 쳤더랍니다。

(平南 平壤)

코 긴 公主

옛날도 옛날 아주 오랜 옛날 어떤 곳에 늙은 어머니가 죽으실 임박에 세 아들을 머리맡에 불러놓고、보물을 나눠주셨습니다。큰아들에게는「손만 드러밀면 얼마든지 돈이 나오는 주머니」를 주고、그 다음 아들에게는「불기만 하면 얼마던지 군병들이 쓰러나오는 나팔」을 주고 막내아들에겐「입으면 보이지 않는 두루마기」를 각각 나눠 주셨습니다。

이렇게 어머니가 아주 훌륭한 보물을 세아들에게 나누어 주었다는 소문이 퍼지고 퍼져서마음씨가 그리 곱지 못하신 임금님의 따님의 귀에까지 들어갔습니다。그리고 이 공주는 이보물들을 훔치려고 마음을 검게 먹고 큰 아들을 왕궁으로 들어오라고 불렀습니다。큰 아들은공주님이 여러가지로 친절한 말을 하여주고 정답게 구니까、「손만 들어밀면 얼마든지 돈이 나어는 주머니」를 보여주었습니다。

공주가 이 주머니를 보다가 그만 훔쳐 버리고 큰 아들을 해를 볼수 없는 캄캄한 지하실에 잡아쓸어넣었습니다。

그 다음은 또 가운데 아들이 공주한테 불리워서 왕궁으로 들어갔습니다。가운데 아들도 공주님이 여러가지도 친절한 말을 하여주고 정답게 구니까「불기만 하면 얼마든지 군병이 쓸오

나오는 나팔」을 보여주었습니다。 그러니까 공주는 이걸 보다가 그만 또 훔쳐버리고 가운데 아들도 해를 볼수없이 캄캄한 지하실에다 가두어 버렸습니다。

『그런데 마지막 아우가 형들이 돌아오기를 기다리고 기다려도 돌아오질 않는고로、막내아우는 형들이 필경 그 뺏장 곱지 못한 공주한테 어머니가 주신 보물들을 모두 빼았기기고 가쳐있으리라 생기했습니다。

그래 막내 아우는「입으면 보이지 않는 두루마기」를 입고 왕궁으로 갔습니다。

암만 파수병정이 왕궁을 지키고 있어도 눈에 보이지 않는것을 어떻게 합니까 마즈막아우는 파수병정 앞으로 제 마음대로 네 활개를 치면서 왕궁으로 들어갔습니다。 그리고 이 방 저 방 찾아다니다가、공주의 방을 알고 들어갔습니다。 보니까 공주는 막내아우가 들어와있는줄도 모르고 주머니하고 나발을 만지작거리면서、좋아서 벌죽벌죽 웃고 있었습니다。 그때 막내 아우가 한번 쿠덩쿠덩 발을 굴으니까、공주는 누가 오는가 놀라서、주머니와 나발을 이불 아래에 쓸어넣었습니다。

그래 막내 아우는 달려가서、이불을 들치고 그 보물들을 꺼내려고 하였습니다。 그런데 때마침 공주의 시녀가 문을 열고 들어오는 때、바람이 획 들어와서 막내 아우가 입었던 그보물 두루마기 자락이 훨떡 날려진고로、그만이야 막내 아우는 공주한테 들켜고 말었습니다。 공주는 사람이 들어왔다고 소리를 고래고래 질렀습니다。 막내 아우는 그만 보물들을 끄내지도 못

하고 그냥 밖으로 다라나왔습니다。 밖에 나와 보니까、막내 아우는 시장하기 짝이 없었습니다。 그래 우물 옆을 지날 때 본 빨전 아가위(멸꽝이)를 따서 먹었습니다。 그런데 이상하게도 이 빨전 아가위를 먹으니까 코가 자꾸 길어졌습니다。 발에까지 철철 닿을이만큼 길어졌습니다。 막내 아우는 그 옆에 있는 누런 아가위를 또 따서 먹었습니다。 그러니까、그렇게 기다랗게 늘어서 발까지 철철 닿던 코가 점점 줄어들어가서 원체되로 되었습니다。 이상한 아가위가 다 있질 않습니까。

막내 아우는

『오냐 빨전 아가위를 심술쟁이 공주에게 먹여서 코를 기다랗게 해주어야겠다。』

생각하고 붉은 아가위를 호주머니에 하나 가득 따가지고 왕궁 앞에 가서

『아가위 사려。 아가위 사려。』

하고 크다란 목소리로 불러대니까、공주가 아가위를 사오라고 시녀를 내보냈습니다。

공주는 아가위를 먹고、코가 자꾸자꾸 길어져서 발가락에까지 철철 닿았습니다。 그러니까 심술 궂은 공주는 큰일났다고 의술을 불러오느니 약을 다려먹느니 야단법석을 하였습니다。

막내 아우는 이 사이에 공주의 방에 들어가서 이불 속에 넣어둔 보물을 꺼냈습니다。

그리고 왕께가서 형들을 내어달라고 하였습니다。 그러나 왕은 머리를 좌우로 흔들면서 내어주질 않었습니다。 그래 막내 아우가「불기만 하면 얼마든지 군병이 쏟어나오는 나팔」을 뚜

두 두두 두두두! 하고 불었습니다. 그러니까, 나팔속에서 그저 군병들이 창과 검들을 들고 수천 수만명이 우루루 쏟아나왔습니다. 왕은 그만 벌벌 떨면서 항을 내어 주었습니다.

이렇게 하여 삼형제는 어머니가 주신 보물들을 가지고 행복한 생활을 하였더랍니다.

그리고 뱃장검은 공주는 죽을 때까지 기다란 코를 만지작거리면서 울음으로 일생을 보냈더랍니다.

(平南 鎭南浦)

황정승의 아가씨

옛날도 옛날 아주 오랜 옛날 서울에 이정승이란 큰 벼슬을 하는 사람이 살았습니다. 그런데 이 이정승은 자식이라고는 단 하나의 아들 밖에는 없었더랍니다. 그런고로 늙은 이정승은 그 아들을 사랑하기란 참 말로 다 형용할수 없을이만큼 컸었습니다.

이정승은 칠십이 근당한 노인입니다. 그런고로 이정승은 죽어도 하나 밖에 없는 아들이 수부나븐 봤을 때 죽었으면 하고 생각해온것입니다. 그러나 사람이 죽고 살고 하는것은 제 입의대로는 못하는겝니다.

아들이 바로 열아홉살됐을 해입니다. 이 늙은 정승이 하루는 정사를 보러 대궐에 다녀오더니, 몸이 웃슬웃슬 춥다고 하면서 자리에 누운것이 점점 병세가 심해져서, 전국의 명의라는 명의는 다 불러다가 보였으나, 드디어 아무 효력도 없이 병은 아주 위태하게 되었습니다.

이때 이정승은 오래 동안 정승 댁에서 충성되게 가사를 돌보아주고 있는 하인을 불러서 머리맡에 앉히고

『여보게, 난 인젠 죽을 때가 왔나보아. 아직 연소한 되련님을 잘 부탁한다. 그런데 내가 죽은 후 이 집안 살림 형편을 되련님께 알리우데, 저 맨동쪽에 있는 다락방만은 아예 보여

주지 마라。 아직 그 방을보기에는 나이 어리단 말야。 보여도 이십이 넘었을 때 보여야된다。』

이렇게 후사를 부탁하고는, 이정승은 그만 죽었습니다。 이렇게 정승이 죽고보니, 인제는 정승의 외아들이 이 집 주인이 되질 않았겠습니까。

충직한 늙은 종은 새 주인에게 집안 살림살이 형편을 알리려고 그 크다란 집안을 한방 한방 다니면서, 이 방에는 무엇이 있고, 또 이 방에는 무엇이 있고 저 방에는……。

이렇게 일일이 쇠를 여러 집안을 보여주었습니다。 그런데 방방을 죄다 보여주는데, 맨동쪽에 있는 다락방만은 보여주질 않습니다。

『저 다락방을 아직 보지 못했지! 저기는 무었이 있니?』

하고 젊은 되련님은 이렇게 보여주기를 청했습니다。 그러나 늙은 충직한 종은

『되련님! 거긴 아무것도 없습니다。 자 어서 방으로 돌아 가십시다。』

하고 먼저 앞서서 잡니다。 그 다락방만은 보여주질 않으려고 합니다。

이정승의 아들은 서운하진 서운하였으나, 그만 이 늙은 종의 뒤를 따라 방으로 돌아갔습니다。

방에 돌아온 이정승의 아들은 어째 그런지 그 다락방이 마음에 자꾸 걸리는것을 어제하지 못하였습니다。 그 방에는 아주 귀한 보물이 아니면 무슨 훌륭한 물건이 있는가보다, 밖에는 생자되지 않았습니다。 이정승의 아들이 어렸을 때 이 방 저 방 종들을 쫓아다니면서도, 이 다

180

락방만은 나이 수물이 근당하도록 한번도 들어가본 일이 없습니다。 설마 들어가보려고 하였댔자 늘 쇠가 채워있었던겝니다。

이렇던 다락방을, 오늘 늙은종이 다른 방은 다 보여주면서도 보여주질않는데, 큰 의심이 생겼던겝니다。

『——그럼 이렇게 이렇게 하여야겠다!』

이정승의 아들은 마음 한구석에 이렇게 무었을 결심하였습니다。

밤입니다。 하인들이 모두를 피곤하여서 곤히 코를 골고 잡니다。 그리고 늙은 충직한 종이 자는 방에서도 코를 고는 소리가 들립니다。

이정승의 아들은 사뿐사뿐 고양이 걸음을 하여서 하인들 방을 지나서 다락방에까지 이르렀습니다。

『아악!』

다락방의 쇠를 열고 문을 열어 잡았던 이정승의 아들은 이렇게 한마디를 소리지르고는 그만 정신을 잃어버리고 기절을 하여 마루 위에 넘어졌습니다。

어쩌된 일이겠습니까?

그것은——

다락방 벽에는 크다란 화상이 한장 걸려있었습니다。 그 화상은 세상에는 둘도 없는 아름답

181

고 아름다운 처녀의 화상이였습니다。

이정승의 아들이 바로 문을 열고 막 방 안으로 들어가려고 할 때 보름달 달빛이 창으로 들어와서, 이 아름다운 처녀의 화상을 훤하니 비추고 있었습니다。

그 모양이 아름답고 아름다워 너무도 아름다웠던고로, 고만 이정승의 아들은 이렇게 기절을 하였던겝니다。

그날 밤 이정승의 아들은 한잠도 잠을 이루지 못하였습니다。말똥말똥 눈을 뜬채로 날이 새기를 기다리고 있다가, 충직한 삶은 종을 불렀습니다。

『아범! 다락방에 걸린 화상이 누구요?』

하고 삶은 충직한 종더러 물었습니다。

『…………?』

삶은 충직한 하인은 그저 어안이 벙벙해서 아무 말도 못하였습니다。없으신 정승님이 그렇게까지 뵈이지 말라고 하시면 그 다락방을 되련님이 저 혼자 들어가보지를 안았습니까。

『아범 왜 대답이 없소? 난 그 여자를 하루바삐 만나야겠소。만일 그렇지 못하면, 난 죽고 말테요!』

하고 이정승의 아들이 말합니다。참 큰일이 났습니다。없으신 정승님도 그 화상을 되련님께 보이면 되련님이 이럴줄을 알고 하인더러 보여주지 말라고 한겝니다。그러나 뭐 인제야 할수

182

있게 됐습니까。

『네 황송하옵시다。바로 아무 섬에 계시는 황정승의 아가씨의 화상이옵네다。』

이렇게 삶은 충직한 종은 무릎을 꿇고 공손히 말을 하였습니다。

이정승의 아들은 이 삶은 충복의 말을 듣고,

『그럼, 누가 가서 그 황정승의 아가씨를 모셔다주우。』

하고 되련님은 이렇게 명령을 하였습니다。

이 말을 듣고, 삶은 충복은 놀라지 않을수가 없었습니다。

『원, 되련님두! 멀고 먼 고도(孤島)에서 단지 공부하시는데만 정신을 두시고 벌써 나회할아서 되련님과 같으신 열아홉살이시로되, 시집가실 생각 같은것은 꿈에도 하시지 않으신다는데, 어떻게 모셔온단 말씀입니까。기회를 그다리시고 참고 계시옵소서。좋은 도리를 궁리해봅시다 그려。』

이렇게 삶은 충복은 나 어린 되련님을 달랬습니다。

그러나 마음과 영혼을 몽땅 빼앗기고만 이정승의 아들은 이 충복의 말을 그저 들을리는 없었습니다。

『그럼, 난 황정승님의 아가씨를 보지 못한다면, 난 오늘부터 식음을 단절하고 죽고 말겠다。』

183

하고 황정승의 아들은 이렇게 말했습니다. 그리고 자기 방에 들어가서, 문들을 꽝꽝 동여매고 문밖에는 오줌출입도 나오지 않을뿐더러, 밥을 갖다주어도 문을 열어주지 않았습니다. 정말로 굶어죽으려고 하였습니다.

늙은 충복은 크게 놀랐습니다. 그리고 근심하여기에 밤잠도 못 이루었습니다.

만일 되련님에게 무슨 일이 생긴다면 돌아가신 주인님에게 면목이 없을뿐외라, 되련님은 이 늙은 충복이 어렸을 때부터 손을 대어 업어 길른 되련님이고, 또 이정승의 뒤를 잇는 사람이란 단지 하나 밖에 없는 이 되련님입니다.

어떻게 무슨 짓을 하여서라도 되련님의 생명을 구하여야겠다고 충직한 늙은 하인은 결심하였습니다.

물론 되련님의 생명을 구하려면 황정승의 아가씨를 모셔와야만 되겠습니다.

그러나 어떻게 황정승의 아가씨를 모셔올지 참 난처한 일입니다. 육지에서 멀리 헤어져있는 외따르고 먼 바닷가운데 섬에 있을뿐더러, 크나큰 집에 새도 임의로 못 들어가는 정승 댁을 어떻게 들어가며 황차 아가씨를!

늙은 충복은 생각하고 생각하였습니다.

이렇게 여러날 동안 잠도 편편히 이루지 못하면서 생각하면, 끝에 한가지 꾀를 꾸며내었습니다.

크다란 배를 한척 사고 이 배에다 놋그릇을 하나 가득 사다가 실어놓았습니다.

『암만 문밖엘 나오지 않는 양반댁 아가씨란들 놋그릇 장수라고 하면 이것 저것 놋그릇을 손수 보시려 배에까지 나오겠지. 이렇게 다행히 황정승의 아가씨가 배에까지 올라만 오시면 그 때는——』

이러이러 이렇게 할생각이었습니다.

그날은 아주 맑고 맑아 하늘의 구름 한장 보이지 않는 맑은 날이었습니다.

이정승의 아들은 놋그릇 장수처럼 차리고 또 네명의 하인들도 역시 놋그릇 장수의 행장을 하고 배를 저어서 황정승이 있는 섬을 향해 떠났습니다.

이 네 사람 하인중에는 통소를 아주 잘 부는사람과 가마귀의 까우 까우 하고 우는 말소리를 알아듣는 사람이 있었더랍니다.

배는 돛에 순풍을 한아름 가득 안고 쏜살같이 바다 위를 미끄러져갑니다. 그리고 통소 잘 부는 사람은 뱃간 맨 뒷쪽에 앉아서 출레출레 바닷물이 뱃전을 부디치곤 하는 소리에 어울려서 슬프고도 처량한 곡조로 통소를 붑니다.

그리고 이 정승의 아들은 이 통소 소리에 취하여 잠이 포근히 들었습니다.

이렇게 얼마를 가느라니까, 까마귀 세마리가

『까우 까우 까우 까우!』

울면서 배위로 지나갑니다。까마귀 우는 소리를 알아듣는 사람은 까마귀 우는 소리를 듣고놀랐습니다。그것도 그럴겝니다。

까마귀가 까우 까우 하고 우는 소리는

『저 사람들이 황정승의 딸을 뺄수는 있어도、바다 가운데서 그 아가씨가 갑자기 갈매기로 변해질것을 모르고들 있네 그려。아아뿔싸! 배에 실었던 놋그릇을 죄다 바다에다 던지면 갈매기가 도로 그아가씨로 될걸。』

하는 말이었습니다。까마귀 말을 알아듣는 사람은 이 말을 가슴 속에다 간직해두었습니다。그리고 통소 소리를 들으면서 앉아있느라니까、조금후에 까마귀 세마리가 또 하늘에떠서 배위를 지나가며

『까우 까우 까우 까우!』

하고 또 울었습니다 。까마귀 말을 알아듣는 사람이 정신을 흠칫 가다듬고 들으니까

『까우 까우 까우 까우!』

하고 우는 소리는

『놋그릇을 죄다 바다 물에다 맹겨쳐서 갈매기되었던 황정승의 아가씨가 도로 사람으로 된다고 해도 황정승의 아가씨를 데리고 바다 언덕에 올라갔을 때 생길 저 일을 어떻게 하노。』

하고 한마리가 말하니까、다른 까마귀가

『아 글쎄말야。끔찍스런 구렁이가 나와서 황정승의 아가씨를 한입에다 삼키려고 할때니、참 저 일을 어떠한담!』

하고 다른 까마귀가 말했습니다。그러니까、세번째 까마귀가

『아 글쎄말야。입쌀 좁쌀 섞어서 확확 뿌리면 일이 무사해지긴 하겠구만은 아 일을 저 사람들이 알려이있나。불상한 사람은 그저 황정승의 아가씨지。』

하고 말했습니다。

까우 까우 까마귀 말을 아라듣는 사람은 어떻게 세마리 까마귀가 하는 말소리를 한마디도 놓치지 않고 들었습니다。그리고 눈을 스스로 감고 이자 까마귀들이 하는 말을 다시 한번 외여보았습니다。한마디라도 잊어버려서는 큰일입니다。

이정승의 아들은 그냥 코를 골면서 자고 있고、통소 잘 부는 사람은 통소를 멈추지 않고그냥 불고 있습니다。그리고 또 충직한 늙은 종복은 배 뒤에서 키를 잡고 있습니다。

하늘은 맑고 배는 그냥 쏜살같이 물결을 헤치고 달렸습니다。

이렇게 한참을 가느라니까、또 까마귀 세마리가 배 위에 높이 떠가면서

『까우 까우 까우 까우 까우。』

『까우 까우 까우 까우!』

하고 또 울면서 지나갔습니다。

까마귀 우는 소리를 알아듣는 사람은 이 세번째 우는 까마귀 말을 듣고 부르르 부르르 몸소름을 쳤습니다。

이 사람이 까마귀 말을 한마디도 놓지지 않으려고 정신을 가다듬고 들으니까、

『갈매기 난 구렁이 난 이 두 난을 무사하게 지났얼지라도 아가씨가 삼년 후에 갑자기 돌멩이로 변해지겠으니、 대체 저일을 어떡할레오?』

『아、 글쎄말야。 어린애의 목을 떼어서 어린애 피를 돌멩이에다가 뿌리면 도로 황정승의 아가씨로 변할것을。 이 일을 저 사람들이 알수가 있나。 예쁘신 황정승의 아가씨가 그저 불쌍하시지。』

하고 까마귀가 말한겝니다。

까마귀 말을 알아듣는 사람은 이 말도 또 잊어빠지지않게 할라고 눈을 스르르감고 다시한번 까마귀가 한 말을 외어보았습니다。

그 사이에 배는 점점가서 황정승이 살고 있는 섬이 보이기 시작했습니다。

그러니까、 늙은 충복은 뺑창뺑창 뺑가리를 치기 시작하였습니다。 이렇게 배가 섬에 닿기까지 멈추지 않고 쳤습니다。

그러니까、 황정승네 집에서는 무슨 큰일이나 생겼나보다 생각하고、 하인과 하녀들이 바닷가에 나와서 눈을 뚱굴하게들하고 이정승 아들이 탄 배를 지켜보고 있습니다。 배가 섬에 닿

자、 늙은 충복은 뺑가리를 멈추었습니다。 그리고

『이 배는 놋그릇 장수 배이온데、 황정승 댁에 놋그릇을 사줍소사고 왔습니다。』

하고 공손한 태도로 이렇게 말을 건넜습니다。 하인들은 무슨 큰 실망이나 당한듯이 낄낄 혀를 차면서 도로 들어들가고 하녀들은 마나님과 아가씨한테 들어가서 놋그릇 장수 배가 왔다고 하면서 아뢰었습니다。

이 말을 듣고 마나님은 딸더러

『그렇게 공부만 하지 말고 좀 소풍도 할겸、 그 배에 가서 네 마음에 드는 그릇을 사오렴。』

하고 말했습니다。 그러니까、 아가씨도 기뻐하면서 시녀 하나를 데리고 놋그릇 배에까지 오르셨습니다。

희고 희어 눈과 같이흰 살빛과 바다 같이 크고 꺼먼 눈 늘씬하게 큰 키 삼단 같은 머리채 어디 하나 허물 할데없는 아름답고도 아름다운 아가씨였습니다。 눈이 부시어서 정시할수가 없습니다。

황정승의 아가씨는 뱃간에 들어와서 이것 저것 놋그릇을 택하느라고 열심이었습니다。 이때 늙은 충복은 말뚝에 매어놓았던 밧줄을 풀어서 배 위에다 던지고 상앗대를 언덕에 찢고 양다리에 그냥 힘을 주어서 미니까、 배가 술술 물 가운데로 밀려져 들어갔습니다。

황정승의 아가씨는 아직도 이것 저것 모양 좋은 놋그릇을 고르기에 정신을 잃고 있었습니다。

배는 점점 바다로 바다로 나가서 섬은 점점 멀어졌습니다。 190

섬이 저 먼 바다에 손톱만하게 보일락말락할 때 황정승의 아가씨는 마음에 미는 옷고름을 사가지고 배를 나오려고 배 위로 나왔습니다。

황정승의 아가씨는 그만 깜짝 놀랐습니다。 꿈에서 보던 섬도 보일락말락 구름 같이 보이지 않습니까。

황정승의 아가씨는 미친 것 같이 슬퍼하면서 울었습니다。

이렇게 황정승의 아가씨가 슬피 슬피 우니까, 금시까지 쨍쨍 하던 하늘이 캄캄하게 되더니, 바다 위에는 안개가 몹시도 많이 끼어서 한 치 앞이 보이지 않게 되었습니다。

그런데 더욱 놀라운 것은 이렇게 안개가 끼자마자, 황정승의 아가씨가, 온데 간데 없어져 버렸고, 다만 오던 쪽으로 향하고 우는 갈매기 소리만 들렸습니다。

이정승의 아들은 황정승의 아가씨가 갑자기 없어지자, 배 위 배 속을 미친 사람 모양으로 뛰어다니면서 찾았습니다。 그러나 황정승의 아가씨는 아무데도 보이지를 않았습니다。

『아가씨를 빨리 안개가 걷혀야 물에 빠져 죽었겠다。 아가씨 없이 난 못살겠다, 나도 물에 빠져죽겠다。』

하면서 이정승의 아들은 막 바다로 뛰어들어가려고 하였습니다。 하인들은 놀랐습니다。 와 달려들어서 겨우 만류시켰습니다。

갈매기의 파닥파닥 우는 소리가 요란스레 뱃두레에서 들렸습니다。

갈매기는 배를 두루 따라오면서 울음을 그치지 않습니다。

이 때 까욱 까욱 우는 소리를 알아듣는 사람이 배 속에 들어가서 옷고름이란 옷고름은 하나도 남기지 않고, 죄다 떼어다가 망망한 바다에다 던졌습니다。

이상한 일도 다 있습니다。

이렇게 까욱 까욱 우는 소리를 알아듣는 사람이 옷고름을 바다 속에 던져버리자 갑자기 안개가 또 환하게 개더니, 갈매기 우는 소리는 들리지 않고 출렁출렁 물결의 우는 소리가 가느다랗게 들렸습니다一 그것은 황정승의 아가씨였습니다。

이정승의 아들은 숨을 죽이고 귀를 기울였습니다。 그리고 황정승의 아가씨 앞에 가서 자기의 신상을 설명한 다음

『황송합니다。 아무쪼록 저의 죄를 용서하여 주옵소서。 당신의 화상을 본 뒤부터 당신은 제 생명이 되었습니다。 당신 없이는 저는 살수가 없습니다。 아가씨一 그때 저는 저를 좀 살려 줍소사고 이런 짓을 하였사오니, 널리 용서하시고, 마음을 진정하셔서 저의 집으로 가주옵소서。』

하고 말했습니다。

안개가 깨끗하게 다 걷혔습니다。 그리고 아가씨의 울음도 뚝 그쳤습니다。 돌고가는 배 기 191

뜨다는듯이 제르득제르득 공중을 날았습니다。 배는 크다란 돛에 바람을 가득이 안고 물 위를 미끄러져가는 듯이 달았습니다。

늙은 충복은 너무도 기쁜 마음을 어찌할줄 몰라 떠는 목소리로 노래를 불렀습니다。

『에헤야 에헤야!
　잘도간다 우리 배가
순풍 맞아 나는구나。
　거친 물결 놓지 마라
귀한 양군(兩君) 타신 배다!
　에헤야 에헤야 에헤헤야!』

퉁소 잘 부는 사람도 이 노래에 곡조를 맞후어서 퉁소를 불였습니다。

어느덧 벌써 육지가 뽀얗게 보이기 시작하였습니다。

까우 까우 까마귀의 우는 소리를 알아듣는 사람은 이제 불연간에 닥쳐올 화난을 물리치기 위하여 뱃 속에 들어가서 입쌀 좁쌀 섞은 쌀을 두루마기 자락에다가 하나 가득 싸가지고 배 위로 나와 앉았습니다。

그렇게 온화하던 바다가 갑자기 노하여 바람이 불기 시작하였습니다。 바람은 점점 사나와져서 집채 같고 산 같은 노한 파도가 금시에 배를 삼킬것 같았습니다。

바다에서 놀고 있던 갈매기들도 갑자기 범해진 바다에 놀라서 꿔어꿔어 울면서육지를 향해 날아갑니다。

조금만 더 먼 바다에서 이런 폭풍을 만났다면、이정승의 아들과 황정승의 아가씨가 탄배는 그만이야 뒤집혀져서、이도령과 아가씨는 그만 물귀신이 되었을는지도 모릅니다。 그러나 행여 육지에서 그다 만이 헤어지지 않은 곳에서 풍파를 겪은고로 다행히도 무사히 육지에 닿았습니다。

발이 쑥쑥 숨이는 진창을 이정승의 아들은 황정승의 아가씨를 고이 부축하고 걸어갑니다。

이 도령은 장차 닥쳐올 큰 화난을 알길없이 그저 그저 기뻐서 어쩔줄을 몰랐습니다。

까우 까우 까마귀 말을 알아듣는 사람은 정신을 홉짓 가다듬어가지고 맨 앞에 앞서서 두룬두룬 사방을 살펴보면서 갑니다。

나무재기 밭을 지나 같이 무성한 갈밭을 지나려고 하였을 때입니다。

갈닢이 술레술레 흔들리며니、몸체가 기둥만하고 비눌이 손바닥 같은 크고도 큰 구렁이 한마리가 입을 쩍 벌리고 창날 같은 혀를 날름거리면서、이정승의 아들과 황정승의 아가씨를 향해 달려들었습니다。

황정승의 아가씨는

『아악!』

[illegible] 놀고있는 별들이를 그저 바라다만보았었습니다.

오빠에는 엄마가 없었었이니까, 하면서

『엄마 엄마—』

하고 오마니를 찾았습니다。

그제야 이정승의 아들은 정신을 차리고, 별들이를 부둥켜안고 울었습니다。

자우 자우 하다가의 말을 들은 사람은 이정승의 아들더러, 이렇게 말했습니다。

『제가 삼년 전 [illegible] 황정승의 딸을 찾아가서 꼭 [illegible] 하였는데 자우 자우 하고 말하는 소리를 들었지만, 삼년 후에 다시 만나서 별들이를 [illegible] 오면 아기의 목을 떼오서 그 피를 별들이에 뿌리면 다시 살아나리라 하셨사오니, 아모쪼록 그리 생각하옵소서。』

이 말을 듣고 이정승의 아들은 정을 [illegible]

『[illegible]—』

하고 [illegible] 소리쳤습니다。 그리고 오마니들을 껴안고 엉엉 소리쳐 울었습니다。

그날 밤 이정승의 아들은 한잠도 이루지를 못하고 [illegible] 하룻밤을 새웠습니다。 무엇을 마음에 결심했습니다。

[illegible]

정승의 아들은 [illegible] 숨겨던 칼을 빼어 들고서 오던 아들의 목을 [illegible] 니다。 그리고 아기 목에서 솟아오르는 피를 [illegible] 별들이의 [illegible] 났습니다。 이렇게 하니까 참 이상한 일도 있습니다 [illegible] 별들이가 아기의 피를 [illegible] 알, 가슴……。

[illegible] 황정승의 아가씨가 되어 왔습니다。

이정승의 아들과 황정승의 아가씨는 서로 서로 손을 잡고 기뻐 기뻐서 눈물을 흘리면서 반가워했습니다。

그러나 오던 아이가 [illegible] 보고, 황정승의 아가씨는 그 [illegible] 다 죽은 아기를 안고 [illegible] 울었습니다。

이정승의 아들도 울었습니다。

이렇게 자꾸 자꾸 울며 울 때 밖에서

『엄마 엄마— 엄마—』

하는 [illegible] 황정승의 아가씨 [illegible] 앉기면서 오마니 뺨에 꼭 [illegible] 수가 없었습니다。

이정승의 아들과 황정승의 아가씨는 어쩌된 일인지를 모르고, 어망어망 눈이 둥구래서 한참 동안 이렇게 있었습니다。

그리고 옆을 들여다보니까, 아까 목이 버어져서 죽었던 어떤애는 돌맹이가 되어서 넘어져 있었습니다。황정승의 아가씨와 이정승의 아들은 더욱 더욱 놀랐습니다。그러나 사실 아까 이정승의 아들이 목을 베어서 아가씨를 살리려고 한 어떤애는 어떤애가 아니고 돌맹이었습니다 황정승의 아가씨는 하늘이 낸 미인이었던고로、하늘이 이정승의 아들의 마음을 시험해보려고 이렇게 한것이었습니다。

이 일이 있은 후부터는 아무 별다른 일이 없이 이정승의 아들과 황정승의 아가씨는 길이길이 재미있게 살았다합니다。

(平南 順安)

박 두 꺼 비

박진사의 아들 박두꺼비는 아주 수하고 추하게 생긴 얼굴을 가진 애었습니다。두꺼비 잔등처럼 울퉁불퉁하고 넓적하니 생겼다고『박 두꺼비』라고 동네 사람들이 불렀습니다。

박진사 내외는 남이 부끄러워서 밖에 못 나가게 하고、늘 집안에 가두어두었습니다。

하루는 같은 동네에 사는 김진사 댁에서 김진사 딸의 잔치를 하게 되었습니다。박두꺼비의 아버지 어머니는 김진사 댁에 불려서 잔치에 갔는데、박두꺼비만은 저 혼자 집안에 가치워있었습니다。

박진사의 아들 박두꺼비는 김진사 딸이라는게 어떻게 생기고 신랑이 어떻게 생긴 사람인지 보고싶기 한량 없었습니다。

그때 몰래 집을 나와서 얼굴에다 수건을 감고 김진사 댁에 갔습니다。그런데 어쩌된 일인지 신랑이라는게 박두꺼비만 보면、에구 에구 소리를 지르고는、기절을 하군 합니다。그런고로 김진사 집 사람들은 박두꺼비를 내어쫓군 하였습니다。박두꺼비는 김진사한테 가서 앓 산을 가르치면서 이런 말을 하였습니다。

『저 앞 산을 넘어가면 산 넘어 큰 바위 아래에 여우 굴이 있는데, 그 굴의 여우가 지금 서당에 다니는 애의 혼을 뺏어 사람이 되어가지고 지금 당신네 집에 장가를 온겝니다。신랑은 사람이 아니고, 여우예요。신랑 방에 불을 자꾸 때봐요。그렇거면 여우인지 사람인지 알께요。』

벌 영머리 같은 소리를 다 듣는다고 김진사는 생각하였으나, 박두꺼비만 보면, 신랑이 기절하군 하군 하는게 이상도 하여서 박두꺼비 말대로 불을 자꾸자꾸 많이 땠습니다。그러니까, 처음에는 킹킹 킹킹 하면서 참으려고 애를 쓰며니, 나중에는 갑자기 꼬리가 삽단 같은 여우가 되어서 문을 차고 뛰어나가려고 하였습니다。사람들은 놀라서 이 여우를 잡아서 죽였습니다。

박두꺼비는 얼굴은 비록 아주 말 못하게 추하였으나, 귀신 같은 신동이였습니다。

김진사는 박두꺼비한테 처하를 하고 사위로 삼았습니다。

(咸北 吉州)

효 자 이 야 기

옛날도 옛날 아주 오랜 옛날, 어떤 곳에 아버지를 일찌 여의고 어머니와 아들 형제의 세 식구가 구차한 살림을 하고 있었습니다。그런데 큰 아들은 아주 말못할 불효자입니다。매일같이 술만 먹고 싸움질만 하면서 돌아다니는고로, 어머니는 늘 마음이 설새없이 근심으로 찼습니다。그러나 작은 아들은 형과는 딴판으로 아주 마음이 착하기로 동네에서도 이름이 났습니다。산에가서 나무를 해다가는 장에 가지고 가서 팔아 그 돈으로 집안 살림도 보태고, 또 어머님 잡수실것도 늘 사오고 하였습니다。

어머니가 하루는 병에 걸려서 자리에 눕게 되었습니다。

큰 아들은 여전이 매일매일 밖에 나가서 술만 먹고 돌아다니지 어머니의 병은 돌봐드리지를 않습니다。그러나 작은 아들은 어머니 머릿말에 앉아서 잠도 안 자고 간호하여 드렸었습니다。

이렇게 극진이 작은 아들이 간호를 하여드리고, 또 약도 많이 사다가 대접하여서도 어머니 병은 좀체로 나으시지를 않았습니다。작은 아들은 안타까웠습니다。그리고 또 슬펐습니다。

하루는 효성이 지극한 이 작은 아들이

『우리 어머님 병이 하루 바삐 나으시게 해줍소사。』

하고 하느님께 기도를 밤을새워 올렸습니다。그리고 피곤하여 잠이 포근히 들었을적에 꿈에 허연 영감이 나타나며니

『너의 효성이 지극하기로 불사약(不死藥) 있는 곳을 대어줄테니 가서 구해오너라。』

하면서

『여기서 남방으로 자꾸자꾸 그냥 걸어가면 큰 강이 있을께다。그 강에 가서 강가에 매어놓은 배를 타고 아래로 또 자꾸 배를 저어내려가면 다리가 하나 보일테니、그 다리 아래에 배를 매놓고 첨벙 빠져라。그렇게 하면 불사약을 구할수가 있으리라。』

하고는 허연 영감은 없어져 버렸습니다。

작은 아들은 잠을 깨 일어나서 곧 불사약을 구하러 떠났습니다。

모든일이 꿈에 나타났던 허연 영감님 말씀과 꼭 같았습니다。큰 다리 아래에 가서 배를 매놓고 물에 첨벙 빠져서 물 속으로 얼마큼 들어가니까、용궁 문 앞에까지 가게 되었습니다。

그런데 이 효성이 지극한 작은 아들이 용궁에 내려간 날이 바로 용왕의 환갑날이었습니다。

효성이 많은 작은아들이 용궁에 정문을 들어가며니까、용궁의 파수병정이 공손한 태도로 절을 하면서 반겨하였습니다。그리고 대문을 거쳐 백화가 만발한 향기가 코를 찌르는 아름다운 풀새 들어서니까 꽃 같은 용왕의 딸이

『아버님 생일에 물 위의 세상 사람이 이렇게 일부러 수구스레 와주셔서 감사합니다。』

하면서 극진이 맞아주었습니다。그리고 용왕의 딸은 작은 아들의 손목을 끌고 용궁의 궁녀들이 나비처럼 춤을 추고 있는 곳에 안내해 주었습니다。그러나 효성이 지극한 작은 아들은 병으로 앓고 계신 어머님 생각을 하면 생전 처음으로 보는 용궁의 궁녀들의 춤도 그리 질겁지를 않았습니다。

이렇게 작은 아들이 근심된 낯으로 서있는걸 용왕의 딸이 보고

『무슨 슬프신 일이나 계시지 않습니까。얼굴 빛이 좋지를 못하신것 같습니다 그려。』

하고 물었습니다。그래、효성이 지극한 작은 아들은 어머니가 병에 앓고 계셔서、사실인즉슨 불사약을 구하러 왔다고 말하였습니다。그러니까、용왕의 딸은

『네、그러하십니까。그러시면 곧 불사약을 잣다 드리겠습니다。』

하고 나가더니、불사약을 가지고 와서 효성이 지극한 작은 아들에게 주면서

『그럼、이 불사약을 드릴테오니、하루만 더 여기에 계셔서 놀고 가십쇼。』

하고 말했습니다。그러나 어머님이 병으로 신음하시고 계실 생각을 하니까、다른 생각은 없고、단지 어서 바삐 어머님한테 가서 약을 대접하여、어머님을 평안하게 해드릴 생각뿐이었습니다。그런고로 자근아들은 용왕의 따님의 간청을 말을 잘하여 물리치고 용궁을 떠나 이 세상으로 다시 올라왔습니다。

그런데 불초한 큰 아들이 술을 많이 먹고 비뚜러대면서 집에 돌아와보니까, 아우가 없는고로, 어머니더러 아우가 어데 갔는가 물었습니다. 어머니가 그 애는 약을 구하러 갔다고하니까,

『약을 구하라요? 그 못난 자식이 어머니가 없으시는게 보기 싫어서 어데로 피한게지요 뭐 그 자식이 약을 구하라요. 당치도 않은 말씀을.』

하면서 혀를 낄낄 찼습니다. 그러고

『그놈의 자식을 찾아서 당장에 때려 죽이야지.』

하면서 강가로 나갔습니다.

형이 강가로 나갔을 때는 아우가 바로 배를 저어서 맨처음 배를 매어놓았던 곳까지 와서 언덕에 올라왔던 때입니다.

형은 약을 빼았고, 아우를 강물에다 차넣었습니다. 그리고 약을 가지고 어머니한테 가서 제가 구해온 약이라고 하면서 대접하니까, 어머니 병은 감쪽같이 나으셨습니다.

그런데 아우는 행한데 발로 채워 정신을 잃은채로 둥둥 떠내려가다가, 어떤 이름모를 섬에 가서 닿았습니다. 그제야 정신을 차리고 섬 위에 기어 올라갔습니다.

보름달이 훤하게 하늘 공중에 떠있고, 갈매기의 우는 소리가 슬렀습니다. 작은 아들은 제 신세를 한탄하면서, 평생 잘 불면 버드나무 잎 피리를 슬프게 슬프게 불었습니다. 새들도 날아와서, 이 작은 아들의 슬픈 피리 소리를 듣고, 작은 아들의 신세에 동정하여 울었습니다.

이날 밤 달은 유별하게 아름답게 보였습니다. 그런고로 그 섬나라 왕이 달구경을 나오셨습니다. 섬나라 임금님이 이리 저리 완보하시면서, 달을 바라보시다가, 이 작은 아들이 부는 피리 소리를 들었습니다. 너무도 슬픈 곡조였던고로, 임금님은 신하를 시켜서 피리 부는 사람을 데려오라고 하셨습니다.

작은 아들은 이 섬나라 임금님 앞에 가서 자기의 슬픈 신세를 죄다 말씀 드렸습니다. 그러니까, 임금님께서도 대단히 동정하시고

『돈을 많이 주고 또 신하를 시켜서 집에까지 데려다줄테니, 근심하지 말고 기쁜 노래를 한번 불어봐라!』

하고 분부하셨습니다.

작은 아들은 임금님의 말씀을 듣고, 기쁘고 기뻤습니다. 그래 아주 기쁜 피리를 불었습니다. 물고기들도 기뻐서 춤을 추고 새들도 짹짹 짹짹 기쁜 노래를 불렀습니다.

이 섬나라 임금님은 대단히 기뻐하시면서, 좋은 보물을 많이 주셨습니다. 효성이 지극한 작은 아들은 이 보물들을 배에 싣고 집에 돌아와서, 어머님을 모시고 오래 오래 행복된 날을 보냈더랍니다.

(平南 平原郡 西海面)

소고기 재판

어떤 사람이 아주 중한 병에 걸렸습니다. 그런데 이 사람병은 소고기를 먹어야 낫는다고 합니다. 그러나 이 사람은 가세가 대단히 빈곤해서, 소고기 한점을 입의대로 사먹지를 못했습니다.

이 사람이 하루는 콜록콜록 기침을 하면서 이웃을 갔었더랍니다. 그런데 그 집 웃방에서 한 나그네가 소고기를 구워놓고 술을 마시고 있었습니다. 소고기를 못 먹어서 중병에 앓는 이 사람은 체면상 참아 소고기를 달라[illegible]도 못하고, 그냥 누워서 맛있게 먹는걸 바라만 보고 소고기 냄새나 맡을뿐이었습니다.

그런데 소고기 먹어야 낫는다는 병에 걸린 이 사람이 이렇게 소고기 굽는 냄새를 맡은것이 약이 되어, 그만 이 사람은 병이 다 나아버렸습니다.

이것을 본 나그네는

『내가 사다 내가 구워먹는 소고기 냄새를 함부로 맡고, 자네 병이 나았으니, 약 값을 내야 되지 않겠나. 약 값을 내게.』

하고 약 값을 내라고 다졌습니다. 그러나 병이 나은 사람은 그저 그냥 나그네 말에 복종할수도 없었습니다.

나그네는 약 값을 내라거니, 소고기 냄새 맡고 병이 나온 사람은 절대로 내질 못하겠다거니 하다가, 결국은 나그네가 원님한테 가서 재판을 해달라고 하였습니다.

원님은 두 사람에게서 전후 사정을 죄다 들은 후, 소고기 냄새를 맡고 병이 나온 사람더러

『네 병이 나온것은 소고기 냄새를 맡은 탓으로 나온게 아닌가. 만일 소고기 냄새를 맡지 못하였더면, 아직껏 넌 들어누워서 앓아야 할게다. 그러니까, 병이 나았으면 은혜를 갚아 드려야지! 냄새 맡은 값을 주어라.』

하고 분부하였습니다.

소고기 구워먹던 나그네는 이 말을 듣고, 춤을 출듯이 마음 속으로 기뻐하였습니다. 홀근 홀근 병이 나온 사람의 얼굴을 비웃는듯이 쳐다보았습니다.

병에 걸렸던 사람은 원님이 약 값을 주라고 분부하는고로, 어떨수 없이 돈을 있는대로 쭉 털어서 원님 앞에 바쳤습니다.

원님은 이 돈을 받아 쥐고, 그 돈을 나그네에게 절랑절랑 소리내어보이면서,

『자 예따! 이게 약 값이다.』

하였습니다. 그러니까, 나그네는 그 돈을 받으려고 손을 펠치는것을 원님은 돈 쥔 손을 훌추뻐트리고 하는 말이

238

『너도 소고기를 보이기만 하고 한점이라도 준것은 아니다. 그러니까, 너도 또 이 돈을 보았으니까, 돈 본 값을 내야 안되겠니. 돈 본 값을 내라.』

하였습니다. 그러니까, 나그네는 금시까지 벙글벙글 웃던 낯은 어디로 가버리고 갑자기 얼굴이 빨개지면서, 아무 말도 하잖고 얼굴을 숙이고 있습니다. 그러니까, 원은

『이놈 네이 마음보 곱지 못한놈! 소고기 본 값과 돈 본 값을 서로서로 비겨줄께. 어서 썩 썩 나가거라.』

호령 호령하였습니다. 그리고 돈은 도루 병이 나온 사람에게 주었습니다.

그런데 나그네가 점적해하면서 나가려고 하니까, 원님은 나그네를 못 나가게 다시 불러놓고,

『재판은 네가 먼저 거렀으니, 재판비용은 네가 물어라.』

하였습니다.

나그네는 돈도 받지 못하고, 도로 재판해준 값만 물고, 낯작이 멧돌만해져서 나왔습니다.

(平南 安州)

209

장수 되는 물

옛날도 옛날, 어떤 곳에 나이 젊은 한 사람이 아주 예쁜 안해를 얻었더랍니다.

매일 매일 손을 잡고 후원에 나가서는 이리 저리 다니면서 달도 구경하고 꽃을 구경하는것을 재미로 삼았습니다. 그런데 어떤 날 밤 전과 같이 이 사람이 안해의 손목을 잡고 후원을 이리 저리 다니느라니까, 난데없이 크다란 박쥐 같은게 내려오더니, 눈깜짝할새에 안해와 안해의 어종을 떼앗아 양쪽 날개 아래에다 넣어가지고, 어디론지 날아가버렸습니다.

젊은 남편은 사랑하던 안해를 잃어버리고, 슬픈 눈물에 젖었습니다.

『내 발이 닳아서 없어진다 하더라도, 기맇고 사랑하는 내 안해를 찾아내리라.』

이렇게 굳게 굳게 결심을 하였습니다.

그러고 안해를 찾으려 길을 떠났습니다. 이 산 저 산 이 골 저 골 동네 동네 찾아 다니기를 십년간이나 하였으나, 사랑하는 안해는 종시 찾지를 못하였습니다. 조선땅 안은 안 찾아 본 곳이 없습니다.

『이렇게 조선안을 뒤져서도 없오 는 아마 조선나라에는 없는가부다. 그럼 인제는 다른 나라에 가서 찾아보겠다.』

이렇게 생각하고 배를 타고 바다를 건너 서쪽 먼 나라로 안해를 찾으며 떠났습니다。

그런데 배를 저어서 얼마큼 가느라니까、바람이 무섭께 불고 물결이 높아져서 드디어 이 사람 탄 배가 뒤집혀져서 난선해버리고 말았습니다。

이 사람은 뒤집혀진채로 물결을 좇아 둥둥 떠내려가는 배 위에 올라앉아서、그냥 가느라니까、그 뒤집혀진 배가 어떤 이름모를 큰 섬에 때꺽 닿았습니다。

바다 속에서 물귀신 노릇을 할줄 알았더니、참 다행입니다。

이 사람은 냉큼 뛰어서 그 섬에 올라갔습니다。나무재기 밭을 지나고 갈밭을 지나 솔밭을 지나고 보니까、아참! 코 풀어 팽게쳐놓은것 같이 즈젼편하게 큰 기와집이 산 아래 우묵한 골짜기에 하나 가뜩 차있었습니다。이 사람은 참 놀랐습니다。

『야 이거 봐라! 이런 섬에 저렇게 크고 큰 집이 있으니、대체 어떤 사람이 살고 있는 집일가。』

이렇게 생각하고、그 집을 구경하려고 그 기와집 가까이 가 보니까、참 놀랍게도 훌륭한 집입니다。그런데 대문마다 무섭게 생긴놈들이 번쩍번쩍하는 창들을 쥐고 문을 지키고 있지를 않습니까。이 사람은 심장이 널뛰듯 뛰어 콩알만하게 되였습니다。그리고 얼른 풀 아래에 몸을 오그러뜨렸습니다。만일 그 대문지키는놈들한테 들키는 날에는 몸집이 천개 만개로 날판이니까요。

『이상한 집도 있다。』

이렇게 생각하면 생각할수록 그 집안을 한번 살펴보고싶었습니다。그래 풀 사이를 벌레벌레 기어서 담정 아래까지 가서 해가 지는걸 기다려서 버드나무 위에 올라갔습니다。새 한마리 찍짹하지 않고、벌레 한놈 씩 하지 않습니다。너무도 고요한고로、머쓱 머 무시무시했습니다。둥굴 둥굴 보름달이 밝은 밤이 였습니다。

이 사람이 버드나무 위에 올라가 앉아서 담정안을 살펴보고 있느라니까、버드나무 아래에 있는 우물에 어떤 여자가 그 우물에 물을 길러 나왔습니다。이 사람은 버드나무 잎사귀로 자기의 몸을 가리우고、그 물을 길러 나온 여자를 노려보고 있느라니까、그 여자는 동이의 물을 하나가뜩 길어놓더니、하늘을 바라보며 합장을 하고

『천지 신명이시여、굽어살펴주시사、우리 주인님을 하루바삐 만나게 해주옵소서。』

하고 빌고 있었습니다。어쩐지 이 여자의 목소리가、이 사람에게는 귀에 익게 들렸습니다。

그 여자는 두번 세번 이렇게 자꾸 기도를 올리고 있습니다。암만 들어도 전에 들던 음성갈습니다。그래 이 사람은 버드나무 잎을 조금 헤치고 자세 내려다보니까、아 참! 기쁘게도 그 기도올리고 서있는 여자는 바로 이 사람이 십년간이나 찾고 찾고 찾아다니는 사랑하는 안해의 여종이 아닙니까。안해의 종녀가 이 집에 있을제야 안해도 있을지 분명합니다。이 사람은 기쁘고 기뻤습니다。

이 사람은 버드나무 잎을 쭉 훑어서 기도하고 섰는 안해의 여종 머리 위에다 내려뜨렸습니다. 그러나 안해의 여종은 그냥 기도를 올리고 있습니다. 이 사람은 또 버드나무 잎을 훑어서 내려뜨렸습니다. 그러니까, 안해의 여종은

『바람 한점 없고 고요한 이 밤에 나무잎은 왜 이렇게 떨어지노。』

하면서 그냥 서서 기도를 올리고 있었습니다. 이번엔 전보다도 더 많이 쭉 쭉 훑어서 화르륵 내려뜨렸습니다.

그러니까, 안해의 여종은 기도를 멈추고

『이상도 하다! 이다지도 버드나무 잎이。』

하면서 버드나무 위를 올려다보았습니다.

안해의 종녀는 후덕떡 놀랐습니다. 뜻밖에도 나무 위에 외딴은 사람이 올라가 있지를 않습니까. 이 밤중에!

『여긴 나는 새 기어다니는 쥐도 용히는 못 들어오는 곳인데, 네가 귀신이냐. 귀신이면 어서 없어지고, 사람이면 내려오너라。』

하고 안해의 여종이 말했습니다.

이 사람은 주뚜뚝 미끄러져서 버드나무를 내려갔습니다. 안해의 여종은 두번째로 놀랐습니다. 그렇게 그립던 주인님이 아닙니까. 안해의 여종은 기뻤습니다.

『자세한 말씀은 후에 하시고 어서 제 옷을 입으시고 방으로 들어가십시다. 만일 들키면 큰일이 납니다!』

하고 옷을 벗어서 주었습니다. 그리고 이 사람은 안해의 여종을 따라 들어갑니다. 안해의 방에까지 들어가려면, 담정 안에 있는 대문 셋을 또 지나야 합니다.

파수보는놈들이.무서운 눈으로 노려보고들 있습니다. 그러나 안해의 여종이 앞서서 가고, 또 이 사람은 여복을 하였던고로, 그저 술술 세 대문을 무사하게 지날수가 있었습니다. 그리고 그립던 안해가 있는 방으로 들어갔습니다. 안해는 십년 전과 조금도 다름없이 아름다웠습니다. 이 사람은 너무도 기뻐서 어쩔줄을 모르고, 달려가서 안해를 껴안으려고 하였습니다. 그러나 얼굴은 비록 십년 전과 같았으나, 마음은 십년 전의 안해가 아니였습니다.

이 사람이 껴안으려고 하니까,

『어떤놈이 이렇게 함부로 들어와서, 무레한것을 하려는게야。』

하면서 홍명스레 이 사람의 볼을 한번 갈겨댔습니다. 그리고 하인을 불러서 꽝꽝 옴짝 못하게 동여매게 하였습니다.

그만이야 이 사람은 불상하게도 꽝꽝 동여매인채로 쇠로 맨들은 크다란 통 속에 가쳐버렸습니다.

이 사람은 억울하고 분한 마음을 어쩔줄 몰랐습니다.

『가진 고생을 겪으면서 십년간이나 마음 변치 않고 찾아다니신 남편을 저렇게까지야 할수가 어디 있을가。』

안해의 여종도 이렇게 생각했습니다。

여종은 안주인을 퍽 섭섭히 생각했습니다。

그리고 밖앗주인님을 불상하고 애처럽게 생각하였습니다。 여종은 쇠마치를 가지고 밖앗주인이 가쳐있는 쇠통 있는 방에를 들어가서 그 쇠통을 그냥껏 힘을 다하여 쳤습니다。 자꾸 자꾸 쳐대니까、 조그마하게 콩알이 겨우 들어갈만큼 구멍이 좋 뚫어졌습니다。 여종이 그 뚫어진 구멍에 입을 대고

『아직 살아계십니까。』

하고 고함치니까、 쇠통 속에서 가느다란 목소리로 아직 살아있다고 하는 모기 우는 소리만한 목소리가 들려나왔습니다。

여종은 기뻐서 더욱 더 힘을 넣어서 마치질을 하였습니다。 그러니까、 주머귀가 들어갈이만 큼한 구멍이 뚫어졌습니다。

여종은 이 구멍으로 악한이 마시군 하는 주머니에서 나오는 물을 주인에게 마시라고 주었습니다。 이 주머니 속에서 나오는 물은 마시면 힘이 세지는 아주 신기한 물입니다。 이 사람은 이 주머니에서 나오는 물을 마시고、 힘이 생겼습니다。 여종은 주머니채로 들어뜨려 주었

습니다。 이 사람은 그 주머니 속에 있는 물을 한방울 없이 남기지 않고 마시고、 나중에는 그 주머니마저 홀딱 삼켜버렸습니다。

이렇게 하니까、 이 사람은 힘이 아주 무섭게 강해졌습니다。 쇠통을 부시고 나왔습니다。 인제는 힘이 아주 강해져서 장수가 되었습니다。 여종은 장수가 된 주인을 크다란 쇠로 맨든 궤 앞에 데리고 가서 그궤를 가리키면서 이렇게 말했습니다。

『이 쇠로 맨들은 궤 속에는 이 집 주인 도둑 장수가 쓰는 검이 있는데、 그 검을 꺼내십쇼。 그런데 주인님께서 이 궤를 열으시면 검은 당신님이 제 주인이 아니니까、 이 쇠궤는 웅웅 소리내어 울고 나중에는 아우성을 칠겝니다。 그런때는 이 궤의 원편을 한번 왼 손으로 때리십쇼。 그렇게 하시면 궤는 울음을 멈출겝니다。』

여종은 또 말을 계속했습니다。

『그리고 또 그 궤 속에 있는 구불구불 도사리고 있는 똬리검을 끄내려고 하시면、 당신님이 제 주인이 아니니까、 둥굴하게 새혔던 똬리검이 짜악 풀리면서 당신의 목을 베려고 냉큼냉큼 걸어올께외다。 그때는 침을 두서너번 뱉으십쇼。 그러면 그 똬리검이 당신님 명령에 복종하게 되리이다。』

이런 말을 듣고、 이 사람은 그 쇠로 맨들은 궤 문을 열었습니다。 그러니까、 여종의 말과 같이 과연 웅웅 하고 소리가 요란스레 났습니다。 그래 이 사람은 여종이 하라는대로 궤의 왼

편을 왼 손으로 한데 지니까, 웅웅 울던 소리가 담박에 뚝 끊였습니다。 그리고 그 궤 속에 있는 똬띠검을 끄내려니까, 시퍼렇게 날이 험한 똬띠검은 쇄르르하고 풀리며니, 이 사람의 목을 베려고 다가 나왔습니다。 참 이상한 검도 있습니다。 그때 이 사람이 여종의 말대로 검을 휘하고 한번 썰었습니다。 그러니까, 검은 바로 뱀이 죽어넘어지듯 기다란 몸집이 철썩 땅에 넘어지고 말았습니다。

이 사람은 이 똬띠검을 가지고 이 사람을 쓰러넘겼던 쇠종이 있는 방에 들어가서, 담벽에 몸을 감추고 있었습니다。

여종은 악한 도둑놈의 부하들이 있는 곳에 가서

『여보서요。 어러분! 쇠종에 잡아 넣었던 사람이 쇠종을 뚫고 나왔어요。 큰일 났어요。』

하고 웨쳤습니다。 그러니까, 악한의 부하놈들은

『이거 큰일 났구나。』

하면서 우우 몰려왔습니다。 이놈들이 야단 났다고들 덤벼대는걸 담벽에 숨어있던 이 사람이 똬띠검을 그놈들에게 향해 던졌습니다。 그러니까, 똬띠검은 쭉 떠쳤다가는 또 도루 감아질 적마다 그 악한의 부하놈들의 목을 베군 베군 하여, 모두 죽어버리고 말았습니다。 이렇게 되니까, 이 악한의 마굴 속에는 사내놈이라고는 한놈도 없어졌습니다。

이렇게 악한의 부하들을 죄다 죽여버리고 얼마쯤 있느라니까, 어디선지

『쿠웅!』

하는 소리가 들렸습니다。 무슨 소리냐고 이 사람이 여종 보고 물으니까,

『이 집 주인 괴수 도둑놈이 지금 구백리 밖에 왔다는 군호입니다。 백리 올적마다 저렇게 한번씩 쿠웅 하고 울리는겁니다。』

하고 여종이 대답했습니다。

『쿠웅 쿠웅!……』

열번이 울리자, 하늘이 갑자기 컴컴해지더니, 이 사람이 십년 전에 집 후원에서 본 거멓고 크다란 박쥐 같은게 내려왔습니다。 이게 괴수 도둑놈입니다。 이 악한이 오니까, 십년 전에 이 사람의 안해였던 계집이 발죽발죽 기쁜 낯으로 웃으면서 마중나와서,

『아이구, 수고하셨습니다。 얼마나 벌어오셨어요? 전 집에 앉아서도 사내놈을 하나 잡았는데요。』

하면서 쇠종이 놓여있는 방으로 박쥐도둑을 데리고 갔습니다。

장수 되는 물을 주머니채로 마시고, 장수가 된 이 사람은 똬띠검을 손에 들고, 그 쇠종 있는 방 담에 몸을 붙이고 숨어있다가, 십년 전에 자기 안해였었던 계집하고 박쥐도둑놈이 들어오자,

『받아라!』

고함치면서 와리검을 던졌습니다。 그러나 박쥐도둑놈도 과연 장수입니다。 박쥐도둑놈은 얼른 검을 피하고 하늘로 올라갔습니다。 그래 이 사람도 또 그 박쥐도둑놈의 뒤를 쫓아 공중으로 날러 올라갔습니다。 하늘 공중에서는 와지끈 땅땅 하는 두 장수가 싸움하는 소리가 들렸습니다。

이렇게 얼마를 싸우다가, 퉁 하고 무엇인지 동의만한게 공중에서 떨어졌습니다。 여종이 달려가 보니까, 그건 박쥐도둑놈의 머리였습니다。 그래 얼른 여종은 치마에 쌌던 재를 그 악한의 목 베어진 곳에 확 뿌렸습니다。

박쥐도둑놈의 머리는 도로 공중으로 올라갔습니다。 그리고 도로 몸에 붙으려고 하였으나, 베어진 곳에 재가 묻었던고로 붙었다가는 곧 떨어지곤 해서 그만 땅에 떨어져서, 끝이 어져 죽고 말았습니다。

장수 된 이 사람은 곧 땅에 내려와서 십년 전에 안해였던 계집의 배를 쭉 갈랐습니다。 그러니까, 뱃 속에서 핏덩어리가 오동통 오동통 뛰어다니면서

『예구 분해라! 석달만 더 있었던들 아버지 원수를 갚았을걸!』

하면서 돌아다녔습니다。

십년간이나 안해를 찾아다니다가, 장수 된 사람은 그 핏덩어리마저 짓밟아 죽이고 열쇠를 가지고 다니면서 광을 죄다 열어보니까, 금은이 가득가득 차있고, 또 처녀들과 새끼들이 잡혀와서 박쥐도둑놈의 말을 듣지 않는고로, 이렇게 광에 가처워서 거의 죽어가고 있었습니다。 그래 먹을것들을 갖다주어, 기운을 세워서 각각 제 집으로 돌려들 보냈습니다。 그리고 이 사람도 여종을 안해로 삼아가지고, 집으로 돌아와서 길이길이 즐겁게 한세상을 마치었더랍니다。

(平南 鎭南浦)

호박에 돈을 꽂아가지고 오던少年

어떤 곳에 늙은 아버지 어머니 아들의 세식구가 구차한 살림을 하고 있었습니다。

하루는 어떤 아들이 먼 곳에 시집간 누님 댁에 돈을 좀 잦일러 길을 가다가, 하루밤을 주막집에 들어서 잤습니다。 그때 주막집 주인이 무엇하러 가는가고 묻는고로, 누님댁에 돈을 좀 잦일러 간다고 말했습니다。

이애는 누님댁에 가서 이틀을 묵고 누님이 호박에 꽂아주는 돈을 가지고 오다가, 전날 자고간 주막집에서 또 하루 저녁을 묵고 가게 되었습니다。

『잘 때도 실수하잖게 호박을 머리에 베고 자거라。』

하고 누님이 타일러준고로 호박을 베고 자느라니까, 밤중에 부엌에서 무슨 소리가 들립니다。 이애가 이상히 생각하여 정신을 채며 귀를 기우리고 잘 드러보니까, 그 소리는 썩썩 썩 칼을 가는 소리었습니다。

『이 밤중에 칼은 무얼 하려고 갈고 있누!』

이렇게 생각하고, 이애는 그냥 자지 않고 귀를 기우리고 있었습니다。 그러니까、

『그까짓놈의 아이새끼 몸뎅어리를 토막토막 베어서 거적에 둘둘 싸서 강에다 팽개치면 그

반이야。누가 알놈이 있나。』

이런 끔직스런 말소리였습니다。

이애는 주막집 주인놈이 자기를 죽이고 돈을 빼앗으려는것인줄을 알았습니다。

그때 얼른 아랫목에서 누워자는 주막집 아들을 제가 자던 이부자리에 올려다 눕히고 전 주막집 아들이 누워자던 이불을 쓰고 숨을 죽이고 있었습니다。그러니까、아닌게아니라、주인여석은 칼을 들고 들어오고、마누라는 거적을 들고 오더니、주인여석이 자기 아들 목아지에 칼을 쭉 질러서 죽인 다음 토막토막 베어서 거적에 묶어가지고 나가버렸습니다。

이 애는 그짬에 얼른 뒷문을 차고 나가서 뺑소니를 쳤습니다。이애가 한참 뛰니까、길가에 집이 하나 있는고로、그 집에 뛰어들어가서、

『사정은 있다 말씀해드릴테니、이 뒤로 칼을 들고 뛰어오는 사람이 있으면 불문곡직하시고 밧줄로 동여매주시오。』

하고 헐떡헐떡 숨을 가뻐 내쉬면서 말했습니다。

아닌게아니라、주막집 주인놈이 시퍼런 칼을 들고 숨을 가쁘게 헐떡거리면서 딸아오는것이 보였습니다。사람들은 이애 말대로 불문곡직하고 그놈을 잡아서 바줄로 꽁꽁 꼼짝도 못하게 동여놓았습니다。그제야 이 애는 전후사정을 죄다 말했습니다。

그러니까、사람들은

『이런 나쁜놈은 당장에 죽어야되지 살려 두어서는 안된다。』

하면서 몽둥이로 주막집 주인놈을 때려죽였습니다。

(平南 龍岡)

鶴과 「부기」

일기가 따뜻한 어떤 날 저녁 숙종대왕님께서는 별로 소풍을 하시며 나가셨습니다. 임금님을 따른 사람은 시종이 한 사람뿐이었습니다.

임금님께서 이리 저리 옥보를 옮기시다가, 조그마한 개천에 걸린 흙다리 위에까지 가시니까, 웬 사람인지 한 사람이 다리 위에 우두머니 서있었습니다.

슬픈 낯을 하고 무슨 생각에 잠긴 모양이 퍽 마음이 괴로워하는것 같았습니다. 다리 위에서 물에 떨어져 자살을 도모하려는것 같았습니다.

이것을 보신 숙종대왕님께서는 측은히 생각하셔서 그 사람 옆까지 가서,

『어떤 일이 있기에, 그렇게 슬픈 낯을 하고 다리 위에 서있습니까. 무슨 일이오.』

하고 물으시고, 성명이 누군가고 성명도 물었습니다. 그러나 이 사람은 한사하고 성명을 말하려고는 하지 않았습니다.

그러나 숙종대왕님께서는 그냥 자꾸 열심스레 성명을 말하라고 하셨습니다. 이사람은 할수없이 성명과 또 자기 신세를 세세히 말했습니다.

『저는 본래 재산도 많고 무엇 하나 부러운것 없이 살아왔삽는데, 십여년간 과거를 보느라

고 있던 재산을 죄다 탕진해버리고、 인젠 그날그날의 양식도 없어、 어린애들 배를 골리우게 하니、 저 같은것이 살아서 무얼 하겠습니까。 그래서 오늘은 죽어버리려고 하던겝니다。』

숙종대왕님께서는 이 말을 드르시고、 이 사람을 불상히 생각하셨습니다。

『난 임금이다。』

하고 당신이 임금이신것을 말하여주었습니다。 죽으려던 사람은 깜짝 놀랐습니다。 무릎을 굻고 엎드러저서 절을 하였습니다。

말하는것과 태도로 보아 보통 예사사람은 아니고、 아마 귀인인가보다 하고는 생각하였으나 이분이 숙종대왕님이 신줄야 생각이나 했던 일입니까。

숙종대왕님께서 아주 부드러운 목소리로

『여보게 염려 말게。 금년은 자네를 급제시켜주띠。 과거 글제는 벽에 학을 그려놓고 그 위에 내 손을 가리워、 여기에 무엇을 그려놓았는가 아뢰라는 문제일테니、 자네가 그때 『학』이라고만 하게나。』

이렇게 말씀하셨습니다。

죽으려던 사람은 백번 절을 하며、 감사의 눈물을 흘렸습니다。

이 사람은 집에 돌아가서

『학이올시다 학이올시다……』

하고 자꾸 외였습니다。 이렇게 과거날까지 여러 달을 매일매일 이렇게 외였습니다。

어느듯 날이 가고 달이 자꾸 바뀌어서 과거보는 날이 되었습니다。 이 사람은 기뻐서 과거를 보러 갔습니다。

그런데 이거 봐요。 숙종대왕님께서 손을 가리우시고、

『이 속에 무엇이 그려있겠는고。』

하시고 물으시는데、 금시까지 외이고 있던 『학』을 깜빡 잊어버리지를 않았습니까。 암만 생각해내려고 하여도 나오지를 않았습니다。 그저 땀만 벌벌 동의로 흘리다가 견디다못해

『부기외다。』

하고 엉터리 대답을 하였습니다。

『부기라니?』

숙종대왕님께서는 이상하게 여겼습니다。

부기라는게 도대체 무슨 말인지 알수가 없었습니다。

이 사람은 땀을 씻으면서 과거보는 방을 물러나왔습니다。 문턱을 쑥 넘어서자말자

『학!』

이 생자났습니다。

『학!학!학!……학!』

이 사람은 미칠것 같이 안타까워하였습니다。 그러나 인젠 벌써 모두다 허사로 되고 말았습니다。 그렇게 인자하신 임금님께서 불상히 생자해주시고 가르처 주신것을 잊고 말았으니、 내 팔자가 기구해서 평생에 과거는 못할 운명인가보다 하고、 제 신세를 한탄할 밖에는 별수가 없습니다。

『내가 못 일우는바에는 내 동무나 일우게 하겠다。』

생자하고、 그 다음으로 과장으로 들어가는 동무에게 제 일을 다 말해주고、 임금님께서무어냐고 물으시거든『학』이라고 아뢰라고 가르처주었습니다。 이 말을 드른 동무는

『자네 염려 말게。 내 자네도 급제하도록 할테니。』

이렇게 말하고 동무는 과장으로 들어갔습니다。 대왕께서는 벽에 손을 대시고

『이 속에 무슨 그림이 그려있겠는고。』

하고 물으시는고로、

『부기 올시다。』

하고 대답했습니다。

『부기? 부기라니?』

대왕님께서는 먼저뻔 사람도『부기』라고 하고、 이번 사람도 또『부기』라고 하니、 이 일을 이상히 생자하시고、

『부기라는것이 무어냐。』

하시고 물으셨습니다。

『네、 시골서는 학을 부기라고 하나이다。 마치 송아지를 쇄지라고 하고、 아가위를 멜쨍이라고 하는것과 일반으로、 학의 사투리올시다。』

하고 아뢰었습니다。

이 말을 들고、 숙종대왕님께서는 대단히 기뻐하셨습니다。

『오 그런게냐。 그러면 먼저뻔 사람도 똑 바로 마췄던것이로구나。 먼저뻔 사람에게도 급제를 시켜라。』

신하에게 명령하셨습니다。

(平南 平原郡 檢山面)

삼년 석달 계속하는 긴 이야기

『아주 길고도 긴 이야기를 하라고요?』

『네 네、그럼 삼년 석달 계속하는 길고 긴 이야기를 해드리죠。』

한 사람이 버드나무 가지를 꺾어다가 우물 두덩에 꽂아놓았습니다 그려。이 버드나무 가지가 뿌리를 박고 크고 커서 새들이 와서는 노래를 부르게끔 되었습니다。

이 사람은 이 버드나무 가지를 베어서 엉큼엉큼 엮어 삼태기를 맨들었소。그리고 대장깐에 가서 호미를 한개 베려왔습니다。이 사람은 왼 손에 삼태기를 들고、바른 손에 호미를 들고、동리로 벌로 다니면서 개똥을 처모았습니다。삼태기에 개똥이 하나 가득 차면 이 개똥을 밭에 갖어다두군 두군 하였습니다。

이렇게 밭에 거름을 많이 내고는、참외를 심었습니다。날이 가고 또 가니까、참외 넝쿨에 커다란 참외가 주렁주렁 열렸습니다。모두 살이 시뻘겋게들 익었습니다。

자 땁니다。한개——。두개 세개——。그냥 자꾸 땁니다。네개——、다섯개——

섬이 하나 가득 차면、또 다른 섬을 갖어다가 따 넣읍니다。

자꾸 자꾸 따 넣읍니다。섬이 하나 가득 찼습니다。또 다른 섬에다 한개—— 두개——。

자꾸 따/넣습니다。아마 이 밭에 참외를 죄다 따려면、삼년 따고도 석달을 더 따야 될것같읍니다。

백 한개—— 백 두개——

천 열개—— 천 열 한개——

자꾸 자꾸 땁니다、

자꾸 자꾸 자꾸……。

(平南 漢川)

갈대잎

옛날도 옛날 아주 오랜 옛날입니다。

어떤곳에 한 부자 영감이 사위를 맞게 되었습니다。소 잡고、돼지 잡고、떡 쳐서、아주 훌륭하게 잔치를 하였습니다。

신랑은 왈랑절랑 말을 타고 와서、이것 저것 모든 예차를 다 마치고、밤이 되자 신방에 들어가서 자게 되었습니다。신방의 바로 뒤는 숲이었습니다。

신랑이 신방에 들어가서 먼저 색씨 옷을 벗겨준 다음 불을 혹 끄고 자리에 누오니까、뒤 영창이 훤하게 밝아졌습니다。

보름달이 비치는겝니다。

『달도 참 밝다!』

이렇게 생각하면서、상반신을 일으켜 뒤 영창을 바라본 신랑은 깜짝 놀랐습니다。사람의 그림자는 보이지 않아도、기다란 검을 휘 영창 밖에서 내두르면서 신랑을 무섭게 협박하는 사람이 있지를 않습니까!

『예쿠! 내가 장가들은 처녀하고、좋아하던 간부놈이 날 죽이겠다고 위협하는구나。』

이렇게 신랑은 생각을 하고, 신부한테도 아무게한테도 아무 말하지 않고 질겁을 하여 도망질 처서 도로 집으로 돌아오고 말았습니다. 집에 돌아온 신랑은 제 팔자를 한탄하면서 집을 떠나 이리 저리로 정처없이 방랑을 하였습니다.

그런데 신랑이 간부가 저를 죽이겠다고 간부가 위협하느라고 검을 내둘렀다는것은, 사실은 검이 아니고, 갈대 잎이었습니다. 숲에 심어놓은 갈대 잎이 바로 달빛으로 뒷 문에 비치었던겝니다. 바람에 불려서 이 갈대 잎이 흔들흔들 하니까, 에구 저건 정녕 간부란놈이 날 죽이겠다고 위협하는구나 하고, 신랑이 생각했던겝니다.

처녀는 저한테 장가왔던 신랑이 아무 말도 하지 않고, 무슨 영문이 있고 무슨 부족이 제게 있기에 밤으로 도망질을 하였을까, 슬픈 눈물을 흘렸습니다. 그리고 신랑을 원망하고 죽을 결심을 하였습니다.

처녀는 신방에 들어가서 신방 문을 모두 열지 못하게 동여매고 어머니나 아버지가 밥을 가지고 와서

『아가 아가! 밥을 먹어야 살지 밥을 먹지 않으면 어떻게 살겠니? 아가, 그러지 말고 어서 문을 열어라.』

하고 밥먹으라고 졸라댔습니다. 그러나 처녀는 문을 열어주지도 않고, 밥도 먹지를 않았습니다.

『장가오셨던 신랑님께서 장가오신 그날 밤중으로 돌아가시고 말았아오니, 제게 무슨 큰 허물이 있어서 하신 일입니다. 이런 불초한 자식이 살아서 무얼 합니까. 불초한 딸을 용서하여주옵소서.』

하고 신방 안에서 대성통곡하군 하였습니다.

누구나 이 방의 문은 열지를 못하였습니다. 부모님이나 동리 늙은이들이 보다못해서 마구 문을 열려고 하면, 처녀는

『만일 이 문을 열면 죽어서 원혼귀가 되어 저주하겠다.』

하면서 미친것처럼 날뛰였습니다. 불상하게도 이 처녀는 신방 속에서 문을 매놓은채 그만이야 굶어죽고 말았습니다.

신랑도 신랑대로 애꿎은 신세를 한탄하면서 구년간이나 가진 고생을 하면서 얻어먹다싶이 하며 돌아다녔습니다. 그러나 하루 한시도 자기가 장가 들었던 날 밤의 일을 잊지 않았습니다. 그래 하루는 전에 제가 장가들었던 집이 있는 동리 옆을 지나다가, 밖으로라도 그 집을 한번 며 보고 가리라 생각하고, 그 집에를 가보니까, 어찌된 일인지 그렇게도 크고 좋던 집이 사람의 기척이라고는 하나도 없고, 마당에는 쑥과 풀이 길을 넘게 자라고, 담이 문어지고 한것이 도무지 쓸쓸해지기 한량없었습니다. 집안에를 들어가볼까 하였어서도, 무시무시한게 왈캉하고 집이 문어질것 같아서 그만두고, 앞 집에 가서 늙은 할멈한테 그 집이 왜 저렇

게 파해졌는가。 살고 있던 사람들은 어떻게 되었는가 물어보았습니다。 그러니까 그 노파는

『바로 지금부터 구년 전의 일입죠、열아홉살 된 딸의 사위를 맞질 않았겠어요。 그런데 말요 어쩐 영문인지 그 신랑이란 사람이 장가온 그날 밤으로 도망질을 쳤습니다 그려。 이렇게 되니까、그 집 딸은 그날부터 신방에서 아무것도 안 먹고 종내 굶어죽고 말았죠。 지금까지도 아무나 그 신방에 들어가본 사람이 없답니다。 신방의 문을 열라고 하면 원혼귀가 된 그 처녀가 갑자기 하늘에서 우뢰 소리를 내면서 벼락을 치는구려。 그래서 아무도 그 방엔 얼신도 못한답니다。 처녀의 말이 내 새서방이 와서 열기 전에는 아무도 열지를 못하리라고요。 참 불상하죠。』

하고 노파가 눈물을 흘리면서 울었습니다。 이렇게 노파가 울고 있을 때、갑자기 맑고 맑던 날이 컴컴 어두워지면서、바람이 몹시 붑니다。 그러머니 하늘에서

『할머니 할머니! 오늘은 바쁜 일이 있어서 들르지 못하고 그저 갑니다。 부디 안녕이 계십소서。』

하고 공중에 뜬 구름짱 속에서 처녀의 목소리가 들렸습니다。 그러머니、아이고 아이고 하고 통곡을하는 슬픈 소리가 들렸습니다。 심장을 에여내는듯한 슬프고도 슬픈 울음 소리였습니다 그리고 비가 좔좔 퍼부어졌습니다。

이것은 원혼귀가 된 그 처녀가 구름을 타고 지나가다가、슬퍼서 우는 눈물이었습니다。

노파는 원혼귀가 된 처녀의 울음 소리를 듣고、노파도 가치 눈물을 흘리며 울면서 이렇게 말했습니다。

『장가들었던 첫날밤으로 신랑이 도망을 쳤던건 아마 뒤 영창 문에 비치는 갈대잎을 간부의 검인줄 알고 무섭기도 하고、또 색씨를 천한년이라고 그렇게 했는가봐요。』

이 말을 듣고、이 사람은 제가 잘못한것을 뉘우치면서 그 집으로 가서 신방의 문을 열려고 손을 대니까、그렇게도 다른 사람이 가면 질색을 하면서 뇌성벽력을 내리던게 그저 술술 신방의 문이 저절로 쭉쭉 다 열려졌습니다。 보니까 집안의 모양은 이 사람이 구년 전에 장가왔던 때와 조금도 다름이 없고、처녀도 또 그때 그대로 단정히 이불,위에 앉아있었습니다。 산 사람 같았습니다。 그리고 그때처럼 아주 아름다움이 그냥입니다。

이 사람은 기뻐서 달려들어가서 처녀의 손목을 잡으려고 하였습니다。 그러나 처녀의 온 몸은 이 사람이 손을 대이자마자、보슬보슬 쓸어져서、한줌의 재가 되고 말았습니다。

이 사람은 너무도 슬프고 슬퍼서 목을 놓고 대성통곡을 하였습니다。

그리고 이 사람은 음식을 극진히 채려가지고、처녀의 혼을 위로 하려고 정성으로 제사를 지냈습니다。

이렇게 한 후부터는 처녀의 원혼귀는 두번 다시는 나타나지 않았더랍니다。

신방(색서칸) 뒤에 잘매를 심으지 않는 풍속은 이때부터 생겼다고 합니다。

(平南 安州郡 立石面)

240

배가 아프면 개를 그려 먹어라

『배가 자꾸 아파서、막 죽겠네。』

어떤 사람이 이렇게 뽕부며머 말했습니다。

『그럼、개를 그려 먹어라。배가 아픈게 뱃 속에 좋지 못한게 많이 있어서 그렇게 아픈게다。그러니까、개를 그려 먹으면 개가 그걸 다 핥아 먹을테니까、아픈게 났는다。』

『개를 먹으면、그럼 개는 또 어떻게 끄집어내니?』

『범을 그려서 먹으며무나。개가 범을 보고 벌벌 떨면서、뛰어나올게다。』

『그럼、범은 또 어떻게 끄집어내니?』

『포수를 그려서 먹으며무나。범이 포수를 보고 무서워서 뛰어나오잖겠니。』

『그럼、포수는 또 어떻게 내어쫓니?』

『그건 포도(捕盜)를 그려서 먹으면 나온다。허가 없이 범을 잡는다고 붙잡힐가봐 뛰어나오지 않겠니。』

『포도는 또 어떻게 하니?』

『그건 포도청에 가서、나오라는 패자(호출장)을 써달래서 먹으렴。』

241

『패자는 또 어떡하나?』

『길 동이 돼서 홍문으로 뽀도며 나오지 뭐—』

(平北 定州)

242

五형제

옛날도 옛날 아주 오랜 옛날, 어떤 곳에 종이 한장 번번이 쳐들지 못하는 아주 아주 힘이 약한 박서방이란 사람이 있었습니다. 그런데 이 박서방은 힘은 비록 없었으나, 꾀은 많았습니다.

동리 사람들은 이 박서방만 보면 힘이 없는 허수아비라고 가지각색으로 놀려대는것이였습니다. 박서방은 이렇게 늘 멸시 받는게 원망스러웠습니다. 하루는 결심을 하고 힘을 얻으려고 수양의 길을 떠났습니다. 길을 칠칠 잡니다. 이렇게 하루는 어떤 산을 지나노라니까,

『우지작!』

소리가 나고는 크나큰 나무가 넘어가곤 하는것이 보였습니다. 박서방은 이것을 보고 괴상야릇하게 생자하여, 수풀 속에를 들어가보니까, 키가 두서너자 밖에 안되는 도토리알만한 난장이가 외손가락으로 큰 나무를 떼밀치면, 나무가 붙어져서 넘어지곤 넘어지곤 하지를 않습니까. 박서방은 참 놀랐습니다.

『형제, 난 꾀를 내고 형제는 힘을 내서 서로 재미있게 한번 살아봅세나?』

하고 박서방이 난장이를 꾀었습니다.

243

박서방하고 난장이하고 서로 마음이 맞아서、두 사람은 서로 의형제를 맺었습니다。

두 사람은 손을 잡고 길을 휠휠 잡니다。하루는 어떤 곳에를 가니까、해가 쨍쨍 쬐고、아주 덥던 날이 갑짜기 추워지면서 뇌성벽력이 일어나고、눈이 부슬부슬 내리지 않습니까。이상한 일도 있습니다。

박서방하고 난장이는 수상히 생각하면서 두런두런 살피며 가느라니까、언덕 위에서 한 청년이 코를 골면서 누워 잠을 자고 있는데、뇌성벽력이란것은 그 사람이 코고는 소리이고、눈은 그사람이『푸』하고 입김을 내뿜을적마다 추운 김이 나와서 공기가 갑짜기 눈이 되어지는 것이였습니다。참 박서방하고 난장이는 깜짝 놀랐습니다。

『형제、우린 글하고 힘을 벌게 형제는 콧김을 내서 서로서로 즐겁게 재미있게 한번 살아봅세나 그려。』

하고 박서방이 말했습니다。콧김 센 사람도 기뻐하였습니다。의형제를 맺었습니다。박서방하고 난장이 하고 콧김 센 사람의 세 형제는 서로 손을 잡고 길을 휠휠잡니다。그런데 하루는 어떤 곳에를 가니까、양다리를 버티고 활을 쏘는 사람이 있는데、당초에 필 쏘는지 도무지 알수가 없습니다。하도 이상해서

『필 쏩니까。』

하고 물어보니까、활쏘는 사람은

『오리 밖에 있는 저 큰 나무에 붙은 파리를 쏘는겝니다。』

대답을 하고 활을 쏘니까、과연 파리가 팔죽에 둥어리가 맞어 꿰어서 파들파들 하고 있는 것이 보였습니다。또 의형제를 맺었습니다。박서방하고 난장이 콧김 센 사람 활 잘 쏘는 사람의 사형제가 서로서로 손을 잡고 길을 휠휠 가다가、어떤 곳에를 가니까、한 다리를 오그려 쥐고 외다리로 앙감질을 하여 말하고 뛰기 내기를 하는 사람이 있었습니다。

『왜 외다리로 뛰는겝니까?』

하고 물으니까、

『양 다리로 뛰면 너무 빨라서 내가 보이질 않소。그래、외다리로 앙감질 해도 넉넉이 이기겠기에 이렇게 하오。』

하고 그 사람이 대답했습니다。박서방、난장이、콧김 센 사람、활 잘 쏘는 사람의 사형제는 깜짝 놀랐습니다。

『형제。』

하고 박서방이 이 외다리 보고 말했습니다。

『형제、그런 재간을 가지고 이런데서 그저 썩지 말고、우리 가치 의형제가 되어서 세상을 한번 재미있게 살아봅시다 그려。』

하고 말했습니다。그러니까、외다리로 뛰는 사람은 대단히 기뻐했습니다。그래 의형제을 맺

어 이 사람이 막내아우가 되었습니다。모두 오형제입니다。오형제가 서로 손을 잡고 길을 험한 곳을 지나느라니까、길가에

『공주님과 뛰기 다투기를 해서、이기는 사람은 공주를 주겠다。』

하고 표말에 써워있었습니다。글 잘하는 박서방이 이 글을 보고、아우들을 데리고 왕궁으로 들어가서 뛰기 내기를 청했습니다。

외다리가 공주님하고 뛰게 되었습니다。술잔에 물을 담고、이 물을 헤뜨리지 않고 뛰어야 됩니다。그런데 외다리가 만일 공주님한테 지고보는 날에는 오형제의 목이 달아날 판입니다。그런고로 외다리는 이번엔 양 다리로 뛰게 되었습니다。그러니까、암만 공주님이 잘 뛴다기로 어렵 있겠어요。공주님이 한발자국 뛸새、외다리는 열발자국이나 뜁니다。도저히 공주님이 이길 가망은 없습니다。그런고로 외다리는 공주님을 업신여겨보고、큰 느티나무 옆을 지나다가、

『그까지껏 한잠 자고 가자。모두 굴어가두 공주야 못 따르지。』

이렇게 생각하고、술잔을 옆에 놓고、느티나무 뿌리를 베고 잠을 잤습니다。

그러나 공주는 엄청나게 빨리 뛰는 외다리를 보고 놀라서、죽을 힘을 다해서 열심히 뛰니다。이렇게 뛰어서 느티나무 옆을 지나느라니까、외다리가 자고 있는걸 보고、공주는 외다리가 가지고 뛰던 술잔의 물을 죄다 쏟아 팽개쳤습니다。그러고는 승기가 나서 자꾸 자꾸 빨리

246

빨리 달렸습니다。외다리는 그냥 그저 세상을 모르고 잠에 취해서 코만 골고 잤습니다。그런데 박서방、난장이、곳집 센 사람、활 잘 쏘는 사람의 사형제가 암만 기다려도 기다려도 외다리가 어디 그림자나 보입니까。그래 도대체 어쩌된 일인고 근심을 하면서 산꼭대기에 올라가보니까、이런 변이 어디 있습니까。공주님은 거의 다 돌아오게 되었는데、외다리는 느티나무 뿌리를 베고 자고 있지를 않습니까。사형제는 깜짝 놀랐습니다。그러고 얼핏 활 잘 쏘는 사람이 활로 외다리가 베고 자는 느티나무 뿌리를 쏘았습니다。그러니까、외다리는 부시시 일어났습니다。

『에쿠、이거 내가 너무 오래 잤나부다。』

눈이 뚱그래서 또 뛰려고 옆에 놓았던 술잔을 보니까、술잔에는 물이 한방울도 없었습니다

『야 이거 봐! 공주가 지나가면서 쏟아 팽개치고 갔구나。』

외다리는 놀랐습니다。그러나 할수 없습니다。곧 또 도로 돌아가서 술잔에 물을 담아가지고 뛰기 시작을 했습니다。그러나 공주는 거의 다 돌아닿게되지를 않았습니까。도저히 외다리가 이길 가망은 없으리라고 여러 사람들도 생각하고、또 사형제도 이렇게 생각하고 낙심을 하였습니다。그러나 외다리는 그저그냥껏 있는 힘을 다 써서 뛰었습니다。어찌도 빠른지 외다리가 보이질 않습니다。이렇게 뛰고 뛰어서 놀랍게도 외다리는 공주보다 조금 앞서서 들어왔고야 말았습니다。

247

오형제가 술레술레 금덩어리를 지고 가느라니까, 뒤에서 수많은 군병들이 검을 뽑고 활을 메고 말을 타고 아우성을 치면서 따라 오는것이 보였습니다. 오형제를 죽이려고 따라 오는 왕의 군병들입니다. 꽤겁하기 이를데 없습니다. 성이 잔뜩난 콧김 센 사람이

『호응― 흥.』

하고 콧김을 그냥 꽤 내니까, 따라 오던 군병들은 그만이야 눈알이 모두 얼어붙어서 죽고 말았습니다.

『하하하하!』

천지가 진동하게 웃으면서 오형제는 그 많은 금을 지고 집으로 집으로 길을 걸었습니다.

(平北 江界)

산과 바다가 된 이야기

옛날도 옛날 아주아주 오랜 옛날 지구 위에 아직 아무것도 살지도 않고 나지도 않았을 때랍니다.

하늘에 계신 하느님의 마느님께서 하루는 번쩍번쩍 빛나는 그 아름답고도 아름다운 보석 반지를 뽑아가지고 만지작거리시다가, 그만이야 실수하셔서 홀랑떨어뜨려 버렸습니다.

그래서 그 보석반지를 찾으려고 하늘의 구석구석을 암만 찾아보아도 나오지를 않았습니다.

그래 하루는 하느님께서 많은 신하들을 부르시고 보석반지를 찾어낼 회의를 열으셨습니다.

여러가지 의견이 나왔는데, 그중의 한 신하가

『암만해도 하늘에는 없을것 같습니다. 보석반지는 필경 지구라는 땅 위에 떨어졌을겝니다.

그러니까, 지구에 내려가서 찾아보면 기영고 찾으실수가 있으리라고 확신합니다.』

이렇게 이 하늘나라 신하는 하느님께 아뢰었습니다. 그러니까, 하느님은

『거참! 네 말이 지당하다. 그럼, 지구에 가서 어디 찾아보기로 하자.』

이렇게 말씀하시고, 하늘 나라에서도 지혜 많고 힘세기로 유명한 장수 한사람에게 지구에 가서 보석반지를 찾아올 사명을 명령하셨습니다.

그래 이 지혜 많기로 하늘나라에서도 이름 높은 장수는 하늘나라로부터 컴컴 지구에 날아와서 보석반지를 찾게 되었습니다。 그런데 이때는 아직 지구가 그저 곤죽 같은 진창이었습니다。 그리고 산이나 바다나 강이라는게 없고、 그저 그저 평평한 곳이었습니다。 이 장수는 지구의 이 구석 저 구석을 살펴보았으나 금반지는 보이질 않었습니다。 그래 진창 속에 파묻혀 있는가 생각하고、 그 큰 손으로 진창을 만지작하고 주었다 놓은 곳은 산이 되고요。 손으로 땅을 파낸 곳은 바다가 되고요。 손가락으로 쭉 훑어본곳은 강이 되었더랍니다。

(慶北 大邱)

코 길어진 욕심장이

옛날도 옛날、 어떤 곳에 살림사리가 구차해서 매일 매일 산에 가서는 나무를 해다가 집안살림을 보태곤 하는 소년이 한 사람 살았습니다。

하루는 또 지게를 지고 산에 나무를 하러 갔습니다。 나무를 거의 다 한짐 가득이 했을무렵에 갈퀴로 버억 하고 마른 나무잎을 긁어댕기느라니까、 호두 한알이 때굴때굴 굴러나왔습니다。

『요전 우리 아버지나 갖다 드려야겠군。』

이렇게 마음착한 이 소년은 해가 저물어 시장해졌는데도 제가 먹을 생각을 하잖고 먼첨 아버지 갖다드리려고 호두를 호주머니에다 쓸어넣었습니다。 그리고 또 한번 갈퀴로 버억 긁어댕기니까、 호두 한알이 또 때굴때굴 굴러 나왔습니다。 마음착한 소년은

『요전 우리 어머니 갖다 드려장。』

이렇게 또 제가 먹으려고는 하잖고、 어머니 드리겠다고 그 호두를 호주머니 에다 쓸어넣었습니다。

『버억。』

하고 또 한번 긁어 댕겼습니다。 호두가 또 한알 때굴때굴 굴러 나왔습니다。

『요전 우리 행님 잣다뜨리자。』

이렇게 말하고、또 호주머니에 쓸어넣었습니다。 또한번 버억 깡겼습니다。 또 한알 때굴때굴。

『요전 내가 먹을가。』

하고 바짝 이번에친 제가 깨물어 먹었습니다。

나무가 한짐 그득그득 되었습니다。 그만 갈퀴를 지게 위에다 올려놓고、바줄로 훑쳐맨 다음 지게를 지고 집으로 돌아가려고 하였습니다。 그러나 어느새에 해가 바닷 속에 떨어져 버렸는지、해가 저서 큰 나무들이 어슴프레하고、샛별이 반짝거렸습니다。 달이나 뜨는 때면 그래도 달빛을 의지해서 돌아가겠는데、달도 뜨지 않는 때입니다。 참 캄캄하게 어두어지면、오리나 되는 집까지 갈 일이 난처하기 짝이 없습니다。 할수 없습니다。

『별수 없다。 인젠 어디를 좀 가서、하룻밤을 거처해가지고 갈 밖에。』

마음씨 곱기로 동네에서도 이름난 이 소년은 이렇게 생각하고、이리저리로 돌아다니면서、의지할 곳을 찾느라니까、큰 밤나무 옆에 다 썩어서 문어져가는 집이 하나 있었습니다。

소년은 밖에 나무지게를 작대기로 버텨놓고 그 빈 집에 들어갔습니다。

담은 무너지고、문도 없는 아주 쓸쓸한 집이었습니다。 겨우 비 바람이나 피할 정도에、집이라고 하노니보다 허청이었습니다。

마루 위에서 잘래두 어쩐지 무시무시도 하고、먼지가 푹석푹석 쌓여있어서 잘 생각이 없고

또 짐승이 오면 어쩌노?

이렇게 생각하고 들보에 기어 올라가서 들보에 걸터앉았습니다。

담벽에 등을 기대고 포근히 잠이 들어가려고 할 때 웅성정 하는 소리와 우멍우멍하는 발자국 소리가 나더니、도깨비들이 수무남은놈 들어옵니다。

마음착한 소년은 무서워서 숨을 죽이고 목을 움치러뜨리고 있느라니까、

『애 애 너 오늘 무슨 일했니? 난 오늘 짐 싣고 가는 소발을 땅에다 딱 붙여놓으니까、사람은 자꾸 가지 않는다고 소를 때리고 손 또 안타까워서 자꾸 머엉머엉하면서 요동을 치겠지。 어찌 우습고 재미있었는지。 하하하。』

『난 오늘 하루 종일 샘 두던에서 잠만 자고 왔다。』

『난 한길에서 소똥을 떼굴떼굴 굴리면서 놀았다。』

『난 춤도 추고 노래도 부르면서 하루를 보냈다。』

『난……………』

『……………했다。』

이렇게들 제자기 오늘 한 일을 말하노라고들 야단법석을 하였습니다。

그러다가 그중에서 한 도깨비가

『인젠 시장했는데、무얼 좀 먹고、또 놀장 애들아。』

하고 좋아라고해서 도깨비방망이 잃은것을 다 잊었드니,

『옷, 나와라 하였고。』

하니까,

『속에 술나와라 하자。』

이렇게 다니는 도깨비가 말하였습니다。 그러니까, 도깨비방망이를 가진 도깨비가 그 방망이를 땅에 딱딱 두드리면서 말하였고,

『술이 콸콸콸 나오너라。』

하고 말하니까, 어디서 들어오는지 큰 독 작은 독 항아리들이 술을 가득가득 넘치게 들어왔습니다。

도깨비들은 술을 퍽 마시었고,

『인제 배 — 안주가 있어야겠다。 안주를 주워주워 오너라。』

하고 외치니까, 방망이를 가진 도깨비가 도깨비방망이를 또 딱딱딱 땅에다 두드리면서,

『소고기 돼지고기 지지미가 주워주워 나오너라。』

하였습니다。 그러니까, 어디서 들어오는지 소갈비, 돼지다리, 그리고 전이 맛맛나는 지지미가 주워주워 교자를 잡았고 들어왔습니다。

도깨비들은 이것들을 들이먹으면서 와우와우 떠들었습니다。

이것을 보고 다락에 숨은 소년이 배가 출출하고 먹고싶은 생각이 났습니다。 그러나 밥은 없고 해서, 아까 산에서 갖고온 호두 한알을 꺼내서 어금니로 힘껏 깨무니까

『딱—』

하고 깨물었습니다。

그러면 소고기 돼지고기 지지미들을 먹느라고 정신없던 도깨비들은 다락에 숨은 소년이 호두를 깨무는 『딱—』하는 소리에 놀라서,

『예구 예구— 어서 나가자。 집이 무너진다 집이 무너져—』

하면서들 모두 바깥으로 다들 달아나버렸습니다。

다락에 숨은 소년은 도깨비들이 다 도망간 뒤에 나와 보니까, 아까 도깨비가 딱딱 치기만 하면 아무거나 나오너라는것이 나오는 좋은 방망이가 그냥 놓여있었습니다。

『야 이거 횡재했구나。 어머님 배가 고프니, 우리 밥이 나오나, 한번 두드려 보자。』

이렇게 생각하고,

『쌀밥, 인절미 송편이 나오너라。』

하고 딱딱 방망이를 두드리니까, 이거 참— 이상하구나, 정말 쌀밥, 인절미들이 나왔습니다。 어디서 나오는지 가득가득 들어왔습니다。 257

밤이 새이자, 마음씨 고운 소년은 그 보물 방망이를 가지고 집으로 돌아왔습니다. 그리고

『크다란 기와집이 나오너라.』

『아버지 드릴 좋은 음식이 나오너라.』

『어머니 드릴 좋은 옷이 나오너라.』

하면서 딱딱 딱딱 두들겨서 남부럽지 않은 부자가 되어, 재미나는 생활을 하였습니다.

그런데 이 마음씨 고운 소년과 같은 동네에 사는 소년이 하나 있었습니다. 이 소년은 마음씨 곱지 못하기로, 동네에서 이름난 아이입니다. 부모님에게 때양 말대꾸나 하고, 밖에 나가서는 애들과 쌈질만 하고 다니는 애입니다.

이 애가 하루는 마음씨 고운 소년이 사는 큰 기와집에를 찾아갔습니다.

『애, 너는 그전에 아주 구차한 살림을 하였는데, 그렇게 갑자기 부자가 되었으니, 어떻게 해서 그렇게 갑작부자가 됐니? 좀 가르처주렴.』

하고 말했습니다.

워낙 마음씨가 고운 소년은 숨기지 않고 이러이러 이렇게 해서 보물 방망이를 얻은 이야기를 세세히 말해주었습니다.

그러니까, 마음씨 곱지 못한 소년은 저도 그 보물 방망이를 얻어오겠다 생각하였습니다.

그리고 평생 하지 않던 나무를 하러 간다고 하면서, 지게를 지고 산에 갔습니다.

버억버억 갈퀴로 마른 잎을 긁어당기고 있느라니까, 과연 호두가 한알 때굴때굴 굴러나왔습니다.

『이건 내가 먹장.』

마음씨 곱지 못하기로 이름난 이 소년은 어쨌든 저부터 먹고야볼 판입니다.

이렇게 말하고 버적 깨물어 먹었습니다. 갈퀴질을 또 버억 하니까, 호도가 또 한알 때굴때굴 굴러나왔습니다. 마음씨 곱지 못한 소년은

『야 이거 또 나오누낭. 거참 호두가 맛나다. 요것도 내가 먹장.』

이렇게 욕심쟁이 소년은 둘재번으로 나온 호두도 또 빠짝 깨물어서 제가 먹었습니다.

또 한번 버억하고 갈퀴를 긁어당기니까, 호두가 또 한알 때굴때굴 굴어나왔습니다.

『이건 우리 아버지나 줄강.』

이렇게 말하고 호주머니에다 쓸어넣었습니다. 이렇게 버억버억 당겨서 대여섯알 쓸어넣었습니다. 그리고는

『인젠 그만 두자!』

하고 나무도 없는 빈 지게를 지고, 마음씨 고운 소년이 가리켜준 밤나무 아래의 빈집을 찾아갔습니다.

과연 그집에는 마음씨 고운 애 말과 같이、아무도 없는 빈집이었습니다。

마음씨 곱지 못하기로 이름난 소년은 두말없이 마음씨 고운 소년이 한대로 성컴성컴 들보에 기어 올라갔습니다。

들보에 올라간 마음씨 곱지 못하기로 동네에서도 이름난 소년이 들보를 말타기 하고 도깨비들이 들어오기만 기다리고 있느라니까、해가 지고 어두워지니까、과연 도깨비들이 주욱 몰려왔습니다。

좀 무시무시합니다。몸을 웅크리고 있느라니까、마음씨 고운 소년의 말처럼

『너 오늘 어디 갔었더냐。』

『난 아무델 가서무엇을 했다。』

『난 또…………』

이렇게들 분주스레 말들을 합니다。

이렇게 한참동안 야단법석을 하더니、술먹자 고기먹자 하면서 한놈의 도깨비가 꽁무니에서 부슬부슬 방망이를 끄냅니다。

『오냐。저게 그 보물 방망이란거로구나。인젠 나도 별수 없이 부자가 됐구려。』

이렇게 생각하고、침을 한번 꿀꺽 삼켰습니다。

아닌게아니라、참 그 방망이로 딱딱 딱딱 한번 두드리니까、술이 들어오고 고기가 들어오

고 떡이 들어옵니다。그 방망이가 욕심나기 짝이 없었습니다。

마음씨 곱지 못하기로 이름난 소년은 호주머니에서 호두를 한알 끄집어내서

『버적!』

하고 힘껏 깨물었습니다。그러니까、놀라서 뛸줄만 알았던 도깨비들이 뛰지는 않고

『애 저게 무어가? 또 빠작하는구나。』

『요전에 왔던 그놈이 재미를 보고、또 왔나부다。』

『그놈이 또 우리를 속이려는게구나。그놈을 끌어내려라。경을 치자 경을!』

이렇게들 웨치더니、도깨비들이 와악 몰아와서、마음씨 곱지 못하기로 이름난 소년을 들보에서 끌어내려왔습니다 。참 뜻밖입니다。이렇게 도깨비들이 마음씨 곱지 못한 소년을 끌어내리구는、

『얘 얘 이놈이 좀 톡톡이 혼이 나라고 코를 길게 해주자。』

이렇게 한놈의 도깨비가 웨쳤습니다。마음씨 곱지 못한 소년은

『난 아네요、아네요。요전에 왔던 애는 다른 애여요。난 아네요。』

하면서 울며불며 웨쳤습니다。그러나 암만 웨친댔자 모두 허사였습니다。

방망이를 가진 도깨비가 방망이를 딱딱 두드리면서

『이놈의 코를 기다랗게 뽑아줘라。』

하니까、마음씨 곱지 못한 소년의 코가 불신불신 일어나서、한 뼘자나 뫼띠만큼 기다란 코가 되었습니다。

마음씨 곱지 못하기로 이름난 소년은 코가 길어진채로 쫓겨났습니다。큰 변을 당했습니다。엉엉 엉엉 엉엉 울며서、집으로 돌아오다가、강을 건느려고 하니까、아직 이른 새벽녁이었든고로、뱃사공이 나오지를 않었습니다。

그래 처치하기가거북한 기다란 코를 강 건너쪽에 건네놓고 앉어있다가、그만 잠이 들었습니다。

그런데 길을 가면 나그네 한 사람이 이 강을 건너려고 강까에 와보니까、배는 없고 전에 없던 외나무다리가 놓여있었습니다。

마음씨 곱지 못한 소년의 기다랗게 일어난 코를 외나무다리로 알었던겝니다。나그네는 기다란 담뱃대 를 들고 그 외나무다리 위로 강을 건느다가、중간쯤 가서 그 코위에 다가 담뱃불을 툭툭 떨었습니다。이바람에 잠을 자고 있던 마음씨 곱지 못한 소년은 뜨거워서 눈을 번쩍 뜨면서、코를 잡아당겼습니다。

강을 건느면 나그네는 그만이야 물에 텀벙 빠저서 한참동안 풍덩풍덩 하다가、겨우 헤염처 나왔습니다。그리고 기다란 코는 강 가운데 떨어 졌는데、물고기들이 먹을게 생겼다고 좋아하면서 몰어붙어서 코를 뜨더먹었습니다。

마음씨 곱지 못한 소년은 코에서 피를 뚝뚝 흘리면서 엉엉 울며 집으로 돌아갔습니다。

(蒐集地 不明)

『악아, 악아, 우지 말어. 저거 봐 저기 승냥이가 온다 승냥이.』

그래도 어린애는 울음을 끊지 않었습니다. 어머니는 속이 탑니다.

『악아, 악아, 저거 봐! 문밖에 큰 범이 와서 앉아있지 않니? 우지 말어, 저거 봐 범 범.』

어머니는 이렇게 말했습니다.

문밖에 앉아서 물끄러미 창을 쳐다보고있던 범은 깜짝 놀랐습니다.

이집 마누라는 집안에서 어두운 밖에 와 앉어있는 걸 알지 않습니까. 그런데 범이 더 놀란 것은 백수의 왕인 자기가 와 앉아있는데도 어린애가 무서워하지 않고, 그냥 울음을 끊지 않고 자꾸 울어대는게였습니다. 지금까지 내따고 뽐내던 호기가 좀 떨어졌습니다.

범은 어깨를 푹 내리우고 그냥 앉아있었습니다.

어머니는 그냥 자꾸 안따까워서 얼싸얼싸 어린애를 추면서

『애야, 우지 말어. 네 그럼 곶감 줄가 곶감.』

이렇게 말하니까, 어린애는 금시까지 울던 울음을 뚝 끊었습니다.

범은 깜짝 놀랐습니다.

『애쿠, 이 세상엔 나보다 더 무서운 「곶감」이란것이 있었구나. 애쿠 애쿠!』

이렇게 지랄을 하여 무서운 「곶감」한테 잡혀 죽을가봐 범이 뺑소니를 치다가, 그만 소[illegible]에 눈알이 걸려 뚫려져서 죽고 말았더랍니다.

北斗七星

옛날도 옛날, 어떤 곳에 돈 많고 쌀 많고 근심도 많은 한 사람이 살았습니다.

이 부자에게는 아들이라고는 단 하나 밖에는 없었더랍니다. 그런데 이 애가 하루는 마당에서 놀고 있느라니까, 꽹가리를 치면서 동냥을 하러 다니는 중이 한사람 지나가다가, 이 애를 쳐다보더니,

『아뿔사 명민하게는 생겼구마는 몇해를 지나지 못하여 죽겠군.』

이렇게 혼잣말을 하고는, 혀를 끌끌 채면서 가버렸습니다.

이 애는 중이 하는 말을 듣고, 곧 집안에 달려가서 아버지한테 이자 지나가던 중이 하던 말을 말씀드렸습니다.

이 말을 듣고, 부자 영감은 깜짝 놀랐습니다. 귀하고 귀한 단 하나뿐의 아들이 몇해를 못 살고 죽겠다고 하니까, 오작이나 놀랐겠습니까.

부자 영감은 버선발로 중이 지나간 길로 중을 따라갔습니다. 그냥껏 죽을 힘을 다 써가면서 달려가니까, 산에 채 못 가서 중을 만났습니다.

『대사님! 대사님은 사람이 언제 어느때 죽을것을 알으시니까, 반드시 사람이 어떻게 하면

[illegible]

『입자가 그렇게 야단이니, 할수 없네。 그럼, 살려주지。』

하고 사람들의 이름을 주 써놓은 두껍고 크다란 책을 벌쳐벌쳐 뒤미니, 이 소년의 이름을 주욱 지워놓았습니다。

그런데 이때 장기를 두던 늙은 중들은 인자하게 생긴 중이 남두칠성이고 또, 험상스레 생긴 중은 북두칠성이었더랍니다。

지금도 사람이 죽고 살고 하는것을 결정하는것은 이 북두칠성이 한답니다。

(咸南 咸興)

효자와 산삼

옛날도 옛날,아주 오랜 옛날, 어떤 곳에 아들 내외가 늙으신 어머님을 모시고 살았습니다。 그런데 어머니가 중한 병에 들려서 병장이 아주 위급하여졌습니다。 아들 내외는 어머님의 병을 낫게 하여드리려고 명의라는 명의는 다 찾아서 좋은 약을 구해다가 대접을 하군 하였습니다마는, 어머님의 병은 좀체로 나으시질 않는고로 아들 내외는 근심에 싸여있었습니다。 그런데 어느날 문앞에 중이 한사람 와서 뗑창뗑창 뗑가리를 치면서 염불을 외고 있었습니다。

이 사람이 바리에 쌀을 하나 가득 담아가지고 나가서 공손한 태도로 그 쌀을 주었습니다。 그러니까 머리가 허연 늙은 그 중이 이 사람의 낯을 바라보고,

『당신께서는 낯빛이 좋지 못하시는것 같사온데, 댁에 무슨 근심이라도 계시나이까。』

하고 물었습니다。 그래 이 사람은 어머님이 병이신데 백약이 무효하므로 근심중이라고 대답했습니다。 그러니까 허연 노승은

『어머님의 병환을 나으시게 할 방법이 한가지 있기는 있습니다마는 이건 극히 어려운 일이므로 차라리 말씀 들이지 않는것이 좋겠습니다。』

하고 말합니다。

이 사람은 이 말을 듣고 기뻐하면서,

『아무리 어려운 일일지라도 반드시 해서 어머님 병환을 고쳐드리겠사오니, 가르쳐 주시면 천만 감사하겠나이다.』

하고 애원하였습니다. 그러니까 노승은 자못 감탄하였다는 낯으로 이렇게 말했습니다.

『당신에게는 금년 열살된 아들애가 있지요?』

중은 눈을스르르 내려감고 또 다음과 같이 말했습니다.

『이 아들을 솥에다 삶아서 대접해드리십쇼! 그렇게야 당신의 어머님 병이 나으십니다.』

『…………』

이 사람은 아무 말도 대답하지 않고, 눈을 감고 우두머니 서있었습니다. 이렇게 얼마쯤 서있다가 눈을 떠보니까, 아까 그 노승은 온데간데도 없어지고 말았습니다.

이 사람은 노승이 하라고한 이 일을 어떻게 하면 좋을가 생각하고 생각다 못해 안해더러 노승이 하고 간 말을 죄다 말하여주었습니다. 그러니까 안해는

『아들은 또 낳으면 있겠지요마는, 어머님은 한번 돌아가시면 또 다시는 모실수가 없지 않습니까. 어서 그애를 삶아서 대접합시다.』

하고 이렇게 말했습니다.

아들 내외는 애를 삶을 준비를 다해놓았습니다. 그리고 애가 서당에서 돌아오기를 기다리

고 있었습니다. 그러니까, 이날 만은, 애는 전보다 좀 일찍기 낮이 조금 지나자 서당에서 돌아왔습니다. 돌아오자말자, 밥 달라고 합니다. 이걸 다짜고짜로 냉큼 들어서 솥에 쓰러넣고 뚜껑을 꽉 덮어놓았습니다. 그리고는 아궁이에 불을 자꾸 땠습니다.

솥의 물은 설설 끓기 시작을 하며니, 김이 나옵니다. 뜨겁고 뜨거운 김이——.

아들 내외는 애삶은 고기를 어머님께 대접하였습니다. 그러니까, 과연 중이 말해준것과 같이 그렇게도 중하던 병이 담박에 깨끗이 나았었습니다.

아들 내외가 어머님의 병이 나으신것을 기뻐하면서 있느라니까, 해가 저물락할때 문밖에서

『엄마! 배끞아 밥 줘!』

하는 애 소리가 들리지 않습니까. 아들 내외는 깜짝 놀라면서 왈칵 문을 열고 보니까, 어디 하나 자기 아들의 모습과 손톱만치도 틀린데 없이 똑 같은 저희 아들입니다. 그러나 애는 벌써 솥에다 삶아서 어머님께 대접해버렸는데, 이게 웬일입니까.

『옳지, 이게 아마 그애의 귀신인가보다.』

이렇게 생각하고 고함치려고할 때

『에헴 에헴.』

하고 문 밖에서 기침 소리가 나며니, 그전에 왔던 머리가 허연 늙은 중이 문을 열고 들어왔습니다.

『이 놈을 빼앗아가지 마시오。 아차 농신 부처님께서 살이신것은 그런 제가 아니고 농신들의 774
조선에 살라서 부처의 모든 일을 살펴 주는 산신이었습니다。 이 세는 착한 형과 나쁜 아우의
시다。 부디 기억하시오。』

이렇게 말하고는, 그 중은 온데 간데 없어지고 말았습니다。

([illegible] 不明)

흥부의 이야기

옛적옛적 한 옛적, 한 오마니가 아들 형제를 두고 살았답니다。 아버지는 일찍 죽어가 신고요, 오마니가 삯바느질과 살림살이를 하고, 큰 아들은 산에 가서 나무를 해다가는 이런 장에 가져다 팔아서, 세 식구가 그날그날을 겨우 부지해가였습니다。

그런데 하루는 봄이 오마니와 산에 나무를 하였는데, 무엇이 걸리지나 않았는가 나가보며 고 하였습니다。 그때 아우가 나가 보니까, 새 한마리가 나무에 걸려서 파닥파닥 날개짓을 을 치고 있었습니다。 그러나 아우는 아무 고런하기로 불쌍하여서 이놈을 놓았습니다。

『새 잘 놀아가거라。』

하고 그러한 아우는 나무를 그만 놓아주고 말았습니다。

아우 형님은 제서 놀아가서 형님께 이렇게 이야기하였습니다。

『가 보니까, 웬 처녀 벌오른 아이가 나무에 걸려서 파닥파닥을 치고 있두만 그래。 그래 내 가 놓아주니까, 좋아서 날아가더라。』

이 말을 듣고 형은 한도 어이가 없었습니다。

이놈도 형은 또 한번이라도 산에 가서 걸리지나 않았나 나가보려고 하였습니다。 275

줄떡이가 나가 보니까、이번엔 꿩이 한마리 옭무에 걸려서 푸득푸득하고 있었습니다。그러나 미련하기 짝이 없은 줄떡입니다。

『뒷집 수탉이 걸렸군! 아뿔싸。』

하고、또 그 꿩을 놓아주었습니다。

줄떡이는 집에 돌아가서 형더러

『뒷 집 수탉이 걸려있길래 놓아주니까、끼득끼득 좋아하면서 날아가더라。』

하고 말했습니다。

『애인마! 수탉이 아니라、그전 꿩이라는게다。』

하고 한숨을 후 내쉬었습니다。

『인마 줄떡아! 내일은 아무것이든 놓아주지 말고 가져오너라。』

하고 형이 아우 줄떡이더러 말했습니다。

그런데 어머니가 그날 산넘어 큰 동네에 가서 삯바느질을 하고 오다가 그만 옭무에 걸렸습니다。미련하고 미련한 줄떡이가 이것을 보고、

『오냐 또 걸렸구나! 아무것이든 걸린게 있으면 놓아주지 말구 가져오라고 했는데、가져가야겠다。』

이렇게 생각하고、어머니를 그냥 줄줄 끌고 왔습니다。

나무그루에 걸려 낯에서 피가 흐르고、돌에 부디처 무릎에서 피를 흘리며 어머니는

『애 줄떡아! 내가 너의 어머니 아니냐。네 어머니 아니냐。』

하고 놓아달라고 하였습니다。그러나 줄떡이는

『형이 오늘은 아무거나 걸렸으면 가져오라고 했는데』

하면서 종시 어머니의 말을 들어주지 않고、그냥 어머니를 줄줄 끌고 집으로 돌아왔습니다。

집에까지 오니까、어머니는 그만 돌아가시고 말았습니다。

『애인마! 암만 그러니 어머니야 끌고 오라고 했겠니、어머니가 돌아가시고 말았으니、이 일을 어쩐단 말이가。』

하면서 형은 흑흑 느껴울었습니다。

『네가 아무거나 걸렸으면 놓아주지 말고、끌고 오라고 하잖았니? 그래 어머니가 걸렸길래 끌고 왔지 뭐。』

하고 줄떡이가 형더러 투덜투덜하였습니다。

형은 할수없이 줄떡이더러 어머니를 묻어 드릴 묘자리를 보고 오라고 하였습니다。그러니까、줄떡이는 느러느러 나가더니、한나절을 지나서 돌아와 묘자리를 보고 왔다고 하였습니다。

그래 형은 어머님의 시체를 고이 등에 지고 줄떡이 뒤를 따라 가보니까、묘자리라고 하는 것은 큰 한길의 난 소발굽 자리였습니다。

이런 아우를 데리고 사라가려니까、형세는 점점 더 어려워져서 나중에는 굶어죽을수 밖에는 없게 되였습니다。그때 형은 할수 없어서 아우 줄떡이를 데리고 밤중에 부잣집 광 벽을 뚫고 들어갔습니다。

형은 섬을 잡고 줄떡이는 말로 쌀을 퍼는데 미련한 줄떡이는

『한말 두말 세말!』

하고 목청을 높여 외고 있었습니다。형이 옆구리를 쥐밖으면서、

『살그머니 한말 두말 하려무나。』

하니까、줄떡이는 이번엔

『살그머니 한말、살그머니 두말、살그머니……』

이렇게 신이 나서 소리를 고래고래 질렀습니다。

그 소리를 주인이 못 들을리가 없었습니다。

『어떤놈이 남의 집 광에 들어와 벼를 훔쳐가네!』

하고 웨치면서 나왔습니다。그러나 형제는 얼핏 볏섬 틈에 숨었는고로、요행히 형제는 잡히지 않았습니다。

주인은 한참동안 어둠컴컴한 광 속을 살펴보다가、

『내가 헛 들었나보다。』

278

하면서 부시럭 부시럭 허리띠를 풀고 오줌을 누기 시작하였습니다。그런데 오줌을 누느라고 눈것이 모가지를 꾹 박고 숨어있는 줄떡이 잔등이였습니다。줄떡이는 깜짝 놀라면서、

『어떤놈이 남의 잔등에 오줌을 누니?』

하고 소리질렀습니다。

형제는 그만 붙잡히고 말았습니다。그러나 주인은 형의 말을 죄다 듣고는 형제의신세를 불쌍이 생각하고 도리어 벼섬을 주었습니다。형제는 코가 땅에 빻도록 절을 하고 벼를 지고 집으로 돌아왔습니다。

형이 하루는 산에 나무를 하러 가면서 줄떡이더러 죽을 쑤어 놓으라고 하였습니다。줄떡이는 형의 말대로 죽을 쑤었습니다。그런데 죽이 끓느라고

『줄떡줄떡。』

소리를 냈습니다。줄떡이는 죽이 끓느라고 줄떡줄떡하는 소리를 듣고、죽이란놈이 함부로 남의 이름을 부르며 절 놀린다고 하여 죽 솥을 몽뎅이로 깨뜨려버렸습니다。

형이 돌아와서 이 모양을 보고 하도 안타깝고 슬퍼서

『호소할 곳 없는 내 가슴 속을 어머님께나 말슴 드리겠다。』

생각하고 쓸쓸한 어머니 무덤엘 나갔습니다。

목을 놓고 자꾸자꾸 안타가이 우니까、이상하게도 어머니 무덤이 짝 갈라지더니、무덤 속

279

에서 강아지 한마리가 나왔습니다.

형은 이상히 생각하면서 가슴 속에 그 강아지를 안고 집으로 돌아왔습니다. 놀랍게도 강아지는 밥을 짓고 빨래를 할뿐더러, 밭에 나가서는 입으론 밭을 갈고 앞 발로는 씨를 뿌리고, 뒷 발로는 자궁을 밟고, 꼬리로는 흙을 덮는 조화를 피우군 하였습니다. 형은 기쁘기 짝이 없었습니다.

『내가 너무 안타까워하니까, 아마 어머니가 내게 보내주신게다.』

생각하고 그 강아지를 무척 위해 길렀습니다.

하루는 또 강아지를 안고 밭으로 나가 일을 하느라니까, 앞 큰길에 비단을 말에다 아혼 아홉바리 싣고 가는 사람이 있었습니다.

『내가 비단을 많이 가졌다면, 내 강아지만이야 하겠니?』

이렇게 생각하고 형은 제 강아지를 자랑하고 싶었습니다.

『여보소 여보소! 입으로는 밭을 갈고, 앞 발로는 씨를 뿌리고, 뒷발로는 자궁을 밟으며, 꼬리로는 흙을 착착 덮는 강아지를 좀 보고 가시구려.』

하고 비단 아혼 아홉바리 싣고 가는 사람더러 말을 건넜습니다. 그러니까, 비단 실고 가면 사람은

『별소리를 다 듣겠네. 그런 강아지가 어디 있단말요. 그런 강아지가 있다면, 내 이 비단 아혼 아홉바리를 죄다 줘도 좋겠네.』

하면서 혀를 낄낄 찼습니다.

『정말 비단 아혼 아홉바리를 주겠소?』

하고 형은 놀라면서 말했습니다.

『암, 주고말고 그 대신 강아지가 그렇게 못하는 날에는 그놈의 강아지를 때려죽일테요.』

이렇게 두 사람은 서로 약속을 하였습니다. 이렇게 해놓고 형이 강아지더러 손짓을 하니까 강아지는 깡동깡동 밭으로 들어가더니, 참말 입으론 밭을 갈고 앞발로는 싹싹 씨를 뿌리고 뒷발로는 자궁을 밟고, 꼬리로는 훌훌 훌훌 흙을 묻으면서 몽장안개가 뽀얀 속에서 잠깐동안에 밭 한겨리를 작만해놓았습니다.

비단 실고 가면 사람은 할수없이 아혼 아홉바리 비단을 다 주었습니다. 형은 단박에 큰 부자가 되었습니다.

줄떡이는 형이 부자 된게 욕심나는고로 저도 형과 같이 부자가 되어보겠다 생각하고 강아지를 형한테서 빌려가지고 밭에 나갔습니다. 그러니까, 과연 또 비단 아혼 아홉바리 실은 사람이 앞길로 지나갔습니다.

『오옳다! 저 비단이 다 내것이로구나! 나두 인젠 부자가 됐구나.』

이렇게 생각하고 기뻐서 빙글빙글 웃우면서 껑뚱껑뚱 뛰어가 비단 실고 가는 사람한테 가서

그 사람 손을 잡으면서

『여보소 비단 주우 비단 주우! 내 강아지가 밭을 갈아요。』

하면서 말 고삐를 빼앗으려고 하였습니다。 비단 싣고 가던 사람은 무슨 영문인지를 모르고、눈이 둥그래서 멍하니 서있다가

『이놈아! 이게 무슨 짓이야。 이 미친놈 같으니。』

하고 따구를 잘싹 한대 먹였습니다。 그제야 줄떡이는 정신을 차리고

『이 강아지가 입으론 밭을 갈고 앞 발로는 씨 뿌리구요、뒷 발로는 자국을 밟고 꼬리로는 흙을 묻어요 하니까、이렇게 하면 정말 그 비단을 다 내게 주겠소?』

하였습니다。

『원 별놈을 다 보겠네。』

비단 가지고 가던 사람은 중얼중얼 줄떡이를 욕하더니、

『그럼 그래라。 강아지가 정말 네 말대로만 한다면 네이 비단을 죄다 주마。』

하고 으쓱 호기심이 생겨 비단 싣고 가던 사람은 말했습니다。

그러나 강아지는 줄떡이 말을 도무지 듣지 않았습니다。 비단 싣고 가던 사람은 그냥 비단 실은 아흔 아홉마리 말을 끌고 가버렸습니다。 줄떡이는 성이 나고 강아지가 원망스러워서 몽둥이로 강아지를 때려서 죽이고 말았습니다。

줄떡이는 형이 강아지를 어떻겠느냐고 물으니까、

『그놈의 강아지 내 말을 안 들길래 때려죽였지 왜 그래。』

이것이 줄떡이의 대답이였습니다。

형은 울면서 강아지 죽은 곳을 찾아가서 강아지 뼈를 죄다 주어다가 마당 앞에 고이고이 파묻어주었습니다。 그랬더니、

그후 얼마 안되어서 강아지 무덤에서 이상한 나무가 하나 나더니、이 나무가 자라고 자라서 하늘까지 닿게 되었습니다。

그리고 나무가지 가지에는 쌀이 열리고 황금이 열리어 형은 부러운 사람이 없을만치 부자가 되었습니다。

줄떡이는 또 욕심이 나고 심술이 났습니다。

『나도 또 강아지 뼈를 심으겠다。』

생각하고 형한테 가서 강아지 뼈를 좀 달라고 하였습니다。 형은 강아지 무덤을 파고 강아지 뼈를 좀 주었습니다。

줄떡이는 마당 앞에다 그 강아지 뼈를 심었습니다。 그러니까、역시 또 이상한 나무가 강아지 무덤에서 났습니다。 이 나무가 자라고 자라서 하늘까지 닿으리만치 크고 컸습니다。

『오나 내 나무도 컸구나。 쌀이 열리고 황금이 열리면 나도 또 부자가 되는구나。』

이렇게 생각하면 기쁘고 기쁘기 한이 없었습니다。

참말로 커다란 열매가 열렸습니다。 콩떡이는 무척 기뻤습니다。 그러나 열매에서는 황금과 쌀이 떨어지지 않고 똥이 쫠쫠 비오듯 쏟어져서、 콩떡이는 똥에 묻혀 죽고 말았습니다。

(平南 安州郡 立石)

지혜 다루기

옛날 지나가 우리 조선하고 지혜 다루기를하자고 하면서 지나에서 제일 지혜 많은 사람을 보낸 일이 있습니다。 그때 조선서도 일국의 명예에 관하는 아주 중한 일이었던고로 허수로이 하여서는 안되겠다고 하루는 대신들이 모여서 토론을 하였습니다。 토론을 한 결과는 전국에다

『양반이건 상인이건을 물론하고 이 일을 능히 감당할 자신이 있는 사람이면 상은 달라는데로 줄것이니、 청원하여라。』

하고 포고를 내리게 되었습니다。 그러나 저편이 큰 나라에서 제일가는 지혜자인만큼 만일 지혜다루기를 하다가 지는 날에는 그야말로 모가지가 날아나는판인고로、 아무도 내가 하겠노라고 썩 나서는 사람이 없었습니다。

그런데 그때바로 압록강에서 뱃사공 노릇을 하던 사람이 있었습니다。 이 사람은 떡을 아주 좋아하는고로、 사람들은 이 사람을 가리켜 『떡보』라는 별명으로 불렀습니다。 이 떡보는 그리 영리하지도 못할뿐더러、 게다가 또 한눈이 찌진 애꾸눈 병신이었습니다。

이 애꾸눈 떡보가 지나가 지혜 다루기를 청해왔는고로 지혜 다루기할 사람을 구한다는 말을 듣고 하룻 강아지 범 무서운줄 모른다는 격으로 그저 떡을 많이 먹고싶은 욕심으로

『제가 한번 해보겠습니다。』

하고 의주부사에게 자원을 하였습니다。 이 떡보는 압록강의 뱃사공이었던고로、이렇게 의주부사한테 간것입니다。

의주부사가 본즉、하도 주제가 망칙하고 게다가 또 병신이 아닙니까。

『너 같은 무식한자가 어떻게 큰 나라 사신과 같이 지혜 다투기를 할수 있겠단말이냐。 물러나가 물러가!』

하고 입맛을 쩍쩍 다시면서 허무맹랑한 소리를 다 듣는댑상 애꾸눈 떡보를 노려보면서 어서나가라고 손짓을 했습니다。 그러나 떡보는

『사람은 외양만에 달린것이 아닙니다。 못 견디면 내 목이 날아나지 부사님 목이야 날아나겠소。 한번만 시켜주우。』

하고 자꾸자꾸 졸라댔습니다。 부사도 하는수없이 그럼 한번 나라에 보고나 해보겠다 하고 보고를 하였습니다。 그러니까 나라에서

『나라를 대표하고 하는 일이니까、만일 실수하는 날에는 성도 없어지고 이름도 없애버릴테니、그런 자오 가진 사람이면 허락해주어도 좋다。』

고 회시가 내려왔습니다。 그래 이 말을 부사가 애꾸눈더러 말하니까、

『예 예 물론 그런 생각은 하고 있습니다。 좌우간 한번 시켜주우。』

하고 자신있는듯이 말했습니다。

그까짓 이름이나 성이나、떡보에게는 한푼의 가치도 없는것입니다。 그저 소원하는건 떡을 한번 양껏 먹어보면 하는것이 평생의 소원입니다。 그런고로 상금을 많이 얻으면 그 돈으로 떡을 산데미처럼 사다가 먹겠다 생각하고 덮어놓고 그저 하겠다고 하였습니다。

이렇게 하여 떡보는 조선을 대표하여 지혜 다투기를 하게 되었습니다。 지나 사신과 만나야될 날입니다。 그래서 우선 배가 고파서는 안되겠다 생각하고、찰떡、인절미로 배를 불룩하니 불리고 배를 저어서 사신을 데리러 압록강 저편까지 갔습니다。

지나 사신을 태워가지고 다시 이쪽으로 돌아오는 때였습니다。 배가 강 가운데까지 왔을 때 사신이 먼저 입을 떼어

『새가 사공의 눈을 쪼아먹었구나。』

하고 말했습니다。 이것은 떡보의 애꾸눈을 흉본것입니다。

이 말을 통역하는 사람이 통역을 하여주니까、떡보는 속으로

『저 자식이 남의 얼굴을 흉보는구나。 아니 꼽게。』

이렇게 생각하고、좀 온평하지 못한 마음으로 지나 사신의 얼굴을 보니까、입이 조금 비뚜러졌습니다。 그래

『바람이 사신의 입을 스쳤구나。』

하고 떡보가 몇수를 하였습니다。 이 말을 통역하는 사람의 통역으로 들은 지나 사신은

『야 이것 봐라。 보잘것도 없는 애꾸눈 사공녀석이 건방지게도 몇수를 하는구나。 그럼 인젠 다르게 한번 할테니、 어디 좀 혼나봐라。』

생각하고 손가락으로 동그라미를 만들어보였습니다。 이것을 본 떡보는

『야、 이녀석 봐라! 어느새에 내가 오늘 아침 떡 먹은것을 알고「둥근 떡이냐」고 묻는구나。』

생각하고 손가락으로 네모를 만들어보였습니다。 둥근 떡이 아니고、 네모진 떡을 먹었다는 뜻입니다。

이렇게 하니까、 이번엔 그 지나 사신이 손가락 세개를 내밀어보였습니다。 떡보는

『오올지、 세개를 먹었느냐고 묻는구나。』

생각하고

『아니다 다섯개를 먹었다。』

하는 뜻으로 손가락 다섯개를 내보였습니다。 그러니까 또 이번엔 사신이 그 기다란 수염을 쓰다듬어보였습니다。 떡보는

『흥、 맛이 있드나고 묻는 수작이로구나。』

생각하고 배를 한번 슬쩍 만져보였습니다。

『맛이 아주 있어서 많이 먹었는고로 배가 이렇게 불렀다。』

는 뜻입니다。 이렇게 하였더니、 어쩌된 일인지 지나의 사신은 넋을 잃은 사람 같이 눈이 둥굴해져서 멍하니 있다가 배를 도로 돌리라고 하는고로、 압록강 저편쪽까지 배를 도로 저어서 대주니까、 지나 사신은 그냥 가버리고 말았습니다。

그 후 지나의 어떤 대관한 사람이 조선까지 지혜 다투기로 사신 노릇 갔던 사람한테 문답이 어떻게 되었느냐고 물으니까、

『아니 아니、 아주 당할수 없었소。 처음 내가 손가락으로 동그라미를 만들어보이면서「하늘은 이렇게 둥굴한것이다」는 의미를 말했더니、 그 조선 뱃사공은 곧 손가락으로 네모를 만들어 보이면서『땅은 네모난것이다。』하고 대답합디다 그려! 그래서 이번엔 손가락 세개를 내밀어 보이면서、「삼강(三綱)을 아느냐?」고 물으니까、「오륜(五倫)까지도 안다」하고 다섯 손가락을 내밉니다 그려 그래 이번엔 수염을 만져보이면서「염제 신농씨(炎帝神農氏)를 아느냐?」하고 물었더니、 뱃사공은 배를 만져보이면서 태호 복희씨(太昊伏羲氏)까지도 안다!」고 대답을 하지않습니까。 아참! 뱃사공 같은 사람이 이렇게 하나 하나 내 말에 앞질러서 지혜있게 말하는것을 보니까、 이 뒤에 어떤 사람이 나올지 몰라서 그만 돌아오고 말았소이다。』

하고 대답하였습니다。

떡보는 그후 상을 많이 타가지고 마음 대로 떡을 먹고 살았더랍니다。 (平北 朔州)

장원 급제한 少年

다른 사람이 와서 불상한 신세를 말하고 쌀을 좀 달라면 쌀을 주고, 돈을 달라면 돈을 주고, 옷 나무 뭐할것없이 아무거나 달라는것은 하나도 거역하지 않고 주군 하는 사람이 어떤 곳에 살았습니다。

그런데 이 사람은 너무 이렇게 자꾸 달라는걸 주군 해서 나중에는 한푼전도 없이 되었습니다。 단지 하나 나마 있는것이란 아들이 있었습니다。 그런데 이 아들애는 아주 총명했었습니다。 서당에 다니는데, 한자를 배우면 두자를 알고, 두자를 배우면 너자를 알고, 너자를 배우면 여덟자를 알았더랍니다。 이렇게 공부를 아주 잘하니까, 접장이 늘 시기를 가지고 있었습니다。

하루는 서울서 아무날 과거를 보인다는 령이 내렸습니다。 그런고루 이 서당에서도 과거를 보러 서울에 올라가게 되었습니다。 그런데 접장이랑 다른애들이 이애를 떼띠고 가지 않으며고 하였습니다。 나이도 저희들보다 어리고 키도 조그만 애가 공부는 엄청나게 저희들보다는 뛰어나 잘하니까, 만일 이애가 급제한다면 머리통이 좀자좀자한 저희들은 아주 말이 못되는 까닭이였습니다。

이렇게 자꾸 안 데리고 가겠다는것을

『종로에서 심부름하는 애도 있으야 할테니, 제가 맡아서 심부름해드릴게 데려다주십쇼。』

하고 간절히 부탁해서 쫓아가게 되였습니다。

이 애는 갖은 멸시를 받으면서 서울을 향해 가는데 어떤 곳엘 가니까, 길 저편 산 기슭의 목화밭에서 머리채가 삼단 같은 처녀가 어머니하고 목화를 따고 있는게 보였습니다。

『애 애 저기 봐라。 저기 목화 따는 처녀가 있잖니? 네가 가서 그 처녀의 입을 맞후고 와야지, 널 데리고 가지 그렇잖으면 널 데리고 가지 않겠다。』

하고 접장이 말했습니다。

이 애는 서울까지 가려면 노자도 한푼 없는고로 부득불 또 접장의 말대로 하여야 겠습니다 그러나 아지도 못하는 처녀의 입을 어떻게 맞훌수가 있겠습니까。 이전 아무때도 무슨 꾀를 피울수 밖에는 없습니다。

이 애는 목화 따는 처녀 옆에 가서 눈물을 줄줄 흘리면서 울고 서 있었습니다。 그러니까 목화 따면 처녀의 어머니가

『총각! 왜 그렇게 울고 섰소?』

하고 물었습니다。

『눈에 먼지가 많이 들어갔어요!』

하고 이 애가 대답했습니다。 그러니까 처녀의 어머니는

『그럼, 내 혀로 들어줄까。』

하면서 눈을 뜨라고 하였습니다。 그러나 이 애는 싫다고 하면서 그냥 자꾸 눈물을 줄줄 흘리고 서 있었습니다。

처녀의 어머니는 딸을 불렀습니다 그리고

『애야 그럼 네가 와서 이 양반의 눈을 좀 혀로 들어 드려라。』

하였습니다。 그러니까 처녀는 수집어하면서 소년의 머리를 양 손으로 잡고 혀로 눈알을 핥아 주었습니다。 이 모양이 먼데서 보는 접장들에게는 입을 맞후고 있는것 같았습니다。

『아 저놈의 자식 봐! 참 용하이 용해!』

접장들은 참 놀랐습니다。 데리고 가지 않으려고 그랬지。 설마 저렇게까지야 할줄 알았겠습니까。

모두 감탄하여 마지 않았습니다。 그리고 할수 없이 데리고 갈수 밖에야。

길을 또 훨훨 얼마쯤 가니까, 큰 기와집 후원에 크다란 배나무가 있는데, 배가 주렁주렁 열여있습니다。 접장들은 또 이 애더러

『애 너 저기 저 기와집 후원에 있는 배나무에 올라가서 배를 따 와야지, 따오잖으면 널 데리고 가지 않겠다。』

하고 말했습니다。이 애는 할수 없이 또 배를 따와야 되겠습니다。옷을 벗고 올라가라고 하는고로、옷을 벗어서 배나무 아래에다 벗어놓고、배나무에 올라가서 배를 따서는 머리카락에 동여매고、또 하나 따서는 머리카락에 동여매곤 하여 접장들이 먹을 열며엿개를 주렁주렁 매달았습니다。

이렇게 다 따고는 배나무를 내려와서 보니까、배나무 아래에 벗어 놓았던 옷이 없어졌습니다。

접장들이 이 애를 데리고 가지 않으려고 가지고 달아나버렸던것이었습니다。이 애는 인제 가져다주겠지 생각하고、하는수없이 배나무에 드로 올라가서 기다리고 있었습니다。

그런데 이 집 주인 이정승이 낮잠을 자다가、후원의 배나무 위에서 청용이 오르는 꿈을 보고、이상히 생각하여 하인을 불러서、

「네 후원의 배나무에 가보고 무엇이 있으면 데리고 오너라。」

하고 이렇게 분부하였습니다。하인이 그 배나무까지 가보니까、머리털을 헤쳐놓고 머리카락에다 배를 주렁주렁 달아매놓은 귀신 같은 모양을 한 이상스런 애가 있는고로、끌어당겨 배나무에서 내리워가지고 정승한테 데리고 왔습니다。

세수를 시키고 새옷을 입혀놓으니까、아주 깨끗이 생기고 총명하여보이는 귀여운 소년이었습니다。정승이 글제를 내주면서 글을 지어보라고 하니까、삽시간에 글을 지었습니다。정승

이 이 글을 보니까、아주 문장이었습니다。그런데 이정승이 준 글제는 이번에 볼 과거의 글제였습니다。

이 글제에 대한 이 소년의 문장은 장원 급제를 넉넉히 할만한 문장이었습니다。그때 정승은 기뻐하면서 그날 밤 자기 딸이 공부하는 방에 들어가서、자라고 하였습니다。그러나 이 애는 처녀 있는 방에 들어가길 수집어하는고로、사내가 무엇이 수집을게 있겠는가 하면서、정승이 책망하는고로 마지못해 소년은 처녀의 방엘 들어갔습니다。그날 밤 정승의 딸과 정이 통해 백년의 언약을 맺었습니다。

과거를 본 이 소년은 과연 장원 급제를 하였습니다。병졸을 거느리고 꿍 날러러야 꿍 날러러야! 불고 치면서 고향으로 내려오다가、그전에 이 소년의 눈을 혀로 풀러준 처녀의 집을 찾아가니까、바로 그 처녀의 시집보내는 잔치가 있었습니다。장원 급제한 이 소년이 편지를 써서 처녀한테 갖다주게 하니까、처녀도 이 편지를 받아보고 기뻐하면서、마음으로 이 소년을 맞아주었습니다。외딸은 방에 들어가서 두 사람은 한 이불을 쓰고 자고 있었습니다。

이 모양을 본 사람들은 크게 놀랐습니다。시집갈 처녀가 큰일났다고 집안이 뒤집혀질것 같이 야단법석을 하였습니다。

『어떤놈인지 시집갈 처녀를 망치게 하는놈을 때려 죽여라。』

이렇게 웨처대면서들、문을 열고 들어왔습니다。그리고 후려며 하고 집안에 들어왔던 사람은

놀랐습니다。 보니까 평양에 울긋 불긋한것들이 걸려있지 않습니다。 장연 부채한 사람의 말는 웃었습니다。 숨이졌다고 들오했던 사람은 그만 부서져서 피로피로 들여나갔습니다。 그리고 저녀의 아버지도 빼 인쁜 보수가 없게 되었습니다。 장연 부채하지 한 사람에게 신수의 말이라도 하였다가는 큰일나는 판이었습니다。 그때 신랑을 찬 따였며 보도 짚이도 들려보내고, 말은 그냥 장연 부채한 소년이 하고싶은대로 하라고 내버려두었습니다。

장연 부채한 이 소년은 이 색시를 색시로 삼고 이쪽은의 딸을 씨 부인으로 삼아가지고 고향으로 내려왔습니다。

색시들은 어디로 도망쳤고 그림자도 보이지 않았더랍니다。

(採集地 不明)

장화와 홍련

옛날도 옛날, 평안도 철산골에 배무룡이란 좌수 한 사람이 살았더랍니다。

배좌수는 늦도록 자식을 두지 못하여 늘 근심을 하였습니다。그런데 하루는 배좌수의 마누라가 잠이 노곤히 들어서 자다가 이상한 꿈을 보았습니다。

그 꿈이란

하늘에서 선녀가 한 사람 펄펄 날개쳐 내려오더니, 꽃송이를 하나 줍니다。그때 그 꽃송이를 받으려고 하니까, 갑자기 그 꽃송이가 변하여 아름다운 선녀가 되더니만, 부인의 품 속으로 들어오는 것이었습니다。

이상하게도 부인은 이 꿈을 본 날부터 부인에게는 태기가 있었습니다。

좌수 부처의 기쁨이란 비할데가 없었습니다。

날이 가고 달이 바뀌어 열달만에 딸을 낳았습니다。옥이로 빚은것 같이 아름답고 귀엽게 생겼습니다。아버지 어머니는 그저 기쁘고 기뻐서 오[illegible] [illegible]습니다。

장미 꽃이 아름답다고 하여 이름을「장화」라고 지었습니다。

장화는 무럭무럭 자라고 자라서, 걷기 시작을 하고, 엄마 엄마를 부르게 되자, 동생이 하나 생겼습니다. 장화가 세살 때입니다.

아우 동생도 또한 장화에게 못지않게 아주 예쁘고 귀여웠습니다. 그래 아버지 어머니는 기뻐하셨습니다. 그리고 이 애가 연꽃 같이 곱고 깨끗하다고 이름을 「홍연」이라고 지었습니다.

장화와 홍연이는 어렸을 때부터 다른 애들과는 좀 유별한 점이 많았습니다. 어머니가 포대기위에 장화, 홍연이를 앉혀놓고, 장난감을 주면 하루 종일 가도록 한번도 울지를 않고 저희끼리 쏘근쏘근 무슨 이야기를 하는지 발쭉발쭉 웃으면서 놉니다.

장화는 그래도 형이라고, 홍연의 코에서 콧물이 조르륵 흐르면, 분주히 달려가서 콧물을 씻어주는것이였습니다. 그리고 또 조그만 장화가 조그만 홍연이를 업고 자장 자장 워리 자장 하면서 달삭달삭 춰주는게 재낭스러웠습니다.

이렇게 장화, 홍연이는 의가 여간 좋지 않습니다. 그런고로 아버지 어머님의 귀해함이란 참 말할나위가 없을만치 컸습니다.

이렇게 천사와 같은 장화 홍연이에게도 슬픔이 찾아왔습니다.

하루는 어머니가 오슬오슬 춥고 머리가좀 아프다고 하시면서 들어누웠습니다. 하루 이틀 사흘이 지나도 어머님은 일어나시지 못하셨습니다. 그저 처음에는 감기라고만 생각했었던것이 어머님의 병세는 점점 더해져갔습니다.

여섯살 밖에 안된 장화하고 네살 밖에 안된 홍연이는 조그만 가슴을 태우면서 근심하여 잠도 안 자고 어머니 머리맡에서 극진히 간호하였습니다. 그러나 이 장화와 홍연의 효성도 허사로 돌아가버려 그만 아무 효험도 없이 어머님은 그만이야 장화하고 홍연의 귀엽고 귀여운 딸을 남기고 돌아가시고 말았습니다.

장화와 홍연의 슬프고 슬픈 설음은 하늘까지 닿아서 맑던 하늘이 갑자기 새까맣게되더니, 주루룩 하늘서도 눈물이 내려왔습니다.

나이 어린 장화와 홍연은 조그마한 소복을 입고 어머님의 장례를 따라 산에까지 갔습니다.

이것을 보는 사람들은 누구나 장화와 홍연이를 불쌍하게 생각하고 우지 않는 사람이 없었습니다.

어느덧 해가 자꾸자꾸 바뀌어서 삼상을 치렀습니다. 장화의 아버지는 집안에서 집안일을 도살필 사람이 없는것을 근심하여 후처를 맞게 되었습니다.

그런데 후처를 맞아오느라고 온것이 왜 이렇게도 못 생겼습니까.

퉁방울 같은 눈이 툭 솟아나오고 질병 같은 코 그리고 또 입은 어쩌도 넓은지 목침도 들어갈만하였습니다. 거기다 키는요 장승만하구요, 소리를 한번 힘껏 지르면 산이 울려서 허무러질것 같았습니다. 그런데 더군다나 이 어붓어머니는 마음이 아주 불속스러웠습니다.

장화 홍연이가 너머도 아름답고 또 의좋은데 시기가 나서, 언제든지 흘낏흘낏 밉게 봅니다.

이 어붓어머니가 아들을 낳고 딸을 낳고 또 아들을 낳아서 자식을 셋이나 낳았습니다。 이게 되고보니까、 장화 홍연이를 더욱 더 미워하여 괄시는 점점 더 심해졌습니다。

무슨 맛있는 음식을 하여도 장화 홍연이에게는 하나도 주잖고 저희들끼리만 다 먹어버립니다。

장화의 아버지는 이렇게 마누라가 장화 홍연이를 괄시하는것을 보는것은 칼로 가슴을 오벼내는것 같았습니다。

그런고로 매일 저녁때마다 밖에서 돌아오면 반드시 장화와 홍연이가 서로 쓸어안고 울고 있는 외딸은 방에 들어가서 눈물을 씻어주면서 위로하여 주군 하는것이였습니다。

어붓어미게는 이것이 더 밉상스러웠습니다。

하루는 어붓어미가 장화 홍연이가 있는 방 문밖에서

『너희들 어머니가 살아계셨면들 오직이나 너희들이 기뻤겠니。 이것도 다 내가 못난 탓으로 이렇게 너희들을 슬프게 하는구나。 인제 또 너희들을 그년이 괄시 하거들랑 당장에 내쫓아 버리자。』

하면서 남편이 전처의 딸들을 위로하고 있는것을 엿들었습니다。

이 말을 듣고 마음씨 곱지 못한 어붓어미는 분하고 분하였습니다。 그리고 속으로

『어디 보자。 이년들! 가만 두둘줄 아니?』

이렇게 배씸을 품었습니다。

자색으로 어떻게 하면 그년들을 업샐수 있을까 생각을 두루 하였습니다。

어붓어미가 문밖에서 장화 홍연이하고 아버지가 말하는걸 엿들었는지 나흘 후에 일입니다。

배좌수가 밖에 나갔다가 저녁 늦게 들어오니까、 마음씨 곱지 못한 마누라가 낯을 붉히고 무엇인지 성난 빛으로 정색하고 앉아서 배좌수를 노려보고 있질 않습니까。 배좌수는 그저 어떤 영문인지 어안이 벙벙하여 마누라더러

『왜 그리 성난 낯을 하고 있소? 오늘 내가 나간후 무슨 일이 생기기나 하였소?』

하고 말끝을 끄집어내였습니다。 그러니까、 마누라는 한걸음 물팍걸음으로 다가 앉으면서

『내 입때까지 상스럽지 못한 짓을 하고 있는줄은 깨달았으나、 내가 어붓어미인고로 이러이러 당신께 아뢰면 도리어 당신이 날 전처의 딸이 미워서 하는 말이라고 책망하실가봐 입때껏 참아왔습니다마는、 당신이 밖에 나가시면 이 후모를 업수이보고 이런 짓을 했으니、 내가 어떻게 사라잡니까。 이 일이 세상에 알리워지면 세상사람들은 도리어 절 욕할테요。 우리 집안은 대대로 양반의 집안으로 세상에 알리워진 집안이 아닙니까。 이렇듯 떳떳한 집안에 이런 일이 생겼으니 나는 차라리 죽겠소이다。』

하면서 마음보 곱지 못한 마누라는 눈물을 흘리면서 울었습니다。

『도대체 어쩌된 일이요?』

배좌수는 너무도 답답해서 이렇게 물으니까、

『어쩌된 일이 무어요? 낙태를 했다우 낙태。』

마누라는 입을 실룩거리면서 이렇게 말하였습니다。

『낙태라니? 누가 낙……낙태를 했단말요?』

배좌수는 마누라의 말이 무슨 말인지 그저 얻어맞은 모양으로 멍하니 마누라의 얼굴을 쳐다보고 있었습니다。

마누라가 소매를 끌기로 장화 홍연이가 자고 있는 방엘 갔습니다。 형제는 의좋게 한 이불에서 포곤히 잠이 들어 있었습니다。 마누라가 장화의 이불을 들치는고로 배좌수가 보니까、끔찍스런 피투성이 덩어리가 주먹만한게 있었습니다。

『오、저 저 계집년이。』

좌수영감은 가슴을 쇠마치로 얻어맞은것 같았습니다。

마음보가 귀신 같이 악한 후처가 큰 쥐를 한놈 잡아다가 가죽을 벗겨 맹게치고 피를 발라서 낙태해 꾸며놓은 후처의 음모를 전혀 모르는 배좌수는 그저 노염이 머리털에까지 올라가서 부들 부들 떨었습니다。

귀신 같은 후모는 히힝하고 속으로는 혀를 내밀고 웃으면서 밖으로는 하도 슬픈 낯을 지어가지고

『자、인젠 당신두 다 알았겠소구려! 이 일이 세상에 알려지면 차라리 죽는편이 낫지、부[illegible] 상판대기 가지고 살라우?』

하면서 금시로 죽는 시늉을 하였습니다。 그러니까 배좌수는 황급히 말리면서

『원 원 원。 그년을 업새버리지 당신이 왜 죽겠소? 어서 말하우。 어떠하면 좋겠소?』

하고 낯에 분노를 띠우고 말했습니다。

『옳다、인젠 됐구나。』

이렇게 후모는 속으로 혀를 쑤욱 내밀었습니다。 그리고

『그거야 방법이야 없겠소마는、이담에라도 당신이 날 원망하시는 일이 있으면 나 혼자 억울하게 되겠으니、차라리 내가 죽어 없어지는것이 좋겠습니다。 내가 죽겠어요。』

하면서 또 죽는 시늉을 하였습니다。

『어서 말해요。 그런 부모와 낯에 똥을 바르는 화냥년을 그저 두어둘수는 없으니、어서 말하시요。』

배좌수는 마음이 초조하였습니다。

『그럼。』

흉악한 후모는

『그럼、이렇게 합시다。 장화더러 외가에 다녀 오라고 하여 말을 태우고 장쇠를 같이 보냅

시다그려。 그러고 장쇠 보고 아무 산 곳에 그년을 끌어내으라고 타일르시면 그만이죠。 누구 아는 사람이 있겠어요。 누가 물으면 죽은 어머니가 너무 그리워서 죽었다고 하면, 그만 아녜요。』

이렇게 속삭였습니다。

배좌수는, 곧 장화의 방에 들어가서 고함쳐 깨우친 다음,

『네 인제 곧 외가에 단여오너라。 네 오라비 장쇠가 말고삐를 잡고 갈테니, 염려 말고 어서 다녀오너라。』

하고 전에 보지 못하던 성난 낯으로 이렇게 말합니다。

장화는 이 말을 듣고 놀랐습니다。 그렇게 사랑이 많으시던 아버지가 이렇게 성난건 처음 봅니다。

『아버님。 무슨 연고인지는 모르겠습니다마는, 어머님 복중에 아버님을 따라 어머님 묘소에 다녀온 이외에는 아직 문밖을 나가보지 못한 저희온데, 이 아닌밤중에 외가에 가라고 하시나이까。』

하면서 장화는 눈물을 좔좔 흘렸습니다。 배좌수는 이 말을 듣고 더욱 노했습니다。 발을 땅땅 구르면서

『네 이년! 무슨 잔 수작을 하느냐。 부명을 거역하는 이 불효 계집 같으니。』

하고 소리를 고래고래 질렀습니다。

마음씨가 흉악한 후모도 눈섭을 치긋치긋 움직이면서,

『너는 왜 아버님의 말씀을 함부로 거역하여 아버님 마음을 그렇게 아프게 하니? 누가 죽으러 가라고 하더냐。 왜 그 모양이야。』

하면서 장화를 흘겨보았습니다。

장화와 홍연이는 더욱 서러워서, 서로 끌어않고 울었습니다。 그칠줄을 모르고 자꾸자꾸 울었습니다。 그러니까, 후모가 낳은 맏아들 장쇠가 저 어머니의 수김을 받고 들어와서,

『왜들 이러는거야! 누가 죽으러 가자고 하드냐? 외삼촌 댁에 다녀오라고 하는데, 금시로 모가지나 날아나는듯이 왜 이리 울며불며 야단야。 어서 가 어서。』

하고 장화더러 독촉을 하는게었습니다。

『아버님, 아버님 명에 거역한 죄 만사에 부당하옵나이다。 부친님 명대로 가기는 가겠습니다마는, 우리 둘이 서로 의지하고 입때껏 살아오다가, 이제 제가 집을 떠나면 홍연이가 너무도 애처럽고 불쌍하오니, 아무쪼록 홍연이를 사랑하여주옵소서。』

하고 또 홍연이더러

『아버지의 명이시니, 부득이 가야겠다마는, 아마 앞길이 수상치 않을것 같다。 그러나 다행히 무사히 돌아오게 되거든 곧 다녀올게。 너무 서러워하지 말고, 아버님 어머님을 극진히 섬

[illegible] 304

[illegible]

[illegible] 305

『장쇠야。내 그럼 외가집에 가서 외삼촌님께 하직이나 하고, 또 어머님 묘소에 가서 어머님께 하직을 하고 올게니 하루만 참아다고。』

하고 배다른 동생 장쇠더러 이렇게 부탁했습니다。그러나 장쇠도 그 마음보가 저희 어머니와 꼭 같았습니다。

『잔말 말어。왜 이렇게 사람 마음을 상하게 야단을 하는게야。죽을년이 어서 죽기나 하지。외삼촌 같은걸 봐서 뭘 하잿단 말인가? 어서 어서 빠져 빠져。』

하고 웨쳤습니다。

장화는 슬픈 눈물을 흘리고 흘렸습니다。그리고 꿇어앉아서 합장을 하고 하늘을 처다보면서

『천지 신명이시여! 굽어 살펴주옵소서。죽는것은 그리 섧지 않오오나 단지 애매한 누명을 입고 죽는것이 안타갑습니다。그리고 혼자서 외롭게 외롭게 살아가야 할 홍련이를 불쌍히 생각하시사 불쌍하게 여겨주옵소서。』

이렇게 기도를 정성으로 올린 다음, 차고 찬 물에 텀벙 빠졌습니다。물결이 하늘까지 닿았습니다。그러니까 금시까지 맑고 맑던 하늘이 갑짝이 바람이 생기며 보름달 밝은 달이 무색해지더니, 하늘에서 크다란 범이 한마리 내려왔습니다。범은 너무 무서워 주저앉아서 치를 부들부들 떨고 있는 장쇠에게 달려들어가서, 귀 하나 또 하나 팔도 하나 그리고 다리 하나를 떼어먹었습니다。

308

장쇠는 그만 꼼짝도 못하고 정신을 잃어버리고 졸 위에 나가 넘어졌습니다。그리고 장화가 타고 온 말은 무섭고도 무서운 범이 내려오는 판에 그만 혼이 나서 귀 떨어지면 오랍 장날 쥐 가자꾸나 하올때고 있는 힘을 다 써서 달음박질쳐서 집으로 돌아갔습니다。

마음 고약한 후모는 장쇠가 언제나 올까 언제나……하고 기다리고 기다리고 기다리면 때없면고로 밝앞에서 말 발굽 소리가 들리니까,

『인제야 장쇠가 돌아왔구나。』

생각하고 기뻐하면서 문을 열고 나가보았습니다。그러나 말 밖에는 장쇠는 그림자조차 없었습니다。어쩌된 일인고 하고 수상히 생각하면서 말 옆에 가서 유심히 보니까, 말은 헐떡헐떡 숨을 가때하고, 또 온 몸에서는 땀이 번질번질 내 뿜어 있질 않습니까。

마음이 흉악한 어붓어미는 눈이 며 뚱굴해져서 바띳대만 해졌습니다。하인을 불렀습니다。곧 못으로 가보라고 하였습니다。

하인이 가보니까, 꼼직스레 피투성이가 되어 장쇠는 그만 기절해 넘어져있었습니다。곧 말 등에 태우고 밧줄로 떨어지지 않게 동여매어서 집으로 돌아왔습니다。

그리고 집에 들아온 다음 더운 물 찬물로 손발을 씻어주고 주물러주고 하니까, 장쇠는 정신을 차렸습니다。그리고 이렇게 큰 병신이 된 전후 사정을 죄다 어머니한테 말하여 주었습니다。

309

이 말을 듣고 마음이 좋아한 후모는 장화를 원망하면서 홍연이 마저 죽이려고 생각을 했습니다。그런데 홍연이는 날마다 날마다 언니를 기다리고 기다렸으나、암만 기다려도 그리운 언니는 돌아오지를 않았습니다。장쇠가 말 못할 병신이 되어 가지고 온것을 보면 무슨 큰 일이 생겼나보다 생각했습니다。그때 하루는 장쇠를 달래면서 언니가 어째 돌아오지를 않느냐고 물어보았습니다。그러니까 원체 미욱한 장쇠는

『난 그년 가라나 이렇게 병신이 된게야 뭐。그년이 낙태를 했다고 하면서 외가에 가자고 말에 태우고 가다가、못에 쓸어넣어 죽이라고 어머니랑 아버지가 그러길래、왜 내가 데려고 갔지。그런데 그년이 물에 텀벙 빠지자 말자、외딴놈의 범 한놈이 내려와서 이렇게 나를 병신 만들었던게다。흥、그년이 기도인지 무엇인지 하더니、나를 이렇게 만들어 달라고 한게야 아니꼬운 계집 같으니。』

하고 말하는것이였습니다。

이 말을 들은 홍연이는 어저 할바를 몰랐습니다。너무 슬프고 슬퍼서 가슴이 마악 터질것 같았습니다。더욱이나 그렇게도 깨끗하고 깨끗하시던 언니를 낙태했다고 거짓 소리하여 죽인것이 분하고 원통하였습니다。

이 날부터 홍연이는 식음을 딱 끊어버리고、제 방에서 한발자국도 바깥에 나가지를 않고 어머니와 언니를 생각하고는 매일매일 눈물로 슬픈 날을 보냈습니다。

310

이렇게 하기 몇날 후 홍연이가 있는 방문 밖에서

『찌찌 찌 찌찌찌―!』

하는 새 소리가 들리는고로 홍연이가 문을 열고 보니까、파랗고도 불그스레한 빛이 도는 물새었습니다。

『찌찌 찌 찌찌찌―!』

하고 홍연이를 보더니、더한층 자꾸 짖어귀면서 획획 문앞을 날아 왔다 갔다하였습니다。

『오、이 새가 우리 언니 죽으신 곳을 아는가보구나。』

홍연이는 이렇게 생각하고、

『그럼、너 우리 언니 있는 곳 아니? 너 거기를 알면 거기까지 날 좀 데려다 다오옹。』

이렇게 사람보고 말하듯이 홍연이가 물새더러 말했습니다。그러니까、물새는

『찌찌 찌 찌찌찌―!』

하고 더한층 홍연이 앞을 왔다 갔다 하였습니다。다른때 같으면 사람을 무서워하여야 될 물새가 이렇게 사람 앞을 자꾸 날라서 왔다 갔다 안타까워하는것은 좀 이상한 일입니다。분명이 언니의 심부름을 온것이라고 홍연이는 생각했습니다。그때 홍연이는 죽어서라도 언니하고 가치 있고싶어서 언니 죽은 곳으로 간다는 유서를 아버지한테 써놓고 물새를 쫓아갔습니다。물새는 포드득파드득 앞서서 홍연이를 인도해주었습니다。

311

『너는 누구기로 이 깊은 밤중에 함부로 여길 들어오느냐。』

하고 부사가 고함쳤습니다。그러니까、그 처녀는 머리를 숙이고 부사 앞에 와서 절을 세번하였습니다。그리고는

『네、황송하옵니다。저는 이 고을에 사는 배좌수의 딸 홍련이온데、저의 언니 장화가 여섯나고 제가 네살 났을 때 어머님이 그만 병으로 돌아가신고로、아버님께서 후처를 데려왔삽는데、아주 마음이 불측한 어꿋어머니였습니다。

우리 형제가 점점 자라서 용모와 재질이 남에게 뛰어나므로、아버지께서 후처가 낳은 자식들보다 더 사랑하시는것을 보고 시기를 하여 저의 언니를 낙태하였다고 거짓 허물을 씌우고、깊은 밤중에 외가에 다녀오라고 하고는 그만 산 가운데 있는 못에 빠져죽게 하였습니다 저는 어머님 돌아가신 후부터는 언니 곁을 한시라도 떨어져 살아보지를 못하였던고로、언니가 그 못에 빠져 돌아가신 후부터는 언니가 자꾸 그립고 그리워서 저도 또 그 못에 빠져 죽었습니다。그런데 이 애매한 언니의 오명을 씻어줍소사고、이렇게 제가 아뢰오고보면、전관 사또께서는 놀라시어서 기절을 하시곤 하셔서 제 소원을 이루지 못하였삽더니、이번엔 사또 같으신 명관이 오셔서 제 소원을 이룰가 하와 감축하기 이를데 없나이다。』

하고 또 세번을 절하더니、그냥 온데간데도 없어지고 말았습니다。

이튿날 아침입니다。사람들은 부사가 또 죽었거나 기절하고、시체를 들어 내가려고 거적

314

들을 가지고 부사가 있는 방문을 발로 차고 들어갔습니다。사람들은 깜짝 놀랐습니다。죽은줄로만 알았던 부사가 눈을 흘깃흘깃 흘겨대면서 노한 낯으로

『왜덜 이렇게 요란스럽게 떠들면서 무례하게들 들어오느냐?』

하고 고함을 치지 않습니까。참 놀랐습니다。

사람들은 치를 벌벌 떨고 이마를 마루바닥에다 대고 꼼짝도 못하였습니다。

『이방。』

하고 부사는 이방을 날카로운 목소리로 불렀습니다。이방은 그저 치를 부들부들 떨면서 떨리는 목소리로

『네 네에。』

하고 죽은 사람 같았습니다。무례한 것을 하였다고 무슨 처벌의 분부를 내리울지 모릅니다。이마를 마루 바닥에 대고 분부를 기다리고 있느라니까、

『이방、이 고을에 배좌수라는 사람이 살고 있느냐。』

하고 부사가 묻지를 않습니까。

이방은 부사의 이 뜻밖에 말에 그저 기쁘고 황송함을 마지 않았습니다。

『네 네。이 고을의 배좌수가 살지요。있습니다。살고 있어요。』

이렇게 덤비면서 대답했습니다。

315

『그 배좌수에게는 자녀가 몇이나 되느냐。』
하고 또 물었습니다。
『네、전처의 몸에서 낳은 딸 형제는 죽고 지금 후처가 낳은 자녀가 셋이 있습니다。』
하고 이방이 대답하였습니다。
『전처의 딸이 어떻게 죽었느냐。』
『병으로 죽었다고 합니다。』
『배좌수 내외를 곧 잡아 오너라。』
『예이。』
배좌수 내외는 곧 붙잡혀 들어왔습니다。부사가 배좌수를 심문하기 시작하였습니다。
『네 성명이 무엇이냐。』
『배무용이올시다。』
『직업이 무어냐。』
『좌수이옵니다。』
『전처는 죽었느냐。』
『네、죽었삽고、후처를 다려왔습니다。』
『전처의 몸에 딸 둘이 있고 후처의 몸에 자녀 셋이 있느냐。』

『과연 그렀습니다。』
『다 살아있느냐。』
『전처 몸에 난 딸 형제는 죽었습니다。』
『어제 죽었느냐。』
『네、저 병으로 죽었습니다—』
『무슨 병으로 죽었느냐。』
『네、저 저어 네 그렀습니다。병으로 죽었습니다。』
『무슨 병으로 죽었느냐고 묻는것이다。』
부사는 고함쳤습니다。
이때 낮작이 망측스레 생기기 비길데 없는 배좌수의 후처가 부사 앞에 썩 나서면서
『자실을 아뢰겠습니다。사실이온즉 병으로 죽지를 않았습니다。』
『무엇。그럼 어떻게 죽었느냐。』
부사는 이 말을 듣고、눈을 번쩍 올며 뜨면서 이렇게 고함쳤습니다。
『낙태를 했습니다。』
『낙태라니。』
『네、화냥질을 해서 낙태한것을 들킨고로 점적해서 못에 빠저 죽었습니다。그리고 아우 홍

연이는 제형이 그리워서 몰래 집을 빠져나가서 그 못에 또 빠져 죽었습니다。낙태를 했다 318
고 한것은 본시 양반의 집이라、세상체면을 생각해서 병으로 죽었다고 하였습니다。』

마음이 흉악한 후모는 그럴듯이 슬픈 낯으로 눈물까지 흘려보였습니다。

『그러면 장화가 낙태를 했으면 무슨 증거가 있을테니、낙태한 증거가 있느냐。』

이렇게 무렀습니다。그러니까、마음이 흉악한 후처는

『있고말고요。제가 남과 달라서 어붓어미니까、제가 못 살게 굴어서 죽었다고 후일에 반듯이 이런 일이 생길가봐、아직까지 없애지 않고 간직해두었던것입니다。』

하고 허리춤에서 때때 마른 고기덩어리를 내어놓았습니다。부사가 자세히 보니까、피가 얼룩얼룩 묻은게 꼭 낙태한것 같았습니다。

『그럼、오늘은 이만 물러나가거라。』

하고 부사는 분부하였습니다。그런데 그 날 저녁입니다。부사가 전날 저녁에 한것과 같이 방안에 불을 많이 켜놓고 글을 읽고 있느라니까、갑자기 또 찬 바람이 들어오더니、홱하고 불이 꺼졌습니다。

그러더니、어둠컴컴한 방에 아주 아름답게 생긴 처녀 둘이 들어오더니、부사한테 무세번 공손히 절을 하고는、

『명찰하신 명관이 오서서 저의 원한을 풀어주실줄 기뻐하였삽더니、사또께서도 또한 그 흉녀의 간흉한 꾀에 빠졌사오니、슬프기 짝이 없습니다。사또께서 그 낙태했다는것의 배를 갈라보시면 곧 아실 도리가 있겠습니다。그리고 원하는바는 우리 아버님 본시 마음이 선하신 분이오나、단지 그 흉녀의 모계에 빠졌을뿐이오니、모쪼록 아버님을 특히 용서하여 주옵소서。』

이렇게 말하고는 두 처녀는 홀연히 없어졌습니다。

부사는 이방을 불렀습니다。

『배좌수 내외를 다시 불러오너라。』

이튿날 아침 마음 흉악한 후모는 천연스럽게 불려와서 앉아있었습니다。

『네、그 어제 내어놓았던것을 다시 한번 내놓아라。』

이렇게 부사가 말하니까、후모는 허리춤에서 낙태했다는것을 또 끄집어 내어놓았습니다。

부사는 그 고기덩어리의 중간을 썩 칼로 갈랐습니다。그러니까、이거 봐요。그 속에는 몽올몽올한 쥐똥이 가득 차있지를 않습니까。부사는 깜짝 놀랐습니다。배좌수도 놀라고 마음보가 악하기 측량 없는 후모도 깜짝 놀라서 어쩔줄을 모릅니다。

『저년을 동여매라。』

부사는 노한 목소리로 이렇게 명령을 내렸습니다。

그리고 부사는 이 일이 작은 일이 아니므로 저 혼자의 생각으로 하면 안되겠다고 곧 관찰 319

마음씨 고운 배좌수의 새 부인은 그 꿈을 꾼 날부터 태기가 있어 열달이 지나니까, 반닫 속에 넣어두었던 꽃은 온데 간데도 없이 없어지고, 계집애만 쌍동이를 낳았습니다. 그런데 쌍동이의 생긴 모습이 하나는 장화와 똑 같고, 다른 애는 또 홍연이와 손톱만치도 틀리지 않게 똑 같이 생겼습니다. 배좌수는 뛸뜻이 기뻐하였습니다. 그리고 이름을 장화 홍연이라고 지었습니다.

장화 홍연이가 점점 자라나니까, 모양도 마음에 못지않게 아름다웠습니다.

장화 홍연이는 나이 들어서 시집을 갔는데, 이 세상에서는 보지도 못할 아주 아주 훌륭한 잔치를 하였더랍니다.

그리고 장화가 낳은 아들 하나는 커서 재상이 되고, 또 하나는 대장이 되었습니다.

홍연이가 낳은 아들도 다 아주 훌륭한 사람이 되었더랍니다.

이렇게 장화 홍연이는 아주 훌륭한 아들들을 가지고 즐겁고도 행복한 세상을 보냈더랍니다

(나의 記憶)

토끼와 사슴과 두꺼비

옛날도 옛날 아주오랜 옛날, 하늘이 맑은 어떤 날이었습니다.

토끼와 사슴이 두겁이가 한곳에 모였습니다.

이런 말 저런 말 서로서로 재미있게 말을 하다가, 해가 하늘 복판에 왔을 때 점심을 먹게 되었습니다. 그런데 누가 제일 먼저 상을 받으야 옳을지 이것이 큰 문제입니다.

토끼가 깡동깡동 사슴과 두꺼비 앞에 나오더니, 새빨간 눈을 올롱하니 뜨고 하는 말이

『몰튼 우리 세사람 가운데서 내가 제일 나이 으듬이니까, 내가 먼저 밥상을 받아야 된다. 나는 이 천지가 만들어질 때 하늘에 별을 딱딱 박을적에 나도 이 일을 맡아서 했으니까, 내 나이 제일 으듬이 아니냐.』

하고 말했습니다. 그러니까, 사슴이

『아니다 아니다. 토끼생원 입자가 제일 나이 으듬이따니 뭔 말인가. 난 하늘에 별들을 딱딱 박을 때 쓴 사닥다리를 만든 나무는 내가 심은 나무다. 그러니까, 내가 제일 나이 으듬이란말야. 내가 먼저 상을 받으야 해.』

하고 말했습니다.

그런데 토끼와 사슴의 말을 듣고 있던 두꺼비는 어째 우는지 눈물을 소나기 내리듯 찰찰 흘리면서 자꾸 울고 있었습니다。토끼하고 사슴은

『여보게 두꺼비 형제。뭐 그렇게 슬퍼서 울고 있는가。』

하고 우는 이유를 물었습니다。그러니까 두꺼비는 주먹으로 그 퉁방울 같은 눈에 맺힌 눈물을 씻으면서

『토끼생원 사슴이 형제! 내 말을 좀 들어주시게。』

하면서 다음과 같은 말을 했습니다。

『내게는 아들이 셋 있었었네。그런데 이애들은 나무를 하나씩 하나씩 심었었네。이 나무들이 자라고 자라서 하늘까지 닿으리만큼 컸을 때 맏아들은 제가 심은 나무를 베어서 별을 하늘에 딱딱 박을 때쓴 마치 자루를 만들었네。

그리고 가운데 아들이 심은 나무도 자라고 자라서 하늘까지 닿으리만큼 컸을 때 이 나무를 해하고 달을 하늘에 박아놓을 때 쓴 쇠마치의 자룰 만들었네。

그리고 또 막내아들도 또 이애가 심은 나무가 자라고 자라서 하늘까지 닿으리만큼 큰고로、이 나무를 찍어서 은하수강을 팔적에 쓴 연장대를 만들었네。그런데 이거 보게。이애들이 이 일을 하다가 그만이야 너무도 너무도 일을 해서 그만이야 불쌍하게도 기운이 쇠진해져서 죽고들 말았네그려。인제 자네들이 말하는 소릴 듣고 안늘 생각이 나서 울었네。』

이 말을 듣고、토끼와 사슴은 감탄하여 마지 않었습니다。

그리고 두꺼비가 제일 나이 으뜸이라 하여 두꺼비가 제일 먼저 밥소반을 받기로 하였습니다。

(京 城)

난장이의 범사냥

옛날도 옛날 오랜 옛날, 어떤 곳에 난장이 아이가 살았습니다。 그런데 이 난장이는 어찌도 적은 난장이었든지 큰사람들의 손바닥우에서도 넉넉히 춤을 출수 있는 아주 적은 난장이였습니다。

이 난장이는 나이 겨우 열살이 두살 더넘어 열두살인데, 용감한 일을 하는것을 밥 먹기보다 더 좋아했습니다。

이 난장이가 하루는 아버지 어머니더러 범사냥을 가겠으니 허락해달라고 졸랐습니다。 그러나, 범의 콧김에도 훨훨 날아날것이 무슨 범사냥이냐고 허락을 해주지 않았습니다。 그러니까, 난장이는 깨알만한 눈을 울퉁히니 똑 바로 뜨고 흘겨대면서 그냥 자꾸 범사냥 가겠다고 합니다。

아버지 어머니는 비록 난장이긴 하나 하나 밖에 없는 아들이었든고로, 참아 죽이며 보내는 것과 같은 범사냥을 보내지 않으려고 하였습니다。 그러나 난장이 아들은 자꾸 울면서 한사코 가겠다고 하는고로, 아버지 어머니도 굳이 말릴수가 없어서, 범사냥을 가라고 허락하여 주었습니다。

난장이는 어머니가 빚어준 콩떡 수수떡 기장떡을 한보따리 해 걸머지고 어깨에는 몽둥이

328

329

332

[illegible]

333

그건 범의 뚱집 속살이였습니다. 난장이가 이걸 한점 먹어보니까, 아주 별맛입니다. 그래 자꾸자꾸 베어 먹었습니다.

그런데 난장이는 이렇게 베어 먹는것이 아주 재미가 났으나, 베어 먹히는 왕범은 뭐 도무지 죽을 지경이였습니다. 아프니 뭐니 어떻게 말을 합니까.

범의 뚱집은 그만 난장이가 자꾸자꾸 베어 먹는 바람에 구멍이 뚫어졌습니다.

그 구멍으로 난장이가 쑥 나와보니까, 머리에 무언지 철썩철썩 닫치는것이 있었습니다. 그래 손을 내밀어서 만지작거려보니까, 무언지 역시 헙주락헙주락하는것이였습니다.

『옳다. 여기 또 먹을것이 있구나.』

떡을 다 먹고는 아무것도 먹지를 못했던고로 아까 그 뚱집 살을 먹었대짜 배는 상기도 시장하였습니다. 그래 난장이는 좋아하면서 그 너덜거리는것을 또 썩 베어서 먹었습니다. 그것은 범의 간이였습니다.

난장이는 한창 좋았으나, 범은 아주 죽을지경입니다. 뱃속에서 난장이가 뚱집을 베고 간을 벨때마다 범은 죽을것처럼 빙빙빙 돌깨비질을 하면서 닥치는대로 범을 모조리 물어 죽입니다.

난장이는 뱃속에서 입맛을 쩍쩍 다시면서 한점을 다 먹고 또 한점을 싹뚝 베었습니다. 그러니까, 범은 으앙으앙 소리를 치며, 겅둥겅둥 뛰어다니면서 덥썩덥썩 범을 물어 죽입니다.

그러니까, 새끼 범들은

『아버지. 할아버지. 형님, 큰아버지, 장수님, 어쩐 일입니까 이게 웬일입니까. 왜 그래요 어디가 아프십니까.』

하면서들 왕범을 붙잡으려고 하였습니다. 그러나 미친것 같이 아우 범, 손주 범, 아들 범, 뭐 할것없이 물어 죽이군 하여 그렇게 많던 수천마리 범을 죄다 물어죽였습니다.

난장이는 그냥 자꾸 입맛을 쩍쩍 다시면서 범의 간을 베어 먹고, 또 베어 먹고 해서 나중에는 하나도 남기지 않고 다 베어 먹었습니다.

왕범은 너무도 안타까워서 바위에 뛰어올라갔다가는 펄썩 떨어지고 가로 누워서 발버둥질을 치다가는 제 발을 제가 깨물어 팽게치군 하였습니다.

이렇게 한참 동안 안타까워하다가, 왕범은 그만이야 죽고 말았습니다.

난장이는 배가 팡하고 터질것처럼 잔뚝 불렀습니다.

『배는 인젠 이만큼 불렀으니까, 됐다, 인제는 아뭏면 바깥으로 나가야겠는데, 어디 나갈구멍이 없나?』

이런 생각을 하고 이리 저리로 구멍을 찾아보았으나, 나갈 구멍이라고는 하나도 없었습니다. 그래 칼날로 찔러보면 구멍있는데를 알까 생각하고 쿡쿡 마구 자꾸 찌르다가, 한곳을 찌르니까, 칼날이 잘 들어가질 않았습니다. 이것은 범의 배까죽이였습니다. 난장이가 그냥 힘을 주어 쑥 찌르니까, 툭 하고 칼날이 쑥 들어갔습니다.

난장이는 양 다리를 버뜨러 디디고 깽깽 힘을 주어 칼날을 뽑았습니다。 그러니까、 반짝 하고 해빛이 보였습니다。

난장이는 해빛을 보고 기쁘고 기뻐서 그 구멍에 칼날을 넣어서 톱질하듯이 쩍쩍 오려내서 구멍을 크게 넓히고 그 구멍으로 쑥 바깥에 나왔습니다。

구멍에서 나온 난장이는 깜짝 놀랐습니다。 어떻게 된 일인지 아까 그렇게 많던 범들이 다 죽어 넘어져있지들을 않습니까。

난장이는 손벽을 찰싹찰싹 치면서 기뻐서 춤을 추었습니다。 그리고 동네로 한다름에 달려가서 아버지며 동네 사람들 보고

『내가 산에 가서 이 몽둥이로 범들을 수천마리 죽여 놓았는데 나 혼자선 너무도 범이 많아서 어떻게할수가 없어요。 그러니까、 여러분 좀 가치 가십시다。 난 그저 가죽만 갖일께。 매매하고 고기는 당신들이 가지시구려。』

하고 말했습니다。 그러나 아버지도 그렇고 동네 여러 사람들도 믿지 못할 일이라고들 하면서 난장이 말을 귀뚱으로 들어주었습니다。 그러나 난장이가 너무 자꾸 열심으로 그러는고로、 그럼 속는셈치고 가보자고들 하면서、 산으로 난장이 뒤를 따라갔습니다。

아 참! 이게 웬일입니까。

난장이를 따라간 아버지며 동네 사람들은 깜짝 놀랐습니다。 난장이 말처럼 수천마리 범이

너부적하니 여기 저기에 죽어 넘어저있질 않습니까。

아버지며 동네 사람들은 난장이를 칭찬하면서 가죽은 벗겨서 난장이에게 주고 고기하고 매매는 동네 사람들이 갖었습니다。

이렇게 하여 난장이는 큰 부자가 되고、 동네 사람들도 또 난장이 덕택으로 매매하고 고기를 팔아서 부자들이 되어서 잘 살았더랍니다。

（蒐集地 不明）

길고도 고소한 이야기

뭐요?

좀 더 길고 재미있는 이야기를 하라고요?

그럼, 길고도 고소한 이야기를 해들이죠。

옛날도 옛날 아주 오랜 옛날이었읍니다。

어떤 사람 하나가 아주아주 길고도 긴 장대기 끝에 고소하고도 또 고소한 깨무지(깨를 타서 가루로 한것)를 매달았더랍니다。

『이게 길고도 고소한 이야기랍니다。』

(平南 安州郡 立石面 王山)

개와 고양이

옛날 옛적、영감 할멈 내외가 바닷가오막살이 집에서 외로이 그날그날을 살아갔었습니다。

늙은 영감은 다른 돈벌이는 하지 못하고、단지 바닷가에 나가서 물고기를 낚아다가는 그것을 팔아서 겨우 생명을 부지해가는것이었습니다。

하루는 또 여전히 영감은 물고기를 낚아오려고 낚싯대를 메고 이른 새벽에 바닷가에 나갔습니다。

어쩐 일인지 이날은 멸치 한놈 새우 한놈 낚시에 걸리지 않습니다。

『제끼 한놈도 걸리질 않는군。』

이렇게 혼잣말을 하면서 두번에 꽂았던 낚싯대를 빼어서 그만 돌아오려다가

『그래도 아무거든 한놈 걸릴지 알겠니? 한번만 더 해보고 가자。』

이렇게 생각하고 낚시를 또 텀벙 물에 던졌습니다。

아닌게아니라 낚시찌가 움직이는법이 고기가 온것이 분명합니다。

영감은 기뻐서 낚싯대를 빼아서 잡아 낚으려고하니까、무언지 엄청나게 무거운데 잔뜩 매달려서 낚아낼수가 없었습니다。

영감은 조바조바 조심스럽게 보자기를 풀어헤쳤습니다。

조그만 잉어가 나왔습니다。영감은 뛸듯이 기뻤습니다。그런데 이 잉어가 무슨 영문인지 자꾸 슬픈듯이 눈물을 줄줄 흘리고 있지않습니까。

영감은 잉어가 측은하기 짝이 없어서, 얼핏 잡았던 잉어를 도루 바다에 놓아주었습니다。그러니까, 잉어는 기쁜듯이 꼬리를 치고 영감을 바라보면서 물 위에서 뛰놀다가 퐁당 물 며니, 물 속으로 들어가버렸습니다。

이튿날도 동이 훤하게 트자말자, 영감은 또 낚싯대를 어깨에 메고 바닷가에 나갔습니다。

담배를 퍽퍽 피우면서 낚싯대를 바라보고 있니까, 별안간 물 속에서 거북이 나오더니, 사자 한사람이 거북을 타고 나왔습니다。

물밖에 나온 사자는 영감 앞에 꿇어 엎드려서 공손히 인사를 한 후,

『영감님 영감님, 저 용왕의 사신이옵니다。그런데 오늘 영감님께서 놓아주신 잉어는 사실이온즉은 잉어가 아니옵고 용왕의 아드님이올시다。대단히 감사하나이다。용왕님께서 이처럼 아드님의 생명을 [illegible]고 인자하신 마음으로 살려주신 은혜를 우리 대왕님께서 감사히 생각하시고 모처럼 영감님을 용궁까지 모셔 오라고 하시기에 제가 나왔습니다。부디 염려하실것은 하나도 없고, 거북의 잔등에 타시면 삽시간에 용궁까지 가실수 있사오니 저와 같이 용궁으로 가주시소서。』

이렇게 말하고 사자는 바다를 향해 무어라고 말하면서 손짓을 하니까, 별안간에 커다란 거북 두마리가 나왔습니다。

영감과 사자는 각각 거북의 잔등을 타고 물로 들어갔습니다。

얼마를 깊이 깊이 들어가니까,

『용궁 용궁』

풍악 소리가 나며, 울긋불긋 찬란한 크고도 큰 용궁 앞에까지 다달았습니다。

대문 앞에서 영감님이 들어오기를 기다리고 있던 용왕의 아들은 영감이 대문 앞까지 오자, 버선발로 뛰어나와서 영감의 손목을 잡고 용궁으로 인도하였습니다。

이 날부터 용궁에서는 매일 매일 큰 잔치가 열렸습니다。

이 바람에 오래고 나그네 영감님은 극진한 대접을 받았습니다。그런데 날이 갈수록 혼자 남겨두고 온 할멈이 마음에 걸렸습니다。

용궁의 구경들이 날로 좋았으나 좋은 음식도 맛이 없고, 산 같이 쌓아놓은 보화는 음식도 마다하였습니다。그래 하루는 용왕님께 가서 그만 돌아가겠다고 하니까, 용왕이 몇일만 더 있다 가라고 하면서 몹시 만류하였습니다。그러니까, 용왕도 할수없이 돌려보내지를 못하고 영감님의 마음이 용궁에는 없고 할멈한테 가있는것을 알고, 할수없이 승낙해주었습니다。

영감이 용궁을 떠나는 날입니다。용왕의 아들이 선물을 들고서 어디로 하자 영감이 용궁 341

영감은 조바조바 조심성스럽게 낚시줄을 끌어당겼습니다。

크다란 잉어가 나왔습니다。 영감은 펄듯이 기뻐했습니다。 그런데 이 잉어가 무슨 잉어인지 자꾸 슬픈듯이 눈물을 줄줄 흘리고 있질않습니까。

영감은 잉어가 측은하기 짝이 없어서、 일껀 잡았던 잉어를 도루 바다에 놓아주었습니다。

그러니까、 잉어는 기쁜듯이 머리를 처들어 영감을 바라보면서 물 위에서 세다섯바퀴 빙빙 돌더니、 물 속으로 들어가버렸습니다。

이튿날도 동이 훤하게 트자말자、 영감은 또 낚싯대를 어깨에 메고 바닷가에 나갔습니다。

담배를 떡떡 피우면서 낚싯찌를 바라보고 있느라니까、 꿀떡꿀떡 물 속에서 거품이 나오더니、 총각 한사람이 거북을 타고 나왔습니다。

물밖에 나온 총각은 영감 앞에 꿇어 엎드려서 공손히 인사를 한 후、

『영감님 영감님、 전 용왕의 사신이올시다。 그런데 어제 영감님께서 놓아주신 잉어는 사실이온즉은 잉어가 아니옵고 용왕의 아드님이올시다。 대단히 감사하나이다。 당신님께서 이처럼 아드님의 생명을 넓고 인자하신 마음으로 살려주신 은혜를 우리 대왕님께서 감사히 생각하시고 모처럼 영감님을 용궁까지 모셔 오라고 하시기에 제가 나왔습니다。 무어 염려하실것은 하나도 없고、 거북의 잔등에 타시면 삽시간에 용궁까지 가실수 있아오니 저와 같이 용궁으로 가주십소서。』

이렇게 말하고 총각은 바다를 향해 무어라고 말하면서 손짓을 하니까、 물속에서 크다란 거북 두마리가 나왔습니다。

영감과 총각은 각각 거북의 잔등을 타고 물로 들어갔습니다。

얼마쯤 깊이 깊이 들어가니까、

『둥명 둥명』

풍악 소리가 나며니、 울긋불긋 단장한 크고도 큰 용궁 앞에까지 다달았습니다。

대문 앞에서 영감님이 들어오기를 기다리고 있던 용왕의 아들은 영감이 대문 앞까지 오자、 버선발로 뛰어나와서 영감의 손목을 잡고 용궁으로 인도하였습니다。

이 날부터 용궁에서는 매일 매일 큰 잔치가 열렸습니다。

이 마음이 어질고 너그러운 영감님은 극진한 대접을 받았습니다。 그런데 날이 갈수록 혼자 남겨두고 온 할멈이 마음에 걸렸습니다。

용궁의 궁녀들이 나비 같이 춤추어보이는것도 즐겁지 않고、 산 같이 쌓아놓은 맛있는 음식도 먹고싶잖았습니다。 그래 하루는 용왕한테 가서 그만 돌아가겠다고 하니까、 용왕이 몇일만 더 있다 가라고 하면서 굳이 만류하였습니다。 그러니까、 영감님의 마음이 용궁에는 없고 할멈한테 가있는것을 알고、 할수없이 승낙해주었습니다。

영감이 용궁을 떠나는 날입니다。 용왕의 아들이 소매를 끌면서 오라고 하기에 영감이 용왕

341

부엌에서 밥을 짓던 할멈도 놀라고 나들이갔다가 돌아온 영감도 깜짝 놀랐습니다。반닫이를 열어보아도 연적은 없었습니다。

할멈은 필시 이전 아까 왔던 그 물감장수 노파의 작난이라고 생각하고, 영감과 함께 그 물감장수 노파의 행방을 찾아보았으나, 노파의 그림자조차 가뭇도 보이지 않았습니다。

영감 할멈은 그저 밥도 먹지 않고, 한탄만 하였습니다。

그런데 이 자식 없는 영감 할멈이 자식 같이 귀해하면서 기르던 고양이하고 개가 있었습니다 이 개하고 고양이가 저이들을 사랑하여주는 주인영감과 할멈이 근심하고 있는것을 보고

『이런 때 우리가 은혜를 갚아 드려야지 언제 갚겠니。우리가 그 연적을 찾아드리자。』

이렇게 개와 고양이는 의논이 맞아서 그 연적을 찾으러 길을 떠났습니다。

이리로 저리로 이 집 저 집을 찾아 다니다가 하루는 나룻배를 타고 강을 건너 강건너 마을에 들어가니까, 전에 보지 못한 크다란 기와집이 있었습니다。새로 지은집입니다。

개하고 고양이는 이 집이 수상하다 하여 이 집을 탐정하기로 하였습니다。

바주 구멍으로 들어가보니까, 과연 틀림없는 그 노파。전에 저의집에 물감을 팔러 왔던 그 물감장수 노파가 집안에 앉아있는것이 보였습니다。

『옳다。저놈의 할미로구나。아니꼬운 할미 같으니。어디 봐라。』

이렇게 생각하고 개하고 고양이는 그 연적을 찾기로 하였습니다。

이구석 저구석 이모 저모 암만 찾아보았어도 연적 있는데를 도무지 알수가 없었습니다。그러다가, 담벽에 맨들어놓은 벽장 안을 보려고 고양이가 후다닥 뛰어올라가 벽장 문을 열려니까, 앉아있던 노파가 깜짝 놀라 벼락같이 일어나면서 고양이를 쫓는것이였습니다。

『저놈의 벽장이 좀 수상한걸。』

이렇게 고양이가 생각하고 적당한 기회를 엿보고 있었습니다。

이러저럭 아침에 나와서부터 밥을 한입도 못 먹었는고로 점심을 굶었던것입니다。저녁때가 가까와오니까, 배가 고파서 아주 죽을 지경입니다。그때 개하고 고양이는 먹을것을 얻으려고 광에 들어가게 되었습니다。

그런데 개는 허대가 커서 들어가지를 못하고, 고양이만 땅을 파고 겨우 들어갔습니다。광에 들어간 고양이는 깜짝 놀랐습니다。고양이가 땅을 파고 들어가니까, 광 안에는 수천마리의 쥐가 모여서 야단법석을 하고 있질 않습니까。

왕쥐가 가운데 높은 곳에 올라가 앉아있고, 그 주위에 수천마리 쥐가 빽 둘러앉아있습니다 먹고 떠들고 춤추고 떽떽떽 노래 부르고 손벽치고 아주 큰 소동을 하고 있는것이였습니다。

고양이는 살살 숨어가서 왕쥐를 덥석 물어 잡고 앉았습니다。그리고 고양이는 호기찬 소리로

『이 집 주인 노파가 가지고 있는 연적을 꺼내다주면 이 왕쥐를 살려주겠거니와, 만일 그렇지 못하면 너의 왕을 잡아먹겠다。』

하고 소리 질렀습니다。 그러니까, 수천마리 쥐들은
『염려 마시오。 이제 곧 가져다 드리죠。』
하더니,
『영차 이영―』
『영 이영―』
하고 부하 쥐들을 풀어서 반지를 찾아오라고 명령하였습니다。 그러니까, 송곳 이는 쥐들은 반지를 송곳 같이 뾰족한 이로 구멍을 뚫고 톱 이는 또 가보다가 나무들을 톱 같은 이로 톱질해서 구멍을 뚫고, 반지를 물어가지고 그 고양이에게 다 주었습니다。

개와 고양이는 대단히 기뻐하였습니다。 쥐들을 그냥 놓아주고, 헤어지며 다시는 쥐를 안 잡겠다고 약속하고 주인 부부를 찾아가려고 밤이고 낮이고 걸음을 걸었습니다。

그런데 가다가 고양이가 강가에까지 오니까, 개는 그냥 헤엄을 쳤었지만, 고양이는 헤엄을 칠 줄 몰라 걱정하였습니다。

할수 없습니다。 개는 고양이를 지키며 하고 반지를 고양이가 입에 물고 개 등에 올라타고 강을 건느게 되었습니다。

강 복판쯤 갔을 때, 개는 반지가 근심되었던지라
『야 고양아。 그 반지를 잘 물고 있느냐』

하고, 고양이더러 물었습니다。 그러나 고양이는 대답을 하려면 입을 벌려야 하겠고, 입을 벌리면 입에 물었던 반지가 강물에 떨어지겠는고로, 그냥 잠잠하고 있었습니다。

개가 두번 세번 물어도 고양이는 대답을 못하고 있었습니다。 그러니까, 개는 별안간 성을 내면서
『그 왜 대답을 안하니? 내 말을 잘 듣지 않아서 대답을 안하니?』
한 복판에서 이렇게 떠드는고로, 고양이는 또 참지를 못하고,
『잘 물고 있지 않니。』
하고 대답했습니다。

그러자 그만이야 대답을 하느라고 입을 벌렸으니, 반지가 강물에 떨어지고 말았습니다。

강언덕에 올라와서, 고양이는 울면서 개를 원망하였습니다。 개는 그만 면목이 없어서 고개를 수그리고 집으로 돌아갔습니다。 그러나 고양이는 원통해 생각하면서, 강언덕을 이리저리로 왔다 갔다 하고, 집으로는 돌아가려고 하지 않았습니다。

고양이는 이렇게 울면서 자꾸 왔다 갔다 하므로, 고기 배가 잡혀 또 사공에서 주어 받았습니다。 그런 강언덕을 거닐다가 잡힌 생선을 한개 얻어 먹어보려고 가까이 갔을 때 하였습니다。 그런데 무엇인지 그를 가는 물이 있어 살펴 생선 뱃속에 있었습니다。 고양이가 그렇게 보니까, 생각지도 않은 반지이었습니다。 찾고 찾던 그 반지이었습니다。

물 속에서 떨어졌고 있던 아 생선이 반지를 먹었던 것을 보고, 이걸 무슨 놓고 349

멈서 삽켜버렸고로, 그만 죽었던것입니다。이 죽은 생선이 고기잡는 그물에 걸렸고로 어부들은

『죽은 고기은 쓸데 없다。』

하고 강언덕에 획 팽개쳤던것입니다。

고양이는 그저 기쁘고 기뻐서 냉큼 냉큼 뛰어서 집으로 돌아갔습니다。

영감 할멈은 또 다시 크고도 훌륭한 기와집에서 남 부럽지 않은 살림을 하게 되었습니다。

주인 영감이 하루는 고양이하고 개를 불러놓고 먼첨 고양이더러

『너는 나종까지 힘을 써서 연적을 찾아왔으니, 참 용하다。그런고로 넌 오늘부터는 집안에서 살고 먹는것도 맛있는걸 먹어라。』

이렇게 말하고 그 다음에 또 개더러

『넌 연적을 찾느라고 힘을 쓰고 수고는했으나, 고양이만큼 못하였으니, 오늘부터는 문밖에서 자고 먹는것도 밥찌끼나 생선 뼈다구나 먹어라。』

하고 말하였습니다。그런고로 이때부터 고양이는 집안에서 사람과 같이 살고 개는 문밖에서 살게 되었습니다。그런데 개는 이것이 불만해서 고양이를 원망하게 되었습니다。

그런고로 이때부터 개하고 고양이는 서로 만나기만 하면 서로 물고 뜯고 싸움을 하는것입니다

(平北 龜城)

고생이란 것을 안 사람

옛날도 옛날, 어떤 곳에 어렸을때부터 고생이란것을 모르고 자라난 청년이 있었습니다。

공연을 보자기에다 많이 싸서 짊머지고 부모 동생 처자와 헤저 고생이란것을 맛보려고 길을 떠났습니다。

산을 향해 허벅허벅 걸어서 산 가운데까지 가니까, 벌써 해는 저물고 부근에 인가는 없는데, 어둠컴컴해서 한발자국도 임의대로 걸을수가 없었습니다。

『인가를 찾아가서 하룻밤을 자고 가야겠는데, 참 큰일 났구나。』

이렇게 생각하고, 행여나 인가가 보이지 않을가 생각하고 두리번두리번 수풀 사이로 사방을 살펴보니까, 저편 숲 속에 불이 하나 반짝반짝 빛이었습니다。

『오, 저것이 집인가보구나。딴은 인가가 있었어 인가가。』

평생 고생이란것을 모르고 자라난 이 청년은 이렇게 웨쳤습니다。

이 사람은 기뻐서 그 불이 반짝반짝 빛이는데를 찾아갔습니다。과연 그것은 인가였습니다。

『주인님 계십니까。길가던 사람이온데, 날이 저물고 잘 곳은 없고 해서 황송하오나 하룻저녁을 허청에서라도 재워줍소사고 왔습니다。』

352

353

평생 고생이란것을 모르고 자라난 청년은 참 큰 걱정거리가 생겼습니다。송장을 지키자니 무시무시하고、또 그렇지 않고 아랫 마을에 가서 동네 사람들을 데려오자니 역시 어두운밤에 으앙하고 범이나 나오지 않을가 무섭고、그러니 제일 좋기는 아무것도 하잖고 집에서 자고있는것인데、가지 않겠다고 하든가、송장을 지킬수도 없다고 하는 날에는 이 집 마누라가 쥐고있는 비수가 모가지에 날아올판입니다。

그런데 범은 지금 문밖에서 다옹 다옹 하고 송장을 달라구 발톱으로 문지방을 허무러내리는 소리가 나지 않습니까。

고생이란것을 평생 모르고 자라난 청년은 생각하고 생각한 끝에

『아랫 동네에 가다가 범한테 물려 죽는이보다 집에서 송장 지키는게 낫겠다。』

이렇게 생각하고、주인 마누라더러 송장을 지키고 집에 있겠다고 하였습니다。그러니까 마누라는 횃불을 들고 아랫 마을로 갔습니다。

평생 고생이란것을 모르고 자라난 청년은 집에서 송장을 지키고 있느라니까、범이 지붕을 한번 휙하고 넘어 뛸 때마다 송장은 벌컥 일어세곤 합니다。

평생 고생이란것을 모르고 자라난 청년은 악 소리를 지르면서 뒤로 자빠졌습니다。눈은 또 낭 뜨고 있으나、정신을 못 차리고 헤번떡대고만 있었습니다。이렇게 얼마를 있다가 정신이 차려지니까、아까 이 집 마누라가 아랫 동네로 가면서 말해준 말이 생각났습니다。그때 이청

년이 마누라가 가르커준 말대로 벌컥 일어서있는 송장의 왼편 따구를 세번 연거퍼 때리니까、과연 송장은 꽝 하고 넘어졌습니다。

이렇게 하고 좀 안심이 되어、땀을 벌벌 흘리면서 앉아있느라니까、문밖에서 범이 또

『다옹』

하고 소리를 치면서 휙 지붕을 뛰어넘었습니다。그러니까、벌컥 또 송장이 일어섰습니다。그때 또 이 사람이 질겁을 하면서 달겨들어가서 송장의 왼 따구를 두서너번 연거퍼 찰싹찰싹때려대니까、송장이 꽝 하고 넘어졌습니다。

그런데 송장이 넘어질때에 송장의 손이 이 사람의 손을 시친고로 이 사람은 너무놀라서 그만 정신을 잃고 기절을 하여 넘어졌습니다。

이렇게 정신을 잃고 기절을 한채로 얼마 동안을 있다가、이 사람이 눈을 번쩍 떠보니까 아이거 웬일입니까。암만 일어나려고 하여도 허리의 무엇인지 무거운게 지질러있는것같아 무거워서 일어날수가 없었습니다。허리가 상한게다 생각하면서 두서너번 일어나려고 하여서도 좀시 일어나질 못하였습니다。그런데 허리는 아프지 않은것으로 보아 다친데는 없는것 같습니다。그때

『무엇이 허리에 지질러졌나?』

생각 하고、손을 쑥 밀혀서 허리쪽을 만져보려고 한 청년은 깜짝 놀랐습니다。이런 변이 어

더 있습니까。 손에 잡힌것은 송장의 머리털이였습니다。

『에쿠 에쿠—!』

청년은 흠흠 느끼면서 냉큼 일어서서 부엌 문을 차고 부엌으로 뛰어내려가서 아궁 속으로 들어가 숨었습니다。

이 집 마누라가 아랫 동네에 가서 동네 사람들을 데리고 돌아오니까、 집안에서 송장을 지키고 있어야 될 나그네가 있지 않는고로、 이상하게 생각하면서 팔숙을 술라고 부엌에 내려갔습니다。 그리고 아궁이에 있는 재를 끄집어 내려고 고무레를 쑥 넣었다가 당기니까、 재는 나오지 않고 머리털이 허연 영감이 한사람 벌벌 떨면서 엉금엉금 기어나오질 않습니까。

범도 무서워하지 않는 마누라는 너무 놀라서

『에구머니!』

하면서 고무래를 냅다 팽게친고로、 버치가 쨍가당땡가당하고 깨졌습니다。

이 허연 영감이란것은 평생 고생이란것을 모르고 자라난 청년이 너무도 혼이 나서 이렇게 머리털이 허옇게 센것이였습니다。

이 사람은 집으로 돌아갔습니다。 그러나 누구 한사람 이 사람을 맞아주는 사람도 없을뿐외라、 집엘 들어가려고 하니까、 이 사람의 어린 아이들이

『어떤 영감애기가 남의 집에 함부로 들어오려고 하는거요、 어서 나가요』

하면서 비짜락으로 때리는것이였습니다。 안해도 또 어떤 영감님인가고 묻는것이였습니다。

기가 막힌다 막힌다 하여도 이렇게 기막힌 일이 어디 있겠습니다。 한달이나 가깝게 나들이 갔다 오는 남편대며 어떤 영감님이라는게 대체 무엡니까。

이 사람은 너무도 어망차망해서 왜 이것들이 이렇게 날더러 영감 영감 하는고 하면서 거울을 들여다보았습니다。

아 참! 이 사람이 보니까、 머리털이 허옇게 세였였고、 이마는 쪼글쪼글 주렴이 잡혀지질 않았습니까。 이러고야 애들이랑 안해가 어떤 영감인가고 물은것은 당연한 이치입니다。

평생 고생이란것을 모르고 잘아난 이 사람은 고생이란것이 어떤것인지를 잘 알았더랍니다

(咸南 高原)

들오가보았습니다。

집은 남편의 의형제를 하고 가서 찾기를 청했습니다。그러고는 그 도둑놈들이 들어간 숲을 뒤 산골을 찾아서 떠났습니다。

밤은 숲을 수없이 걸었습니다。그러고 도둑놈이 다녀간 곳과 정말이란것을 모두지 알수가 없었습니다。또 한참을 사람에게 묻고 들어보아도 아무거나 아는 사람이라고는 한 사람도 없었습니다。

이렇게 그저 그 도둑놈이 들어오든 있는 곳과 정말은 알지도 못하고 헤매다가 날이 다 늦어지니 마침 안해를 만날까 생각하고 수년 동안을 조선의 방방곡곡이를 찾아다녔습니다。

이렇게 찾아다니다가、하루는 오랜 동무에게 가는데、나이는 오십여살된 나무꾼 오랜을 들은 나무꾼(영감님)들이를 하고 있었습니다。아주 엄숙하기 짝이 없습니다。이 사람은 나무꾼인 원에 가서 물어보았더니、

『우리집입니다。』

하고 공손히 절을 하였습니다。그러니까、나무꾼 할멈 아이는 수줍어하면서 고개를 숙이고 알굿 웃으면서 얼굴을 붉혔습니다。그러니까、나무꾼 할 아이 옆에 앉아있던 다른 아이가

『애 애、그렇게서는 네 나무꾼이 못되겠다。나무꾼이 그렇게 겁을 먹으면 되겠니。』

하면서 우겼습니다。나무꾼 할멈 아이는 이 말을 듣고 또 다시 겁을 먹더니、

『그럼、난 못하겠다 고 해。』

하고 나무꾼이 있는 숲은 자리에서 구하였습니다。그러니까、아까 나무꾼 할멈 아이를 두고 던 아이가 나무꾼 자리에 올라 앉았습니다。새 나무꾼이 뽑혔습니다。그러면 이 아이가 나무꾼 자리에 올라가 앉더니、

『우리들。다시 한번 도끼 소리를 울려봐라。』

하고 이 사람도 큰 목소리로 호령호령 하였습니다。아주 엄숙한 빛을 하고 있습니다。안해 없는 사람은 한참 놀라면서 황송하게 다시 한번 일어섰다가 앉으면서 황송 절하고

『저의 안해를 빼앗아간 도둑놈이 사는 곳이라고 하면서 가르켜준 땅이 모두가 무슨 곳인지를 몰라서 나무꾼께 가르쳐 줍소사고 왔습니다。』

하고 말했습니다。그러니까、그 나무꾼 아이는

『그 도둑놈이 뭐라 부르고 하더냐。』

하고 다시 한번 호령호령 하였습니다。

『쇠고 갓은 쓰 자였다 보였던 놈이라고 하였습니다。』

하고 대답했습니다。

『정말은 말하지 않는다。』

『정어「밥숟가락」고、이놈아「살려줍소 하고 나왔다」고 하였습니다。그래 이 말을 들으면서 361

서。』

하고 물에 빠진사람이 쥐검불을 붙잡는 격으로、이렇게 이 사람은 애원했습니다。그러니까、나랏님 된 아이는 한참 동안 생각하더니、

『여봐라。「높고 낮은 곳」이니까、「平山」이고「쥐었다 펴쳤던 골」이니까、이전「부챗골」이다。그리고 성은「발아래」니까、발 아래 있는것은「신」이다。또 그리고 이름이「삼년상 쳐먹고 나왔다」니까、삼년상을 지나면「제복」을 입는다。평산 부챗골 신제복(平山 扇洞 申齋服)이란놈을 찾아가보아라。』

나랏님 아이는 이렇게 아주아주 용하고 지혜있게 이 수수께끼를 풀어주었습니다。

이 사람은 너무 황송하고 고마워서 그저 머리를 땅에 쪼으면서 치사를 하였습니다。

아닌게아니라、평산 부챗골 신제복이란놈의 집을 찾아가니까、과연 고래등 같은 기와집이 산골짜구니에 차있었습니다。이놈의 집을 들어가보려고 하여도 대문이 너무 많아서 어디로 들어가야 될지 도무지 모르겠고、또 설혹 대문을 들어간댔자 대문을 지키고 있는 문 지키기 한테 붙잡혀 죽을것은 뻔한 일이었습니다。

그러나 아무런 그렇고 그리운 안해를 찾아 보려면 이집 속 모양을 알아보아야 하겠겠습니까。그래 집 속을 살펴볼 생각을 하고 담정 옆에 서있는 큰 버드나무 위에 올라갔습니다。

그날밤은 바로 달이 훤하게 중천에 뜬 날밤이었습니다。

362

이 사람이 버드나무 잎으로 몸을 가리고 집안 모양을 살피고 있느라니까、바로 버드나무아래 우물에 물을 길려 나오는 여자가 있었습니다。아주 아름다운 색씨였습니다。이 색씨가 물을 한동의 길어놓더니、쪽바가지에 물을 떠놓고 합장을 하고 하늘을 쳐다보면서、

『하느님 자비하신 하느님이시여! 저를 불쌍히 생각하시사、아무쪼록 우리 남편을 만나게 해줍소서。』

하고 기도를 올리고 있습니다。

안해 잃은 사람은 이것을 보고 좀 이상스러워서 버드나무 잎을 조금 헤치고 내려다보니까 이거 보십쇼! 우물에서 하느님께 자기 남편을 만나게 해달라고 기도 올리고 서있는 색씨가 바로 오래 갖은 고생을 겪어가면서 찾아다넌 그렇고 그리운 자기 안해가 아닙니까。

이 사람은 기쁘다느니보다는 그저 깜짝 놀랐습니다。그리고 하마트면 고함을 칠번하였습니다 그러나 도둑놈들이 들으면 큰일이 나겠기에 얼른 입을 손으로 막고 버드나무 잎을 쭉 훑어서 아래로 떨어뜨렸습니다。그러나 그리운 안해는 그냥 그대로 서서 기도를 올리고 있었습니다。

이 사람은 버드나무 잎을 쭉 또 훑어서 떨어뜨렸습니다。그러니까

『바람도 없는데 버드나무 잎이 왜 이렇게 떨어지노。』

하면서 안해는 그냥 정성껏 기도를 올리고 있었습니다。

이 사람은 하도 않다가워서 이번엔 전보다 더 많이 버드나무 잎을 훑어서 좍 내려뜨렸습니

363

다。 그러니까、 이 사람의 안해는

『이상도 하다。 무슨 버드나무 잎이 이렇게 많이 떨어지노。』

하면서 버드나무 위를 쳐다보았습니다。 안해는 깜짝 놀랐습니다。 외딴은 사람이 그 버드나무 위에 올라가 있질 않습니까。

『여기는 나는 새도 용히 못 들어오는 곳인데、 어이 된 일이기에 사람이 들어왔습니까。 어서 몸을 피하십시요。 만일 도둑놈들이 보면 당신의 생명이 위태해집니다。』

하고 말했습니다。 그러나 버드나무 위에 있는 사람은 끔짝도 하잖고 있을뿐외라、 울고 있는 모양 같았습니다。 훌쩍훌쩍 우는 소리가 들립니다。 색씨는 이상하게 생각하였습니다。 그래유심코 올려다보니까、 아、 뜻밖에도 그립던 저희 남편이 아닙니까。 안해는 크게 놀라고 또 크게 기뻤습니다。 이 사람은 곧 버드나무를 내려가서 그립던 안해와 손을 마주 잡고 기뻐서 울었습니다。

『다른 사람의 눈에 띄우면 큰일이 나겠습니다。 어서 저 있는 방으로 들어가십시다。』

하면서 이 사람의 안해는 방으로 손을 잡고 들어 가서 색씨는 남편을 벽장 속에 숨겨놓았습니다。

며칠 후에 장수 도둑 신체복이가 도둑질하러 갔다가、 돌아왔습니다。 그러니까、 남편을 감추어놓은 이 사람의 색씨가 전에 없던 반굿반굿 웃는 낯으로 신체복이한테 가서

『어제 우리 사촌 오빠가 오셨는데、 당신께서 어떻게 말씀하실가 몰라서 장 속에 감추어 놓았어요。』

하고 말하였습니다。 그러니까、 도둑놈은

『아 이 사람、 처남이 그렇게 수구스레 오셨는데、 장 속에다 모시다니。 그런 푸대접이 어디 있소? 어서 어서 여기 모셔오게。』

하고 처음으로 보는 웃음을 기뻐하면서 이렇게 말했습니다。

신체복이는 처남을 만난게 기쁘다고 하면서 좋아서 술을 이 사람에게 대접하는것이었습니다。 술이 저윽이 취하였을 때

『여보게 처남。 내가 몇 십년 동안 동네들을 여러십개 쳐 왔는데、 입때까지 못 쳐본 동네라고는 별로 없으나、 그중에 두동네는 아무리 궁리를 하고 꾀를 써도 어찌 단결한 동네인지 도저히 들어갈수가 없단말야。 허허허。』

하고 웃었습니다。 안해를 뺏았긴 이 사람은

『이놈의 집에서 안해를 데리고 빼쳐나가라면 한번 신용을 보인 다음 틈을 얻어서 할수밖에는 별도리가 없다。』

이렇게 생각하고、

『형님、 그럼 제가 한번 그 치기 어렵다는 동네를 쳐볼가요。』

하고 도둑놈에게 말하였습니다。

『입자가? 입자가 가히 할수 있겠어? 할수만 있으면 한번 어더 해보게나。』

괴수 도둑놈 신제복이는 아주 좋아했습니다。

『그럼、 뻐꾸기 소리를 잘하는 사람을 한 사람 때해주슈。』

하고 이 사람이 괴수 도둑놈더러 말했습니다。 그러니까、 괴수 도둑놈 신제복이는 부하 도둑놈들을 죄다 모아놓고、

『애들아、 너희들 가운데서 어느놈이든 뻐꾸기 소리할줄 아는놈이 있으면 나오너라。 쓸데가 있다。』

이렇게 한 사람을 때해주었습니다。

안해를 빼앗긴 사람은 뻐꾸기 소리 잘 하는 사람을 데리고 아까 신제복이가 암만해보 될수 없다는 동네로 갔습니다。 그리고 뻐꾸기 소리 잘하는 사람더러

『이 동네 뒷 산에 올라가서 동쪽 하늘에 해가 불그스레 떠올라올 때까지 뻐꾹뻐꾹 하고 울어라。』

하고 말했습니다。

뻐꾸기 소리를 잘하는 도둑놈은 밤부터 새벽에 해가 동쪽 하늘에 불그스레 떠올라올때까지

『뻐꾹 뻐꾹 뻐 뻐꾹—』

하고 울었습니다。 이튿날은 또 여우 소리를 잘하는 사람을 데리고가서、

『이 동네 뒷 산에 올라가 동쪽 하늘에 불그스레 해가 떠올라올 때까지 캥캥 캥캥 하고 울어라。』

이렇게 말했습니다。 여우 소리 잘하는 도둑놈은 밤 삼경때부터 새벽에 동쪽 하늘이 불그스레 해가 떠올을 때까지

『캥캥 캥』

하고 여우 같이 울었습니다。 그러니까、 이렇게 안해를 빼앗긴 사람이 뻐꾸기 소리 잘하는 사람과 여우 소리 잘하는 사람의 두명이 하루저녁 또 하루저녁 뒷 산에 가서 울은줄을 모르는 동네 사람들은 이렇게 이틀 밤이나 뻐꾸기 우는 소리와 여우 우는 소리가 동네 뒷 산에서 난 고로、 큰일이 났다고들 야단법석을 하였습니다。

옛날부터 밤중에 뻐꾸기하고 여우가 울면 그 동네가 망하고 만다는 말을 이 동네사람들이 믿어오기때문입니다。 그런고로 동네는 근심 걱정으로 절절 끓었습니다。

이튿날 안해를 빼앗긴 사람은 나그네 모양으로 행장을 하고、 그 동네로 갔습니다。 보니까、 동네 사람들은 한 곳에 모여서

『뻐꾸기가 울고 여우가 울었으니까、 불일간에 우리 동네가 망하겠는데、 어떻게 하면 이 화난에서 우리 동네를 구할수가 있을가。』

이렇게 서로 서로 토론들을 하고 있었습니다。

『이 동네에 무슨 큰일이나 생겼습니까。무슨 일입니까?』

하고 안해를 빼았긴 사람이 동네 사람들이 모여서 토론을 하고있는데 가서 이렇게 물었습니다。그러나 동네 사람들은 외 동내사람이라고 말도 하지 않았습니다。그때 이 사람이

『전 점을 좀 배웠는데요。무슨 일이 계신것 같으시니、점을 쳐드리지요。무슨 일인지 말슴해주십시오。』

하고 말했습니다。그러니까、동네 사람들은 기쁜 낯을 하면서

『지난 이틀밤 이 동네 뒷 산에서 뻐꾸기가 밤새도록 울고、여우도 또 밤새도록 울었삽는데 어떻게 하면 이 화난을 면할수 있을까。토론들을 하고 있던중이올시다。』

하고 말했습니다。

안해를 빼았긴 사람은 이 말을 듣고 하도 그게 큰일 났습니다 구려 하는듯이、불짝걸음을 하여 썩 동네 사람들 앞으로 다가 앉으면서、

『네 그렇습니까。어디 점을 쳐봅시다。사태가 사태이니만치 매우 곤난하리라고는 생각합니다마는、어디 힘껏 해봅시다。』

이렇게 말하고、안해를 도둑놈한테 빼았긴 사람은 제법 점을 치는양 중얼중얼 점을 치는 시늉을 한참 동안 한 다음

366

『아무 산에 가서 대제사를 지나아지、동네를 구하지、그렇지 않고는 동네를 구할 방침은없습니다。그런데 이 대제에는 어린애들까지라도 모다 한 사람도 빼시지 말고 산으로 가야합니다。』

하고 말하였습니다。그러니까、동네 사람들은 이 말을 듣고 기뻐하면서 이 사람이 말한대로 그 산에 가서 대제사를 지나기로 하겠다고 말하였습니다。

안해를 도둑놈한테 빼았긴 사람은 곧 도둑촌으로 돌아와서、

『내일 아무시에 그 동네로 가시오。』

하고 괴수 도둑놈 신제복이더러 말했습니다。

이튿날 신제복이는 부하 도둑놈들을 데리고 그 동네에 가보고 깜짝 놀랐습니다。도대체 어찌된 일인지 애 하나 개 한마리 볼수가 없지 않습니까。도둑놈들은 막 마음대로 모든 재물을 하나도 남거두지 않고 죄다 들어왔습니다。

몇해를 두고 여러차례 습격하여서도 좀채 쳐먹지를 못하던 이 동네를 이렇게 깜쪽 같이 물수허 들어오고 말아왔으니까、괴수 도둑놈 신제복이랑 여러 도둑놈들의 안해 빼았긴 사람에 대한 존경은 여간 크지 않았습니다。도둑촌에서도 안해 빼았긴 사람의 세력은 신제복의 다음으로 커졌습니다。

하루는 또 안해 빼았긴 사람더러 신제복이가 이런 말을 했습니다。

369

『어보게 처남 아무 동네를 여지 수년 동안 별러가면서 치려고 하여서도 도무지 방비가 심해서 칠수가 없는데, 처남 임자가 한번만 더 수고하여 주게. 그 동네란 앞에 큰 늪이 있는 동네일세.』

하고 말했습니다.

『오냐, 인제야 내 안해를 데려고 갈 기회가 왔구나.』

어떻게 이 사람은 생각하고 신제복의 말을 쾌히 승낙하였습니다.

안해를 빼앗긴 사람은 신제복이더러 가죽 부대를 많이 마련해 오라고 하였습니다. 그러니까, 신제복이는

『무슨 훌륭한 꾀를 또 피우려는게다.』

이렇게 생각하고, 부하들에게 가죽 부대를 많이 마련하게 하였습니다.

가죽 부대를 마련해 놓고는, 도둑놈들을 데리고 그 동네로 갔습니다. 늪 가에 가서 안해를 빼앗긴 사람은 도둑놈들에게 하나 하나씩 가죽 부대를 가지라고 하고, 그 가죽 부대 속에 다들 들어가 있으라고 말했습니다. 그러니까, 신제복의 부하들은 가죽 부대에 들어가기를 주저하고 들어가기를 싫어했습니다. 그러니까 신제복이가 이것을 보고,

『얘 얘 이놈들아. 요전 동네를 감쪽같이 먹어온 일이 생각나지 않니? 이번 또 요전처럼 맛있게 이 동네를 홀딱 삼켜가려면 어서어서 말을 들어야 된단 말야. 제까짓것들이 우리 처남의 훌륭한 꾀를 한놈이라도 알놈이 있겠니?』

이렇게 부하들에게 가죽 부대 속에 들어가라고를 하고 자기부터 가죽 부대속에 들어갔습니다. 그러니까, 신제복이 부하 도둑놈들도 죄다 부대 속에 들어갔습니다.

안해를 빼앗긴 사람은 가죽 부대를 하나 하나씩 다 노로 홀쳐매놓았습니다. 이렇게다 도둑놈들이 나오질 못하게 해놓구는 동네로 뛰어들어가서,

『큰일 났습니다. 큰일 났습니다. 얼른 빨리 늪 가로 나와주십쇼.』

하고 고함을 쳐서 동네 사람들을 죄다 늪 가에 나오게 하였습니다.

『무슨 일이 생겼노? 늪에 용이라도 떨어졌나?』

하고 생각하면서 동네 사람들이 늪 가에까지 나와 보니까, 수백개 가죽 부대가 놓여있었습니다. 안해를 빼앗긴 사람은 이 가죽 부대들을 가리키면서,

『저 가죽부대 속에있는놈들은 악하고 악한 도둑놈들이외다. 당신네 동네를 치러 온것입니다.』

이렇게 말하고, 그놈들을 늪에 차넣으라고 하니까, 동네 사람들은 노하면서 가죽 부대를 모두 늪 가운데 차 쓰러넣어서, 도둑놈들을 한놈도 남기지 않고 죄다 죽여버렸습니다.

안해를 빼앗긴 사람은 도둑촌으로 돌아와서, 많은 재산을 말에 싣고 사랑하는 안해의 손목을 잡고 고향으로 돌아가서, 길이길이 행복을 누렸더랍니다. (平南 平原郡 西海面 四里)

요술 쓰는 색시

옛날도 옛날 아주 오랜 옛날 한 곳에 이참봉이라고 하는 사람이 있었더랍니다

이 사람에게는 외아들이 한 사람있었는데、생김생김이 아주 사내답고、재주가 뛰어났습니다。그런데 하루는 어떤 낯 모를 머리털이 하얀 노파가 이참봉의 집을 찾아와서 하는 말이

『당신댁에는 귀여운 아드님이 계시겠는데、장가가실 년세가 되셨지요? 정혼을 하시면 어떻습니까。』

하고 다짜고짜로 이런 말을 하는고로、이참봉은 이상하게 생각하면서、

『좋은 곳만 있으면 정혼해도 좋소。』

하고 대답했습니다。그러니까、노파는

『사실인즉은 내 딸이 이 집 도련님과 정혼을 하면 좋을가싶어서、이렇게 제가 일부러 온것입니다。』

하고 말하였습니다。

이참봉은 이 노파의 태도며 말하는것을 들어보고、가히 신용할수 있다 생각하고、선도 보지 않고、그 자리에서 정혼을 했습니다。

날이 가고 달이 바뀌어서 이참봉의 아들은 열살이 네살이나 더 넘어 열 네살이 되었습니다 그때 이참봉은 좋은 날을 때해 장가보낼 날을 정했습니다。그리고 아무날 아들이 장가를 잔다고 사돈집에다 편지했습니다。그러니까、얼마 후에 사돈 집에서온 회답을 보니까、

『금강산 만물상 꼭대기에까지 오면 우리를 만날수 있을께니、만물상으로 오시오。』

하고 써있었습니다。그때 이참봉의 아들이 의복을 단정히 차리고、헐떡헐떡 수고스레 금강산 만물상 꼭대기에 올라가 보니까、신부는새려 신부의 그림자조차 가뭇도 보이지 않았습니다

이참봉의 아들은

『아마 날을 잘 알아두지 못한게다。』

생각하고 이틀날 또 올라가 보았습니다。그러나 어제와 같이 역시 아무것도 보이지 않았습니다。신랑은 이상 야릇히 생각하면서、그날은 절에 가서 하루저녁을 자고、이틀날 또 만물상에 올라갔습니다。이날도 색씨랑 장모들이 보이지 않으면 아야 집으로 돌아갈 작정을 하였었습니다。그러나 사흘만에 올라가보니까 만물상 꼭대기에 흰 옷을 입은 사람 세 사람이 보였습니다。색씨하고 색씨의 아버지 어머니의 세 사람이었습니다。그런데 신부는 장옷을 벗지 않고 낯을 가리운대로 절대로 낯을 보여주지 않았습니다。이참봉의 아들은 자기 색씨의 얼굴을 보지 못하는것이 궁금해서 얼굴을 좀 보자고 하니까、색씨의 어머니가

『이애는 아주 수집어하는 엔고로、남한테 얼굴을 뵈질 여간 싫어하질 않는다。그러니까、

374

그냥 참으세。』

하고 말하는것이었습니다。

이참봉의 아들은 서운하긴 하였으나、색씨의 자태가 퍽 아름다운것을 보고、기쁘게 생각하였습니다。

이참봉의 아들은 처가집에서 사흘을 지나고 나흘만에 도루 집으로 돌아왔습니다。그리고 열마후에 잔치를 잔고 색씨를 데려왔습니다。그런데 이거 보셔요 이참봉의 아들은 너무 놀라서 하마트면 미칠것도 같았습니다。색씨의 얼굴이 어찌도 망칙한지 알수가 없었습니다。콩마당에 굴려놓은것 같이、구멍이 송송 뚫어져있는 얽음방이었습니다。너무도 해괴 망측하니까、색씨 구경 왔던 사람들이 질색들을 하여 도망질쳤습니다。

이참봉의 아들은 속은것이 너무도 분하고 기가 막혀서 어쩔줄을 몰랐습니다。

색씨를 데려온 날부터 이참봉의 아들은 절대로 저의 색씨 낯작을 보지 않으려고 외딸은 방에 들어가서 아침부터 밤까지 그저 자꾸 공부만 하는것을 유일의 낙으로 삼았습니다。그러나 이참봉은 며느리가 비록 세상에도 드문 얽음방이지만、조금도 언짢은 낯을 하지 않았습니다。그러나 집안 사람들은 이 얽음방이 색씨를 사람 같이 보지도 않고 페주었습니다。

그러니까 하루는 며느리가 시아버니 이참봉더러

『절로 인하여 집안에 불화가 생기오니、조그마한 집을 하나 제주시면 따로 나가 살겠습니

375

다。』

하고 집을 하나 지어달라고 말했습니다。 그때 이참봉은 곧 그날부터 목수를 데려다가 집을 지어주었습니다。 그리고 몸종 하나를 주었습니다。 그런데 하루는 이런 일이 있었습니다。

궁중에서 큰 잔치가 불일간에 열리는데、이잔치에 참례하려면 반드시 학을 수놓은 조복(朝服)을 입어야 합니다。 그러나 이참봉에게는 이런 조복이 없었습니다。 잔치할 날은 이틀 밖에 없는데、아무리 재간이 좋은 사람이라도 도저히 이틀간에는 수를 놓을수가 없습니다。 그런고로 이참봉은 근심하기 짝이 없었습니다。 그런데 이 말을 얽음방이 며느리가 듣고、

『그럼、제가 수놓아 들이겠사오니、그 조복을 보내주옵소서。』

하고 몸종더러 참봉께 말씀 들이라고 하였습니다。 이 말을 들은 이참봉 집 사람들은

『그런 얽음방이가 수가 또 무슨수냐。』

하면서 조소하였습니다。 그러나 이참봉이 조복을 몸종에게 내주라고 하는고로、마지 못해서 조복을 내주었습니다。 그러니까、이거 보셔요。 다른 사람이 이 조복에다가 수를 놓는다면 보름은 걸릴것을 얽음방이 며느리가 단 두시간 동안에 다놓아서 몸종을 시켜 들여보내지 않았습니까。 그것도 또 허투루 놓은 수면 또 모르겠는데、아주 훌륭하게 놓아있질 않습니까。 온 집안 사람들은 깜짝 놀랐습니다。 이참봉은 자기 눈이 어그러지지 않았음을 기뻐했습니다。

대궐에서 잔치가 베풀어지는 날 이참봉은 이 얽음방이 며느리가 놓아준 조복을 입고 대궐에 참례하였습니다。 여러 사람의 훌륭한 조복 가운데서도 이참봉의 조복의 수가 제일 눈에 띄우고 훌륭하였습니다。

임금님께서 이 훌륭한 이참봉의 조복을 보고、임금님이 이참봉을 부르시었습니다。 그리고 한참 동안 그 아름다운 학의 수를 보시더니、

『이 조복에 수를 놓은 사람은 배 주림을 받고 있으니、이후로는 쌀을 한말씩 밥 지어줘라。』

하고 분부하셨습니다。 이참봉이 임금님의 말씀을 기교하게 생각하면서 집에 돌아와 보니까、과연 며느리가 굶주리고 있는 빛이 보이는고로、그날부터는 한끼에 한말씩의 밥을 지어주라고 쌀을 보냈습니다。

이 며느리는 아무래도 예삿 사람이 아닙니다。

이 얽음방이 색씨는 또 앞일을 아는 부인인가 봅니다。 앞으로 올 일을 알고 집 뒤에다 향나무를 한그루 심었습니다。 그러니까、몇달이 안되어 하늘까지 닿으리만큼 크게 자랐습니다。 그런데 어떤날 이참봉이 며느리 집에 오다가 이 향나무때문에 혼난 일이 있습니다。 이참봉이 며느리 있는 집 마당을 한발자욱 디디자말자、그렇게도 맑고 맑던 날이 웬일인지 갑자기 벼성벽력이 일어나면서 찰찰 소나기가 퍼붓고、또 며느리 사는 집 뒤에 크다란 구렁이 한마리가 입에서 불을 내뿜으면서 이참봉을 물며 내려옵니다。 이참봉은 질색을 하여 며느리를 불렀습니다。 그러니까 며느리가 나오면서、

『아버님, 염려 마셔요. 구렁이가 아니고 향나무 아닙니까. 자세 보셔요.』
하는고로, 이참봉이 자세 보니까, 과연 그건 구렁이가 아니고 노향나무였습니다. 그리고 뇌성벽력인줄 알았던것은 향나무에 바람이 불리는 소리고, 조따만 구렁이가 불을 내뿜는다고 보인건 빨건 헝겊이었습니다. 이참봉은 깊이깊이 없음방이 며느리의 재간에 감탄하여 마지 않았습니다.

그런데 이 없음방이 색시의 집에는 업신도 하지 않고, 그저 아침부터 저녁까지 공부에만 전심을 두고 공부만 하면 이참봉의 아들은 그해 과거시험에 장원급제를 하였습니다. 그리고 너무도 학문이 뛰어났는고로, 단박에 평양 감사로 임명되었습니다.

이렇게 이참봉의 아들이 평양 감사가 되자, 며느리가 하루는 이참봉한테 가서 집에 다녀오겠으니 이틀만 날을 허하여달라고 하였습니다. 이 말을 듣고, 이참봉은 이상히 생각하였습니다. 금강산까지 다녀오려면 적어도 한달이 걸리어야되는데, 이틀이란 말은 믿을수 없는 말이었습니다.

이참봉은 속으로 의심하면서도 자우간 본집에 다녀오라고 이틀 동안을 허하여주었습니다.

이틀을 지나 사흘만에 며느리가 저의 아버지를 데리고 왔습니다.

『이상도 하다.』

이참봉이 이렇게 생각하면서 있느라니까, 며느리의 몸종이 헐떡헐떡하면서 달아 오더니,

그저 자꾸 이참봉을 끌어댕기는고로,

『며느리가 아마 병이 나서 죽어가는가보다.』

생각하고, 딸아가 보니까, 아! 이거 봅쇼. 반달 같이 아름다운 색씨가 앉아있질 않습니까. 이참봉은 그저 눈이 둥글해서 어찌된 일인고 며느리는 어디를 가고 저런 아름다운 색씨가 이집에 앉아있노 생각하고, 그 색씨를 노려보고 있느라니까, 그 색씨가 이참봉 앞에 꿇어 엎드리면서,

『낭군(郎君)님께서 혹시나 수학하시는데 방해가 생기지 않을까 생각하옵고 일부러 얼굴을 수하게 하고 있었습니다. 낭군님께서 장원급제를 하시고 평양 감사가 되셨으니, 이렇게 기쁜 일은 더 없삽나이다.』

하고 말하는것이었습니다. 이참봉은 너무도 기쁘고 기뻐서 용히는 말을 못하고 뚝뚝 구슬 같은 눈물을 흘리고 있을뿐이었습니다. 이참봉의 집안 사람들도 일변 놀라면서 일변 기뻐하였습니다.

이참봉의 아들은 그냥 자꾸 믿지 못할 일이라고 고집을 하다가, 너무도 자꾸 집안 사람들이 칭찬을 하는고로 어떤날 밤 몰래 안해가 있는 초가 삼간집에 가서 문창 틈으로 들여다보고, 깜짝 놀랐습니다.

『저렇게 아름다운 여자가 내안해일가.』

생각하였습니다。 그러나 틀림없는 저의 안해입니다。 이참봉의 아들은 황송하고 감사하기 짝이 없어서 문을 열고 들어가서 안해 앞에 무릎을 꿇고、

『당신이 그렇게 저를 생각하여주시는줄은 모르고 당신을 멸시하여 무안하게 짝이 없습니다 용서하여주소서。』

하고 빌었습니다。 그러니까、 색씨는

『잘못은 제게 있습니다。 그간 당신의 마음을 괴롭게하여드린 죄 만사에 지당하나이다。 용서하여주십소서。』

하고 색씨도 빌었습니다。

이후부터는 두 사람은 아주아주 의좋은 부부가 되었습니다。 그런데 이 소문이 퍼지고 퍼져서、 지나 황제의 귀에까지 들어갔습니다。 지나 황제는

『조선 같이 조그마한 나라에 그 같은 재질이 있을수 없다。 이런 소문이 나는것은 아니꼽기 짝이 없으니、 그 거짓 소문을 퍼치는연을 죽여없애라!』

하고 지나 제일 가는 힘세고 아주 지혜 많다는 여장군을 보냈습니다。

이참봉의 며느리는 미리 이것을 알고。 몸종을 시켜서 술 두독을 준비했습니다。 한독은 아주 독한 술이고、 또 한독은 약주였습니다。

이렇게 준비를 해놓고 있느라니까、 과연 지나의 여장군이 왔습니다。 이참봉의 며느리는 극

진히 대접하는체하면서 여장군에게는 독한 술을 주고 자기는 약주를 먹었습니다。 그러니까、 여장군은 술에 취해서 눈을 부릅뜨고 쿨쿨 코를 굴면서 잠이 들었습니다。

이참봉의 며느리는 여장군의 품에 품고 자는 비수를 꺼내니까、 그 비수가 갑자기 제비가 되어서 날아 올라가더니、 이참봉 며느리의 모가지를 향해 날아 오는것이었습니다。 그때 이참봉의 며느리는 요술을 써서 그 제비가 된 비수를 떨어뜨렸습니다。 그리고 이 비수를 단단히 쥐고 고함을 고래고래 지르면서 여장군이 베고 자면 베개를 차서 던지니까、 여장군은 놀라면서 벌떡 일어났습니다。 눈을 뜨고 여장군이 보니까、 신기한 그 비수가 이참봉 며느리의 손에 쥐어있질 않습니까。 여장군은 깜짝 놀랐습니다。

『아무도 나 밖에는 쥐어보지 못하는 저 비수를 농락하는이 여자는 참 보통 여자는 아니다。』

이렇게 생각하고 꿇어 엎드리면서

『죽을 죄로 잘못했습니다。 제발 그저 목숨만 살려줍소서。』

하면서 이참봉 며느리한테 항복하였습니다。 이참봉의 며느리는 이렇게 저를 죽이러 왔던 지나의 여장군이 빌고 있는것을 보고、

『그러면 네가 비니 네 목숨을 살려보내주마。 그런데 네가 돌아가거든 일국의 황제로써 한 여자를 해하지 않으면 안되겠다고 생각하는 좁은 도량을 비웃고 있더라고 황제께 아뢰어라。』

하고 그냥 놓아주었습니다。

지나 황제는 이 말을 여장군한테서 듣고 노기가 충천하여졌습니다. 그리고 이번엔 힘세고 지혜 많기로 지나 제일가는 형제 장수를 이참봉의 며느리를 죽이고 오라고 보냈습니다. 형제 장군은 수만 대병을 거느리고 이참봉 며느리를 죽이려 우려 조선 나라에 왔습니다.

형장수가 먼저 이참봉 며느리 집 앞 마당에 와서

『어서 나와서 죽어봐라.』

하고 고함을 고래고래 질렀습니다.

이 소리를 듣고, 이참봉의 며느리는 몸종에게 비수를 하나 주면서,

『네가 나가서 저기에서 지금 고함치고 있는놈을 죽이고 오너라.』

하였습니다. 그러니까, 몸종은 부들부들 떨면서 주인의 명령이라 거역할수가 없어서, 죽을 자오를 하고 비수를 들고 밖으로 나갔습니다.

형장수는 이 몸종이 조그만 비수 하나를 들고 나오는것을 보고,

『요 당돌한 계집 같으니. 죽을줄을 모르고 덤벼드느냐!』

하면서 검으로 몸종을 치려고 하니까, 어쩐 일인지 갑자기 손이 몽둥이 같이 뻣뻣해져서 쓰질 못하게 되었습니다.

그런데 금시까지 부들부들 무서워서 떨고 있던 몸종은 이 형장수의 쐐치는 소리를 듣고, 이상하게도 무서움이 하나도 없어지고, 기운이 생겨서 형장수가 타고 있는 말 등에 뛰어 올

라가서, 형장수의 목을 베어떨어뜨렸습니다. 그리고 잭딱 베운 형장수의 머리를 집 뒤 노향나무 맨 위가지에걸어놓았습니다.

이것을 본 아우 장수는 일변 놀래고 일변 성이 나서 수만대병을 거느리고 물결 같이 쳐들어왔습니다. 그러니까, 향나무에서 갑자기 바람이 무섭게 불기 시작하면서 뇌성 벽력을 치며, 소나기가 퍼붓듯이 내려와서, 순식간에 큰 홍수가 생겨, 군사들이 물에 빠져서 첨벙대고 있었습니다. 그러머니, 향나무는 또 크다란 용으로 변해져서, 입으로 찬바람을 내뿜었습니다. 이렇게 하니까, 물에 잠겨서 첨벙대고 있던 군병들은 목만 내놓고 얼어 죽었습니다. 아우 장수도 물론 홍수난 물이 뺑뺑 얼어붙는 판에 목만 내놓고 얼어죽고 말았죠.

이참봉의 며느리는 몸종하고 얼음을 지치면서 수만 군병의 머가리를 때깍때깍 차서 죄다 부러뜨렸습니다.

이 일이 있은 후부터는 아무런 일도 생기지 않고, 이 요술 피우는 색씨하고 이참봉의 아들은 갖은 행복을 길이길이 누렸더랍니다.

(平南 平原郡)

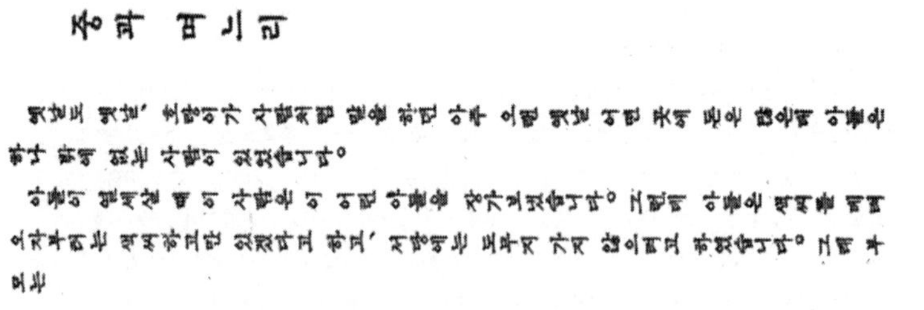

오군오군 했습니다。

그런데 하루는 이렇게 색씨가 어떤 남편더러 오라고 한 편지를 한걸 이 절의 중이 보았습니다。 중이 이 편지를 보고 좋지 못한 마음이 벌컥 일어나서 그 편지를 제자한테 주지 않고 아무날 오라고 한 날 밤 중에 그 집을 찾아갔습니다。

이 집 며느리는 자기 어떤 남편이 인제나올가 인제나올가 기다리고 있었는데, 담정 밖에서 발자죽 소리가 들리니까, 정녕, 자기 남편이 왔는가부다 생각하고, 무명필을 획 먼저 주었습니다。 그러니까 어떤 남편이 아닌 중이 그 무명필을 잡고 담정을 넘어서 집안으로 들어왔습니다。

며느리는 저 있는 방까지 데리고 와서 그게 자기 남편이 아니고 의딴은 머리를 깎은 중이었던것을 보고 깜짝 놀랐습니다。 그러나 양반집이라 소리를 질러 사람을 부르지도 못하고, 그만 중한테 정조를 빼앗겨버렸습니다。

이렇게 중이 두번 세번 오는 사이에 며느리는 어떤 남편에게 늘 불만을 갖고 있던것이 중한테 만족을 얻게 되어 후에는 중이 찾아오는것을 기다리게까지 되었습니다。

중이 하루는

『그까짓놈 임자 새서방놈을 죽여 업새버리고, 범한테 물려죽었다고 합시다。

이렇게 중이 이 집 며느리에게 말했습니다。

며느리는 마음까지 홀딱 중한테 사로 잡혔던고로, 중의 말대로 그럼 그렇게 하자고, 하였습니다。

이렇게 끔직스럽고도 가증스런 악계를 품고 중은 절로 돌아가서 자기 제자더러 산위에 소풍을 나가자고 꾀어서 데리고 나가 큰 바윗돌을 들어서 이 나이 어린 새서방을 찌겨뜨려 죽였습니다。

이 마음 악한 중은 바위 짬에서 나오는 물을 마시군 한고로 힘이 대단히 강했었습니다。

중은 이렇게 제자를 죽이고는 시체를 바윗돌 짬에 던지고 그 위에다 바윗돌을 덮어놓았습니다。

이렇게 불측스런 것을 해놓고는 중하고 젊은 며느리는 뱃장이 맞아서 마음껏 하고싶은 것을 다 하였습니다。

그런데 어떤 날 활을 아주 잘 쏘는 한 사람이 과거를 보러 서울에 올라갔습니다。 날이 저물어 그날 저녁 주막집에 들어서 곤하게 잠을 자고 있는데, 꿈에 의복을 단정히 차린 청년이 나타나더니,

『저는 이 주막집에서 그리 멀지 않은 곳에 있는 아무개의 아들이옵니다。 아무 절에 가서 공부를 하였삽는데, 선생 중하고 저의 안해하고 뱃장이 맞아가지고 중이 저를 바위로 찌꺼트려죽였습니다。 아무쪼록 당신께서 이 원수를 갚아줍소사고 왔습니다。』

하면서 시체가 있는 곳을 가르쳐주고는 없어졌습니다。

이튿날 이 사람이 간밤에 본 꿈을 이상히 생각해서 그 산에 가보니까, 과연 바위에 떡 꺼트려서죽인 끔직한 시체가 바위 틈에 뗑게쳐 있었습니다。 그래 이 사람은 그 시체를 꺼내다가 네모에 돌을 괴이고, 시체가 것 눌리우지 않게 그 위에다 바위를 덮어놓아주었습니다。

이튿날 밤 꿈에 이 중한에 죽은 청년이 또 나타났습니다。 청년은 감사하다고 꿇어엎드려서 절을 하고는,

『오늘 밤 담전을 넘어 우리 집 후원에 들어가시면, 저의 처와 중이 희롱을 하고 있을레오니, 원수를 갚아주옵소서。』

말하고는 청년은 없어졌습니다。

그날 밤 이 활 잘 쏘는 사람은 간밤에 청년이 꿈에 나타나서 한 말대로 담정을 넘어서 그 집 후원에 들어가보니까, 과연 계집년이 중하고 번거숭이가 되어 서로 쓰러안고 희롱을 하고 있는것이 문창에 비치었습니다。 그래 이 사람은 활을 잔 겨누었다가 쏘니까, 중은 그만이야 죽고 말았습니다。 이렇게 중의 가슴에 화살이 마주 꿰어서 죽으니까, 색씨는 미 흘티는 중의 시체를 벽장속에 숨어넣었습니다。

활 잘 쏘는 사람은 계집년이 중의 시체를 이렇게 벽장에 숨어넣는것을 보고 곧 담정을 넘어가서, 사랑방 앞에 가서 주인을 찾았습니다。 그러니까, 아들이 변한데 붙어죽었다고 생각하

388

고, 매일매일 울음으로 날을 보내던 부자 영감이 문을 열고 기침을 하면서 나왔습니다。 활 잘 쏘는 사람은 인사를 한 뒤,

『당신의 아들이 빈한데 붙어서 죽었다고 하는것은 새빨간 거짓말입니다。 당신이 인제 곧 며느리 방에 가셔서 벽장 문을 열어보시면 아실 도리가 있사오니, 저하고 같이 가봅시다。』

하고 말하니까, 영감은 크게 놀라면서 이 사람을 데리고 며느리 방으로 갔습니다。

『네 새서방이 가지고 있던 보물 하나가 여기 있을테다。』

이렇게 이 부자 영감이 며느리며 말하면서 벽장문을 열려고 하니까,

『아버님 여긴 그런게 있을리 없습니다。 여기는 옷가지 밖에는 없어요。』

하면서 질색을 하여 벽장 문 앞에 막아섰습니다。 이것을 보고 영감은 더욱 의아히 여기면서 마구 며느리를 밀쳐버리고 벽장 문을 열었습니다。 그러니까, 벽장 속에는 끔직스레 피투성이가 된 중이 죽어있질 않습니까。 부자 영감은 깜짝 놀랐습니다。

며느리는 드디어 제가 일때껏 해온 짓이 알려진고로, 너무도 겁적해서 혀를 깨물고 죽었습니다。

그날 밤 활 잘 쏘는 사람의 꿈에 그 청년이 또 나타났습니다。

『당신님께서 이처럼 제 원수를 갚아주셨사오니, 은혜는 백골난망이옵니다。 당신님께서 과거를 보실 때, 제가 다른 사람의 눈에는 보이지 않고 당신 눈에만 보이게 답안을 쓸테이오

389

니, 당신께서 이 답안을 옮겨 쓰시옵소서。』
하고는 없어졌습니다。
아넌게 아니라, 이 사람은 그 답안을 옮겨 써서 장원 급제를 하였더랍니다。

(平南 安州郡 立石)

용왕의 딸

옛날 옛날 아주 오랜 옛날, 어떤 곳에 부모를 일찌기 여의고 혼자서 외로이 살아가던 소년이 있었더랍니다。

이 아이는 마음이 아주 착했었습니다。 매일 매일 산에 가서 나무를 해다 가는 그것을 지고 장에 가서 팔아다가는, 겨우 겨우 그날그날을 부지해갔습니다。

하루는 예전 같이 산에 가서 나무를 한짐 잔뜩 해 지고 집으로 돌아왔습니다。 그런데 장가에까지 오니까, 어떤 애들이 네다섯 모여 둘러 앉아서 무슨 장난을 하고 있는고로, 이 애가 그 옆을 지나다가 물끄르미 들어다보니까, 크다란 고기 한마리를 잡아서 가지고 놀고 있는것이었습니다。 그런데 이상하게도 그 고기가 눈물을 뚝뚝 흘리면서 울고 있지를 않습니까。 마음이 착한 아이라, 이 애는 그 고기가 불쌍하기 짝이 없었습니다。

나무짐을 내려놓고 애들한테 가서

『애 애, 그 고기를 나한테 팔지 않겠니? 내 돈 줄께, 나한테 팔아다우 응?』

하고, 그 고기를 샀습니다。 그리고 그 산고기를 물에 도로 놔주었습니다。 그러니까, 고기는 흘레흘레 꼬리를 흔들면서 한참 동안 빙글빙글 돌아 이 마음 착한 애를 유심히 바라보더니,

물 속으로 들어가버렸습니다.

이 아이는 고기가 기뻐하는 양을 보고 어떻게 저도 기쁜지 알수 없었습니다.

그 후의 일입니다.

어떤 더운 날 이 아이가 며칠 전에 고기를 물에 놓아준 강에 가서 목욕을 하고 있었습니다 첨버텅첨버텅 헤엄을 치고 있느라니까, 물 속에서 꿀떡꿀떡하고 거북 한마리가 나오더니,

『여보세요. 마음 착한 양반! 전날은 참으로 고마웠습니다. 그 때 당신께서 물에 놓아주신 고기는 바로 저의 용왕님의 외아들이였습니다. 그 날 일기도 따스하고 해서 세상구경을 나오셨다가, 그렇게 어떤 아이들한테 붙잡혀서, 그만이야 죽으실것을 마음 착하신 당신님께서 그와 같이 살려주셔서, 참으로 고맙고 고맙습니다.』

하고는 절을 하더니

『태자님께서 당신을 모시고 들어오라고 하시기에, 제가 당신님을 모시러 나왔습니다. 저의 잔등에 어서 올라타 주십시요.』

이렇게 거북은 공손히 말을 하고 제 등을 돌려댔습니다. 그때 산에 가서 나무를 해다가 그날그날을 겨우 부지해가는 이 아이는 거북의 잔등에 올라탔습니다. 그러니까 거북은 이 아이를 태우고 삽시간에 용궁 앞에까지 들어갔습니다. 용궁 정문 앞에는 용궁의 궁녀들이 여럿이 나와서 이 마음 착한 소년을 맞이했습니다. 용왕의 아들은 이 소년을 보고 [illegible]

392

기뻐하였습니다.

용궁에서는 이날부터 사흘 동안 이 소년을 위하여 아주 훌륭한 잔치를 베풀었습니다. 아름다운 용궁의 궁녀들은 풍악 소리에 맞추어 춤을 추고 크다란 소반 위에는 지상 나라에서는 보지도 못하던 맛있는 음식이 산 같이 싸여있었습니다.

꽃은 웃고 새들은 노래를 부르고 이름 모를 물고기들은 행렬을 지어서 나발 소리에 맞추어 행진을 하고—— 참 매일 매일 재미나고 즐거운 날이였습니다.

이렇게 고생과 근심을 모르고 즐겁고 기쁘기만 한 용궁의 하루는 이 세상의 일년 맞잡이였습니다. 이렇게 이 세상 하루와는 엄청나게 차이가 있는 날을 하루하루 또 하루 몇달을 있느라니까, 마음 착한 아이는 뭍밖 세상이 그리웠습니다. 그래 용왕의 아들 보고 뭍 밖 세상으로 나가겠다고 말하니까, 용왕의 아들은 슬퍼하면서,

『기어이 당신이 나가시겠다면, 할수 없습니다. 그러시면 아버님께서 무엇을 가지고 가고싶잖으냐.』

고 하시면, 다른것은 다 싫은데, 아랫목에 있는 죽어가는 강아지를 달라고 그러슈.』

하고 말했습니다.

마음 착한 소년이 용왕한테 가서 용궁에 들어와있던 여러 달 동안 대접을 후히 받아서, 고맙다는 치사를 하고 뭍밖 세상이 그리워서, 나가겠다고 하니까,

393

394

『그러면 무엇을 가지고 가고 싶잖은가。무어이든 요구하는걸 드릴터이니까 말슴하게。』
하고、용왕이 말했습니다。그때 이 소년은
『별로 가지고 가고싶은것은 없습니다。주시려거든、집이나 보라고 하게。저기 저 죽어가는 강아지를 줍소서。』
하고 말하였습니다。
죽어가는 강아지라고 하는것은 사실은、용왕의 딸이었습니다。설마 이 소년이 다른것 번쩍 번쩍 빛나는것이 방 안에 가득 차있는데、너더먹은 강아지로 변해있는 자기 귀한 딸을 달라 할줄이야 생자이나 하였겠습니까。놀랐습니다。그러나 이 마음 착한 소년도 또 그 너더먹은 강아지가 용왕의 딸인 줄을 모르고、그저 용왕의 아들이 하라는대로만 말한것입니다。
이 말을 듣고、용왕은 놀라면서 그리고 머리를 흔들었습니다。
『그것만은 참아 못 드리겠으니、다른것을 말하시게。』
하고 거절을 하였습니다。그러니까、옆에 서있던 용왕의 아들은 낯을 붉히면서、
『아버님! 아버님 거 무슨 말씀입니까。그러니 아버님은 제 생명을 구하여주신 은혜를 모르십니까。어서 주십소서。』
하고 말했습니다。용왕은 아들의 말을 듣고、섭섭하기는 섭섭하였으나、할수없이 그 강아지를 마음 착한 소년에게 주었습니다。마음착한 소년은 그 강아지를 가슴에 고이 [illegible]

라고 다시 이 세상에 나왔습니다。옛날 살던 집은 그냥 그대로 있었습니다。
이 소년은 이 집에서 예전과 같이 살아가게 되었습니다。산에 가서 나무를 해오곤 해오곤 그 나무를 장에 팔곤 팔곤——이렇게 예전과 꼭 같이 살아갑니다。예전과 다른것이 있다면、전에 없던 강아지가 한마리 있는것이었습니다。마음 착한 소년은 산에 가서 나무를 하면서도 강아지 생자을 하곤 하였습니다。나무를 한짐 해가지고 집으로 돌아가면 강아지가 목에 달아준 방울을 딸랑딸랑 울리면서 마주 나올 생자을 하면、어서 나무를 해야겠다고 용기가 생기는것이었습니다。
그런데 강아지를 용궁에서 얻어다 둔 후부터는 이상한 일이 생기곤 하였습니다。
마음 착한 이 소년이 산에 가서 나무를 해가지고 저녁때에 집에 돌아 오곤 하면、부엌은 먼지 하나 검불 하나 볼수 없을만치 깨끗이 쓸어져있고、독에는 물이 치렁치렁 하나 가득 담아있고、또 소반에는 흰 보가 착 씌워있곤 하였습니다。이 소년은 그 흰 보를 젖기면、놀랍게도 따스한 저녁밥이 정하고 가지런하게 작만되어있곤 하지를 않습니까。마음 착한 소년은 대체 이게 어찌된 일인지를 모르고、이상히 여기다가 하루는 나무하러 산에 가지를 않고、부엌 독 틈에 숨어서 지키기로 하였습니다。
섭을 뒤집어쓰고 숨어있느라니까、용궁에서 데리고온 강아지가 딸랑딸랑 부엌에 나오더니 강아지의 가죽을 벗고 아주 아름답고도 백합꽃 같이 아름다운 처녀가 나오지를 않습니까。마

395

음 착한 소년은 깜짝 놀랐습니다. 마음 착한 소년은 침을 꿀꺽 삼키면서,

『오옳지! 저 처녀였었구나.』

이렇게 생각하고, 숨을 삼키고 있느라니까, 처녀가 밖에 나가서 이마에 손을 대고 해를 쳐다보더니,

『저녁때가 됐군! 그이가 곧 오시겠군—!』

이렇게 혼자말을 하더니, 부엌으로 다시 들어와서 저녁밥을 시작했습니다.

물을 길어오고 솥을 부시고 쌀을 씻고 하는게 어찌도 이렇게 빠릅니까. 눈깜박할새에 저녁밥을 차려서 밥상에다 올려놓고, 보자기를 덮어놓았습니다.

이렇게 다 저녁밥을 차려놓고는 처녀가 도로 강아지 가죽을 쓰려고 하였습니다. 이것을 보고, 마음 착한 소년은 놀라 정신을 잃고, 이 아름다운 처녀의 밥짓는 모양을 바라보고 있다가, 독 틈에서 뛰어나와 처녀의 손목을 꽉 잡았습니다. 이렇게 하니까, 처녀는 낯을 붉그스레 수집어하면서,

『전 용왕의 딸이옵니다. 오빠를 살려주신 은혜를 조금이라도 갚삽고자 이렇게 하군 하던게올시다.』

아주 부끄러운 음성으로 그처녀는 이렇게 말했습니다.

마음 착한 소년하고 용왕의 딸은 이 날부터 부부가 되었습니다. 둘이는 세상에 없는 행복

스런 생활을 합니다.

그런데 하루는 임금님이 신하들을 많이 거느리고 용왕의 딸하고 마음 착한 소년이 행복스레 살아가는 집이 있는 산에 매사냥을 나왔었습니다. 임금님이 신하의 한 사람에게 매가잡은 꿩을 한마리 주면서, 이 꿩을 구워오라고 명령하셨습니다.

신하는 사방을 살펴보다가, 집이라고는 하나 밖에없는 용왕의 딸하고 마음 착한 소년이 재미있게 살아가는 집을 보고, 이 집으로 왔습니다.

『미안하지만, 석쇠(알기쇠)를 좀 얻으러 왔습니다.』

하고 이 사람이 용왕의 딸이 부엌에서 무얼 하는것을 보고, 이렇게 말을 건넸습니다. 용왕의 딸은 그저 아무 말 하잖고 석쇠를 내다 주었습니다. 그런데 왕의 신하는 석쇠를 내다주는 용왕의 딸은 보고, 참으로 놀랐습니다.

『이런 산골짜기 오막살이 집에 저런 미인이 어떻게 있는고.』

생각하면서, 아름답고 아름다운 용왕의 딸만 쳐다보느라고 꿩은 보지 않아서, 다 태워버리고 말았습니다.

왕의 신하는 참 큰일 났습니다. 큰 책망은커녕 잘못하다가는 목이 달아날 판이 아닙니까.

왕의 신하는 그저 어쩔줄을 모르고, 다 타진 꿩을 만지작거리면서 울고 있을뿐이었습니다.

용왕의 딸이 이것을 보고, 왜 우는가 물었습니다. 그러니까, 왕의 신하는 꿩을 태워버려서

입금님께 가서 뵈일 일이 난처해서 울고 있다고 말하였습니다。 그러니까、 이 말을 죄다 들은 용왕의 딸은

『그럼、 염려 마십쇼。 꿩의 털을 뜯은 곳에 가서、 꿩의 털을 죄다 모아오십쇼。』

하고 친절한 태도로 말했습니다。

『털을 가지고 도로 꿩을 만들 모양인가。 그럼、 이 아름다운 색씨가 또 요술도 피울줄 아는게로구나。』

이렇게 생각하고。 기뻐하면서 불야불야 털을 뜯은 곳에 달려가서 꿩의 털을 죄다 주워왔습니다

용왕의 딸은 왕의 신하가 가져온 꿩의 털로 꿩을 한마리 도로 말들어서 그 꿩을 장치고 소금 쳐서 잘 구워주었습니다。 왕의 신하는 기뻐하면서 치하를 극진히 하고 왕한테 돌아갔습니다。 그런데 입금님은 꿩을 구워오라고 한 신하가 너무도 오래 있다가 돌아온고로、

『왜 그렇게 시간이 오래 걸렸느냐。』

하고 노하신 어조로 물으셨습니다。 신하는 오막살이 집에 세상에 없는 아름다운 부인이 있고 그 부인을 정신을 잃고 바라다보고 있다가、 꿩을 그만 태처버련 이야기와 꿩의 털을 주워 오따기로 주워다가 주니까、 그 꿩의 털로 도로 꿩을 만들어주던 이야기들을 죄다 아뢰었습니다

이 말을 들은 왕은 호기심이 잔뜩 생겨서 가보기로 하였습니다。

왕이 용왕의 딸을 가 보고、 왕도 역시 놀랐습니다。 마음뽀가 그리 곱지 못한 왕은

『저 아름다운 부인을 내가 빼앗아야겠다。』

이렇게 배씸 검은 생각을 품고、 용왕의 딸을 안해삼은 마음 착한 사람에게 내기를 하자고 하였습니다。 그 내기란것은

『아무 날 누가 먼저 집을 짓는가 내기를 해보세。 내가 이기면 자네의 안해를 내게 주고、 그리고 만일 자네가 이기면 돈 천냥을 줄걸세。』

이런것이었습니다。

용왕의 사위는 저히 이길 가망이 없었습니다。 왕은 나라의 명목수라는 목수는 죄다 모아올수가 있었으나、 이 사람이야 제 손으로 할 밖에는 없지 않습니까。 그런고로、 승부는 뻔한 일이었습니다。

용왕의 사위는 한식만 하고 밥도 잘 먹지를 않았습니다。 이것을 본 용왕의 딸은

『왜 근심을 그리 하십니까。 무슨 근심될 일이 생겼습니까。』

하고 물었습니다。

그때 이 사람이 죄다 말하여주었죠。 그러니까、 용왕의 딸은

『조금도 염려 마십쇼。 제가 편지를 써서 드릴테오니、 그것을 예전에 당신이 우떠 오빠를놓아주신 강에 갖다 떨어뜨리시요。』

하면서 편지를 한장 써주었습니다。

마음 착한 사람이 이 편지를 가지고 가서 강에다 던지니까, 거북이 물 속에서 나오며니 그 편지를 물고 들어가버렸습니다。 한참만에 그 거북이 또 나오며니, 연적을 한개 용왕의 사위에게 주었습니다。 용왕의 사위는 그연적을 가지고 집에 돌아와서 열어보니까, 연적속에서 아 목수들이 막 쓰러나오며니, 펄뚝하고! 눈깜짝할새에 집을 하나 훌륭하게 지어놓고 도로 연적으로 들어갔습니다。 용왕의 사위는 기쁘기 한량 없었습니다。

왕하고 내기하는 날, 왕은 수백명의 목수를 데리고 왔습니다。 물론 이 목수들은 조선에서도 이름들이 난 목수들입니다。 그런데 용왕의 사위는 단지 하나 연적을 쥐고 갔을뿐이였습니다。

왕은 용왕의 사위가 아무것도 가져오질 않았으니까,

『저놈이 공연히 수고만 하지 못 전달줄을 알고, 그냥 그저 항복을 하려는가보다。』

이렇게 생각을 하고 기뻐서 있었는데요。 펭결! 왕의 생각과는 뭐 딴판이었습니다。 어데서나 오는지 목수들이 좀 논조 대패 마치들을 들고 막 쓰러나오며니, 용왕의 사위 집을 눈깜짝 할 사이에 지어놓지를 않습니까。 왕은 그저 어안이 벙벙하여, 멍하니 쳐다만 보고 있었습니다。 그리고 천냥이란 큰 돈을 용왕의 사위에게 줄수 밖에는 없었습니다。

배짱 검은 왕은 이번엔 또 말을 타고 한강을 건너뛰기 내기를 하자고 하였습니다。 용왕의 사위는 또 근심거정으로 밥도 잘 먹지 못하고 한식만 합니다。 이번에 지면 사랑하는 안해를 빼앗깁니다。

이렇게 이 사람이 한탄하고 있는것을 용왕의 딸이

『왜 그리 또 근심을 하고 계십니까。 무슨 근심입니까。』

하고 물었습니다。 그래 남편이 한강 건너뛰기를 내기하자고 하는 왕의 말을 죄다 말해주었습니다。

『그런것이면 조금도 염려 마십소서。』

하고 용왕의 딸이 말했습니다。

『그런것이면 조금도 염려 마십소서。 제가 편지를 써드릴테오니, 그것을 가지고 예전 당신이 우리 오마버니를 놓아주신 그 강에 떨어뜨리시오。』

하고 편지를 한장 써주었습니다。

마음이 아주 착한 용왕의 사위가 기뻐하면서 안해가 써준 그 편지를 가지고 가서 강에다 던지니까, 거북 한놈이 물 속에서 나오며니, 그 편지를 물고 도로 물 속으로 들어갔습니다。

한참만에 거북이가 죽어가는 말을 한필 끌고 나오며니 용왕의 사위에게 그말을 주었습니다

그런데 한강을 뛰기 내기하는 날 보니까, 이 용왕의 사위의 말은 펄득펄득 다리를 절뚝이며 거진다 죽어가는데 왕의 말은 기름이 줄줄 흐르는 아주 기운차 보이는 말이였습니다。

『하 저놈이 그저 지기는 싫으니까, 저런 죽어가는 말을 어데서 주어가지고 왔구나。』

이렇게 속으로 용왕의 사위를 경멸하고 말을 비웃었습니다。

402

왕이 먼저 건너뛰게 되었습니다。』

『호호홍!』、

우령찬 한마디를 남기고 왕의 말이 기운차게 냉큼 건너뛰다가、한강 복판쯤 가서 텀벙하고 물에 그만 빠지고 말았습니다。그러니까、왕은 상투만 내놓고 나왔다 들어갔다 팔짝팔짝 물을 먹으면서 사지를 허우적거리고 죽을것처럼 야단법석을 하고 있었습니다。그러니까 이것을 본 용왕의 사위의 말이

『호호홍! 호홍!』

하고 그렇게 죽어가는 말에서 어떻게 이런 우렁차고 기운있는 울음이 나올까。모든 사람들이 의심할만한 큰소리로 한번 울더니、냉큼 뛰었습니다。막 뛰는게 아니고 나는것 같았습니다。

이렇게 한강 복판에서 죽어가는 왕의 머리 위를 지나갈 때 이 사람은 얼른 손을 뻗쳐서 왕의 상투를 짝 잡아쥐고、한강 저편 언덕에다가 건저다주었습니다。왕은 또 할수없이 천냥을 용왕의 사위에게 주었습니다。

왕은 용왕의 사위가 아니꼽기 짝이없었습니다。이 사람이 용왕의 사위인것을 왕은 꿈에도 몰랐던것입니다。

『저런 놈 보이나 굶어 먹고 사는놈한테 두번이나 내가 지다니!· 분하기 짝이없구나。』

이렇게 속으로 생각하고、나중의 수단을 쓰려고 하였습니다。

『아무 날 군인을 거느리고 잡으러이나、그리 알아라。』

고 한 편지가 마음 착한 용왕의 사위에게 왔습니다。막 왕은 이 사람을 죽인 다음 안해를 빼앗으려고 생각한것입니다。

참 큰일 났습니다。용왕의 사위는 밥이다 무엡니까 그저 한식만 합니다。이것을 본 용왕의 딸은 또

『왜 그리 근심을 하시고 계십니까。』

하고 물었습니다。그래 이 사람이 왕한테서 온 편지를 보였습니다。이 편지를 다 본 용왕의 딸은

『조금도 염려 마십쇼。제가 편지를 써드릴테오니、이걸 가지고 예전에 당신이 우리 오라버니를 놓아주신 강에 떨어트리시오。』

하면서 편지를 한장 써주었습니다。

마음이 아주 착한 용왕의 사위는 안해가 써준 편지를 가지고 강에 나가서 떨어트렸습니다。그러니까、물 속에서 거북이 한마리가 나오더니、그 편지를 물고 도로 물 속으로 들어갔습니다。한참있더니、거북이 병 세개를 가져다가 이 사람에게 주었습니다。

용왕의 사위가 그 병을 가지고 오느라니까、조그만 병이 왜 이렇게도 무겁습니까。마음이 아주 착한 이 사람은

403

『무엇이 들어있길래 이렇게 무거울까。』

하고 병을 열어보았습니다。그러니까、이거 봐요、그 병 속에서 기다란 창을 든 군병들이 연달아 나오질 않습니까。어쩌도 많이 쓰러나왔든지 넓고 넓은 벌판이 그저 군병으로 가득찼습니다。용왕의 사위는 정신을 잃고 우두머니 서서 멀뚱멀뚱 바라만보고 있지、뭐 어떻게 할질 너무도 어마어마해서 모르고 서있을따름이었습니다。그런데 용왕의 딸은 기다려도 기다려도 남편이 돌아오질 않는고로、어찌 된 일인고 근심하고 나가보니까、이 모양이 아닙니까。

용왕의 딸은 얼핏 병을 눕혀놓고、군병들을 죄다 병 주둥이로 몬아넣었습니다。

왕의 군사들이 쳐오는 날입니다。몽당 안개를 자욱히 일으키면서 수천 수만의 군인이 우뢰 같은 아우성을 지르면서 다가 옵니다。그래 용왕의 사위는 안해가 하라는대로 처음 병을 열어 놓았습니다。그러니까、창을 든 군인이 나오더니、왕의 군병과 싸움을 하였습니다。

이렇게 얼마쯤 싸운 후에 그 다음 병을 또 열어놓으니까、이번엔 물이 괄괄 솟아나왔습니다。그러니까、왕의 군사들은 물에 빠져서 텅벙텅벙 야단 법석을 하고 있었습니다。

그 다음 마지막병을 또 열어놓았습니다。그러니까、차고도 찬 바람이 무섭게 불어나왔습니다。자꾸자꾸 바람이 불어나와서 아까 그 물을 죄다 얼게 하였습니다。그만이야 왕의 군병들은 모가지만 얼음 위에 내놓고 얼어죽고들 말았습니다。

용왕의 사위의 군병들이 이 얼어죽은 왕의 군병들의 모가지를 때깍때깍 발로 차서 하나도

남기지 않고 죄다 부러트렸습니다。

이렇게 한 후 부러는 별다른 일이 없이 마음이 아주 착한 이 사람하고 아름답기 세상에 둘도 없는 용왕의딸하고는 아들 딸을 많이 낳고 길이길이 근심없는 행복을 누렸더랍니다。

(黃海 沙里院)

노루 꽁지 없어진 이야기

옛날도 옛날, 한 사람의 소금장수가 소금을 팔러 복마말에 소금을 한바리 가득 싣고 쩔랑 쩔랑 방울 소리를 내면서 산골을 향하여 가다가, 범을 한놈 만났습니다。

그런데 이 범은 말을 처음으로 보는 모양 같았습니다。범은 말 자지를 가리키면서

『여보소, 소금장수! 저것이 무어요?』

하고 소금장수더러 물었습니다。

소금장수는 본래가 해변 사람이라, 범이라는 말은 들어서도 직접으로 범을 보는것은 처음입니다。그런고로 그저 무서워서 부들부들 떨고 있었는데, 범은 저희들을 잡아먹으려고는 하지않고 이렇게 묻는고로,

『옳다! 이놈의 범을 무섭게 하여야지。그렇지 않었다가는 내 목숨이 없어질 판이로다。』

이렇게 생각을 하고,

『그거말이냐。그건 호랑이 쏘는 불총 이란거다。』

하고 대답하였습니다。범은 또 말불알을 가리키면서,

『여보소, 소금장수! 참외 같은 저것이 무어요?』

하고 소금장수에게 물었습니다. 408

『그건 뭐이냐? 그건 호랑이 잡아 넣는 주머니다.』

하고 소금장수는 대답하였습니다. 범은 또 방울을 가리키면서,

『여보소, 소금장수— 그럼, 저건 또 무엇니까?』

하고 소금장수에게 물었습니다.

『그건 호랑이 잡아 먹는 어른들 채다.』

하고 소금장수가 대답했습니다. 그러니까, 호랑이는

『세상에는 무서운 짐승도 있었구나. 어후 어후.』

이렇게 속으로는 겁이 덜컥 났으나 그래도 호기심이 잔뜩 나서 그 무서운 짐승이 어떻게 생겼나 한번 보고 싶어 이렇게 생각하고 소금장수의 주머니를 만지며 한 번 재이며 했습니다. 소금장수는

『이놈의 범이 우리를 잡으려는구나.』

생각하고, 방울을 한번 흔들면서 대답하기 전에 ... 대답하였습니다. 그러니까, 범은

『어휴 이제 봐라— 호랑이 잡아먹는 어른들이 곧 와서 날 잡아먹으려고 또 쫓아오겠구나.』

하고 무서워서 그냥 달아났습니다.

그러나 범이 달아나며 어른들이 잡아먹으려고 우는 소리는 그냥 났습니다. 범은 그저

부리나케 무서워서 달아 뛰었습니다. 그러나 범이 이렇게 뛰다가 큰 산골짜기 쯤에 와서 산골짜기로 뛰어 들었습니다. 범은 그러나 달아 뛰었습니다. 범이 산기슭을 숨어서 있을 때,

『아아— 범이 가끔 아주 숨을 쫓아오냐는구나— 어른들께 이런 잡혀갔는데, 한 번 뛰어가자.』

이렇게 생각하고, 헐레벌떡하면서 뛰어 갔습니다. 그 때 ... 저쪽 산골짜기 ... 했습니다,

『범 아저씨— 어디 그렇게 숨을 가쁘게 갑니까?』

하고 범에게 물었습니다.

『너 봐라— 호랑이 잡아먹는 어른들이 날 잡아 먹으려고 또 쫓아온다 무섭겠다.』

하고 여우 한 마리는 말을 했습니다.

여우는 이 말을 듣고,

『범 아저씨 범 아저씨— 범을 잡아먹을 놈이 어디 있단 말이요.』

하고 범을 조롱하는 듯이 웃었습니다. 그러나 범은 겁에 질려 했습니다.

『아냐 아냐, 정말이다— 범을 잡아 먹는 어른들이 있다—』

하며, 여우를 ... 말했습니다. 409

범은 호랑이 잡아먹는 오르뚱새가 있었거니 노루는 또 그런 새는 이 세상엔 없대거니 서로 이렇게 언쟁을 하다가, 그저 이렇게 야단법석 다툴것 없이 실지로 그 오르뚱새 있는데를 가 보자고 하며, 방울이 달린 소나무에까지 가 보게 되었었습니다。그런데 범은

『만일 오르뚱새가 있는 곳까지 가서 노루란놈이 무서워서 저 혼자 먼저 뛰면, 나 혼자 또 혼나겠구나。』

생각하고 뛰어도 같이 뛰자고 하면서, 범이 노루 꽁지를 물고 노루가 앞장 서서 큰소나무 아래까지 갔습니다。그런데 마침 그 때 바람이 휙 하고 불어서 소나무 가지에 달렸던 말방울이

『달랑 달랑!』

하고 소리 났습니다。그러니까, 범은

『에쿠! 저것 봐라。오르뚱새가 잡아먹겠다고하잖니!』

하면서, 노루 꽁지를 입에 문채 냉큼 놓아서 달아났습니다。

이 바람에 노루 꽁지는 그만 짤러지고 말았습니다。

이 때부터 노루에는 꽁지가 없어졌더랍니다。

(平北 江界)

거짓말해서 안해 얻은 사람

옛날도 옛날, 시골에 사는 한 사람이 있었습니다。이 사람에게는 예쁜 딸이 하나 있는데, 나이 근 이십이 되었는고로, 혼처를 구하지 않으면 안되게 되었습니다。

하루는

『지금 세상은 생눈알을 빼 먹으려는 험악한 세상이니, 무엇이면지 한가지 능한것이 없으면 살아가기가 힘이 들어。』

이런 생각을 하고, 거짓말 재잔이 능한 사람을 사위로 맞게 되었습니다。그래 온 세상에 거짓말 두마디만 잘하면, 자기 사위로 삼겠다고 광고를 하였습니다。

이 소문을 듣고 거짓말마디나 한다는 사람들은 매일매일 장을 이루우듯이 이 사람 집에 모여들어왔습니다。그러나 모두 예쁜 딸을 가진 아버지의 마음에 들지를 않었습니다。그래 이 사람이 근심을 하고 있는 어떤날 한 총각이 찾아왔습니다。이 총각은 예쁜 딸을 가진 사람이 있는 사랑방의 문을 열고 들어가자 말자 인사도 하지않고 다짜고짜로

『여보 영감! 전 아무께 아무전때, 어제 바로 온 산이 눈에 덮여 온세계가 되어버리고 말었습니다。그래 제가 꿀망태를 지고 산에 가지 않었겠습니까。꿀을 한망태 해서 짊어지고

산을 내려오다가、그만 날이 저물었습니다。길을 잃어버려 애쓰던중、등불을 켜놓은 집이 하나 보이기에、그 집을 찾아갔더니、그 집에는 아무도 없고、방 가운데 밑이 빠진 큰 술독이 있는데、그 독에 술이 하나 가득 차있습니다 그려。그래 야 이거 호박이 뚝 떨어졌구나 생각하면서、독에 차있는 술을 죄다 쫄망때에다 담아가지고 왔습니다 그려。』

하고 총각은 손시늉을 하면서 말을 하니까、예쁜 딸을 가진 아버지는 낯이 빨개지며 성이나서、

『이 미친놈 같으니、눈이 내린 오동짓달에 꿀이 무슨 꿀이며、밑 빠진 독에 어떻게 술이 차있단 말인가。이 거짓말장이놈 같으니。』

하고 고함을 질렀습니다。이 말을 듣고 총각은 빙긋 웃으면서、

『영감 감사합니다。한가지만 더 거짓말을 하면、당신의 딸을 내게 줘야 되죠?』

하고 말을 하였습니다。

그제야 영감도 정신이 들어서、

『아 참! 내가 깜박 잊었댔네! 한마디만 더해보게!』

하고 거짓말을 독토시키려고 정신을 가다듬었습니다。

『영감님!』

하고 총각은 거짓말 하기를 시작하였습니다。

412

『영감님! 영감님의 할아버지하고 저의 할아버지가 가치 장사를 하실 때 영감님의 할아버지가 저의 할아버지 돈을 몇 만량 얻어쓰고、아직 갚지 못하시었으니、오늘은 그 돈을 영감님께서 환보해주어야겠소。』

이렇게 총각은 예쁜 딸을 가진 아버지더러 말했습니다。

예쁜 딸을 가진 아버지는 당황하기 짝이 없었습니다。

만일 이 말이 거짓말이 아니라고 하면、수만량이라는 큰돈을 이 청년에게 주어야하겠고、또 그렇지 않고 거짓말이라고 하면 저의 딸을 주어야겠고——。

예쁜 딸을 가진 사람은 한참 동안을 망서리다가

『거 참 거짓말이네 장하이。』

하고 딸을 주었더랍니다。

(平南 安州)

413

원 앙 새

옛날옛적 명포수가 한 사람 있었습니다。

이 포수가 한번 쏘면 한놈이 떨어지고, 두번 쏘면 두놈이 떨어지곤 하는 아주 명포수였습니다。

하루는 이 포수가 활을 메고 산에 새를 쏘러 갔는데, 오늘은 웬일인지 전에는 그렇게 많던 새가 오늘 따라 보기가 힘들었고 또 다행히 한두놈 새를 보고 쏘아도, 한놈도 맞지를 않았습니다。참 이런 일은 이날이 처음입니다。

이상도 하고 슬프기도 해서 맛을 잃고 두리번두리번 찾아오다가, 늪 가까이 오니까, 늪속에 원앙새가 한쌍 의좋게 놀고 있었습니다。

『옳지 저놈의 원앙새를 쏘아가지고 가자。』

이렇게 이 명포수는 생각하고, 원앙이를 쏘았습니다。원앙이 맞아서 죽었습니다。

『옳지 이놈 수놈이로군 원앙이 한마리다。』

하면서 죽은 원앙이를 오쟁이에 넣고 집으로 돌아왔습니다。그런데 그날 밤 이 포수는 이상한 꿈을 꾸었습니다。포수가 잠이 포근히 들었을 때, 꿈에 어떤 색시 하나가 나타나서, 나

옴두꺼비 장가든 이야기

옛날에 옛날, 어떤 곳에 살림살이가 구차한 농부가 살았습니다. 그런데 농부에게는 자식이 하나도 없으니 늘 쓸쓸하게 지나가면서,

『자식 하나 낳게 해줍소서.』

하고 산에 가서 산신께 기도를 하고, 절에는 불공을 드리고, 밤이 되면 북두 칠성께 정성을 다해 빌었습니다.

이렇게 여러해를 정성껏 기도하였더니, 그 정성이 하늘에까지 미쳤던지, 안해의 배가 점점 불렀습니다.

부부의 기쁨이란 한이 없었습니다.

달이 차고 날이 되어 해산할 때가 되자, 안해는 아이를 낳지 못했습니다. 그런데 해산은 하였습니다. 아기라고는 미끈미끈한 모두꺼비 하나, 아이는 아니고, 흉측스러운 옴두꺼비를 낳았습니다. 농부는 너무 놀라서 또 기가 막혀 한참 있었습니다. 그러나

『이것두 자식을 받았구나.』

농부는 이렇게 생각하고 옴두꺼비를 내버리지 않고 자식 같이 사랑하여 길렀습니다. 이렇

[illegible]

[illegible]

척수 장사는 이 말을 듣고 놀랐습니다。그러나 약빠르는 한마디도 말을 하지 않았습니다。 422

『그러하옵시다。』

옥두꺼비 아버지는 자꾸 또 말을 계속하였습니다。

『그러하옵시다。이 옥두꺼비 자식이 하는 말이 만일 걸리수나 아가씨와 혼인을 하여주지 않

이면 속담을 거역하 주고 짐을 잡고 뒤가 나오면의 비로 들어가겠다고 합니다。그때 빨리

안대문을 열면서 그저 이렇게 말씀이나 들어보고 가려고 왔었습니다。』

하고 척수 장사에게 말을 하였습니다。

척수 장사는 이 말을 조용히 잠자 듣고는, 한참 눈을 껌벅껌벅 하고 무엇을 생각하고 있는

것 같더니,

『옥보게 이 말은 내 혼자 생각으로만은 말이 없으니 딸에게 물어보아야 대답할 수 있소。그러니

가, 한번 오고 물어보고 말을 해주세。』

하고 말하지 않습니다。

허허의 웃었습니다。옥두꺼비 아버지는 척수 장사의 대답에 놀라면서 오지 방 나가더니 고

한참을 앉았더니만, 이렇게 척수 장사의 대답하는 것은 참 의외의 친절이었습니다。옥두꺼비 아버지

는 그저 기쁘고 황송해서 절을 두 번 세 번 하고 한 번 해하고 물러갔습니다。

『이만 가오다。』

하고 척수 장사는 부인을 불렀습니다。

『여, 안방에 들어가서, 우리 딸애를 좀 오라고 이르오。』

하고 분부했습니다。

딸 삼형제가 모두 아버지 앞에 나와서 앉았습니다。

『얘들아。』

척수 장사는 딸애들을 보고 말하였습니다。

『얘들아, 너희를 부른 것은 다름이 아니다, 오기 앞에 앉았는 이 사람이 나는 손님이 들어가는

그 옥두꺼비의 아버지다。그런데 그 옥두꺼비를 장가를 보내달라고 한다는데, 장가를 가는

너희들 한테 아니면 장가를 가지 않겠다고 한다。그래도 만일 장가를 보내주지 않으면

해가 나왔던 곳으로 해를 도로 가게 하고, 짐을 빼앗아 쥐고 들어가겠다고 한다는구나—그러니

가, 너희들이 잘 생각하여 보고, 이 사람에게 시집을 가겠다는 사람이 그 옥두꺼비한테 시집을 가

거라。』

이 말을 듣고 딸 삼형제는 다 놀랐습니다。삼형제 얼굴은 붉으락 푸르락 하였으나, 모

두 안방으로 들어가버렸습니다。

이때만 척수 장사는 또 딸 삼형제를 사랑방으로 불렀습니다。그리고

『오늘 밤 곰곰이 생각하여 보아서 생각한 대로 대답을 해주어라。』 423

하고 일렀습니다。그러니까、맏딸은

『전 죽으면 죽었지、그런 험상스럽고 께끔한 옴 두꺼비한테 시집을 못 가겠어요。』

이렇게 대답했습니다。그 다음 가운데 딸도

『아버지、아버지는 저를 그런 옴두꺼비 같은것한테 시집보내려고 이때까지 길렀습니까。난 못가겠소—』

하고 대답했습니다。마지막으로 막내 딸입니다。삼형제 가운데서 제일 마음이 유순하고 효성이 있는 딸입니다。

『이때까지 저를 이만큼 길러주셨는데、무엇 하나 은혜를 갚아드리지 못하여 죄송합니다。저는 아버지가 그 두꺼비한테 시집가라고 하시면 말씀대로 시집가겠습니다。』

이렇게 말했습니다。이 말을 듣고、좌수 영감은 기뻐했습니다。

『오、너 참 장하다。네가 참 내 딸이로구나。』

좌수 영감은 아주 공부를 많이 한 영감이라、앞일을 좀 아는 영감이었습니다。그런고로 영감은 장가를 오겠다는 옴두꺼비를 보통 예사의 옴두꺼비가 아니라고 생각했던것입니다。아것을 몰으는 큰 딸 가운데 딸은 일체로 옴두꺼비라고만 천하게 여기고、그렇게 처음부터 없신여기었으나、막내 딸은 오직 그 옴두꺼비한테 시집을 가면 옴두꺼비의 어머니 목숨을 살리우게 될수 있을뿐만 아니라、아버지께 대해서도 면목을 세우게 되겠다 생각하고 이렇게 옴두꺼

비한테 시집갈 결심을 했던것입니다。좌수 영감은 이것이 무척 기뻤습니다。

좌수 영감은 옴두꺼비 아버지를 불러서 막내 딸이 시집을 가겠다고 한다는 말을 하였습니다。그러니까、옴두꺼비 아버지는 그저그저 기뻐서 눈물을 줄줄 흘리면서 좌수 영감님께 치하를 하였습니다。옴두꺼비 어머니도 얼마나 기쁘고 또 옴두꺼비도 얼마나 기뻤겠습니까。

옴두꺼비하고 좌수 영감의 막내 딸하고는 서로 정식으로 정혼을 하였습니다。

막내동생이 정혼을 하였으니까 큰 딸 형제도 정혼을 하여야겠습니다。좌수 영감은 사방으로 중매인을 내세워서 좋은 곳을 택해서 정혼들을 하였습니다。그리고 막내 딸을 하루바삐 시집보내려고 큰 딸의 잔치들을 빨리다 치렀습니다。

자 인제는 옴두꺼비가 장가오는 날입니다。큰 딸 가운데 딸은 입을 실룩실룩하면서、

『별일도 다 있어。아 젊은년이 어디를 시집 못가서 하필 옴두꺼비 같은것한테 시집을 가겠다고 하였을가。우리가 되려 점적해서 못 살겠어。』

이렇게 말하면서 아우를 못 살게 굴었습니다。그러나 막내 딸은 꾹 참고 견디었습니다。

해가 겨우 낮때를 지났을 때 옴두꺼비가 탄 말이 왈랑절랑 방울 소리도 요란스레 좌수 영감네 집 대문 앞에 왔습니다。보니까、말 등에 맷돌만한 옴두꺼비가 입을 넙죽넙죽 벌렸다 다물었다 하면서 퉁방울 같은 눈을 번쩍 대면서 잔뜩 앉어있지를 않습니까。사람들은 모두 빙글빙글 웃었습니다。그러나 좌수 영감님의 막내 딸만은

『일단 남편이라고 정한 이상에는 옴두꺼비건 아무건 나는 그이의 안해이니 안해 된 직분을 하여야겠다。』

이렇게 속으로 생각을 하고、조금도 서슴지도 않고 정직해하는 빛도 보이지 않고 옴두꺼비를 반겨 맞았습니다。

그날 저녁입니다。신방에 들어가서 자려고 할 때 옴두꺼비 신랑이 색씨더러

『가위로 내 등덜미의 가죽을 쭉 베어주시오。』

하였습니다。그래 색씨가 이상히 생각하면서 이르는대로 가위로 쭉 베어주었습니다。그러니까、이거 보세요。이런 기쁜 일이 또 어디 있겠습니까。그 옴두꺼비 가죽 속에서 아주아주 귀하고도 아름다운 사내답고 씩씩하게 생긴 총각이 나왔습니다。

좌수 영감의 막내 딸은 기쁘기 짝이 없었습니다。그러나 이 일을 아무게한테도 말하지 않었습니다。그리고 기쁨을 참지 못해서 방글방글 웃으니까、형들은 놀라면서、

『애구 고것 봐! 고전 아마 사람이 아닌가봐。옴두꺼비 서방 맞은것이 무엇이 기뻐서 저렇게 해쭉발쭉할까。참 집안이 망하겠네。』

이렇게 망내 동생을 조롱하였습니다。

그 날 좌수 영감네 집에서는 산에 사냥을 가게 되었습니다。큰 딸 가운데 딸의 남편들은 아주 용기있게 활을 어깨에 메고 상사말을 탔습니다。그리고 옴두꺼비를 조롱하는듯이 옴두

꺼비 신랑 곁에 와서

『자네도 사냥하는데 가보려면 가보세나。』

하고 말했습니다。옴두꺼비는 고개를 끄덕끄덕 가겠다는 뜻을 표하였습니다。

옴두꺼비는 하인을 하나 데리고 다른 사람들 뒤로 설렁설렁 걸어서 따라갔습니다。다른 사람들은 산에 가더니、이리 저리로 말을 비호같이 몰아 달리면서 산짐승을 따라 다녔습니다。그러나 옴두꺼비는 하인을 데리고 산 꼭대기에 올라가서 하인더러 등덜미의 가죽을 가위로 베어달라고 하였습니다。그래 하인이 일으는대로 가죽을 베니까、귀엽기도 귀여운 도련님이 나오시겠죠。하인은 하마트면 기절할번 크게 놀라고 또 기뻤습니다。

이 귀엽게 생기신 도련님이 무엇을 외이는지 중얼중얼하면서 두세번 손을 허우적거리니까、아 어떻게 된 일인지 이상하게도 허연 영감 한분이 난데없이 나타나더니、두꺼비 도령님 앞에 꿇어엎드립니다。

『여보게!』

하고 두꺼비 도령님이 그 영감 보구 말합니다。

『여보게、산신 영감! 오늘 사슴 백마리쯤 있으야 할테니、수고로운대로 좀 잡아다 주게。』

하고 말했습니다。그러니까、산신이라는 영감은

『네、곧 가져오겠습니다。』

대답하고는, 공손히 한번 절을 한 다음, 온데간데드 없어졌습니다。 그리고 얼마있더니, 잔아래에서 사슴 무리가 연달아 백마리 가량 산 위로 올라왔습니다。

하인은 이것을 보고 크게 놀라 옴두꺼비 도령님 앞에 주저앉으면서 코를 땅에 대고 절을 자꾸 하였습니다。 옴두꺼비 도령은 이것을 보고 웃으면서,

『자、여보게。 인제 또 두꺼비가 됨세。 두꺼비 가죽을 가져다주게。』

이렇게 말하고 옴두꺼비 도령님은 두꺼비 가죽을 도로 뒤집어쓰고 옴두꺼비가 되었습니다。

하인이 사슴의 떼를 몰고、옴두꺼비는 어슬렁어슬렁 뒤로 따라왔습니다。

그런데 이상한 일은 어떻게 된 일인지 사슴들이 도무지 달아나려고 하지 않고 하인이 모는대로 순종해서 행렬을 지어 순순히 고개를 숙이고 가는것이였습니다。

맏 딸、가운데 딸의 새서방들은 땀만 줄줄 흘리면서、숨가쁘게 달아만 다녔지 사슴인새께다람쥐 한마리 잡지 못하였습니다。 그런고로、옴두꺼비가 즐메줄메 백마리나 되는 사슴을 잡아가지고 오는것을 보고 깜짝 놀랐습니다。 대체 이게 어찌된 영문인지 몰랐습니다。 암만 생각해도 옴두꺼비가 잡았다고는 생각할수가 없었습니다。 이상야릇한 일도 있다고 두 사람은 생각했습니다。

그런데 두 사람은 집에 돌아갈 일이 난처합니다。 사슴은새려 다람쥐 한마리도 못 잡고、가면 아침에 사냥가느라고 뽐낸것이 아무것도 되지 않고 말지 않습니다。 이것을 생각하면 맏

428

딸、가운데 딸의 두 남편은 얼굴에 모닥불을 놓은것 같이 뜨거웠습니다。

『에에끼、누가 저놈의 옴두꺼비가 잡았달 사람이 있겠니? 저놈의 사슴들을 우리가 몰고 가세。』

이렇게 두 사람은 말하고、말을 달려서 사슴들을 빨리 몰아가지고 옴두꺼비보다 먼저 집으로 갔습니다。

그리고 말에서 뛰어내리면서、

『자、이게다、우리가 사냥해 온것입니다!』

이렇게 모ー든 사람에게 거짓소리를 하였습니다。

이 날은 이 많은 사슴을 되고 삶아서 잔치를 베풀었습니다。

만장 여러 사람들이 즐겁게 먹고 마시고 노래 부르고 할 때에야 옴두꺼비는 돌아왔습니다。 이 모양을 보고 좌수 영감의 맏 딸、가운데 딸은 막내 아우더러

『홍! 저기 네 새서방씨가 오시누나。 사슴도 수천마리 잡아가지고。』

이렇게 얄미운 조롱을 하였습니다。 그러나 막내 아우는 그냥 꾹 참었죠。

『여보게、두꺼비 신랑! 입자도 좀 가치 마시고 옴두꺼비 소리나 한마디 하게나 그려。』

이렇게 큰 딸의 남편이 옴두꺼비를 없신여겨 봅니다。

옴두꺼비도 다른 사람한테 지지 않게 먹고 마시고 하다가、자기 색씨를 불렀습니다。 그러

429

『집도 사고 농사할 소도 한마리 사려면 한 삼백냥은 가져야지。』

하고 남편이 대답하였습니다。

삼백냥! 삼백냥이란 큰 돈이 이 집에 있을리가 없었습니다。그런고로 여편네는 이 일을 근심하다가 꾀를 하나 꾀우게 되였습니다。

하루는 중이 또 와서, 소작인의 안해 마음을 빼앗아보려고 중언부언 말하는고로, 소작인의 안해는 눈에 미소를 띠우면서

『그럼, 강원도 금강산에 있는 금부처를 사려 우리 남편을 보냅시다。그리고 남편이 돌아올 때까지 재미있게 지냅시다 그려。』

하고 말하였습니다。

『그거 참 좋군。그럼, 그렇게 합시다。』

이 말을 듣고 중은 좋아서 어쩔줄을 몰랐습니다。그리고 금부처를 사오라고 하면서 오백냥을 주었습니다。

남편이 출발할 때 꾀 많은 안해는 남편더러

『떠나가는체 하시고 앞 산 숲을 속에 숨어 있다가, 우리 집에 불이 꺼지거든, 곧 달아오시오。그리고 중로에서 무슨 사고가 생겨 돌아왔다고 하시오。』

하고 타일렀습니다。소작인은 그 돈을 가지고 당나귀 한마리를 끌고 금부처를 사려 금강산에

가는체 떠나고는, 안해하고 말해둔 앞 산 숲을 속에 들어가서 해지기만 기다렸습니다。

해는 어느덧 서산을 넘고, 집집마다 반짝반짝 등불이 켜졌습니다。

『어두워서 얼굴을 보일 염여가 없으니, 빨리 가서 외양간에 숨어있자。』

이렇게 소작인은 생각하고 당나귀는 그냥 매두고 빨리 집으로 돌아가서 외양간에 숨었습니다。

그 사이 이 사람의 안해는 중을 안심시키느라고 닭도 삶아 먹이고, 다정스런 말도 하여주다가, 불을 확 끄고 옷을 벗고 중과 한자리에 들어누웠습니다。

그때 마침 외양간에 숨어있던 남편이 아주 무슨 큰일이나 생긴것 같이 숨을 가쁘게 쉬면서, 문걸쇠를 잡아 흔들었습니다。빨리빨리 문 열어달라고 웨쳤습니다。

이 소리에 중은 그만 깜짝 놀라서 벌거숭이채로 웃간으로 뛰어 올라가서 반닫이 뒤에 숨었습니다。이 때 꾀 많은 안해는 미리부터 준비해두었던 꿀이 가득 찬 항아리를 중의 머리우에 다 내려부었습니다。그리고는 밀가루를 확 부렸습니다。이렇게 하니까, 중은 흰 돌부처 같이 되었습니다。

이렇게 해놓고 문을 열어주니까, 이 사람은 제법 숨을 헐떡헐떡 내쉬면서,

『아니 그런데말야 도둑을 만났어。도둑놈을。하마트면 모가지가 날아나는판이 되였네。돈도 다 빼앗기고, 당나귀도 빼앗겼네。』

하고 말했습니다。그러니까, 꾀 많은 이 사람의 안해는 그 벌거숭이 돌부처 모양으로 된 중

고 가위를 가저오라고 하였습니다.

색씨가 옴두꺼비의 등떨미 가죽을 쭉 찢어놓았습니다. 그러니까, 보셔요. 아주아주 아름답기 왕자 같은 총각이 옴두꺼비 가죽 속에서 나오지 않습니까.

야광주 같이 검고 윤기 나고 기운차게 위로 찢어저올라간 눈이 예사 사람이 아닌것을 증명합니다. 이 눈으로 한번 노려보면, 누구나 그 위엄에 놀라서 몸을 오그러뜨리지 않는 사람이 없습니다.

좌수 영감의 맏 딸, 가운데 딸, 맏 사위, 가운데 사위들은 이때까지 옴두꺼비라고 멸시하고 천대한것이 뉘우쳐지고, 또 옴두꺼비 도령이 무슨 책망이나 하잖을가 두려워서 부들부들 떨면서 옴두꺼비 앞에 와서

『죽을 죄로 잘못하였습니다. 만번 용서하여주옵소서.』

하고 굽어 엎드렸습니다.

그러나 옴두꺼비 도령은 아무 말도 하지 않고, 좌수 영감 내외 앞에 가서 공손한 태도로 인사를 하고, 또 좌수 영감의 맏 딸, 가운데 딸과 그들의 새서방한테도 역시 공손히 절을 한 다음, 안해를 등에 업고, 또 저의 부모님을 좌우 겨드랑 밑에다 끼고 훨훨 날아서 하늘로 올라가버렸습니다.

좌수 영감 내외는 기쁘기 한량없었고, 좌수 영감의 맏 딸 가운데 딸은 막내 아우가 부럽기 짝이 없었습니다.

(平南 安州郡 立石)

피 많은 부인 이야기

옛날도 옛날, 황해도 구월산에 있는 절의 논을 부치던 농부가 있었습니다. 그런데 이 소작인의 안해가 예뻤던고로 절의 중 한 사람이

『어떻게 하든지 저 부인을 꼭 내 마음대로 하여보리라.』

이렇게 생각하고, 남편의 눈을 피해가면서 그 여편네더러 중답지 못한 말도 하였습니다. 그러나 이 소작인의 여편네는 아주 마음씨가 곱고도 굳은 부인이였습니다. 그런고로, 중이 와서 상서롭지 못한 말을 하여도 늘 이것을 귓등으로 들을뿐이였습니다.

그러니까, 하루는 중이

『내 말을 네가 그렇게까지 듣지 않으면 너의 남편을 죽이겠다.』

고 하였습니다.

이 말을 듣고, 소작인의 안해는 인제는 딴 곳으로 중이 모르게 이사를 하는수 밖에는 좋은 방침이 없다 생각하고,

『이사를 하려면 돈이 얼마나 있어야겠소?』

하고 이 여편네가 남편더러 물었습니다.

432

[illegible]

433

을 가리키면서,

『돈을 다 빼앗겼어도 당신 몸만 무사하시면 관겨있어요 바로 당신이 떠나가신 후 난 절에 서 산 부처를 하나 구했어요。이건 사람 부처니까, 금부처보다 머 귀할게요。절에 가서 사러오라고 그러시오。』

하고 말했습니다。그때 이 사람이 절에 가서 생불을 하나 구했으니, 사러오라고 하니까, 중들은 이상하게들 생각하면서 따라왔습니다。

중들이 보니까, 그 생불이라는건 저의 절에서 제일가는 주지 중이 그 모양을 하고 있지 않습니까。그러나 생불이 된 주지 중은 자기가 이 모양을 하고 있는고로 그저 잠잠고 사실 생불인체 하여보였습니다。만일 제가 주진것을 부하중들이 알게 되면 예서 머한 창피가 어디 있습니까。부하 중들은 벌써 다 알고 있는줄도 모르고요。

절에서 온 중들은 주지 중이 어떻게서 이 모양이 되었는지 짐작할수가 있었습니다。이대로 내버려두면 절이란것이 세상에 대해서 아주 말이 안되는고로, 이 일을 어서 빨리 감추려고 이 사람더러 그 생불을 백냥에 사자고 하였습니다。그러니까, 이 사람은 담뱃불에 뜨겁게 달은 대통을 그 생불인체 하고있는 주지 중의 얼굴에다 대려고하면서

『생불을 어떻게 단 백냥에 살수 있겠어요。』

하였습니다。그러니까, 주지 중은 뜨거워오는것을 참으면서,

『이백냥 이백냥!』

하고 가는 목소리로 부하 중들더러 이백냥 주고 저를 어서 사가라고 하였습니다。그때 부하 중들이

『그럼, 이백냥에 주셔요。』

하였습니다。그러니까, 이 사람은 또

『이 생불을——채 얼마에요。』

하면서 대통을 대려고 하니까, 주지 중은 급해맞다는듯이

『삼백냥 삼백냥。』

하고 중얼거렸습니다。그때 제자 중이

『그럼 삼백냥에 주셔요。』

하고 말했습니다。그러니까, 이 사람은 또 대통을 대려고 하면서

『이 생불을 단 삼백냥에다 사시겠단말요? 천하에 하나 밖에 없는 이 생불을。』

하면서,

『은혜 깊으신 스님이 그러시니, 사백냥하고 천냥하고 사백쉬인냥만 주시면 꼭 팔겠소。』

하고 이 사람이 말하니까, 생불 된 주지 중은 끄덕끄덕 머리를 흔들어 부하 중에게 보였습니다。어서어서 빨리 사백 쉰냥 주고 저를 사가라고 하는것입니다。

제자 중은 마지못해서 사백 선냥을 주고 샀습니다.

중들이 모두 돌아간 후 꾀를 썬 이 사람의 안해는 남편더러

『내일 해가 떠오를 때면, 반드시 중들이 우리를 해하려고 올테니, 오늘 밤중으로 멀고 먼 곳으로 갑시다.』

하고 말했습니다. 그날 밤 산에 매어놓은 당나귀를 끌어다가 이사짐을 싣고, 먼 곳으로 이사를 떠났습니다.

그리고 주지 중이 모르는 먼 곳에서 내외는 재미있게 살았더랍니다.

(咸南 定平)

범이 개 된 이야기

옛날 어떤 곳에 어머니하고 아들하고 두 식구가 살고 있었습니다. 아버지는 산에 범 사냥을 갔다가, 그만 돌아오지 않았던것입니다. 그런데 이 아이가 서당에 가면 애들이

『너 아버지 어디 갔니? 아버지 없는 애야. 아버지 없는애야.』

하면서 자꾸 놀려대는고로, 집에 돌아와서 어머니더러 아버지가 어디를 갔느냐고 물으면, 어머니는 매양

『이제 두달만 있으면 돌아오신다. 그러니까 공부를 잘해.』

『이제 석달만 있으면 아버지가 돌아오신다.』

하곤 하시나 손을 꼽아 두달이 지나고 석달이 지나고……암만 기다려도 아버지는 돌아오시지를 않았습니다. 이렇게 달이 가고 해가 바뀌어서 이 아이가 벌써 열 다섯살이 되었습니다. 그러니까, 어머니도 그전과 같이 그저 두달 석달하고 속일수가 없었습니다. 그런고로 어머니는 눈물을 흘리면서 사실을 말해주었습니다. 어머니의 말에 의하면 다음과 같았습니다.

『아버지는 아주 이름난 포수였었는데, 한번 산에 사냥을 가시면 두달 석달만에야 돌아오시

곤 하시었다。그때도 사냥을 떠나시며 장도칼을 빼어주고「내가 사냥간 후, 이 칼에 녹이 쓸거든 내가 죽은줄을 알고, 녹이 쓸지 않거든 내가 아무때든 반드시 돌아올줄 알라」하시고, 사냥을 떠나셨는데, 아버지는 두달이 되고 석달이 되고 일년이 지나도 돌아오지 않고, 장도칼에는 녹이 새까맣게 쓸었다。』

하시는것이었습니다。필경 범한테 물려가 죽으신것 같습니다。

이 아이는 그날부터 서당에 가는것을 그만두고 활 쏘는 연습을 하였습니다。기어코 아버지의 원수를 갚으리라고 굳게굳게 맹서하였던것입니다。

활 쏘는 연습하기를 삼년이 지난 어느날 아들은 어머니 앞에 와서 무릎을 꿇고,

『어머님 제가 활 쏘기 연습을 시작한지 벌써 삼년이 지났습니다。인젠 능히 아버지 원수를 갚을수가 있으리라고 생각하오니, 저를 산으로 보내주옵소서。』

하고 허락을 원하였습니다。그러나 어머니는 아들의 효성은 기특하나, 귀한 아들에게 무슨 실수라도 있으면 안될까봐 얼른 허락하여주지 않았습니다。그러니까, 아들은 그냥 자꾸 울면서 허락하여달라고 하였습니다。

『그러면――』

어머니가 말씀하였습니다。

『그러면 네 소원이 그렇게 간절하니, 허락은 해주마。그러나 너의 아버지가 하시던 재주를

네가 하여야만 허락해주겠다。』

하시며니, 동의 위의 복바가지에 꽂은 바늘을 쏘라고 하였습니다。그나 또 가까이 있다면 몰라도, 먼데서 어머니가 동의를 이고 오실 때 쏘라고 하십니다。그러나 아들은 쏘았습니다。

활을 잘 겨누었다가 어머니가 이고 오는 동의 위에 꽂은 바늘을 쏘아 떨어뜨렸습니다。

어머니는 또 한가지를 시험하겠습니다。그것은 어머니 이마에 놓은 좁쌀알을 쏘아 떨어뜨리는것이었습니다。

이 아이는 서슴지 않을수 없었습니다。조금만 실수하면 사랑하는 어머니를 쏘지 않습니까。그러나 삼년간 피나는듯한 연습은 무엇이나 쏘지 못할것이 없었습니다。용하게도 이것도 하였습니다。그런고로 어머니도 할수없이 사랑하는 아들을 산으로 보냈습니다。

이 아이는 활을 메고 산을 향하여 길을 가다가, 산에 척 들어서니까, 해가 지고 어두워졌습니다。집을 찾아 보니까, 나무 사이로 등불이 반짝반짝 보였습니다。이 아이는 기뻐서 그 집에 찾아가니까, 그 집은 대문이 열 둘 있는 아주 큰 집이었습니다。대문 밖에서 주인을 찾았습니다。그러나 집안에서는 아무 대답이 없었습니다。

『대문이 많아서 들리지 않는가부다。』

생각하고, 대문을 하나 들어가서, 또 주인을 찾았습니다。그러나 역시 대답이 없었습니다。그때 대문을 또 하나 들어섰습니다。그러나 여전히 아무 대답도 없었습니다。이렇게 들어가고

들어가서 열 두 대문 앞까지 가서 주인을 찾으니까, 집안에서 아름다운 처녀가 나왔습니다.

『날이 저물어 길을 갈수 없고 해서 황송하오마는, 하룻밤 침소를 빌려줍소사고 찾아왔습니다.』

하고 이 아이가 처녀더러 말을 했습니다. 그러니까, 처녀는 공손한 태도로.

『이렇게 산속에 있는 제 집을 찾아오셔서 주무시게 해주시겠다 하시니, 감사합니다. 그러나 오늘 밤은 큰일이 생길터이오니, 미안하오나, 귀하신 몸 아끼시고, 고이 돌아가 주옵소서!』

하고 말하며니, 얼굴을 숙이고 눈물을 흘리고 있었습니다. 이 아이는 처녀의 이 태도를 보고 무슨 큰 사정이 있는가보다 생각하고,

『어떤 사정이 계시오니까. 미련하오나, 저의 힘에 자라는데까지 도와드리겠사오니, 말씀해 주실수 없겠습니까.』

하고 말하니까,

『네. 본래 우리 집에는 열 두 권속이 살았삽는데, 이 산에 있는 범을 쏜 포수를 하룻밤 재웠다는 이유로 범이 일년에 한사람씩 우리 권속을 잡아가곤 합니다. 오늘밤은 마지막으로 제가 물려갈 차례입니다.』

하고 포수가 가지고 있던 활을 내어보였습니다. 그 활은 소년의 아버지 활이었습니다. 활때에 아버지 이름이 새겨있는것으로보아 아버지 활이 분명합니다. 그리고 이 활을 가졌던 포수는 그만 범한테 잡혀서 죽었다고 합니다.

소년은 이 말을 듣고, 또 그 활을 보고 크게 노하면서,

『범한테 죽은 포수가 바로 제 아버지올시다. 제가 이 산에 들어온것은 아버지 원수를 갚으려고 들어온것이옵니다. 오늘 밤 반드시 그 범을 쏘아 죽여 당신의 원수를 갚고, 또 저의 원수도 갚겠사오니, 아모쪼록 안심하시오.』

이렇게 말했습니다. 이 말을 듣고 처녀의 기쁨이란 머 말할것도 없었습니다. 처녀는 부엌에 내려가서 저녁밥을 극진히 작만해다가 이 소년에게 대접했습니다.

소년은 밥을 먹고, 소풍을 하며 잠깐 뜰앞에 나왔습니다. 크다란 바위 위에 앉아 오늘 밤에 닥쳐올 일을 어떻게 하면 실수 없이 무사히 소원을 이룰수가 있을고 생각하며 있느라니까, 어디서 왔는지 허연 영감님이 한분 나타나며니,

『너는 참 기특한 애로다! 그런데 네가 오늘 저녁 너의 아버지 원수를 갚고 처녀의 원수를 갚으려면 내 말을 명심해서 들어야 한다. 만일 그렇지 않으면, 너도 또 너의 아버지의 뒤를 따르게 되리라.』

이렇게 소년더러 그 영감님은 엄숙한 목소리로 말했습니다. 영감님은 기침을 한번 줄떠 하며니,

『내일 새벽녘에 그 처녀의 집 위로 큰 독수리가 한마리 빙빙 돌고 있으리라. 이걸 독수리로 알았다가는 큰일이 생긴다. 이건 독수리가 아니고, 처녀를 물어가려는 범이니, 그 독수리를 쏘아라.』 442

이렇게 말했습니다. 소년은 이 말을 듣고 놀랐습니다. 그리고 이렇게 말해주시는 후의를 치사하려고 굽어엎드려 절을하고 얼굴을 쳐들었을 때는, 영감님은 벌써 어디로 갔는지 온데간데도없이 사라졌습니다.

이상한 영감님도 있습니다.

이 소년은 그날 밤 잠을 자지 않고 처녀와 같이 밤을 새웠습니다. 그리고 새벽녘에 밖앝에를 나가 보니까, 과연 어제 밤 허연 영감님이 말해준대로 독수리 한놈이 이 집 지붕 위를 빙빙 돌고 있었습니다. 그래 소년은 어제 지녁 그 영감님이 가르처준대로, 그 독수리를 활로 쏘았습니다. 그러니까, 꼬리가 구척이나 되는 큰 범이 죽어서 떨어졌습니다. 소년하고 처녀는 기쁘고 기뻐서 서로 손을 붙잡고 울었습니다.

소년은 이렇게 무사히 원수를 갚은것은 어제 그 영감님의 덕택이라고 생각하고, 그 영감님한테 고맙다는 인사를 여주려고 어제 갔던 바위에 갔습니다. 그러니까, 이 이상한 영감님은 미리 이애가 여기를 올줄 알았든지, 영감님은 그 바위 위에 올라가 앉아있었습니다. 소년은 땅에 무릎을 꿇고 절을 하며 치사를 하였습니다.

그러니까, 영감님은

『무사히 그 범을 쏘았다니, 나도 기쁘다. 그러나 이것으로 마음을 놓아서는 안된다. 내일 새벽 그 집 위에 갑자기 회리바람이 불면서 집검불이 떠올테니, 집검불을 쏘아라. 그것은 집이 아니고 범이다. 오늘 새벽에 네가 쏘아 죽인 범의 안해 범이다.』

이렇게 허연 영감님이 말하고는 또 온데간데도 없어졌습니다.

그날 밤 소년은 또 처녀와 함께 잠을 자지 않고 밤을 새우고, 새벽녘에 나가 보니까, 과연 지붕 위에 회리바람이 불면서 집검불이 너훌너훌 떠올랐습니다. 그래 소년은 허연 이상한 영감님이 하라고 한대로 그 집검불에 활을 잘 겨누었다가 쏘았습니다. 그러니까, 이거 봅쇼. 크다란 범이 죽어졌습니다.

소년은 또 영감님께 치하를 하려고 날이 새이자, 어제 갔던 그 바위로 갔습니다. 허연 영감님은 어제처럼 그 바위 위에 올라가 앉아있었습니다. 소년이 땅의 꿇어엎드려서 절을 하며 치하를 하니까,

『넌 참 기특한 아이다. 너의 활재주가 그렇게까지 능한줄은 몰랐다. 그런데 이것으로 다됐다고 마음을 놓아서는 안된다. 내일 새벽에 밖에 나가서 지붕 위를 보면, 고양이 한마리가 지붕 위에 올라가 앉아 있겠으니, 그 고양이를 쏘아라. 그게 고양이가 아니고 어제 쏜 범의 새끼범이다.』 443

446

『지금 우리 집엔 손님이 오셔서 난 못 가겠네。 임자나 가서 많이 얻어 자시고 오게。』

이전 돌자리 장수가 누워자는 묘 속에서 나오는 소리입니다。 돌자리 장수는 묘 속에 해골들이 말을 하고 있는것을 듣고, 무섭고 무서워서, 치를 부들부들 떨면서 숨을 딱 죽이고 있느라니까,

『여보십쇼! 나그네 양반! 오늘 저녁은 참으로 고맙습니다。 내가 죽은 이후로는 날 부축해주는 사람이라고는 한 사람도 없더니, 오늘 밤 당신이 오서서 이와 같이 출겠다고 돌자리로 바람을 막아주시니, 참으로 고맙습니다。 이 은혜를 갚아드려야겠삽는데, 당신님께서 무엇을 요구하시는지 말씀해주시면 말씀대로 드리겠사오니, 말씀하여주옵소서。』

하고 묘 속에서 죽은 사람이 돌자리 장수 청년 보고 이렇게 말했습니다。

『난 아무것도 요구할것이 없소。』

하고 돌자리 장수가 대답했습니다。

『그럼, 이걸 가지고 가십쇼。』

하더니, 붙을접(接)자 하고 떠러질락(落)자 두자를 주는것이였습니다。

『붙을접자를 만지면서 붙어라! 하면, 무엇이나 붙지 않는것이 없습니다。 그리고 떨어질락자를 만지면서 떠러저라! 하면, 무엇이나 붙었던것이 떨어집니다。』

하고 죽은 사람이 묘 속에서 말하였습니다。 돌자리 장수 청년은 이것을 받아가지고 그전 이 사람이 머슴살이하던 주인집을 찾아갔습니다。 바로 주인 영감의 딸의 잔치날이였습니다。

해가지니까, 사람들은 신랑을 색씨 방에다 몰아넣었습니다。 그 때 이 돌자리 장수가「붙을접자」를 만지면서

『붙어라。』

하니까, 갑자기 신방에서 우는 소리가 들렸습니다。 무슨 영문인가 하고 색씨의 어머니가 문을 열고 들여다보는것을 돌자리 장수 청년이 또 붙을접자를 만지면서,

『붙어라!』

했습니다。 그러니까, 문 밖에 있던 색씨 어머니가 방안으로 엎으러지면서 신방으로 들어가서 신랑하고 색씨 위에 딱 붙어버렸습니다。

『여보소!『여보소 영감!』

하면서 처녀의 어머니는 요동을 하면서, 울며불며 이렇게 남편을 불렀습니다。

이 소리를 듣고, 주인 영감은 작자기 또 무슨 일인고 죽어가는 소리를 하면서。 이렇게 생각하고, 놀라면서 뛰어나와 신방으로 달려가 보았습니다。 이것을 또 돌자리 장수 청년이 붙을접자를 만지면서,

『붙어라!』

하였습니다。 그러니까, 영감도 또 딸 내외와 안해가 붙어서 요동질을 하고 있는 위에 딱 붙

447

었습니다。

『앞 집 늙은이를 데려오너라。 뒷집 늙은이를 데려오너라。』

야단법석입니다。

앞 집 늙은 할멈이 왔습니다。

『원 그런 변이 또 어디 있담―』

이 빠진 입을 호물거렸습니다。 그리고 신방에 들어와서 네사람이 붙어서를 울며 불며 야단법석하는걸 이리 만지작 저리 만지작 하여보면서 있는것을 돋자리 장수가 또 붙을접자를 만지면서、

『붙어라―』

하니까 할멈도 네 사람의 위에 또 척 올라가 붙어버렸습니다。 그런데 주인 영감은 앞 집 할멈이 올라가 붙는 바람에 똥을 찍 넘다 갈렸습니다。 그러니까、 개란놈이 똥 냄새를 맡고、 냉큼 신방에 뛰어들어와서 똥을 철철 핥아먹고 있었습니다。 돋자리 장수 청년이 또 붙을접자를 만지면서、

『붙어라―』

하니까、 개란놈도 또 할멈 위에 척 가서 붙어버렸습니다。

신랑、 신부、 주인 영감、 주인 마누라、 앞 집 할멈、 그리고 또 개란놈까지 붙어서 울며불며

짖으며 아주 야단법석을 합니다。 누구나 하나가 조금만 움지작 하면

『애쿠 애쿠 아이고 아이고 깽이 깽이。』

하고 지랄하는 판입니다。

돋자리장수 청년이 이 모양을 문밖에서 들어다 보면서 서있느라니까、 주인 영감이 눈물을 흘리면서、

『여보게 여보게! 내 재산을 절반 노나줄께니、 제발 좀 떼어주게 떼어주게。』

애원을 하고 있는고로、 돋자리장수 청년은 불상도 해서 떨어질락자를 만지면서、

『떨어져라!』

하고 고함쳤습니다。 그러니까、 금시까지 붙어서 뭉겨대던 사람과 개가 힘빼벌떡하면서 냉큼 문밖으로 뛰어달아나고、 사람들은 이마에 흐르는 비지 같은 땀을 씻으면서 한숨들을 내쉬었습니다。

돋자리 장수 청년은 이렇게 하여 그 불쌍한 신세를 벗어났더랍니다。

(蒐集地 不明)

十年間 지팡이를 두른 사람

옛날 옛날, 어떤 총각 한 사람이 과거 시험 공부를 하며 십년 기약을 하고 산으로 절을 찾아갔더랍니다。

하루는 깊은 숲을 지나다가, 해가 져서 어둡고 어두워서 지척을 분별할수가없었습니다。

『어디 하룻밤을 자고 갈 인가가 없나。』

하고 사방을 두리번두리번 살펴보니까, 나무 사이로 저편에 불이 하나 반짝반짝이는것이 보였습니다。

『됐다, 저기 집이 있구나。저 집에 가서 하룻밤을 드새워달라고 할밖에──』

이렇게 이 총각은 생각하고 기뻐하면서 그 반짝반짝 등불 있는 인가를 찾아가 보니까, 이런 변이 또 어디 있겠습니까。그것은 인가의 등불이 아니고, 크다란 범 한마리가 주꾸려뜨리고 있었습니다。범의 크다란 눈이 그렇게 등불처럼 번쩍거리고 있었던것입니다。총각은 놀라서 지랄네짐을 하였습니다。이 총각이 도망질을 하려고 몸을 획 돌리자 말자, 범은 으앙 으앙! 소리를 고래고래 지르면서, 이 총각한테 달겨들었습니다。총각은 그저 너무 놀라서 얼떨결에 손에 들고 가던 지팡이를 피잉 피잉 둘러댔습니다。그러니까, 달겨들던 범은 주춤하면서 달겨들지를 못했습니다。그러나 조금만 총각이 지팡이 두루는것을 멈추면 범은 또 으앙소리를 치면서 달려드는것이었습니다。그런고로 총각은 할수없이 그냥 자꾸 지팡이를 두르지 않을수 없었습니다。이렇게 밤새껏 두르고 먼동이 훤하게 트니까、범은 어슬렁어슬렁 큰 바위 아래에 뚫린 굴로 들어갔습니다。

『인제야 됐구나! 어서 도망질을 하여야겠다。』

이렇게 범이 굴로 들어가는것을 보고、한숨을 휘 내쉬면서 총각은 두르면 지팡이를 멈추고발을 옮겨 디디려고 하니까 밉상스런 범이란놈이 또 으앙 소리를 치면서 뒤로 달겨 들어왔습니다。이 총각은 참으로 기가 막혔습니다。그러나 할수 있습니까。또 지팡이를 내두릅니다。

범이란놈은 또 어슬렁 어슬렁 굴속으로 도로 들어가서 코다란 눈을 해번더거리고 있었습니다。

이 총각은 보자기에 싸서 멘 떡도 먹지 못하고、온 몸은 피곤해지고 기운이라고는 도무지 없었습니다。그러나 지팡이를 둘러야 범한테 잡혀 먹히기를 면할수 있겠는고로、할수없이 두를밖에야。

이렇게 비틀비틀 몸집을 바로 잡지 못하고、두르고 있느라니까、점심때쯤 되었을때、저편에 나무사이로 어떤 총각 한 사람이 이편으로 오는것이 보였습니다。이 사람도 절로 공부하러가은 사람이 분명합니다。이 사람이 지팡이를 두르고 섰는 총각의 옆을 지나다가 보고、이

상야릇히 생각했습니다。젊은 총각이 왜 그렇게 자꾸 둘러대는지 그저 자꾸 비슬비슬하면서 눈이 뎅허니 기운 없이 지팡이를 두르고 있질 않습니까。이상하기 짝이 없었습니다。

『여보오。당신 왜 그렇게 자꾸 지팡이를 두르고 있습니까。』

하고 물어보았습니다。

그런데 지팡이를 두르면 총각은 아마 뼈가 좀 있떤 모양 같아요。

『오냐、인제야 내가 살아났나부다。』

이렇게 이 뼈있는 총각은 생각하고、

『뭐요? 왜 지팡이를 두르느냐고요? 당신 아직 이걸 호르십니까。』

이렇게 말하고 그냥 자꾸 내둘렀습니다。

그러니까、뒤에서 오던 총각은 이상하기 짝이 없었습니다。이 사람의 대답하는걸로 보아 무슨 큰 이유가 있는상 싶었습니다。그래 이 총각은 호기심이 잔뜩 생겨서、

『어째 두르는게예요。좀 말을 하여주슈그려。』

하고 말했습니다。

『가만 계셔요。인제 거의 다 되었소。말동무도 없는 적막한 절에서 십년잔이나 어떻게 외트워서 공부를 합니까。어지간한 인내성이 없이는 안될 일입니다。그래 그 절 스님이 인내성이 있는가 없는가 시험을 하여보고、이 시험에 합격해야만 절에서 공부하라고 허해주는

것입니다。 지금 난 사흘채 이 지팡이를 두르는데요。 인젠 거의 다 되었습니다。 당신도 절에 공부가시려거든、 제가 두른 다음 두르시오。』

하고 말했습니다。

『참、 그것도 그런게다。 외로운 절간에서 공부하려면 어지간히 참고 견디는 성질이 없어서는 십년간에나 공부를 못할게다。』

이렇게 절에 공부가던 총각은 생각하고、

『그럼、 어서 두르시고、 저도 좀 두루게 지팡이를 빌려주슈。』

하고 부탁하였습니다。

먼저 가던 총각은 뒤에 가던 총각에게 지팡이를 주었습니다。 그리고 절로 뺑소니를 쳤습니다。

뒤에 가던 총각은

『이 시험에 들어야만 절에 가서 공부할수 있다는데。』

이렇게 생각하고、 열심으로 두르고 있느라니까、 팔이 뚝 떨어질 지경으로 아팠습니다。 그때 이 총각은 조금 쉬었다가、 또 두를 생각으로 지팡이 두르는걸 그만두고 풀 위에 펄썩 주저앉았습니다。 그러니까、 아、 이것 봅쇼。 바위 아래에서 얼려덜려한 큰 범 한놈이 으앙! 소리를 치면서 시뻘건 입을 벌리고 달겨오지를 않습니까。 총각은 깜작 놀랐습니다。 그리고 무서워서 정신을 잃고 그저 얼떨결에 지팡이를 내둘렀습니다。 그러니까、 범은 또 할수없다는듯이 어슬렁어슬렁 굴속으로 도로 들어갔습니다。 총각은 알았습니다。 아까 그 총각이 어째서 지팡이를 두르고 있었는지를 알았습니다。 그러나 뭐 인제야 할수 있게 되었습니까。 지팡이를 두르지 않으면 죽질 않이요 할수없이 눈물을 줄줄 흘리면서 자꾸 지팡이를 둘렀습니다。

먼저 가던 총각은 절에 가서 십년을 공부하였습니다。 그리고 십년 전에 자기가 절로가다가 범한테 혼난 범의 굴 앞을 지나가느라니까、 허옇게 센 머리가락이 발까지 철메철메 닿고、 몸은 파리해서 막대같이 된 늙은 영감이 지팡이를 비틀비틀 두르고 있었습니다。

자세 보니까、 이 영감은 십년 전에 자기뒤로 오던 총각이었더랍니다。

(咸南 洪原)

머리 셋 가진 僧과 砲手

옛날의 옛날, 어떤 곳에 총을 아주 잘 쏘는 사람이 있었더랍니다。하루는 이 사람이 산에 사냥을 갔다가 돌아오는데, 갑자기 하늘이 어둠컴컴하여지는고로, 밝던 날이 이게 웬일인고 생각하면서, 얼굴을 처들어 하늘을 우러러보니까, 무엇인지 무수히 많은 큰다란것이 날아가고 있었습니다。

이 사람은 하도 그 날아가는것이 괴상해서 총으로 그것을 쏘았습니다。그러니까, 그 괴물은 총에 맞아서 시뻘건 피를 뚝뚝 흘리면서, 그냥 어디론지 날아가버렸습니다。

이 일이 있은 후 나흘이나 되었을가요。임금님께서

『공주님이 어떤 짐승인지 귀신인지 아주 큰다란 괴물한테 빼앗겼으니, 누구나 공주님을 찾아오는 사람에게는 공주를 주겠다。』

는 포고가 전국에 내렸습니다。

이 포고를 본 이 사람은

『아마 그러면 전날 내가 총으로 쏜 괴물이 바로 공주님을 훔쳐간 괴물인가보구나。』

이렇게 생각하고, 그 괴물을 잡으려고 사냥개를 시켜서 괴물이 흘리면서 간 피를 따라갔습니 457

다。산을 넘고 강을 건너 하루 종일 개를 좇아가니까、산속에 큰 높까지 와서는 사냥개가 뚝 발을 멈추고 왕왕 짖으면서 주인을 올려다보고 있었습니다。

『여기 그럼 그 괴물의 집이 있는게구나。』

포수는 생각하고、눈가운데 있는 크다란 바윗돌을 들쳐보니까、뻥하게 넓은 구멍이 생겼습니다。포수는 이 구멍을 보고 마을에 내려가 사람들을 모아가지고 와서、

『내가 밧줄을 잡고 이 굴로 들어갔다가 나올 때는 또 밧줄을 당겨 흔들테니、그때엔 나오겠다는줄로 알고、도로 이 밧줄을 당겨주게。』

이렇게 이르고、캄캄한 굴을 아래로 아래로 내려갔습니다。굴은 내려갈수록 점점 더 넓어지고、바람이 불기 시작했습니다。이렇게 자꾸자꾸 내려가니까、굴 밑에는 고래등 같은 기와집이 지즐펀한 적지 않은 마을이 었습니다。참 땅속에도 이렇게 크고 훌륭한 집이 있었구나。포수는 놀라면서 그 큰 기와집 안을 살펴보려고 버드나무위에 올라갔습니다。버드나무 위에서 두리번두리번 집 안을 살펴보고 있느라니까、아주 아름답게 생긴 한 젊은 여자가 버드나무아래 우물에 물을 길러 나왔습니다。이 포수는 숨을 죽이고 내려다보고 있느라니까、그 여자가 바가지에 물을 떠놓고 동쪽 하늘을 향해 합장을 하고 기도를 한참 올리고 섰더니、

『어젯밤 꿈에 나를 구해주러 온 사람을 보았는데、지하에 있는 여기를 누가 알고 들어오며 내할자도 가련코나。』

이렇게 혼잣말을 하더니、구슬 같은 눈물을 줄줄 흘리고 있었습니다。이사람은 놀라기도하고 또 기뻤습니다。

『오! 이 여자가 바로 그 공주님이시로구나。』

이렇게 생각하고、버드나무 잎을 쭉 훑어서 떨어뜨렸습니다。그러니까、공주는

『날도 맑고 바람도 없는 이 날 나무 잎은 왜 이렇게 떨어지노?』

이렇게 말하더니、그냥 또 기도를 올리고 서있었습니다。포수가 또 한번 버드나무 잎을 떨어뜨렸습니다。그러나 공주님은 여전히 기도를 올리고 있을뿐이었습니다。세번째 떨어뜨렸을 때입니다。공주는 버드나무 위를 올려다보셨습니다。그리고 버드나무우에 사람이 있는것을 보고 크게 놀란듯이 주춤하고 두어서너 발자국 뒤로 물러갔습니다。

『오오、공주님!』

포수가 말했습니다。

『공주님! 전 공주님을 모시러 온 사람이올시다。』

공주는 이 말을 듣고 크게 기뻐하였습니다。

『공주님、대체 이 집 주인은 누구이오며 무엇하는 사람이오니까。』

하고 포수는 이렇게 땅 속에 집을 짓고 사는 사람의 신비를 캐려는 생각으로 이렇게 물었습니다。그러니까、공주가

『이 집 주인은 머리 셋 가진 괴상야릇한 중이온데, 세상에 나가서는 부녀자와 재산을 강탈해가지고 공중으로 날아오군 하는 괴물이옵니다. 이 괴물이 전날 저를 채가지고 날아올 때 누가 쏘았는지 날개를 활에 맞아 지금 앓고 있습니다.』

하고 대답하였습니다. 전날 이 사람이 쏜 그 괴물이 바로 이 머리 셋가진 중인것이 분명합니다. 이 말을 듣고, 포수는 호주머니에서 종이에 싼것을 공주에게 주면서,

『이걸 그 괴물 날개에다 바르시오. 이것을 바르면 상처가 곧 낫는다고 하면서 발라주십쇼.』

하고 독약을 끄내 주었습니다.

머리 셋 가진 중은 그만이야 이 약을 바르고, 얼마를 못 가서 죽고 말았습니다.

포수하고 공주는 열쇠를 가지고 다니면서 그 많은 광을 한간 한간 죄다 열어 보았습니다. 그러니까 놀랍게도 이 광 저 광 광마다 거의 다 죽어들가는 색씨 처녀들이 가득가득 차있었습니다. 그래 포수하고 공주는 부녀들에게 먹을것을 주어서, 정신을 차리게 하였습니다. 그러니까, 금시까지 흐느적해서 죽어가던 사람들이 다 되어들나서, 이 사람과 공주님께·감사의 눈물로써 치사를 하였습니다.

이 사람은 많은 보배 가운데에서 제일 귀한 보물을 조금 가지고 공주와 여러색씨 처녀들을 데리고 이 사람이 들어온 굴 아래까지 갔습니다. 그리고 먼저 이 불쌍한 색씨들과 처녀들을 바로 세상으로 내보내게 되었습니다.

한 사람 한 사람씩 허리에 밧줄을 동여매고 밧줄을 따따 나꾸면 굴 바깥에 있는 사람들이 밧줄을 끌어올리군 올리군하였습니다. 이렇게 하여 여러 색씨들과 처녀들을 한 사람도 없이 굴밖으로 내보낸 다음, 공주님을 내보내게 되었습니다. 이 사람이 공주님의 허리에 밧줄을 고이 매드리고, 따따 나꾸니까 공주님은 술술 그 컴컴한 굴을 올라가셨습니다. 그리고 이 포수는 얼른 밧줄이 또 내려와서 저도 어서 공주님계시는 밖으로 나가기를 기다렸습니다. 그러나 기다려도 기다려도 밧줄은 내려오지를 않았습니다.

굴 밖에서 밧줄을 올려 당기고 있던놈들이

『그까짓놈 밧줄을 내려보내지 않으면 거게서 죽고말테니, 밧줄을 내려보내지 말자. 그리고 우리가 공주님을 모서왔다고 왕한테 가서 아뢰고, 많은 상을 얻기로 하자.』

이렇게 뱃장 검은 토론을 하고, 밧줄을 내려보내주지 않았습니다.

이를 사흘 나흘 닷새……포수는 밧줄이 내려올가 하고 기다리고 기다려서도 밧줄은 종시 내려오지 않았습니다. 그러니까, 이 사람은 두번 다시는 바깥 세상에 나갈 생각을 단념하고, 하루는 마음이 슬프고 외로와서 활을 가지고 산에 사냥을 갔습니다. 하루 종일을 그저 이리저리 쓸쓸한 마음으로 슬피 돌아다니다가, 암것도 잡지못하고 돌아오는 길에 학 한마리가 공중을 날러가는것이 보이였습니다. 그런데 이 학의 입에는 물고기가 한마리 입에 물려있었습니다. 어쩐 일인지 그 고기가 무슨 고기인지 이상한 목소리로 자꾸자꾸 우는것이었습니다.

그때 그 고기 우는 북소리가 나므로 이상하고 숨어서 활을 겨누어 하늘 쏘아 떨어트렸습니다 462
그러니까, 학은 죽었으나, 물고기는 그냥 죽지 않고 몸을 퍼덕이면서 숨을 몰고 있었습니다
이 사람은 그 고기를 불쌍히 생각하고, 강물에 놓아주었습니다。

그 후 어느날 이 사람이 전날 물고기를 놓아준 강가에 소풍을 나가니까, 그 강가에 [illegible] 사람을 아주 단정히 차린 청년이 한 사람 서있었습니다。이 사람은 사람을 보는것이 기뻐서, 반겨가니까, 그 청년은 포수를 반가워하면서 절을 공손히 하였습니다。그리고 청년은 친절하게 [illegible]

『저는 전일 당신께서 학한테 물려가는것을 살려주신 물고기옵니다。오늘 답사하고 싶어 손님으로 나왔다가, 그렇게 학한테 잡혀죽을뻔한것을 당신께서 구해주셔서 감사한말이외다. 저는 용수 나라 용왕의 아들이옵니다。』

하고 그 청년이 말하였습니다。참 포수는 놀랐습니다。우연 이 사람이 학을 쏘아 떨어트리고 학의 입에 물렸던 그 이상한 고기를 강물에 놓아주었더니, 그 고기가 용왕의 아들이었었던것입니다。

용왕의 아들은 포수더러 용궁에 들어가자고 자꾸 청했습니다。그때 포수는 들어가보려 [illegible]을 뭇지 못하고 곧 나오겠다고 하고 들어가게 되었습니다。

두 사람은 큰 거북의 잔등에 올라탔습니다。그러니까, 물에 들어가자 마자, 순식간에 거북은 두 사람을 용궁 앞에까지 데려왔습니다。그러니까, 아름다운 꽃 같은 용궁의 궁녀들이 모여 신명 좋게 춤 추며 나와서, 반가운 낯으로 이 사람을 맞아들였습니다。용왕도 아들을 살려준 은인이 들어오는것을 기뻐하면서, 극진한 대접을 하였습니다。

물 속에 사는 온갖 고기들이 떼를 지어 와서는 용왕하고 용왕의 아들하고 절을 하고 있었는 이 사람 앞에 와서 절을 하고 인사를 하는것이었습니다。그리고 노래를 하는 고기는 노래를 부르고, 춤을 추는 고기는 춤을 추고 하였습니다。그리고 또 꽃 같은 아름다운 용궁의 궁녀들은 나와 같이 아름다운 옷을 입고 술을 부었습니다。이 사람은 그저 놀이 부시고 황홀해서 눈을 어찌 뜨고 있을지를 못하였습니다。이 사람은 이것이 꿈이 아닌가 생각하였습니다。

이렇게 즐겁고 즐거운 날을 보냈어 지나고, 이 사람은 용왕의 아들더러 인제 그만 집에 돌아가겠다고 하였습니다。그러니까, 용왕의 아들은 그렇게 빨리 나가면 모두 서운하게 되겠다고 하면서, 며칠만 더 유하고 가라고 하는것을 굳이 나가야 되겠다고 하였습니다。

『그럼, 굳이 나가시겠다면, 할수 없습니다。그런데 당신께서 나가시겠다하시면, 우리 아버님께서 무엇이든 소원이 계시면 말씀하시라고 하신것입니다。그 때는 다른것은 다 싫으니 [illegible]를 달라고 하시오。그건 당신을 반드시 행복하게 할 것이옵니다。』 453
하고 말했습니다。

이 사람이 용왕한테 가서 나가겠다고 하니까, 과연 용왕은 무엇이든 소청할것이 있으면 이루어드릴테니, 말하라고 하였습니다. 그때 이 사람이 용왕의 아들이 가르쳐준대로, 도롱에넣어둔 꾀꼴꾀꼴하고 우는 꾀꼴새를 달라고 하였습니다.

이 꾀꼴새는 사실은 새가 아니고 용왕의 딸이었습니다.

이런 꾀꼴새를 달라니까, 용왕도 서슴지 않을수 없었습니다. 용왕은 입맛을 다시면서 쾌히 승낙하려고는 하지않았습니다. 이것을 보고 용왕의 아들이

『아버지 어서 그 꾀꼴새를 주시오. 제가 죽을걸 살려주신 은혜를 생각하면, 꾀꼴새를 드려도 부족하지 않습니까. 어서 주십쇼.』

하고 말하니까, 용왕도 마지 못해서 주었습니다. 이 사람은 이 아름다운 꾀꼴새를 받아들고 나왔습니다. 그런데 용궁을 떠날 때 또 한가지 여덟구멍난 연적을 용왕이 주면서,

『이 연적은 아주 귀한 보물이다. 그 귀한 꾀꼬리를 극진히 사랑하여달라고 이것까지 주는것이니, 모쪼록 잊지 말고 꾀꼬리를 귀히여겨야 된다.』

하였습니다. 이 연적은 무엇이든 나오라고 하는대로 나오는 아주아주 세상에 없는 보배입니다.

이 사람은 꾀꼬리하고 이 연적을 가지고 전의 머리 셋 가진 중이 살던 집으로 돌아왔습니다. 그러니까, 꾀꼬리는 한층 소리를 높여

『꾀꼴 꾀꼴 김가아꼴.』

『꾀꼴하고 아앙 여보게 놋뗑이.』

하고 노래를 한번 부르더니, 꾀꼴이가 변하여 예쁘고도 예쁜 처녀로 변했습니다. 그리고 이 처녀가 이 사람 앞에 무릎을 꿇고 공손히 절을 한번 하더니,

『오빠를 살려주신 은혜 천만 감사하옵나이다. 이 후로는 당신의 안해가 되어서 이 은혜를 조금이라도 갚겠습니다.』

하고 말했습니다. 이 사람은 어찌 기뻤는지 몰랐습니다.

『인제는 아름다운 색씨도 생겼는데, 색씨를 데리고 세상에 나가서 살아야겠다.』

이렇게 이 사람은 생각하고, 연적을 향해

『밧줄이 내려오나라.』

하고 말하니까, 그 컴컴한 굴에서 굵고도 튼튼한 밧줄이 술술 술 내려왔습니다. 이밧줄에 인제는 이 사람의 안해가된 용왕의 딸의 허리하고 제 허리를 맞매고, 그 굴을 올라갔습니다. 그 굴을 나오니까, 그 때는 바로 해가 져서 어두웠을 때었습니다. 하루밤을 자고 갈 집도 없고해서, 이사람이 연적을 향하여

『우리가 자고 갈 집이 하나 나오나라.』

하니까 연적의 여덟구멍에서 목수가 쏟어나오더니, 순식간에 훌륭한 집을 하나 지어놓았습니다

이튿날 아침입니다。한 영감이 나무를 하러 산에 왔다가 이 숲을 지날 때, 이집을 보고 크게 놀랐습니다。그것도 그럴것입니다。전에는 집은커녕 나무하나 없던 숲가 돌멩이 위에 아주 훌륭하고도 훌륭한 대궐같은 집이 있으니까요。

이 영감은 대단이 이상히 여겨, 이 말을 임금님께 아뢰었습니다。

이 말을 듣고, 임금님도 이상히 생각하셔서 부하를 시켜 조사하라고 보냈습니다。

이 왕의 부하에게 이 사람은 자기가 공주님을 구해드린 일과 그 후에 일어난 모든말을 숨김 없이 죄다 말해주었습니다。

왕의 부하는 이 말을 듣고 가서 임금님께 죄다 아뢰었습니다。

임금님은 이 때 비로소 공주를 구해준 이 사람을 알고, 대궐로 불러서 큰 잔치를 베풀어대접을 극진히 하고 많은 돈과 높은 벼슬을 주었습니다。

이렇게 이 사람은 아름다운 용왕의 딸과 같이 길이 길이 행복을 누렸더랍니다。

(平南 平原郡 西海面)

예쁜이와 버들이

옛날도 옛날, 어떤 곳에 예쁜이라는 처녀아이가 있었습니다。예쁜이는 아주아주 아름다운 소녀였습니다。그리고 또 생긴 모양만 예뻤던것이 아니고, 마음도 또 모양에 못지않게 예뻤습니다。

이렇게 모두가 예쁜 예쁜이에게는 불상하게도 어머니가 없었습니다。예쁜이가 세살 되는해 어머니는 병이 나셔서 그만 예쁜이를 남겨두고 이 세상을 떠나가시고 말았더랍니다。그런고로, 예쁜이는 늘 마음씨 곱지 못한 어붓어머니한테 박대를 받아왔습니다。

마음씨 곱지 못한 어붓어머니는 예쁜이가 동네 사람들한테 칭찬 받는것이 밉고 미웠습니다 그런고로 온갖 구박을 다 하는것이 었습니다。여름이고 겨울이고간에 어둑어둑할 때부터 해가져서 또 어둑어둑할 때까지 밥짓고 빨래하고 밭에 나가서 김매고 밥짓고——이렇게 어붓어머니는 하루종일 잠시라도 쉬지 않고 예쁜이를 부려먹었습니다。그러나 마음씨 고운 예쁜 이는 단한마디도 댓구를 하지않고 고개를 수그리고, 그저 어붓어머니가 하라는대로 하였습니다。

동네 사람들은 이것을 보고 더욱더욱 예쁜이가 애처럽고 불쌍하여서 가지가지로 예쁜이를 위로해주고 칭찬해주었습니다。그러나 마음씨 곱지 못한 어붓어미는 동네 사람들이 이렇

게 애뽕이를 가두 오랫동안 애뽕이를 밉상스럽게 생각했습니다。 468

오면 울고 수은 거울이었습니다。 산에는 눈이 하얗게 쌓여서 산봉우리가 보이었습니다。 그리고 또 눈보라가 불었습니다。 이렇듯 추운 겨울에 의붓어머니가 애뽕이더러

『산에 가서 나물을 캐어오너라。』

하고 일렀습니다。 그렇게 이 추운 겨울에 산에 가서 나물을 캘수가 있겠어요? 그러나 마음 착한 애뽕이는 아무 말도 하지 않고 나물 바구니를 옆에 끼고 산에 갔습니다。

이 추운 겨울이라도 의붓어머니가 음식은 해주지 않는고로, 홑 바지 홑 저고리를 입었습니다。 춥기만 한데다가 배도 고팠습니다。 사지를 벌벌 떨며, 입술이 새파랗게 되었습니다。 그러나 애뽕이는 그렇게 떨면서 힘을 주어 참았지요。

여기 저기 눈을 손으로 헤쳐 헤쳐보고 암만하여 보아도 쑥이나 냉이 같은 나물은 아무데도 없었습니다。

이렇게 이리저리로 하루 종일을 돌아다녔습니다。 해가 벌써 지려고 불그스레한 햇빛이 사방에 떨쳤습니다。 애뽕이는

『에구머니ㅡ 벌써 해가 지네。 바위 틈에서라도 하룻밤을 지나고 내일 또 나물을 찾아보아야겠군。』

이렇게 생각하고, 해가 저물기 전에 의지할만한 바위 틈을 찾아 떠났습니다。

이렇게 이리저리 찾아다니노라니까, 큰 바위 아래에 굴이 하나 뚫리었었습니다。 애뽕이가 들어가기는 넉넉하게 크고 넓은 굴입니다。

애뽕이가 그 굴로 한참 기어 들어가니까, 쉬 하고 따스한 바람이 낯을 스칩니다。 애뽕이의 얼었던 몸, 발 다리는 점점 녹아왔습니다。 신통하게 떨리는것 같은 추위가 점점 따뜻해져서 마치 애뽕이가 어렸을 때 그리운 어머니 품안에 안겨있던 때와 같았습니다。

애뽕이는 이상히 생각하면서, 그냥 쑥 자꾸 들어가니까, 굴이 끝나자, 괴상한 빛이 나타났습니다。 그리고 그 빛 한군데에 조그마하고도 오붓한 오막살이 집이 하나있었습니다。 그런데 그 집 부근에는 푸릇푸릇한 나물이 많이 돋아있지 않습니까。 애뽕이는 뜻하지 않았던 곳에서 제가 찾아다니던 나물을 보고도, 기쁘다는 말을 다 어떻게 하여야 좋을지 몰랐습니다。 애뽕이는 나물 바구니에 나물을 뜯어서 하나 가득 담았습니다。

이렇게 나물을 바구니에 하나 가득 뜯어 놓았을 때, 그 오막살이 초가집 문이 열리더니, 아주 귀엽고 아름답게 생긴 소년이 한 애 나왔습니다。 애뽕이는 깜짝 놀랐습니다。 그리고 그 소년이 저를 욕하지 않을가 소년의 눈치만 살피고 서있었더니까, 생각과는 아주 딴판으로 아주 부드러운 목소리로

『나물을 캐러 오셨습니까。 어서 많이 캐세요。』

하고 도무지 함부로 남의 집에 들어와서 나물을 뜯는다고 나무라거나 하는 빛이 조금도 없습 469

니다。 예쁜이는 황송하고 미안히 생각하면서

『대단히 안됐습니다。 용서하여주세요。』

하고 사과를 하였습니다。 그러니까、 소년은

『내 이름은「버들이」이라고 한다。 이담 또 어붓 어머니가 나물 해오라고 하면、 아까 네가 들어온 굴 앞에서「버들아 버들아 예쁜이가 왔다」구하면、 내 문 열어줄께。』

이렇게 그 소년은 친절하게 예쁜이를 위로하면서 말했습니다。 그날밤 예쁜이는 버들이 집에서 자고 이튿날 아침 일찍 나물을 가지고 집으로 돌아갔습니다。

어붓어머니는 깜짝 놀랐습니다。 예쁜이년이 정녕 눈 속에 파묻혀서 죽었겠거니 생각하고、 있었는데、 푸릇푸릇 푸른 나물을 한바구니 해가지고 오질 않았습니까 어붓어머니는 놀라는한 편 해괴하게도 생각하였습니다。

『이 눈 때진 겨울에、 어디 가서 나물을 해왔을가。』

어붓어머니는 호기심이 생겨서、

『예쁜아! 내일 또 산에 가서 나물을 해오너라。』

이렇게 또 나물을 해오라고 하였습니다。

예쁜이는 어제와는 딴판이었습니다。 어제는

『이 추운데 산에 갔다가 얼어 죽으면 어떡할고?』

이렇게 무서운 생각도 하여보았지마는 인제야 차라리 이 집을 나가라고 하면 더 좋았을 뻔입니다。 산에는 아주 마음씨 고운 버들이가 있잖습니까。

『예 가해오죠!』

대답하고 이튿날 동쪽에 뜬 구름이 불그스레 동이 떠오자말자、 예쁜이는 나물바구니를 옆에 끼고 깡뚱깡뚱 토끼걸음으로 산에 갔습니다。 예쁜이는 어제 갔던 그 굴 앞에 가서、

『버들아、 버들아、 예쁜이가 왔다。』

이렇게 어제 버들이가 하라고 일러준대로 고함쳤습니다。 그러니까、 돌문이 쭉 열렸습니다。

버들이는 예쁜이가 찾아온것을 기뻐하였습니다。 예쁜이도 또 친절한 버들이를 만난것이 무척 기뻤습니다。 버들이는 밭에 나가서 예쁜이 바구니에 나물을 하나 가득 뜯어서 담아주었습니다。

이런 말 저런 말 재미있게 말하다가、 헤어질 때 버들이가 병을 세개 예쁜이에게주면서、 이렇게 말했습니다。

『예쁜아、 예쁜아。 이건「생명수」란거다。 이 흰 병을 죽은 사람 뼈대에 뿌리면、 뼈대에 살이 생기고、 또 이 빨건것을 뿌리면、 죽은 사람 몸에 피가 돌고、 그리고 이 푸른것을뿌리면 쉬하고 죽었던 사람이 숨을 쉰다。 이것을 네게 줄께。 잘 간직해두어라。 어느때든 한번 반드시 쓸 때가 있을테니 응。』

[illegible] 472

[illegible] 473

방망이로 딱 때려부쉈습니다。가엽게도 버들이는 그만 그자리에 쓰러져 죽고 말았습니다。심술궂은 이 예쁜이의 어붓어미는 죽어 넘어져있는 버들이를 줄줄 그 굴속으로 끌고 들어가서 버들이 시체를 집안에 먼저 쓸어넣고 집에다 불을 놓았습니다。

불쌍하게도 버들이는 집채로 태워서 허연 뼈대가 되어버리고 말았습니다。

이렇게 어붓어미는 버들이를 망쳐놓고는 빙글빙글 웃으면서 집으로 돌아와서

『예쁜아、내일 또 산에 가서 나물을 해오너라。』

하고 가증스레 빙글빙글 웃고 있었습니다。전에 없던 일입니다。그런고로、예쁜이는 마음이 선뜻하였습니다。어째 그런지 마음이 자꾸 설레는것을 어쩔수가 없었습니다。

이를날입니다。예쁜이는 깜짝 놀랐습니다。이런 변이 어디 있겠습니까。예쁜이가 바위 앞에 가서

『버들아、버들아。예쁜이가 왔다。』

『버들아、버들아。예쁜이가 왔어。』

『버들아、버들아。예쁜이가 왔다 어째 문 안 열어주니?』

이렇게 암만 암만 소리 질러도、그 바위문은 열어지지 않았습니다。예쁜이는 설어서 울음 섞인 음성으로

『버들아、버들아。예쁜이가 왔다。』

이렇게 한마디를 며 불러보았습니다。

역시 문은 열리지 않았습니다。그래 예쁜이는 수상히 생각해서 돌문을 밀어보았습니다。겨우 예쁜이나 드나들이만큼한 틈이 생겼습니다。예쁜이가 이 틈으로 들어가 보니까、버들이가 살던 집은 몽땅 태워지고 버들이는 비참하게도 불에 타서 허연 백골이 되어있었습니다。예쁜이는 슬피슬피 울었습니다。이렇게 자꾸 자꾸 울다가 예쁜이는 문득 전날 버들이가 병 셋을 준 생각이 났습니다。

그래 예쁜이는 얼른 집으로 달려가서、그 병을 가지고 돌아왔습니다。그리고 버들이가말하던대로 흰 병의 마개를 열고、버들이 뼈대 위에다 쭈루룩 그 물을 뿌렸습니다。그러니까、이상도 합니다。금시까지 대꼬마르고 불에 타져서 꼿꼿이 가두작작하게 되었던 그 뼈대에 시뻘건 살이 흐느적흐느적 붙어졌습니다。예쁜이는 기뻐하면서、그 다음 붉은 병을 또 그 위에다 쭈루룩 뿌렸습니다。그러니까、이거 봐요。훌뚝훌뚝 살이 뛰는것이 피가도는게 분명합니다。예쁜이는 마지막으로 푸른 빛 도는 병마개를 뽑고 생명수를 버들이 몸 위에 뿌렸습니다。그러니까、

『휘—』

하고 죽었던 버들이가 숨을 한번 내어쉬더니、눈을 번쩍 떴습니다。예쁜이는 기쁘고 기뻐서 버들이 머리를 쓸어안고 자꾸 울었습니다。

『예쁜아, 예쁜아. 마음도 고운 예쁜아. 난 너를 구하려고 내려온 하늘나라 사람이다. 네 어머니가 날더러 내려가서 너를 구해달라고 하시기로, 내가 여기를 내려왔던게다.』

하고 버들이가 예쁜이더러 말했습니다.

그러자, 하늘에서 오색 무지개 다리가 걸려졌습니다.

『자, 마음보 곱지 못한 어붓어미 없는 하늘로 올라가서 나하고 재미있게 살자.』

예쁜이하고 버들이는 이 무지개다리 위로 춤을 추면서 하늘로 하늘로 올라갔습니다.

(京畿 金浦)

자글대 이야기

옛날도 옛날, 어떤곳에 머슴살이를 하는 한 사람이 있었습니다. 이 머슴살이의 안해가 신분에 넘치게 예뻤습니다. 그런고로 마음씨가 그리 곱지 못한 주인 좌수 영감은 어떻게 하든지 저 계집을 내것으로 해야겠다 마음먹고 하루는

『이리 오너라.』

하고 머슴살이를 불렀습니다.

『여봐라! 네 안해가 어제 맨 김쌈이 몇이나 되는지 삼사일 기한을 줄테니, 틀림없이 아뢰어라. 만일 그렇지 못하면, 네 안해는 내것이 될줄 알아라.』

이렇게 엉터리 없은 말을 하였습니다.

머슴살이는 이 말을 듣고 나와서는, 그저 어찌할 도리를 모르고, 한숨만 후 후 내쉬이면서 탄식만 하고 있을뿐이었습니다. 주인영감이 밉상스런것을 보아서는 금시라도 이 집을 나가고 싶었으나, 돈이라고는 한푼 수중에 없으니, 그것도 못하는 판이었습니다. 그런데 이 머슴살이에게는 금년 여덟살 된 아들이 하나 있었습니다. 아주 영민한 아이였습니다.

이 아이가 아버지의 탄탄하는 모양을 보고 아버지더러 왜 그렇게 탄식만 하고 있느냐고 물

었습니다。 그러나 아버지는 아무말도 해주지 않았습니다。

『네 같은건 모를일야。 잠잣고 저리 가。』

하군 합니다。 그러나 자글대——이애의 이름입니다——는 그냥 자구 말해달라고 졸라댓습니다。 그러니까、 아버지도 나중에는 할수없이 좌수영감이 하면 말을 쳐다 말해주었습니다。 이말을 듣고、 자글대는 노하였습니다。

여덟살 밖에 안된 자글대는 눈이 동그래서

『아버지 아버지、 염려 말으세요。 내가 좌수영감한테 가서 말할테야。』

하더니、 갸웃둥갸웃둥 좌수영감이 있는 사랑방 앞마당에 가더니、 비를 들고 마당을 쓸고있었습니다。

그런데 인제나 저제나 하고 머슴살이가 들어오기만 기다리고 있던 주인 좌수영감은 자글대가 마당을 쓸고 있는것을 보고、

『네 아비는 어째 안 들어오고、 네가 마당을 쓸고 있느냐?』

하고 고래고래 소리질렀습니다。 자글대는 쓸고 있던 비를 멈추고、

『우리 아버지는요。 어제 당나귀를 타고 산에 갔었던는데요。 몸이 고단해서 못들어오고、 제가 들어와서 마당을 쓸고 있습니다。 그런데말요、 상전님! 우리 아버지가 어제 당나귀를타고 산에 갔었다고 말했죠? 이 당나귀가 대체 몇발자숙이나 걸었겠습니까。 어디 알아봐요』

하고 말했습니다。 이말을듣고 좌수영감은 성을 벌컥 냈습니다。

『요 요! 당돌한 자식 같으니。 어떻게 당나귀가 걸은 발자죽 수를 알겐』

하고 소리 소리 무섭게 질렀습니다。

『좌수님! 그럼요 어떻게 우리 아버지가 또 우리 엄마 멘 김풀수를 압니까。 좌수님은 아십니까。』

하고 자글대가 대뜸 들어댔습니다。

좌수영감은 이 말을 듣고 그저 아무말도 못하고、 어안이 벙벙해서 낯을 붉히고 어색해했습니다。

한달이 지나 어느날 좌수영감이

『이리 오너라。』

하고 자글때 아버지를 또 불렀습니다。

『여봐라。 사흘안으로 재(灰)로 동앗줄을 서자 꼬아와야지、 만일 못 꼬아 오는 날에는 네 안해는 내것이 될테니、 그리 알아라。』

하고 엉터리 같은 말을 하였습니다。

재트 어떻게 동앗줄을 꼰단 말씀이예요? 자글대 아버지는 또 한탄만 자꾸하느라고 밥먹을 것도 잊어버렸습니다。

때 많은 자글대가 또 아버지가 이 모양인고로、왜 그러는가 물었습니다。

자글대는 어디서 생철 판장을 얻어다가 이것을 동앗줄 굵기만하게 말아 굵혀가지고는、그 위에다 볏짚을 감았습니다。이렇게 하고는 이 볏짚에다 불을 놓니까、볏짚이 타져서 재가 된 채로 생철에 붙어있었습니다。얼른 보기에는 재로 만든 동앗줄에 틀림 없었습니다。

자글대는 이것을 가지고 좌수영감한테 들어갔습니다。

또 별수가 있습니까。욕심검은 좌수영감은 꼼작못하고 졌지요。그리고 약조하였던 돈을 받아가지고 자글대는 나왔습니다。

본대가 좌수영감은 미욱한 영감이라、한번 마음내였던것은 좋은것이든지 나쁜것이든지간에 기어코 달려붙어보고야마는 성품이였습니다。그런고로 이렇게 두번씩 조그만 자글대한테 망신을 당하였으나、아직도 마음을 고칠줄을 몰랐습니다。좌수영감은 궁리하고 궁리하여 또 하나 꾀를 꾸며냈습니다。추운 겨울 어느날이였습니다。

『이리 오너라。』

하고 또 자글대 아버지를 불렀습니다。

『여봐라。멍석딸기가 먹고싶다。산에 가서 멍석딸기를 구해 오너라。구해오면 돈을 주고、만일 구해 오지 못하는 날에는 네 안해는 내것이 될테니、그리 알아라。』

이렇게 말하는것이였습니다。

참 딱한 일입니다。글쎄말야요。산에는 눈이 하얗게 덮였는데、딸기가 다 무엇이 말집니까 그러니까、자글대 아버지는 근심하지 않을수 없었습니다。고지식한 자글대 아버지는 또 너무 근심걱정을 할따기에 밥먹는것과 자는것까지 잊어버렸습니다。

『아버지 아버지、왜 또 그렇게 자꾸 근심하니? 좌수영감이 또 무슨 언짢은 말을하든?』

하고 자글대가 물으니까、자글대 아버지는 좌수영감이 말한것을 죄다 말해주었습니다。그러니까、자글대는 눈을 끔벅거리고 앉아있더니 아장아장 자글대는 또 사랑 방으로 좌수영감을 찾아갔습니다。인사도 하지 않고 다짜고짜로

『영감님 영감님。우리 아버지가 큰일 났어요。』

하고 소리질렀습니다。그러니까、이 소리를 들은 좌수영감은

『옳지、그놈이 내 하라는것을 못하겠으니까、목이따도 맨가보구나 흥! 그럼、그계집은 내것이지 뭐。』

이렇게 생각하고、

『요놈! 무엇이 큰일났단말이야?』

하고 고함쳐 물었습니까、그러니까、자글대 대답은 의외였습니다。

『저희 아버지가 영감님 말씀대로 산에 멍석딸기를 따러 안갔어요。그런데 말요 아버지가 그만 독사한테 물려서 지금 막 위독해요。좀 와서 보아주셔요。』

하고 자글대가 말했습니다。이 말을 듣고 좌수영감은 성을 벌컥 내면서、

『요놈의 당돌한 자식 같으니。오동짓달에 산에 독사가 무슨 독사냐。』

하고 눈을 무섭게 부럽뜨고 고래고래 황소 같은 소리를 질렀습니다。그러니까、자글대는

『그럼 영감님! 오동짓달에 딸기가 웬 딸기에요。』

하고 들어댔습니다。좌수영감은 어처구니가 없었습니다。쩍쩍 입맛만 다시고 눈을끔지럭거리면서 앉어있었습니다。

뱃장이 조금 검은 좌수영감은 고런 조그만 행랑에새끼 같은것한테 지는것이 분하기도하고 무안했습니다。기어코 머슴살이의 안해를 빼앗아볼 작정을하고、며칠 후에 또

『이리 오너라。』

하고 머슴살이를 불렀습니다。

『어봐라! 사흘 안으로 자갈돌로 때를 만들어오너라。만들면 몰라도 만일 만들지 못하는날에는 네 안해를 내 집에다 두어두고、너하고 고 당돌배기 아들놈하고는 내 집에 못 있으리라。』

하고 말했습니다。

참 딱하나 무어니 그저 어망차망해서 자글대 아버지는 암말도 못하고 물러나왔습니다。그리고 이말을 퍽 많은 자글대더러 말했습니다。자글대는 이말을 듣고、

432

『아버지 근심 말어 내 그 영감태기를 혼내이고 올게。』

이렇게 말하고 달삭궁달삭궁 조그만 자글대는 좌수영감을 찾아갔습니다。

좌수영감은 자글대가 들어오는것을 보고、

『요 당돌배기자식이 또 오는구나。이번에야 눈물을 흘리면서 애원을 하겠지。』

이렇게 생각을 하면서、

『네 애비는 무엇을 하고、네놈이 왜 또 오는게냐。』

하고 소리를 질렀습니다。그러나 자글대는 좌수영감의 말은 못들은체 아주 숨이 가빠서 죽겠다는듯이 헐떡헐떡하면서、

『영감님、큰일이 났어요 큰일이! 저의 아버지가 만든 자갈배가 자꾸자꾸 떠내려가고 그치지않습니다그려。그래 아버지가 영감님한테 가서 모새 밧줄을 얻어오라고 그러기에 제가왔습니다。모새 밧줄을 얼른 좀 주서요?』

하고 여쭈었습니다。자수영감은 이말을 듣고、

『요 망할 자식 같으니、모새로 어떻게 밧줄을 꼴수가 있단말이냐?』

하고 고함쳤습니다。

『그런、자갈돌로 어떻게 때를 만든단 말요?』

하고 자글대가 들어댔습니다。

433

좌수영감은 꼼짝도 못하고, 매양 창피만 당하는것입니다.

이렇게 되고보니, 좌수영감은 자글대란놈이 밉기 이를데 없었습니다. 머슴살이의 안해를 빼앗으려면, 먼저 이 자글대란놈을 처치하여야 되겠다고 생각하였습니다.

마침 좌수영감은 볼일이 생겨서 서울에 올라가게 되였습니다. 좌수영감은 서울가는 중로에서 자글대놈을 영 업새버릴 생각으로 자글대더러 당나귀 경마를 잡으라고 하였습니다.

주인의 말인고로 거역하지 못하고, 자글대는 당나귀 고삐를 쥐고 아장아장 걸어갑니다.

해가 저물어갈 때 좌수영감은 바른 손으로 저편 동네를 가리키면서

『네 저어 동네에 가거든, 국수집이 있을테니, 국수를 한그릇 사가지고 오너라.』

하고 한그릇 값만 주었습니다. 자글대는 시장하기 짝이 없었는데, 좌수영감은 저혼자만 먹고 자글대는 굶어죽일 뱃장 같습니다. 자글대는 좌수영감을 괘씸히 생각하고, 국수를 사가지고 오다가, 손가락을 국수 사발에다 넣고 휘휘휘휘 국수를 저었습니다. 이것을 본 영감은 놀라면서,

『왜 이놈 손가락은로 내가 먹을 국수를 젓는거냐, 더럽게.』

하고 고함치니까,

『영감님 잡수실 국수에 벌레가 빠졌어요. 그래 벌레를 끄집어내느라고 그랬어요.』

하고 자글대는 천연스레 대답했습니다.

그러니까, 영감은

『그건 네놈의 더러운 손이 들어갔던게니, 네놈이 먹어라.』

하고 그냥 자글대에게 그 국수를 주었습니다. 그러고는, 또 한그릇 사오라고 하면서 돈을 주었습니다.

자글대는 시장하고 시장하던차이던고로, 그까짓 국수 한그릇 어느 구석에 들어갔는지 먹은둥 만둥 하였습니다. 그때 다시 사오는 국수를 또 먹어댈 생각을 하고 그 국수그릇을 들고오면서 그릇 위에 코를 대고 콧물을 훌쩍훌쩍 훌쩍였습니다.

그러니까, 좌수영감이 이것을 또 먹을리가 있겠습니까. 아무리 배가 고파죽을지경이라도.

자글대가 또 그 국수를 먹었죠.

이렇게 하고보니, 좌수영감은 자꾸 국수가 먹고는싶고, 그렇다고 자글대놈을 심부름시키면 또 무슨 짓을 할지 모르고 해서 할수없이 자기가 몸소 갈 작정을 하였습니다. 좌수영감은 자글대더러

『여봐, 여기는 사람의 생 눈알을 뽑는 귀신이 있는 곳이야. 허니까, 당나귀 고삐를 놓아버리지 않게 꽉 쥐고 있어야 돼. 그렇게면 귀신이 못접을 못한단 말야. 그러니까, 나오도록 단단히 쥐고 기다리고 있어.』

이렇게 일르고 좌수영감은 국수집으로 갔습니다.

자글대가 당나귀 고삐를 쥐고 우두커니 서있느라니까, 길가던 나그네 한사람이

『여봐 어떤 사람! 자네 그 당나귀 팔것 아닌가。』

하고 물었습니다。자글대는 곧

『네 네 팔거예요。』

하고 대답하였습니다。그러니까, 나그네는 주머니에 넣었던 돈을 많이 끄집어내서 자글대에게 주고 이 사람은 당나귀를 타고 가버렸습니다。

자글대는 당나귀 고삐 잘른걸 손에 쥐고 엎더어져서 얼굴을 땅에 파묻고 있었습니다。

좌수영감이 국수를 먹고 와 보니까, 이 모양이 아닙니까。그리고 당나귀는 어떻겠는지 없어지지 않았습니까。

『그 모양이 무어냐, 당나귀는 어떠했느냐。』

하고, 좌수영감은 자글대더러 고함쳤습니다。그제야 자글대는 얼굴을 쳐들고 좌수영감을 쳐다보면서

『영감님이 여기는 성 눈알을 뽑바 먹는 귀신이 나오는 곳이라고 하셨기로 들 밖에 없는 눈을 하나라도 뽑히면 큰일 날가봐 엎드리고 있는게에요。당나귀는 아마 그눈알 빼먹는 귀신이 고삐를 잘라서 가지고 간게지요。이거 봐요。』

하면서 떼어서게 되는 고삐 잘른것을 보였습니다。

좌수영감은 그저 어안이 벙벙하여 아무 말도 못하고 혀만 쳑쳑 찼습니다。

『여봐。당나귀도 없으니, 네놈은 없어도 좋다。그러니까, 너는 곧 집으로 돌아가거라。』

좌수영감은 이렇게 말하더니, 다시

『네놈이 그저 가면, 집에서 네놈을 의심할거다。그러니까, 내 네놈 등에다 편지를 써줄께』

하고 자글대 적삼을 벗겨 등에다

『이놈이 돌아가거든, 당장에 때려 죽여라。』

하고 썼습니다。

글을 아직 보이지 못한 자글대가 이것을 알수가 있을리 있겠습니까。설마 또 자글대가 글을 안다기로 제등에다 쓴것을 어떻게 볼수가 있겠어요。

이런줄을 모르는 자글대는 그저 아버지 어머니 계시는 집으로 돌아가는것이 기뻐서 적삼을 벗어 휘휘두르면서 휘파람만 불면서 길을 걸어갔습니다。그런데 길을 가면 스님 한분이 자글대엽을 지나다가, 너무도 자글대가 좋아하면서 휘파람을 부는고로, 한번 더 돌아서 바라보았습니다。돌아서 보니까, 좌수영감이 써준 글이 눈에 띄었습니다。

『이놈이 돌아가거든 당장에 때려 죽여라。』

중은 놀랐습니다。그래 자글대더러

『여보게, 어떤 사람。그대는 등에「이놈이 돌아가거든, 당장에 때려죽여라—」하는 글을 써

가지고가니 어찌된 이유인고。』

하고 말했습니다。

이 말을 듣고 자굴대는 깜짝 놀랐습니다。

자굴대는 스님에게 치사를 극진히 하고 얼핏 강물에 뛰어 들어가서 죄다 씻어버렸습니다。그리고 자굴대가 큰 느티나무 옆을 지나다 나무 그늘에서 더위를 피하고 있는 서당 아이더러

『자굴대가 돌아가거든、큰 아기를 안해삼아주고、집을 짓고 세간을 나눠주어라。』

라고 써달랬습니다。

자굴대는 집에 돌아가서、좌수영감의 맏아들한테 가서

『영감님께서요、무슨 편지인지 내 등에다가 글을 써주시면서 집에 가서 보이라고 해요。』

하고 적삼을 벗어보였습니다。맏아들이 보니까、

『자굴대가 돌아가거든、큰아기를 안해삼아주고、집을 짓고 세간을 나눠주어라。』

고 써있잖았습니까。

행랑 아이에게 자기 누이동생을 시집보낸다는것은 큰 수치라고 생각하였으나、아버님의 명이라、할수없이 돼지 잡고 떡 치고 지즘질해서 잔치를 하였습니다。그리고 또 자기네집 옆에다 새 집을 짓고、세간을 나눠주었습니다。

삼년이 지나서 서울 갔던 좌수영감이 집에 돌아왔습니다。

집에 돌아와보고、좌수 영감은 깜짝 놀랐습니다。내려가거든、당장에 때려 죽이라고하였던 자굴대놈이 자기 딸을 데리고 자기 집 옆에 살고 있지를 않습니까。좌수 영감은 맏아들을 불러놓고 막 꾸짖었습니다。아들은 그저 무슨 영문인지도 모르고 욕만 톡톡이 얻어먹었습니다。

좌수영감과 좌수영감의 맏아들은 자굴대를 죽여 없새려고 자굴대를 밧줄로 꽁꽁 동여매놓고 가죽부대에다 쓸어넣었습니다。강물에다 던질 작정입니다。돈을 많이 주어서 동네 사람더러 지고 나가게 하였습니다。그런데 이 가죽부대를 지고 가면 사람이 아마 술을 좋아하던가봐요、주막집 앞을 지나다가、

『에에끼! 막걸리나 한잔 마시고 가자。』

이렇게 생각하고는、가죽부대를 버드나무 아래에다 털썩 놓고、주막집엘 들어갔습니다。이사람이 털썩 가죽부대를 내려놓는 바람에 자굴대는 돌멩이에 홍문이 부디쳐서 저리고 아프기 짝이 없었습니다。홍문이를 슬슬 비비면서、

『이판에 뛰야지 뛰지 못하면 물귀신이 되고 말겠구나。』

이렇게 자굴대는 생각하고 목소리를 높혀서

『네 눈 감감、내 눈 빤짝、네 눈 감감、내 눈 빤짝!』

이렇게 자꾸자꾸 외었습니다。바로 이때 애꾸눈 질그릇 장수가 이 가죽부대가 놓인 버드나무 옆을 지나다가、가죽부대 속에서 이렇게 하도 이상스런 소리가 들리는고로、질그릇장수는

『여보쇼。난 질그릇 장수에요。여보쇼。어델 가는게예요。어서 빨리 좋어주세요。』
하고 애원했습니다。

그러나 가죽부대 진 사람은 질그릇 장수의 말을 들어주지 않았습니다。그냥 가죽부대를 메고 강가에까지 가서 탁 강물에다 애꾸눈 질그릇장수가 들어가있는 가죽부대를 차넣었습니다。

일년간 이리저리로 돌아다니던 자글대는 일년 후에 좌수영감의 집을 찾아갔습니다。좌수영감네 집 사람들은 누구나 메구나 할것 없이 다들 깜짝 놀랐습니다。강물에 쓸어넣은 자글대놈이 죽지 않고 살아왔으니까、오죽이나 놀랐겠습니까。

『이게 어찌 된 일이냐。』

좌수영감은 당황해하였습니다。

『제가 말요 그 길로 곧 용궁에 가지않았겠습니까。어쩌도 살기 좋고 재미가 나든지요。풍악소리에 잠이 깨고 자고、아름다운 꽃동산에서 춤을 추고、산과 바다의 고량진미를 먹고 살아、달이 가고 해가 가는줄을 모른답니다。그런데 용궁에는 없는게란 맷돌하고 솥뚜껑이뿐인데요。제가 이것들을 가져갈겸、장인님 장모님도 모셔가고、형님도 모셔가고、내 안해도 데려가려고 나왔습니다。』

하고 대답했습니다。이 말을 듣고、좌수영감 마누라 뭐할것없이 온 집안 사람들은 기뻐하면서、자글대를 그냥 껏 칭찬하는것이었습니다。

용궁으로 들어가는 날입니다。좌수영감하고 마누라는 맷돌을 한짝씩 등에 지고 큰아들은 솥뚜껑을 들고 강으로 갔습니다。바로 자글대를 쓸어넣으려다가 애매한 질그릇 장수를 차넣은 강입니다。

좌수영감이 맨 먼저 들어가게 되었습니다。맷돌 한짝을 지고 강물에 텀벙 빠졌습니다。그러고 얼마쯤 있더니만、꿀럭꿀럭 거품이 나오더니、좌수영감의 양손이 물밖에 나와 한참동안 허덕허덕 허우적거리고는、영 들어가버렸습니다。

『저거 봐요。아버지가 어서 들어오시라고 하시지 않습니까。』

하고 자글대가 좌수영감의 마누라더러 말하니까、마누라도 또 맷돌 한짝을 지고 텀벙하고 강물에 빠졌습니다。큰 아들 작은 아들 작은 딸 모두 들어가고 자글대하고 자글대 안해의 둘만 남었습니다。

자글대 색씨도 또 들어가려고 진창에 수벅수벅 숨이면서 강으로 걸어갔습니다。

『너 어딜 가려는게냐。』

하고 자글대가 물으니까、

『용궁에요。』

하고 자글대 색씨가 대답했습니다。

『이 못생진년아! 속을줄을 모르고 뭘 용궁? 용궁이 어떻게 생진게냐。』

하고 색씨를 끌고 집으로 돌아왔습니다。 494

좌수의 식솔은 자글대 색씨 한사람만 남었으니까、자글대가 이 집 주인이 되었습니다。자글대는 부모님 모시고 재미있게 살았더랍니다。

(平南 安州郡 文石)

회리바람 재판

질그릇 장수 한 사람이 질그릇을 지게에 하나 가득 짊어지고 마을로 질그릇을 팔러가다가 높은 고개를 땀을 흘리면서 겨우겨우 올라갔습니다。질그릇 지게를 내려서 작대기로 버텨놓고、이마에 흐르는 땀을 씻으면서 담배를 퍽퍽 빨고 앉아 있었습니다。그런데 갑자기 난데없는 회리바람이 휘익하고 불어오더니、질그릇지게를 들어 메처질 않았습니까。질그릇이란 질그릇은 하나도 남지않고、온통 깨지고 말었습니다。질그릇 장수는 그저 어처구니가 없어서、멀뚱멀뚱 한참 처다보고 있다가、으앙으앙 소리처 울었습니다。그리고 너무도 회리바람이 원망스럽고도 밉상스러워서、그 고을 원한테 가서、재판을 하여 질그릇 값을 받아달라고 하였습니다。

『회리바람이란놈이 갑짝이 휙하고 불어와서 소인의 질그릇을 온통 다 부서 버렸습나이다。질그릇 값을 받아주옵소서。』

원은 생전 처음의 난처한 고소를 받고 한참 양미간을 찌푸리고 생각하다가、나졸을 불러서

『네 대동강에 나아가 올라가는 뱃사공과 내려가는 뱃사공 두명을 잡아오너라。』

하고 명하였습니다。 495

나졸 두 사람이 대동강에 나갔더니, 돛에 바람을 하나 가득 안고 올라가는 배가 한척 보였습니다。 두 나졸은 다 그 뱃사공을 칭찬했습니다。 496

또 얼마 동안을 있노라니까, 역시 돛에 바람을 하나 가득 안고 내려가는 배가 한척이 보였습니다。 두 나졸은 또 이 뱃사공을 칭찬했습니다。

두 뱃사공은 그저 아무 걱정 없는것 같으며 [illegible] 모두 올라가고 내려가는것이 아주 부러웠습니다。

나졸은 두 뱃사공을 원 앞에 끌고 왔습니다。 그러니까, 원님은 한 뱃사공에게

『너 올라가는 뱃사공이냐。 내려가는 뱃사공이냐?』

하고 물었습니다。 그러니까, 이 뱃사공은

『네, 저는 올라가는 뱃사공이 올시다。』

하고 분명히 대답하였습니다。 그러니까, 원님은

『그러면 너 오늘 무슨 바람을 원하느냐?』

하고 뱃사공에게 물었습니다。 그러니까, 이 뱃사공은

『네, 저는 올라가는 배이옵기에, 아래서 부는 바람을 원합니다。』

하고 대답하였습니다。

원님은 또 다른 뱃사공을 불러놓고,

『너는 올라가는 뱃사공이냐。 내려가는 뱃사공이냐?』

하고 물었습니다。

『네 저는 내려가는 뱃사공이 올시다。』

하고 이 뱃사공은 대답했습니다。 그러니까, 원님은 또

『그럼, 너는 오늘 무슨 바람을 원하느냐?』

하고 물었습니다。

『네, 저는 내려가는 배이옵기에 위에서 부는 바람을 원합니다。』

하고 뱃사공이 대답하였습니다。

원님은 이렇게 두 사공에게 질문을 한 다음, 목소리를 한층 더 높여

『그러면 두 사공이 잘 생각하여 보아라。 하나는 올라가는 바람을 원하고, 또 하나는 내려가는 바람을 원하고, 올라가는 바람과 내려가는 바람이 다투게 되면 무슨 바람이 되겠느냐?』

하고 소리쳤습니다。

『[illegible]이올시다。』

두 사공은 무슨 일인지 모르고, 서로 마주 보면서, 이렇게 대답하였습니다。

『그러면。』

원님은 엄숙한 목소리로 말했습니다。 497

하고 색시를 업고 집으로 돌아왔습니다. 494

원수의 자손은 [illegible] 한 사람만 남았으니까, [illegible] 이 집 주인이 되었습니다. 부부는 [illegible] 잘 살았답니다.

(平南 安州郡 立石)

회리바람 재판

옹기장수 한 사람이 옹기짐을 지게에 하나 가득 짊어지고 [illegible] 옹기짐을 팔러가다가 [illegible] 고개를 [illegible] 있었습니다. 옹기장수는 지게를 받쳐 세우고 [illegible] 회리바람이 [illegible] 옹기짐을 [illegible] 다 깨뜨리고 말았습니다. 옹기장수는 [illegible] 고을 원님에게 가서, 회리바람을 [illegible] 하였습니다. [illegible] 옹기장수 옹기 값을 받아주었다고 하였습니다.

『회리바람이란놈이 장난이 심하고 사나와서 소인의 옹기짐을 [illegible] 다 부셔 뜨렸습니다.
옹기 값을 받아주옵소서.』

원은 [illegible] 신기한 고소를 받고 한참 생각을 거듭하고 생각하다가, 나졸을 불러서

『네 대동강의 [illegible] 올라가는 [illegible] 잡아오너라.』

하고 명령했습니다. 495

나졸 두 사람이 대동강에 나가니까, 돛에 바람을 하나 가득 안고 올라가는 배가 한척 보였습니다。 두 나졸은 곧 그 뱃사공을 붙잡았습니다。

또 얼마 동안을 있느라니까, 역시 돛에 바람을 하나 가득 안고 내려가는 배가 한척또 있었습니다。 두 나졸은 또 이 뱃사공을 붙들었습니다。

두 뱃사공은 그저 아무 죄는 없는것 같은데 어떤 영문인지도 모르고 붙잡혀가는것이 어처구니없었습니다。

나졸은 두 뱃사공을 원 앞에 끌고 갔습니다。 그러니까, 원님은 한 뱃사공에게

『넌 올라가는 뱃사공이냐。 내려가는 뱃사공이냐?』

하고 물었습니다。 그러니까, 이 뱃사공은

『네, 저는 올라가는 뱃사공이 올시다。』

하고 바른대로 대답하였습니다。 그러니까, 원은

『그러면 넌 어디로 부는 바람을 원하느냐。』

하고 뱃사공에게 물었습니다。 그러니까, 이 뱃사공은

『네, 저는 올라가는 배이옵기로, 올려부는 바람을 원합니다。』

하고 대답하였습니다。

원님은 또 다른 뱃사공을 불러놓고,

『너는 올라가는 뱃사공이냐。 내려가는 뱃사공이냐?』

하고 물었습니다。

『네 저는 내려가는 뱃사공이올시다。』

하고 이뱃사공은 대답했습니다。 그러니까, 원은 또

『그럼, 너는 어디로 부는 바람을 원하느냐。』

하고 물었습니다。

『네, 저는 내려가는 배이옵기로 내려부는 바람을 원합니다。』

하고 뱃사공이 대답하였습니다。

원님은 이렇게 두 사공에게 심문을 한 다음, 목소리를 한층 더 높여

『너희 두 사공이 잘 생각하여보아라。 하나는 올려부는 바람을 원하고, 또 하나는 내려부는 바람을 원하니, 올려부는 바람과 내려부는 바람이 마주치면 무슨 바람이되느냐?』

하고 소리질렀습니다。

『회리바람이올시다。』

두 사공은 무슨 일인지 모르고, 치를 부들 부들 떨면서, 이렇게 대답하였습니다。

『그러면。』

원님은 엄숙한 목소리로 말했습니다。

『그러면 회리바람이 불어서, 이 질그릇 장수가 벌여놓고 있던 질그릇 지게가 넘어져, 질그릇이 하나도 성한것 없이 깨어졌으니, 이놈들 이전 너희들의 죄다. 그러니까, 이 질그릇장수에게 질그릇 값을 치러줘라。』

하고 두 사공에게 호령호령하였습니다。

누구의 명이라고 거역하겠습니까。어쩌는수없이 애매하게 질그릇 값을 두 사람이 절반씩나눠 치러주었습니다。

(平南 江西)

연이와 칠성이

옛날도 옛날, 어떤 곳에 나이 늙도록 자식을 보지 못하여 늘 근심으로 지내던 늙은 내외가 살았습니다。이 늙은 내외는 산에 올라가서 자식을 하나 낳게 해달라고 백일기도를 올렸습니다。그러니까, 산신령도 내외의 지성에 감복하였는지, 얼마 후에 늙은 마누라에게는 태기가 있어 달이 바뀌어 열달이 되자, 옥같은 아들을 낳았습니다。늙은 내외의 기쁨은 무어라고 말할나위가 없었습니다。아들의 이름을『칠성이』라고 지었습니다。

그런데 이 늙은 내외가 사는 동네에서 그리 멀지 않은 동네에 역시 늙도록 자식을 보지 못해서 늘 쓸쓸히 지내던 내외가 살았는데, 이 내외도 역시 산에 가서 백일기도를 정성껏 정성껏 올렸습니다。

『자식을 하나 보게 해줍소사。』

고요。

산신령도 이 내외의 정성에 감복하였는지, 애를 배게 하였습니다。열달이 지나자, 꽃으로 만든것같은 계집애가 생겼습니다。이 늙은 내외의 기쁨도 역시 말로 다 할수 없으리만큼 무척 컸습니다。계집아기 이름을『연이』라고 지었습니다。

500

[illegible]

501

서 편지를 썼습니다。

『그간 당신을 속여와서 죄송만만하나이다。사실 저는 당신께서 생각하면바와 같이 여자이올시다。이대로 같이 있다가는 부모의 승락도 없이 불효의 죄를 범할것 같사와 부모님한테 가서 당신한테 시집갈 허락을 받아가지고 올 생각이올시다。주무시는데 아무 말씀도 못드리고 떠나는것이 섭섭도하고 미안천만이오나、부디 몸 중히중히 여겨주옵소서。』

하고 썼습니다。이 편지를 칠성이 책상위에다 놓고 연이는 길을 떠났습니다。

이튿날 아침 이 편지를 본 칠성이는 크게 놀랐습니다。그러고 연이가 자기 생각하면 대로 총자이 아니고 여자인것을 안 칠성이는 연이가 끝없이 그리웠습니다。연이 없는 방에서는 외롭고 외로워서 잘수도 없고 공부도 할수 없었습니다。참고 참고 참다못해서 칠성이는 연이를 만나러 연이 집을 찾아갔습니다。

칠성이가 연이의 집에 가서、

『이 집 아가씨를 만나게 해주십쇼。』

하고 하인에게 청하니까、

『총자놈이 남의 집 처녀를 만나겠다는 법이 어디 있느냐。』

하면서 종시 말을 들어주지를 않았습니다。그때 편지를 한장 써서 하녀에게 주면서、

『금강산 절에서 남매 같이 지내가며 같이 공부하던 사람인데、이 편지를 아가씨께 전하여 주게。』

하니까、하녀는 그 편지를 들고 안으로 들어갔습니다。얼마후에 하녀가 나오더니

『아씨님이 후원에서 만나시자고 하십니다。』

하면서 후원으로 칠성이를 안내하였습니다。

연이는 칠성이 손을 잡고 슬프게 슬프게 울었습니다。그러고 칠성이도 또 너무도 반가워서 자꾸 자꾸 눈물을 흘렸습니다。

연이는 저고리 고름으로 그 아름다운 눈에 괸 눈물을 씻으면서、

『저의 부모님은 벌써 저를 어느 부잣집 아들과 정혼을 하여 두었었습니다。생각하온즉、오래동안 당신님의 사랑을 받아온 이 연이 세상에 없는 행복자이오며、반드시 당신님께 시집을 갈 생각은 이 가슴속에 가득 가득 채웠더니오마는 일이 벌써 이렇게 되었사오니 어떻게 또 변통이 있겠습니까。부모님의 명령에 불순종하면 천지간에 용납지 못할 불효여가 될터이오니 부득불 그 사람한테 시집을 가야겠습니다。세상에 어디 저만 못한 여자가 있겠습니까。훌륭하신 부인을 맞으셔서 행복되이 사시옵소서。해님 달님 별님한테 연이는 빌겠습니다。』

하고 말했습니다。

칠성이는 슬프고 슬펐습니다。너무 너무 슬퍼울다가、칠성이는 그날부터 병이 나서 그만이

아 죽고 말았습니다。 칠성이가 죽을 때 아버지더러

『제가 죽으면 연이가 시집가는 길 옆에다 묻어주옵소서 그리고 연이더러 술이라도 한잔 부어놓으라고 전하여주옵소서。』

하였습니다。

칠성이 아버지가 칠성이 말대로 연이가 시집갈 길 옆에다 무덤을 파서 눈물로 칠성이를 묻고、 연이한테 칠성이가 한 말을 전하였습니다。

연이의 설움은 하늘이 다 알았습니다。

연이가 시집가는 날입니다。 연이는 칠성이가 죽을 임박에 말한것이나마 이루어줄라고 신랑이 만류하는것도 듣지않고 가마에서 내려서 새로 묻은 칠성이 무덤에 가서 묘를 쓸어안고 흙을 파면서 안타까이 울었습니다。 이렇게 자꾸자꾸 연이가 울고 있느라니까、 칠성이 무덤이 좌우로 쫙 갈라졌습니다。 연이는 날새게 칠성이 무덤 속으로 뛰어 들어갔습니다。 그러니까 무덤은 다시 합장이 되었습니다。

이것을 보고 신랑은 놀라면서 사람을 시켜서 무덤을 팠습니다。 파보니까、 칠성이하고 연이는 자는듯이 가지런히 누워있었습니다。 그리고 무덤에 안개가 뽀얗게 끼고 오색 무지개가 뻗치더니 무덤속에서 나뷔 한쌍이 나와 무지개 다리로 춤을 추면서 하늘로 하늘로 올라갔습니다。 신랑이 무덤 속을 보니까、 칠성이하고 연이의 시체는 없어졌습니다。 아까 그 나뷔한쌍이

칠성이와 연이였습니다。

칠성이하고 연이는 하늘에 올라갔습니다。 하루는 옥황상제께 가서 나뷔가 되여서 올라온사연을 날날이 아뢰었습니다。

그러니까、 옥황상제께서도 깊이 감동하셔서

『너희들은 인제 곧 다시 세상에 내려가서 재미있게 살다가 올라오너라。』

하셨습니다。

칠성이네 집에 무지개 하나 뻗고

연이네 집에 무지개 하나 뻗어

칠성이는 칠성이네 집으로、

연이는 연이네 집으로

무지개 다리를 타고 내려왔습니다。

칠성이네 부모와 연이의 부모님은 꿈인가 생시인가 놀랐습니다。 그리고 기뻐를 하셨습니다

연이 아버지는 앞서 한일을 뉘우치고、 다시 좋은 날을 택하여 칠성이와 연이와 잔치를 크게 베풀고 부부삼아 주었습니다。 세상에도 아름답고 의 두터운 부부가 되였습니다。 그리고칠성이는 연이가 지성으로 채려주는 옷을 입고 서울에 올라가서 과거시험을 보았는데요。 장하게도 문무 양과에 장원급제를 하였습니다。 그런데 이 해 바로 지나의 군병이 우리 나라 국경

을 침입해온고로, 임금님께서 크게 근심하시다가, 칠성이의 무술이 용한것을 보시고, 칠성이를 부르시어 대병을 거느리고 가서 지나 군병을 물리치라고 분부를 내렸습니다。 그때 칠성이는 임금님의 명을 받들고 대병을 거느리고 가서 수십만의 오랑캐 군병을 물리치고 대공을 세웠습니다。 임금님은 대단히 기뻐하시고, 칠성이를 높은벼슬에 봉하였습니다。

칠성이하고 연이는 길이길이 끊임없는 행복을 누렸더랍니다。

(平南 安州)

해와 달 된 이야기

옛날 옛날 그 어느 아주 오랜 옛날, 어떤 곳에 한 어머니가 어린 오뉘애를 데리고 삯방아 삯 빨래를 해가면서 산골 오막살이 집에서 구차하게 살아갔었습니다。 하루는 어머니가 고개넘어 동네의 부잣집 잔치에 가면서,

『애들아, 내 부잣집 잔치에 가서 맛있는것을 많이 얻어다줄께。 쌈질 하지 말고 잘 놀고 있어 응。 그리고 누가 와도 문을 열어주지 말아라。』

이렇게 타일르고, 어머니는 고개를 넘어 동네에 갔습니다。

어머니는 부잣집에 가서, 하루종일 이것 저것 일을 보아주다가, 해가 저물려할 때 어머니는 함지박에 떡 지지미를 많이 담아가지고 집으로 돌아왔습니다。 그런데 수풀 사이로 오노라니까 눈이 번개 같은 큰 범이 한놈 어슬렁어슬렁 길이 넘는 풀을 헤치고 나왔습니다。

『여보소 여보소 어머니! 머리에 인게 무어요?』

하고 범이 물습니다。 어머니는 정직하게

『떡도 있고 지지미도 있다。』

하고, 바른대로 대답하였습니다。 그러니까, 범은

『여보소 어보소, 어머니! 그 떡을 내게 주우。』

하고 아니꼬운 말을 했습니다。

『너 다 주면, 우리 애들에겐 무얼 주겐。 못 주겠다。』

이렇게 어머니가 말하고, 그냥 가던길로 두어서너걸음 걸었습니다。 그러니까, 범은

『그럼, 난 어머니 널 잡아먹겠다。』

하고 시뻘건 입을 아웅 벌리고 달려오지를 않습니까。 어머니는 할수없이 떡과 지지미 전부를 범에게 주어 버렸습니다。

얄미운 범은 떡과 지지마를 다 먹어버리고는 얼른 지름길 처서 어머니가 다니는 길옆에 웅주리고 있다가, 어머니가 오니까,

『여보소 어보소 어머니! 어깨에 붙어서 너풀거리는것이 무어요?』

하고 범이 또 얄미운 농청을 피웠습니다。

『팔이다。』

어머니가 노혐섞인 음성으로 대답하니까,

『그럼, 원 팔을 하나 베어주소。』

범이 또 야무진 요구를 합니다。

『팔을 베어주면 빨래는 어떻게 하고 뫼는 어떻게 매니? 난 못 주겠다。』

이렇게 어머니가 말하니까

『그럼 나는 어머니 널 잡아먹겠다。』

하고 범이 입을 벌리고 달려옵니다。

어머니는 할수없이 원 팔을 베어 주었습니다。 그러고 어머니는 눈물을 흘리면서 얼마쯤 가니까, 길가에 범 한마리가 또 우두머니 앉아있었습니다。 아까 그 범이 팔을 다 먹고 샆을질러 와서 다른 범인양 시치미를 뚝 떼고 있는것이었습니다。

『여보소 어보소 어머니! 어깨에 붙어서 너멀거리는게무어요。』

하고 범은 또 능청을 떴습니다。

『뭐긴 뭐야 팔이지。』

하고 어머니가 노하면서 말하니까,

『그 팔을 베서 날 주우!』

범은 또 남은 팔마저 달라고 하는것이었습니다。

『너의 동무한테 떡도 빼앗기고 원 팔 까지 빼앗겼는데, 또 바른 팔마저 달라고 하는게가? 바른 팔마저 주면 일도 못해서 우리 애들이 굶어죽으면 어떡하니? 난 못 주겠다。』

하고 어머니가 말하였습니다。 그러니까, 범은

『그럼, 난 아머니 널 잡아먹겠다。』

510

하고 시뻘건 입을 으앙 벌리고 달려왔습니다。 그때 어머니는 할수없이 또 바른 팔을 베어주었습니다。

불쌍한 어머니는 두 팔을 다 빼앗기고 얼마를 가느라니까、 길가에 범 한마리가 또 쭈구려뜨리고 앉아 있었습니다。

『여보소 여보소 어머니! 당신이 걸어가는게 그게 무어요?』

하고 범이 또 묻습니다。 아까 그 범이 앞질러 길을 막고 다른 범인체 시치미를 뚝 떼고 있는 것입니다。

『무어진 무어야、 다리다。 보면서도 모르겐?』

하고 노염 섞인 말을 하니까、

『그럼、 왼 다리를 베서주우。』

범은 이렇게 또 끔직스런 말을 했습니다。

『우리 애들이 나오기를 기다리는데、 다리를 베어 주면 어떻게 집에가니? 너도 백수의 왕이라고 하는데、 그만한것은 생각하겠구나。』

하고 어머니가 범을 꾸지람하였습니다。 그러니까、 범은

『필 외다리로 깡똥깡똥 뛰어가렴。 안주면 난 어머니 널 잡아먹겠다。』

하고 시뻘건 입을 으앙 하고 벌렸습니다。 할수없습니다。 어머니는 다리 하나를 베어주었습니다。 그러니까、 밉상스런범은 이걸 얼른 다 먹어버리고 숲 속으로 들어가서 지름길을 쳐서 어머니가 다니는 길가 풀숲에 앉아서 어머니를 기다리고 있었습니다。 이렇게 얼마를 있느라니까、 어머니가 외다리로 깡똥깡똥 뛰어오는것이 보였습니다。 범은 시뻘건 혀를 끄내 술술 입술을 빨았습니다。

불상한 어머니는 범이 또 저를 해하려고 기다리고 있는줄도 모르고、 그저 애들이 기다리고 있으려니 생각하고、 죽을 힘을 다 써가면서 가느라니까、 길가에 범이 한놈 또 웅쿠리고 있질 않습니까。 어머니는 놀라지 않을수 없었습니다。

『여보소 여보소 어머니! 깡똥깡똥 어머니가 뛰어 가시는게 뭐요?』

하고 뻬섭스레 묻습니다。 이 말을 듣고、 어머니는 벌컥 성을 내면서、

『뭐진 뭐야 다리지。 너의 동무들한테 애들 줄 떡도 빼앗기고、 팔도 빼앗기고、 왼다리마저 빼앗겼는데 넌 또 뭘 달라고 그러니? 외다리마저 주면 어떻게 애들한테 가겐?』

하고 눈물을 흘렸습니다。 그러니까、 악하고 무심한 범은

『필 동실동실 굴어가렴! 우리 동무들한테도 주었는데、 나도 다리 하나를 다아고。 안주면 널 잡아먹겠다。』

하고 입을 으앙 벌리고 달려 들어오는것이였습니다。 어머니는 할수없이 또 남은 다리마저 베주었습니다。 그리고 어머니는 동실동실 굴어저 사랑하는 애들이 기다리는 집으로 갔습니다。

511

악하고도 악한 범은 그래도 부족하였든지 그만 불쌍한 어머니가 동실동실 굴어가는 몸뎅어리를 홀딱 삼켜버렸습니다。이렇게 하고는 범은 함지박을 머리에 이고 애들이 어머니 오시기를 기다리고 기다리고 있는 집으로 갔습니다。문 밖에서 범은

『악아 악아 어머니가 고개넘어 부잣집에서 찰떡 수수떡 지지미를 많이 얻어 가지고왔다。어서 문 열어라。』

이때게 말했습니다。

언제나 오실가 인제나 오시려니 하고 기다리고 기다리고 있던 오뉘애는 어머니란소리를 듣고、너무나 기뻐서 벌컥 달려가서 문을 열려고 하였습니다。그러나 어머니가 하시던말씀——

『누가 와서 찾으면 얼른 문을 열어주지 말아라。목소리를 잘 들어보고 어머니 목소리래야 열어줘라。』

하신 말씀을 생각하고、

『어머닌가 어머니 아닌가 알게 또 한번 말해보소。』

하고 오라비애가 말했습니다。그러니까、범은 앞발로 목을 꺽 굴어잡아쥐고

『악아 악아、어머니가 고개넘어 부잣집에서 찰떡 수수떡 지지미를 많이 얻어가지고 왔다。어서 문 열어라。』

하고 사람의 음성을 시늉했습니다。그러나 그 목소리는 왕왕 우렁찬게 부더러운 어머님 목소리와는 아주 딴판이었습니다。

『우리 어머니 목소린 아니요。문 열어주지 못하겠소。』

하였습니다。그러니까、범은

『부잣집에서 지지미를 지지느라고 숯 냄새를 먹어서 그렇다。어서 문 열어라。』

하고 다짐었습니다。

『그럼、손을 들어밀어보소。우리 어머니 손인가 보게요。』

하고 오뉘가 말하니까、범은 창 구멍으로 손을 쑥 들어밀었습니다。털이 부시시 난 험상스런 손입니다。

『우리 어머니 손은 아니오。우리 어머니 손엔 그렇게 털이 많지 않소。』

하고 오뉘는 말하였습니다。그러니까、범은

『악아 악아、그 집에서 뵈를 매느라고 풀이 묻어서 그렇다。어서 문 열어라。』

하고 말했습니다。그러나 오뉘는 문을 열어주잖았습니다。그리고 사내애가 문창구멍으로 내다보니까、놀랍게도 크다란 범이 한마리 문 앞에 쭉그리고 앉어있질 않습니까。너무너무 무섭고무서워서、아악 소리가 막 목구멍으로 나오려는것을 얼른 입에다 손을 꽉 덮어서 소리를내지 않았습니다。소리 내면 범이 알고 무슨 짓을 할지 모르니까요。

『인제 곧 문을 열어드릴테니요。잠깐만 기다리셔요。』

이렇게 말하고, 어떤 오뉘는 뒷문으로 빠져나가서 집 뒤란 우물 옆에 있는 큰 나무위에 올라갔습니다。이것을 모르는 범은 인제야 문을 열어주겠지 하고, 기다리고 있었으나, 문이 열리긴새려 집안에서는 바삭 소리도 나질 않았습니다。그때 범은 이상히 생각해서 문창 구멍으로 집안을 들여다보았습니다。그러니까, 집안에는 아무도 없고, 뒷문이 열려있질 않습니까。

『야 이거 봐라! 요놈의 자식들이 도망질 쳤구나。』

범은 벌쩍 성이 나서 와드며 와드며 문을 들어 열고 집안에 달려들어가서, 반단이 뒤에랑 부엌을 모주리 다 찾아보았으나, 없으니까 뒷문을 차고 집 뒤란으로 달려나갔습니다。그런데 범이 집 뒤란에 있는 우물옆을 지날 때 우물 속을 들여다보니까, 우물 속에 오뉘애가 들어가 있는것이 보였습니다。

나무 우에 올라가 있는것이 우물 속에 빛이였던것입니다。그러나 미련한 범은 우물속에 들어가 있는줄로만 아는것입니다。

범은 저놈의 새끼들을 잡아먹어야겠다。이렇게 속으로는 생각하면서도, 음성을 아주 부드럽게 하여가지고 우물을 내려다보면서,

『애들아, 애들아, 어서 나오너라。우물에 빠져죽으면 어떡하니? 악아, 어서 나오너라。』

하고 제법 타일르는것이였습니다。

나무 위에서 내려다보고있던 오뉘애는 이렇게 범이 능청떠는것이 우습기가 짝이 없었습니다。사내애는 금시로 터져나올려는 웃음을 참았습니다。그러나 어린 누이동생은 종래 참지를 못하고, 그만 깔깔깔 웃어버렸습니다。

범은 뜻밖에도 나무 위에서 웃음 소리가 들리는고로, 놀라면서 낯작을 쳐들어 올려다 보았습니다。오뉘애가 저를 내려다보면서 웃고 있는것이 보였습니다。범은 이것을 보고, 과정 부화가 났습니다。그러나 성을 꾹 참고,

『애들아 애들아, 나도 좀 올라가게 해주렴。너희들 어떻게 올라갔니?』

하고 물었습니다。

『앞집에 가서 조금, 뒷집에 가서 조금 참기름을 얻어다가 나무에 바르고 올라왔다。』

이렇게 오라비애가 말했습니다。그러니까, 범은 기뻐서 앞집에 가서 조금, 뒷집에 가서 조금 참기름을 얻어다가 럽부숭이 발로 기름을 슬슬 나무에 발랐습니다。

이렇게 번질번질 발라놓고, 나무 위로 올라가서 애들을 잡아먹으려고 하였습니다。그러나 암만 애를 써서 올라가려고 해도 주루룩 미끄러만지지, 도무지 올라갈수가 없었습니다。미련하고 미욱한 범이 아닙니까。기름을 바르면 줄줄 미끄러지지, 올라갈수가 어떻게 있겠어요。그러나 악하고 미욱한 범은 그냥 올라가 보려고 자꾸자꾸 애만 썼습니다。그렇지만 주루룩주루룩 미끄러지기만 하였습니다。범은 제가 오라비애한테 속은줄을 알았습니다。

뭐 그저 뱃속에서야 눈떠줄며 속 뭉듯 성이 났습니다。그러나 성난 빛을 보이면 애들이 무

서에서 안내려올가봐 성을 꾹 참아가면서 이따위 말을 했고, 516

『얘들아 얘들아, 나도 좀 올라가게하주나。 어떻게 올라갔는지 좀 가르쳐주렴。』

하고 애걸하듯이 말했습니다。 어린 누이동생은 범을 불쌍하게 생각했습니다。

『앞집에서 도끼를 얻어다가 발자국을 파고 올라왔다。』

하고 그만 바른대로 대주었습니다。

범은 도끼로 발자국을 파고 조금조금 올라와서 오누에가 있는데까지 거의 다 올라왔습니다. 범이 다 올라오는 날에는 오누는 범한테 잡혀먹힐수 밖에 없습니다。 그러므로 어린오누는 그저 치를 부들부들 떨고 있었습니다。

범은 자꾸 올라와서 오누가 앉아있는 나무가지까지 두어자나 한뼘 안되는데까지 올라왔습니다。 어린 오누는 하느님께 빌기 시작했습니다。

『하느님 하느님! 우리 오누를 불쌍히 생각하시고, 동아줄을 내려보내주옵소서。』

하고 정성으로 정성으로 빌었습니다。 그러니까, 하늘에서도 오누를 불쌍히 여기셨는지 기다란 동아줄이 하늘에서 쓸쓸 내려왔습니다。 오누는 이 동아줄을 붙잡고 하늘로 올라갔습니다。

범은 오던 오던 올라오니까, 오누에가 하늘로 올라가버리고 없으므로, 오장이 뒤집혔습니다。 그러나 범은 실망을 하지않았습니다。 오누에게 동아줄을 내려보내었으니까, 저한테도 동아줄을 내려보내주려니 범은 생각하였습니다。

『하느님 하느님! 저도 저 오누들처럼 하늘에 올라갈수가 있도록 동아줄을 내려보내주옵소서』

하고 범은 기도를 올렸습니다。 하늘에 올라가서 오누들을 잡아먹으려고 범은 이렇게 악하게 먹었던것입니다。

범이 하느님께 기도를 올리고 한참동안 있으니까, 과연 또 기다란 동아줄이 하늘에서 내려왔습니다。 그러나 이 동아줄은 오누들에게 내려보낸것과 달라서 썩어진 것이었습니다。 이런줄을 모르는 미련한 범은 기뻐하면서, 그 동아줄에 매달려 하늘로 올라가려했습니다。 그런데 동아줄은 썩었던가라, 하늘중간쯤 갔을 때, 이 동아줄이 그만 탁 하고 끊어지고 말았습니다。 이 바람에 범은 수수밭에 뚝 떨어져서 수수대 그루에 똥구멍이 찔려서 죽고 말았습니다。 지금도 수수나무에 불긋불긋한 점이 있는것은 그 때 범이 떨어져 죽을 때 흘린 피가 수수대에 묻어서 그렇다고 합니다。

그런데 하늘에 올라간 오누는 하루는 하느님이 부르시므로 하느님 앞에 갔습니다。 그러니까, 하느님이

『이 하늘나라에서는 누구나 그저 놀고 있는 사람은 한 사람도 없다。 무엇이나 한가지 일을 가져야 한다。 그러니까, 그대들도 무슨 일이든지 맡아서 해야겠다。』

하시면서 누이동생은 해를 맡아서 낮에 세상을 비쳐주고, 또 오빠는 달을 맡아서 517

세상 만물에 빛을 주도록 하라고 하시면서, 자각 직분을 정해주셨습니다。그런데 달이된 누이동생은 어두운 밤에 나와 보면 산에 있는 범이 으앙 으앙 하는게 무서워서 하느님께 오라비와 바꿔달래서 해가 되었습니다。그런고로 지금 해와 달은 이 오뉘랍니다。그런데 해가 된 누이동생은 이번엔 또 사람들이 자꾸 쳐다보는게 수집어서 쳐다보지 못하게 하느라고 광선을 그냥것 세게 하였습니다。지금 우리가 해를 쳐다보려면 눈이 부시고 시어서 오래 보지 못하는것은 이탓이래죠。

(平南 安州郡 立石)

518

꿀 강아지

옛날도 옛날, 어떤 곳에 아주 빈한하여 재산이라고는 술두껑 한개 밖에 없는 사람이 살았더랍니다。

술두껑을 등에다 짊머지고 이리저리로 밥을 빌어 먹으면서 돌아다니다가, 하루는 어떤 산을 지나게 되었습니다。그런데 산가운데쯤 가서 해가 뚝 떨어져서 사방이 어둠컴컴하여서 길을 더 걸을수가없게 되었습니다。그래 할수없이 바위 아래에서라도 하룻밤을 드새고 가리라 생각하고, 술두껑을 내려놓고, 바위 틈에 솔가지를 꺾어다가 자리를 만들고, 그 위에 들어누웠습니다。

옛날부터 이 산은 범 많기로 이름난 산이었습니다。이 사람이 들어누워서 좀 있느라니까, 어디선지

『으앙!』

하는 하늘이 무너질듯한 소리가 들리더니, 아 송아지만한 호랑이란놈이 한놈 산 위에서 뛰어내려오다가, 그만 바위를 부수어서 골이 터져서 죽고 말았습니다。

이틀날 아침 이 사람은 그 죽은 범을 지고 고개를 넘어 동네에 갔습니다。동네 사람들은 범

519

구경을 하러 많이 모여들었습니다。이 사람은 동네 사람들에게 술두껑을 가리키면서 이렇게 말했습니다。

『이 술두껑은 우리 집에 대대로 조상적부터 내려오는 보물이외다。이 술두껑을 덮었는산에 가서 떼굴떼굴 굴리기만 하면、범이란놈들이 그저 골골이 깨져서 죽곤합니다。』

동네 사람들은 이 말을 듣고、술두껑이 욕심나기 한량없었습니다。돈 있는 사람은 돈을 많이 내놓으면서 그 술두껑을 사자고 하였습니다。그러나 이 사람은

『아뇨。팔수 없습니다。대대로 내려오는 가보를 어떻게 팝니까。못 팔겠소。』

이렇게 거절하곤 하였습니다。

거절을 당하면 당할수록 더욱 더 욕심나는것이 사람의 마음입니다。그날 밤 동네에서 제일 가는 부자가 남들 몰래 와서 돈을 아주 많이 내놓고 굻어엎드려서 절을 꾸뻑꾸뻑하면서 그술두껑을 팔아달라고 애걸하였습니다。이사람은

『이 술두껑은 팔수 없는 보물이오나、당신이 그와 같이 정성껏 부탁하시니、나드 사냅니다 남의 정성을 몰라봐서야 되겠소。팔아드리죠。』

하고 마지 못해서 파는듯이 돈을 많이 받고 그 술두껑을 부자에게 주었습니다。

이렇게 몇푼어치 못가는 뚜껑을 많은 돈에 팔고 이 사람은 이 돈으로 집도 사고 안해도 맞아다가 살림살이를 차려놓았습니다。

굴쎄말야요。술두껑으로 어떻게 호랑이를 잡을수가 있겠습니까? 술두껑을 수만냥 주고 산 부자는 호랑이를 잡으러 갔다가、호랑이를 잡긴커녕 하마트면 호랑이한테 잡혀먹힐번 하고、겨우 사러 왔습니다。

이렇게 속고보니、분하기가 짝이 없었습니다。부자는 술두껑을 판놈을 당장에 잡아 죽인다고 하면서、시퍼런 칼을 들고 술두껑을 속여서 판 사람집에 갔습니다。

그런데 술두껑 판 사람은 부자가 칼을 들고 자기를 죽이러 올줄 미리 알고、안해와 서로 짜고 떡을 살구나무 가지에 떡을 해다가 가지가지에 매어달아놓고 또 강아지에게 밥같은것은 절대로 먹이지 않고 꿀만 자꾸 먹였습니다。이렇게 해놓고 있느라니까、아닌게아니라、미티 생각했던것과 같이 부자가 씩씩거리면서 저편에 오는것이 보였습니다。부자 영감이 마당가에까지 왔을 때、이 사람은 문을 열고 뛰어나가면서、

『에구 이거 주사님이 수구헤오십니다 그려! 방은 누추하지만、자 어서 들어가십시다。』

하면서 반가운듯이 손을 끌고 들어갔습니다。이렇게 의외의 대접을 받고 단박에 딱 그놈을잡아 죽이겠다던 부자의 결심은 어디론지 날아가버리고、그저 눈이 둥그래서 술두껑 판 사람의 낯을 쳐다보고만 있었습니다。

술두껑을 판 사람은 안해더러

이사람! 주사님이 모처럼 찾아오셨는데、거 뒷뜰에 가서 떡나무에서 떡을 좀 따오고 꿀강

아지도 잣어오게나 그려。』

하고 안해더려 말했습니다。그러니까、이 사람의 안해는 뒷문을 열고 나가더니、인절미 송편이 주렁주렁 달린 나무가지를 꺾어가지고 들어왔습니다。그리고 사발에다 그 떡을 뚝뚝 따서 담았습니다。

『번번치 않사오나、하나 잡수어보십시오。』

하면서 권하였습니다。그러니까、술두껑을 속아서 산 부자영감은

『하、세상에는 이상한 나무도 다 있군 그려。떡이 열리는 나무가 있구만 떡이。』

이렇게 속으로 생각하면서 우두머니 떡을 쳐다보고 있느라니까、술두껑을 판 사람의 안해가 또 강아지를 한마리 안고 들어오더니、강아지 입을 사발에다 대고 강아지 배를 꾹 눌렀습니다。그러니까、강아지 입에서 꿀이 주루룩 나왔습니다。

술두껑 판 사람은

『자 자、어서 이 꿀을 발라서 잡수슈。』

하면서 권하였습니다。그래 부자영감이 이상히 생각하면서 강아지 입에서 나온 꿀이라는걸 술적 떡에 발라서 먹어보니까、과연 꿀이 아닙니까。부자는 깜작 놀랐습니다。그리고 그 꿀강아지가 욕심나기 짝이 없었습니다。

부자영감은 술두껑을 호랑이 잡는것이라고 속여서 판 사람더러 돈을 많이 줄테니、제발 꿀

강아지를 팔아달라고 하였습니다。

『아녜요。그것만은 정말 못팔겠습니다。세상에 없는 강아지를 돈을 암만 준다기로 어떻게 팔겠습니까。못 팔겠어요。』

하고 거절하니까、부자는 그냥 자꾸 사자고 하였습니다。너무 자꾸 사자고 졸라대는고로、이 사람은 못 견디는체하면서 돈을 수만냥 받고 강아지를 내어주었습니다。부자는 기뻐하면서 강아지를 가슴에 안고 집으로 돌아갔습니다。

이틀날이 바로 이 부자의 생일이었습니다。부자는 친척들과 친구들을 많이 청했습니다。특별한 음식을 대접할테니、만사를 제치고 오라고를 하였습니다。그리고 많은 손님을 대접하려면 많은 꿀이 필요할게라고 꿀을 많이 멀도록 강아지에게 밥을 그냥껏 많이 먹였습니다。

사람들은 많이 모였습니다。부자영감은 세상에 없는것을 대접하는게 자랑스럽기 짝이 없었습니다。여러 사람들도 무슨 특별한 음식이 나오는고 하고、음식 나오기만 고대고대 기다렸습니다。맨먼저 떡이 나왔습니다。그 다음에는 빈 접시가 한개씩 한 사람 한 사람 앞에 놓였습니다。

그리고는 주인 부자영감이

『여러분! 아마 여러분은 이런 꿀은 평생에 잡수어보시지 못하셨을것입니다。며칠전 아부께서 수만냥 돈을 주고 사온 강아지인데、이 강아지는 꿀을 뱉는 강아지올시다。많이는 못

드리나 맞이라도 보아주시요。』

하면서 강아지 입을 접시에 대고 강아지 배를 꾹 누르군 하였습니다。

밥을 그냥껏 배가 허지게 먹은 강아지라、이렇게 배를 누르면 뱃속에 차있던 꿉언것이 조르러하구는 나오는것이였습니다。이렇게 한 사람 한 사람 죄다 들랐습니다。여러사람들은 이것을 보고 이상하기 짝이 없었습니다。꿀이라는것이 어때 그러 냄새가 역합니까? 그러나

『강아지 꿀이라니까、냄새도 유별하겠지。』

이렇게들 생각하고 모였던 사람들은 그 강아지 꿀에 떡을 꾹꾹 찍었습니다。부자는 자랑스럽다는듯이 벙글벙글 웃고 있었습니다。

아차차!

강아지 꿀을 바른 그 떡을 먹으려고 입에 들어넣었다가는 도로 모두를 뱉어 맹게치질 않습니까。사람들은 모두 노한 눈으로 부자영감을 흘겨보는것입니다。

『아무리 무지막지한놈이기로서니 개똥을 먹이는 법이 어디 있단말이야。』

하면서들 크게 노하여 다들 돌아가버렸습니다。부자영감의 창피란 말이 아닙니다。

부자영감도 놀라서 떡에 찍어서 먹어보니까、과연 꿀이 아니고 냄새가 아주 고약한 개똥이었습니다。

524

부자영감은 머리털이 빳빳 일어설이만큼 노하였습니다。그리고 개똥 강아지를 꿀강아지로 속여 팔안놈을 당장에 찔러죽인다고 하면서、시퍼런 칼을 들고 꿀강아지 판 사람의 집에 달려갔습니다。

개똥강아지를 꿀강아지로 팔아먹은 사람은 미리부터 부자영감이 칼을 가지고 자기를 죽이러 올줄 알고、안해와 서로 짜고、명주로 기다란 부대를 만들어 거기다 소피를 넣어서 안해허리 둘레에 감았습니다。이렇게 해놓고 창구멍으로 내다보느라니까、과연 부자영감이 험떡거리면서 번쩍번쩍 빛나는 칼을 들고 달려오는것이 보였습니다。그러니까、개똥강아지를 꿀강아지로 팔아먹은 사람은 집안에서 안해를 때리는 시늉을 하면서 큰 목소리로

『이년을 당장에 찔러 죽여야겠다。이런 화냥년을 살려두진 못하겠다。』

하고 웨치면서 시퍼런 칼로 안해의 배를 푹 찔렀습니다。그러니까、피가 콸콸 나오면서 이사람의 안해는 그만 쓰드러져서 죽어넘어졌습니다。

사실은 죽은것이 아니고、부대에 넣었던 소피가 나오니까、죽어 넘어진체하고 있는것이었습니다。꿀강아지라고 개똥강아지를 속여서 판 사람을 죽이러 왔던 부자영감은 이것을 모르고 깜짝 정신을 잃어버리고 무서워서 치를 벌벌 떨고 서있습니다。

『여보 여보、이게 웬일요。사람을 죽였소 그려。』

이렇게 부자는 떨리는 목소리로 말하였습니다。

『뭐요、괜찮아요。이년을 좀 혼내느라고 한것입니다。』

525

526

527

묘 위에 좁은 구멍이 하나 뚫어져 있었습니다. 이 구멍은 묘속에 들어가 있는 죽은사람(살며
는 깔을 팔아먹은 사람이 숨을 쉬느라고 판 구멍이 었습니다. 이 구멍을 보고, 부자영감은
『에끼, 이놈의 묘에 똥이라도 싸주고 가자.』
하면서 홍문이를 그 구멍에다 갖다댔습니다. 그러니까, 묘 속에 있던 죄 많은 사람이 화로불
에 달구었던 시뻘건 인두를 그 구멍으로 쑥 내밀었습니다. 그러니까, 부자는 홍문이를 인두
에 뗀고로, 그저 막 아파서 경풍경풍 뛰면서
『에쿠 에쿠, 이놈 봐라! 이놈은 죽어서도 사람을 혼내누나!』
하면서 달아났습니다.
부자영감은 그후로는 두번 다시는 오지 않았습니다.
이 사람은 안해와 같이 재미있게 한 세상을 살았더랍니다.

(平南 肅川)

까치의 報恩

옛날도 옛날, 젊은 총각한사람이 있었더랍니다. 이 사람은 활을 아주 잘 쏘는고로, 근방
사람으로서 이 사람을 모르는 사람은 별로 없었더랍니다.
이 사람이 하루는 활을 어깨에다 걸머메고 사냥을 하러 산으로 갔습니다. 그런데 한곳을
지나느라니까, 깨액깨액깨액 까치가 요란스레 짖고있는 소리가 들렸습니다.
『까치가 왜 저렇게 요란스레 짖어댄가? 귀청이 떨어지겠네.』
이렇게 이 사람은 혼잣말을 하면서, 까치가 짖고 있는 나무를 쳐다보니까, 까치 한마리가 나
무위로 아래로 올라갔다 내려왔다하면서 죽을것 같이 깍깍 깍깍깍 안타가워하는것이 보였습
니다.
이것을 본 이 사람은 하도 이상해서 유심히 바라다보니까, 아, 끔직스레 크다란 구렁이 한
놈이 나무 위에 틀어놓은 까치집 속에 있는 까치 새끼 두마리를 잡아먹으려고 구불구불 기어
올라가는것이 보였습니다. 이사람은 까치가 미칠듯이 안타가워하는 이유를 알았습니다.
『어미 까치가 불상하군!』
이렇게 이 사람은 생각하고, 활을 잘 겨누어서 그 구렁이를 쏘았습니다. 그러니까, 구렁이는

537

531

고 팔다리 다 먹고 네 몸뚱어리를 홀딱 삼켜먹겠다。』

하였습니다。

이 말을 듣고、이 사람은 온 몸이 소름치고 심장은 두근두근 뛰놀 때로 뛰노라 꽁알만하게 되었습니다。

수년전에 까치집으로 기어 올라가는 구렁이를 쏘아 죽인 원수를 갚겠다고 하는것입니다。 구렁이 색씨는 말을 또 계속하였습니다。

『그러나 인제 곧 너를 잡아 먹을수는 없다。우리집 뒤에 수천년 묵은 절이 있는데、그절은 백년전 부터 모두 허무러지고、지금은 종자(鐘閣)하나만 남아 있는데、사람은 아무도 없다 그런데 이 절에서 우리집 집허를 빌며줄적에 아무거나 잡아먹으려면 야반삼경이 되어 종소리가 나지않아야 잡아먹지。그렇지 않고 종소리가 세번 났는데도 불구하고 남을 해하면 법력(法力)으로써 너희들을 몰살시키리라는 다짐이 있었던고로、너도 삼경이 지나면 죽을줄을 알아라。그런데 만일 종소리가 나면 그때는 할수 없다。너를 살며주마。』

이렇게 말하고는、스르르 색씨가 감짝이 큰 구렁이가 되어 꼬리를 도사리고 눈을 부릅뜨고 혀를 날름날름하면서 이 사람을 노려보고 있었습니다。이 사람은 기가 막히느니 무어니 그저 무서워서 치를 부들부들 떨고 있을뿐이었습니다。

『백년 전부터 인적이 끊어진 그 절에서 오늘밤 삼경에 종소리 날 일은 만무로구나。나는 여기서 구렁이 밥이 되는가。』

이 사람은 이렇게 생각하고、죽을 때를 기다릴뿐이었습니다。

때는 점점 닥쳐옵니다。삼경때가 다다르게 되니까、몸뚱이를 도사리고 있던 구렁이는 이사람을 잡아먹으려고 슬슬슬에 트러놓았던 몸을 풀기 시작하였습니다。이 사람은

『인제는 죽었구나。』

이렇게 생각하고、눈을 꾹 감고 있었습니다。온 몸이 오그러들어오는것이 저리기 짝이 없었습니다。

구렁이가 막 크다랗고 넓다란 입을 벌리고 다가오던 때입니다。

『때앵—!』

하는 종소리가 집 뒤에서 처량하게 들려오질 않습니까。이 사람도 놀라고、구렁이도 놀랐습니다。이 사람은 눈을 번쩍 뜨고 구렁이는 주춤하고 벌렸던 입을 다물었습니다。조금 사이를 두고 또

『때앵—!』

하고 종이 울렸습니다。사람이 없어진 이후 백년 동안 한번도 울리지 않든 종소리가 나니、이상도 합니다。또 다시 종이

『때애앵—!』

하고 세번째 울렸습니다。그러니까、구렁이는 어디론지 슬금슬금 없어져버렸습니다。구렁이가 나간뒤에는 방바닥에 비방울 같은것이 떨어져 있었습니다。구렁이의 눈물입니다。

이 사람은 살아났습니다。그런데 대체 인제 어찌된 일이겠습니까。이사람은 이상히 생각하면서도 감사한、마음을 가득 품고 밤이 새기를 기다리고 있다가 먼동이 훤 하게 트자、이사람은 절에 올라가 보았습니다。보니까 크다란 종 아래에 까치 세마리가 주둥이들이 부서져서 피를 흘리고 죽어있는것이 보였습니다。

이 세마리 까치는 수년 전에 이 사람이 구렁이한테 죽을것을 구렁이를 쏘아서 생명을 구해준 그 까치들이었습니다。까치는 이 사람이 거이 죽게된것을 알고 세마리가 종있는데를 가서 멀찍이서 가지런히 날아가서는 주둥이로 종을 쪼군 쪼군 세번을 쪼아 종을 울려 이사람을 구하고는 그만 주둥이가 부서져서 죽은것이었습니다。

(나의 記憶)

——(끝)

朝鮮傳來童話集

定價 貳圓

昭和十五年六月 十五 日 印刷
昭和十五年六月 二十 日 發行

著作者 朴 英 晩

京城府瑞麟町一二八
發行者 崔 南 周

京城府仁寺町一一九
印刷者 李 相 五

京城府瑞麟町一二八朝鉄ビル内
發行所 株式會社 學 藝 社
振替京城一六一六四番
電話光化門三一四四番

印刷所・大東印刷所

傳來童話

소되엇던사람

朴英晩

옛날 옛날 함경도 아변(安邊)이란 곳에 머슴살이를 하는 청년이 살았읍니다.

이 사람은 어려서 아버님 어머님을 일찍 여윈고로 이같이 불서러운 신세가 되었읍니다. 그런고로 청년은 늘 그의 아버님 어머님을 그리워하며 언제나 이 신세를 면할까 생각하고 있었읍니다.

그런데 하루는 너무도 마음이 쓸쓸하고 외로워서 복술쟁이한테 가서 점을 처달랬읍니다.

이상도 한 점이 다 있읍니다.

「무우 잎사귀 한잎으로 소가 사람이된다. (青蘿一葉脫牛身)」

이따는 점 구를 써 주는게었읍니다.

머슴사리하는 사람은 이 점은 별로 마음에 두지 않고 도라와서 주인의 명령대로 산에 나무를 하려 지게를 지고 갔읍니다. 추운 겨울 이었읍니다.

양지짝에서 갈퀴로 나무를 비억 버억 긁다가 문득 저편을 바따보니까 꿀 내려는 바위 앞 염습판에서 사슴이 한숨이 발을버둥 버둥하고 애닯어하는것을 보았읍니다。 그 어름판을 건느다가 어름에미 끄러져서 상처를 당한가 봅니다。

「옳다 저놈의 사슴이를 잡아다 팔아야겠다。」

생각하고 나무하면 갈퀴를 던지고 도끼를 들고 달음박질 처 갔읍니다。

담박에 사슴의 골을 까서잡이려고 도끼를 쳐메고 덜겨들다가 그만 얼음에 쭈억 미끄러저서 꽝 하고 자빠저서 정신을 잃고 말았읍니다。

이 머슴사리 청년이 정신을 차렸을 때에는 인저 그 사슴 에게 옷자락은 물리어 줄줄끌려서 사슴의 굴 앞까지 번써 와 있었읍니다。

얼른 달아나려고 정신을 버쩍 가다듬고 일어서려고 하니까 사슴이 굴속에서 눈섭까지 허엏게 센 노파가 나오더니만 머슴살이 청년의 두발을 꽉 쥐고 굴로 끌고 가는 판이므로 청년은 할수없이 굴속까지 끌며 드려갔읍니다。

이 사람을 물고 온 사슴도 뒤로 어청어청 따라 드려옵니다。 그런데 참 이거

보서요! 사슴이 굴 속엘 드려오며니 몸을 두어번 뒤재주를 치니까 늙은 영감이 되는구려!

머슴살이 청년이 눈이 뚱글해서 넋을 잃고 있는데 노파하고 늙은 영감 내외는 이런 말을 하겠지요

「배두 시장한데 저놈을 잡아 먹을가?」

「아니 아니 잡아 먹어 버리지 말고 소를 만드러서 장에 갖다 팝시다 그려。 돈이 떠러졌는데!」

「응 그져두 좋지!」

이렇게 말 하며니만 영감이 이를 물을 풀잎

을 한아 가져오며니 머슴사리 하는 청년이 코에 대고 비비니까 이 청년은 갑작이 소가 되었읍니다。

머슴살이하는 청년은 너무도 기가 막혀서 아이고아이고 하고 울었읍니다。

그런데 이게 봐요 이사람은 제가 아이고 아이 하고 우느라고 하는데 제입에서 나오는 소리는 그저 매앵 매앵하고 소우는 소리가 아닙니다。

영감한테 끌려가는 도중 사람을 만날적마다

「여보서요。 사람 살려주우! 이영감은 사람이 아니고 사슴이구 난 사람인데 이 영감이 날 소로만든겝니다。 좀 살려주우!」

하고 말 하였읍니다。 그러나 제 귀에 들려오는 제 목소리는

「며엉 매앵 매앵 매-」

할따름 전혀 소 소리입니다。

이렇게 매앵 매앵 울면서 장에까지 끌려 갔읍니다

사람들은 이 머슴살이 청년의 등을 쿡쿡 치면서

「그 소 거 살졌군! 얼마 받겠소?」

「그놈의 소 거 너머 매앵 매앵 소리질러서 흉이로군!」

「살은 퍽 쪘는데 뿔이 좀 바라서 안됐군!」

하면서 늘 머리를 만저보고 발을 만져보고 배를 쿡쿡 지르군 하는게 아주 말 아닙니다。

나중에 백정이 와서 이 소를 사게 되었읍니다。 다른 사람이 살려두 매앵 매앵 소리를 너무 질러 흉이라고 사잖었으나 백정은 그저 살진것만 보고 이소를 사게된겝니다。

이 소 된 머슴살이 청년은 서글픈 목소리로

「여보소 전 소가 아닙니다。 사람이에요! 이놈의 영감태기가 절 소로 만드는게에요 이 영감은 사람이아니 사슴이에요! 제발 절 살려주시우!」

하고 웨쳤읍니다。 그러니까 백정은

「이놈의 소새끼가 내가 누군줄 아는가봐! 왜 매앵 매앵 귀찮게굴가」

하고 꽉! 채찍으로 허리를 갈겨내는 것이었읍니다 머슴살이 청년은 백정에게, 끌려갔읍니다. 아무리 자기는 소가 아니고 사람인데 산에 나무를 하러 갔다가 사슴이한테 잡혀서 소가 된것이라고 백정에게도 말하고 길가는 사람한테도 말하면서 구해 달라구 아무리 애절 복절하나 그 입으로 나오는 소리는 여전이 매앵 매앵 소 소리었읍니다.

백정의 집까지 끌려가서 나무에 고삐를 비끄러 매였읍니다.

백정은 이 소된 머슴사리 청년을 잡아 죽이려고 숫돌에다 같은 북 북 갈고있질 않읍니까. 기가 막킨다는 말을 다해 무얼합니까.

눈물에 젖은 눈을 껌번껌벅 하면서 백정이 칼을 가는 꼿은 바라보고 목을 돌리니까 저편에서 꽉주리에다 무우를 많이 담아가지고 머리에 이고 오는 처녀가 보였읍니다. 이것을 보고 소가 된 이 머슴사리 청년은 문득 제가 그전에 점생이에게 가서 점을 처봤든 일이 생각났읍니다.

「靑根一葉說牛身! 오냐 무 잎을 먹으면 도로 사람이 된다는게 이 때를 점해준가 보구나!」

생각하고 처녀가 제 앞으로 올것을 속으로 빌었읍니다. 다행히도 처녀가 제곁으로 지나갑니다. 소된 머슴사리 청년은 얼핏 꽉주리에서 무우 잎을 덥석 한입 물어 먹었읍니다.

자 보시요!

입때까지 소가 되었든 머슴살이 청년이 무우 잎을 먹자말자 갑작이 그전과 같은 사람이 되질않었어요.

목에 매여 있던 고삐를 뿌러놓고 귀 떠러지면 오는 잘날 쥐가자! 생각하고 달아났읍니다.

뛰고 뛰고 뛰느라니까 어느덧 해가 저서 사방이 어둑 어둑 어두워 갔읍니다.

수풀이 무성하야 캄캄한 산속입니다.

두리번 두리번 사방을 살펴보니까 나무 사이로 불이 반짝 반짝 인가가 보였읍니다. 그 집엘 찾아가서 길을 가다 날이 저물고 어두워서 갈바를 모르겠사오니 하루저녁 유하고 가게 해줍소서」

하고 주인을 청했읍니다. 그러니까 처녀가 공손히 허리를 굽히며 아버님 어머님은 따동네에 가시고 안계시나 어서 들어오서서 누추하지만 하루밤 자고 가시라고 하면서 머슴살이 청년을 집안으로 안내해 주었읍니다.

그날밤 눈이 많이 왔읍니다. 집이 파묻히고 산이파묻히게 많은 눈이 왔읍니다. 머슴사리 청년이 이튿날 이 집을 떠나가려야 어떻게 하겠읍니까.

이튿날도 또 그집에서 묵게 되었읍니다. 그런데 그집 처녀가 밥을 지으려고 하여도 집이나 허청이나 마당이나 모두 눈에 파묻혀 버려서 허청에 둔 나무를 어떻게 가져 올수가 없읍니다. 그런고로 그것들을 머슴살이 청년이 나무있는 허청을 알려 달래서 눈속에 구멍을 뚫고 나무를 가져 왔읍니다.

소 먹일 여물 짚도 처녀가 못가져오는걸 이사람이 가져왔읍니다.

이렇게 하기를 육칠일이나 하니까 눈이 다 녹아버렸읍니다. 처녀의 아버지 어머니는 따동네에 갔다가 눈이와서 집에 도라가지도 못하고 하나밖에 없은 딸이 굶어죽었을게다 소가 굶어죽었을게다하고 근심하면서 탄식하다가 웬 한 젊은 사람이 와 있었던 탓으로 딸도 그냥 죽지를 않고 소도 죽지를 않고 모두 냥 있는것을 보고 대단히 기뻐하였읍니다. 소 되었든 머슴사리 청년에게 백배사례를 하였읍니다.

처녀의 아버지는 이렇게 말했읍니다.

「임자가 없었던들 내 딸이 죽었을게야! 네 딸 살아 있는건 전부 임자의 덕택이네. 그러니까 내 딸은임자한테 줄테 내 사위가 되 주게!」

이렇게 해서 머슴사리 청년은 그 괴로운 신세를 벗고 예쁜 안해를 맞어 이 집에서 잘 사렸드랍니다.

(咸南・安邊)

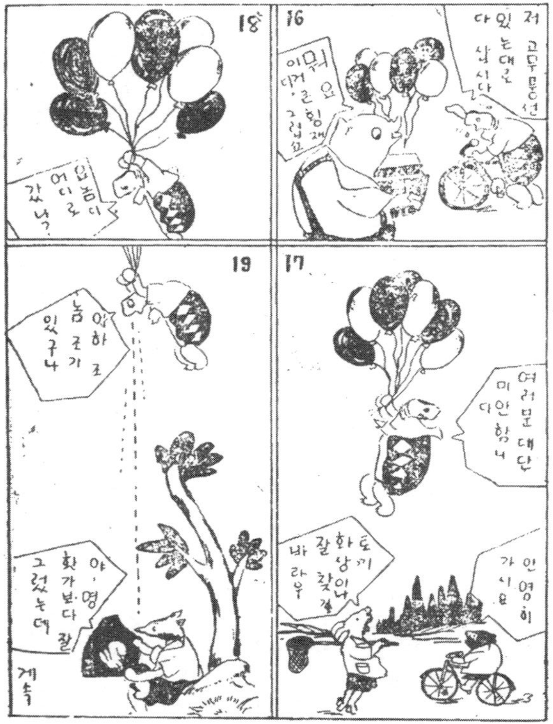

【傳來童話】

하늘서나려온애기

朴 英 晩

아주 오랜 옛날옛적이 였드랍니다.

어떤 두메 산골자구니의 구차하게 그날 그날을 근근히 부지해 가는 사람이 있었읍니다. 이 사람이 치운 겨울—눈이 하—얗게 온 산을 덮어논 어떤날 지게를 짊머지고 나무를하며 산으로 올러갔읍니다 눈이 녹은 양지쪽을 이리저리 돌아 단여 말러떨어진 나무잎을 긁어모아 한 지게 그득 하여 가지고 산을 나려 오다가 그만시야 불행하게도 눈에 미끄러저서 너머졌읍니다 그 때문에 등에 졌든 나무짐이 떼굴 떼굴 골자구니 속으로 굴어떨어지고 말었읍니다.

『제—기 빌어먹을것이 나무만 하나 내건 순순히 때워지지 않는구며 망할놈의 팔자다—!』

하며 산에가 서 나무만이나 하는 그것으로 생명을 부지 해가야되는 자기의 불스러운 신세를 한탄하였읍니다. 하루 종일 추운걸 무릅쓰고 애를써 해짊어 졌든 나무가 졸지에 귀허로 돌아가고 보니 집으로 돌아간 아드레도 아궁에 불을 사루지 못 할게니 치운 하로 저녁을 벌 생각을 하면 정신이 어정정 해지는게 말할수없이 슬펐습니다。

『이런때 하늘에서 잘못 하여서라도 누런 금덩이리가 하나만 떨어진다면 이놈의 주림을 신세를 면하겠구먼 제ー길』

이렇게 행망궂은 생각을 하며 허벅 허벅 힘없이 발을 옮기고 있노라니까 맘에요 글쎄 이런 신기스런 일이 어데 또 있겠읍니까 갑작스레 하늘 공중이 훤히 너 밝아지는게 눈이 부시었읍니다 무언지 빛이 찬란한것이 하늘로부터 나려오는게 였읍니다 해넘은 서산을 누엿누엿 넘어가고 있으니까 해가 떨어지는건 아닌게 분명하고 그렇고보니 그게정영 하늘 높이 높이 있는 별이 떨어지는줄로 알었읍니다。 그러나 그 빛이 찬란한 별 같은것이 떨어지는걸 자세 쳐다 보노라니까 점점 나려 올시록 그것이 별은 아니고 코따만 바두, 엉치만하고 뚱굴스런한 형체가 보이는게 신누런 황금 뗑어리만 같었읍니다

『예구! 저걸 어쩌나 황금 뗑이가 떨어지는구나! 하느님이 내신셈 불스레 보시고 날 도아 주신다는게로군 원……』

산에가서 나무만이나 해다가 그것으로 근근히 부지해가는 이 사람은 기뿌기도 하고 두려울기도 하고 해서 그저 두 눈이 소눈 만큼 뚱굴 어리둥절 해져서 정신 없이 올려다 보고 있었읍니다 그러나 황금 뗑어리로만 믿었던것이 땅에 떨어지자 왈칵 달려가서 부둥켜안고 자세 보니까 그전 황금 뗑어리가 아니고 금빛 보자기에 싼 예사 두엉치 였읍니다 그러나 겉으로 보기에는 비록 예사 두엉치지만 돌멩어리 같이 무거운것으로 보니 혹시나 그 속에 황금이 가뜩 드러차있는 것이나 아닌가 하고 조심 조심 조개 보니까 뜻 밖에도 그두엉치 속에는 어린 사내애가 하나 들어 있었드랍니다。

『아이참! 별놈의 일도다 있는구먼 그래 이거 웬 어린애가 들어있어! 하느님이 날 도아 주시긴새려 밥 한술이라도 더 축내울라고 이런걸 내게다 떨어트련게지 무어야 흥! 액궂은놈의 팔자다!』

이렇게 투실 투실 제 소망이 꺾인걸 원망하며 그 어린 사내애를 그냥 눈 구멍이 속에다 내 버리고 올라고 했읍니다。

그러나 삐그극 삐그극 하고 어린애 우는 소릴 듣고는 참아 그냥 내동영이치고 올수도 없어서 그 애길 가슴에 안고 집으로 돌아왔읍니다。

이 애가 점점 커 갈수록 정이 풀어 이름을 하눌에서 나려온 애라하여 『별동이』라 부르고 친 자식처럼 극진히 사랑해 키웠읍니다 그런데 이애가 커 지니까 어데 이렇게도 장난이 심 합니까 아침 저녁 집집마다 밥을 지을때면 남의집 게웅에 올러가서 연기 나오는 굴뚝 구멍에 대고 자꾸 키로 부처뎁니다 이렇게 하면 굴뚝으로 나오던 연기가 대틀쳐 아궁으로 나오는 바람에 밥을 짓고있던 안악네들은 연기 때에 밥도 못짓고 야단 법석을 하군 했읍니다。

논다는게 모두 이렇게 맑가올만 살 찌입니다 그런데 하루는 이런 일이 있었읍니다 동리 어구로 부러 의복이 아주 남루하고 해구 망측한 모양을 한 제집 거지 하나가 들어 오고 있었읍니다。 이걸 본 별동이는 무슨 큰 수나 난것처럼 아이들을 모아가지고 와서 그제집 거지를 향해 돌을 던지며 마악 놀려댔습니다 이걸 보고 별동이 아버지는 그렇게 하면 못쓴다고 별동이를 꾸짖었읍니다 그러니까 별동이는 눈을 똑발가 차고

『남야 아무러커면 무슨 관계요 나는 별나라서 떨진 별나라 사람인데 왜 당신이 아버진체 야단을치는거요』

웨치고 어데로 달어나 버렸읍니다 그러니까 보서요 지금까지 그렇게도 천하고 더러운 모양을 하고 있던 그 제집거지는 갑작이 일변하여 아주 아주 아름다운 우러러 보이는 귀부인으로 변해졌읍니다 거지의모습을 찾아 보구 죽을때야 찾을수가 없었드랍니다。

이렇게 귀부인 마마로 변해진 아까 그 거지는

『이자 그애가 별나라에서 왔다고 하였는데 대체 어이된 아이오니까 황감 스럽소이다 만은 손을, 합해 비오니 사실 말슴을 하여 주옵소서』

하고 공손히 말했읍니다。

이말을 듣고 별동이를 다려다가 키운사람은 너무도 이상한 일에 절반은 정신을 잃은채로 눈이 산을 덮어 좋았을때 산에 나무를 하러 갔다가 생긴 일을 죄다 말해 주었읍니다 그러니까 이말을 조용히 듣고있던 아름답고 거룩한 부인은 눈물을 흘리며

『감사 천만 하옵니다 제가 바로 그 애를 낳은 어머니올시다 여기서 구십만리를 구십만배 한 멀고머언 하늘 별나라에서 살었아옵는데 제가 그애를 낳자 그애가 사내애라 하여서 다른 별나라 임금이 자기에겐 아들이 없어 곤란하면 넘어져 시기를 하시고 제가 잠간눈을 감고 자고 있을 사이에 그 임금이 신하를 식켜 그 애를 별나라 다시 못올 이 지구 나라로 떨어트련것이 옵시다 저는 그애가 그립고 그리워서 살수가 없어 이렇게 지구 나라에 나려와 그 애를 찾아 다녔읍니다 황송 하오이다 만은 그애를 좀 다려다 주옵소서』

하고 말하는 것이었읍니다。 그래 이 사람은 곧 달려가서 별동이 더러 아까 그 거지가 참말은 거지가 아

널뿐더러 아주 아주 거룩한 마음을 갖인 어머니라는것과 어서 빨리 가서 어머니를 뵈이라고 라 일렀읍니다 그러나 별동이는 좀시 이 사람의 말을 믿지 않고 그런더럽고 깨끔한 구렁이 같은 거지가 어때 내 어머니 냐고 하며 퉁명스레 말을 들어주지 않었읍니다

그때 이 사람은 할수없이 돌아와 별동이 어머니 머머 별동이가 어머니가 아니라고 하면서 죽시 오질 않오라고 해서 못 다리고 왔다고 말을아뢰었읍니다 그러니까 보서요 별동이 어머니의 바다같은 두 눈에 바다ㅅ물같이 눈물이 그렁 그렁 고이고 폭포수같이 눈물이 떨어지며니만 별동이 어머니는 그만이야 아름답고 아롱다운 봉황새로 변해져서 구슬이 울면서 훨— 훨— 수풀 속으로 날러가 버렸읍니다

그런데 말요 어떻게 된 영문인지 금시까지 별동이 하고 같이 놀면 카튼 애들이 와악 별동이에게 달겨 들며 나 어떤 비러먹을 올두꺼비 사촌이 왔느냐고 하면서 마악 죽어라 하고 두

들겨 패주는데 었읍니다。

별동이가 울면서 아무리 제가 별동이라고 말을 하나 글새 다른 애들이 그말을 신청 해주어야 말이지요 별동이는 매를 맞어 퉁퉁 부푸러 올은 얼굴을 쓰다듬으면서 별동이는 괴상히 여기고 뚤뚤뚤 놓이 흘러서 차퉁 차퉁 물이 고인 웅덩이에가서 넘저 넘며 물 우에 제 얼굴을 비춰워 보았읍니다。

이때 만일 모기란 놈이 외이잉 하고 날러와서 코끝 봉오리를 쏘지 않았드면 별동이는 기절을 하고물구덩이 속에 첨벙 빠지고 말뻔 했읍니다 모기가 때끔! 하고 쏘는 바람에 후덕덕 하고 콧자루를 갈겨내니까 기절도 모기 하고 같이 한꺼번에 도망을 했으니 말이지요。어떻게 기절을 안 하겠어요!

그렇게 귀엽게 생겼던 별동이 얼굴이 올두꺼비 잔등 처럼 울룩 불룩 사마귀가 며덕 며덕 돋고 신누렇고도 끄넉 끄넉한 진이 번즈르르 흘르는게 마악 구역이 나다싶이 별동이 자신에게도 보기가 싫었읍니다

그제야 별동이는 깨달었읍니다。

『내가 어머니를 거지라고 얄밉게 굴고 천대한고로 하늘이 이렇게 날 벌 주시었고나!』

별동이는 아까 어머니가 서 게시면 곳으로 달려가 보았읍니다 그러나 봉황새가 돼서 기픈 수풀 속으로 날러가 버린 어머니가 있을리 있어요 다만 별동이 어머니가 흘러신 눈물로 흙이 젖어있는게 보일뿐이 었읍니다。

별동이는 벌써 마음도 전과 같지는 않었읍니다 그렇고 물을 헤처서라도 어머니를 찾으려라 굳게 마음을 다지고 어머니를 찾으며 수풀로 뛰어갔읍니다。

암만 어머니 어머니 하고 울부지저도 어머니의 그림자 조차 날아 나지 않었읍니다 이렇게 자꾸 자꾸 별동이는 어머니를 불으며 찾아 단이다가 그만이야기진하여 땅에 쓰러지고 말었읍니다。

별동이가 이렇게 정신시 혼몽해 엎드려져 있을 지음 헬 한 모발시 허—옇고 수염도 허—연 우머러 보이는 늙은 영감님이 한분 별동이한테 오더니

『네가 그렇게 좋지 못한 마음을 고치고 네 어머니를 찾겠다는 정성이 차있는고로 내가 네 어머니를 찾도록 해줄테다 그런데 네가 어머니를 찾을라거면 먼첨 내 말을 순종하여야 된다』하고

『내가 어제 저기 보이는 저 앞산에 올러갔다가 붉은 구슬을 한알 잃었는데 그걸 찾아 오너라 그러면 네어머니를 찾어주마』

하고는 로인은 온데 간데없이 없어지고 말었읍니다 별동이는 정신이 들자 곧 로인이 일러준 말대로 산에 붉은 구슬을 찾으러 올러갔읍니다 이리 저리 온종일 찾아 단였으나 코나큰 산에 조그만 구슬 한알을 찾아 내기는 하늘의 별 따기 보담 더 어려웠읍니다。

권혁래

연세대 국문과 졸.
동대학원 국문과 졸. 문학박사.
현 용인대학교 교육대학원 교수.

저서 : 『조선후기 역사소설의 성격』, 『조선후기 역사소설의 탐구』, 『손에서 손으로 전하는 고전문학』, 『구한말 피난자의 해학적 형상, 서진사전 연구』, 『내가 왜 대학에 왔지?』, 『고전소설의 다시쓰기』, 『세계화시대의 국어국문학』, 『일제강점기 설화·동화집 연구』 등

화계 박영만의 조선전래동화집

2013년 10월 25일 초판 1쇄 펴냄

지은이 박영만
옮긴이 권혁래
펴낸이 김흥국
펴낸곳 도서출판 보고사

책임편집 지아라
표지디자인 윤인희

등록 1990년 12월 13일 제6-0429호
주소 서울특별시 성북구 보문동7가 11번지 2층
전화 922-5120~1(편집), 922-2246(영업)
팩스 922-6990
메일 kanapub3@naver.com
http://www.bogosabooks.co.kr

ISBN 979-11-5516-086-2 93810

정가 35,000원

이 도서의 국립중앙도서관 출판시도서목록(CIP)은 서지정보유통지원시스템 홈페이지(http://seoji.nl.go.kr)와 국가자료공동목록시스템(http://www.nl.go.kr/kolisnet)에서 이용하실 수 있습니다. (CIP제어번호: CIP2013020756)